W0400252

*André Brink*

# SANDBURGEN

*Roman*

Aus dem Englischen
von Christiane Agricola

Verlag Volk & Welt
Berlin

Titel der englischen Originalausgabe
IMAGININGS OF SAND
Erschienen bei Martin Secker & Warburg Ltd., London 1996
Copyright © 1996 by André Brink

Worterklärungen am Schluß des Bandes

Das Motto von Octavio Paz ist mit freundlicher Genehmigung des Verlages folgender Ausgabe entnommen:
Octavio Paz, Suche nach einer Mitte
Suhrkamp, Frankfurt am Main 1977
Übertragung: Fritz Vogelsang

*Für Mazizi, den lieben Freund,*
*der sich auskennt mit Exil und Wiederkehr,*
*mit Geschichten und Vorfahren*

## *Hinweis des Autors*

Ich bin Abraham de Vries verpflichtet, der in *Die Uur van die Idiote* (»Die Stunde der Idioten«) als erster die Geschichten der Idioten vom Little Karoo erzählte. V. C. Malherbes Buch *Krotoa, Called ›Eva‹: A Woman Between* (»Krotoa, genannt Eva: Eine Frau auf der Scheidelinie«) verdanke ich das Rohmaterial zu meiner Kamma/Maria in Teil III, während ich Wilhelminas Geschichte im Teil V aus Susanna Smits Tagebüchern vom Großen Treck bezogen habe.

Das Motto von Octavio Paz ist dem Gedicht *Blanco* entnommen.

Auf einer Landkarte von Südafrika würde mein Outeniqua ungefähr am Platz der Straußenstadt Oudtshoorn liegen. Aber Outeniqua ist nicht Oudtshoorn, und ebensowenig sollte man die Bewohner beider Orte miteinander verwechseln.

Mehr als alles, was ich zuvor geschrieben habe, verlangte diese Geschichte nach der Hand einer Frau, und die Hilfe meiner Frau Marésa war unschätzbar. Wo es mir nicht gelungen ist, ihrem Rat zu folgen, bin eindeutig ich verantwortlich.

du fällst von deinem körper zu deinem schatten
*nicht dort sondern in meine augen*
in reglos stetem sturz wie ein wasserfall
*himmel und boden verbinden*
du fällst von deinem schatten zu deinem namen
*unberührbarer horizont*
du stürzt dich in dinge deinesgleichen
*ich bin deine ferne*
du fällst von deinem namen zu deinem körper
*jenseits des blicks*
in einer gegenwart die nicht aufhört
*die phantasien des sandes*
du fällst in deinen ursprung *die verflogenen*
*fabeln des windes*
ergossen in meinen körper *ich bin die rinne*
*deiner erosionen ...*

die unwirklichkeit des erblickten
gibt wirklichkeit dem blick

OCTAVIO PAZ

(Aus: *Weiß;* Übertragung: Fritz Vogelsang)

## *Versuch, Ouma Kristinas Stammbaum zu rekonstruieren*

KAMMA/MARIA Geburt unbekannt, wurde etwa 1770 zum Baum, heiratete ADAM OOSTHUIZEN.

LOTTIE Geburt unbekannt, verschwand etwa 1790 auf der Suche nach ihrem Schatten. Andere Geschwister nicht bekannt. Heiratete BART GROBLER.

SAMUEL geboren etwa 1776, verschwand, ertrank vermutlich 1831 (+ 17 andere Samuels), heiratete HARM MAREE.

WILHELMINA 1805–1862, heiratete 1829 LEENDERT PRETORIUS, 1841 HANSIE NEL, 1845 BERTUS LINGENFELD.

PETRONELLA 1839–1921 (+ BENJAMIN und 14 andere Geschwister), heiratete 1863 HERMANUS JOHANNES WEPENER.

RACHEL 1874 bis etwa 1891 (EULALIE 1865–1902, WILLEM 1871–1900, MARTIENS 1871–1901).

KRISTINA (OUMA) 1891–1994, heiratete, sofern man davon reden kann, 1921 CORNELIS BASSON.

LOUISA 1921–1990 (+ 8 weitere Geschwister), heiratete 1949 LUDWIG MÜLLER.

KRISTIEN geboren 1961 (+ ANNA, geb. 1952, heiratete 1977 CASPER LOUW).

# I
# *Heimkehr*

# 1

*Bist jetzt ein großes Mädchen;* von dem Augenblick an, da der Flieger von Heathrow abhob, ist mir die blödsinnige Phrase durch den Kopf gewirbelt. Die große Heimkehr. All diese Jahre voll Neugier, wie es einmal werden würde; so viele andere haben es riskiert, manche in lärmenden Horden, mit Toi-Toi und Geschrei und Gesang; andere schleichen sich verstohlen auf abgelegenen Wegen heim. Ich nicht. Am Tag, da ich das Land verließ, habe ich mir geschworen: für immer. Und ich habe durchgehalten, taub gegen alle verständlichen Mahnungen. Dann kam dieser Anruf, und was hätte ich machen sollen? Ich nahm mir nicht einmal eine Minute zum Nachdenken. Erst jetzt, da mir das Los zuteil wurde, zwischen zwei ausladenden Geschäftsleuten zu sitzen, der linke am Mittelgang Textilmensch, der andere Bauingenieur; beide trinken stetig, jeder brennt drauf, den andern auszutricksen, indem er mit mir einig wird (der am Gang flüstert mir sogar um drei Uhr morgens feucht den Vorschlag ins Ohr, daß wir uns in eine Toilette verziehen; derweil heuchelt der Fenstermann Schlaf und versucht, die Hand unter meine Decke zu schieben) – erst jetzt dämmert es mir, daß ich tatsächlich unterwegs nach Hause bin. Was immer nun als Zuhause herhalten muß. Nicht zu ändern. Ouma Kristina ist anders, war es immer. Und mir bleibt nichts übrig, als zu gehorchen, nicht nur, weil ich ihren Namen trage. (Hätte ich meinem Vater den Gefallen getan und wäre als Junge auf die Welt gekommen – er war so sicher, beim zweitenmal müßte das glücken –, wäre aus mir, zu Ehren seiner Ahnen, ein Ludwig Maximilian Joseph Heinrich Schwarzenau an der Glon geworden. Da er mich wie meine Vorgängerin ohne das charakteristische Anhängsel des richtigen Geschlechts geboren sah, zog er sich voll Widerwillen zurück und tat so, als wäre ich nicht vorhanden. Meiner Mutter überlassen, hätte ich einen Opernnamen am Halse gehabt, Aida oder Lucia oder Elvira oder, wer weiß, Butterfly. Gott sei Dank siegte Oumas praktischer Sinn ebenso wie bei meiner älteren Schwester, und ich wurde eine nüchterne Kristien.

Der Tod hat es an sich, daß er die Gedanken sammelt. (Dr. Johnsons Worte in der engen Dachkammer über Gough Square, wo ich mit Michael hinging, das schale Licht rann wie dünner Tee über den Fußboden an dem Tag, als wir ein Liebespaar wurden.) Aber es ist nicht der Tod als solcher, der mich Hals über Kopf heimkatapultiert. Ich habe Vaters Tod und den von Mutter überlebt. Ohne »mein Herz zu verhärten«, nur das Unvermeidliche habe ich akzeptiert. Weswegen also gebe ich jetzt Ouma nach? Weil das Ereignis so erschütternd ist, unverdiente Gewalt zu einer Zeit, da man sich einbildet, alles werde wieder normal oder doch das, was man an jenem fernen Ort für normal hält? Als Annas Anruf kam, war Ouma noch nicht tot, lag nur im Sterben. Hat mich das vor die Wahl – vor die verhängnisvolle Wahl vielleicht – gestellt?

Es ist die Art Erfahrung, die das Gedächtnis anstachelt. Während ich die zudringliche Hand auf meinem rechten Schenkel abwehre und die andere auf meinem linken bemerke, die sich mit Tarquins räuberischen Schritten ihrem Ziel zubewegt, flüchte ich in Erinnerungen an Ouma, zu Erinnerungen an Erinnerungen.

»Wieso erinnerst du dich an so viel?« hab ich sie einmal vor Jahren gefragt und so ihre Geschichtenflut unterbrochen.

Sie lächelte bloß, da bildete ihr Mund eine tiefere Falte zwischen so vielen anderen (selbst in meiner Kleinmädchenzeit war sie schon unvorstellbar alt). Und sagte: »In den meisten Dingen bin ich ein ganz gewöhnlicher Mensch, Kristien.« Das war gelogen, und sie wußte es so genau wie ich. »Aber in einer Hinsicht, das weiß ich, bin ich außergewöhnlich. Mein Gedächtnis. Ab und zu bin ich selbst erstaunt. Ich kann mich auf Dinge besinnen, die nie passiert sind.«

Die beiden Männerhände, entschlossen und unbekümmert, nähern sich einander über meine beiden Schenkel: Der Räuber zur Linken ist mit einem Karfunkelring geschmückt, dem andern sprießen kleine Büschel schwarzer Borsten zwischen den dicken Gelenken (mir ist das vorhin beim Abendessen aufgefallen, ich achte immer auf Hände).

Ruhevoll hingegossen, mit zurückgelehntem Kopf, überlasse ich mich Ouma, was sie wohl als Zeichen endgültiger Kapitulation betrachten (ich bin Weiberfleisch, mich darf man überfallen), nehme die zwei vorrückenden Hände in meine beiden und lege sie in meinem Schoß übereinander.

Ich zähle bis drei, bevor die Botschaft die beiden Reihen verflochtener Finger erreicht, dann zucken sie in unziemlicher Hast zurück. Einer meiner Nachbarn zischt mir giftig ins Ohr. »Luder« hieß das wohl, soweit ich es erraten kann. Danach ist mir friedliche Ruhe vergönnt.

Rasende Flucht durch die Nacht, unter uns, unsichtbar, doch allgegenwärtig, Afrika. Wie leicht sich elf Jahre von einem abschälen lassen, ein Hemd, sanft abgestreift vom nachgiebigen Leib, daß ich nackt bin, so nähere ich mich dem Tod. Verlorene Unschuld. Jetzt, hier. Nicht jener weit entfernte Tag – vor zwanzig Jahren? Ich war noch keine dreizehn – als ich von meinem Versteck im großen Loquat-Baum ins Haus rannte und meinen Rock hochhob, um Ouma meinen durchnäßten Schlüpfer zu zeigen, der einzigen Erwachsenen, der ich je wagen würde, das mitzuteilen: »Ouma! Ouma! Ich blute innen, muß ich nun sterben?« Ruhig, tatkräftig nahm sie sich der Sache an. Schickte mich mit bestimmten Anweisungen ins Badezimmer, befahl dann dem Faktotum Jeremiah, sie in die Stadt zu fahren, den ganzen Weg bis zum Apotheker, kehrte mit einem Paket zurück und verzog sich mit mir in ihr eigenes Badezimmer, das für alle anderen außer mir sakrosankt war, um mich unter Kicheranfällen, durchsetzt mit feierlichen und verblüffenden Ratschlägen intimer Natur, »auszurüsten«. *Bist jetzt ein großes Mädchen.*

Auf ihrer Frisierkommode das kleine gerahmte Ölgemälde, nicht größer als ein Briefumschlag: ein nackter Mann, der gelassen den Beschauer anblickt. (»Mutter, um

Gottes willen, du solltest das Ding wegtun, die Kinder werden groß.«) Wir wagten nie, sie danach zu fragen. Nicht mal ich. Obwohl wir, wann immer wir die Sommerferien bei ihr verbrachten, verstohlen in jenen so gut wie verbotenen halbdunklen Raum eindrangen, einfach um zu gucken und zu grinsen und wieder hinauszuflitzen. An jenem Nachmittag, im Wirrwarr ihres schattigen Zimmers tief im Inneren des steil aufragenden, seltsam zusammengeschusterten Hauses, das sich wie eine Fata Morgana auf der weißen, glühenden Ebene erhob, wurde das herausfordernde Bild auf ihrer Frisierkommode Zeuge meines mysteriösen Blutens und war fortan irgendwie in mein Gefühl für sie einbezogen. Und wenn das Rätsel bestehenblieb, dann nicht, weil der nackte Mann keinen Namen oder keine Geschichte gehabt hätte, sondern weil sie ihr Geheimnis lieber für sich behielt.

Sie bezog seinen Körper – nicht jedoch seine Identität – ein, als sie mir erklärte, was in meinem Inneren vor sich ging – nicht als bildliche Erläuterung in Sachen Sexualität, sondern als Geschichte. Ihre Geschichten lösten stets alle Fragen, ohne die Wunder der Welt zu zerstören. Deshalb bekam ich nie genug von ihnen.

Ouma Kristina, erzähl mir von der Frau mit den Haaren so lang wie ein Fluß – von dem Mädchen, das sich im Keller umbrachte – von der Frau, die den Palast baute – von der, die so stark wie ein Büffel war – von der mit der abgeschnittenen Zunge – von der, die aus dem Wasser kam – von der, die in den Sand schrieb …

Wenn es nicht sinnlos deine Todesqual verlängert, bitte, bleib leben, bis ich zu Hause bin. Ich bin auf dem Heimweg, nach all diesen Jahren, du wirst sehen, ich habe nichts vergessen. Ich werde jeder Geschichte lauschen, die du mir erzählen willst: Laß sie nicht mit dir sterben. Ich komme heim in jene unglaubliche Burg in der Wüste, was immer davon übrig ist. Du wirst sehen, ich komme. Ich bin jetzt ein großes Mädchen.

## 2

Das Haus entstammte einem Postversandkatalog. Ouma Kristinas Mutter Petronella hatte es ausgesucht, als das neunzehnte Jahrhundert etwa zu drei Vierteln vorüber war, zu der Zeit, da der Straußenfederboom die meisten Farmer im Little Karoo dazu verlockte, all ihr weltliches Gut in Vögel zu investieren. Wie es sich traf, waren meine Vorfahren allen anderen um eine Länge voraus, denn sie hatten auf ihrer nahezu grenzenlosen Farm jeden Weinstock ausgerottet und in einen Strauß verwandelt, getrieben nicht von Visionen des Reichtums, sondern von einer fehlgeleiteten Frömmigkeit. In einer ihrer legendären nächtlichen Unterredungen mit Gott hatte Petronella von dieser höchsten Autorität (die dabei rittlings auf ihrem ausladenden Busen saß und so das Asthma der armen Frau verschlimmerte) den Auftrag empfangen, das Land von den sündigen Weinstöcken zu säubern, die der Familie bisher den Wohlstand gesichert hatten, und neu zu beginnen. Weizen verbot das Klima; für Wassermelonen war es ein schlechtes Jahr, und nach Luzerne bestand noch keine Nachfrage. Für Kühe oder Schafe taugte das Weideland nicht; und nach einer Reihe von verzweifelten Versuchen und spektakulären Fehlgriffen verfiel ihr Ehemann Hermanus Johannes Wepener aus reiner Verwegenheit, wenn nicht aus einer Laune heraus, auf die Idee mit den Straußen. Er gab sich nicht mit Kleinigkeiten ab und wollte sich seiner Frau beweisen. Eher aus diesem als aus irgendeinem vernünftigen Grund bedeckte er seine Tausende Hektar neuerlich kahlen Landes mit Vögeln. Und dann kam der Boom.

Da sie nicht recht wußten, was sie mit all ihrem neugefundenen Reichtum anfangen sollten, beschlossen sie, lange vor ihren Nachbarn, in einen Palast zu investieren, wie ihn nur die Königin von Saba oder der Erbauer des Tadsch erträumen konnten. Genau solch eine Behausung entdeckten sie als Bild in besagtem Katalog und orderten sie bedenkenlos, und zur gegebenen Zeit trafen alle Einzelteile und Baumaterialien auf einer langen Kolonne Ochsenwagen aus Port Elizabeth ein.

Das Problem war nur (und Ouma Kristina frohlockte darüber beim Erzählen): Irgendwie war der Originalplan beim Transport verlorengegangen. Petronella weigerte sich, noch ein Jahr auf Ersatz zu warten, und übernahm die Bauaufsicht selber. Es dauerte fünf Jahre, bis das Haus stand, bis dahin machte es zahllose Wandlungen durch, erhielt zahllose Anbauten. In scheinbar nie endender Folge karrten Lastwagen aus Kapstadt und Port Elizabeth immer neue Materialien von den unwahrscheinlichsten Plätzen des Erdballs heran – Glas und Holz und Steine und Eisenplatten, Kandelaber und Kaminkappen und Skulpturen, denn Petronellas Phantasie schwang sich zu immer kühneren Flügen auf. Ihre umfangreiche Armee von Bauleuten und Hilfskräften war mehr von Begeisterung getrieben, als daß sie erprobte Geschicklichkeit oder Erfahrung einsetzte. Es waren derbe Arbeitsmänner fürs Grobe, die sich darauf verstanden, ein Blechdach zurechtzuklopfen oder eine Kraalwand aufzuschichten oder ein Bauwerk roh zu verputzen, das ihrem Entwurf nach hundert Jahre Höllenfeuer, Tornados, Hurrikans und den gelegentlichen sommerlichen Sintfluten standhalten sollte. Das Ergebnis war: Das fertige Haus glich keinem andern auf diesem Planeten. Es wäre nach dem Sinn Coleridges und Ludwigs von Bayern gewesen. Drei Stockwerke hoch, gekrönt von Ecktürmchen, Minaretten, Spitztürmen, Kampanili, Kuppeln; was als hochviktorianische Narretei begonnen hatte, mauserte sich zu burischem Barock. Sandstein und Klinker, zarte kannelierte Eisenpfeiler und geschnitzte Ornamente, durchsetzt mit Balustraden aus feingebogenem burmesischem Teakholz, Anwandlungen von dorischen und korinthischen Inspirationen und sogar ein kapholländischer Giebel an der Südfassade. Den hatte ein heimwehkranker malaiischer Trupp beigesteuert, der ins Landesinnere gekarrt worden war, nachdem eine aus zwielichtigen Italienern und österreichisch-ungarischen Banditen gemischte Kolonne auf dem Bauplatz ein Chaos angerichtet hatte und abtransportiert werden mußte.

Für uns Kinder war das Hausinnere in der Glut der Sommerferien ein amüsanter Irrgarten von Bogengängen und verzweigten Korridoren, prächtigen Marmor- und Teakholztreppenhäusern und unerwarteten anderen, schäbigeren Stiegen, die jäh vor einer Wand oder einer Tür im Oberstock endeten, die sich ins Leere öffnete; aus Dachkammern und Stuben und Kabinetten und Kabuffs ohne offensichtlichen oder vorstellbaren Zweck, versteckt zwischen Sälen und Kammern, deren Sinn eher einleuchtete, ja, die ihn prahlerisch kundtaten. Jeder Familienbesuch brachte neue Räume ans Licht, deren Existenz wir nie zuvor geahnt hatten; gleichzeitig verloren wir beständig die Spur zu anderen, Verstecke voll heimlicher Wonnen für alle Vettern und Basen, die sich jeden hoffnungslosen Sommer hier trafen. Wann immer es Ferien gab, waren wir gut und gern zu dreißig, wenn nicht mehr.

Unsere Spiele und Erkundungstouren führten uns durch das ganze Haus – von nie veränderten, nie benutzten Wohnzimmern mit geheimnisvollen, tücherverhüllten Formen hinter geschlossenen Läden in Küchen, Spülküchen und Kühlräumen, wo man vor Frost zitterte und wo die Rümpfe geschlachteter Tiere an Haken hingen, weiter in Schlafkammern, in denen nie jemand ruhte, und hinauf auf den geräumigen Boden mit dem Geruch nach Staub und Trockenobst und Federn. In einer Ecke entdeckten wir sogar einen Stapel Särge, und als wir uns danach erkundigten, bezeichnete Ouma den einen als »gebraucht«, eine grausliche Auskunft, auf die keine weitere Erklärung folgte. Sie alle waren gefüllt, mit Rosinen und getrockneten Feigen, Bündeln verblichener Federn und den leeren Schalen von Straußeneiern, einige davon mit unheimlichen Gesichtern bemalt.

Doch am liebsten hielten wir uns im Kellergeschoß auf, das hoch genug war, um aufrecht darin zu stehen und mit verwirrender Exaktheit den Grundriß des Erdgeschosses wiederholte, genauso, wie ich viele Jahre später in Paris entdeckte, daß im Wirrwarr der unterirdischen Abwasserkanäle das Straßennetz darüber wiederzufinden ist. Jedes Zimmer, jede Vorhalle, jeder Korridor hatte hier unten seine Entsprechung. Das Ganze glich dem unterbewußten Gedächtnis des Hauses, wo jedes Ereignis und jede Geste, jedes Kommen und Gehen der offiziellen Welt oben widerhallen und imitiert werden konnte, in gedämpfter Stimmung oder als Spiegelbild, alles in Schatten und in den Geruch von Moder und Hausschwamm und Mäusekot und Staub gehüllt, ein Raum, den die Geister der Toten heimsuchten – das Mädchen und die beiden unbekannten Männer, deren Skelette man einst hier gefunden hatte, und Gott weiß wie viele andere noch – für uns waren sie so wirklich wie die seltsamen, doch sehr greifbaren Dinge, die unsere Schatzsuche ans Licht förderte.

Manche Orte der unterirdischen Höhle wiesen Spuren früherer Bewohner auf: modrige Tische und Stühle mit den Überresten von Tüchern und Bestecken und Geschirr und Kissen, zwei schmale, wacklige Eisenbetten mit den schmutzigen Überbleibseln von Decken, Kissen, bestickten Laken und Kokosfasermatratzen, zerfallene Schränke und Kommoden, angelaufene, abgestoßene Lampen aus Messing oder bemaltem Porzellan, Laternen, Kerzenleuchter. Am spannendsten von allem waren die Zeichnungen an der Wand, faszinierend vor allem, weil sie so verblaßt waren – unmöglich, noch zu erkennen, was sie einmal dargestellt hatten. Ein paar unbeschädigte Teile suggerierten Vorstellungen von peinigender Obszönität, einen Hexensabbat phantastischer Geschlechtswesen, gerade hinreichend, um unsere schmutzigen kleinen Seelen zu entzünden, ohne Gewißheit zu geben. Aber wer hatte sie gemacht? Wer hatte hier gewohnt? Wir nahmen alle an, es müsse das Mädchen gewesen sein, von dem jedermann raunte – die Gerüchte hatten seit Jahren alle Äste des Familienbaumes durchlaufen. Ouma Kristina weigerte sich, irgend etwas zu enthüllen. Nicht einmal ich wurde in das Geheimnis eingeweiht. »Später«, pflegte sie zu sagen, »eines Tages, wenn du soweit bist.« – »Aber wann wird das sein?« – »Vielleicht, wenn du sechzehn bist.« Und als ich sechzehn wurde: »Nein, warte, bis du achtzehn bist.« Dann: »Einundzwanzig.« Am Ende mußte ich mich ins Warten ergeben. Früher oder später, davon war ich felsenfest überzeugt, *würde* sie mir es erzählen, wenn sie spürte, es war an der Zeit. Ouma Kristina würde mich nie enttäuschen. Ich war nicht nur ihr liebstes Enkelkind, sondern dazu auserwählt, von ihr die Bürde oder Wonne – je nachdem, wie man es sah – der Familienerinnerungen und -phantasien zu übernehmen. Das ganze Haus war eine lebende Schatzkammer von Geschichten, jeder Raum mit seinen eigenen, doch alle gipfelten in den geisterhaften Schemen und Schimären jenes unheimlichen Kellers mit den Rorschach-Flecken unkenntlicher Malereien, den noch immer das längst tote Mädchen bewohnte. Ihr Gedächtnis war nun besudelt und bekleckst von den Spuren der Zeit und von Nagetieren und Vögeln, die sich durch Spalten und zerbrochene Luftkanäle hereinverirrt hatten.

Das Haus war eine regelrechte Arche für eine riesige Vielfalt an Vogelleben. Unter den Dachrinnen oder in der unmittelbaren Umgebung nisteten alle Arten von Vögeln, Schwalben und Finken, Gelbschwänze und rotäugige Waldtauben, an der Rückseite sogar ein kleines Falkenpaar; manche flogen im Herbst fort und kehrten im Frühling zurück, andere blieben; auf einem der vielen Schornsteine hatte ein Paar blauer Kraniche sein Nest, auf einem anderen Storch und Störchin. Auf dem Dachboden lebte eine große Familie von Schleiereulen, die uns jedesmal, wenn wir uns in ihr stinkendes, dunkles Reich wagten, zu Tode erschreckte. Und draußen waren das Sträuchergewirr und die gewaltigen Bäume – Pfeffer und Konifere, Schuppentanne und winterharte Palme, Esche, Zeder, Blaugummi, Flieder, Wildfeige, Eiche und ein unglaublicher Loquat-Baum, alt wie die Erde – und boten Schwärmen von Staren, Spatzen, Mausvögeln und gelben oder scharlachroten Webervögeln Wohnung (ein Sommerblitz traf den großen Loquat, und hinterher sammelten wir zwischen den zersplitterten Ästen auf dem feuchten Boden eintausendzweihundert und siebzig Vögel auf). Von Zeit zu Zeit ließen sich sogar ein paar zerzauste Geier blicken, deren bloße Anwesenheit uns mit Panik erfüllte. Rundum auf dem schlammigen Wiesenland schnatterten Gänse, sie watschelten mit gespreizten Flügeln und gereckten Hälsen vorwärts, um Eindringlinge zu verscheuchen, als verteidigten sie das Capitol, während auf dem stellenweise ausgedörrten und versengten Rasen phantastische Pfauen einherstolzierten und mit ihrem strahlenden Blau und Grün und Purpur bunte Flecken in die Landschaft setzten. Und nachts, wenn wir alle zappelnd und kichernd in dem großen Gemeinschaftsbett zusammenlagen, das uns die Erwachsenen in einer tiefgelegenen Halle gemacht hatten, weitab vom Schuß, wo wir ihnen nicht im Wege waren, dann sandten die Pfauenschreie uns ein ekstatisches Angstkribbeln über den Rücken.

Aus irgendeinem dunklen und zweifellos phantastischen Grund wurde die Farm Sinai genannt, aber bei uns hieß sie immer »Vogelhaus«, und es schien nur natürlich, daß inmitten eines solchen ornithologischen Überschwangs Ouma Kristina selbst allmählich anfing, ihrer Umgebung zu gleichen, so wie Hunde angeblich ihren Herren ähneln; sie wurde kleiner und zerbrechlicher, schrumpfte zu einem zartknochigen Vogelleib zusammen, ihre Nase sprang schnabelförmigvor, ihr büscheliges graues Haar wirkte wie struppige Federn in der Mauserzeit. Neben ihr erinnerte die alte Lizzie, das einstige Hausmädchen der Familie, das zur lebenslangen Gefährtin geworden war, mehr und mehr an eine zornige Henne in der Brut.

Aus der Ferne gesehen, umgeben von der dunklen, dichten Masse der Bäume und Sträucher, sah der Palast mit seinen Türmchen, Spitzen, Kuppeln und Kaminen aus wie das Wrack eines großen Geisterschiffes, das windgefegt und sonnenversengt in den versteinerten Wogen der Ebene auf einem überspülten Felsen oder einer Sandbank hockte. Ein Ort, wo alles und jedes möglich war, geschehen konnte, geschah. Bei Nacht wurde er von Gespenstern und Ahnengeistern heimgesucht – ich weiß das, glaubt mir, ich habe sie gehört, gespürt, gesehen –, aber selbst bei Tage, unter dem starren Gottesauge der Sonne, erschien er geheimnisvoll, kaum glaubhaft, Traum oder Alptraum, Wunschgedanke oder schuldgepeinigte Vision, verzweifelter und ausgelassener Beweis für die Extreme, zu denen das menschliche Gemüt, von Zügeln befreit, fähig ist.

»Hast du keine Angst vor Geistern?« fragte ich Ouma Kristina einmal.

»Natürlich nicht.« Die bloße Idee schien sie zu belustigen. »Ich kenne sie alle.«

»Aber was machst du, wenn sie nachts kommen?«

»Ich fege sie einfach beiseite.« Wie Spinnweben, stellte ich mir vor, gleichzeitig entsetzt und beruhigt.

Im Lauf der Jahre habe ich gesehen, wie sich das Haus veränderte. Es verblich nicht, wurde nicht ausgewaschen wie die Landschaft ringsumher, aber ein traurigerer und subtilerer Wandel trat ein, als die Schwärme der Sommerbesucher allmählich abnahmen; immer weniger Verwandte tauchten zu Weihnachten auf, als die Kinder heranwuchsen, andere Anziehungspunkte entdeckten und immer raffiniertere Erklärungen und Entschuldigungen dafür ersannen, daß sie nicht kamen; als die Alten älter wurden und, auf die eine oder andere Art behindert, Anstrengungen scheuten oder starben, wobei sie allmählich die auf dem Boden gehorteten Särge aufbrauchten. Großpapa verschied (nicht einen Tag zu früh, bemerkte Ouma Kristina trockenen Auges), und damit sank sein beträchtlicher Familienzweig ins Dunkel. Vater und Mutter ehrten noch, grimmig entschlossen, die alte Tradition: einmal im Jahr, dann jedes zweite Jahr, jedes dritte; schließlich stellten auch sie ihre Besuche ein. (Die Wonne dieser Reisen, zumal im Zug, den ganzen Weg vom fernen Transvaal her, wo wir lebten; das Tickatack, Tickatack der Räder auf den Schienen ist in mein Gedächtnis eingegraben. Die Autofahrten waren weniger vergnüglich, und Anna und ich pflegten auf dem Rücksitz so viel zu zanken, daß sich eine feste Routine herausbildete: Pünktlich alle zweihundert Kilometer hielt Vater an, stieg aus, schnallte seinen Gürtel ab, teilte uns eine Tracht Dresche zu und fuhr danach weiter.)

Als der Besucherstrom zu einem Rinnsal zusammenschmolz und dann ganz vertrocknete, blieb Ouma Kristina mit der alten Lizzie allein in dem ausgedehnten, surrealen Palast, bis auch Lizzie zu ihren Müttern versammelt wurde und nur Ouma zurückblieb. Jedesmal, wenn ich sie sah, war sie kleiner, begann allmählich, sich unter der Last der Zeit zu bücken und zu schrumpfen, siebzig, achtzig, neunzig – geräuschlos bewegte sie sich durch das Stammhaus so vieler Gutshäuser, ein dünner, grauer Schatten mit büscheligem Haar und knochigen Händen, die Finger mit Ringen bedeckt, glitzernde Edelsteine in den Ohren und um den mageren Hals, enorme Broschen auf der eingesunkenen Brust, so alt und auf ihre Art so schrecklich wie Gott. Ein Schatten unter den Schatten, die das Haus bewohnten, eingehüllt in Leere und eine Stille, die bei Nacht nur von den Lauten der Eulen und Fledermäuse und den Pfauenschreien gestört wurde, vom Weinen eines verirrten Kindes, vom Gewisper der Toten. Die Außenwelt fiel von ihr ab. Nur die vertrauten Farmknechte aus alten Tagen umgaben sie noch, meist gehörten sie zur vielköpfigen Familie der alten Lizzie und lebten ein Stück vom Palast entfernt. Keine Verwandten langten mehr an der Türschwelle an, überhaupt keine Besucher. Nur ich kam unbeirrt einmal im Jahr, mindestens bis ich fast einundzwanzig war und das Land verließ. Um nie zurückzukehren, schwor ich.

»Du kommst zurück«, sagte Ouma Kristina gelassen. Sie mußte es wissen. Auch sie war einst auf immer fortgegangen – und zurückgekehrt. (Sie konnte wenigstens auf das kleine Gemälde des nackten Mannes verweisen.)

Und hier bin ich, auf dem Rückweg zu ihr. Aber wird sie noch dasein? Und was ist von dem Haus selbst übriggeblieben?

## 3

Annas Anruf kam zur prosaischsten aller Zeiten, am Sonnabend unmittelbar nach Mittag. Man meint immer, böse Nachrichten kämen nachts, wenn man verwundbar und unvorbereitet ist, nicht mitten an einem Tag zu Frühlingsbeginn, wenn das Leben freigebig und das Sterben absurd scheint. Ich saß auf der Toilette und las die Zeitung, Michael nahm den Anruf an, da er in Reichweite war, nämlich in dem, was sich Küche nennt, wo er das Mittagessen zusammenhexte – er ist darin weit firmer als ich, vielleicht halte ich es auch deshalb mit ihm schon länger aus als mit all seinen Vorgängern. (Das und die Tatsache, daß er Michael ist, nicht Mike; ich bin allergisch gegen Mikes und Dicks und Nicks. Nicht etwa, muß ich hinzufügen, daß eine Heirat im Plan stünde, zumindest nicht für mich, nicht einmal, nachdem wir drei Jahre lang eine angemessene Menge unserer wachen und die meisten unserer Schlafstunden geteilt haben. Michael verfolgt keine eigennützigen Zwecke, hat keinen Grund zu heiraten – seine Vorgänger waren mindestens Apartheidgegner; seine einzige Leidenschaft – ich hoffe, außer der für mich – ist Shakespeare.)

»Eine Anna ist am Telefon«, verkündete er von der Tür. »Sie sagte ›Ah-na‹, gräßlicher südafrikanischer Akzent. Ich hab ihr erklärt, du machst gerade was, das deine ungeteilte Konzentration verlangt, aber sie behauptet, es ist wichtig.«

»Meine Schwester!«

»Ich wußte gar nicht, daß du eine Schwester hast.« Das klang gekränkt.

»Sie gehört zu einer Vergangenheit, die ich abgeschrieben habe.«

»Und jetzt holt sie dich ein.«

»Nein«, sage ich, »das laß ich nicht zu.« Aber ich verspürte mehr Besorgnis, als ich zu zeigen wagte. Ich nahm den Hörer. »Anna? Es ist wegen Ouma, nicht wahr?« Denn das war das einzige, was ich immer gefürchtet hatte; dies war das Phantomglied, das eines Tages wieder schmerzen würde.

Ein Keuchen am anderen Ende. »Wieso weißt du?«

»Sie war letzte Nacht hier. Sie kam auf dem Rücken eines großen Vogels.« Die Erinnerung war bestürzend lebendig. Ich hatte auf meine Uhr geschaut: kurz nach eins. Michael schnarchte. Sie war gekommen zusammen mit Erinnerungen an Sonnenuntergänge und Unwetter und Windhosen, die über die Ebene fegten, und an Vögel und an Schweigen, tiefer als Erde oder Wasser.

Annas Stimme holte mich zurück. »Kristien, was sagst du da? Du meinst, du hast von Ouma geträumt?«

»Nein. Ich konnte nicht schlafen. Und ich hab sie gesehen, aber sie wollte nicht mit mir reden.« Ich hörte einen unverständlichen Laut an meinem Ohr und seufzte. »Also gut. Sagen wir, es war ein Traum. Und nun erzähl du.«

»Etwas Schreckliches ist passiert.«

»Ist sie tot?« flüsterte ich.

»Nein.« Ihre Stimme stockte. »Zumindest bis jetzt. Sie – letzte Nacht haben sie ihr das Haus abgebrannt. Und jetzt ist sie – sie zankt sich mit den Ärzten und Schwestern herum. Sie denkt, du bist bei ihr, und redet immerfort mit dir.« Ein ersticktes Lachen. »Sie sagt, sie hat dir Geschichten zu erzählen.«

»Um Gottes willen, komm zur Sache«, fuhr ich sie an und war mir bewußt, daß Michael der Unterhaltung mit ironischer Aufmerksamkeit lauschte. »Sag mir, was passiert ist.«

»Das versuch ich ja. Es war nach Mitternacht. Irgendwer hat ihr eine Bombe oder was ins Fenster geworfen. Vorläufig weiß noch keiner was Genaues. Aber es heißt, das Haus ist abgebrannt, du kannst dir vorstellen, alles aus Holz. Irgendwie hat sie es fertiggebracht, ans Telefon zu gelangen, bevor sie zusammengeklappt ist. Aber auch so – sie haben Stunden gebraucht, um das Feuer zu löschen, und jetzt liegt sie im Krankenhaus auf der Intensivstation. Sie ist in einer schlimmen Verfassung, Kristien, du weißt, sie ist über hundert.« Es dauerte einige Zeit, bis sie fortfahren konnte. »Casper sagt, ich muß mich beeilen, es kostet Geld. Aber es ist so furchtbar. Auf dem ganzen Grundstück ist die Polizei, und die Farmer stellen ein Kommando auf, und der Himmel weiß, was noch alles kommt.« Es folgte eine gedämpfte Bemerkung, vermutlich an Casper gerichtet. Ich konnte mir vorstellen, wie er ihr gebieterisch Vorhaltungen machte, der weinerliche Klang ihrer Antwort brachte mich auf. Wie alt war sie? Dreiunddreißig plus neun, zweiundvierzig. Ungefähr in dem Alter war Mutter, als ich geboren wurde, das *laatlammetjie*, der Nachzügler, der ihrer »Sängerinnenkarriere« ein Ende setzte (wie sie mich nie, oh, nie zu erinnern versäumte). Nun also Anna. Sollte ich sie bedauern? Aber schließlich war dies das Los, das sie sich ausgesucht hatte, wissentlich, meine einst strahläugige, glänzende, vorbildhafte Schwester: lauter Einsen, in der A-Mannschaft beim Tennis, Erste in der Bibelklasse, Jacaranda-Königin – alle die richtigen Dinge zur richtigen Zeit, einschließlich der Ehewonnen, in guten wie in bösen Tagen, und wenn sie nicht gestorben sind, leben sie noch heute. Anders als diese aufsässige jüngere Schwester, die eine Bindung verschmäht und, nur mit Ouma als Rückendeckung, Familie, Freunde, Liebhaber und Berufssicherheit zurückgelassen hatte, um – so sagen sie – zu emigrieren, als die Situation brenzlig wurde. Was mir von Vater, sowie ich meine erste Adresse in London hatte, die feierliche Mahnung – ein Spruch von Jeremias, glaube ich – eintrug: *»Das Herz ist trügerisch vor allen Dingen und hoffnungslos böse.«* Es amüsierte mich so sehr, daß ich es in der Kursivschrift, auf die ich damals so stolz war, kopierte und in der Küche an die Pinnwand heftete zwischen die unbeantworteten Briefe, die Karten, die Zeitungsausschnitte und Karikaturen, die Fotos, inklusive die nackten, die Jean-Claude von mir aufgenommen hatte – und die ich nützlich fand, um die Unterhaltung mit neuen Verehrern in Gang zu bringen oder zu stoppen.

»Was sagen die Ärzte?«

»Anscheinend glauben sie nicht, daß viel Hoffnung ist. Sie –«

»Aber sie redet noch, hast du gesagt?«

»Ab und zu. Ich hab schon gesagt, sie spricht immerzu mit dir, als ob du hier wärst. Aber sie ist sehr schwach. Ein paar Tage vielleicht, niemand kann's wissen. Kristien, bitte ...«

»Aber es ist lächerlich! Warum sollte irgendwer Ouma eine Bombe legen wollen?«

Skandal war der Schlüssel zu Oumas Leben gewesen; jetzt schien es, daß selbst ihr Tod mit Skandal verbunden sein würde.

»Das ganze Land ist ein Irrenhaus«, schluchzte Anna. »Jeder bringt irgendwen anders um ...« Weitere gedämpfte Unterhaltung. »Casper sagt ...«

»Scheiß auf Casper!«

»Kristien! Zu so einer Zeit –«

Natürlich wußte sie nichts von Casper und mir, hatte nie etwas geahnt. Und wenn, dann hätte *mich* der Tadel getroffen. Ich bin das böse Weibsstück. Alles von Oumas schlechtem Blut vermutlich.

»Anna, ich will sehen, was ich machen kann. Es ist mitten im Semester und so weiter. Ich rufe dich zurück.«

»Du kannst bei uns wohnen, wenn ...«

Im Hintergrund Caspers grollende Stimme.

»Gib mir nur Zeit zu überlegen.«

Doch im Augenblick, als ich den Hörer auflegte, noch ehe ich das Gesicht Michael zuwandte, wußte ich: Ich würde zurückgehen. So lächerlich es scheinen mochte: Dazu bewog mich das, was Anna über die Geschichten gesagt hatte. Michael würde die Festung halten. Bestimmt war es nicht für lange. Ich konnte mich auf seinen Charme verlassen: Er würde Mr. Saunders in meiner Hampsteader Schule schon beschwichtigen. Was die Kinder anbelangte – ich verspürte einen flüchtigen Gewissensbiß, man entrinnt nie ganz seiner calvinistischen Herkunft –, aber sie würden es überleben; und ich brauchte sehr wohl eine Erholung von meiner täglichen Beschäftigung: vor echte Säue falsche Perlen zu werfen.

»Was ist los, Schatz?«

»Meine Großmutter liegt im Sterben.« Ich gab ihm eine kurze Zusammenfassung von Annas verworrenem Bericht. »Ich muß zurück.«

»Was soll das?«

Erst in der letzten Nacht hatten wir im Bett darüber gesprochen – kein besonders gutes Bett, einfach ein Wirrwarr von Leinzeug und Wolldecken auf dem Fußboden in einer Ecke meines Zimmers, die Matratze hatte ich einst in Zeiten unverhüllter Armut von einem Bürgersteig hinter dem Russell Square gerettet: Was für ein Segen in dieser Zeit, mehr denn je zuvor, nicht in jenem rückständigen Land zu leben.

Genau in dem Augenblick, da »demokratische« Wahlen in Sicht waren, wo man erwartete, daß sich die schwelende Wut von Jahrhunderten eine Zeitlang, wenn auch noch so widerwillig, in der gespannten Stille der Hoffnung beruhigen würde, genau da marterte eine Gewaltwelle nach der anderen das Land ... Wir verspürten nicht einmal mehr Lust, den Fernseher anzustellen; es war alles so widerwärtig voraussagbar. Und so war das Land in der letzten Nacht auch in unserem Gespräch aufgetaucht, genug, um uns aufzubringen – nicht gegeneinander, aber gegen die Welt – und uns aus der glückseligen Vergessenheit der Liebe zu reißen.

Und nun stand ich hier, nur zwölf Stunden später, und erwog die Heimkehr.

»Ich habe keine Wahl, Michael. Ich muß hin.«

»Das ist Irrsinn, Kristien! Du hast vor langer Zeit von ihr Abschied genommen. Vermutlich würde sie dich nicht einmal erkennen. Wenn es wirklich so schlecht um sie steht, wie diese Anna behauptet – und sowieso, das ganze Land ein Pulverfaß –«

»Ich weiß. Aber es ist Ouma. Und wenn sie mich wirklich braucht – Michael, rufst du Heathrow an, während ich packe, und läßt dir die Flüge sagen?«

»Wann?«

»Heute nacht.«

»Aber das ist –«

Knapp drei Stunden später traten wir hinaus in den gleichmütig strahlenden Sonnenschein, in einen April, der durchsichtiger und milder war als alle, die ich in den Jahren meines selbstgewählten Exils erlebt hatte. Mit einem sonderbaren Gefühl der Resignation zog ich die Haustür hinter mir ins Schloß: die hellrote Tür, die mich vor sieben Jahren zuerst in die sanft geschwungene Biegung von Sussex Gardens mit ihrer trügerischen grünen Heiterkeit gelockt hatte. Nun nahm ich Abschied – nur für eine Woche, höchstens vierzehn Tage, rief ich mir ins Gedächtnis; und doch war mir, als mache ich mich auf etwas gefaßt, das viel weniger vorhersehbar war als der Tod.

(Hätte ich in diesem Augenblick wissen können, worauf ich lossteuerte – nicht nur auf jenen einen Tod, sondern auf so viele, und meine Rolle, meine Verantwortung bei alldem –, hätte ich trotzdem vorwärts gedrängt? Es scheint unvorstellbar, und doch ...)

Irgendwann hielt Michael, meinen einen, hastig gepackten, abgestoßenen Koffer in der Hand, an und fragte mit gepreßter Stimme: »Kristien, ist dir klar, was uns das jetzt – zu dieser Zeit – antun kann?«

»Ich weiß nicht, was es uns antun kann. Ich weiß aber, was es für mich bedeuten kann.« Als ich ihn anblickte – kein Meter lag zwischen uns –, war mir, als sei ich schon sehr weit fort.

Er zuckte zusammen. Er sah angespannt und blaß aus; dieser Abschied war das letzte, was wir hätten voraussehen und wünschen können.

»Du bist unglaublich selbstsüchtig«, sagte er.

»Ja«, sagte ich, »ich weiß. Andernfalls würde ich vermutlich in Stücke zerfallen.«

Was ich dachte, aber nicht sagte, war: Siehst du nicht, daß ich nicht einfach bloß meinen Willen durchsetzen will? Da ist etwas, dem ich mich stellen muß, etwas, das ich nicht verstehe und nicht zu verstehen brauche. Ich bin es leid, so viele Gesichter zu haben, für jeden Menschen ein anderes oder doch so viele für zu viele. Es ist an der Zeit, daß ich zu älteren Arten des Erkennens zurückkehre, mich wieder in jene Einöde verziehe, in der Ouma und ihre Geister umherstreifen und wo sie nun in Gefahr sind, daß man sie auslöscht. Jetzt ruft *mich* die Wildnis.

»Südafrika bringt das Schlimmste in dir zutage«, sagte er beißend, aber immer noch ruhig. Laut zu werden ist nicht Michaels Stil. »Sogar das Melodramatische.«

»Wenn das alles ist, was es dir bedeutet ...«, sagte ich. Und riß ihm den Koffer aus der Hand, stoppte ein Taxi, das glücklicherweise vorüberfuhr und ließ Michael, schon mit den Wagenschlüsseln in der halbausgestreckten Hand, stehen. (Eine absolut unverantwortliche Ausgabe, eine Minute später bedauerte ich sie; impulsives Handeln ist der Fluch meines Daseins.) Einmal schaute ich zurück, als wir in die Kurve nach Bayswater einbogen. Er stand noch dort, hochgewachsen und leicht gebeugt, mit seinen zerzausten Haaren und der würdigen Brille, zornig und gar nicht mehr so jung, und doch lag in seiner Haltung etwas verwundbar Knabenhaftes; für einen Augenblick wäre ich am liebsten umgekehrt. Beging ich nicht einen schrecklichen Fehler – nicht, indem ich zu Ouma heimkehrte, aber indem ich ihn zurückließ? Drei Jahre. Als ich ihn zuerst kennengelernt hatte, als wir uns nach der Rückkehr von Dr. Johnsons Haus zum erstenmal hinter jener scharlachroten Tür geliebt hatten, so seltsam erregt durch Todesgedanken, da schien er eine so elegante Lösung, wenn auch für ein Problem, das noch gar nicht bemerkbar war. Drei Jahre Nähe, zu viel oder nicht genug? Wo, wie hatte sich der Umschwung vollzogen, der die Lösung in ein Problem verwandelte? Oder war ich die ganze Zeit das Problem gewesen?

Später rief ich von Heathrow aus an, um mich zu entschuldigen, aber Michael war nicht zu Hause oder hatte keine Lust, das Gespräch anzunehmen. Unerledigte Angelegenheiten. Gott, wie viele hab ich in meinem Leben angehäuft. Aber dieser muß ich mich stellen. Ich bin jetzt ein großes Mädchen.

## 4

Da Sie noch ein paar hundert Seiten mit mir verbringen sollen, hätte ich wohl, des besseren Eindrucks wegen, lieber von vorn anfangen sollen. Möglicherweise haben Sie schon Abneigung gegen mich gefaßt. Mea culpa. Ich bin in vieler Hinsicht keine angenehme Person. Ich kann gehässig, vorurteilsvoll, bockig, rachsüchtig, unzuverlässig sein, wie immer Sie es nennen wollen ... Mein Vater hielt mich zweifellos für eine Hexe. (Vielleicht war es das, was der Mann im Flieger sagte: »Hexe.« Das heißt, falls er sich überhaupt die Zeit nahm, über mich nachzudenken. Man lernt mit vielen Dingen fertig zu werden, andere kehren zurück, quälen einen oder rächen sich in unbewachten Momenten. Es ist alles desto schwieriger zu bewältigen, wenn man wie ich versucht, es in einer Sprache zu verarbeiten, die mir immer irgendwie fremd bleibt. Gleichzeitig bietet sie das Stück Abstand, das der Art von Seelenforschung, der ich gern fröne, zugute kommt. Während meiner Londoner Jahre habe ich natürlich gelernt, fließend Englisch zu sprechen; man hat mir gesagt, ich hätte dafür »Gespür«. Aber es kann nie meine Muttersprache werden. Und ich lasse mich zu Schwulst verleiten. Ich neige dazu, »immens« zu sagen, wenn »groß« genügen würde, oder »vorwärtsschreiten« für einfaches »gehen«. Also seien Sie gewarnt. Sie müssen mich nehmen, wie ich bin. Außerdem bin ich Linkshänderin.

## 5

Anna ist da, um mich an dem protzigen kleinen Flughafen außerhalb von George in Empfang zu nehmen. In Johannesburg verließen mich meine beiden mürrischen Gefährten schleunigst. Einer wurde von der Menschenmenge verschluckt, der andere, der Textilmensch mit dem Ring, geriet mir wieder vor die Augen, als wir aus dem Zoll kamen und er sich in die enthusiastische Kollektivumarmung einer Frau und zweier halbwüchsiger Töchter begab. Ich konnte mich nicht zähmen, schlängelte mich an ihn heran und faßte ihn beim Arm. »Nochmals vielen Dank«, sagte ich, »für alles.« Ich tätschelte seine Hand. »Laß von dir hören. Du hast meine Nummer.« Ich ging davon mit meinem abgestoßenen Koffer, gefolgt von ihrem Schweigen. In einer schäbigen Badekabine stellte ich mich unter die Dusche, die wahllos und ruckweise drei dünne, wohlgetrennte Wasserstrahlen in die ungefähre Richtung meines eingeseiften Körpers verspritzte, zwei kalt, einer brühheiß, trocknete mich mit einem Handtuch ab, das mir eine desinteressierte Wärterin reichte, während sie sich brüllend mit einer unsichtbaren Person, vermutlich am anderen Ende des Flughafengebäudes, unterhielt. Ich trank eine Tasse Tee, aß ein Sandwich, das über den Teller hing, und blätterte eine gräßliche Sonntagszeitung durch. Da stand etwas auf Seite drei. Hundertjährige auf abgelegener Farm überfallen. Das siebente betagte Opfer in drei Wochen. Polizei startet breitgefächerte Menschenjagd. Farmerkommandos durchkämmen Bezirk. Minister warnt: Gesetz nicht in die eigenen Hände nehmen. Mehr Sicherheitsmaßnahmen in ländlichen Bezirken erforderlich. Mrs. Kristina Basson, die vor zwei Monaten ihren hundertdritten Geburtstag feierte, befindet sich dem Vernehmen nach in kritischer Verfassung. An diesem Punkt wurde glücklicherweise mein Anschlußflug aufgerufen. Drei weitere Stunden lag ich im Halbschlaf, lässig hingegossen und höchstwahrscheinlich mit offenem Mund, diesmal ungestört von potentiellen Schändern.

Und hier bin ich schließlich; hier ist sie.

Zuerst erkenne ich sie nicht einmal, spaziere direkt an ihr vorüber, halte erst an und drehe mich um, als ich hinter mir ihre Stimme höre. Können elf Jahre solch einen Unterschied bewirken? Diese müde, formlose Person, umringt von augenscheinlich zahllosen Kindern: Ist das die Schwester, die mir einst als erstrebenswertes, aber nie erreichbares Musterbild vorgehalten wurde? Ich stürze in ihre Umarmung wie in einen Abgrund, empfange feuchte Küsse, werde an ihre wimmelnde Brut weitergereicht, die mich pufft und knufft und besabbert (»Tante, Tante, hast du mir was mitgebracht?«).

Ich wehre sie ab. Seit dem, was in London geschehen ist, flößen Kinder mir Furcht ein. Ich weiß, ich muß dagegen angehen, aber jetzt bin ich dem einfach noch nicht gewachsen.

Endlich aus dem Gewimmel auftauchend, frage ich keuchend : »Anna, geht es ihr gut?«

Ihr Gesicht verzerrt sich. Aber sie nickt ungestüm. »Sie lebt. Das ist ungefähr alles.«

»Kannst du mich sofort zu ihr bringen?«

»Willst du nicht erst ausruhen?«

»Nein, alles andere kann warten.«

Ich reiße meinen verbeulten Koffer vom Förderband.

»Weiter hast du nichts mit?« fragt Anna, schwer zu entscheiden, ob aus ihrer Stimme Neid oder Geringschätzung klingt.

»Ich brauch nicht viel«, sage ich so unbeteiligt wie möglich. »Es ist nur für ein paar Tage.«

Sie wirft einen abwägenden Blick auf meine Hand. »Noch kein Ring?«

»Noch kein Ring.«

»Aber da war mal einer?«

Ich zucke mit den Achseln. Bevor die hochnotpeinliche Befragung fortgesetzt werden kann, fallen die Kinder über mich her, ziehen und zerren, um mir den Koffer zu entreißen. Anna unternimmt nicht den geringsten Versuch, ihren turbulenten Sprößlingen auch nur den Schein von Disziplin aufzuzwingen; es ist klar, sie hat aufgegeben. Sie scheint vernachlässigt und verwirrt, achtlos ihr Make-up, ihre Kleider undefinierbar, sie umhängen schlaff einen Körper, der Pflege nötig hätte. Wie verschieden ist sie von der älteren Schwester in ihren Blütejahren, auf die ich mich besinne: kerzengerade und hochgewachsen und schön, mit üppigen Brüsten und einer Vorliebe für Kleider und Blusen, deren Ausschnitt praktisch bis zur Klitoris reichte. Eine neue liebevolle Wärme für meine Schwester durchströmt mich bei der Erinnerung, aber auch ein Anflug von Zorn: Wie hat sie alle Energie, allen Überschwang von damals vergeudet! Jetzt schau dich an, liegt mir auf der Zunge, aber so sehr kann ich sie nicht verletzen.

Unter brüllenden Protesten werden die Kinder auf der Ladefläche von Annas Transporter verstaut, der draußen parkt; nur der Jüngste, ein unangenehmer kleiner Junge, darf mit uns nach vorn.

»Nicht sehr komfortabel«, sage ich und trete damit ins Fettnäpfchen wie immer. »Du solltest dir einen Personenwagen anschaffen.«

»Ich hatte einen«, sagt Anna, wie mir scheint, mit einem Anflug von Groll. »Aber Casper meinte, der hier sei praktischer.«

»Für dich oder für ihn?«

Sie errötet kurz, schaltet geräuschvoll in einen anderen Gang und erklärt dann mit Nachdruck: »Oh, weißt du, ich habe eine Masse Besorgungen. Außerdem ist es einfacher mit den Kindern.«

»Wo ist Casper?«

»Unterwegs mit seinem Kommando. Ich dachte, ich hätte dir das erzählt? Du kannst dir denken, die Farmer sind wegen dieser Geschichte in voller Aufregung und haben sich bewaffnet.«

»Sollte man das nicht lieber der Polizei überlassen?«

»Sie trauen der Polizei nicht mehr.Das ganze Land ist völlig durcheinander, weil nächste Woche die Wahlen stattfinden.« Sie wendet den Kopf, um mich zu mustern. »Ich kann nicht glauben, daß du wirklich hier bist. Du siehst so – schick aus.«

»Du schaust auch gut aus«, sage ich mechanisch.

»Bitte!« Plötzlich klingt ihre Stimme scharf. »Ich weiß, was du in Wirklichkeit denkst. Ich muß wie eine Landpomeranze aussehen. Aber wenn man die Art Leben führt wie wir, hat man keine Zeit, an Äußerlichkeiten zu denken.«

»Und du denkst, ich ...« Ich werde das Thema wechseln müssen; warum konnten wir nie zehn Minuten miteinander verbringen, ohne uns in die Haare zu geraten? Ich halte an mich und sage so unbeteiligt wie möglich: »Ich möchte von Ouma hören. Wieso war sie ganz allein?«

»Hast du vergessen, wie sie ist? Wir haben wieder und wieder versucht, sie in ein Altersheim zu bringen. Sie ist so halsstarrig wie immer. Schlimmer noch. Und jedenfalls, wer hätte gedacht ...« Sie ist wieder den Tränen nahe. »Ich meine, andere Leute sterben, wenn sie siebzig oder achtzig, vielleicht neunzig sind. Konnten sie sie nicht einfach in Frieden sterben lassen? Daß so etwas einer alten Frau zustößt, die über hundert ist ...«

»Sie ist unglaublich stark.«

»Das überlebt sie nicht. Niemand sonst wäre lebend da rausgekommen. Ich sage dir, sie hält sich nur noch, weil sie dich sehen will.« Mit einem neuen Anflug von Vorwurf fügt sie hinzu: »Du warst immer ihr Liebling. Casper sagt ...«

»Ich vermute, Casper kann es gar nicht erwarten, Oumas Farm zu übernehmen.«

Ihr Gesicht färbt sich tiefrot. Aber statt aggressiv zu reagieren, wie ich eigentlich gehofft hatte, nimmt sie wieder Zuflucht zu dem langmütigen Klageton. »Es *ist* das Familiengut«, sagt sie. »Und ich bin die Älteste. Casper ist mein Mann, also ist es nur gerecht –«

»Ouma ist noch nicht tot«, unterbreche ich sie mit aufflammendem Ärger. Dann lasse ich es gut sein. Wozu? Ich weiß einen ordentlichen Streit zu schätzen, aber Anna anzugreifen ist das gleiche, wie auf ein Kissen einzudreschen. »Jedenfalls bin ich nicht gekommen, um irgendwem irgendwas wegzunehmen. Mein Leben spielt sich anderswo ab.«

»Als wir gestern gesprochen haben …«, sagt sie impulsiv, mit einem kurzen Aufstrahlen in der Stimme. »Ach, wenn du doch du nicht ganz so weit weg wärst. Als Kinder standen wir uns immer so nah.«

»Aber nein«, sage ich, nicht um sie zu verletzen, nur zur Erinnerung. »Du hattest deine eigene Clique, ihr machtet alles zusammen. Ich war viel zu jung für dich. Ich hab dich behindert. Zu der Zeit, wo du dann Freunde hattest, war ich bestimmt die reine Plage.« Ich halte inne, damit ihre Erinnerung sich zurücktasten kann. »Du warst damals umwerfend, weißt du noch? Du hättest jeden kriegen können. Ich verstehe immer noch nicht, warum …« Zerknirscht stocke ich. »Tut mir leid, Anna. Schon wieder.«

Sie zieht eine kleine Grimasse, beide Hände ums Lenkrad geklammert. Sie fährt wie eine alte Frau, starrt verbissen vorwärts. Die Stadt fällt hinter uns zurück, als wir in die dunklen Berge vordringen. Der scharfe Föhrengeruch. Ich drehe das Fenster herunter, vom Meer weit unten sprüht ein Schwall herauf, überspült uns. Das Kind schreit in zornigem Protest. Ich schließe das Fenster wieder.

Es ist so viele Jahre her, daß ich zuletzt diesen Paß entlanggefahren bin, aber alles kommt so mächtig zurück wie die mahnende Erinnerung vom Meer. Das Gefühl, nicht den Konturen der Berge zu folgen, sondern geradewegs in sie hineinzugleiten, eingehüllt in ihre feuchte Unmittelbarkeit, die satte Dunkelheit ihrer Farben, die mannigfachen Grün- und

Schwarz- und Braun- und Rottöne, die Ahnung von geheimem Vogel- und Erdtierleben, Trauben jungfräulichen Waldes in tiefen Schluchten, der flüchtige Schimmer schmaler weißer Wasserfälle. Selbst das Kind zwischen uns wird eine Zeitlang still.

Schon ahne ich die nächste Stufe. Daran werde ich mich nie gewöhnen: Die Jäheit, mit der die Berge zurückbleiben, während man auf die Hochebene hinausgestoßen wird. Ich keuche fast, als Schlaglicht über uns hereinbricht, so grausam, wie meine Augen es nicht mehr gewöhnt sind. Hier ist nichts sanft oder gedämpft; alles ist von brutaler Direktheit. Eine rauhe, sich überstürzende Landschaft, Ocker und verbranntes Umbra (für die Aloen ist es noch zu früh); als habe sich die Erde gedehnt und geschüttelt und sei mitten in der Bewegung erstarrt. Und dann flaut die Rastlosigkeit ab, die Landschaft öffnet sich, die Ebenen um uns herum entfalten sich, um ihre immer noch unentzifferbaren Hieroglyphen aus Gebüsch und Gestein zu enthüllen, Erosionsgräben, Büschel spröden Grases, Klumpen von blaugrauen Sisalpflanzen oder Feigenkakteen, in der Ferne blaue Hügelreihen, eine hinter der anderen. Und auch wir werden Teil dieser alten Schrift, eine Geschichte, zusammen mit anderen in den Wind gehaucht.

Wüstenstriche: Nicht so öde wie in den meisten Jahreszeiten, an die ich mich entsinne (es muß vor kurzem geregnet haben, und im Überfluß), doch von dramatischer Kontur und imposant im Detail. Felsstrukturen, nackt, nur Spuren eines Musters aus Erde und Sand. Die klaren Linien stoßen ab, was nur Verzierung oder Laune ist, fordern die Phantasie heraus. Ein Raum, in dem die Fata Morgana Bedingung und Ausgangspunkt wird. Dies war stets Ouma Kristinas Landschaft. ich weiß, wenn man unverwandt und lange genug hineinschaut, werden sie erscheinen: Die Frau, der man die Zunge ausriß; die eine, die – weil keiner ihr Feder und Papier geben wollte – auf Baumrinde und Felsen und in den Sand schrieb; die andere, die verschwand, deren Fußspuren einfach aufhörten; die Schafhirtin, die ihre Tiere in Steine verwandelte, damit sie nicht fortwanderten; die Straußenfrau und die Baumfrau; das Kind, das ein Kind gebar; Ouma Kristina selber. »Sieh dich um, mein Kind. Hier wirst du entdecken, was Dauer hat und was der Wind fortbläst. Es war einmal –«

»Hat Ouma dir je die Geschichte von der Frau erzählt, die aus der Wüste kam?« frage ich Anna.

Sie blickt mich an, runzelt die Stirn, schüttelt den Kopf. »Kann ich dir nicht sagen. Manchmal geht sie einem mächtig auf den Geist.«

»Also, diese Frau lebte in der Wüste. Keiner wußte etwas über sie. Und nur dreimal in ihrem Leben verließ sie die Wüste und kam in die Stadt. Jedesmal stellte sie dieselbe Frage.«

»Nämlich?« Sie hält vor einer Ampel: Wir sind in der Stadt angelangt. Outeniqua: Der Name öffnet die Schleuse für eine neue Erinnerungsflut. Für ein paar Augenblicke verblaßt die Wüste im Bewußtsein, aber ihre Botschaft bleibt.

»Sie hat die Leute gefragt: Wißt ihr, was ich euch sagen will?«

»Ich muß schon sagen, eine ziemlich blöde Frage.«

»Als sie das erste Mal kam, antworteten die Leute nein, sie hätten keine Ahnung. ›Ihr seid dumm‹, versetzte die Frau und kehrte in die Wüste zurück. Viele Jahre später kam sie dann wieder und fragte dasselbe. Die Leute erinnerten sich an das erste Mal und sagten ja, sie wüßten es. ›In dem Fall braucht ihr mich nicht‹, sagte die Frau und ging wieder fort in die Wüste. Noch Jahre und Jahre redeten die Leute von ihr. Und dann, eines Tages, war sie wieder da. ›Wißt ihr, was ich euch sagen werde?‹ fragte sie wie zuvor. Diesmal hatten sich die Leute auf sie vorbereitet. Die eine Hälfte antwortete ja, die andere nein. Die Frau lächelte, ein müdes, kleines Lächeln, und sagte: ›In dem Fall können es diejenigen, die es wissen, denen sagen, die es nicht wissen.‹ Darauf kehrte sie in die Wüste zurück, und keiner hat sie je wiedergesehen.«

Anna biegt mühsam in eine Seitenstraße ein. »Ist das alles?« sagt sie.

»Was willst du mehr?«

»Also wirklich, Kristien.« Sie hält an. »Wir sind da.«

# 6

Das Erstaunliche an dem Krankenhaus sind die Vögel. Das gesamte rote Dach des Baus, die Eukalyptusbäume im Umkreis, so weit das Auge reicht, alle Laternenpfähle sind mit Vögeln bedeckt, Vögeln aller Arten: Schwalben und Sperlingen und Webern und Mausvögeln, langgeschwänzten Paradiesvögeln und Wiedehopfen und sogar größeren, Ibissen und Perlhühnern und Fasanen und Rebhühnern.

»Was ist hier los?« frage ich Anna.

»Wo? Was meinst du?« Offensichtlich hat sie gar nichts bemerkt.

»Die Vögel. Sieh doch hin. Sie sind verrückt geworden.«

»Na ja, es ist Herbst. Vermutlich bereiten sie sich auf den Abflug vor.«

»Die Schwalben vielleicht, aber nicht die anderen. Hast du je Perlhühner oder Wiedehopfe wegziehen sehen?«

»Wie soll ich das wissen?«

»Das sind Ouma Kristinas Vögel!« rufe ich in einem Moment der Erleuchtung aus.

»Mach dich nicht lächerlich. Warum sollten sie ...« Die Stimme versagt ihr, als sie ein Paar Schleiereulen bemerkt, die sich, Augen auf Halbmast, unter einer Markise nahe dem Eingang regen. »Geh lieber hinein«, sagt sie hastig und wendet sich zurück zum Transporter.

»Kommst du nicht mit?«

»Nein. Jetzt bist du dran.«

Als ich mich anmelde, erhebt sich an der Rezeption ein Wirbel von Betriebsamkeit. Ein Schwarm von Schwestern holt einen Arzt aus den Tiefen des Hauses. Die Hände auf dem Rücken, die Brille auf der fleischigen Nasenspitze, gleicht er aufs Haar einem freundlichen Marabu – ist dies eine Klinik oder ein Vogelhaus? – und gibt in immer wieder stockendem Redeschwall eine Reihe wahlloser Bemerkungen von sich. Ich mache Phrasen dieser Art aus: »Gott sei Dank stabilisiert – dreißigprozentige Verbrennungen – Gefahr der Lungenentzündung geht zurück – meiste Zeit unter schweren Beruhigungsmitteln – unglaubliche Kraftreserven – Intensivstation – Schwellung beginnt nachzulassen – Atem etwas leichter – in ihrem Alter ...« Der Rest geht im Gezwitscher seiner weißgestärkten Gehilfinnen unter, von denen mich eine schließlich ans Ende eines sehr langen, gallengrünen Korridors geleitet.

Ein kleines Bündel, in dem ich Ouma Kristina errate, liegt auf einem hohen, schmalen Bett an der Wand, gegenüber von einem großen, geschlossenen Fenster. Ein Schläuchegewirr verbindet sie mit futuristischen Maschinen und Tropfen an hohen Ständern; es wirkt, als sei sie an die Drähte eines elektrischen Stuhls angeschlossen.

Mit betontem Eifer drängt sich die Schwester an mir vorbei und beginnt zu plappern, deutet auf die Gegenstände rundum, als sei ich ein verspäteter Partygast und müsse mit den anderen bekannt gemacht werden. »Plasma ... Antibiotika ... Glukose ... Morphium« – Sehr angenehm, freue mich, euch alle kennenzulernen. Ein dumpfer Schlag gegen das Fenster unterbricht die Vorstellung, gefolgt von einem gellenden Schrei. Ein Star hat sich gegen die geschlossene Scheibe geworfen und liegt nun betäubt, mit flatternden Federn, draußen auf dem Sims.

Die Schwester scheint merkwürdig ungerührt, als nehme sie den Aufruhr gar nicht wahr. Aber ich kann mich nicht enthalten, zum Fenster zu gehen. Der Weg und der zertrampelte Rasen direkt unterhalb des Zimmers sind mit kleinen toten Vögeln übersät. So sah Oumas Hof nach jenem Gewitter aus.

Sie schaut aus wie ein alter, welker Embryo, der aus einem Ei geschält worden ist. Die paar büscheligen Haare auf ihrem Kopf erinnern an die wirren Babyfedern einer jungen Taube; ihre geschlossenen Augen mit den geäderten rosa Lidern, dünn wie Reispapier, gleichen denen eines toten Hühnchens. Eine einzelne Klaue liegt, knotig und gekrümmt, am Rande des Lakens, mit den Nadeln mehrerer Tropfe im Gelenk; die andere Hand ist wie fast alles übrige dick mit Bandagen umwickelt. Ihr Gesicht ist fleckig. Nicht das geringste Lebenszeichen zeigt sich an dem welken Bündel. Knochen, denke ich, alles zu Knochen reduziert, so wie die Landschaft drüben in Stein geformt ist. Wie schrecklich klein ist sie. Ein winziges Häufchen Knochen, von einem Hexer hingeworfen, um die Zukunft daraus zu lesen. Doch was an Zukunft kann sie noch voraussagen, was von einer allzu fernen Vergangenheit noch erinnern? Nur dieser nichtssagende harte Fingerknöchel, eine Angel, um die sich die vertraute Welt dreht.

... Abermals wirft sich ein Vogel gegen die Scheibe und fällt flügelschlagend, den gelben Schnabel vor Überraschung und Schmerz aufsperrend, auf den Sims unten, von wo er ein rundes, verblüfftes, anklagendes Auge auf uns richtet.

»Ist sie tot?« flüstere ich. Aber die Schwester ist schon hinausgegangen.

Die durchscheinenden Lider flattern. Zwei blasse, milchige Augen starren mich aus tiefen Höhlen an. Sie flüstert etwas. Die Klaue streckt sich, zieht sich wieder zusammen.

Ich beuge mich über sie, das Ohr an ihrem Mund. Ein bloßer Hauch.

»Öffne das Fenster«, flüstert sie.

»Aber ...«

Ein schwaches, ungeduldiges Rucken ihrer knotigen Hand.

Ich werfe einen vorsichtigen Blick zur Tür, haste zum Fenster und reiße es auf. Fast im selben Augenblick ist der Raum voller Vögel. Ich presse mich in eine Ecke, wie sie vorbeifegen in einem mächtigen, brausenden Sturm. Flügelgeflatter, gespreizte Schwanzfedern, zarte, lange Zehen ausgestreckt zur Landung, es ist wie bei einer der wilden Kissenschlachten, die wir als Kinder in Ouma Kristinas Haus austrugen, wenn sich ein ganzer Raum in einen Schneesturm aus wirbelnden Federn verwandelte. Sie brauchen eine ganze Weile, bevor sie sich niedergelassen haben, wo immer sie einen Sitz finden, die meisten auf dem Bett, das sie in eine lebende, wogende, vielfarbige Steppdecke verwandeln.

Was dann? Das Wiederauftauchen der Schwester – zweier Schwestern. Dies dürfte der denkbar ungünstigste Augenblick sein, und natürlich werde ich es ausbaden müssen. Aber zu meiner Überraschung übersehen sie meine Anwesenheit ganz und gar, als sei ich nichts weiter als ein ungeschickt in die Ecke gehängtes Bild. Und was noch erstaunlicher ist: Sie beachten auch die Vögel nicht, sondern machen sich flink und tüchtig an ihre Arbeit, wechseln einen der vielen Tropfe neben dem Bett aus, obwohl sich mindestens zwanzig der buntesten Vögel auf dem fleckenlosen Stahlrahmen niedergelassen haben. Ein paar Minuten später gehen die Schwestern wieder hinaus, ich schleiche ihnen auf Zehenspitzen zur Tür nach, um durch die Glasscheibe zu spähen und mich zu vergewissern, daß die Luft rein ist. Als ich mich wieder zum Zimmer umdrehe, sind die Vögel verschwunden. Ich entdecke in Ouma Kristinas Gesicht den Schatten eines Lächelns.

Ihre freie Hand winkt mich behutsam heran. Wieder beuge ich mich über sie, das Ohr dicht an ihrem Mund. Es fällt ihr sehr schwer, die Worte zu formen.

»Du bist zurück«, sagt sie. »Hab ich dir vor Jahren vorausgesagt, nicht?« Die meisten Worte muß ich erraten; dann folgt eine Mischung von Seufzern und Gemurmel. Aber sie spricht hartnäckig weiter. »Ich hab gewußt, daß du kommst. Letzte Nacht hab ich mich aufgemacht und nach dir geschaut.«

»Ich weiß«, sage ich. »Ich hab dich gesehen.« Ich strecke die Hand aus und berühre die ihre. »Ich wollte, ich wäre nicht aus *dem* Grund zurückgekommen.« Der Drang zu weinen überkommt mich, aber mehr aus Zorn, denke ich, als aus Kummer. »Wie konnte dir das jemand antun?«

»Ich glaube nicht, daß sie es wollten. Sie haben es einfach getan.«

»Hast du sehr schlimme Schmerzen?«

»Sie geben mir was, daß ich die meiste Zeit schlafe.« Langsam schüttelt sie den Kopf. »Weißt du, es gibt nur eins, was bei Brandwunden hilft: der Samen eines Mannes. Ich hab es dem Doktor gesagt, aber der wollte nichts davon hören. Vermutlich nahm er an, er sollte ihn mir liefern. Nun, sie behelfen sich mit dem, was sie haben.«

»Wie fühlst du dich, Ouma?« frage ich eindringlich.

»Ich fürchte, ich bin am Sterben«, erwidert sie sehr ruhig.

»Sag nicht so etwas. Bitte. Ich versprech es dir, wir pflegen dich zurück ins Leben.«

»Wer sagt denn, daß ich noch länger leben will? Ich hab nur darauf gewartet, daß du kommst. Du bist ein gutes Mädel.«

»Ich bin kein gutes Mädel!« Schuldbewußtsein und Zorn flammen in mir auf. Ein gutes Mädel ist eine, die dableibt und sich kümmert, die Verantwortung übernimmt, nicht eine, die halsstarrig ist und wegläuft und sich ihr Leben selber einrichtet und glaubt, die Zukunft sei wichtiger als die Vergangenheit.

»Jetzt wird es besser. Wie in den alten Tagen, als du und ich ...«

»Sprich nicht soviel, Ouma, du strengst dich an.«

»Ich habe lange genug gewartet. Nur eins ...« Es folgt eine so lange Pause, daß ich schon denke, der Gedanke sei ihr entglitten. Aber dann, nach einer weiteren schwachen Geste, die mich zum Lauschen ganz dicht heranwinkt, fährt sie fort: »Ich will heim.«

»Aber du brauchst die Pflege hier. Du mußt bleiben.«

»Ich sterbe so und so, was macht es aus?« Ihre blassen, fast blinden Augen starren mich an mit der milchigen Unschuld der sehr Alten und der sehr Jungen.

»Wenn ich hierbleibe, kriegt mich dieser gerissene alte Leichenbestatter. Der alte Piet Malan. Er liegt all die Jahre nach mir auf der Lauer. Ich habe ihn jedesmal, wenn ich aufgewacht bin, an der Tür gesehen. Kann nicht abwarten, meinen Leichnam anzutatschen, der geile alte Bock.«

»Ouma, bitte ...«

»Du mußt verhindern, daß er mich kriegt, versprich mir das.«

»Natürlich kriegt er dich nicht.«

»Dann mußt du mich von hier wegholen. Bring mich heim. Nur da bin ich sicher.«

»Anna sagt, alles ist abgebrannt«, erwidere ich sanft.

»Sie übertreibt immer. Wie deine Mutter. Ich will, daß du hingehst. Ich hab das Haus leider in den letzten paar Jahren ziemlich vernachlässigt.« Einen Augenblick strahlt das Gesicht auf. »Aber im Garten sind noch Pfauen.« Ein schwaches, doch entschiedenes Nicken. »Geh und sieh, ob es noch steht. Dann komm und hol mich.«

»Und wenn dir was passiert, während ich weg bin? Ich bin die ganze Strecke hergekommen, um bei dir zu sein.«

»Dann mach dich nützlich. Ich habe nicht die Absicht, hier zu sterben.«

»Das entscheidest nicht du«, liegt mir auf der Zunge, aber natürlich bremse ich mich. Ouma Kristina ist durchaus fähig, die Zügel in die Hand zu nehmen wie immer, selbst angesichts des Todes.

## 7

»Wie ist dein Eindruck?« fragte Anna auf dem Heimweg.

»Ich hätte nie gedacht, ich würde sie eines Tages so sehen. Ein kleiner, trockener Zweig. Sie war immer so voll Tatkraft.« Wider Willen lächele ich. »Wann immer ich an Ouma denke, sehe ich sie als erstes vor mir, wie sie, den Transistor ans Ohr gepreßt, in ihrem Palast hin und her marschiert und sich ein Rugbyspiel anhört, lautstarke Kommentare von sich gibt, ihr Team – das war unwandelbar Western Province – anstachelt und Feuer und Schwefel über den Gegner herabruft. Nie hat sie ein Spiel verpaßt. Ich hab oft mit angesehen, wie sie vor Aufregung den Transistor auf den Fußboden oder an die Wand schleuderte. Sie muß jede Saison zwei oder drei neue gebraucht haben.«

»Sie hat immer alles übertrieben«, sagt Anna mit unverhüllter Mißbilligung. »In den letzten paar Jahren ist sie ganz unmöglich geworden.«

»Sie hält einfach nichts von Halbheiten.« Und nun beginnen die Vergangenheitsbilder zurückzufluten. Ich erinnere sie an die Familiensage, daß bald nach dem Zweiten Weltkrieg ein Landwirtschaftsinspektor Sinai besuchte und Oumas kleine Ziegenherde mißbilligte. Mit Räude verseucht, sagte er. Die ganze Herde – in Oumas Augen die beste im Bezirk –

müsse unverzüglich geschlachtet werden. Die Feindseligkeit zwischen ihr und dem Inspektor hatte eine lange Vorgeschichte, und dies war für ihn der Augenblick des Triumphs. Aber er hatte nicht einkalkuliert, wie weit zu gehen sie bereit war. Ouma in Person schnitt ihrem besten Bock die Kehle durch, stopfte den Kopf in ihre Handtasche, ignorierte den schwachen Protest des armen Oupa und nahm mit dem Kopf als einzigem Gepäck den Zug nach Kapstadt. Das Parlament tagte gerade. Ouma fegte die Wachen vor dem Sitzungssaal beiseite – das war lange vor Verwoerds Ermordung, und die Sicherheitsmaßnahmen waren, gelinde gesagt, noch gemütlich. Sie marschierte schnurstracks an all den ehrenwerten Mitgliedern vorbei und baute sich vor dem Pult auf. Sie stellte die Tasche auf den Kopf, schüttelte den blutbefleckten Kopf heraus, der nun schon ziemlich gräßlich roch, und verlangte: »Jetzt sagen *Sie* mir, Herr Minister, ob diese Ziege Räude hat.«

»Aber die Ziegen wurden am Ende doch geschlachtet, nicht?« fragt Anna.

»Das ist die Pointe. Weißt du nicht mehr? Nach dem Tumult im Parlament gab es eine Untersuchung, und in der Woche drauf wurde Oumas gesamte Herde begnadigt. Erst da sandte sie Oupa in den Schlachthof, damit er veranlaßte, daß sie alle geschlachtet wurden.«

»Armer Oupa. Leicht zu leben war mit ihr nie.«

»Ich weiß, manchmal hat sie mich auch auf die Palme gebracht. Aber das Leben war nie langweilig. Als ich auf der Uni war, kam sie drei- oder viermal im Jahr die ganze Strecke herunter nach Stellenbosch, um mich zu besuchen. Wenn in Newlands ein Rugby-Match stattfand, schleppte sie mich hin, ganz gleich, wie sehr ich protestierte. Ich hab Rugby nie ausstehen können, nicht einmal während der kurzen Zeit, in der ich einen Freund in der ersten Mannschaft hatte. Aber sie kriegte es irgendwie immer fertig, Karten zu ergattern, und mir blieb keine Wahl. Sie war eine Sensation. Jeder rundum lachte sich kaputt. Und nach dem Spiel kam ihr großes Finale; sie nahm mich dann beim Arm und stürzte vor allen anderen hinaus, bis wir an die hundert Yard von der Menge entfernt waren. Dann drehte sie sich um und eilte mit gesenktem Kopf stracks in die wogende Masse, suchte sich einzelne Personen aus und fragte sie mit der Miene reinster Unschuld: »Was machen all diese Leute hier? Gehen sie zum Abendmahl?« Oder sie heuchelte Schreck darüber, daß das Spiel schon zu Ende war, gab vor, wir seien soeben aus irgendeinem gottverlassenen Nest angelangt, das sie nur von der Landkarte kannte.

»Das ist ganz einfach kindisch«, sagte Anna, nicht im geringsten belustigt.

»Nicht, wenn man mit ihr da war. Sie hatte solchen Spaß dabei. Genau wie in den Warenhäusern. Wenn wir zusammen einkaufen gingen, fuhr sie die Rolltreppen auf und ab und griente dabei, wenn uns die Leute schief oder mißbilligend anstarrten.«

Das Beste von allem, erinnerte ich mich bitter, waren unsere Restaurantbesuche. Ouma führte mich nur in die schicksten Lokale der Stadt und ermunterte mich, die teuersten Gerichte zu bestellen. Zu Hause knauserte sie furchtbar, doch bei diesen Ausflügen legte sie sich gar keinen Zwang auf. Aber sie kosteten auch nichts: das war's eben. Ging das Mahl seinem Ende zu, pflegte sie aus ihrer abgewetzten alten Straußenledertasche eine schön geschnitzte und mit Intarsien verzierte kleine Dose zu ziehen, ganz aus Perlmutt und Halbedelsteinen. Sie stamme aus Bagdad, erzählte sie mir dann jedesmal wieder mit unverminderter Ausgelassenheit. Mein Magen zog sich in jähem Schreck zusammen, sowie ich die Dose erblickte, denn ihr Inneres barg eine gräßliche Kollektion ganz widerlicher Dinge. Ein paar tote Fliegen oder Brummer. Würmer der abscheulichsten Art, behaart oder schlüpfrig. Ein oder zwei halbtote Küchenschaben. Ein paar dünne, schartige Halbmonde von rüde abgehackten Zehennägeln. Sie suchte aus, was immer ihr unter den besonderen Umständen am meisten zusagte, überzeugte sich durch einen raschen Rundblick davon, daß niemand hersah, und legte dann eins ihrer Beutestücke auf ihren Teller. Darauf verstaute sie die Dose wieder in ihrer Tasche und rief einen Kellner herbei, um sich zu beschweren. Sobald die Nachricht zur Geschäftsleitung vordrang – jetzt drohte Oumas Stimme selbst den fernsten Winkel des Restaurants zu erfüllen –, war die nur zu froh, ihr die Zeche zu erlassen, wenn sie dafür – zögernd – versprach, nicht gerichtlich vorzugehen. Natürlich suchten wir nie zweimal dasselbe Restaurant auf. Oft hatten wir hinterher wüste Streitereien deswegen. Jedesmal versprach sie feierlich, mich nie wieder einer solchen Situation auszusetzen. Vielleicht meinte sie das sogar ehrlich. Aber sie konnte der Versuchung einfach nicht widerstehen.

Unmöglich, diese Erinnerungen jetzt mit dem jammervollen kleinen Geschöpf auf dem hohen Bett in Einklang zu bringen. Sie hatte recht. In diesem Krankenhaus zu sterben wäre die endgültige Schmach.

»Können wir jetzt sofort zum Vogelhaus fahren?« fragte ich Anna.

»Ein Schock pro Tag reicht.«

»Ich *muß* das Haus selber sehen.«

»Es ist gefährlich. Soviel wir wissen, treiben sich die Terroristen, die es in die Luft gejagt haben, noch irgendwo hier in der Gegend herum.«

»Ich hab es Ouma versprochen.«

»Laß uns zunächst hören, was Casper berichtet. Und auf jeden Fall brauchst du erst mal Ruhe.«

## 8

Und nun, einen ganzen Tag später, fahren wir durch das hohe, zweiflügelige Tor, das lächerlich auf der nackten Ebene prunkt; zwei Polizisten mit Maschinengewehren bewachen es, denen wir uns erst ausweisen müssen. Gut einen Kilometer entfernt, unter einem Himmel, der selbst an diesem späten Apriltag noch in mürrischer Hitze schwelt, wogt wie aus einem Traum die Oase exotischer Bäume auf.

Ouma hat niemals jemandem erlaubt, einen Baum zu fällen, gleichviel wie ungebärdig er wurde. »Schlag einen Baum nieder«, pflegte sie zu sagen, »und er wird zum Geist und sucht dich bis zu deinem eigenen Todestag heim.«

Wir halten unter dem großen Loquat-Baum im Vordergarten, den einst Vögel bewohnten und der jetzt entnervend stumm bleibt und irgendwie nicht mehr ganz so gewaltig erscheint wie vor langer Zeit. Aber sein Schatten ist noch immer dicht und tröstlich, und als wir aus dem Transporter klettern, halte ich unwillkürlich inne und starre in das Zweigegewirr über uns. Vor vielen Jahren, an Sonntagnachmittagen, wenn man uns schlafend glaubte, hatte ich oft einen meiner beherzteren Vettern dazu verlockt (nicht immer denselben), dort hinaufzuklettern. Dann machte er um die Wette mit den dahinschießenden Vögeln auf die höchsten, blankesten Beeren Jagd, und auf den obersten Ästen streiften wir, geschützt vom Laub, kichernd und geschickt balancierend, unsere Kleider ab und schwelgten in den gewagten, unsterblichen Versuchen und Forschungen der Frühreifen, Hände und Leiber klebrig von den Säften jenes weisen, alten Baumes und seiner Frucht. Und wenn, wie es früher oder später jedesmal geschah, jemand aus der Vordertür trat, dann versuchten wir aus der Höhe auf sie oder ihn hinunterzupinkeln, ein riskantes Unternehmen, für das der Vetter in puncto Treffsicherheit entschieden besser gerüstet war als ich ...

Anna weigert sich, mit mir auszusteigen, und bleibt schmollend im Transporter sitzen. (Die Kinder sind daheim geblieben, schon gründlich enttäuscht von ihrer halsstarrigen Tante.) Anna hat sich gegen diesen Besuch gewehrt. Und Casper hat sie unterstützt während jener beunruhigenden Minuten gestern abend, als er daheim war zwischen zwei Einsätzen seines Kommandos, das sich mehr wie eine Horde turbulenter Jungen bei der Vorbereitung auf ein Picknick oder eine Jagd gebärdet denn wie erwachsene Männer, die zum Töten entschlossen sind. »Wenn du unbedingt *mußt*, dann warte, bis ich dir ein paar Leute mitschicken kann. Die Schweinehunde, die das Haus deiner Großmutter in die Luft gejagt haben – wir haben Grund zu der Annahme, daß es sich um abgesprungene MK-Terroristen handelt –, mit denen ist nicht zu spaßen, das sage ich dir. Eine Frau allein« – ein wissendes Zwinkern – »und noch dazu so eine Frau.« Das war gestern. Diesen Morgen hat sich Anna gestellt, als habe sie meine Bitte vergessen, und erst, als ich drohte, mich allein auf den Weg zu machen, hat sie mich hergebracht, unter sehr deutlicher Mißbilligung.

»Es ist überhaupt nicht nötig, daß du mitkommst«, suchte ich sie zu überzeugen. »Eigentlich würde ich sogar viel lieber allein fahren.«

»Da bist du nicht sicher«, sagte sie kurz. Zu meiner Bestürzung legte sie eine Pistole und eine Schachtel mit Patronen ins Handschuhfach.

»Wofür ist das?« fragte ich.

Sie musterte mich, als sei ich blöd. »Man kann heutzutage nicht mehr ohne Waffe fahren.«

»Sagt das Casper?«

Abwehrbereit blickte sie mich an. »Warum fragst du?«

»Es interessiert mich nur.«

»Ich sage dir, es ist gefährlich.«

»Weißt du wirklich, wie man damit umgeht?«

»Natürlich. Ich habe jetzt seit fast einem Jahr Unterricht.« Ein Anflug von Stolz. »Ich bin wirklich ganz gut.« Sekundenlang klang mehr Leben aus ihrer Stimme. »Möchtest du, daß ich's dir beibringe?«

»Ganz bestimmt nicht«, sagte ich. »Können wir nun bitte fahren?«

Und da sind wir.

Was mich verstört, ist die Stille, als halte dieser ungeheure Raum, der uns umgibt, den Atem an. Zuerst kann ich es mir nicht erklären, aber dann überfällt es mich. Natürlich: die Vögel. Das ganze Grundstück hallte sonst von ihnen wider, Zwitschern und Gekreisch und Gezeter und Rufe gellten einem unablässig in den Ohren, als sei der Himmel oben ein riesiger, umgestülpter Napf, der alle Geräusche unten verstärke. Und nun ist es still geworden. Die Vögel sind geflüchtet und haben nur Leere zurückgelassen.

Geängstigt, aber nicht geneigt, Anna meine Betroffenheit

zu zeigen, fasse ich genug Mut, um weiterzugehen. Zwischen den Bäumen, unter die Äste gebückt, die offensichtlich seit Jahren nicht gestutzt worden sind, nähere ich mich dem Palast. Dann taucht er auf – in der Erregung des ersten Blicks scheint er mir unversehrt. Und selbst wenn seine Ausmaße nun weniger unerhört wirken, als ich sie im Gedächtnis hatte – die Wiederentdeckung dieser abenteuerlichen Fassade mit ihren Türmen und Türmchen, ihren architektonischen Exzessen läßt mein Herz schneller schlagen. Also ist es doch wahr! Dies ist kein Traum, keine Erinnerung, sondern etwas nur zu Wirkliches. So wirklich wie die schreckliche Wunde, die dem Haus zugefügt wurde. Denn jetzt, näher daran, habe ich den narbigen Flügel rechts vom Vordereingang unmittelbar vor Augen: Das müssen die Räume sein, in die Ouma Kristina vor ein paar Jahren, nach meinem Weggang, aus dem Oberstock umgezogen ist, als ihr bei zunehmender Gebrechlichkeit das ständige Treppensteigen immer schwerer fiel. Das neue Zimmer blickte vermutlich auf die *stoep*, wo der schlimmste Schaden angerichtet ist.

Die Veranda ist zu einem Haufen Schutt zusammengebrochen; darüber gähnen die geschwärzten, skelettartigen Öffnungen von Türen und Fenstern; ein Geländer hängt windschief von oben herab; die ganze Fassade ist von Ruß und Schmutz bedeckt.

Sonderbarerweise fühle *ich* mich schuldig, fühle mich unerklärlicherweise als Eindringling an dem einzigen Ort, der immer meine Zuflucht vor einer allzuoft abstoßenden Welt gewesen ist. Und das Schuldbewußtsein weckt Angst: Annas gräßliche Warnungen vor lauernden Terroristen scheinen nicht mehr ganz so weit hergeholt. Wie, wenn sich drinnen wirklich Eindringlinge verbergen, bereit, auf ihr sinnloses Verbrechen noch mehr Gewalt folgen zu lassen? Doch gerade die Furcht zwingt mich, das zu untersuchen. Vermutlich trieb mich derselbe Drang einst an die Spitze der Vettern und Basen, wenn wir, möglichst viele, zu mitternächtlichen Erkundungsgängen in den Keller mit seinen Geistern oder auf den Dachboden mit seinen aufgebockten Särgen ausschwärmten. Mach das, wovor du Angst hast. Also folge ich der Spur der Zerstörung, um die Ruine des rechten Flügels herum zur Rückfront.

Die Nebengebäude – Schuppen, Scheunen, Ställe, Milchkammer, Garage – scheinen unversehrt, wenn auch arg baufällig. Durch eine fehlende Planke in der Garagentür kann ich den Glitzer von Schwarz und Chrom sehen. Mein Gott, der Leichenwagen. Ihn hatte ich vergessen. Oupa fuhr einen Pontiac, groß wie die Titanic und ebenfalls schwarz. Aber als er im Kapstädter Krankenhaus starb, kaufte Ouma aus zweiter Hand diesen Chrysler-Leichenwagen, um den Leichnam heimzutransportieren. Züge konnte sie nie ausstehen. »Sie halten da nicht an, wo du sein möchtest, und sie zwingen dich, dort auszusteigen, wo du nicht sein willst«, lautete ihre mysteriöse Erklärung. Es war das einzige Mal in ihrem Leben, daß sie Auto fuhr: Sie hatte nie einen Führerschein besessen. Und sie genoß das »Fahrgefühl« in dem grandiosen alten Chrysler so sehr, daß sie nach dem Begräbnis den Personenwagen verkaufte und das Leichenauto behielt. Allerdings fuhr sie nicht wieder selbst, sondern wies Jeremiah, den Vorarbeiter und Mann für alles auf der Farm, an, sich in einen weißen Staubmantel und Lederhandschuhe zu werfen und sie, wenn nötig, zu fahren, entweder in die Stadt oder zu Freunden im Bezirk oder gelegentlich sogar die rund vierhundert Kilometer nach Kapstadt.

Amüsiert und irgendwie auch beruhigt gehe ich weiter. In der Molkerei steht noch die Zentrifuge; im Geist höre ich ihre rhythmische Glocke klingen. Es ist tröstlich, diese Zeichen von fortdauerndem Leben zu entdecken. Aber die Rückfront des Hauses selbst sieht schrecklich aus. Kaum zu glauben, daß dort jemand in den letzten Jahren gewohnt hat. Die Spülküchentür hängt noch halb in den Angeln, ein übergroßes, verkohltes Stück Melbatoast. Innen entdecke ich, daß die Küche unter schwarzem Wasser steht, was von der beflissenen Unfähigkeit der Feuerwehr zeugt. Ich ziehe die Schuhe aus und krempele meine Jeans auf. Behutsam trete ich in den dunklen Raum, zögere eine Weile, hoffe fast, daß Annas

Stimme mich zurückruft, und wage mich dann in den nächsten Korridor. In diesem Moment hallt ein Kreischen durch das Haus, so laut und so nahe, daß ich vor Furcht aufschreie. Und ein stahlblauer und grüner Blitz flattert an mir vorbei nach draußen ins blendende Tageslicht. Ein Pfau. Ich breche in hysterisches Lachen aus. Es dauert ein paar Minuten, bis sich der Schreck legt. Ich hole eine Zigarette aus der Hemdtasche. Einen Augenblick blendet mich die Flamme. Schließlich, als sich meine Augen besser an die Dunkelheit gewöhnt haben, trete ich meine Erkundungstour an, aus meinem Gedächtnis ein Zimmer nach dem anderen abrufend. Durch die Reste des Erdgeschosses, dann eine zerfallene Treppe hinab in den ausgedehnten Keller (da brennt das elektrische Licht nicht mehr, doch die lächerlich tapfere, kleine Flamme meines Feuerzeugs leitet mich hinunter); dann wieder hinauf, von Stockwerk zu Stockwerk. Jeden Augenblick erwarte ich die huschende Bewegung oder das warnende Geräusch, die, wenn ich Glück habe, dem Angriff vorausgehen werden, dem sprichwörtlichen Schicksal, das schlimmer ist als der Tod. Aber nichts dergleichen geschieht, und ich schreite weiter von Raum zu Raum, Zimmer, Saal, Treppenabsatz, Schlupfwinkel, halte des öfteren an und gehe ein paar Schritte zurück in der Hoffnung, einen Verfolger zu überraschen; bis ich auf dem Dachboden anlange, wo noch ein einzelner warnender Sarg geduldig in dem spinnwebgefilterten Licht der schmalen, verstaubten Fenster wartet. Geister? Ich kichere wie das Mädchen, das ich einmal war: Sollte mir jetzt einer entgegentreten oder versuchen, sich vorbeizuschleichen, dann fege ich ihn beiseite, und Ouma wird stolz auf mich sein.

Anscheinend ist ungefähr ein Drittel des Gebäudes zerstört. Ein hölzernes Treppenhaus ist ganz und gar eingestürzt und hat ein gähnendes, schwarzes, halb mit Schutt verstopftes Loch zurückgelassen. Ein anderes hat sich in ein unheimliches Gerüst verwandelt, über dem verkohlte Gobelins hängen; sie zerfallen zu Asche, als ich sie berühre. Aber die Haupttreppe aus Stein und Marmor ist intakt, und der gesamte linke Flügel des Hauses scheint größtenteils unversehrt. Die Fenster starren noch verdutzt und fragend in die Landschaft hinaus. Das verwirrt mich am meisten: Die Art, wie der Himmel eindringt, die Invasion des Draußen ins Drinnen. Es eignet sich Wände und Fußböden an, strömt durch ausgeweidete Fenster, tröpfelt von oben, starrt durch zerbrochene Rahmen. Die gewohnten Abgrenzungen gelten nicht mehr.

Und das alles unterbricht den Prozeß der Heimkehr, dieses Vorwärtsdringen, als nähme ich eine Identität wieder an, die ich aufgab, als ich dies Haus verließ, als erlangte ich aufs neue das hiergebliebene Ich. Vom rein praktischen Standpunkt aus betrachtet, ist das nicht die rechte Behausung für eine Hundertjährige, die sich auf den Tod vorbereiten will; aber es gibt noch andere wichtige Erwägungen, und ein Umzug scheint möglich. Ich kann mir vorstellen, was Anna dazu sagen wird und Casper. Aber ich denke, ich werde mit ihnen fertig. Wenn das Krankenhauspersonal sich überreden läßt, kann Ouma Kristina heimkommen, um in Frieden zu sterben. Ich bin entschlossen.

## 9

Auf jeden Fall kann ich nicht zurückkehren, um unbegrenzte Zeit bei Anna und Casper zu bleiben: Das wäre selbst in der günstigsten Zeit schwierig genug; unmöglich ist es nach den neuen, knappen Einblicken von gestern abend in eine Welt, von der ich gedacht – gehofft hatte – ich hätte sie für immer verlassen. Als ich aus dem Krankenhaus kam, bestand Anna darauf, ich solle mich eine Weile hinlegen und schlafen. Natürlich war das hoffnungslos. Der Wechsel von London nach dem Little Karoo ist zu plötzlich gekommen und zu drastisch vor sich gegangen. Zu viel ist geschehen, und zu rasch. Zu viel blieb noch unentschieden. Ouma Kristinas winzige Züge auf den Kissen, die schwache, drängende Handbewegung, das gehauchte Flüstern, die halluzinatorische Szene mit den Vögeln. Das noch unerfüllte Verlangen, nach Sinai zurückzukehren. Die entnervenden Erinnerungen an den Flug der vergangenen Nacht und den anhaltenden Kampf, die Aufmerksamkeiten von Tarquin & Co. abzuwehren. Aber selbst wenn es möglich gewesen wäre, all dies zu verjagen und einfach der angestauten Müdigkeit zu erliegen, hätte mich noch die Nähe der Kinder gestört, die überall im Haus um mich herumwimmelten. Anna hatte ihr Bestes getan, um ihnen heilige Scheu vor den Folgen einzuflößen, sollte eins von ihnen sich unterstehen, ein Geräusch zu machen (was ihren bereits offenkundigen Haß gegen die abscheuliche Tante besiegelt haben mußte, die so unerwartet in ihrer kleinen, lauten Welt aufgetaucht war, mehrere von ihnen aus dem ihr zugewiesenen Zimmer vertrieben und in den angrenzenden Räumen einen Dominoeffekt der Übervölkerung verursacht hatte): Dennoch bewirkte ihre bloße Anwesenheit überall im Haus ein lautloses Chaos. Es muß diese Art unhörbarer Pulsschlag gewesen sein, mehr als das Trompetengeschmetter, was Jerichos Mauern zu Fall brachte. So war meine Ruhe weder ausgedehnt noch ungestört; und das anschließende Bad in einer Wanne mit konzentrischen Ringen von Sand und dem Schmutz von Kinderleibern trug wenig zu meiner Aufmunterung bei.

Ich wünschte sehr, so bald wie möglich, vor dem Abend, nach Ouma Kristinas Palast aufzubrechen. Schließlich lag er nur fünfzehn oder zwanzig Fahrtminuten entfernt; Casper hatte wohlüberlegt und berechnend diese angrenzende Farm erworben, als sie, nur ein paar Jahre nach seiner Heirat mit Anna, zum Verkauf stand. Aber solch ein Besuch, gleichviel wie wichtig er für Ouma war, wurde sofort ausgeschlossen.

»Wir müssen auf Casper warten«, erklärte Anna. »Er kommt zum Abendessen heim.«

»Aber ich habe in der Küche bestimmt acht bis zehn Frauen am Abendbrot arbeiten sehen«, wandte ich ein.

»In Wirklichkeit nur vier«, sagte sie. »Die anderen sind nur Verwandte oder Zaungäste. Du weißt, wie das heutzutage auf den Farmen ist. Jedenfalls, darum geht es nicht. Die Sache ist die, ich kann Casper nicht warten lassen.«

Die gepfefferte Erwiderung brannte mir schon auf der Zunge, bereit, ausgespuckt zu werden. Aber ich riß mich zusammen.

Der beißende Geschmack war mir vertraut, mochte er auch schon sechzehn Jahre alt sein. Der Hochzeitstag der beiden; der Empfang im Vogelhaus. Ein riesiges Zeltdach auf dem vorderen Rasen – nicht so sehr, nahm ich an, um die Sonne auszusperren, als um die Gäste vor Vogelklacksen zu schützen. Ich war siebzehn. Trotz meiner unflätigen Proteste, die jedermann außer Ouma Kristina schamrot machten, wurde ich als Brautjungfer vergattert und ausgerechnet in die Farbe gesteckt, die Lizzie »Erstickungsrosa« nannte. Passend, versicherte ich Mutter, für eine Mimi, um darin zu sterben. An Ausleerung, sagte ich und meinte Auszehrung; aber sie zeigte keinerlei Sympathie. Sie erfaßte offenbar nicht einmal den bösartigen Seitenhieb: Um an diesem grausam heißen sechzehnten Dezember die Gäste auf dem Rasen zu unterhalten, hatte sie »Wie eiskalt ist dies Händchen« gewählt, ohne zu bedenken, daß ihr einst strahlender Koloratursopran im Gepfeif und Geschrei und Gekreisch der Vögel mehr oder weniger untergehen würde. Wie traurig. Das war's, wofür sie all ihre Träume von der Wiener Staatsoper und der Scala aufgegeben hatte, der eine, einzige Tag, der als Höhepunkt einer nie zustande gekommenen Karriere gedacht war (»Exultate jubilate« in der Kirche; Puccinis eiskaltes Händchen und ein schöner Tag auf dem Rasen); und sie hatte einst wirklich eine schöne Stimme gehabt, bevor meine Geburt zur Unzeit alle Hoffnung auf die Ausbildung zerstörte, die sie verdiente und nach der sie getrachtet hatte: Und dafür wurde sie jetzt von den Vögeln beschissen. Also wirklich.

Nachdem ich vorübergehend die Braut verlassen hatte, reihte ich mich ein in den lärmenden Wirbel der Kellnerinnen, die zwischen Haus und Zelt hin und her schossen, um die schwitzenden, glänzenden, immer purpurgesichtigeren Gäste mit so viel Essen und Trinken zu versorgen, daß ein Großteil des hungernden Afrika drei Tage lang davon satt geworden wäre. Wir machten abwechselnd kurze Pausen und zogen uns dann mit Eisgetränken in die tieferen, kühleren Schlupfwinkel des gotischen Palastes zurück. Als ich wieder einmal dran war, stibitzte ich aus einem der Kühlschränke in der Küche einen Kristallkrug mit Eiswasser und schlüpfte ins Kellergeschoß hinab, sozusagen in den Schattenraum des Haupteßzimmers oben; ich wußte, dort würde es kühler sein als irgendwo sonst. Obendrein konnte ich mich an diesem Ort drauf verlassen, daß ich allein war. Also schleuderte ich die Silberschuhe von den Füßen und streifte das abscheuliche rosa Kleid und den Falbel-Petticoat ab, in die gezwängt ich schon vor Sonnenaufgang in Hilfsdiensten um die aufgeregte Braut rotiert war. Im Licht der einzigen verstaubten, schwachen Birne legte ich die Kleidungsstücke über einen wackeligen Stuhl, damit sie nicht gar zu viel Staub aufsammelten. Dann stürzte ich unbesorgt und verärgert einen großen Teil des Wassers hinunter und spritzte mir den Rest aus dem Krug übers Gesicht, von wo er über Brüste und Leib niederfloß. Und so stand ich noch, den Kopf zurückgeworfen, die Augen geschlossen, den Krug über mich erhoben, da wurde ich gestört. Es war eine Szene, so widerwärtig in ihrer Banalität, daß es mich bei der Erinnerung heute noch schüttelt.

Casper nämlich war mir gefolgt (hinterher beschuldigte er mich, ich hätte ihn »provoziert«) und begann mich nun zu betatschen, die ganze schnaufende Aktion, während er schwachsinnige Phrasen ausstieß wie »Küsse für den Bräutigam«, »Komm schon, wir sind jetzt eine Familie«, und »Ich mag Weiber mit ein bißchen Pfeffer«. Vermutlich hätte ich schreien können, meine Lungen waren in Ordnung, und ich habe Mutters Opernstimme, schaffe mühelos das hohe C. Aber ich war zu zornig, und Schreien war ein zu demütigender Ausweg. Niemand hatte Veranlassung gehabt, mich über die Wirkung eines Knies in die Leistengegend zu unterrichten, es passierte einfach von selber, und zwar hart. Und als er sich zusammenkrümmte, schlug ich ihm den Krug kräftig über den Kopf. Und riß meine Kleider an mich und rannte fort, wobei ich im Vorüberlaufen das Licht oben an der Treppe ausdrehte und die Tür hinter mir zuknallte.

Am anderen Ende des Korridors, dem Küchenende, waren Leute; aber ich hatte den Vorteil, das Terrain zu kennen, tauchte in einen Seitengang ab und von dort in ein ungenutztes Kabuff, das an ihm hing wie ein Appendix am Gedärm, und fuhr wieder in Petticoat und Kleid. Die Schuhe waren zurückgeblieben. Zu blöd.

Ich nahm meine Kellnerinnenpflichten wieder auf, wobei ich die anzüglichen Blicke und Kopfwinke in Richtung meiner nackten Füße übersah. (»Nicht *schon* wieder!« sagte mein Vater.) Es dauerte mindestens eine halbe Stunde, bevor Casper aus dem Haus auftauchte, und er schaute wirklich nicht sehr schmuck aus. »Muß was Falsches gegessen haben«, hörte ich ihn murmeln, als er an den Tisch des Brautpaares zurückkehrte, wo seine Abwesenheit nur zu sehr aufgefallen war, und ich ließ es mir angelegen sein, ihm jedesmal besondere Aufmerksamkeit zu erweisen, wenn ich im Verlauf des langen, heißen Nachmittages wieder an dem glücklichen Paar vorüberkam.

Während der folgenden vier oder fünf Jahre, bevor ich das Land verließ, mied ich sorgfältig jedes Alleinsein mit ihm; und als sich seine Wut und sein Haß legten und vermutlich auch die Furcht, ich könne die Sache ausschwatzen, nahm er eine Haltung argwöhnischer Duldsamkeit an. Dennoch war ich nicht gerade begeistert von der Aussicht, ihn wiederzutreffen, und nun unter seinem eigenen Dach ihm gewissermaßen für seine Gastfreundschaft verpflichtet. Aber es ließ sich nicht vermeiden. Auf alle Fälle war die Luft so dick, als er heimkam, zwei Stunden nach der Abendbrotzeit, die Kinder weinerlich und nörglig vor Hunger, Anna verkrampft in dem Vorwurf, den sie nicht auszusprechen wagte, daß die Spannung zwischen uns beinahe unbemerkt blieb.

Unter diesen Umständen war er unerwartet liebenswürdig, bis zur Übertreibung. »Meine Güte, was sind wir schön geworden!«

Das berührte einen empfindlichen Nerv, aber ich blieb gelassen. Anna zuliebe schluckte ich den Groll hinunter, den ich all die Zeit seit jenem frühen Zusammenstoß genährt hatte.

Dabei verwirrte mich die Entdeckung, daß er tatsächlich mit den reiferen Jahren angenehmer geworden war; ich mußte anerkennen, daß er, ganz anders als sein abstoßendes Konterfei in mir, nicht unschön war und eine Art robusten animalischen Charme verströmte. Nicht, daß ich mich davon narren ließ; und weiß Gott, das anschließende Gespräch – kurze zehn Minuten, bevor er wieder zu seiner Bürgerwehrhorde davonstürzte, ohne das Essen, das wir alle seinetwegen verschoben hatten, auch nur anzurühren – bestätigte meine schlimmsten Befürchtungen.

Geschehen war, soweit wir dahinterkamen, folgendes: Eins seiner Kommandomitglieder war während des Streifenfahrens auf einen weißen Toyota-Transporter Transvaaler Nummer mit vier schwarzen Insassen gestoßen, alle schwer bewaffnet. Sie rasten einen Feldweg zu einer abgelegenen Farm am Fuß der Swartberge entlang; die Farm gehörte einem gewissen Abel Joubert. Der Rest des Kommandos war sofort über das gut funktionierende Funknetz informiert worden, das alle Mitglieder verband, und Casper und seine Horde hatten mannhaft die Verfolgung aufgenommen. Die hatte länger als eine Stunde über alle Nebenwege des Bezirks geführt – »Klar, die Hunde sind aus der Gegend, sie kannten sie wie ihre Westentasche, was beweist, daß ihr Nummernschild falsch war« –, bevor sie die Gejagten auf einem sandigen Fleck gestellt hatten. Die Insassen des Toyota sprangen aus dem Wagen und zerstreuten sich in dem dichten Gebüsch, das den Lauf eines ausgetrockneten Flußbettes markierte. Casper und seine Gefährten eröffneten das Feuer mit allen Waffen, über die sie verfügten; doch um die Zeit war die Sonne bereits untergegangen, und so schnell, wie es für die afrikanische Abenddämmerung charakteristisch ist, brach die Nacht herein. Die Terroristen im Dunkeln zu verfolgen wäre sträflicher Leichtsinn gewesen. Zumindest genossen sie eine Genugtuung: Einer der vier Flüchtlinge war verwundet worden, sie hatten das Blut gesehen. Beim ersten Tageslicht wollten sie die Verfolgung wiederaufnehmen; aber mit solchen Banditen in der Gegend konnte man kein Risiko eingehen, also mußte das ganze Kommando in der Nacht auf den benachbarten Farmen Wache halten.

Dies hatte auch unsere Absicht vom Vorabend durchkreuzt, Ouma Kristina im Krankenhaus zu besuchen. Und obschon ich deswegen sowohl Groll als auch ein schlechtes Gewissen verspürte, erleichterte es mich auch.

Doch damit waren die Aufregungen des Tages keineswegs vorüber. Knapp eine Stunde nachdem Casper mit aufheulendem Motor und rutschenden Reifen wieder davongebraust war, fuhr in einem gelben Transporter die Polizei vor, und auf der Türstufe erschien ein kurzsichtiger Beamter. Anna hatte mit der Flinte in einer Hand geöffnet; jeder im Haus atmete auf, außer ein paar von den Jungen, die vermutlich auf mehr dramatisches Geschehen gehofft hatten – und sie bat ihn herein. Den angebotenen Kaffee lehnte er ab. Nicht mit uns wollte er sprechen, sondern mit Casper: Und als er erfuhr, was wir ihm berichten konnten, war er augenscheinlich verärgert. »Wenn ihr bloß aufhören wolltet, euch in unsere Arbeit einzumischen.« Dann zwang er sich zur Ruhe und füllte die Lücken in Caspers Erzählung auf. Die vier Schwarzen, versicherte er, hätten überhaupt keine Waffen bei sich gehabt. Sie waren auf dem Weg zu Abel Jouberts Farm gewesen, um einen Verwandten abzusetzen, einen von Jouberts Arbeitern, der ein paar Wochen fort gewesen war, um seine kranke Mutter in Soweto zu besuchen. Das hatte Abel Joubert der Polizei persönlich mitgeteilt, als sie auf seinen Anruf hin zu ihm gefahren waren. Er hatte angezeigt, auf seinem Gelände seien plötzlich mehrere Personenwagen und offene Transporter aufgetaucht und die Leute hätten wild um sich geschossen.

»Aber haben sie sich nicht erst bei Joubert erkundigt?« fragte Anna.

»Sie haben in der Farm angerufen, und Mrs. Joubert hat es ihnen gesagt, aber ich habe den Eindruck, sie glaubten ihr nicht. Sie müssen sich vorstellen, die Leute in der Gegend sind aufgebracht, weil Abel Joubert einem Haufen von Obdachlosen gestattet hat, sich auf seiner Farm anzusiedeln, und die verursachen überall Probleme. Also können Sie sich denken, daß sie dem mißtrauten, was ihnen Winnie Joubert erklärte.«

»Natürlich.« Ich konnte die Bemerkung nicht unterdrücken und bemühte mich nicht, meine Gereiztheit zu verbergen. »Eine Frau zählt nicht, was? In diesem Land regieren immer noch die Männer. Nichts hat sich geändert.«

Sowohl der Beamte als auch Anna starrten mich verständnislos an.

»Vergessen Sie's!« sagte ich frostig. »Ich bin auch bloß eine Frau.«

Der Beamte lachte gezwungen, Anna sah nur ärgerlich drein.

»Was werden Sie also tun?« fragte ich den Polizisten.

»Wir versuchen, die Kommandomitglieder ausfindig zu machen und sie nach Hause zu schicken«, sagte er und wischte sich die schweißnasse Stirn. »Und falls Sie Ihren Mann vor uns sehen sollten, Mrs. Louw, dann sagen Sie ihm um Gottes willen, er soll daheim bleiben. Unser Job ist so schon hart genug.«

»Sie versuchen nur zu helfen«, brauste Anna auf. »Wie kann sich jemand sicher fühlen, solange diese Mörder, die meine Großmutter überfallen haben, ungestraft den Bezirk terrorisieren? *Sie* haben sie doch noch nicht gefangen, oder?«

»Mrs. Louw«, ich erriet, was ihm auf der Zunge lag, aber er besann sich eines Besseren und verabschiedete sich. Ich schloß die Haustür hinter ihm ab.

»Klingt mir ganz nach einer gottverdammten Schweinerei«, sagte ich, als ich zurückkam. »Angenommen, Caspers Horde hat den Schwarzen umgebracht?«

»Und wenn schon?« fragte sie aggressiver, als sie den ganzen Tag über gewesen war. »Mein Gott, Kristien, kapierst du nicht, was in diesem Land vorgeht? Entweder sie oder wir!«

»Na, mach mal halblang, Anna.«

»Hör zu, du bist Gott weiß wie lange fort gewesen. Nun erzähl *uns* bitte nicht, was wir machen sollen. Wir gehören hierher.«

»Und ich nicht?«

»Nein, du nicht. Du hast vor Jahren gewählt.«

»Ich bin nicht deinetwegen hier«, erinnerte ich sie. »Ich kam wegen Ouma. Falls du das vergessen haben solltest.«

Sie saß da, betrachtete ihre Finger, die gespreizt auf dem Küchentisch lagen, und spielte geistesabwesend mit ihrem Trauring. Nach einer ganzen Weile erhob sie sich schwerfällig. »Tee?« fragte sie matt.

»Nein, danke. Es ist Zeit, daß ich ins Bett komme.«

»Du mußt todmüde sein.«

»Du siehst auch erschöpft aus.«

Sie überhörte die Bemerkung. »Bist du sicher, du hast alles, was du brauchst?«

»Natürlich.«

»Vielleicht ein …« Sie stockte. »Darf ich dir ein schwarzes Nachthemd borgen?«

»Ein schwarzes Nachthemd? Wozu denn das?«

»Also, Casper hat mich gebeten, für mich und die Kinder schwarze Nachthemden zu nähen. Weißt du, für den Fall, das Haus wird angegriffen und wir müssen bei Dunkelheit fliehen.«

»Du machst doch wohl Witze?«

»Kristien, das ist bitterernst. Ich wünschte, du würdest das einsehen.«

»Mir passiert schon nichts. Schwarze Schafe sieht man nicht im Dunkeln.«

Sie war verletzt; ich merkte: Ihr erster Impuls war eine wütende Antwort. Doch dann holte sie tief Luft und beherrschte sich. Einen Augenblick später schossen ihr zu meiner Überraschung Tränen in die Augen. »Du verstehst wahrhaftig nicht das mindeste von uns. Diese Zeit, dieses Land …«

Es war zum Verrücktwerden, sie hatte mich so weit gebracht, daß ich sagen mußte: »Tut mir leid.« Sie schwieg, sah mich nicht einmal an. Und nach einem kurzen Kampf mit mir selbst bot ich den Olivenzweig dar. »Gehst du auch ins Bett?«

»Nein, ich …« Eine verlegene Pause. »Ich denke, ich bleib noch eine Weile auf.«

»Dann gute Nacht.«

»Gute Nacht.«

Auf dem Weg zu dem mir zugewiesenen Schlafzimmer hielt ich im Korridor beim Telefon an, preßte die Hand darauf und kehrte dann in die Küche zurück. Sie blickte auf. Ich sagte: »Hättest du was dagegen, wenn ich Michael anrufe?«

»Michael?«

»Er ist ein ...« Plötzlich fühlte ich mich verlegen, als gäbe ich durch eine Erklärung etwas Vertrauliches preis.

»In London?« Ebensogut hätte sie sagen können: »Auf dem Mond?«

»Ja, natürlich.«

»Das ist furchtbar teuer –« Sie schien verwirrt.

»Schon gut«, sagte ich schnell. Und wandte mich zum Gehen.

»Bitte!« sagte sie hinter mir. »Wirklich, wenn du möchtest ... Es ist nur, na ja, Casper könnte – doch, klar, natürlich, telefoniere ruhig.«

»Es ist nicht so wichtig«, sagte ich, nicht allzu erfolgreich um einen gleichmütigen Ton bemüht.

Sie sagte noch etwas, es klang müde und begütigend, aber ich hörte nicht zu; ich ging am Telefon vorüber, ohne es mit einem Blick zu streifen. Gott, wie heftig ich ihn jetzt vermißte! Ein schmerzendes, brennendes physisches Verlangen, heftiger als alles, was ich seit langer Zeit empfunden hatte.

Ich hätte schlafen müssen wie ein Murmeltier. Aber so war es nicht. Stundenlang lag ich wach in einem der zwei verlassenen kleinen Betten, die nach Babypuder und Sonne und Gras und Pisse rochen, von Kopf bis Zeh angespannt, unfähig, mir selber Erlösung zu verschaffen. Ich ertappte mich dabei, wie ich angestrengt lauschte. Aber was erwartete ich zu hören? Die nächtliche Heimkehr des Landrovers? Oumas unvergessene Stimme? Den Schrei eines Pfaus oder irgendeines namenlosen Nachtvogels? Nichts war zu vernehmen als das gelegentliche Husten eines Kindes oder ein Stöhnen im Schlaf; einmal pfiff in der Küche ein kochender Kessel; draußen – nichts. Überhaupt nichts.

## 10

Wie ich durch die bizarre Hintertür von Oumas Palast trete und mit dem Blick mühsam gegen die jähe Gewalt der Sonne andringe, erkenne ich zwischen den fernsten Bäumen einen Farbfleck, der die gelbgraue Umgebung bunt durchbricht. Es ist der Pfau, vermutlich derselbe, der mich so sehr erschreckt hat; jetzt stolziert er, den Schweif zum Fächer gebreitet, in greller Herausforderung dahin. Melancholisch und drollig zugleich. Ein Geschlechtssymbol. Jeder Mann, der eine Erektion zustande bringt, gebärdet sich, als sei er der erste seiner Art, der das schafft, ein Prototyp der Spezies.

Sein Leuchten lockt mich an. Zuerst bewege ich mich langsam, dann, als ich näher komme, entschlossener; wie so oft als Kind genieße ich das Schauspiel. Der Pfau wird immer unruhiger, während er mit steifen, kleinen Schritten davonstolziert, bemüht, seine Würde zu wahren; endlich, als ich ganz nahe bin, dreht er sich um, läßt seinen Stolz fahren und rennt eilig davon. Da er sieht, daß ich ihn noch verfolge, spreizt er die Schwingen in einer Folge ruckender Bewegungen, als schwimme er gegen eine allzu starke Strömung, und hebt unbeholfen ab, um hinter den Bäumen auf der einst weißgetünchten Mauer des Familienfriedhofs zu landen.

Die Pforte ist aus den Angeln gerostet. Das einzige Grab, das außerhalb der Einfriedung im fernsten Winkel liegt, durch keinen Stein bezeichnet, nur an einem Rosmarinstrauch zu erkennen, ist verwahrlost. Aber innerhalb der Mauern, unter den nahezu schwarzen Zypressen, scheint das kleine, quadratische Landstück sauber gejätet, das Gras geschnitten, die Kieswege sind ebenmäßig geharkt, die Gedenksteine und die strengen Rechtecke der Gräber gepflegt. Es gibt eine ganze Menge. Meine Urgroßeltern teilen sich eines: HERMANUS JOHANNES WEPENER 1838–1919, PETRONELLA WEPENER 1839–1921 (in unserer Familie neigen die Frauen dazu, die Männer zu überleben). Rechts und links von ihnen etliche ihrer Brüder und Schwestern mit ihren Angetrauten, sofern vorhanden. In einer zweiten Reihe ruht Oupa: CORNELIS FREDERIC BASSON 1889–1974. Neben der Granitplatte, die nur die Hälfte des Doppelgrabes deckt, befindet sich ein Loch, gegraben – wie uns stets erzählt wurde – gleichzeitig mit dem für ihn; es ist mit Wellblechplatten abgedeckt und wartet auf Ouma. Auf dem Stein, den sie eines Tages mit Oupa teilen wird, ist schon ihr Name eingemeißelt: KRISTINA BASSON née Wepener 1891–. Nur das letzte Datum fehlt noch. Das Grab selbst ist bereit wie auch der Sarg auf dem Dachboden. Es dient, wie sie zu sagen pflegte (und der gute Dr. Johnson hätte zugestimmt) einem nützlichen Zweck. Solange ich denken kann, mußte an jedem Sonntag, den wir auf der Farm verbrachten, die ganze Familie Ouma unmittelbar nach Sonnenuntergang auf einem feierlichen kleinen Pilgergang zu dem wartenden Loch begleiten.

Allein ging sie auf den Friedhof – abgesehen von den ein- oder zweiwöchentlichen Tagesbesuchen zur mühevollen Kleinarbeit des Grabens, Jätens, Pflanzens, Harkens – allabendlich nach den Neunuhrnachrichten im Radio (dem Fernsehen ergab sie sich nie). Die Länge des Besuchs hing davon ab, wieviel sie mit den Toten zu bereden hatte. Es war der eine Zeitpunkt ihres Tages, wo sie sicher vor Störungen, in Frieden mit sich und der Welt, einen ruhigen Schwatz mit ihnen hatte, um sie über die Ereignisse diesseits des Grabes auf dem laufenden zu halten. Sie sprach dann in ganz normalem Ton (ich weiß es, denn ich schlich ihr nach, wann immer ich konnte, und lauschte schamlos). Sie saß auf dem Grabstein dessen, mit dem sie eben redete, erkundigte sich nach dem Wohlergehen des betreffenden teuren Toten, sandte ihre Grüße und berichtete all ihr Tagesgeschehen. Und jedesmal war sie erquickt und guter Laune, wenn sie zurückkam. Das heißt, außer an den Abenden, die sie an dem namenlosen Grab vor der Mauer verbrachte: Diese Besuche bedrückten oder entnervten sie.

Ich pflegte vor ihr heimzurennen und in der Küche auf sie zu warten, um mit ihr (je nach der Witterung) den spätabendlichen Becher Kakao oder Zitronensirup zu teilen, das war mein spezielles Privileg. Ich war schon ungefähr achtzehn – bestimmt war es nach Annas Hochzeit –, da fragte sie mich eines Abends, während sie mit dem Zeigefinger die Kakaoreste aus dem Becher holte, ob ich sie in Zukunft nicht lieber auf den Friedhof begleiten wolle, statt im Dunkeln herumzuschleichen und von weitem zu spähen. »Vielleicht ist es an der Zeit«, sagte sie mit unbewegtem Gesicht, »daß du den Rest der Familie triffst.« Ich fühlte, wie mir die Kehle eng wurde, aber ich nickte. Ich wartete mit Zittern und hoffte, sie würde die Sache vergessen oder es sich anders überlegen. Aber das paßte nicht zu Ouma. Und als sie sich am nächsten Abend nach den Nachrichten zum Ausgehen anschickte, wartete sie an der Hintertür: »Kristien!« Wir gingen zusammen durch den Hinterhof, folgten dem Pfad zwischen den Bäumen und langten am Friedhof an; die Mauern schimmerten im Mondlicht. Ouma öffnete die Pforte. Ich stand einen Moment da, dann sagte ich: »Ouma ... ich denke ... du gehst besser allein.« Sie sagte nichts. Ich drehte mich um und ging heim. Es war nicht nur Furcht. Die hätte ich überwinden können. Es war die nur halbbegriffene Überzeugung, daß dies hier ihr Reich war, in das einzudringen mir nicht zustand, selbst wenn sie mich einlud. Ich bin ihr nie wieder nachgeschlichen. Und später habe ich oft gedacht, daß dies der Zweck der ganzen Übung war.

## II

In der unmittelbaren Nachbarschaft von Oumas leerem Gab haben ihre einzige Schwester und ein paar Brüder schon ihre Plätze eingenommen. Auch meine Eltern liegen hier. LUDWIG WOLFGANG MÜLLER 1920–1988, LOUISA MÜLLER (née BASSON) 1921–1990. Zum erstenmal erblicke ich ihre Gräber, gemäß den Sitten ihrer Generation im Doppelbettstil. Es ist entnervend, ihr Leben auf diese kargen Fakten reduziert zu sehen; vielleicht fällt es mir deswegen so schwer, eine innere Beziehung zu ihnen zu finden. Als es geschah – vor sechs, vor vier Jahren; Vater: Koronarthrombose ohne Vorwarnung; Mutter: Autounfall –, war ich so weit weg, daß es unwirklich erschien; und heimzukehren, was immer »heim« noch bedeutete, nur um anderen zuliebe beim Begräbnis zugegen zu sein und eine Trauer zur Schau zu stellen, die zu spät kam, schien mir in beiden Fällen sinnlos. Erst jetzt, da ich vor ihren Gräbern stehe, wie ich einst, sehr klein und sehr voll Angst vor der Dunkelheit, oft nach einem Alptraum am Fußende ihrer Betten stand, flehend, daß sie mich zu sich ließen und trösteten, doch stracks zurückbeordert in mein eigenes Zimmer – erst jetzt fängt es an, mir wirklich zu werden. Aber selbst während es langsam an die Wirklichkeit heranrückt, halten mich die stengen Grabsteine mit ihrer einfallslosen Inschrift auf Distanz. Ich starre und starre und wünsche dringlich, ich könnte etwas fühlen, vielleicht sogar zusammenbrechen und weinen; aber ich kann nicht. Ich bleibe ungerührt. Sie haben gelebt, sie sind gestorben; sie waren nie wirklich ein Teil meines Lebens, ebensowenig wie ich, denke ich, ein Teil des ihren war.

Ich versuche verzweifelt, mich auf irgend etwas Wirkliches von ihnen zu besinnen, etwas, das diesen Augenblick erlöst. Aber die Erinnerungen bestätigen nur den Abstand, statt ihn zu überbrücken. Vater: der Richter, in dessen Gerichtssaal ich mich manchmal während eines Prozesses stahl, um mich in einen Sitz weit hinten zu ducken; dann suchte ich eine Beziehung zu finden zu dem fremden Mann dort oben auf der hohen Bank in dem weiten, schwarzen Talar, der fern und streng Recht sprach. So fremd er auch schien, ich war stolz, ungeheuer stolz. Jeder sollte wissen: Das ist mein Vater, dieser Mann, der all diesen Leuten zuhört und dann entscheiden kann, einfach so, was *recht* und was *unrecht* ist. *Er* weiß es. Dann kam an einem Samstag, während er Golf spielte, ein Mann an die Hintertür und fragte nach ihm, ein Schwarzer in solchen Lumpen und Fetzen, daß Teile seines nackten Körpers durchschimmerten, die ausgebeulten Hosen hatte er sich mit einem Strick um die dünne Taille gebunden, das Vorderteil notdürftig mit einer Sicherheitsnadel zugesteckt. Aber was mich entsetzte, war, daß sein ganzes Gesicht mit geronnenem Blut bedeckt war. Er stand unsicher auf den Beinen, aber ob vor Schmerzen oder weil er betrunken war, konnte ich nicht sagen, ich war zu jung und gewiß zu sehr erschrocken. Mutter war im Haus und übte Arpeggios hinter geschlossener Tür, was hieß: draußen bleiben; Anna war im Badezimmer und bereitete sich auf das abendliche Ausgehen vor. So mußte ich mit ihm fertig werden. Er wollte nicht weggehen. Als ich ihm sagte, Vater sei nicht zu Hause, sagte er, er würde warten, er *müsse* ihn sprechen. Warum? Weil sein Baas, sagte er, ihn geschlagen habe – »Guck mich an!« – und er begann zu weinen, es war das erstemal, daß ich einen Mann weinen sah – und weil er Gerechtigkeit wolle. Das waren seine Worte. »Ich will Gerechtigkeit.«

Ich bot ihm Wasser aus einem der Blechkrüge an, die Mutter für die Dienerschaft oder für Schwarze, die wie dieser zur Hintertür kamen, unter dem Ausguß stehen hatte. Er schüttete es durstig hinunter. »Warum gehen Sie nicht zur Polizei?« fragte ich, ganz törichte Unschuld. Er schüttelte bloß den Kopf und setzte sich auf die Türstufe. Dann und wann stöhnte er vor Schmerz. Ich blieb die ganze Zeit neben ihm stehen und beobachtete ihn voll Schrecken und Jammer. Bis Vater heimkam. Ich rannte zur Garage, um ihm von dem Mann zu erzählen. Er suchte mich abzuschütteln. »Dazu ist jetzt keine Zeit, Kristien. Ich muß erst duschen.« Und er schritt unmittelbar an dem Mann vorbei ins Haus. Es muß fast eine Stunde gedauert haben, bis Vater wieder aus dem Badezimmer zum Vorschein kam; er goß sich eben einen Whisky ein, als ich eintrat und ihn erinnerte. Ich sah, er war im Begriff, mich hinauszuschicken, aber ich wich nicht von der Stelle. »Wenn du nicht rauskommst, um mit ihm zu reden«, sagte ich, »bring ich ihn hier herein.« – »Sprich nicht in diesem Ton mit mir«, warnte er. »Der Mann hat Schmerzen«, sagte ich, »er ist geschlagen worden, er kommt zu dir um Hilfe.« Er machte keinen Versuch, sein Mißfallen zu verbergen, als er mir folgte, das Glas noch in der Hand. »Ja? Was wollen Sie?« fragte er an der Hintertür schroff. Der Mann kam taumelnd auf die Beine. Seine Hosen waren vorn ganz naß. Er fing an, seine Geschichte zu erzählen. Noch bevor er zu Ende war, unterbrach Vater ihn kurz angebunden. »Gehen Sie zur Polizei. Das ist deren Angelegenheit, nicht meine. Wenn die Sache vor Gericht kommt, kann ich mich damit befassen, aber nicht hier.« – »Aber Baas«, sagte der Mann, »ich war schon bei der Polizei. Sie haben mich einfach noch mehr geschlagen und fortgejagt.« – »Dann tut mir das leid«, sagte Vater, »aber ich kann mich da nicht einmischen. Das wäre höchst unpassend. Nun gehen Sie. Sehen Sie sich an, wie Sie hier alles verschmutzt haben.« Und er trat wieder ins Haus. Ich flüchtete. Ich konnte dem Mann nicht wieder ins Gesicht blicken. An der Tür zur Diele hielt ich an. »Ich verstehe dich nicht!« brüllte ich, die Tränen strömten mir übers Gesicht, »*Ich verstehe dich nicht!*«. Und dann rannte ich in unser Badezimmer – der Dampf von Annas Duftbad stand noch darin – und erbrach mich ins Toilettenbecken.

Während ich auf das Grab starre, denke ich an andere Exilanten – solche, die vielleicht den Namen »Exilant« mehr verdienten, als ich das je tat, selbst zu Beginn, als ich noch in meiner »gärenden, leidenschaftlichen Jugend« war, wie Michael gern sagt –, die mir in den letzten ein, zwei Jahren geschrieben haben, wie *sie* es empfanden, als sie die Gräber ihrer Toten besuchten. Wie von Herzen, wie erschüttert erlebten sie diesen Augenblick. Bei dem Gedanken krampft mir Schuldbewußtsein die Eingeweide zusammen. Aber ich kann nicht einmal richtig Schuld fühlen. Alles, was ich fühle, bleibt – draußen, jenseits. Ich will das nicht. Wie sehr wünschte ich den brennenden Schmerz des Verlusts zu spüren, irgendeinen Schmerz. Bin ich gegen Leid ganz immun geworden? Stehe ich wirklich außerhalb? Vielleicht wäre es anders, wenn ich aufrichtig fühlen könnte, daß ich hierher gehöre. Aber so ist es nicht. Meine ganze Kindheit hindurch hat uns Vaters Karriere dazu gezwungen, alle drei oder vier Jahre umzuziehen – neues Haus, neue Schule, neue Freunde, alles neu –, so daß mir der Selbsterhaltungstrieb bald beibrachte, niemals Wurzeln zu schlagen, nie einen Ort so lieb zu gewinnen, daß ich ihn als »mein« dachte; und so wurde diese Farm, Oumas Haus, Sinai, das Vogelhaus, der einzige feste Bezugspunkt für meine Jugend. Und auch hierher kamen wir nur einmal im Jahr – in Ausnahmejahren zweimal. Und heute ist mein Entzücken darüber, daß ich wieder hier bin, gemischt mit dem Entsetzen über die Zerstörung. Und ich betrachte den Palast wie fremdes Territorium.

Was nicht heißt, ich gehöre dorthin, woher ich komme. Michael verkörpert vielleicht die größte Annäherung an ein Irgendwohingehören, die ich in den vergangenen elf Jahren erreicht habe, aber selbst er fühlt sich wie ein Ersatz an; ich bleibe auf Abstand. Und es wird ein Wunder brauchen oder einen Glaubensakt (vielleicht bedeutet beides dasselbe?), damit ich wieder Teil der – einer – wirklichen Welt werde.

Vor Jahren erklärte mir ein Liebhaber mit all der Selbstsicherheit, die sein Markenzeichen war, es gebe im Grunde auf der Welt zwei Arten Leute (ein Eröffnungsgambit, das mich unter Garantie in Harnisch brachte: Sagte er es deswegen?): Diejenigen, die glauben, und diejenigen, die nicht glauben. Unter die letzteren reihte er mich ein, hauptsächlich, weil ich nicht an *ihn* glauben wollte. Im streng religiösen Sinn mag er recht gehabt haben: Als ich ungefähr zehn war, schickte mich Mutter in meiner Tenniskleidung zu einem Leichtathletik-Wettkampf, obwohl ich ihr *sagte*, alle aus unserer Mannschaft würden unsere spezielle neue Ausrüstung tragen. Die wollte sie nicht als notwendig anerkennen, und ich, überflutet von Scham und Zorn, bat Gott, sie mit einem einzigen, wohlgezielten Blitzstrahl zu töten; man hatte mich zu dem Glauben gebracht, das sei eine seiner Spezialitäten. Aber sie verwirklichte sich nicht, und seit damals bin ich Agnostikerin. Doch mir schwant, besagter Liebhaber irrte in einem weiteren Sinn des Wortes. Ich bin eine, die glaubt. Ich weiß, in mir steckt ein kleiner, harter Kern von unentschlossenem Glauben. Mein Problem ist, daß ich für ihn noch kein Objekt gefunden – oder erkannt – habe.

## 12

Wie ich durch die rostige Pforte gehe (der Pfau sitzt noch auf der Mauer, den Schweif zimperlich gefaltet, und gibt vor, mich nicht zu sehen), besinne ich mich plötzlich auf Ouma Kristinas festen Glauben: Bevor man einen Friedhof verlasse, solle man sich stets eine Weile innerhalb der Mauern hinsetzen, so daß die durch den Besuch gestörten Geister zu ihrer Ruhestatt zurückkehren können; andernfalls, pflegte sie zu sagen, folgen sie einem. Zu dumm. Jetzt kann ich nichts mehr tun, um mich loszukaufen.

In der Ferne bemerke ich zwei Leute, die mich beobachten – eine ältere Frau mit einem hellblauen Tuch um den kleinen Kopf und einen jungen Mann in ausgeblichenen Jeans und einem kurzärmligen Hemd von unbestimmbarer Farbe; beide sind barfuß. In ihrer Haltung liegt Vorsicht, als seien sie bereit, sofort kehrtzumachen und wegzurennen, sowie ich zu dicht herankäme.

Kurz vor ihnen bleibe ich überrascht stehen, einen Augenblick lang bilde ich mir ein, die Frau sei Lizzie, Oumas alte Gefährtin; dann erinnere ich mich, daß auch sie gestorben ist. Auch wenn ich es an diesem Ort den Toten zutraue, daß sie am hellichten Tag umherwandeln können: Dies muß ihre Tochter Trui sein, die Jeremiah geheiratet hat, »das Mädchen für alles«, aber die Ähnlichkeit ist unheimlich. Trui ist unglaublich gealtert, seit ich sie zuletzt sah, tiefgefurcht das dunkle Gesicht, grau die Strähnen, die unter dem Kopftuch vorschauen.

»Trui?« frage ich.

»Guten Morgen, Missus«, sagt sie in seltsamem, fragendem, argwöhnischem Ton.

»Kennst du mich denn nicht mehr?« helfe ich ihr nach.

Noch ein spannungsgeladener Augenblick, dann ruft sie aus: »Mein Gott, Miss Kristien! Was macht denn Miss Kristien hier?«

»Du mußt doch wissen, was Ouma passiert ist …?« Ich trete auf beide zu und strecke die Hand aus. Trui nimmt sie vorsichtig, als könne sie sich unversehens in etwas anderes verwandeln, und läßt sie dann rasch wieder los. Der junge Mann bleibt finster blickend außer Reichweite.

»Ja, Miss Kristien«, sie schnalzt mit der Zunge. »Es war eine schreckliche Sache. Das ganze Haus in Flammen. Und dann, nachdem sie die alte Missus fortgebracht haben, wurde es fast noch schlimmer, als die Polizei kam und uns ausquetschte, wer es gemacht hat. Wie sollten wir das denn wissen? Es ist schlimm, Miss Kristien, sehr schlimm!«

»Bitte nenn mich nicht Miss Kristien«, sage ich, hilflos wie so viele Male zuvor.

»Ja, Miss Kristien!«

»Und Sie –«, frage ich, zu dem jungen Mann gewandt.

»Aber das ist bloß *Jonnie*, Miss Kristien«, sagt sie, wobei sie das J auf deutsche Art ausspricht. »Er ist mein Sohn, erinnert sich Miss Kristien nicht an ihn? Aber er war noch ein kleines Jungchen, als Miss Kristien fortging.« Ohne innezuhalten und Atem zu holen, fragt sie: »Ist die alte Missus nun tot?«

»Sie ist sehr schwach, aber sie lebt noch«, beruhige ich sie. »Sie möchte hierher zurückkommen.«

»Was für ein Jammer!« bedauert sie, dann wendet sie mir ein kummervolles Gesicht zu. »Aber das ist kein Ort mehr für sie, Miss Kristien. Schauen Sie doch hin.«

Ihr Sohn zerrt sie am Arm. »Laß sie, Ma«, sagt er leise und heftig. »Wir haben nichts mehr mit diesen weißen Leuten zu schaffen.«

Erregt sucht sie mit dem Blick Hilfe bei mir. »Sie müssen ihm bitte verzeihen, Miss Kristien. Es ist diese Geschichte mit der Polizei. Sie haben ihm böse zugesetzt. Schauen Sie sich sein Gesicht an.« (Wahrhaftig, es ist fast bis zur Unkenntlichkeit verschwollen.) »Aber Miss Kristien muß nicht denken, daß ich ihn so erzogen habe.«

»Ach, halt den Mund, Ma!« knurrt er.

»Und nun will die arme, alte Missus ...?« Sie versucht, die Unterhaltung wieder ins vorige Fahrwasser zu bringen.

»Ich bin im Haus gewesen, Trui. Ich weiß, es sieht fürchterlich aus, aber Ouma wünscht sich, heimzukommen. Wenn du und deine Familie uns helfen könntet – ich bin sicher, wir machen es wieder bewohnbar. Wir brauchen nur ein paar Zimmer.«

»Du hältst dich aus der Sache raus, Ma«, sagt ihr Sohn.

Sie tut so, als hätte sie es überhört. »Es ist ein böser Ort jetzt, nachdem das passiert ist«, sagt sie, »es spukt.«

»Das war schon immer so. Und wenn sich Ouma hier besser fühlt – selbst wenn sie nur herkommt, um in Frieden zu sterben ...«

»Ja, Miss Kristien.«

»Bitte, Trui, ich habe dir doch gesagt, du sollst nicht ...«

»Ja, Miss Kristien.«

In diesem Augenblick rast im Hintergrund Anna um die nächste Ecke des grotesken Baus und fuchtelt verzweifelt, wie in einem Hollywood-Film, Annie-get-your-gun, mit ihrer Pistole herum.

Trui und ihr Sohn blicken sich beide um, erschreckt, als sie erkennen, jemand ist hinter ihnen. Als Trui die Pistole bemerkt, kauert sie sich mit einem jammervollen Stöhnen hinter Jonnie.

»Steck das Ding weg!« brülle ich Anna an.

Spürbar verlegen, läßt sie die Hand sinken. »Du warst so lange weg«, sagt sie, »ich wurde langsam unruhig. Und dann kam eine Nachricht durchs Radio ...«

»Gott, Miss Anna, Sie dürfen einen nicht so erschrecken«, klagt Trui, eine dünne Hand an die Brust gepreßt.

»Was für eine Nachricht?« frage ich schroff. Ich weiß nun schon, daß der Transporter mit Funkverbindung ausgerüstet ist, um den Farmern ihre eifrigen Jagden zu erleichtern und das Adrenalin in Fluß zu halten.

»Vor denen kann ich nicht reden«, sagt sie mit einem Nicken hin zu Trui und ihrem Sohn.

»Verzeihung, Missus«, sagt die Frau hastig und knickst mit ihren Maisstengelbeinen. »Wir sind nur stehengeblieben, um Miss Kristien guten Tag zu sagen. Wir gehen schon.«

Jonnie zieht sie fort. »Ich hab dir gesagt, du sollst nichts mit diesen Scheißburen zu tun haben«, sagt er, und als sie an Anna vorbeikommen, räuspert er sich und spuckt ihr den Schleim vor die Füße.

Sie wird dunkelrot, wartet aber, bis sie außer Hörweite sind, bevor sie zischt: »Der kleine Scheißer!« Die Hand mit der Pistole zuckt. »Nun kannst du selber sehen, wie weit es gekommen ist. Und das waren die Leute, denen Ouma Kristina ihr Leben anvertraute ...«

»Schäm dich!« fahre ich sie an.

»Um alles in der Welt, wovon redest du?« Sie scheint ehrlich verdutzt.

»Oh, um Gottes willen ...« Ich hole tief Luft. »Also bitte? Wie lautete deine kostbare Meldung?«

Es war Casper. Natürlich. Von der Stadt aus hat er angerufen, erfahre ich, um Anna mitzuteilen, daß einer aus der Terroristenbande oder zumindest jemand, der in naher Beziehung zu ihnen steht, geschnappt worden ist. Spazierte dreist und gottesfürchtig in eine Drogerie, um Bandagen, Salbe und Schmerztabletten zu kaufen, einfach so, ganz klar für den Verbrecher bestimmt, der letzte Nacht bei der Schießerei verwundet wurde. Aber der Schweinehund ist nicht weit gekommen. Zufällig war eine Verkäuferin der Drogerie mit einem aus Caspers Kommando verheiratet, und sie besaß die Geistesgegenwart, die tapfere Frau, ihren Mann anzurufen, und als der Verdächtige aus dem Laden trat, fuhren vier oder fünf Transporter mit bewaffneten Farmern auf ihn zu, von allen Seiten. Sie wären um ein Haar in den Laden gedonnert und hätten unter den Passanten ein Inferno angerichtet. Den unglücklichen Menschen traktierten sie mit Fäusten, Stiefeln und Gewehrkolben. Sie hätten ihn auf der Stelle getötet, aber bedauerlicherweise traf die Polizei ein und nahm ihn in ihrem Fahrzeug mit.

»Was sagst du nun?« fragte Anna, Triumph bebte in ihrer Stimme.

## 13

Nicht so einfach. Die Stadt, entdecken wir, als wir hingelangen, ist tatsächlich in heller Aufregung über die Nachricht. Aber es stellt sich heraus, daß der arme Mann, der nahezu gelyncht wurde und jetzt im Krankenhaus allmählich wieder zu sich kommt, nichts mit dem Überfall auf Oumas Haus zu tun hat. Als die Polizei nachprüfte, was er dem Drogisten erzählt hat, fand sie bei ihm daheim ein Kind, das von einem Hund gebissen worden war und dringend das Verbandszeug, die Salbe und die Schmerztabletten brauchte, die der Vater kaufen wollte.

## 14

Anna meidet meinen Blick und fährt allein fort, um ein paar Einkäufe zu erledigen, während ich die Zeit bei Ouma verbringe. Kein sehr ergiebiger Besuch, denn ich finde sie in so tiefem Schlaf, daß ich sie sanft entschlummert glauben könnte, hätte mich nicht die Oberschwester zuvor gewarnt: Sie steht beständig unter Morphium. Ihr Atem ist zu schwach, um auch nur eine Feder zu sträuben oder einen Spiegel zu trüben; aber nach einiger Zeit durchläuft ein Zucken die Hand auf dem Überschlaglaken. Endlose Minuten stehe ich über sie gebeugt, so mag wohl ein Archäologe einen Ausgrabungsfund mustern, das zweifelhafte Überbleibsel einer Vergangenheit, zu der es keine Brücke mehr gibt.

Bin ich dafür zurückgekommen? Was habe ich von meiner überstürzten Heimkehr wirklich erwartet? Ich weiß nur eines: Daß sie hier so still, so unscheinbar liegt, daß kaum eine Falte im Bettzeug den Körper darunter verrät – das vermag ich nicht zu begreifen. Nicht weil es zu dunkel oder zu verwickelt wäre, sondern weil es allzu simpel ist. Der Tod ist zu einfach für einen Kopf, der an angstvolles oder skeptisches Grübeln gewöhnt ist. Dies eine: Daliegen und sterben. Ich kann alles verstehen, aber nicht das. Ich kann alles hinnehmen, aber nicht das. Ein kleiner Laut läßt mich aufblicken. Ein winziger Sonnenvogel flattert gegen das Fenster. Die anderen, Myriaden von anderen, sitzen noch – ich sah sie, als ich kam – auf dem Krankenhausdach, in allen Bäumen, auf allen Drähten ringsum. Aber dieses eine, wunderbare kleine Federgeschöpf, das nicht hineindrängt wie gestern die tollkühnen Kamikazeflieger, sondern sich damit begnügt, flatternd hereinzustarren nach etwas, das es höchstwahrscheinlich nicht sehen kann – es rührt mich tiefer als jene anderen. Ich weiß, es ist nicht wirklich ein Vogel. Es ist der Hauch der sterbenden alten Frau. Dies hartnäckige Schwirren glänzender Flügel, dies kleine Federding ist das eigensinnige Flattern der Hoffnung, die einen weitertreibt, Hoffnung *nicht* zu sterben, noch etwas zu finden, etwas zu glauben, etwas zu erretten, etwas wiedergutzumachen: ein Flattern, das trotz seiner Leichtigkeit die Wirrnisse der Geschichte, die Sinnlosigkeit der Zeit, die Schwere der Welt aufwiegt.

Ich lasse mich auf den steillehnigen Stuhl neben dem Bett nieder. Und dort sitze ich noch, als ein dralles, junges Ding von Pflegerin hereinhastet, um mich zu rufen. »Miss Müller, Ihre Schwester ist hier, sie will Sie holen.«

»Kommt sie nicht herein?«

»Nein, sie wartet vor dem Haus.«

»Sie können ihr sagen, daß ich komme.«

»Ja, Miss.« Mechanisch prüft sie erst Oumas Puls, dann stürmt sie wieder hinaus.

Ich beuge mich über Ouma und flüstere ihr ins Ohr: »Ich will nicht, daß du stirbst, hörst du? Ich komme zurück. Ich hole dich nach Hause.«

Der Sonnenvogel surrt gegen die Fensterscheibe.

»Warum bist du nicht hereingekommen?« frage ich Anna, als wir in den Transporter steigen.

»Ich konnte den Wagen nicht mit all dem Zeug hintendrin allein lassen.« Ihre Stimme verrät, sie ist den Tränen nahe. »Weißt du, was passiert ist, während ich im Supermarkt war? Sie haben eingebrochen« – erst jetzt bemerke ich das eingeschlagene Seitenfenster – »und das Radio gestohlen. Caspers

Radio.« Sie drängt ein Schluchzen zurück. »Also mußte ich zur Polizei. Er bringt mich um.« Ich bin nicht sicher, ob wegen des fehlenden Radios oder weil sie zur Polizei gegangen ist. »Es hört einfach nie auf. Die ganze Zeit, die ganze Zeit. Ich halte es nicht mehr aus, Kristien. Und obendrein noch die ganze Geschichte mit Ouma –«

Das ist die Gelegenheit, entscheide ich und verkünde so ruhig ich kann: »Sie muß wieder heim.«

»Was meinst du mit heim?« fragt sie entgeistert.

»Ins Vogelhaus.«

»Das bringt sie um!«

»Sie liegt im Sterben, Anna. Und sie möchte in Frieden gehen. Ich habe mich genau im Haus umgesehen und bin überzeugt, wir können es ihr wohnlich genug machen. Kann sein, sie hat nur noch ein paar Tage.«

»Begreifst du immer noch nicht, wie gefährlich das ist? Um Himmels willen, sie haben schon einmal eine Brandbombe ins Haus geworfen!«

»Der Blitz schlägt nie zweimal ein.«

»Kristien, du bist verrückt. Außerdem erlaubt dir Casper das nie.«

»Ich hatte nicht vor, ihn um Erlaubnis zu bitten.«

Sie schnappt zornig nach Luft, aber sie entgegnet nichts. Und ich schmiede das Eisen, solange es heiß ist. Vermutlich wird sie mich ohnehin nicht ungern für eine Weile los. Es gibt keinen Autoverleih in der Stadt, deshalb überrede ich sie, mich wieder in Sinai abzusetzen, so daß ich dem sanftmütigen, aber argwöhnischen Jeremiah Oumas Vehikel, jenen prachtvollen alten Leichenwagen, abzwingen kann.

Anna donnert in einer Staubwolke wild entrüstet davon. Ich bleibe zurück, um mit Jeremiah und Trui alles Nötige zu verabreden; dann fahre ich zurück in die Stadt, zu strapaziösen Verhandlungen und Disputen mit Oumas Arzt und dem Krankenhausdirektor (als wir nach ihr sehen, liegt sie noch immer, unerreichbar für uns, im selben Tiefschlaf). Indiskutabel, sagen sie. Keiner von ihnen beiden will die Erlaubnis erteilen. Sie sind jetzt für sie verantwortlich. Sie verweisen auf den hippokratischen Eid. Sie behandeln mich wie ein aufdringliches Kind. Doch ich bin entschlossen. Was, wenn sich ihr Zustand bessert? frage ich. Wir können eine Schwester zur Pflege gewinnen. Nein, unmöglich, daß sie diese Verantwortung auf sich laden: In ihrem Alter, ihrem Zustand. Und wenn *ich* die Verantwortung übernehme? forsche ich. Sie müssen noch abwarten. Es ist bei weitem zu früh. Bestenfalls bleibt die Sache in der Schwebe: wenn – wenn – wenn ... Aber ich bin zuversichtlich: Sobald sie aufwacht – vorausgesetzt, sie lassen sie nicht vorsätzlich und böswillig weiterschlafen –, setzen wir beide zusammen uns durch.

## 15

Sowie ich, zurück in Annas Reich, das schimmernde schwarze Monstrum geparkt habe, fällt eine Horde unbändiger Kinder darüber her und besetzt es im Handumdrehen wie ein Bienenschwarm, der einen neuen Stock bezieht. Anna finde ich in der großen Speisekammer, sie rackert sich immer noch ab: Tapfer, aber mehr oder weniger vergeblich bemüht sie sich, die zahllosen Lebensmittel zu verstauen, die sie heimgebracht hat.

Ungläubig, mit offenem Mund, starre ich den Berg an. »Das langt ja für ein Jahr!« rufe ich aus, nach besten Kräften um ein Heiterkeit bemüht.

Aber sie nimmt es ernst. Beinah entschuldigend sagt sie: »Man weiß nie –«

»Um Himmels willen, was meinst du?«

»Ach, es hat so viele Gerüchte um die Wahl gegeben. Wenn die Schwarzen erst mal am Ruder sind – ich meine, es ist *alles* möglich. Und man muß für die Kinder sorgen.«

Und als am Abend die Dienerschaft in die Hütten heimgegangen ist und die Kinder sich in die Betten verzogen haben, rollen Anna und Casper (er ist überraschend pünktlich zum Essen erschienen und ahnt noch nichts vom Diebstahl des Autoradios) den Teppich in der Diele zusammen, klappen die Falltür darunter auf und begeben sich ernst und wortlos daran, in einer Höhlung unter dem Fußboden eine erstaunliche Masse von Vorräten zu stapeln: Kerzen und kleine Gasflaschen, Kartons mit haltbarer Milch, Büchsennahrung, Milchpulver, eine Kollektion Tupperware voller Mehl, Zucker, Teebeutel und löslichem Kaffee; Mineralwasser, eine Unmenge Toilettenpapier, Reservedecken, Hundefutter, Schachteln mit Vitamintabletten und den gängigsten Medikamenten und sogar – wahr und wahrhaftig – eine Reservebibel. Nachher weist Casper Anna und mich lakonisch an, ihn in eine ferne Hofecke zu begleiten, wo wir beide ihm mit Gaslaternen leuchten, während er mühsam einen Graben aushebt und dann darin einen weiteren Hort birgt, Blechbüchsen mit allen Arten von Fleisch und Gemüse, sorgfältig in schwarze Plastik-Müllbeutel verpackt.

»Fällt euch noch was ein?« fragt Casper nach verrichtetem Werk und trocknet sich mit offenkundiger Befriedigung die Stirn.

»Wie wär es mit Kondomen?« Ich verziehe keine Miene bei meinem Vorschlag. »Unter Belagerung wirst du doch sicher nicht noch mehr Kinder zeugen wollen?«

Anna explodiert jäh. »Du halt dich da raus! Du kommst ein paar Tage hierher zurück, um Ouma ins Grab zu helfen, und dann schwirrst du wieder ab und überläßt es uns, die Scherben aufzusammeln …«

»Sollte nur ein Witz sein, Anna«, antworte ich schwach, betroffen über die Heftigkeit ihres Ausbruches.

»O nein!« tobt sie. »Seit du angekommen bist, mäkelst und kritisierst du an allem herum, was uns wichtig ist. Verdammt einfach! Als es hier brenzlig wurde, bist du abgehauen und hast erwartet, daß wir den Schlamassel in Ordnung bringen. Und nun, wo du sicher und weit vom Schuß bist, denkst du, du kannst über uns lästern. Aber für uns geht es um Leben und Tod, falls du das noch nicht bemerkt haben solltest.«

»Ich bin nicht abgehauen.« Wut springt in mir auf, ich halte sie zurück wie einen Hund, der an der Leine zerrt. »Denkst du, es war leicht, alles zurückzulassen, wieder ganz von vorne anzufangen, ein neues Leben aufzubauen, mein altes Ich aufzugeben?«

»Mach dir nichts vor, kleine Schwester«, sagt sie boshaft, »du hast dich seit je auf die einfachste Art aus der Klemme gezogen. Als es dir hier nicht behagte, bist du verduftet. Als du dich durch einen Mann, der dich liebte, behindert fühltest, hast du ihn einfach fallenlassen. Als du dich nicht damit abfinden konntest, Mutter zu werden, hast du das Kind umgebracht ...«

»Jesus, das ging unter die Gürtellinie, Anna«, sage ich mechanisch und fühle, wie mir die Wut das Gesicht versteinert. »Ich hatte eine Abtreibung. Das war vollkommen legal.«

»Nenn es, wie du Lust hast, für mich ist das Mord.«

Es drängt mich zur zornigen Abwehr: Bildest du dir ein, ich nenne es anders? Und wache nachts nicht schweißgebadet auf? Aber ihr das zu verraten wage ich nicht, hier nicht und nicht jetzt. Um mich zu verteidigen, bleibt mir nur die gleiche Bosheit: »Du hättest auch ein paar von *deinem* Wurf umbringen sollen«, schlage ich blindlings zu und denke dabei doch verzweifelt: Um Gottes willen, hör auf, bevor es zu spät ist. »Dann wärst du vielleicht noch eine Frau, nicht nur eine Brutmaschine und eine Sklavin.«

»Jetzt langt's, ihr beiden!« mischt sich Casper gebieterisch ein. Aufs äußerste gereizt, will ich schon auf ihn losfahren, da hält mich das verzweifelte Schuldbewußtsein in Annas Miene zurück. »Wie wäre es mit einer Tasse Kaffee?« fragt er jovial. »Wir könnten alle eine Erfrischung vertragen.«

Fast automatisch wendet sich Anna zum Gehen. Mit ihm allein zu bleiben ist fast unerträglich; aber ihr in die Küche zu folgen und ihm gehorsam Kaffee zu bereiten wäre noch schlimmer. Also bleibe ich.

»Das war nicht sehr nett, was du deiner Schwester an den Kopf geworfen hast«, sagt er, als sie außer Hörweite ist, aber eher amüsiert als tadelnd.

»Das machen wir unter uns aus«, antworte ich kurz. »Wir brauchen dich nicht als Schiedsrichter.« Ich setze mich in Bewegung, aufs Haus zu.

Er folgt mir auf dem Fuße. »Hitzkopf wie eh und je!«

»Aber das magst du doch, nicht?« frage ich, als wir in der Diele anlangen. »Jedenfalls hast du mir das an eurem Hochzeitstag mitgeteilt.«

Einen Moment blickt er verdutzt, dann besinnt er sich offensichtlich. »Also hast du das nicht vergessen.«

»Da kannst du verdammt sicher sein.«

»Gut.« Nun schaltet er seinen männlichen Charme an, sein braungebranntes Gesicht kräuselt sich zu einem Lächeln. »Ich hab auch die Jahre über ganz schön viel an dich gedacht.«

Das Ausmaß seiner Unverfrorenheit verblüfft mich. »Wenn ich an *dich* gedacht habe«, sag ich, »dann voller Erleichterung darüber, daß du so weit weg warst.«

»Das meinst du doch nicht im Ernst«, sagt er. Ohne Hänselei: Für ihn ist das eine simple Feststellung. »Komm schon, Kristien, du bist viel zu schön, um soviel Gift zu verspritzen.«

»Und du bist leider noch blöder als in meiner Erinnerung.«

Er zwinkert. »Wenn dir da nur keine Überraschung bevorsteht.«

Ich gehe von ihm weg, halte dann an und wende mich wieder um. »Wenn du eines Tages aufgehört hast, Räuber und Gendarm zu spielen, können wir uns zusammensetzen und vernünftig diskutieren.«

»Ich spiele nicht, Kristien.« Plötzlich ist er sehr ernst und, nehme ich an, verletzt.

»Wie sonst nennst du dein Kommando, eure Herumfahrerei kreuz und quer durch den Bezirk, euer Funkgerät, eure Schuljungenkämpfe mit jedem, der kleiner und schwächer ist als ihr?«

»Offenbar begreifst du nicht, was auf dem Spiel steht.«

»Wenn so viel auf dem Spiel steht, warum suchst du dann nicht lieber nach einer Lösung, statt alles zu vermasseln?«

»Wenn du dich auf diesen Kaffer beziehst ...«

»Dir müßte einer den Mund mit Seife auswaschen.«

»Ach ja. Wir sind also jetzt mit Worten pingelig?«

»Ich hatte nur gehofft, wir könnten uns wie erwachsene

Leute unterhalten und in entsprechender Ausdrucksweise.«

Das Blut schießt ihm ins Gesicht. Einen Augenblick frage ich mich, ob er zuschlägt; im selben Moment weiß ich auf einmal, wider alle Logik, aber ohne jeden Zweifel und mit gallebitterem Geschmack im Mund, wie er mit Anna umgeht. Unerwartet ändert er seine Taktik. »Schön«, sagt er. »Wir haben übertrieben reagiert. Aber kannst du uns dafür tadeln? Hast du nicht gesehen, was sie deiner eigenen Großmutter angetan haben? Bist du dir darüber im klaren, daß sie der dritte alte Mensch ist, der in den vergangenen drei Wochen in diesem Bezirk überfallen worden ist? Die anderen hatten weniger Glück.«

»Und du meinst, das Heilmittel gegen Gewalt sei Gewalt?«

»Welche andere Sprache verstehen sie denn?« fragt er in ruhigem Zorn. Und schaltet dann auf noble Rhetorik um. »Dies Land macht einem das Überleben verdammt schwer. Wir haben es über drei Jahrhunderte lang geschafft, selbst wenn wir dabei hart sein mußten. Nicht weil uns das Spaß machte, sondern weil wir dazu gezwungen waren. Und warum? Weil wir diesen verdammten Ort lieben, darum. Wir haben mit Blut und Dreck dafür bezahlt. Es ist der einzige Platz in der Welt, den wir unser eigen nennen können. Nun wollen sie ihn uns wegnehmen. Aber das lassen wir nicht zu. Verdammt noch mal, Kristien, wir haben keine andere Bleibe!«

Mein erster Gedanke ist: Bitte, nicht schon wieder. Wie viele Male sind mir diese frommen Phrasen an die Ohren gedrungen. Aber das Sonderbare ist – und das trifft mich wie ein Stiefel in die Magengrube: Ich weiß, er meint ernst, was er sagt, er meint es verzweifelt ernst. Und ich versuche, ihm vernünftig zuzureden: »Wer will es euch denn wegnehmen, Casper?«

»Die Kaff...« Einigermaßen zu meiner Überraschung stockt er – »die Schwarzen. Die Kommunisten. Sie haben in der ganzen übrigen Welt Schiffbruch erlitten, nun müssen sie es hier schaffen. Aber ich sage dir, das dulden wir nicht. Und wenn es sein muß, sind wir bereit, dafür zu sterben.«

Mir entfährt ein Seufzer. Und ich sage, ebenso unwillig über meine eigene Schwäche wie über seine Leidenschaft: »Denkst du nicht, es ist besser, für eine Sache zu leben, als dafür zu sterben?« (Ich weiß, auch das ist ein Gemeinplatz. Aber da wir nun schon so angefangen haben, warum nicht auch so weitermachen. Und es wären keine Gemeinplätze, wenn sie nicht so oft wiederholt – und geglaubt – worden wären.)

»Nicht wenn leben bedeutet, alles zu opfern, das für uns zählt.«

»Zum Beispiel?«

»Zum Beispiel – o Mann, unsere ganze Art zu leben.«

»Und du bist völlig sicher, daß sich eure ›ganze Art zu leben‹, was immer in Gottes Namen das heißt, ändern wird, wenn ›sie‹ ans Ruder kommen?«

»Hast du nicht gesehen, was im restlichen Afrika passiert ist?«

»Ich habe Millionen Leute vor die Hunde gehn sehen, weil der Westen ihnen den Rücken kehrte.«

»Und Korruption, Völkermord, Gewalt, Hungersnot? Auch alles vom Westen bewirkt?«

»Hunger und Völkermord zu einem großen Teil, ja. Was Korruption und Gewalt anbetrifft, da ist Afrika einfach dem Vorbild seiner Kolonialherren gefolgt.«

Er macht eine gereizte Gebärde. »Du hast die Weisheit mit Löffeln gefressen. Du versuchst, wie ein Mann zu argumentieren. Das steht dir nicht.«

»Casper, das ist das letzte verzweifelte Argument eines Verlierers. Darauf falle ich nicht herein. Du weißt doch, *mich* kannst du nicht in die Küche schicken.«

Anna tritt mit dem Teebrett ein.

»Wir reden später weiter«, sagt er.

»Worauf du dich verlassen kannst.« Ich halte seinem Blick stand, ohne mit der Wimper zu zucken.

»Du sollst dir nur eins merken«, sagt er: »Wir meinen es ernst.«

»Ernst? Den Kopf habt ihr vor Angst verloren.«

»Worüber redet ihr?« fragt Anna, ohne uns anzusehen.

Ihre Augen sind rot und geschwollen. Ich verspüre Gewissensbisse.

»Männergespräche«, sagt Casper und schüttet sich drei Teelöffel Zucker in den Kaffee.

Sowie er, aufs Sofa hingelümmelt, ausgetrunken hat, erhebt er sich: »Na schön. Die Pflicht ruft.«

»Du bleibst doch nicht wieder die ganze Nacht fort?« fragt Anna ängstlich.

»Nein.« Er küßt sie flüchtig. »Nur eine kurze Runde. Um sicherzugehen, daß alles ruhig ist.«

»Bitte sei vorsichtig«, sagt sie.

Dann sind wir allein. Aber es ist noch zu früh, um einander ins Gesicht zu sehen, und nachdem ich ihr beim Abwasch geholfen habe, gehe ich in den Korridor, ganz gemächlich, und wähle London, Michaels Nummer.

Es klingelt und klingelt, aber niemand hebt ab. Und wider alle Vernunft fühle ich mich plötzlich im Stich gelassen und den Tränen nahe. Während ich langsam den Hörer hinlege, kommt sie an mir vorbei, zögert, drückt mir kurz die Hand und geht dann weiter zu ihrem und Caspers Schlafzimmer. Der Trübsinn eines verfehlten, jämmerlichen Abends macht sich in mir breit. Ich werde in die Wanne gehen, beschließe ich. Wieder der einfache Ausweg?

## 16

Ich steige gerade aus der Wanne, als jemand an die Tür klopft, so zaghaft, daß ich einen Augenblick im ungewissen bin, ob ich es mir nur eingebildet habe. Dann ruft Anna leise: »Ich bin's. Darf ich reinkommen?«

»Anzunehmen.«

Ich fange an, mich abzutrocknen. Erst als ich nach etlichen Minuten kräftigen Rubbelns das Handtuch wieder über die Querstange hänge, nehme ich wahr, daß sie mich studiert wie ein Auktionsobjekt. Unwillkürlich lange ich nach Michaels altem T-Shirt, das ich im Bett trage.

»Verzeih«, sagt sie, »ich wollte dich nicht anstarren. Aber du – du bist recht hübsch anzuschauen.«

»Findest du?« Ich werfe mich in eine übertriebene Mannequinpose, um meine Verlegenheit zu verdecken. »Sei nicht albern, Anna. *Du* warst immer der Schwan der Familie.«

»War«, sagt sie ruhig. Dann: »Tut mir leid, daß ich heute abend so gemein war.«

»Ich ja auch. Ich wollte das nicht sagen.«

»Weißt du, wir machen eine üble Zeit durch.« Ich klappe den Toilettendeckel zu und setze mich drauf, das T-Shirt über eine Schulter gehängt. »Du meinst Ouma? Den Wirrwarr im Land?«

»Ich meine Casper und mich.« Sie fingert nervös an ihrem Kleid herum. »Macht's dir was aus, wenn ich auch bade? Ich nehme dasselbe Wasser.«

Sparmaßnahme in einem grausamen Klima? Oder ein durchsichtiger Versuch, schwesterliche Bande zu knüpfen? Aber ich mache eine erhabene Gebärde. »Fühl dich ganz wie zu Hause.« Und beobachte sie, obwohl ich mich dabei als Eindringling fühle, während sie sich auszieht und in das noch warme Wasser eintaucht. Krampfadern in den Kniekehlen, Orangenhaut, Zeichen beginnender Erschlaffung an Gesäß und Bauch, die einstmals überwältigenden Brüste hängend, der struppige Bart ihres Geschlechts. Mitleid schnürt mir die Kehle zusammen. Ich hätte ihr dies lieber erspart. Welch langen Weg sind wir gegangen seit der Zeit, da ich klein war und sie ungebeten und oft zu meinem wütenden Zorn ins Badezimmer zu kommen pflegte, wenn ich grad drinnen war; ihr Hohn über meine Magerkeit, meine vorspringenden Knie, meine glatten Haare und, am schlimmsten von allem, die Prophezeiung, daß mir nie Brüste wachsen würden. Wiederum hatte ich, schnüffelnde kleine Maus, strengen Befehl draußen zu bleiben, wenn sie badete. Aber einmal, als ich erst fünf oder sechs war, mußte ich auf die Toilette und platzte herein; ich überraschte sie, wie sie sich entlang der Bikinigrenze rasierte. Das Phänomen des Schamhaars war mir bis zu diesem Moment entgangen. Ich entsinne mich noch, wie ich stand und starrte und mit dem Finger zeigte und ehrfürchtig fragte: »Was ist das für ein Ding mit den Federn?«

Anna spürt meinen forschenden Blick, setzt sich auf und umarmt ihre Knie, ein linkischer Versuch, sich zu bedecken. »Nicht gerade Miss World, wie?« Sie lacht gezwungen. Einen Augenblick später fügt sie mit erstickter Stimme hinzu: »Kann man Casper tadeln, wenn sich sein Interesse legt?«

»Diese alte, graue Mähre ist auch nicht mehr, was sie mal war«, sage ich und weiß, wie wenig überzeugend das klingen muß.

»Gönnerhaft steht dir nicht, Kristien.« Aber in ihrer Stimme liegt kein Funken von Widersetzlichkeit. Und sie lehnt sich resigniert wieder zurück.

»Ist es für dich wirklich wichtig, daß du ihn hältst?«

»Und die Kinder.«

»Brauchen sie ihn denn?«

»Er ist ein guter Vater.« Diesmal entdecke ich ein Aufflammen.

Ich blicke sie fest an, aber sie wendet die Augen ab. Das Badewasser zittert in raschen Wellchen um ihren Leib.

»Bist du sicher, Anna, daß es sich lohnt?«

»Ich muß an die Familie denken.«

»An dich auch.«

Sie schüttelt den Kopf. »Vermutlich sieht es von außen anders aus. Du kommst und gehst, wie du Lust hast. Du hast ganz London, ganz Europa, die ganze Welt in Reichweite. Du mußt nie in der Nacht daliegen und dich fragen, wann wohl einer bei dir einbrechen und euch alle umbringen und das Haus niederbrennen wird –«

»Dich hat einfach die Geschichte mit Ouma aus dem Gleichgewicht gebracht.«

»Nein. Das geht jetzt schon seit Jahren so und wird immer schlimmer. Jetzt ist einfach eingetroffen, was wir längst gefürchtet haben. Ich hab solche Angst. Es gibt keine Stunde am Tag und in der Nacht ohne Angst. Ich halte es nicht mehr aus. Wenn ich nur weglaufen könnte, laufen und laufen, dahin, wo mich keiner mehr findet. Aber wie kann ich die Kinder im

Stich lassen? Ich bin noch nicht so alt. Zweiundvierzig ist nicht alt, oder? Aber was hab ich davon? Das ist doch kein Leben. Es ist schlimmer als im Gefängnis. Weißt du ...« Sie zögert kurz, stürzt sich dann kopfüber in den nächsten Satz: »Ich war schon ein paarmal dicht dran ...« – sie meidet meinen Blick – »ein Ende zu machen.«

»Anna, sag nicht so was.«

»Es ist aber wahr. Wofür leb ich denn? Pflichten, noch mehr Pflichten, Verantwortung. Und Casper versteht das nicht. Gar nichts versteht er. Wenn ich versuche, mit ihm darüber zu reden, zieht er ein gelangweiltes Gesicht und sagt, es wird schon alles. Das heißt, falls er nicht einfach aufsteht und geht. Oder er kriegt einen Wutanfall und ...« Tränen rinnen ihr übers Gesicht und ins Badewasser. Zornig richtet sie sich hoch und dreht den Hahn wieder auf.

»Ich hatte keine Ahnung ...«

»Natürlich nicht. Das ist so unerträglich an dem Leben hier. Millionen und Millionen Leute, wir sitzen alle in dem einen, riesigen Kahn, aber kein Mensch kümmert sich um die andern. Wir sind vollkommen allein. So gottverdammt allein.«

Die Verzweiflung in ihrer Stimme entsetzt mich.

»Hast du eine Zigarette für mich?« fragt sie ganz unerwartet.

»Du rauchst? Das hab ich gar nicht gewußt.«

»Ich rauche ja auch nicht. Casper würde mich umbringen, wenn er ...« Sie richtet sich auf. »Schön, soll er doch.«

»Ich hol dir eine.« In ein feuchtes Badelaken gehüllt, öffne ich die Tür und gehe den Korridor entlang zu meinem Zimmer. Unterwegs taucht aus einer der Türen ein kleines Kind auf, bleibt stehen, starrt mich mit dem Daumen im Mund an und beginnt zu wimmern. Sekundenlang verspüre ich den perversen Drang, ihm zuzurufen: »Schon mal ein Ding mit Federn gesehen?« Dann versteck ich mich hinter einem gezwungenen Lächeln und drücke mich vorbei. In diesem Haus, wie schon bei meinen Eltern, ist Nacktheit nicht an der Tagesordnung. (Anders im Vogelhaus, wo wir in der Sommerglut, ein ganzer abenteuerlustiger Schwarm, nackt die

Geheimtreppen auf und ab tobten, vom Keller bis zum Boden und sogar hinaus in den mondhellen Hof.) Demütig verschwindet das Kind wieder in die Dunkelheit, aus der es gekommen ist. Ich finde die Zigaretten in meinem Zimmer. Durchs Fenster sehe ich das *veld* draußen von Mondlicht überflutet. Gebannt bleibe ich stehen und spüre die sinnliche Berührung des leisen Abendwinds; meine Brustwarzen werden steif. Endlos, endlos dehnt sich die Ebene ins Dunkel, reiner Raum, unbelastet von Baum und Fels. Oben der ungeheure Glanz der Sterne – Gott, ich habe vergessen, wie nah und greifbar sie hier sein können –, der glitzernde Staub der Milchstraße, das Kreuz des Südens. Ich fühle mich gebührend in die Schranken verwiesen und allein. Ernüchtert wende ich mich ab und kehre zu Anna zurück, die sich noch immer in ihrem Asyl rekelt, vom Wasser umfangen wie der Embryo vom Fruchtwasser.

»Was glaubst du, wie glücklich ich war, als du mir am Telefon gesagt hast, du kommst«, sagt sie nach dem ersten, tiefen Zug und schaut mich an durch den leichten Wirbel, den sie ausatmet. »Es war wie ... ich weiß nicht ... wie eine Antwort auf alles.«

»Und nun ist alles wieder in Dunst aufgelöst.«

»Sag das nicht.« Wieder stößt sie langsam den Rauch aus. »Bitte. Du *bist* hier. Es macht einen Unterschied. Ich weiß nicht, warum, aber es ist so. Ich wollte, du könntest bleiben.« Und so offen, wie ich sie kaum kenne, setzt sie hinzu: »Ich brauche dich.«

Wir haben aufgehört zu reden. Einen allzu flüchtigen Augenblick lang, wie außerhalb von Zeit und Geschichte, sind wir beide wieder Schwestern, deutlicher miteinander vertraut denn je, soweit ich denken kann, uns nah im Freimut unserer nackten Körper, unserer gemeinsamen Weiblichkeit. Und diese Erfahrung entfaltet ein unterschwelliges Bewußtsein – erst jetzt, da ich darüber rede, tritt es zutage – von den vielen Kreisen der Nacht, in deren Mittelpunkt wir stehen, die sich um uns beide breiten: Ebenen, Dunkelheit, das Drüben, Mondlicht und Sterne, ein freies und weibliches Universum.

Dann wird ein fernes Gerumpel laut, bald erkennbar als ein naher Wagen. Anna strafft sich kurz, bevor sie sich im aufgeregt platschenden und wirbelnden Wasser erhebt und nach einem Handtuch langt. »Casper«, sagt sie.

## 17

Als sich seine Schlüssel in den verschiedenen Schlössern der Haustür drehen, sind wir schon in der Küche und zapfen Teewasser. Anna trägt ihr schwarzes Krisennachthemd. Ich habe ihren Morgenrock über das T-Shirt gezogen. Sie verströmt Frische, bemerke ich angenehm überrascht, und eine neue Heiterkeit.

Er scheint es auch zu spüren. Er geht zu ihr, hebt ihr Haar an und küßt sie auf den Nacken. »Riecht gut«, sagt er. »Hast mich vermißt?«

»Nein. Ich hatte ja in Kristien gute Gesellschaft.«

Er dreht sich zu mir um, nimmt meine nackten Füße zur Kenntnis – ich sehe es auf den ersten Blick –, mein feuchtes Haar, den leichten Überwurf.

»Neuigkeiten?« frage ich, um weiteren Erkundigungen zuvorzukommen.

»Nein. Heute nacht ist es ruhig.«

»Gut. Ich hab es dir noch nicht erzählt, aber ich hole Ouma heim.«

»Was?«

»Es ist das weitaus Beste für sie«, sagt Anna ruhig.

»Aber wie kannst du ...«

»Ich kümmere mich um alles«, sage ich. »Bei der Polizei und bei den Ärzten. Nun laßt uns unsern Tee trinken und zu Bett gehen.«

»Und übrigens«, sagt Anna, während sie eingießt, »heute nachmittag hat jemand das Radio aus dem Bakkie geklaut.«

Viel später, als das Haus dunkel ist, von der Nacht draußen erfüllt, als seien seine Wände durchlässig geworden, höre ich aus dem Elternschlafzimmer nebenan die Laute ihrer Begattung. Er rächt sich auf seine Art, denke ich. Ein paar Augenblicke lang blitzt mir die Vorstellung durch den Kopf: Sie, das schwarze Nachthemd hochgeschoben oder beiseite gezerrt, ihre weißen Glieder. Unmöglich, aus den Lauten, die sie ausstößt, zu erkennen, ob sie Lust oder Schmerz davon erfährt, Ekstase oder Ekel. Und das verstört mich am meisten: nicht das Geschehen an sich, sondern daß ich nicht erkenne, was es bedeutet.

## 18

Dies endlich bestätigt mir, daß ich zurückgekehrt bin. Wieder in diesem phantastischen Haus zu sein. Es hat etliche Tage länger gedauert, als ich zunächst vorhersah. Oumas Zustand mußte sich noch wesentlich bessern; erst als klar war, daß kein Lungenversagen mehr drohte und daß man auf die meisten Infusionen verzichten konnte, ließen sich die Ärzte dazu herbei, den Umzug zu erwägen. Aber selbst dann mußten mehrere zusätzliche Gutachten von ihrer Zunft eingeholt werden, und am Ende war ein ganzer Regenbogen von Formularen zu unterzeichnen, der sie von jedweder Verantwortung entband. Gleichzeitig wurde eine kleine Armee von Arbeitern im Haus angestellt: Bevor wir einziehen konnten, mußten die elektrischen Leitungen erneuert und die Telefonanschlüsse wiederhergestellt, mußten die Haustüren wieder eingehängt und zugängliche Fenster gegen Einbrecher vergittert werden; die Polizei bestand darauf, in dem Schutt ihre Spurensuche fortzusetzen; Trui und ich, mehrere Mitglieder ihrer Familie, sogar Anna und ein paar neugierige Nachbarn – zungenschnalzend und glucksend, Untergang und bevorstehende Apokalypse prophezeiend – haben rund um die Uhr gearbeitet, um den schlimmsten Schmutz zu beseitigen, Speisekammer und Leinenschränke wieder aufzufüllen, die unentbehrlichsten Geschirrstücke und Geräte zu ersetzen und die paar Räume zu putzen und zu fegen und zu wischen und zu entstauben, die wir fürs erste zu unserer Behausung ausgesucht haben. Sie liegen in dem Flügel, der am wenigsten durch die Explosion und durch die übereifrigen Bemühungen der Feuerwehr gelitten hat. Nun sind wir eingezogen. Es ist Nacht und sehr still.

Ouma Kristina schlummert vor sich hin. Den Schlaf hat wider ihren Willen die energische junge Schwester bewirkt, die für die Tagschicht zu uns abkommandiert worden ist (ich bin tapfer oder verwegen genug, vorläufig und wider die entrüsteten Vorhaltungen der Ärzte zusammen mit Trui die Nachtschicht zu übernehmen). Bevor Ouma der Wirkung des Morphiums erlag, haben wir eine Weile miteinander geredet; es bereitete ihr immer noch Mühe, die Worte zu formen, sich verständlich zu machen. Aber schließlich schien sie entspannt, in Frieden mit der Welt.

»Also: Wir haben's ihnen gezeigt, was? Wir beide.« Sie umklammerte mein Handgelenk schwach mit der Hand, die sie noch gebrauchen konnte.

»Nun bist du bald wieder gesund.«

»Nein. Natürlich nicht. Ich bin heimgekommen, um zu sterben. Aber wir müssen über eine Menge reden.«

»Du kannst mir alles genau erzählen, was passiert ist.«

»Das ist unwichtig, Kristien. Es gibt anderes. Ich denke mir, du hast das meiste von dem, was du gewußt hast, vergessen; du bist zu lange fort gewesen. Aber ich werde dir dein Gedächtnis zurückgeben.«

»Du weißt, ich werde dich nie vergessen. Niemals.«

»Um mich geht es nicht, Kristien. Es sind die anderen, die vor uns. Untersteh dich nicht, sie jetzt zu vergessen. Dies Land – diese – du weißt ...« Ihre Stimme verlor sich. Die Injektion begann zu wirken.

»Streng dich nicht an. Wir haben Zeit –«

»Wir werden reden, ja? Wir werden noch reden. Es gibt so viele Geschichten, die ich dir wieder erzählen muß.«

»Ja, ja«, beschwichtige ich. »Aber erst einmal mußt du schlafen. Du brauchst Ruhe. Sonst schicken sie dich ins Krankenhaus zurück.«

»Das läßt du doch nicht zu, oder?«

»Nein, natürlich nicht.«

»Ich will nicht, daß mich dieser Piet Malan in sein Bestattungsinstitut abkarrt und meinen Körper zwischen all seinen Autowracks auf dem Hinterhof befummelt.«

»Kein Mensch wird dich antasten, Ouma, ich versprech es dir.«

Dann glitt sie davon, tauchte noch ein- oder zweimal wieder auf, gegen die Droge kämpfend, Worte murmelnd, die ich nicht verstand, und verstummte, den Mund noch geöffnet.

Neben ihrem Bett in einem tiefen Sessel, den Trui und ich aus den Trümmern unten gerettet und mühsam die Treppe hinaufgezerrt haben, genieße ich endlich Muße und kann das Gefühl auskosten, wieder daheim zu sein.

Wir sind in einer eindrucksvollen, kaum glaublichen Prozession hier eingezogen. Voran ein gelbes Polizeifahrzeug, gefolgt von Casper in seinem Geländewagen, dem Krankenwagen mit Ouma und zwei Schwestern hintendrin; dann im riesigen schwarzen Leichenwagen Anna und ich und mehrere Kinder (dies eine Mal stumm, weil durch das feierliche Ereignis überwältigt), während ein Arzt im metallicgrauen Mercedes die Nachhut bildete. Wir kamen uns vor wie bei einem Staatsbesuch, und den ganzen Weg über hielt jedermann an, um uns nachzustarren; es fehlte nur noch eine Motorradeskorte. Der Tag war heiß und grell, doch wir reisten in tiefem Schatten, denn wir fuhren unter einer ziehenden Wolke von Vögeln dahin, die uns den ganzen Weg vom Krankenhaus zur Farm begleiteten. Dort senkten sie sich in die regellose Baummasse, die Oumas Land vom weiten Raum des *veld* abhebt; viele fegten durch offene Fenster herein und ließen sich, als wir hinaufstiegen, im Marmortreppenhaus auf den Resten der Balustrade nieder; sie zogen erst mit schwirrenden Flügeln ab, als Ouma in ihrem neuen Zimmer behaglich eingerichtet war, inmitten von Tropfen und Schläuchen und Monitoren und anderen technischen Spielereien, für die das Krankenhauspersonal sorgte (sogar einer Sauerstoffflasche für den Notfall). Und nun, hoffe ich zuversichtlich, lassen uns alle in Frieden.

Angst? Ich kann nicht leugnen, daß ich mich beklommen fühle, weit mehr, als ich in der turbulenten Sicherheit drüben in Annas Haus erwartet hätte; und das, obwohl ich weiß, an dem fernen, prahlerischen Tor stehen zwei Polizisten, und Casper oder irgendwer aus seinem eifrigen Kommando wird bestimmt regelmäßig über das Gelände Streife laufen; überdies hat er mir trotz meiner Proteste eine Flinte und einen Revolver dagelassen, die ich alle beide nicht benutzen will – ich kann es auch gar nicht. Mein Zimmer liegt neben dem von Ouma; ein oder zwei Räume weiter schlafen, auf ihr eigenes beharrliches Verlangen hin auf dem Fußboden, Trui und Jeremiah, um notfalls bei der Hand zu sein. Sogar ein Funkgerät steht in einer Zimmerecke, verbunden mit einem rasch zusammengebastelten Mast draußen: Von Zeit zu Zeit und stets unerwartet bricht es in ein gedämpftes, fernes Unterhaltungsgeschnatter aus, verfällt dann wieder in das, was sein natürlicher Zustand scheint: ein ständiges Prasseln, überlagert von einem tiefen, zufriedenen Brummen. Mein Mißbehagen beruht also nicht auf einem Gefühl von Unsicherheit, eher stört mich das Übermaß an Schutz. Die Pionierfrauen unserer Familie mußten mit unvergleichlich weniger auskommen, und auf die eine oder andere Art haben sie zweifellos überlebt. Die Unruhe rührt eher, denke ich, von der simplen Tatsache her, daß ich hier schließlich mit ihr allein bin, mit all den Erinnerungen, die dies magere kleine Bündel Haut und Knochen und Haarsträhnen in sich birgt und bestimmt, ich kenne nun das Ausmaß meiner Verantwortung und weiß, was es heißt, hier der Vergangenheit und der Gegenwart gleichermaßen ausgesetzt zu sein, bewußt der Ursprünge und des möglichen Endes.

Ein oder zwei Stunden bleibe ich neben ihr sitzen, mein ganzer Körper spannt sich, während ich ihren Atem verfolge und das gelegentliche Flackern ihrer Lider, als sie träumt; einmal stößt sie ein trockenes Kichern aus, das in Stöhnen erstirbt. Ich habe meine Schuhe abgestreift, um es mir behaglich zu machen. In Schuhen kriege ich Platzangst. Wie immer, wenn ich Zeit totzuschlagen habe, inspiziere ich meine Füße,

Zehe für Zehe, jeden Nagel, jeden Knöchel, überprüfe die Nagelhäute, wunde Stellen, Schuppen, die Ansätze zu Schwielen. Füße faszinieren mich. Sie haben die Gabe, mühelos Gefühlsbrücken zu schlagen. Im Bett die Berührung von Zehe und Spann, Ferse und Ballen, Vorspiel oder Begleitung zum Liebesakt, Zeichen der Vergebung oder der Teilnahme, Bestätigung der Nähe. Und ich neige dazu, Männer danach zu beurteilen, wie sie auf Füße reagieren. (Manche finden sie sinnlich, manche aufregend, Michael: sanft erheiternd.)

Nach einer Weile stehe ich auf und wandere eine Zeitlang auf und ab, um die Blutzirkulation anzuregen. Jedesmal, wenn ich am Fenster vorbeikomme, halte ich an, um in die unglaublich friedvolle Nacht hinauszuspähen. Schließlich wage ich mich auf den Treppenabsatz hinaus, bewaffnet mit einer der großen Taschenlampen, die mir Casper und Anne aufgenötigt haben, und gehe weiter, über die altertümliche Treppe hinab in die unteren Regionen; ich spiele wieder Kind. Und bin noch barfuß, nicht nur, um mich so leise wie möglich zu bewegen, damit ich Ouma nicht störe, sondern weil Bewegung so eine andere Bedeutung gewinnt, wenn ich den Boden unter meinen Sohlen fühle, eine sinnliche Art der Erfahrung und eine beruhigende dazu: Irgendwie bin ich mit dem, was wichtig ist, in Kontakt.

Ziellos und das halbvergessene Kribbeln der Furcht genießend, das mir über den Rücken läuft, schlendere ich von Raum zu Raum. Eine Wanderung, die Erinnerung bestätigt, doch auch Raum für neue Entdeckungen läßt. Ein- oder zweimal stocke ich, weil ich aus dem Augenwinkel etwas sehe wie eine Gestalt, die sich bewegt. Aber offenbar bin ich es selber, aufgefangen von der Glasscheibe eines Bildes oder von einem der vielen, fleckigen, staubigen, spinnwebvernetzten Spiegel an der Wand. Selbst als Kind war ich mir bewußt, welchen Zauber Spiegel auf Ouma ausübten – da war sie anders als ihre Ahnin (welche? Ich muß sie noch einmal fragen), die Spiegel fürchtete und haßte und keine einzige reflektierende Oberfläche in ihrem Haus duldete. Nach jeder Täuschung bewege ich mich weiter, nur um an der nächsten

Biegung wieder zu stoppen, da ich Laute höre oder sie mir einbilde: raschelnde, gleitende, kaum eingrenzbar, wie schleifende Vorhänge oder Laken. Vielleicht Mäuse, oder auch Fledermäuse auf dem Dachboden? Aber kämen die so bald nach dem Feuer zurück? In den Korridoren gibt es kalte und trockene Zugwinde, kaum wahrnehmbare Luftströmungen. Vielleicht sind es Geister, sage ich mir, die mir vom Friedhof gefolgt sind. Ouma Kristina hat immer zwischen den Toten gelebt. Sie bedeuten nichts Schlimmes, sie gehören hierher.

In dem erhaltenen Flügel finde ich den großen Speisesaal mit seiner langen Tafel und den hochlehnigen Stühlen unter der modrigen Zimmerdecke und zwei riesigen Kandelabern von der Insel Murano. Hier zu putzen haben wir noch keine Zeit gehabt, und der Tisch ist mit einer Schicht Staub und feiner Asche bedeckt; sie reizt mich, meinen Namen darein zu schreiben. Viele Räume in diesem Haus müssen meine und meiner Vettern und Basen Namenszüge tragen, in Staub gezogen, mit Blei- oder Buntstift, selbst in Balken und Dielenbretter geritzt. Als könne das etwas bewirken.

In einem plötzlichen Impuls knie ich vor dem mächtigen, mit Schnitzereien überladenen Büfett nieder – flämisch oder spanisch, jahrhundertealt – und öffne meine alte Lieblingstür, die rechts mit den Gesichtern von Putten und Narren und Ungeheuern. Drinnen findet der helle, von Staub flimmernde Strahl der Taschenlampe, was zu entdecken ich hoffte: die Hunderte und Aberhunderte weißer Damastservietten, jede penibel aufgerollt, mit einem Stück Schnur zugebunden und mit einem kleinen Pappquadrat, darauf in Handschrift ein Name. *Henrik. Olga. Marthinus. Philip. Cecilia. Mr. Jansen. Mrs. Colyn. Dr. Leriche.* Wenn ich mir Zeit lasse wie so oft in der Vergangenheit, werden auch die exotischen wiederauftauchen: Prinzessin Dingsda, Der Ehrenwerte Sowieso, Gräfin Wie-hieß-sie-noch. Ausländer, Würdenträger, Verwandte, schlichte Bauern. Jede Person, die sich je in diesem Raum zu einem Mahl niedergelassen hat, erhielt eine Serviette zugeteilt; und ganz gleich, wie lange einer wegblieb, Wochen oder Monate, Jahre, Jahrzehnte, wenn du je zurückkehrtest, warst du sicher, deine eigene Serviette erwartete dich. Selbst die Schildchen der Toten blieben unberührt, und wann immer ich als Kind Ouma deswegen befragte, pflegte sie in ihrer unergründlichen Art zu sagen: »Wer weiß, vielleicht kommen sie doch zurück.«

Das eigentliche Vergnügen bestand darin, sie zu sortieren, eine nach der anderen hochzuhalten und zu fragen: »Ouma, wer war Henrietta?« – »Was ist aus Princess Véronique geworden?« – »Ist dieser General Marmaduk je wiedergekommen?« Ich beginne sie auszupacken; ich habe ja die ganze Nacht. Reihen auf Reihen, einige altersvergilbt. Bis ich zuletzt, ein paar Reihen tiefer, auf meine eigene stoße. Kristien. Der Magen krampft sich mir zusammen.

Ich packe die Servietten zurück in ihre staubige Höhle und lege meine zuoberst; morgen will ich sie benutzen.

Lange bleibe ich vor dem Büfett sitzen und versuche, bevor ich die schwere Tür endlich wieder schließe, mit meinen Gefühlen ins reine zu kommen. Dann nehme ich die Taschenlampe in die andere Hand und kehre zurück in den Korridor und zur anmutigen Biegung der Treppe. Nach ein paar Stufen aufwärts verharre ich plötzlich regungslos. Ein Geräusch, irgendwo. Vogel oder Vierbeiner? Ein Stöhnen, ohne Zweifel von einem Menschen. Ouma muß Schmerzen leiden. Doch als ich den ersten Treppenabsatz erreiche, merke ich, es kommt nicht aus ihrem Zimmer, sondern von der gegenüberliegenden Seite, aus dem zerstörten Flügel.

Jetzt verspüre ich Furcht.

Telefon, Funkgerät, Gewehre sind in ihrem Zimmer. Doch anstatt das Naheliegende und Vernünftige zu tun, entdecke ich, daß ich, wie so oft in meinem Leben, mich perverserweise der Gefahr zuwende, wenn es denn Gefahr ist. Geräuschlos husche ich auf meinen nackten Füßen über den Treppenabsatz. Die Taschenlampe wirft einen schmalen Lichtstrahl vor mir in die Finsternis. Etwas rührt sich. Ein Mann taucht aus einer offenen Tür auf. Er blickt mich an. Er hält ein Messer in der Hand. Geronnenes Blut ist auf seinem Gesicht. Er gleicht dem Mann, der vor langer Zeit zu Vater kam. Ein Geist? Aber er scheint nur zu wirklich.

Ich muß damit fertig werden. Ich bin jetzt ein großes Mädchen.

# II

# *Das Haus Usher*

I

Das kam immer in Oumas Geschichten vor: die unwahrscheinlichen Rettungen um Haaresbreite. Die klassische Szene, in der sich die Heldin – für Helden hatte Ouma wenig Interesse – am Rande des Abgrunds findet, unten der schäumende Fluß mit den Krokodilen, von hinten naht der Feind – »Und dann, Ouma? Und dann?« – »Weiß ich nicht. Laß uns sehen, ob wir bis morgen abend einen Ausweg finden«. Meine eigenen eifrigen Lösungsversuche bemühten unwandelbar einen Deus ex machina in mannigfaltiger Variation: ein Hubschrauber, die Entdeckung eines unterirdischen Ganges unter einer Felsplatte, ein Krokodil, das sich als Unterseeboot herausstellt, ein mächtiger Freund, verkleidet unter der Feindesschar. War Ouma in spitzbübischer Laune, löste sie den Fall, indem sie sagte: »Und dann kam ein Elefant und pustete die Geschichte fort.« Aber gewöhnlich verschmähte sie Eingriffe von außen. Das gehörte zum Spiel. »Keine Hilfe von außen, Liebchen. Sie muß es selber fertigbringen.« Am Ende gab ich dann erbittert auf. »Also *was dann*, Ouma?« Und triumphierend, doch ruhig, ohne mit der Wimper zu zucken, bot Ouma dann irgendeine Variation der unsterblichen Formel »Mit einem mächtigen Satz befreite sie sich«. Und ließ mich, trotz meiner Entrüstung und Enttäuschung, schließlich doch sonderbar beruhigt zurück.

Diesmal höre ich mich sagen: »Bleiben Sie, wo Sie sind. Keine Bewegung. Wagen Sie es nicht, das Ding zu benutzen.« Und sofort, als hätte ich einen Zauberspruch aufgesagt, trifft Hilfe ein. In Gestalt einer Eule. Zweier Eulen. Sie tauchen laut schreiend aus der Höhlung im Treppenschacht auf und stoßen auf den unglückseligen Mann herab, der entsetzt und verzweifelt sein Gesicht vor ihrem Schwingenschlag und ihren kratzenden Klauen zu bergen sucht, das Messer fallen läßt und sich niederduckt. Ich hebe das Messer auf. Als hätten die großen Vögel nur darauf gewartet, tauchen sie zurück in die Dunkelheit. Vielleicht sind sie überhaupt nie hiergewesen. Der Mann kauert noch vor mir, stöhnend vor Furcht oder Schmerz oder beidem. Eine Schulter hängt schlaff herunter, er hält den Arm dicht am Körper, und da ich ihn nun näher betrachten kann, entdecke ich eine Menge Blut auf seinem Hemd.

»Alles in Ordnung«, sage ich und schüttele den Kopf über die Unwirklichkeit der Szene, die Verrücktheit meines eigenen Verhaltens. (Wie kann ich so ruhig sein? Ich war nie der kühle und gesammelte Typ.) »Die Vögel sind weg.«

Er wimmert weiter, den heilen Arm über dem Kopf.

»Was machen Sie hier?« frage ich.

»Verzeihen Sie, Madam, verzeihen Sie. Ich dachte nicht, daß Leute hier sind. Ich hab nur eine Bleibe gesucht.«

»Was ist mit Ihnen passiert?«

»Verzeihen Sie, Madam. Ich geh schon.«

»Sie können in diesem Zustand nicht fort. Sagen Sie mir, was geschehen ist.«

»Sie haben auf mich geschossen, Madam.«

»Wer hat auf Sie geschossen? Wo?«

»Auf Mr. Jouberts Farm, Madam. Sonntag abend. Wir fuhren hin, um einen Freund von uns abzusetzen, der dort auf der Farm mit mir arbeitet. Dann machten eine Masse Farmer in ihren Bakkies auf uns Jagd, sie sperrten die Straße, und wir fuhren ins *veld*, und sie schossen auf uns, und mich haben sie hier oben in den Arm getroffen, aber wir sind entkommen. Verzeihen Sie, Madam, aber ich habe jetzt ziemlich schlimme Schmerzen.«

Caspers Spaß und Spiel. Kann sein, der Mann lügt, aber ich bin geneigt, seine Geschichte zu glauben – vielleicht ist das pervers. Er ist ältlich und rührend, ohne Zweifel harmlos, und ich komme mir vor wie eine Idiotin, daß ich mich vor ihm so geängstigt habe.

»Was ist mit den anderen passiert?«

Er macht eine Gebärde, die alles heißen kann.

»Wird Madam jetzt die Polizei anrufen?«

»Natürlich nicht.« Ich gebe ihm sein Messer zurück. »Stecken Sie das Ding weg, bevor sich jemand verletzt. Wir wollen sehen, was wir machen können.«

Trui, denke ich in einer Woge von Erleichterung. Sie wird wissen, was zu tun ist. Doch in dem Moment, als ich den Korridor hinuntergehe, auf den Raum zu, wo sie und Jeremiah sich hingelegt haben, fühle ich einen leisen Stich von Schuldbewußtsein. Tappe ich schon in die südafrikanische Falle und nehme an, einfach weil Trui da ist, steht sie automatisch jederzeit zur Verfügung? Ich suche mir einzureden, daß ich an die Frau appellieren will, an die Muttergestalt, die weise und praktische Person, nicht an die Dienerin, aber als ich mich auf Zehen ins Zimmer schleiche und auf die beiden Körper unter der grauen Decke hinabblicke, die nebeneinander liegen wie zwei Brotlaibe, die über Nacht gehen sollen, verschärft sich der Gewissensbiß. Die Sanftmut, die Fügsamkeit des langmütigen Knechts. Aber das Wort *Knecht* sagt nicht aus, was ich meine. Das Afrikaans trifft eher den Kern: »lyfeiene, Leib-eigene«. Immer da, frei zur Benutzung, man kann damit machen, was man will.

»Miss Kristien?« Trui setzt sich auf, reibt sich die Augen. Sie ist von selbst erwacht. Dienstbereit. Ich muß mir keine Vorwürfe machen.

Zusammen – ich noch in meinen Kleidern, Trui in Annas Morgenmantel über dem weißen Unterrock, in dem sie geschlafen hat – untersuchen wir im Badezimmer den Arm des Fremden. Trui gefällt die ganze Sache nicht, das kann ich sehen; aber ich vermeide eine Diskussion, konzentriere mich auf seine Wunde. Sie sieht übel aus, gereizt, entzündet; wir müssen den Hemdsärmel abschneiden. Er zuckt, läßt aber sanftmütig unsere Hilfeleistungen über sich ergehen, als wir den Arm in lauwarmem Wasser waschen und wieder trockentupfen, nachdem wir ein Desinfektionsmittel, stibitzt aus dem riesigen Vorrat oben, aufgetragen haben.

»Was hältst du davon, Trui?« frage ich sie, während wir

den Arm mit Mullbinden umwickeln, die wir ebenfalls aus Oumas Zimmer geholt haben. Ich schließe die Behandlung mit einer Morphiumspritze ab, wobei ich genau die Anweisungen des Arztes befolge. Zumindest ist dies eine gute Übung.

»Sieht schlimmer aus, als es ist, Miss Kristien. Ist nur das Fleisch, ich denke, der Knochen ist heil. Was ist denn passiert?«

»Ein Unfall«, sage ich hastig. Lieber keine weiteren Erklärungen. Möglicherweise ist Trui weniger gutgläubig als ich. Die Nachricht von der Schießerei hat sich im ganzen Bezirk verbreitet, und ich kann nicht wissen, welche Version sie gehört hat. Wenn sie es sich in den Kopf setzt, daß dieser Mann ein Terrorist ist, können wir uns auf Scherereien gefaßt machen, auf mehr, als ich jetzt vertrage.

»Und wie?« fragt Trui beharrlich weiter.

»Bei der Jagd. Er ist den Schützen vor die Flinte gelaufen.«

»Sie kennen ihn?«

»Ich habe von ihm gehört. Anna hat mir's erzählt.«

Sie zögert, offensichtlich nicht überzeugt, doch unsicher, ob sie mir widersprechen soll.

»Bitte, Trui«, ich ändere meine Taktik, »ich brauche dich. Jetzt haben wir zwei Patienten, und allein schaffe ich es nicht.« – »Wo sollen wir ihn unterbringen?« fragt sie, immer noch grollend, aber ihr Widerstand ist dahingeschmolzen.

»Im Keller. Dort sucht ihn keiner.«

»Warum darf ihn keiner finden?« erkundigt sie sich scharf.

Ich habe eine plötzliche Eingebung. »Casper kann ihn nicht leiden. Du weißt, wie schwierig er sein kann. Wenn wir Frauen nicht zusammenhalten ...«

Der Schatten eines verständnisvollen Lächelns auf ihrem welken Gesicht.

»Ich geh und mach ihm hier unten ein Bett.«

»Nein, ich kümmere mich schon um ihn. Setz du dich eine Weile zu Ouma.«

»Darf man fragen, wie er heißt?« fragt sie, als wir hinausgehen.

»Jacob«, antwortet der Mann demütig, »Jacob Bonthuys.«
»Benimm dich ordentlich, Jacob Bonthuys«, sagt Trui. »Hier leben anständige Leute.«

## 2

Casper trifft ein, sowie es hell wird. Ich sitze in dem Sessel an Oumas Bett. Das zudringliche Funkgerät habe ich leise gedreht und nach einem lauten und ärgerlichen Kontrollanruf zu irgendeiner unchristlichen Zeit den Telefonstöpsel aus der Dose gezogen. In der nur vom unregelmäßigen Atem der alten Frau durchbrochenen Stille muß ich eingenickt sein. Zuerst wecken mich die Gänse mit ihrem wütenden Schnattern und lösen eine Flut von Erinnerungen aus: unsere Streifzüge, um Nester auszunehmen, mitten im Ansturm gespreizter, wild schlagender Flügel und vorgestreckter Schnäbel; Tollereien im Teich; Geleitzüge gelber Gössel, die auf dem dunkelgrünen Wasser schaukeln; zerdrückter Gänseschiß zwischen den Zehen, seine einzigartige Farbe, die wir »Schrün« nannten. Dem Geschnatter folgt ein Ausbruch anderer Vogellaute. Und Sekunden später höre ich den Geländewagen herandröhnen und wie gewohnt mit einem lächerlich demonstrativen Bremsenkreischen auf dem Kies vorm Haus halten.

Noch nicht ganz wach, bin ich doch sofort auf den Beinen, fahre in den Morgenrock und renne treppab, nur in dem einen Gedanken, daß ich Casper unserem Logiergast fernhalten muß. Im Keller unten finde ich einen bestürzten Jacob Bonthuys, er preßt sich an die Mauer.

»Wer ist draußen?«

»Besucher«, sage ich ihm. »Rühren Sie sich nicht hier weg. Geben Sie keinen Laut von sich. Die gehen wieder.«

»Sie kommen meinetwegen.«

»Nein, Mr. Bonthuys. Niemand weiß etwas von Ihnen. Niemand merkt etwas, wenn Sie sich ruhig verhalten. Okay?«

Ich höre, wie Casper oben in einem Korridor laut ruft: »Kristien! Kristien, alles in Ordnung? Wo zum Teufel steckst du?«

Flink und leise renne ich die Kellertreppe wieder hinauf und schließe die Tür hinter mir, da muß ich kurz an den Zusammenstoß mit ihm an diesem Ort denken. Dann folge ich dem Laut seiner Stimme nach oben. Vor Ouma Kristinas Tür sage ich, hinter seinem Rücken: »Casper! Wozu dieser Wirbel?«

Er fährt herum. In den Händen hält er ein Gewehr, in seinen Augen steht nackte Furcht.

»Jesus, Kristien. Du solltest dich nicht so an mich heranschleichen. Ich hätte fast ...«

»Ist irgendwas passiert?«

»Nein. Aber wir haben eine Todesangst um dich ausgestanden. Warum hast du nicht angerufen?«

»Weil ich keinen Grund dazu hatte.«

»Aber ich habe dir gesagt: jede Stunde –, und wir rufen seit fünf bei dir an, aber du hast nie abgenommen.«

»Ich habe den Stecker gezogen, nachdem du uns um zwei oder drei, oder wann immer es war, geweckt hast. Und ich habe das Funkgerät leise gestellt. Es macht zuviel Krach. Ouma braucht ihren Schlaf.« Und betont füge ich hinzu: »Ich auch.«

»Verdammt noch mal, kapierst du nicht –«

»Nein. *Du* bist derjenige, der nicht begreift, daß ich durchaus imstande bin, selber auf mich aufzupassen. Am Tor stehen Wachen. Und *sollte* etwas schiefgehen, was ich bezweifle, kann ich um Hilfe schreien. Und wenn du nicht anfängst, dich wie ein erwachsener Mensch zu benehmen, sag ich den Wachposten, sie sollen *dich* aussperren.«

»Na, komm schon«, schmeichelt er, das war vorauszusehen, wieder eine veränderte Annäherungstaktik. »Willst du mir nicht eine Tasse Kaffee anbieten?«

»Du kannst in der Küche welchen machen. Ich zieh mich erst an.«

»Du siehst gut aus, so wie du bist, Kristien.«

»Mit gewaschenem Gesicht noch besser.«

Seine Augen wandern über meinen Körper wie zwei Touristen, die Orientierungspunkte überprüfen und sich freuen, alles genauso zu finden, wie es der Reiseführer angibt. »Soll ich also unten auf dich warten?« Er zwinkert.

»Das könnte lange dauern. Ich hab eine Menge zu tun.«

»Kristien.« Nun ist er wieder verletzt und todernst und vermutlich auch gefährlich. »Warum bist du so gemein zu mir? Was hast du gegen mich?«

»Das weißt du wirklich nicht?«

»Du gibst mir die Schuld daran, daß Anna – nun, daß sie nicht mehr so ist wie früher. Ist es das?«

»So einfach ist es leider nicht, Casper«, sage ich. »Natürlich bin ich wegen Anna traurig, aber ich bin nicht für sie verantwortlich, sie selber muß damit klarkommen, nicht ich.«

Sein Gesicht ist jetzt sehr nahe an meinem, ich kann seinen Atem fühlen. Er riecht schal.

»Doch nicht etwa eifersüchtig?«

»Eifersüchtig?« frage ich verblüfft. »Um alles in der Welt, worauf?«

»Vom ersten Tage an«, sagt er, »hast du es nicht vertragen, daß Anna die Frau war, die ich geheiratet habe.«

»Vielen Dank, daß du mich darüber aufklärst.«

»Also Kristien ...«

»Was ich gegen dich habe, Casper, hat mit Erotik überhaupt nichts zu tun. Offen gesagt, ich bin überzeugt, daß du ein miserabler Liebhaber bist.«

»Hat dir das etwa Anna erzählt?« fragt er angriffslustig.

»Das braucht sie mir gar nicht zu erzählen. Sie ist ohnehin zu loyal dazu. Aber darauf wollte ich gar nicht hinaus, Casper. Was mich nervt, ist dein rührender Drang, dich zu beweisen.«

»Hör mal her, mein Mädel. Ich kann dir ein oder zwei Sachen zeigen –«

»Das hast du schon, Casper. Hast du's vergessen? Tut mir leid, aber ich hab seit damals Besseres erlebt.«

»Kleine Schlampe!«

Wie unoriginell, denke ich, vermutlich liest er es mir am Gesicht ab, so wie er sich umdreht und die Stufen hinunterstampft. Ich warte auf dem Treppenabsatz, bis ich höre, wie seine Tritte auf dem Kies draußen knirschen und die Wagentür zuknallt und der Motor aufheult. Dann gehe ich in Ouma Kristinas Zimmer zurück, aber sie schläft noch, Gott sei Dank – ich brauche eine angstvolle Minute, um mich zu vergewissern, daß sie wirklich noch atmet.

Ich sammle meine Kleidungsstücke im Zimmer nebenan auf und begebe mich ins Bad. Keuche unter der kalten Dusche, werfe jedoch den Kopf zurück, überlasse mich dem Sprühregen und wasche die kurze, beißende Erinnerung an Casper gründlich aus mir heraus. Ich seife mich ein und spüle mich energisch ab, und allmählich gewinne ich neue Sicherheit aus der Hingabe ans Wasser, ein Gefühl, zu mir selbst zurückzufinden, als ob mein Körper durch das strömende Wasser neu gestaltet und geformt würde, heil, unversehrt, kraftvoll und lebendig. Unter dem Wasser erkenne ich mich selbst. *Dies bin ich*.

## 3

Ouma Kristina ist wach und hat Schmerzen, als ich zu ihr zurückkehre. Trui sucht ihr zu helfen. Ich überfliege die Notizen, die ich mir gestern über die Anweisungen des Arztes gemacht habe, wechsele den Tropf, und zusammen versuchen wir unser Bestes, um die Schmerzen zu lindern: Sie ist äußerst tapfer, kaum ein Laut entfährt ihr, aber sie quält sich merklich. Selbst über Nacht scheint der gebrechliche Körper noch weniger geworden zu sein, verdorrt durch Leiden. Obwohl ihre Augen offen sind und sie uns beobachtet, scheint sie weit weg, unerreichbar. Allmählich mache ich mir Vorwürfe, daß ich ihr gehorcht und sie heimgebracht habe. Ich konnte noch nie die Schmerzen anderer ertragen; weggerannt bin ich vor verwundeten Vierbeinern oder Vögeln, vor dem verletzten Zehennagel eines Vetters, vor Annas hohlen

Händen voller Blut, als sie auf Glasscherben gestürzt war, vor dem Mann mit dem blutigen Gesicht, der zu Vater wollte; einmal fanden wir einen Strauß, der mit dem Hals in einem Zaun steckengeblieben war und sich verrenkt hatte; in seinen schönen, großen Augen stand Panik, er kämpfte mit dem Tod – ich kippte um.

Doch zum Glück erscheint pünktlich um acht die Tagesschwester, eine tatkräftige, tölpische Riesengrille, nichts als Knie und Ellbogen, und nachdem sie die Verbände gewechselt hat – das mit anzusehen, übersteigt fast meine Kräfte –, bringt ihre Spritze Erleichterung und Schläfrigkeit.

Bevor Ouma entschlummert, winkt sie mich mit schwacher Geste heran. Ich halte mein Ohr dicht vor ihren eingesunkenen Mund. »Heute müssen wir mit der Arbeit anfangen«, flüstert sie entschlossen.

»Ja, ja, natürlich«, sage ich, nur um sie zu beruhigen, denn sicher phantasiert sie, während sie über die Schwelle des Schlafs gleitet.

»Ich meine es ernst«, sagt sie, überraschend energisch.

»Was für Arbeit, Ouma?«

»Ich habe dir eine Menge zu erzählen. Damit du es bestimmt nicht vergißt. Du mußt alles aufschreiben, ehe ich sterbe. Hast du ein Heft?«

»Nein, Ouma, aber ...«

»Dann geh und besorg dir eins. Gleich. Heute nachmittag wollen wir ...« Ihre Stimme erlischt.

»Später ist noch genug Zeit.«

»Nein. Es geht zu Ende. Und es ist mein Testament.«

»Aber Anna hat mir gesagt, du hast schon ein Testament.«

»Das ist von anderer Art. Und wichtig.«

»Wird dir auch bestimmt nichts passieren, wenn ich jetzt wegfahre?«

»Nein. Laß nur das Fenster für die Vögel offen.«

Sie läßt sich in den Schlaf gleiten, der Mund öffnet sich. Das Gesicht, das ich so gut kenne, wird fremd. Es ist schrecklich. Aber es nimmt mich auch gefangen, und es fällt mir schwer, mich abzuwenden.

»Alles in Ordnung mit ihr, Miss«, sagt die Schwester. Sie flitzt in unbeholfener Insektenart hierhin und dorthin, bevor sie sich endlich zu meiner ungeheuren Erleichterung in den Armstuhl neben dem Bett niederläßt und aus ihrer Riesentasche ein grelles Magazin hervorholt.

In der Küche finde ich Trui mit Jeremiah und ihrem Sohn Jonnie beim Frühstück – Kaffeetöpfe, dicke Brotschnitten und Aprikosenmarmelade. Der Vater quält sich rheumatisch auf die Beine. Der Sohn starrt mich nur finster an, hat aber die Hände auf der Tischkante liegen, offenbar bereit, sich davonzumachen oder vielleicht auch aufzuspringen und loszuschimpfen.

»Bitte setz dich«, sag ich zu Jeremiah.

Er bleibt verlegen stehen.

Ich stelle den Kessel auf und schneide mir eine Scheibe Brot ab; ein paar Grundnahrungsmittel haben wir gestern hergebracht. Als das Wasser kocht, brühe ich mir eine Tasse Instantkaffee und ziehe den Stuhl neben Trui vom Tisch. »Darf ich mich zu euch setzen?«

Sie lacht nervös, die Männer starren mich an, Jeremiah verwirrt, Jonnie mißtrauisch und unwillig.

»Bitte setz dich«, sage ich noch einmal.

Aber er grinst nur verdutzt und murmelt irgend etwas wie »sowieso fertig«. Dann stellt Trui seinen und ihren Teller zusammen, steht auch auf und geht zum Spülstein.

Verlegen suche ich nach einem Gesprächsthema, und das macht die Sache noch schlimmer. »Freust du dich auf die Wahlen, Jeremiah?«

»Weiß nicht, Miss.«

Jonnie schnaubt verächtlich. Er blickt nicht auf.

»Bestimmt wird das Leben von der nächsten Woche an anders«, fahre ich unbeholfen fort. »Es wird eine neue Regierung geben.«

»Wir werden immer noch Befehle kriegen, Missus.«

»Aber es wird eine andere Art Regierung sein.«

Er schüttelt den Kopf, offensichtlich nicht überzeugt. »Wir warten's ab, Missus.«

»Bitte …« Aber wozu mühe ich mich ab?

Jonnie stopft mit gesenktem Kopf und grimmigen Blicks Brot in den Mund und stürzt Kaffee hinunter.

»Jonnie«, sag ich und spreche seinen Namen auf die korrekte englische Art aus, das kann ein Fehler sein oder auch nicht, »sind Sie mit der Schule fertig?«

Er grunzt nur, aber Trui antwortet an seiner Statt. »Er ist fertig, schon seit zwei Jahren, und er hat auch ein gutes Zeugnis, aber jetzt gibt es keine Jobs.«

»Haben Sie mal an die Universität gedacht?«

»Ach, Miss Kristien«, sagt Trui, »woher soll denn das Geld dazu kommen?«

»Ma«, sagt er in warnendem Ton, ohne aufzublicken.

»Kann sein, die Dinge ändern sich nach der Wahl«, sage ich munter.

»Nämlich wie?« In seinem Ton brennt Feindschaft, aber immerhin hat er geantwortet.

»Ich weiß nicht. Aber ich bin sicher, es wird mehr Gelegenheiten, Chancen, Möglichkeiten geben. Wenn Sie wollen, kriegen wir das heraus.«

»*Wir*?« Das ist offener Hohn. Die Schwellungen in seinem Gesicht sind zurückgegangen, aber es sieht noch blau und grün aus; ein Auge ist blutunterlaufen. Er funkelt mich herausfordernd an.

Fast bin ich entmutigt, aber ich setze ihm weiter zu. »Also, ich kann versuchen, mit ein paar Leuten zu reden …« Plötzlich kommen mir meine Worte so »weiß« vor, daß mir übel wird.

Er sagt nichts, sitzt bloß da, herausfordernd, schwelend in strengem Warten.

Unmöglich, mich jetzt zu drücken. »Drüben habe ich in der ersten Zeit für den ANC gearbeitet«, sage ich und blicke Jonnie fest in die Augen. Jeremiah rührt sich nicht. Trui ist dabei, einen gespülten Teller abzutrocknen, sie stockt mitten in der Bewegung.

Er schweigt noch immer, doch etwas in seinem Blick hat sich verändert.

Trui sagt: »He, Miss Kristien, aber die sind weiter nichts als ein Haufen Terroristen.«

»Du bist rückständig, Ma«, fährt Jonnie sie an.

»He, hüte du deine Zunge!« sagt Jeremiah. »So was sagst du nicht zu deiner Mutter!« Dann, demütig, hilflos zu mir: »Entschuldigen Sie, Miss Kristien.«

Ich geb es auf. »Also«, sage ich und schiebe meinen Stuhl zurück. »Wir wollen doch deswegen keinen Streit anfangen. Ich sag ja nur, ich würd Jonnie gern helfen, wenn uns etwas für ihn einfällt. Im Augenblick sind andere Dinge zu tun.« Ich stehe auf, weiche dem Blick des jungen Mannes aus. »Ich muß in die Stadt, Trui, kannst du mir helfen? Ich brauche eine Liste, welche Sachen wir im Haus brauchen.«

Ohne auch nur Luft zu holen, als hätte sie auf diesen Moment längst gewartet, haspelt Trui mit monotoner Stimme herunter: »Jik, Handy Andy, Omo, Sunlicht flüssig, Bisto, mehr Milch, Saft, Haferflocken, Mehl, Salz, schwarzen Pfeffer, Reis, Maismehl und außerdem Fleisch und Gemüse ...« Bei jedem einzelnen Posten schwenkt sie ihr Wischtuch.

»Warte!« bremse ich sie überwältigt. »Ich muß mir von oben Kugelschreiber und Papier holen.«

»Alles hier«, sagt sie und nimmt ein Blatt Notizpapier vom Fenstersims hinter sich.

»Miss Kristien.« Diesmal redet Jeremiah. »Wir müssen ein anderes Auto haben. Es ist nicht gut, in diesem Leichenwagen in die Stadt zu fahren.« Er schüttelt den grauen Kopf.

»Aber das hast du doch all die Jahre getan.«

»Jetzt ist das nicht die richtige Zeit.«

»Leider haben wir keine Wahl.«

»Ich sage Ihnen, das ist nicht die richtige Zeit.« Unter seiner demütigen Haltung spüre ich einen felsenharten Willen.

»Tut mir leid.« Es ist zum Verzweifeln. »Du mußt wirklich versuchen, mich zu verstehen.«

»Im Schuppen steht der alte Pferdewagen.«

»Nein!« sage ich mit Nachdruck. »Bis zur Stadt sind es mindestens zwanzig Kilometer. Wir haben nicht den ganzen

Tag zur Verfügung. Und überhaupt« – triumphierend –, »wir haben keine Pferde mehr.«

Gelassen sagt er: »Aber Strauße.«

Ich starre ihn mit offenem Mund an. Einen Augenblick bin ich in Versuchung, rein zum Spaß. Aber – vielleicht ist das bedauerlich – der gesunde Menschenverstand siegt. »Kommt nicht in Frage«, erkläre ich ihm.

»Ich fahre diesen Leichenwagen nicht.«

»Ich habe ihn die letzten Tage gefahren und werde ihn wieder fahren.«

»Das war etwas anderes. Jetzt wohnen Sie hier. Ich kann Ihnen die Schlüssel nicht geben, Miss Kristien. Die alte Missus sagt, Fahren ist mein Job, also fahre ich.«

»Verdammt noch mal, Pa, gib ihr die Schlüssel!« sagt Jonnie plötzlich.

Wir starren ihn alle überrascht an.

Nach langem Schweigen wendet sich Jeremiah mir mit aller Würde, die er aufbringt, wieder zu. »Holen Sie Ihre Sachen«, sagt er. »Ich fahre Sie.«

## 4

Mir selbst überlassen, nicht wie bei meinen vorigen Besuchen unter Druck, entdecke ich unter der grellen Tünche neuen Reichtums, unter all der uniformen Geschmacklosigkeit in der wuchernden modernisierten Stadt wieder das Dorf meiner Jugend. Ein paar Gebäude sind zwar verschwunden, aber meist hat man einfach nur die Fassaden »renoviert«, Ampeln installiert, Garagen auf modern getrimmt, Firmenschilder vergrößert, es erinnert an eine amerikanische Grenzerstadt. Unter der Oberfläche geht noch immer eine altmodische Welt in altmodischem Tempo ihren Geschäften nach. Bank, Lebensmittelladen, Drogerie, Fleischerei, Bäcker, der Laden für heimisches Gewerbe, Shapiros Modenhaus, die Kirche.

Die Bank ist innen aufgemotzt, aber die Kunden sehen noch wie gewohnt aus: Boten, Hausmütter, ein paar farbige

Frauen mit großen, bunten Lockenwicklern im Haar, die unterm Kopftuch vorschauen, in einer Ecke fachsimpelt eine Gruppe Farmer, die Jüngeren in Shorts und karierten Cowboyhemden und Kniestrümpfen, mit strotzenden Waden und Armmuskeln, die Älteren in Khaki, um die Stirnen den weißen Schattenring vom Huttragen. Mein Geschäft erfordert ziemlich viel Zeit; an Transaktionen in fremder Währung sind sie nicht gewöhnt, und am Ende erklären sie mir, ich soll morgen wiederkommen.

Im Supermarkt, der den Lebensmittelladen meiner Jugend verdrängt hat, arbeite ich mich emsig durch Truis Liste. Dann gehe ich in die Schreibwarenabteilung und erstehe ein solides, schwarz gebundenes Buch für meine Notizen, nicht gerade von der Art, muß ich denken, in der unsterbliche Prosa sonst zum Leben erwacht, aber gut genug für mich. Aus dunklen Nebenstraßenwinkeln steigen Erinnerungen an Samstage auf, wo die gesamte Vettern- und Basenschar hinten in Oupas Lastwagen in die Stadt gekarrt wurde, und an den bemitleidenswerten alten Mann hinterm Ladentisch, dessen junge Frau mit einem pomadeduftenden Liebsten durchgebrannt war. Bei meinen übrigen Besuchen fröne ich allein der Neugier: die Drogerie, die Mr. MacGregor gehörte; sein ältester Sohn kam im Jahr meiner Immatrikulation durch einen Stromschlag um, als er versuchte, in seinem Elternhaus die Leitungen zu erneuern, was mich dazu reizte, später jedermann zu erzählen, unglückliche Liebe zu mir habe ihn in den Tod getrieben. Die Fleischerei führte in meiner Kindheit ein behaarter Riese, der jeden Freitagabend seine Frau und fünf Kinder fürchterlich verdrosch; die blutigen Folgen sah man noch samstags; die Bäckerei nebenan war einst weit und breit berühmt für ihre leichten, lockeren Brotlaibe, bis jemand den Bäckersohn, einen unangenehmen Burschen mit gemeiner Visage, auf frischer Tat ertappte, wie er in den Teig onanierte (möglicherweise, raunte man wissend in der ganzen Umgebung, Ursache für dessen Treibkraft); der Laden für heimische Gewerbe, wo Tante Mavis durch ihre unnachahmlichen eingekochten grünen Feigen zu Ruhm gelangte, bis herauskam, daß sie blaues Vitriol zum Färben benutzte.

Ich schaue mich noch in den Regalen um, wo einst die Feigen glühten wie grüne Gedanken in grünem Schatten, da spricht mich eine der wichtigtuerischen Frauen an, die sich hier drängen: »Meine Güte, sind Sie nicht eins von den Müller-Mädchen?« Und als ich einen Augenblick Unwissenheit vortäusche: »Annas Schwester, die Tochter von Ludwig und Louisa?« Die Sorte Zudringlichkeit, bei der sich mir sofort die Stacheln sträuben. Doch ehe ich antworten kann, wird mir eine Gnadenfrist zuteil: Eine Frau von gewaltigen, in Purpur und Grün gezwängten Proportionen trifft ein; schon als sie die Schwelle überschreitet, trompetet sie los: »Jenny! Hannie! Freda! Habt ihr schon das Neueste gehört ...?« Im Schwarzenviertel, so erzählt sie uns, es ist keine Stunde her, hat eben, eben, eben ein Farmer Maismehl für einen Laden abgeliefert und wurde von einem wilden Haufen Demonstranten gestoppt. Was dem Farmer passierte, weiß keiner, es besteht wenig Hoffnung, daß er entkommen konnte. Wo soll sich ein weißer Mann heutzutage in einer Township hinwenden? Klar ist nur: Seinen Bakkie haben sie zerstört, er ist total ausgebrannt, ein rauchendes schwarzes Gerippe. Also wirklich, diese Leute. Und wie geht es nun weiter? Eins ist sicher, die Hölle bricht los. Ein Glück, in dem anschließenden Gegacker – wie damals in Oumas Hühnerstall, als nachts der Schakal eindrang – gelingt es mir zu entkommen.

Die Straßen draußen scheinen noch ruhig und ungestört; die Stille der Sonne ist tröstlich, auch wenn mir weiterhin ein Klumpen in der Magengrube liegt wie unverdauter, kalter Haferbrei. Der Morgen hat seinen Glanz verloren. Entmutigt durch die Nachricht irre ich weiter, zerrissen zwischen heute und gestern.

Einen halben Block weiter, zwischen zwei aufgeputzte Schaufenster gezwängt, liegt der Eingang zu Issie Shapiros langem, schmalem Laden, der einst das repräsentierte, was man sich in der Stadt unter Haute Couture vorstellte, bestimmt von der Familie Shapiro: Issie, Miriam und ihren fünf schönen Töchtern. Und doch wurden sie, weil sie Juden waren, in der Öffentlichkeit von allen Afrikaanders im Bezirk gemieden, außer vor der jährlichen Party des Bürgermeisters, wenn alles herbeiströmte, um mit den letzten Importmoden zu protzen. Mutter weigerte sich beharrlich, jemals einen Fuß in den Laden zu setzen, Vater war Mitglied des Broederbond, der grimmen Bruderschaft, die über die Rassenreinheit wachte, auch mit Gewalt, und Leute wie wir konnten sich unter gar keinen Umständen auf dem Grund und Boden einer Familie blicken lassen, die letzten Endes für den Tod Jesu Christi persönlich Verantwortung trug. Nur einmal stattete ich dem Laden einen Besuch ab, das war in dem Jahr, als es mir schließlich gelang, meine nächsten Verwandten zu überzeugen, daß ich ganz dringend meinen ersten Büstenhalter brauchte. Mutter ließ sich wie gewöhnlich nicht beeindrucken, selbst als ich ihr vorhielt, wenn mein Rücken krumm würde von der Last, die er dauernd tragen müsse, sei dann sie schuld. Anna fand das zum Lachen und wählte die unglücklichsten Momente für Kommentare über das, was sie verächtlich als meine beiden »Pickel« bezeichnete. Nur Ouma nahm die Sache ernst und befahl eines schönen Morgens Jeremiah, sie und mich im schwarzen Chrysler-Leichenwagen in die Stadt zu fahren. Und unerschrocken führte sie mich in Shapiros Lasterhöhle. Ouma teilte nie die Vorurteile der Familien gegen Juden. Vielmehr war im Vogelhaus wie in anderen Straußenpalästen eine bestimmte Nische auf der Vordertreppe seit Urzeiten als »Judenkammer« bekannt, wo seit dem Federboom jeder reisende jüdische Händler Tag und Nacht unaufgefordert eintreten und bleiben konnte, bis sein Geschäft auf der Farm abgewickelt war. So zögerte Ouma, sowie sie die Sache einmal beschlossen hatte, keine Sekunde, mich kühn in Shapiros Warenhaus zu begleiten, wo uns in heller Aufregung ein paar hochbetagte Frauen empfingen, die einen schweren, betäubenden Duft exotischen Puders und Parfüms in das Halbdunkel verströmten. Ich wurde in eine schmuddelige kleine Kabine hinter einem Vorhang geleitet und erhielt sechs oder sieben Büstenhalter zur Auswahl, die meisten hoffnungslos zu groß. Zurückblickend denke ich, daß auch Ouma beim Anblick meiner Brustwarzen mit Mühe das Gesicht wahrte; sie müssen damals nach Form, Größe und Farbe an die Schnäuzchen von Mäusebabys erinnert haben. Aber tapfer durchstand sie die ganze feierliche Prozedur des Anprobierens und Anhaltens und Wechselns und Herumzappelns, bis ich fand, was zu brauchen ich glaubte. Ich entsinne mich an einen tiefen, demonstrativen Seufzer, als wir die schäbige, kleine Kabine verließen. »Gott, was für eine Erleichterung!« rief ich aus. Und Ouma Kristina war mindestens ebenso stolz wie ich. Seit damals blieb der Laden in meiner Erinnerung das Mekka der Mode, eine Aladinhöhle von unvergleichlichem Glanz. Wie verwirrend nun, als ich mich hineinwage, mehr aus Neugier denn aus Trotz oder weil ich etwas brauche. Ich finde ihn geschrumpft zu einem engen, schlechtbeleuchteten, muffigen, altmodischen kleinen Loch. Noch stehen ihm Mitglieder derselben Familie vor, die Ähnlichkeit ist unverkennbar, die schwarzen, schwarzen Augen, die Haut, weißer als weiß, wie entrahmte Milch, besonders, wenn man sie mit den leichtsinnig verbrannten Häuten unserer Familie vergleicht. Doch die Erinnerung an die Schönheiten von gestern erweist sich als reichlich unzuverlässig. Ich hoffe, daß die Frauen, die sich um den Ladentisch drängen, mich nicht erkannt haben, und wende mich zurück in das unbarmherzig grelle Licht der Straße.

Und dann die Sandsteinkirche mit ihrem weißen Putz und dem hohen Turm. Hier versuche ich gar nicht, weiter vorzudringen als bis zum Portal. Jene Sommersonntage, an denen man unnachsichtig in kratzige Prunkkleider mit Bändern und Schleifen und Rüschen über Rüschen gezwungen wurde, wobei jede Mutter danach strebte, mit ihrer Brut die anderen zu übertreffen; mein Haar so straff in Zöpfe zurückgeflochten, daß sich mir die Augen zu tränenden Schlitzen verengten. Jene heißen, endlosen Gottesdienste, der sporadische Gesang (nur Mutter intonierte mit der vollen Stimmkraft ihres mächtigen Soprans, so daß wir uns krümmten, da die anderen Cousins und Cousinen einander flüsternd und kichernd anstießen), langatmige Gebete, des Pfarrers Stimme hob und senkte sich, crescendo und diminuendo, während er von Feuer und Schwefel sprach, von Heulen und Zähneklappern, für immer und ewig, oh, verdammt noch mal, amen. Gott, wie ich diese Sonntage haßte! Und kein Entkommen möglich (außer in ganz seltenen Fällen, da setzte ich bei Ouma durch, daß sie Mutter davon überzeugte, ich sei todkrank). Ausnahmslos endeten sie mit Familienstreit, mit wütend geflüsterten Drohungen und Ermahnungen, oft mit Ohrfeigen, manchmal mit ausgiebiger Dresche, wenn wir wieder daheim waren. Die einzige Zerstreuung gab es am Abendmahlssonntag, da waren Kinder nicht in der Kirche zugelassen, sondern wurden zu einem eigenen Gottesdienst in die Vorhalle geleitet. Aber manchmal schwänzten wir und schlichen uns von hinten in das Schiff ein, um ehrfürchtig die theatralische Enthüllung des Abendmahls zu verfolgen, das Herumreichen des Kelches, der Silberplatte mit kleinen Würfeln trockenen weißen Brotes. Ein- oder zweimal, gewöhnlich infolge einer Wette, setzten wir (wie wir felsenfest glaubten) unser Leben aufs Spiel, indem wir uns hernach auf Zehen in die Sakristei schlichen, während unsere Eltern und ihresgleichen noch draußen die Kirche umrundeten, um mit Neuigkeiten und Klatsch auf den letzten Stand zu kommen. Dann kosteten wir von den Neigen im Kelch und den Krumen, neugierig, ob sie sich wirklich in Fleisch und Blut verwandeln würden; und bei einer denkwürdigen Gelegenheit erspähten wir eine Maus, die mit einem Bröckchen davonhuschte, und ein paar der Kleinsten aus unserer heidnischen Horde stürmten um die Kirche herum zu den Erwachsenen und brüllten: Die Maus habe Jesus gefressen, die Maus habe Jesus gefressen. Seitdem bin ich fasziniert vom Problem der Reste.

## 5

Ich muß wissen, was mit dem Mann geschah, dessen Transporter ausgebrannt ist. Sicher könnte ich zur Polizei gehen, aber nachdem ich seit so vielen Jahren gewöhnt bin, die Polizei als Feind zu betrachten, erschiene mir das wie ein Akt des Verrats (aber, mein Gott, wem und was gegenüber?). Ich könnte auch in irgendeinen Laden gehen, die Nachricht dürfte jetzt schon die ganze Stadt durchlaufen haben, aber ich ertrage diese begierigen Neuigkeitskrämer nicht. Nicht nur, weil wahrscheinlich niemand wirklich die ganze Geschichte kennt, sondern weil ich vor der Vivisektion zurückschrecke, die sie sicher begleiten wird. *Meine Güte, sind Sie denn nicht eins von den Müller-Mädchen? Annas Schwester, Ludwigs und Louisas Tochter?* Eine schlichte Information wird zur Haupt- und Staatsaktion.

Ich raffe meine Tragetaschen und Pakete vom Supermarkt zusammen und schleppe sie zum Leichenwagen, den Jeremiah wohlbedacht hinter der Kirche unter den Pfefferbäumen geparkt hat. Jeremiah hat einen halben Block weiter auf einer Treppe gestanden und eine Pfeife geraucht in einer Positur, die jede Beziehung zu dem glänzenden Chrysler verleugnete; jetzt kommt er heran und hilft mir einladen, aber er ist nicht mit dem Herzen dabei.

»Kannst du erst bei Anna vorbeifahren?« frage ich.

Jeremiah grunzt und schiebt sich hinter das Lenkrad, er sitzt auf dem abgeschabten kleinen Samtkissen, das er braucht, um über das Armaturenbrett zu blicken, wie ein Vogel auf der Stange. Wie wir durch die Stadt fahren, starren uns viele Menschen, die sich an Ecken und auf Bürgersteigen zusammenscharen, furchtsam an, wir sind wie ein schwarzes Vorzeichen, ein Gewissensschauer, der die Stadt durchläuft, das kränkt Jeremiah. Sowie wir aus der Stadt heraus sind, beschleunigt er. Ich bin sicher, er ist nie zuvor so schnell gefahren, und er scheint nur auf eine Bemerkung von mir zu warten, aber diese Genugtuung mißgönne ich ihm. Nun überwachen Strauße unsere Fahrt. An allen Zäunen, welche die lange, gerade Straße säumen, stehen sie, die Hälse gestreckt, ihre langwimprigen Mannequinaugen schimmernd, die weißgeränderten Flügel der Männchen leicht gespreizt, geplustert durch unseren Fahrtwind. *Wir wissen*, verkünden diese Augen, *o ja, wir wissen, aber wir werden es nicht sagen.*

Casper ist nicht zu Hause, wie ich hätte voraussehen sollen; und Anna hat noch nichts gehört. Aber sie besteht darauf, daß ich zum Mittagessen hereinkomme. Jeremiah schlendert von sich aus davon, und als Anna und ich ins Haus treten, sehe ich ihn beim Hühnerauslauf auf den Keulen hocken, er zeigt ganz deutlich, daß er menschlichen Kontakt, den er vermutlich auch in seinen besten Zeiten nicht enthusiastisch schätzt, im Augenblick am allerwenigsten braucht.

Ein ungewöhnlich gedämpfter Casper tritt ein, unmittelbar, nachdem Anna und ich uns am Tisch niedergelassen haben (die Kinder, dies eine Mal lobenswert gehorsam, essen in der Küche); ich habe ihn nicht einmal kommen hören. Ich vermute, er hat den Leichenwagen unter den Eukalyptusbäumen hinter dem Haus nicht bemerkt, denn er stockt, als er mich erblickt, dabei ist seine Haltung eher schüchtern als feindselig.

»Was machst denn du hier?« fragt er.

»Wir teilen ein paar Frauengeheimnisse.«

Seine Augen blicken vorsichtig, warnend. »Nämlich?«

»Nichts«, sagt Anna und hebt ihm das Gesicht zum Kuß hin, aber er nimmt keine Notiz davon. »Nichts von Belang.«

»Natürlich ist es wichtig«, mische ich mich ein, ärgerlich über ihre Unterwürfigkeit, dann schaue ich ihm in die Augen. »Nur geht es dich nichts an.«

Seine Augen verengen sich leicht. »Ah ja.«

Hastig wechselt Anna das Thema. »Was ist in der Township passiert, Casper? Kristien hat mir erzählt ...«

»Wo hast du davon gehört?« fragt er vorwurfsvoll.

»Ich war in der Stadt. Was ist mit dem Farmer geworden? Wer war er? Ist er davongekommen?«

»Wir haben Krieg«, sagt er gepreßt; rings um den Mund sind seine Lippen weiß. Ich finde seine Ruhe beängstigender als seine Ausbrüche.

»Haben sie ihn umgebracht?« beharre ich.

»Nein.« Er schüttelt den Kopf, rückt den Stuhl am oberen Tafelende zurecht und läßt sich schwerfällig nieder. »Nein, er ist heil davongekommen.« Er schaut Anna an. »Es ist Victor Henning. Täte keiner Fliege was zuleide. Nun haben sie es glücklich geschafft. Diese verdammten Wilden. Ich wollte meine Männer einsetzen. Aber stellt euch vor: Die Armee hat die Township abgeriegelt, läßt niemanden ran. Wenn sie *uns* schützen sollen, schauen sie weg. Aber ich habe sie gewarnt. Ich habe ihnen gesagt ...«

»Wie ist der Mann entkommen?« unterbreche ich ihn; er redet mehr zu sich selbst als mit uns.

Einen Augenblick schaut er mich verständnislos an.

»Der Mann – wie, sagtest du, heißt er? Henning – du hast gesagt, er ist davongekommen. Wie? Ich denke, es ist mitten im Schwarzenviertel passiert?«

»Stimmt. Bei dem kleinen Supermarkt dort. Alles runtergebrannt.«

»Der Laden auch?«

»Sicher. Was hattest du gedacht?«

»Aber ich denke, es war ein schwarzer Laden?«

»Wahrscheinlich haben sie den Besitzer verdächtigt, ein Informant oder ein Verräter zu sein.«

»Was würdest *du* machen, wenn du in deiner Bande einen Denunzianten entdecktest?«

»Kristien, bitte.« Das kam von Anna.

Ich hole tief Luft. »War nur eine Frage. Nun verrate uns, wie Henning entkommen ist.«

Er hebt die schweren Schultern und vermeidet meinen Blick.

»Hat die Polizei eingegriffen?« fragt Anna.

»Natürlich nicht. Sie haben viel zuviel verdammten Schiß, um das da drin zu riskieren.«

Endlich sieht er mir ins Gesicht. »Es heißt, eine schwarze Familie hat ihn reingeholt. Sie haben ihn versteckt, bis alles vorbei war.«

Anna blickt auf ihre Hände. Eine ganze Weile spricht niemand ein Wort.

»Warum redest du immer von Krieg, Casper?« frage ich schließlich.

»Wenn wir ihnen das durchgehen lassen ...«

»Welche griffen ihn an. Andere halfen ihm. Willst du zwischen denen unterscheiden, wenn dein Krieg ausbricht?«

Ich sehe, er ist drauf und dran, wieder auf mich loszufahren, doch zu meiner Überraschung tut er es nicht. Irritierend direkt fragt er: »Was erwartest du von uns?«

»Wenn du mich fragst: Diese Leute haben ihn überfallen, weil dein Kommando einen von ihnen fast umgebracht hat.«

»Einen Terroristen.«

»Nein. Nur einen Mann, der in die Apotheke ging, um Medizin zu kaufen.«

»Woher willst du das so genau wissen?«

»Mußt du immer das Schlimmste voraussetzen?« frage ich trotzig zurück.

»Hör mal, Mädchen, ich kenne mich hier besser aus als du.«

»Desto bedauerlicher, daß du nicht siehst, was passiert. Du handelst so, als ob sich die Welt überhaupt nicht verändert hätte.«

»Kristien.« Seine Stimme klingt jetzt fast flehend. »In einer Woche ist die Welt, wie wir sie kennen, zu Ende. Hast du die mindeste Ahnung, was dann aus uns wird?«

»Und du denkst, eure kleinen Kriegsspiele können daran etwas ändern?«

»Verdammt noch mal, wir kämpfen um unser *Leben*!«

»Nichts bedroht euer Leben, Casper. Ihr kämpft für euern Hochmut, das ist alles. Und die Schlacht habt ihr schon verloren.«

»Ich kämpfe, um das aufzuhalten, was nächste Woche passieren soll.«

»Weißt du«, sage ich, »wenigstens hatte ich dich immer für einen Tatsachenmenschen gehalten. Allmählich zweifle ich daran.«

»Wie meinst du das«, fragt er beleidigt, kampflustig.

»Begreifst du das nicht? Ganz gleich, was du machst, ganz

gleich, wieviel Gewalt du mit deinem Trupp verübst, die Welt kannst du nicht aufhalten. In einer Woche, in zehn Tagen werdet ihr in diesem Land eine neue Regierung haben.«

»Und du denkst, das akzeptiere ich?«

»Darauf will ich hinaus, das versuche ich dir klarzumachen, Casper. Ob du es akzeptierst oder nicht, *es wird geschehen*. Dir bleibt nur die eine Wahl: Ob du dir die Knochen brechen und möglicherweise eine Reihe von Leuten umbringen willst – oder ob du dazu beiträgst, daß alles glatt verläuft, so daß du sichergehst, deine Familie überlebt. Also, warum willst du unbedingt blöd sein und dich nicht lieber bemühen, daß es *funktioniert*?«

Er starrt mich wild an, von einer Stelle her weit hinter seinen Augen, hinter diesem Augenblick, hinter dieser Zeit, diesem Ort.

»Du bildest dir ein, alles zu verstehen?« stößt er schließlich wütend hervor und steht von seinem Stuhl auf. »Tust du aber nicht. Du hast keinen Schimmer, wovon du redest. Wie solltest du auch? Du bist bloß …«

»Eine Frau? Bist du deswegen so wütend? Aber du änderst überhaupt nichts, wenn du mich anbrüllst. Und bestimmt hilft dir's nicht gewinnen.«

Er stakt steifbeinig davon, die Schultern abwehrend hochgezogen. Anna sitzt da und nagt am Knöchel ihres Zeigefingers, wirft mir ein rasches, nervöses Lächeln zu, als sie meinem Blick begegnet.

»Du hättest ihn nicht so aufbringen sollen«, sagt sie.

»Es ist, verdammt noch mal, Zeit, daß er die Wahrheit zu hören kriegt.«

»Er wird es nur an mir auslassen«, sagt sie ruhig und schaut dabei zu Boden.

Ich hole tief Luft. Ich *will* nicht wissen, was sie mir da erzählt. Übelkeit steigt in mir auf.

»Wahrscheinlich verdiene ich es«, sagt sie hastig, fast heftig.

»Sei nicht so verdammt blöd!« Ich zügele mich, verwirrt und schuldbewußt: Jetzt bin ich es, die Zorn an ihr ausläßt.

»Anna, bitte, hör mir zu. Du mußt dich aufraffen und dich ihm gegenüber behaupten.«

Sie schüttelt den Kopf, die Augen noch immer abgewandt.

»Hast du Angst?« dringe ich weiter in sie.

»Natürlich habe ich Angst.«

»Das kommt nur daher, weil du dich von ihm so leicht einschüchtern läßt.«

»Denkst du, ich *will* das?« Diesmal flammt jäher Zorn in ihrer Stimme auf, ich verspüre unerwartete Erleichterung. Noch ist nicht alles verloren.

»Genau das hab ich mich gefragt.«

## 6

Ouma schläft noch, als ich zurückkomme. Die Schwester arbeitet sich durch einen Filmroman, ungerührt vorrückend wie der Seidenwurm im Maulbeerblatt. Ich erbiete mich, sie eine Weile abzulösen, was sie bereitwillig akzeptiert; das Magazin nimmt sie mit.

Zum erstenmal, seit ich London verlassen habe, erreiche ich Michael durch das schnurlose Telefon (auch eine von Caspers Sicherheitsvorkehrungen). Ich habe es in mein Zimmer mitgenommen; selbst dort lege ich beim Sprechen die Hand um die Muschel, um Ouma nicht zu stören.

»Nicht zu glauben«, sagt er, seine Stimme klingt trocken und scharf, vorwurfsvoll. »Es ist jetzt fast eine Woche!«

»Ich hab es jeden Tag versucht. Du warst nie da.« Warum verspüre ich jetzt, da ich ihn endlich erreicht habe, keine Freude, nur diese angestaute Enttäuschung, diesen Trieb, anzuklagen und zu verletzen? Mein Herz sagt das eine und meine Stimme etwas anderes.

»Ich war die ganze Zeit hier«, sagt er in seinem *»Ich hab recht, du unrecht«*-Ton.

»Nein, warst du nicht. Wo bist du gewesen?«

»Du glaubst mir nicht? Und wo warst *du*?«

O Gott, so hab ich mir das wahrhaftig nicht gewünscht.

»Michael, sei doch vernünftig.«
»Und was ist mit dir?«
Ich könnte ihn erwürgen, wenn er so ist. (Und er mich ...?) Ich bemühe mich, zum normalen Ton zurückzukehren.
»Es war eine irre Woche.«
»Kann ich mir vorstellen.«
Gibt er sich auch Mühe? Aber ich bin noch zu sehr verärgert, um ihn auf die Art und Weise entkommen zu lassen. »Nein, kannst du nicht«, sage ich. »Das spottet aller Phantasie.«
»Das klingt fast, als ob du stolz drauf wärst. Besitzstolz.« Eine kleine Pause. Dann sagt er mit weniger gepreßter Stimme als zuvor: »Von hier aus scheint es, das Boot ist nun am Sinken, und zwar schnell.« Zum erstenmal höre ich so etwas wie echte Sorge heraus. »Wann kommst du zurück?«
»Ich weiß nicht.«
»Wie geht es deiner Großmutter?«
»Schlecht.« Ich seufze. »Aber sie hält durch.« Ich wechsele den Ton. »Ist bei dir alles in Ordnung?«
»Sitze an der Abhandlung, komme voran.«
Diese Höflichkeit ist fast noch schlimmer als die Gereiztheit vorher.
Er sagt etwas. Ich höre nicht einmal zu. Als er halb zu Ende ist, unterbreche ich ihn. »Michael, bitte ...« und stocke ärgerlich und verwirrt.
»Was wolltest du sagen?«
»Nichts.«
»Nichts? Das ist ein lieblicher Gedanke.«
»Um alles in der Welt, was meinst du?«
»Ich hab zitiert.«
»Verdammt, Michael, kannst du nicht ein einziges Mal die Literatur sein lassen?«
»Hast du gewußt«, sagt er, »daß im elisabethanischen Englisch ›nichts‹ ein Euphemismus für ›Fotze‹ war?«
»Also bitte!«
Er kichert und stürzt sich dann in ein Zitat. *»Lady, werde ich in Eurem Schoß liegen? Nein, mein Lord. – Ich meine,*

*mein Kopf in Euerm Schoß. – Ja, mein Lord. – Denkt Ihr, ich meine bäurische Dinge? – Ich denke nichts, mein Lord. – Das ist ein lieblicher Gedanke, zwischen Mädchenbeinen zu liegen. – Was ist, mein Lord? – Nichts.«* Ich kann ihn fast lächeln hören. »Siehst du, was ich meine? Und stimmst du mir nicht bei, daß es ein lieblicher Gedanke ist?«

»Ja, *mein Lord.*« Plötzlich ist die Entfernung verkürzt, die Zeit aufgehoben, ich sehe ihn, fühle ihn, rieche ihn so, wie er – wann? vor vier? fünf ? – vor sechs Tagen auf meinem Fußbodenbett lag, das schräge Licht vom hohen Fenster auf seinem Gesicht, seinem widerspenstigen Haar, seiner Schulter. Plötzlich spüre ich, wie mir Verlangen den Mund ausdörrt. »Ich will keine Gedanken, ich will *dich.*«

»Liebstes. Liebstes.«

»Wir dürfen das nicht wieder zulassen, Michael.«

»Ich brauche dich«, sagt er.

»Michael, ich *will* nicht hier sein. Ich bin hier, weil ich keine Wahl habe. Ich verspreche dir, ich komme so bald wie möglich nach Hause.«

»Ich werde auf dich warten.«

»Hast du meine Schule angerufen?«

»Ja. Saunders war zuerst ein bißchen patzig, aber ich hab ihm ein bißchen Honig ums Maul geschmiert, und jetzt ist er besänftigt.«

»Du bist ein Prachtkerl.«

»Für dich tu ich alles. Bloß, komm bald heim.«

»Sobald ich kann.« Ich mühe mich, den Schmerz zu zügeln, mit dem ich ihn entbehre. »Aber du mußt verstehen, es kann noch eine Weile dauern. Ouma ...« Nun kann ich ihm von allem, was sich zugetragen hat, erzählen, von dem Unwetter, das sich im Bezirk zusammenbraut, von Casper, Anna, Trui und ihrer Familie, sogar von unserem Hausgast und von der unvollendeten Aufgabe und von Oumas absurder Vorstellung davon, was noch zu tun ist.

»Bleib, solange du mußt«, sagt Michael, als ich schließlich zu Ende bin. »Aber nicht länger. Und um Gottes willen, paß auf dich auf.«

»Ich werde vernünftig sein. Ich verspreche es.«
Eine Pause, ein Kichern.
»Und, Lady, es *ist* ein lieblicher Gedanke, nicht wahr?«
»Süßes Nichts, mein Lord.«

## 7

Irgendwann an diesem Nachmittag gehe ich wieder in den Keller. Ich mag nicht, aber ich gehe. Ich kann nicht wegbleiben. Fast wünsche ich mir zu entdecken, daß sich der Mann heimlich davongemacht hat. Aber ich weiß, so leicht werde ich ihn gewiß nicht wieder los. Und als ich die Tür am Treppenfuß öffne, ist er da, duckt sich im trüben, gelben Licht der schmutzigen, nackten Birne an die Mauer auf der anderen Seite und wartet. Hinter ihm sind die gestaltlosen Flecken, die abgeblätterten Malereien, die das Mädchen einst dort dranklitschte, um ihre Kerkerwände aufzuhellen. Ich möchte wissen, wer sie mit Pinseln und Farben versorgt hat? Sie war kein Goya, kein Michelangelo. Aber sie muß Monate damit zugebracht haben, nicht in geduldiger, sondern in wütender Tätigkeit. Kein Zoll ist ausgelassen an den fleckigen, modrigen Wänden, vom steinernen Fußboden bis zur spinnwebvernetzten Decke. Die Umrisse lassen sich nicht mehr deuten, aber irgendwie quälen sie einem mit gräßlichen Eingebungen die Phantasie. Armes Mädchen. Was für ein Pfuhl von Emotionen, den sie an diesem dunklen Ort versteckt hielten.

Es dauert eine ganze Weile, bevor der kauernde Mann Entspannung verrät. Seine Augen sind rot, sein Gesicht ist geschwollen, er sieht fiebrig aus.

»Haben Sie keine Angst«, sage ich, ungehalten über die Art, wie er sich zusammenkrümmt. »Sehen Sie denn nicht, daß ich es bin? Ich werde Ihnen nichts tun.«

»Ich hab nur die Schritte kommen hören. Ich wußte nicht, daß Sie es waren«, murmelt er.

»Wer sonst sollte hier heruntersteigen?«

»Ich weiß nicht. Aber vielleicht kommen sie meinetwegen.«

»Wer sind ›sie‹?«

»Sie wissen doch. Diese Leute.«

Ich trete an ihn heran. »Was macht Ihr Arm?«

Er kehrt sich zur Seite, so daß ich den Verband untersuchen kann. Die Wunde hat wieder geblutet. Ist das ein gutes Zeichen oder ein schlechtes? Wenn es morgen nicht besser ist, werde ich wohl den Arzt herbringen müssen. Vielleicht lasse ich ihn Verschwiegenheit schwören. Es gibt einen hippokratischen Eid, was immer man auch über seinen Wert sagen mag. Aber ich ginge ungern ein Risiko ein, außer es kommt zu einer Krise.

Woher weiß ich, daß es noch keine Krise ist?

»Haben Sie Essen bekommen?«

»Die Frau hat mir was gebracht«, sagt er, »Trui.«

»Ich werde Ihnen ein paar Tabletten holen.«

»Danke, Madam.«

»Bitte nennen Sie mich nicht Madam.«

Er schaut mich nur an.

Ich überlasse ihn wieder sich selbst und mache mir Vorwürfe, ich weiß nicht weswegen. Zehn Minuten später bringe ich eine Spritze mit einer weiteren Dosis von Oumas Morphium und ein paar Magazine hinunter, welche die Schwester abgelegt hat, nachdem sie jeden Quadratzentimeter gelesen und jedes Kreuzworträtsel gelöst hat. Ein wenig beruhigt gehe ich wieder hinaus. Ich durchstreife das Haus, Zimmer für Zimmer, und versuche vergeblich, irgendeinen Faden aus den vergangenen Jahren aufzunehmen; aber heute birgt es keine Herausforderung, kein Abenteuer in sich, nur Düsternis und Leere, ein Gefühl der Sinnlosigkeit. Es hat sich überlebt.

Ist es das Haus, oder kommt das aus mir?

Wo immer ich in dem Haus hinwandere, sogar draußen im Hof zwischen den Bäumen, im verwahrlosten Rosengarten, zwischen den Nebengebäuden, verfolgt mich das Wissen um den verwundeten Fremden im Keller. Gleichgültig, was ich tue, er ist da. Ich habe sein Wort für bare Münze genommen, aber woher weiß ich wirklich, wer er ist und was ihn hergebracht hat. Seine Macht liegt allein in der Tatsache, daß ich mir nicht aussuchen kann, ob er dasein sollte, um mich zu behelligen, oder nicht. Und diese Macht ist erschreckend. Ich habe die Verantwortung für ihn übernommen, ohne die leiseste Ahnung, was ich damit anfangen soll. Ich will ihn nicht da haben, aber ich kann ihn nicht hinauswerfen. Und ich habe große Angst. Nicht weil er hier ist, aber weil er sterben könnte. Und sein möglicher Tod fordert mir Rechenschaft ab.

## 8

Und nun sitze ich hier und schreibe. Ich empfinde ein tiefes Behagen darin, hier zu sein. Ich habe alle Lichter außer der kleinen Leselampe am Bett ausgeschaltet, und die habe ich auf das neue Notizbuch auf meinem Schoß gerichtet. Ich muß schreiben, während sie redet, hat sie gesagt, eine kleine, wispernde Stimme, wie Papiergeraschel, aber sonderbar beharrlich. Das Haus ist still, außer daß hier und da, unten und hoch oben, das alte Gebälk knarrt, Trui und Jeremiah schlafen nebenan, einer von beiden schnarcht leise. Der Fremde, denke ich, ist unten im Keller. In einer Ecke von Oumas Zimmer sehe ich beim gelegentlichen Aufblicken drei Eulen, auf einer Mahagoni-Etagere zusammengeduckt, sie starren mit unheilverkündenden Augen. Draußen kreischen von Zeit zu Zeit die Fledermäuse, ein Ziegenmelker ruft, manchmal wacht selbst eine Turteltaube auf und nickt dann wieder ein.

Ouma Kristina bewegt sich auf einmal so ruhelos, liegt sie im Fieberwahn? Ihre unverbundene Hand greift beständig in die Luft, aber ihre Augen bleiben geschlossen.

»Was ist, Ouma?«

»Das Bild«, sagt sie gereizt, ohne die Augen zu öffnen.

»Das Haus ist voll von Bildern. Welches suchst du?«

»Du kennst es doch. Es hat immer hier auf der Kommode gestanden.«

Dann muß es der kleine männliche Akt sein, der so viele Jahre lang die Erwachsenen verärgert und die Heranwachsenden behext hat: der schlanke, kräftige Körper in Davidpose, die Mähne aus wilden, schwarzen Locken, das vorspringende, beschnittene Geschlecht. Der Stil war viktorianisch, präraffaelitisch, und eben deswegen verblüffte die Direktheit. Wir alle wußten, daß es einer von Oumas Schätzen war und daß man sie darüber nicht befragen durfte. Aber warum sieht sie sich jetzt wohl danach um?

»Wo ist es?« forscht sie, die dünne Stimme kratzt wie Sandpapier.

»Aber Ouma ...« Ich bemühe mich, taktvoll zu sein. »Hast du denn das Feuer vergessen?«

Die Lider flackern, die benommenen Augen öffnen sich, bestürzt, dann überzieht sie ein Schleier von Resignation.

»Ausgebrannt?«

Ich drücke ihr die Hand. »Tut mir so leid, Ouma. Es ist nichts aus dem Zimmer übriggeblieben. Ein Wunder, daß du gerettet bist.«

»Ich hätte auch gehen sollen. Aber ich mußte erst mit dir reden.«

»Ich bin hier, Ouma.«

Es ist wieder wie in meinen Kindertagen, ich sitze in der Nacht bei ihr. Denn solange ich mich entsinnen kann, behauptet Ouma Kristina, sie habe an mir das Zeichen entdeckt, daß ich dazu auserlesen sei, ihre angesammelten Geschichten zu empfangen. Immer müsse eine dasein, erklärte sie, die sie weitergebe, die verhindere, daß sie unterwegs verlorengingen. Ich nahm das nie sehr ernst, obwohl ich natürlich stolz war, die Erwählte zu sein. Aber ich muß gestehen, über das reine Vergnügen hinaus, das mir ihre Geschichten bereiteten, sah ich nie eine besondere Bedeutung in dem Sammelsurium. Und übrigens mußte ich für das Erwähltsein auch meinen Preis zahlen: Manchmal, wenn sie nicht schlafen konnte, tauchte sie plötzlich in ihrem langen Nachtgewand auf, in der Hand die Paraffinlampe (obwohl ein Schalterknipsen elektrisches Licht entflammt hätte), um mich aus dem Bett zu zerren, das von Wand zu Wand reichte und in dem alle Kinder beisammenlagen: Sie holte mich zum Zuhören. Entweder nahm sie mich mit in ihr Bett, oder sie führte mich in die Küche, wo wir uns, jede mit einem Becher Milch oder Zitronenlimonade, an den langen, gescheuerten Tisch setzten, und dann fing sie an zu erzählen, und ich lauschte, bis ich einschlief. Ich erinnere mich an das weiche, gelbe Licht, an die Schatten an den Wänden und daran, wie ich mir all der geheimen, dunklen Winkel rings im Haus bewußt war. Genau wie heute.

»Ausgebrannt«, wiederholt sie nach einer Weile und öffnet die Augen abermals, um mich anzustarren, wie darauf bedacht, nicht den leisesten Ausdrucksschimmer auf meinem Gesicht zu verpassen. »Armes Kind. Nun bleibt dir nichts von deinem Großvater.«

»Meinem Großvater?« Unwillkürlich schüttele ich den Kopf. »Aber das kann nicht Oupa gewesen sein. Er hätte nie ...« Schuldbewußt stocke ich. »Ich dachte, Oupa hatte blonde Haare, bevor er grau wurde?«

Ein amüsiertes Schmunzeln. »Ich rede nicht von dem Mann, den ich geheiratet habe, Kristien. Ich rede von deinem Großvater.«

Schwer, die Gedanken zu zügeln, die sie in mir entfesselt hat. Uns war immer Oumas tiefeingewurzelte Mißachtung für Gesetze bewußt, zumal als das Alter ihr eine Freiheit verlieh, die selbst sie sich früher nicht hätte träumen lassen; aber sicher mußten doch in jenen Zeiten Grenzen bestanden haben.

»Und obendrein so ähnlich«, nimmt sie den Faden wieder auf, immer noch, ohne den Blick von mir zu lösen. »Bestimmt das Beste, was ich je gemalt habe.«

»Aber du hast doch nie gemalt?«

»Nicht, solange du mich kennst. Nicht seit diesem Bild. Aber was weißt du schon wirklich von mir?«

»Dann wird es Zeit, daß du es mir erzählst.«

»Ja. Es wird Zeit, daß ich meine Idioten loslasse.«

»Deine Idioten?«

»Entsinnst du dich nicht der Geschichte, die sie im ganzen Little Karoo erzählen? Über die Straußenzeiten. Die paar vornehmen Familien des Bezirks, die all den Reichtum anhäuften. Ganz phantastisch. Eitle Leute, die sich nicht mit Krethi und Plethi mischen wollten. So fingen sie an, nur noch untereinander zu heiraten, und nach einiger Zeit hatten sie in jeder Familie ein paar kleine Idioten. Man schloß sie im Keller ein und ließ sie von Waisenmädchen aus der Stadt beaufsichtigen. Die Schandmale der großen Familien, die nie hinaus an Gottes Sonnenlicht durften. Außer eine Stunde in der Woche, sonntags von zwei bis drei, wenn jedermann sonst schlief, betäubt vom üppigen Sonntagsdinner. Sie nannten es die Stunde der Idioten.« Ein tiefer Seufzer, die Lider sanken ihr wieder. »Ich denke, die Zeit für meine eignen Idioten ist da.« Wieder ein plötzlicher Wechsel im Ton. »Ich wollte, dies ganze verdammte Haus wäre niedergebrannt, Kristien. Ich hasse es. Ich ertrage es nicht länger.«

»Aber ich dachte immer, du liebst es ...«

»Natürlich habe ich es geliebt. Wahrscheinlich so, wie man seine Gefängniszelle liebenlernt. Und täusche dich nicht, dies *war* ein Gefängnis. Meine eigene Mutter war hier eingesperrt.«

»Du meinst, sie war ...?«

»Keine Idiotin, falls du das denkst. Wenigstens nicht so wie die anderen. Ich meine, wie die Leute hier es verstehen, ein Idiot muß nicht unbedingt zurückgeblieben sein oder einen Wasserkopf haben. Idiot ist jeder, der von der Norm abweicht. Jeder, der wagt, anders zu sein.«

»Ich begreife nicht. Ich dachte, deine Mutter wäre Petronella Wepener, diejenige, die das Haus hier gebaut hat, eine der führenden Frauen im Bezirk.«

»Die hat mich aufgezogen, ja. Sie hat jedem erzählt, sie sei meine Mutter. Wie wären sie anders mit der Schande fertig geworden? Aber in Wirklichkeit war sie meine Großmutter. Meine Mutter war Rachel. Ich denke mir, viele Leute haben es erraten, aber sicher gewußt hat es keiner. Man gab ihnen zu verstehen, Rachel sei entlaufen.«

»Dann hat sie die Bilder im Keller gemalt?«

Sie nimmt sich nicht die Mühe, das zu bestätigen oder zu leugnen. »Das ist nicht alles«, sagt sie. »Ich hoffe nur, daß uns die Zeit reicht. Es gibt so viel zu erzählen. All die Geschichten. Die ganze Historie.«

»Geschichten oder Historie?«

»Kein großer Unterschied, nicht? Als du Kind warst, hast du gedacht, es sind lauter Geschichten. Aber irgendwie fügen sie sich alle zusammen.« Wieder eine lange Pause. Dann setzt sie ohne erkennbares Verbindungsglied hinzu: »Wir hatten immer diese Sehnsucht nach dem Unmöglichen. Ich, du, deine Mutter, all die anderen vor uns.«

»Erzähle.«

Und das tut sie.

»Ich war sehr einsam als Kind«, raschelt ihre Papierstimme im Dunkeln, begleitet vom Kratzen meiner Feder, während ich schreibe. »Alle anderen Wepeners waren schon erwachsen, Eulalie und Willem und Barend und Martiens. Natürlich waren sie in Wirklichkeit meine Tante und meine Onkel, obwohl ich das damals nicht ahnte; ich wurde in der Überzeugung aufgezogen, sie seien meine älteren Geschwister. Eulalie muß sechsundzwanzig gewesen sein, als ich geboren wurde, Willem ungefähr vierundzwanzig und die Zwillinge, Barend und Martiens, zwanzig. Die beiden waren noch da und halfen auf der Farm, aber sie zogen nicht in unser Stadthaus. Willem führte die Farm seiner Schwiegereltern, die auch im Bezirk lag, und Eulalie war in den Freistaat gezogen, verheiratet mit einem Farmer, drei Kinder. Demnach kannst du verstehen, daß ich größtenteils mir selbst überlassen blieb. Meine Großmutter Petronella, die ich damals natürlich für meine Mutter hielt, muß sechzig gewesen sein um die Zeit, als ich zehn war, ihr Mann Hermanus Johannes noch älter, so daß sie sich nicht viel mit einem kleinen Mädchen abgeben konnten, das um sie herumlief. Was mir in einer Art paßte, denn du weißt, dies Haus kann ein Kind fast unbegrenzt beschäftigen. Nur der Keller war mir verboten. Die Tür über der Treppe war immer verschlossen, und Wepeners versuchten mir mit schrecklichen Warnungen eine Heidenangst einzuflößen, um mich draußen zu halten. Aber das beflügelte nur meine Einbildungskraft.

Ich kann mich nicht mehr genau entsinnen, wie es schließlich passierte, aber eines Sonntags fand ich den Schlüssel. Die Erwachsenen waren zur Kirche gegangen, mich hatten sie mit irgendeiner kleinen Unpäßlichkeit im Bett zurückgelassen; ich hatte oft solche Sonntagsfieber. Möglicherweise hat mir Lizzie geholfen und mir Vorschub geleistet, das kleine farbige Mädchen, das meine einzige nahe Freundin war, die Tochter des Vorarbeiters, und so widerspenstig wie ich.

Ich werde nie die Vorahnung vergessen, mit der ich diese kalte Treppe hinunterschlich; ich hielt eine Laterne, die über die Wände die schrecklichsten Schatten huschen ließ. Und dann diese Malereien, total schockierend für jemanden, der so streng erzogen war wie ich. Weißt du, von mir erwarteten sie doch sogar, daß ich in der Badewanne ein Hemd trug. Ich erinnere mich noch, wie sich das feuchte, schwere Zeug anfühlte, wie es mir an den Gliedern klebte. In manchen Nächten träumte ich, daß ich in tiefem, dunklem Wasser ertränke, außerstande, Arme und Beine zu rühren in diesem langen Kleid, das mich immer weiter hinabzog, hinab, hinab bis zum Grund. Natürlich hatte mich das alles noch neugieriger auf meinen Körper gemacht. Du warst genauso, als du klein warst. Bilde dir nicht ein, ich hätte es nicht gemerkt. Und wenn es regnete, vielleicht weil das so selten vorkam, pflegte ich alle meine Kleider abzuwerfen und mich auf den Boden zu schleichen und von da aufs Dach, da saß ich dann stundenlang zusammengekauert in tragischer Stimmung.

Nun kannst du dir vorstellen, was für eine Explosion diese Malereien in meinem Gemüt auslösten, die ich im Dunkeln beim Licht meiner Laterne erblickte, diese satten Farben, Rot- und Blau- und Grüntöne, die mich anglühten wie seltsame exotische Fische, die aus irgendeiner tiefen Unterwasserwelt heraufschwimmen. Männer mit verblüffenden Erektionen, Frauen, die ihre Beine spreizten und ihr Geschlecht wie klaffende Wunden preisgaben, und alle Arten von Kopulationen, Menschen und Vierbeiner und Vögel und Ungeheuer, alles war einbegriffen, sogar Bäume und Steine. Ich war zugleich entsetzt und fasziniert, und von dem Tag an konnte ich mich nicht mehr lösen von dem Ort, ich wurde zurückgelockt wie die Motte ins verhängnisvolle Licht der Flamme.

Natürlich kamen sie schließlich dahinter, und ich erhielt die Tracht Prügel meines Lebens. Und als ich ungefähr eine Woche später hinunterschlich, denn offenbar war dies das erste, was ich tat, sobald ich mich wieder erholt hatte, stand ich wie betäubt: Ich fand die Wände leer, von oben bis unten weiß getüncht, um alle Spuren der Malerei auszulöschen. Ich war so außer mir, daß ich zu meinem Vater rannte und ihn mit Fäusten und Füßen anfiel, ihn gegen die Schienbeine trat und meinen Kopf in seinen mächtigen Bauch stieß, schreiend und Schimpfworte brüllend in einer Sprache, von der mir nicht bewußt war, daß ich sie überhaupt kannte. Es dauerte lange, bis er den Grund für meinen plötzlichen Angriff erfuhr, und dann bedeutete das natürlich die nächste Tracht Prügel. Aber am Ende gaben sie auf. Sie hatten wirklich keine andere Wahl, denn mittlerweile wußten sie schon: Hatte ich mir einmal etwas in den Kopf gesetzt, dann hielt ich daran fest wie mit Krakenarmen. Sie konnten den Schlüssel an den unwahrscheinlichsten Orten verstecken, irgendwann entdeckte ich ihn; und als sie endlich dahin kamen, daß sie ihn verlegten, weil sie ihn zu gut verbargen und selbst nicht wiederentdeckten, hatte ich bereits auf dem Boden einen anderen Schlüssel aufgespürt, der ins Kellerschloß paßte.

Nun, ob du es glaubst oder nicht: Knapp einen Monat später waren die Malereien in all ihrer widerwärtigen Pracht wieder da. Erst viel später erfuhr ich, daß meine Großeltern vorher schon viele Male versucht hatten, die Wände zu tünchen, aber immer hatte sich dasselbe zugetragen. Für mich war es ein Wunder. Aber für sie auch, wenn du mich fragst, nach ihren Gesichtern zu urteilen, wenn sie herunterstiegen, um mich zu holen, und die Malereien von den Toten auferstanden fanden.«

»Aber was passierte dann mit ihnen? Heute sind nur noch Flecke übrig.«

»Das geschah, nachdem die Wepeners gestorben waren. Ich nehme an, sie dienten dann keinem Zweck mehr. Noch ein Wunder, oder nur der Zahn der Zeit? Wir werden's nie wissen.«

»Aber wie hast du schließlich von der Malerin erfahren?«

»Du kannst dir ja vorstellen, ich plagte die Wepeners beständig mit Fragen nach dem Ursprung dieser sündigen Bilder. Aber sie ließen nie auch nur die kleinste Andeutung fallen. Das Deutlichste, wozu sie sich schließlich aufschwangen, jedenfalls bis zu meinem achtundzwanzigsten Geburtstag, war, daß der Teufel sie gemalt habe. Vermutlich dachten sie, das würde mich abschrecken. Aber es bewirkte das Gegenteil. Mit Gott hatte ich leider nicht viel im Sinn. Im Wepenerschen Haushalt war mir eine Überdosis Religion verpaßt worden, und mehr noch: Gott klang mir verdächtig nach einer strengeren Version von Hermanus Johannes. Ich zog den Teufel bei weitem vor, er schien viel interessanter, und ich würde jederzeit mit Doktor Faust getauscht haben, hätte ich nur damals schon von ihm gewußt.«

»Warum schickten sie dich nicht einfach weg? Es hätte die Dinge soviel leichter gemacht, für euch alle.«

»Ich denke, sie brauchten es, jeden Tag an ihre Schuld erinnert zu werden. Und sie an mir auszulassen. Vermutlich betrachteten sie es als ihre persönliche Verantwortung vor Gott, ein Auge auf mich zu haben, selbst wenn sie überzeugt waren, daß ich nichts taugte. Und von Zeit zu Zeit, besonders wenn ich krank war und nicht weglaufen konnte, luden sie einen Pfarrer ein oder Kirchenälteste, um über mir zu beten und zu versuchen, den Teufel auszutreiben, der ihrer Meinung nach in mir Dauerquartier bezogen hatte; mich erinnerten sie allesamt an Gott den Allmächtigen, wie ich ihn mir dachte. Was ein paar von diesen inbrünstigen alten Männern anstellten, um den Teufel aus mir herauszuplagen, sowie sie es erst einmal hingekriegt hatten, daß sie mit mir allein waren, das brauch ich nicht weiter auszuführen. Aber bestimmt erhielt ich durch sie eine einzigartig verzerrte Vorstellung von unserer Religion.

Das einzige Gute, das bei alldem herauskam, war: Ich blieb wieder einmal mir selber überlassen. Abgesehen davon, daß ich seit der Zeit meiner ersten Periode praktisch auf der Farm eingekerkert war. Kein Unterricht mehr, außer, daß sie eine Hauslehrerin anstellten. Meine einzige Gefährtin war Lizzie. Sie hatte ihre Mutter bei der Geburt verloren und lebte bei ihren Großeltern, Salie und Nenna. Du erinnerst dich an sie? Bestimmt. Sie war fast genauso alt wie ich, nur ein paar Tage Unterschied, und wir blieben ein Leben lang unzertrennlich. Nicht, daß den alten Leuten das recht war. Sowohl mein Vater als auch ihrer taten ihr Bestes, um uns auseinanderzubringen, ohne daß sie je einen annehmbaren Grund dafür lieferten. Erst viele Jahre später entdeckte ich, was dahintersteckte, aber da machte es nichts mehr aus. Wir standen so zusammen« – Ouma hob zwei knotige Finger –, »und das blieb so fast neunzig Jahre lang, bis sie vor dreizehn Jahren starb. Hätte ich Lizzie nicht gehabt, meine Kindheit wäre verzweifelt unglücklich gewesen. Natürlich, es gab auch noch die Vögel. Wo immer wir beide hingingen, waren Vögel um uns. Gewöhnlich waren sie es, die uns warnten, wenn Lizzies oder meine Eltern im Anzuge waren.

Ich weiß nicht, wie es kam, aber seit der Zeit, wo ich noch sehr klein war, gab es zwischen uns und den Vögeln ein besonderes Verständnis. Petronella erzählte mir einmal, wie sie immer um meinen Kinderwagen flatterten, wenn ich morgens in den Schatten hinausgeschoben wurde, um dort zu schlafen. Zuerst suchte sie sie wegzuscheuchen, weil sie fürchtete, sie würden auf meine Decken klackern, aber das taten sie nie, und schließlich ließ man mich mit ihnen allein. Tatsächlich paßten sie auf mich auf. Einmal, so bekam ich später erzählt, fingen sie an zu kreischen und aufgeregt zu zwitschern, als eine Schlange sich dem Wagen näherte, und als sie weiterkroch, fielen sie tatsächlich über den Eindringling her. Selbst die kleinen Finken und Webervögel und Wiesenpieper beteiligten sich, und das lockte die größeren Vögel herbei, und eben, als Petronella herauskam um nachzusehen, was den Aufruhr verursachte, stieß ein Habicht herab und trug die *geelslang* davon.

Aber ich wünschte mir sehnlichst noch andere menschliche Gefährten außer Lizzie, und die verwehrten mir Hermanus Johannes und Petronella lange Zeit. Sie wurden unerträglich eifersüchtig; wann immer Leute auf die Farm kamen, hielten sie mich als ihren Besitz beiseite, selbst wenn es nahe Freunde oder Nachbarn waren. Ich litt schrecklich unter dieser Entbehrung.

Noch härter wurde alles für mich durch das, was der Familie im Burenkrieg widerfuhr. Wir hier in der Kapkolonie waren natürlich im wesentlichen nicht betroffen; mein Vater-Großvater war viel zu alt, um sich darauf einzulassen, aber meine drei Brüder fraß der Krieg: Willem starb auf dem Schlachtfeld, Barend wurde als Kaprebell hingerichtet, und Martiens starb an Ruhr auf den Bermudas.«

»Und Eulalie?« frage ich.

»Starb mit ihren Kindern im Konzentrationslager in Bethulie. Die Familie war fest davon überzeugt, die Engländer hätten sie gezwungen, gemahlenes Glas zu essen. Man schickte uns ein Tüchlein zu, das sie ganz fein bestickt hatte, mit ihrem Namen und dem Geburts- und Todestag darauf. Nun sag mir, woher sie den gewußt hat.«

»Das muß die Wepeners zermalmt haben«, sage ich.

»Wohl wahr. Sie sind über Nacht alt geworden. Ganz plötzlich schlug ihnen die Zukunft die Tür vor der Nase zu. Keine Söhne, um die Farm zu übernehmen; und natürlich zählten nur die Söhne. Ich war das einzige, was ihnen noch blieb. Kein Wunder, daß sie so unerträglich besitzergreifend wurden.

Gott sei Dank hatte ich mit einem alten, jüdischen Hausierer Freundschaft geschlossen, der die Farm regelmäßig zweimal im Jahr besuchte. Er hatte meine Leselust entdeckt, und weil er aus Erfahrung wußte, wie meine Eltern reagieren würden (in unserm Haus waren nur die Bibel und Petronellas Enzyklopädie zugelassen), begann er alsbald, mich heimlich mit Büchern zu versorgen. Lizzie versteckte sie in ihrer Hütte für mich; sie wußte, meine Großeltern würden sich nie zu einem Besuch bei ihren Leuten herablassen, und während ich gierig verschlang, was immer der alte Moishe ergatterte, wurde mir das Leben ein wenig erträglicher.

Er war ein wundervoller alter Mann. Ich fand immer, daß er aussah wie ein Prophet aus dem Alten Testament. Seine Familie war die ganze Strecke von Litauen nach Afrika gezogen und hatte die unglaublichsten Nöte überlebt. Er sagte immer, ihm hätten zwei Dinge geholfen: Lachen und Geschichten. Wenn du das beides hast, behauptete er, verlierst du nie und durch nichts den Mut. Es heiße im Talmud, Gott habe die Menschen erschaffen, damit sie ihm Geschichten erzählen; aber leider hätten sie Ihn später vergessen, sie vergaßen sogar, daß sie selber zuerst Geschichten waren, erzählt von Gott. Und seitdem, wenn man dem alten Moishe glauben darf, haben Männer und Frauen einander Geschichten erzählt und springen so für den großen Geschichtenerzähler ein, der entschlummert ist. Moishe selber konnte die wunderbarsten Geschichten über sein Leben erzählen, und jedesmal anders. Für ihn war das Leben eine lange Feier. Oft erzählte er mir, wie er als bettelarmes Kind Geld verdient hatte: Indem er bei Beerdigungen weinte. Für eine flüchtige Darbietung erhielt er einen Shilling, für eine gute, laute Heulleistung fünf. Und wenn er so untröstlich schluchzte, daß er ins Grab fiel, konnte er es auf ein Pfund bringen. Überflüssig, zu sagen, daß er jedesmal im Grab endete und herausgehievt werden mußte. Das waren seine ersten Schritte auf dem Weg zum Wohlstand. Kein Wunder, daß der alte Moishe und seine Geschichten und seine Bücher mich vor der Einsamkeit retteten, selbst wenn er nur zweimal im Jahr kam.

Seit der Zeit, da ich sechzehn oder siebzehn war, erschienen zum Wochenende junge Männer zu Besuch, aber die alten Wepeners scheuchten sie ohne Ausnahme fort. Erst als der Weltkrieg begann und der Federmarkt zusammenbrach, rangen sie sich zu dem Gedanken durch, daß ich verheiratet werden müsse. Uns selber war das Schlimmste durch Petronellas Enzyklopädie erspart geblieben: Die hatte sie dazu veranlaßt, unsere Farm schon eine ganze Weile vor der Katastrophe auf neue Artikel umzustellen. Aber die besseren Bewerber schwanden im Little Karoo dahin, da eine Straußenfarm nach der anderen zumachte. Obendrein wurde ich nicht jünger. Mich rührte das wenig, ich hatte kein Interesse daran, nur anderen zuliebe in den Ehestand zu treten. Ich hatte immer von etwas geträumt, von etwas, das mehr war, anders, selbst wenn ich nicht die Worte fand, um es zu erklären. Hermanus Johannes Wepener hielt mich für eine Hexe. Vielleicht mit gutem Grund.

Wie auch immer, geschehen mußte etwas. Petronella begutachtete die potentiellen Kandidaten und entschied sich dann für François Basson, der einmal eine der größten Little-Karoo-Farmen erben sollte. Obendrein grenzte die an Sinai. Die Sache wurde zwischen den Familien abgemacht: Erst setzten sich die Männer zusammen, dann wurden die Frauen zugelassen. Sie bildeten sich ein, sie retteten mich davor, daß ich eine alte Jungfer wurde – ein Schicksal, das zweifellos schlimmer als der Tod wäre. Keiner befragte mich. Schließlich hatte die Ehe wenig mit privaten Gefühlen zu schaffen. Sie war einfach eine Art Tauschhandel, um Bündnisse zu bekräftigen, Vermögen zusammenzulegen, die Erbfolge zu sichern. Und eine junge Frau wie ich bildete die Währungseinheit.«

»Also hast du dich geweigert?«

»Natürlich hätte ich sie alle am liebsten zum Teufel gejagt. Das Dumme dabei war nur: François Basson hatte mir mit seinem Charme tatsächlich den Kopf verdreht. Der Mann hatte einen Anflug von Wildheit, dem ich nicht widerstehen konnte. Nachdem die Wepeners der Heirat erst einmal zugestimmt hatten, drückten sie ein Auge zu. Diese Freiheit war berauschend. Zum erstenmal ahnte ich, was Leben, fern von Sinai, bedeuten konnte. François und ich ritten stundenlang zusammen, galoppierten über die Ebene, mitten durch die verbliebenen Straußenherden, so daß die Federn durch die Luft stoben. An manchen Abenden entführte er mich zu dem Stausee auf ihrer Farm, und wir tollten nackt im Wasser herum. Zum erstenmal entdeckte ich selbst die Leidenschaften, die das Mädchen so schamlos an den Kellerwänden zur Schau gestellt hatte. Es war keine Liebe. Es war Wollust.

Aber genau einen Monat, bevor es soweit war, wurde die Hochzeit abgesagt. Letitia Meyer, die Bürgermeistertochter, verkündete, daß sie ein Kind von François erwartete. Wäre es sonstwer gewesen, bestimmt hätten die Bassons sie mit Geld abgefunden. Aber mit dem Bürgermeister war die Geschichte was anderes. Und an unserm Hochzeitstermin wurden die beiden getraut.

Ich war niedergeschmettert. Erst viel später begriff ich, was für ein Glück ich gehabt hatte, so davonzukommen. Denn François entpuppte sich als Gammler. Er interessierte sich im Grunde nicht für die Farmarbeit, und als seine Eltern gestorben waren, fing er an, all ihr aufgehäuftes Geld aus dem Fenster zu werfen. Letitia starb im Kindbett, und das Kind schaffte es auch nicht. Mit François ging's bergab. Es dauerte lange, bis er ganz unten war, Jahre, und es war qualvoll zu beobachten. Die Leute erzählen, zum Schluß saß er nachmittags auf der Vordertreppe, trank gleich aus der Flasche und schaute den Pavianen zu, wie sie vom Swartberg aus in seine Weingärten eindrangen – die Familie war als eine von wenigen zum Weinbau zurückgekehrt, bald nachdem die Reblaus gekommen und wieder verschwunden war, was bedeutete: Die Bassons zählten zu den wichtigsten Überlebenden, als der Federmarkt zusammenkrachte. Aber das änderte nichts. Zu Beginn der Dreißiger, zur Zeit der Weltwirtschaftskrise, stand er vor dem Nichts. Er schaute den Pavianen zu, wie sie seine Weingärten plünderten und ihm die Kürbis- und Süßkartoffelernte vernichteten, brach in irres Gelächter aus, schwenkte die Flasche und brüllte ihnen zu: ›Ihr Arschlöcher! Habt euern Spaß, solange ihr könnt! Ich sauf euch diese ganze Farm unter euern blasigen Hintern weg!‹ Und zum Schluß goß er im Haus Paraffin aus und brannte es an und jagte sich dann eben dort auf der Treppe mit dem Gewehr eine Kugel in das bißchen Gehirn, das er noch hatte, und die Paviane guckten dabei zu.

Die Farm wurde verkauft, wechselte noch ein oder zwei Mal den Besitzer, ein neues Haus wurde gebaut, und am Ende – natürlich – kaufte sie Casper. Er wollte so nahe an Sinai heran, wie er konnte. Aber das ist eine andere Geschichte.

Lange, lange bevor François vor die Hunde ging, war über mein eigenes Geschick entschieden worden. Schließlich hatten die Wepeners und die Bassons ihr allermöglichstes versucht. Wenn ich nicht den älteren Bruder Basson heiraten konnte, wie wäre es dann mit dem zweiten, Cornelis Frederick? Wieder versammelten sich die Patriarchen, die Frauen wurden hereingerufen, und ein Entschluß wurde gefaßt. Diesmal war ich halsstarrig. François hatte mir mit seiner Wildheit den Kopf verdreht. Aber bei dem jungen Cornelis Frederick verhielt sich das anders. Nicht, daß irgendwas bei ihm nicht gestimmt hätte: Es gab damals in der Familie zwei Idioten, aber er war keiner von beiden. Das Problem war nur, ich fand ihn langweilig. Cornelis war einfach zu gut, zu solide, zu anständig, um wahr zu sein.

Doch was konnte ich tun? Worauf konnte ich hoffen? Es blieb nur die Ehe. Ich war siebenundzwanzig, aber ich sträubte und sträubte mich. Sie versuchten es mit Bitten und Rügen und Dresche. Die Anstrengung trug dem armen alten Hermanus Johannes Wepener fast einen Schlaganfall ein; er hütete danach tagelang das Bett. Ich weigerte mich nachzugeben. Abermals zog die Parade der alten Männer durch dies Haus. Pfarrer Hechter. All die Kirchenältesten, erst einzeln, dann in einer grimmigen, imposanten, schwarzberockten Konklave. Dann die sauertöpfischen Schwestern der Gemeinde. Warum? Warum? Warum? verlangten sie zu wissen. Weil er nicht macht, daß mir die Möse naß wird, sagte ich ihnen. Ich wollte, du hättest sie sehen können.

Ich verließ sie, nicht im Triumph, sondern voll Verzweiflung. Selbst wenn es wohl nicht danach aussah, ich war dicht am Aufgeben. Ich versprach mir selber, wenn ich den kleinsten Funken aus Cornelis herausschlagen kann, nehme ich ihn. Aber es war unmöglich. Unsere Eltern arrangierten es betont auffällig, uns allein zu lassen. Lassen? Sie schoben uns nur so zusammen, um irgendeine Art, jedwede Art von Verbindung zustande zu kriegen. Ich neckte ihn und flirtete mit ihm. Ich zeigte ihm meinen Knöchel, mein Knie, ließ den Schenkel aus dem Rock blitzen. Du mußt wissen, damals hatte ich ziemlich schöne Beine. Er sprach über Gottes Willen und die Versuchungen des Fleisches. Eines Nachts hier draußen im Garten unternahm ich, was ich für den endgültigen Schritt hielt. Hör zu, sagte ich zu ihm, wenn du mich willst, dann um Gottes willen *nimm* mich. Nimm mich jetzt, oder laß es für immer bleiben. Er verzichtete. Da überfiel mich eine Art Verrücktheit. Ohne Ankündigung streifte ich die Kleider ab und fing an, für ihn zu tanzen, einen phantastischen, extravaganten, bacchantischen Tanz. Es muß für ihn eine erschreckende Erfahrung gewesen sein, jetzt verstehe ich das, wie ich gleich einer Besessenen umherstürzte, mich in Büsche und Sträucher warf, an Baumstämme prallte und an den Zaun des Hühnerauslaufs, Staub aufwirbelte, in Geflügeldreck trat. Schließlich fiel ich ihm in die Arme, nach Atem ringend, erschöpft, schlaff. Mannhaft entschlossen mühte er sich, mich wieder in meine fortgeschleuderten Kleider zu stecken, wobei er sanfte und schmeichelnde Worte äußerte, Dinge wie ›Mein liebes Kindchen, mein armes, kleines Mädel‹, obschon er nicht viel älter war als ich, und als ich schließlich durch unsere vereinten ungeschickten Anstrengungen wieder in mehr oder weniger anständiger Verfassung war, erbot er sich, für mich zu beten. Armer Mann. Ich packte ihn da, wo es offensichtlich qualvoll schmerzte, und drehte am Gepackten mit aller Macht; wäre mehr dagewesen, hätte ich einen Knoten geschlungen, aber ich konstatierte eine jämmerliche Unzulänglichkeit.«

»Und dann hast du ihn hinausgeworfen?«

»Nein. Eine Woche drauf nahm ich seinen Antrag an.«

»Du hast angenommen?«

»Ja, weißt du, mir fiel ein, daß es noch weitere fünf Basson-Brüder gab, die Idioten nicht mitgerechnet. Und der Gedanke, mit ihnen allen dasselbe Ritual zu absolvieren – weil die Familie fest entschlossen war, Sinai zu besitzen, und der einzige Weg, es zu kriegen, war, erst mich zu kriegen – das war zuviel für mich. Selbst wenn mir war, als unterzeichne ich mein eigenes Todesurteil. Tatsächlich schwor ich mir insgeheim, mich vor dem Hochzeitstag umzubringen. Glücklicherweise stellte sich heraus, daß ein so drastischer Schritt nicht nötig war.«

»Was passierte denn?«

»Höhere Gewalt. Bei einem seiner Besuche brachte der alte Moishe nicht nur Waren und geschmuggelte Bücher mit, sondern seinen Neffen. Und im ersten Augenblick, wo ich Jethro erblickte, kam die Feuchtigkeit. Er war fünfundzwanzig, hatte in Paris studiert und besaß die Stimme eines Engels. Nicht, daß ich je einen gesehen oder gehört hätte, aber ich wußte es einfach. Er war der erste Mann, der mir angemessen war, der einzige, der mich vor der Ehe retten konnte. Einer, den ich lieben und mit dem ich kämpfen und mit dem zusammen ich die Welt in Brand setzen konnte. Er machte auf seiner Gitarre Musik, daß die Sterne tanzten und der Mond kippte. Er hatte die feinsten Hände, die ich je an einem Mann gesehen habe, und die weißeste Haut, die schwärzesten Augen, den wundervollsten Mund. Er war zurückgekommen, um ein Jahr bei seinem Großonkel zu verbringen (seine Eltern waren offenbar tot) und etwas Geld zu verdienen; dann würde er nach Europa zurückkehren. Um was zu tun? Zu singen und zu tanzen und zu schreiben und zu leben.« Die Augen, längst geschlossen, flackern auf, ein Lächeln verzieht ihre Lippen.

Ich hole langsam und tief Luft. »Jethro war der Mann auf deinem Bild?« frage ich mit dem Gefühl der Erleuchtung.

»Natürlich.«

»Du bist durchgebrannt?«

»Ja und nein. Zuerst versuchte ich es auf die anständige Art. Am letzten Tag, bevor der alte Moishe und Jethro wieder abzogen, sprach ich mit den Wepeners. Du kannst dir vorstellen, sie trauten ihren Ohren nicht. Und trotz allen Grolls, den ich mein Leben lang gegen sie gesammelt hatte, konnte ich nicht anders, sie taten mir leid. Alles, was sie die Jahre über für sich und mich zu erreichen versucht hatten, brach über ihnen zusammen. Dann sagte Hermanus Johannes, mein Vater-Großvater, etwas, das alles änderte. Sein Gesicht zuckte, als stünde er dicht vor einem Schlaganfall. (Tatsächlich starb er an einem, nur etwa einen Monat, nachdem ich fortgegangen war.) Er wandte sich zu Petronella und zischte ihr zu mit einer Bösartigkeit, wie ich sie selten in meinem langen Leben gehört habe: ›Schlechtes Blut schlägt immer durch. Das ist Rachels Schuld. Es kommt von dir. In meiner Familie hat es so etwas nie gegeben.‹

›Wovon redet ihr?‹ fragte ich.

Er packte Petronella bei den Schultern. ›Erzähl es ihr‹, brüllte er.

Und da erfuhr ich zum erstenmal von meiner Mutter.«

## 9

Das alte Haus seufzt und dreht sich im Schlaf wie ein herrenloses Boot mit unbekannter Bestimmung, das auf einem dunklen Meer knarrt. Seine Stille ist randvoll von all seinem verborgenen Leben: Vögel und Nagetiere, raschelnde Insekten, Trui und Jeremiah in ihrem Zimmer, der Fremde unten im Keller.

Manchmal erlischt Oumas Stimme ganz. Ich bin nicht immer sicher, daß ich das schreibe, was sie sagt. Und was ich sie flüstern höre, verschmilzt mit dem, woran ich mich erinnere oder was zu erinnern ich mir einbilde, von früher, als sie mir ähnliche Geschichten erzählte. Doch mir ist, als hänge unsere Verständigung nicht von so etwas Peripherem wie einer Stimme ab. Was sie sagt, dringt unmittelbar in mein Bewußtsein; sie spricht durch meine Schreibhand.

Ich habe das Empfinden, ebenso verwirrend wie beruhigend, daß ich etwas wiedererlange. Nicht die Erzählung als solche, herausgerissen aus dem, was meine Geschichte gewesen sein mag oder auch nicht, sondern dieser seltsame Drang des Realen hin zum Unrealen, als ob es dort seine einzig mögliche Rechtfertigung fände.

Vater, das weiß ich, wäre darüber entsetzt gewesen und Mutter auch: Ihr starrer Calvinismus zog kein solches Märchen in Betracht. Aber haben sie in dem Denkprozeß nicht eben die Woge von Einbildungskraft geleugnet, die uns mit Afrika verbindet, diese Bilder aus einem Raum in uns selber, die sich einst in Geistergeschichten und in den Erzählungen und Späßen von Reisenden und *trekkers* und umherziehenden Händlern zeigten und in ihren Spukbildern nachts neben ihrem Planwagen, dann, wenn das Phantastische nie weiter entfernt war als einen Steinwurf oder die kurze Flugstrecke von Funken? Wie traurig – nein, wie gefährlich, das alles so lange unterdrückt zu haben.

## 10

»Du sollst nicht mehr reden, Ouma«, sag ich zu ihr. »Du bist müde. Wir können später weitermachen.«

»Nein. Wir wissen nicht, wieviel Zeit wir noch haben. Und ich will, daß du das mit meiner Mutter verstehst.«

»Später«, bitte ich sie dringend.

Aber sie bleibt hartnäckig, und ich biete ihr einen Kompromiß an: erst ein paar Schluck Glukosewasser, dann Sauerstoff. Gott sei Dank, der Apparat funktioniert reibungslos. Von nun an, belehre ich sie, muß sie ihre Erzählung mit tiefen Inhalationen aus der kleinen, eng sitzenden Maske unterbrechen. Ihre Stimme bleibt schwach, doch sie scheint weniger erschöpft.

»Um etwas über meine Mutter zu verstehen«, wispert Ouma, nun wieder mit geschlossenen Augen, als rede sie im Schlaf, »mußt du erst mehr über Petronella erfahren. Was sie herbrachte, wie sie ihr Leben formte oder verzweifelt zu formen versuchte, warum sie Hermanus Johannes Wepener heiratete. Ihre Mutter, Wilhelmina, war als die Dicke Frau vom Transvaal bekannt. Während der gewaltreichen Jahre des Großen Trecks, in einer Männerwelt, hat sie überlebt, indem sie mehr Mann war als sie alle; aber am Ende wurde sie von der Geschichte aufs Nebengleis geschoben. Ich erzähl dir später von ihr. Jetzt ist Petronella an der Reihe.

Petronella wurde an der Mündung des Umgeni in Natal geboren, ein oder zwei Jahre, nachdem die Buren und die Zulus ihr endgültiges, verhängnisvolles Gefecht am Blutfluß austrugen, gerade zu der Zeit, als die Engländer beschlossen, sich das von den *Voortrekkers* frisch eroberte Land unter den Nagel zu reißen. Die ersten paar Lebensjahre verbrachte das Mädchen auf der Familienfarm am Meeresrand. Ganze Tage brachte sie auch am Strand zu, umringt von Krokodilen, die aus dem Fluß auf die hohen Sandbänke glitten: Sie hegten einen Heidenrespekt vor Wilhelmina und wurden zuverlässigere Kindshüter als jeder Hund. Manchmal, wenn Wilhelmina auswärts zu tun hatte, konnte die kleine Petronella fast ausschließlich ihrer Aufsicht überlassen bleiben, wenn sie am langgestreckten, sauberen Ufer Burgen baute oder komplizierte Muster im Sand nachzog und sich dann, wenn die Flut kam, zurücklehnte und fasziniert zusah, wie die hingebungsvolle Arbeit eines ganzen Tages ausgelöscht wurde; sie wußte, morgen konnte sie von neuem beginnen. Zu anderen Zeiten saß sie einfach da auf einer Düne, umarmte fest ihre Knie und starrte auf die unermeßliche Weite des Indischen Ozeans.

Einmal, als die Mutter sie wieder am Strand bei den Krokodilen abgesetzt hatte, bevor sie ihren Geschäften nachging, sah Petronella ein Schiff unter vollen Segeln vorbeifahren, es hielt auf Port Natal zu. Nie zuvor hatte sie so etwas erblickt, das Bild sollte in den kommenden Jahren ihre Träume heimsuchen, selbst im hohen Alter, als sie allmählich den Verstand verlor. Gleichzeitig schien es ihr die Lösung für alle Sorgen ihrer Mutter. Sie sollten sich ein eigenes Schiff bauen, schlug sie am selben Abend vor, und einfach übers Meer segeln, bis sie einen Platz fänden, wo die Engländer sie nie wieder entdecken würden. Aber Wilhelmina wies den Gedanken von sich: Wo immer das Meer ist, sagte sie, sind früher oder später auch die Engländer. Und wenn Natal annektiert würde, was nun von Tag zu Tag unvermeidlicher schien, wäre die einzige Lösung, dem Meer den Rücken zu kehren und wieder ins

Landesinnere zu ziehen, ganz tief hinein, wo ihr Stamm endlich eine Heimstatt gründen und frei sein könnte.

Petronella war untröstlich. Aber tief in ihrem Herzen hatte ein Entschluß Wurzeln gefaßt, den nichts je wieder ausrotten würde. Sie war in tiefer und fast tödlicher Neigung dem Meer verfallen, nicht in einer Verblendung, wie man sie für eine Idee oder eine Sache oder eine Landschaft hegen kann, sondern in einer brennenden, drängenden, fast sinnlichen Liebe. Sie wäre bei der ersten Gelegenheit fortgerannt, zurück zum Meer, doch ihre Mutter, die einen solchen Aufbruch offenbar erwartet hatte, ließ sie gebunden auf dem Wagenboden liegen, bis sie hoffnungslos weit entfernt waren.

Ihr Treck kam schließlich neben einem unbedeutenden kleinen Strom zur Rast, der sich durch die subtropische Vegetation des Nördlichen Transvaal schlängelte, eine Region, in die vor kurzem ein Trupp ganz fürchterlicher religiöser Fundamentalisten eingedrungen war. Überzeugt, daß sie Afrika in seiner gesamten Länge durchmessen hätten, hielten sie das Flüßchen für den Nil. Das Gelobte Land war nahe. Unglücklicherweise erwies sich das Gebiet trotz all seiner überwältigenden Schönheit und Fruchtbarkeit auch als Tal des Todes, denn es war verseucht: Die Tsetse-Fliege dezimierte das Vieh, und die Malaria rottete die Menschen aus.

Hier begrub Wilhelmina ihren dritten Gemahl (stets verachtete sie schwache Männer, doch nie sträubte sie sich gegen die Ehe mit ihnen) und die meisten ihrer verbliebenen Kinder; ihre ganze Welt brach unter ihr zusammen. Und gerade vor Petronellas zwanzigstem Geburtstag verschied ihre Mutter schließlich – ihrem Wesen gemäß nicht mit einem Wimmern, sondern mit einem Knalleffekt.

Unter den Geschwistern des jungen Mädchens befanden sich zwei Brüder, die aus Loyalität bei ihrer Mutter geblieben waren, vielleicht noch mehr aus Angst davor, was sie machen könnte, falls sie Widerworte wagten. Jetzt beschlossen sie, zum Ostkap zurückzukehren, wo es vielleicht, wer konnte es wissen, möglich war, die alten Farmen der Familie zurückzufordern. Petronellas verbliebene Schwester heiratete im ersten

Monat nach dem Tod ihrer Mutter und zog nach Potchefstoom, damals die Hauptstadt von Transvaal. Petronella ließen sie mit einem einzigen Bruder zurück, Benjamin. Dem Vernehmen nach litt er an einem bleibenden Hirnschaden, der Folge davon, daß seine Mutter ihm einst den Pflug an den Kopf geschmettert hatte: Ihm war aus Unachtsamkeit das Schar zerbrochen. Nun lebten Bruder und Schwester zusammen in einer Hütte nahe der Hausruine, in der ihre Mutter begraben lag, am Rand des Dorfes Nylstroom.

Petronella, die seit früher Jugend zu religiöser Inbrunst neigte, beriet sich mehrere Nächte mit dem stillen Benjamin und entschied, was sie beide unternehmen wollten. Man hätte es wirklich vorhersagen können. Während der Zeit, die sie hier lebten, hatte sie des öfteren versucht, ein Boot zu bauen, das sie zum Meer zurücktragen sollte, aber stets hatte höhere Gewalt eingegriffen. Einmal ein Gewitter, bei dem das sonderbare Bootsgerippe von einem Blitz getroffen wurde und völlig verbrannte; ein andermal kam ein Trupp Schwarzer vorüber, den die *trekkers* aus ihren angestammten Gebieten vertrieben hatten, sie stürzten sich auf das halbfertige Boot und trugen die mühsam gesägten Balken und Planken als Feuerholz davon. Zum Schluß hatte ihre Mutter dem Treiben ein Ende gesetzt, sie verbot alle weiteren Versuche – und hatte Wilhelmina erst einmal ein Machtwort gesprochen, wagte niemand sich zu widersetzen, das wußten alle aus schrecklicher Erfahrung.

Und nun endlich stand es Petronella frei, den Traum zu verfolgen, der ihr Leben beherrschte. Sie würden ein neues Schiff bauen, sagte sie ihrem einfältigen Bruder, unmittelbar hier am Ufer des Nil, und dann flußabwärts treiben, genau nach Norden, bis sie die Hauptstadt von Ägypten erreichten; dort würden sie vom regierenden Pharao die Mittel erhalten, um das Rote Meer zu überqueren und sich dem Volk Israel wieder anzuschließen, von dem die Buren abstammten. Und so würden sie das Glück erlangen, nach dem ihre gewaltige Mutter so erfolglos gefahndet, für das sie ihr ganzes Leben geopfert hatte. In Petronellas Kopf verschmolz das Gelobte

Land mit dem Uferstreifen am Meer, der ihr frühestes Kinderbewußtsein geformt, auf dem sie die einzige Freiheit ihres Lebens genossen hatte; verständlich bei einer, die so lange den Reminiszenzen ihrer Mutter und den Prophezeiungen verrückter Nachbarn ausgesetzt blieb. Und das sei kein Spleen, versicherte sie Benjamin. Gott habe sie in der Nacht aufgesucht und ihr offenbart, eine neue Sintflut drohe, und falls sie nicht vorbereitet seien, würden sie weggeschwemmt wie die Sünder des Alten Testaments, es wäre der Prüfstein ihres frommen Lebens. Diese nächtlichen Heimsuchungen hatten ihr Dasein gekennzeichnet, seit die Familie mit dem Treck vom bedrohten Gestade Natals fortgezogen war; und als Petronella heranreifte, widmete sich Gott offenbar mit wachsender Begeisterung diesem immer dringlicheren Umgang mit seiner Magd. Und auch sie, das muß gesagt werden, schien an diesem Verkehr eine ganz überspannte und verdächtige physische Freude zu haben.

Hier muß eingeschaltet werden, daß Petronella überraschend gewandt in der Kunst des Lesens und Schreibens war; hauptsächlich dankte sie das dem Unterricht der Oberprophetin des Stamms, Tante Mieta Gous, die in dem Mädchen eine mögliche Nachfolgerin erblickte. Dies verrückte alte Geschöpf hatte zwei Vorzugsschüler, Petronella und einen Jungen namens Petrus Landman. (Er verdient allein deswegen hier Erwähnung, weil sehr wahrscheinlich er Petronella das Bild einer Arche einprägte: Dieser Petrus berichtete ihr von irgendeinem fernen Ahn von sich, der ein Schiff gebaut hatte und damit fort in die Wüste gesegelt war, und das muß dem Drang fortzusegeln, den sie von je verspürt hatte, Gestalt gegeben haben.) Interessant war: Was Petronella anlangte, so bezog sie ihr ganzes Leben lang ihre Inspiration nur aus zwei Büchern, der Bibel natürlich und dazu einer illustrierten holländischen Enzyklopädie unbekannten Ursprungs, beide aus dem Haus gerettet, in dem ihre Mutter umgekommen war. Die Enzyklopädie pflegte sie für das zu benutzen, was für sie Weissagung war, wohingegen andere von Wahrsagerei sprachen. Petronellas Methode war entwaffnend unkompliziert. Sie starrte ihren Besucher durchbohrend an, schloß dann die Augen und verfiel in eine Art Trance; darauf stellte sie das große Buch auf den Rücken, daß es von selbst aufklappte. Dort überflog sie dann die Spalten und griff den ersten Satz oder die erste Illustration heraus, die ihr als Ausgangspunkt einleuchtete, und überließ es dann ihrem Schutzgeist oder wem immer, ihr das übrige einzugeben. Dieser Praxis gab sie sich bis zu ihrem Todestag hin. Das einzig Sonderbare an der ganzen Angelegenheit war, daß sich ihre Vorhersagen ausnahmslos als richtig erwiesen.

Zum erstenmal hatte sie Zuflucht dazu genommen, als sie im Alter von zwölf oder dreizehn ihre Mutter so gereizt hatte, daß die drohte, sie mit der gußeisernen Bratpfanne zu Brei zu schlagen. In ihrer rasenden Flucht hatte Petronella die Enzyklopädie vom *tambotie*-Eßtisch zu Boden gerissen, und als sie dort, wo die Seiten aufgeschlagen waren, das Bild eines Löwen erblickte, erfand sie die Vorhersage: Falls ihre Mutter weiterdrösche, würde ein Raubtier ihre Herden vernichten. Die Mutter beeindruckte das nicht, doch als die beiden aus dem Haus stürzten, kam einer der Jungen vom Fluß gerannt und schrie, jemand solle ein Gewehr nehmen und schnell, um Gottes willen schnell, kommen: Ein ganzes Löwenrudel verfolge die Herde.

Seit dem Tag hatte sich Petronellas Ruf stetig durch den größten Teil des Nördlichen Transvaal verbreitet, und zwar in dem Maße, daß sie selber an ihre Prophezeiungen zu glauben begann (und warum sollte sie nicht, da sich doch alles erfüllte?). Kein Wunder, daß ihre Vision von der bevorstehenden Sintflut in jener ausgedehnten, gottesfürchtigen Gemeinschaft beträchtlichen Aufruhr verursachte. Und so begannen sie und ihr Bruder Benjamin den Bau, ab und an unterstützt von Hilfskräften: soweit sie es sich leisten konnten, von Schwarzen aus der Umgebung, im übrigen von Nachbarn, die entweder so großzügig waren, ihre Dienste anzubieten, oder so gläubig, die Prophezeiung einer neuen Sintflut ernst zu nehmen. Das Boot war, um das mindeste zu sagen, gewaltig, seine Dimensionen hatten sie der Lektüre der Genesis entnommen: Dreihundert Ellen in der Länge, fünfzig Ellen in der Breite und dreißig in der Höhe, Tür und Fenster gemäß den sonderbaren Instruktionen, die einst Gott der Herr seinem treuen Diener Noah erteilt hatte.

Ein Problem war, daß sich kein Gopherholz in der Umgebung fand, wie es Noah für seine Konstruktion vorgeschrieben worden war, ebensowenig Teak, das die holländische Enzyklopädie empfahl; aber am Ende begnügten sie sich mit *tambotie* und Wildolive, und tatsächlich fiel das Boot sehr hübsch aus, wenn auch ziemlich groß und schwerfällig (desto mehr, weil sie nicht wußten, wie sie eine Elle abmessen sollten) für das Rinnsal Nil dieser Gegend. Tatsächlich dämmte das Schiff das Flüßchen wirksam ein und verursachte in der Umgebung eine gelinde Überschwemmung und weiter abwärts eine totale Wasserlosigkeit, die unter den betroffenen Farmern zum Ausbruch von Feindseligkeiten führte. Aber sie dauerte nicht allzu lange, denn genau in der Nacht nach der Vollendung der Arche und nur Stunden, nachdem Petronella und Benjamin unter Deck eingezogen waren und die großen Segel gehißt hatten, das Abbild ihrer Erinnerung an den herrlichen Anblick vor Jahren am Strand von Port Natal – genau in der Nacht kam die Flut, riß alles in ihrer Spur mit fort und trug das Boot davon, die ganze Strecke bis nach Ägypten.

Das jedenfalls war es, was Petronella in allen künftigen Jahren feierlich schwor. Natürlich gab es Leute, die sich über die Geschichte lustig machten und beteuerten, die Arche sei in dem Unwetter verunglückt, kaum hundert Yard von der Stelle, wo die Flut sie zuerst angehoben hatte, und beide Insassen seien so schlimm verletzt worden, daß um die Zeit, da sie zu Fuß nach dem Gelobten Land aufbrachen, ihr Einfluß auf die reale Welt, gelinde gesagt, dürftig war. Dies könnte erklären, warum Petronella den weiten Sand- und Dünenzug längs des Ostkaps für die Sahara oder die Wüste Sinai oder das Gestade des Roten Meers hielt, als sie ungefähr zwei Jahre nach der Flut, völlig abseits von ihrem Kurs, in Algoa Bay wieder in der zivilisierten Welt auftauchten. Wie immer sich die Sache verhalten mochte, sie glaubte bis zu ihrem Tod, daß sie Ägypten erreicht habe, nachdem sie die letzten paar hundert Meilen zu Fuß gereist waren, weil sich die Arche unterwegs in ihre Bestandteile aufgelöst hatte. Sinnlos, Haare zu spalten. In Afrika lohnen ein paar tausend Meilen südlich oder nördlich nicht, daß man ihretwegen viel Aufhebens macht.

Dagegen zählt dies: Bald, nachdem sie an dem Ort angelangt war, der ihrer Meinung nach ihr erstes Ziel bildete, und während sie noch auf eine Audienz beim Pharao wartete (sie baute fest darauf, daß er ihr, kurz und bündig an die Umstände des ursprünglichen Exodus erinnert, sogleich bereitwillig übers Meer und nach Palästina helfen würde), stellte sich ein sehr präsentabler Mann ein. Er hieß Hermanus Johannes Wepener und war gekommen, irgendein Produkt in der Bay zu verkaufen. Als sie ihm mitteilte, sie warte, daß jemand sie nach Kanaan mitnehme, stand er freudig zu Diensten. Möglicherweise gab es dabei ein Mißverständnis, denn es ist kaum anzunehmen, daß er sie glatt betrogen haben sollte; aber wie auch immer sich das im einzelnen verhalten haben mag, für die Geschichte macht das gewiß wenig aus: Er sagte ihr, oder sie verstand ihn dahin gehend, daß er sie auf einem Abkürzungswege, zu Lande statt zu Meer, nach Kanaan bringen könne. Sie war unglücklich, daß sie das Meer hinter sich lassen mußte – sie hatte so viel davon geträumt und war so weit gereist, um es zu erreichen –, fand aber die Gesellschaft des Mannes so angenehm, daß sie einwilligte, vorausgesetzt, ihr Bruder begleitete sie. Und zur gegebenen Zeit langten sie hier im Little Karoo an, das, wie ihr Hermanus Johannes Wepener versicherte, ganz genauso gut wie das Land Kanaan war, wenn nicht besser. Ich vermute stark, insgeheim argwöhnte sie, daß sie sich noch in Ägypten befänden, was erklären würde, warum diese Farm den seltsamen Namen Sinai erhielt.

Hermanus Johannes Wepener brannte darauf, zu heiraten und eine Familie zu gründen, aber Petronella wollte erst ganz sichergehen, daß auf ihn Verlaß war. Man muß ihre Lage verstehen, selbst wenn man von jener beunruhigenden religiösen Strähne einmal absieht. Ihr ganzes Leben lang war sie von der bedrohlich ragenden Gestalt ihrer Mutter beherrscht worden, genau wie alle übrigen aus der riesigen Horde, in deren Mitte sie aufgewachsen war. Was für Meinungsverschiedenheiten sie auch austrugen, immer war die große Mutter gegenwärtig, nicht nur im Hintergrund, nein, sie hielt ihre Familie umzingelt, amtierte als höchster Richter über Erlaubt und Verboten, Recht und Unrecht, Gut und Böse. Aber diese Rolle konnte ihre Mutter nur deswegen spielen, weil sie außergewöhnlich war, überlebensgroß in jedem Sinn. Petronella allein, eine junge Frau, buchstäblich gestrandet am Ufer eines unbekannten Ozeans, bedeutete nichts, überhaupt nichts. Und Benjamin, treu wie ein großer, schlappohriger Hund, aber schwachköpfig, war zu nichts nutze.

Kein Wunder, daß sie sich, wann es ihr paßte, in das Asyl zurückzog, das die übersteigerte Religiosität ihr schuf; aber ich bin sicher, es wäre ein Trugschluß, wollte man sie für verrückt halten. Schlau war sie, gerissen, manchmal auch unheimlich, aber nein, nicht verrückt. Ich habe sie zu gut gekannt, zu viel von ihrer echten Verletzbarkeit gesehen. Gleichwohl war nichts Berechnendes, Geplantes an der Art, wie sie nach dem griff, was ihr Hermanus Johannes Wepener zu bieten schien. Vermutlich befragte sie die holländische Enzyklopädie, die so erstaunlich mit ihr zusammen die Flut überlebt hatte. Da las sie dann, was ihr am besten anstand, und das war: Sie solle sich diesem vierschrötigen, wohlhabenden, augenscheinlich respektablen Mann anschließen, der ihr Ansehen in der Welt garantierte. ›Ansehen‹ war schließlich, was ihre Mutter immer genossen hatte, in jungen Jahren wegen ihrer physischen Tüchtigkeit und ihres grimmigen Temperaments, im Alter rein wegen ihres Umfangs. Allein konnte Petronella kein Ansehen erlangen; und ich vermute, selbst wenn sie es gekonnt hätte, sie hätte es nicht gewollt. Aber mit Hermanus Johannes Wepener zur Seite würde ihr jedes Gelobte Land offenstehen, das sie sich erwählte.

Doch selbst jetzt noch wünschte sie, bevor der Knoten sich

zuzog, ganz sicherzugehen. Konnte sie sich darauf verlassen, daß er in jeder Hinsicht ihren Willen erfüllte? Ganz systematisch testete sie ihren Zukünftigen mit einer Reihe von Herkulesaufgaben; die letzte war, daß er den Stolz seiner Farm, sämtliche Weinstöcke, herausriß. Hermanus Johannes Wepener fügte sich. Und schließlich heirateten sie und widmeten sich mit lobenswerter Hingabe der Gründung einer Familie: Eulalie, Willem, Barend und Martiens, und dann das verhängnisvolle Mädchen, Rachel.

Irgendwo am Wegrand verschwand Benjamin. Gott allein weiß, was ihm widerfahren ist. Ein armer Schwächling seit dem Tag, da jener Pflug ihm die Hoffnung auf eine normale Zukunft zerschmetterte, die meiste Zeit seines Lebens, kann er wohl eines unter solchen Umständen natürlichen Todes gestorben sein. Oder er könnte, wie manche Leute Jahre hindurch andeuteten, nach dem Hausbau der erste Bewohner des Kellers geworden sein. Oder, so will eine andere Theorie, vielleicht wurde er versehentlich in einer der dicken Wände eingemauert. Ein bösartigeres Gerücht besagt, daß er der Vater des Kindes war, mit dem Rachel bald nach ihrem vierzehnten Geburtstag schwanger ging. Oder noch schlimmer: Er sei Rachels Vater geworden, indem er für Hermanus Johannes Wepener einsprang, als der auf einer seiner Reisen nach Algoa Bay oder dem ferneren Kap war. Aber es gibt Schwachstellen in jeder dieser Vermutungen; warum also sollte man sich für eine entscheiden? Vielleicht ist er einfach eines Tages mit den Vögeln fortgeflogen oder in ein Erdferkelloch gekrochen und nie wieder aufgetaucht: Ist das wirklich phantastischer als irgendeine andere Erklärung? Die Geschichte braucht ihn nicht mehr, also lassen wir ihn hier fallen, noch ein Skelett in noch einem Schrank.

In einer Hinsicht – unglücklicherweise in der einzigen, auf die es ankam – enttäuschte Hermanus Johannes Wepener sie. Er brachte sie nie wieder zurück zum Meer. Das bedeutete, daß sie ihn nach all den Feuerproben, denen sie ihn unterworfen hatte, am Ende als Verräter betrachtete, unwert ihres Vertrauens. Folglich bestand ihre Ehe aus einem Kleinkrieg von epischen Ausmaßen. An der Oberfläche, insbesondere in Anwesenheit anderer Leute, waren sie das perfekte Paar; aber unter dieser Decke brodelte die Hölle. Ich vermute, für Hermanus Johannes Wepener war die Religion das sicherste Mittel, um in der Gemeinde aufzurücken; Petronella ergab sich in die Wutausbrüche und Enttäuschungen der Ehe, weil es Gottes Art und Weise war, durch Leiden seine unergründliche Liebe zu beweisen. Und auch weil – dessen versicherten Petronella sowohl die Bibel als auch die Enzyklopädie – dies Leiden gewiß nicht andauern würde.

Selbst nach vierzig Ehejahren betrachtete sie diese Farm noch als Ort eines vorübergehenden Aufenthalts, als Wasserplatz in der Wüste, von dem sie bald zu ihrem wahren Ziel aufbrechen würden. Und dies, denke ich, erklärt das Haus. Sie hat es nie als Haus gesehen. Es war ihr endgültiges Boot, ihr Schiff, ihre Arche, die sie von der verderbten Welt erlösen sollte, das Schiff, in dem sie eines Tages, wenn es dem Herrgott gefiel, fortsegeln würde zu dem Meer, das allnächtlich an die Gestade ihrer Träume brandete.

## II

Und dann wurde Rachel geboren. Sowie sich die Frucht zum erstenmal in ihrem Leib regte, empfand Petronella dies Kind als etwas anderes. Die älteren, Eulalie und Willem und Martiens und Barend, waren nichts weiter als die unvermeidliche Folge des endlosen Krieges mit ihrem Mann, sie bildeten den Beweis dafür. Sie wurden versorgt und, denke ich, auch geliebt, wie die Bibel es von den Eltern heischt. Bei Rachel war es anders.

Einmal: Das Kind wurde während einer der längeren Abwesenheiten des Hermanus Johannes Wepener geboren – die häuften sich und verlängerten sich in dem Maße, wie der Ehekrieg an Heftigkeit zunahm. Diese eine besondere Reise hatte ihn etwas über ein Jahr von daheim ferngehalten. Als er sich bei der Rückkehr einem unerwarteten neuen Kind gegenübersah, tobte er und beschuldigte Petronella des Ehebruchs mit allem und jedem, von Nachbarn bis zu Geißböcken und Teufeln. Das Kind sei vor sechs Monaten geboren, erwiderte sie gelassen. Dann müsse es zurückgeblieben sein, brüllte er, jeder könne sehen, das Kind sei ein winzig kleines Ding, nicht älter als ein paar Wochen. Es gab keine Nachbarn, die er als Zeugen anrufen konnte, denn Petronella hatte sich während der Zeit seiner Abwesenheit zurückgezogen; und nicht ein einziger Arbeiter auf der Farm ließ sich bewegen, mehr Licht in die Sache zu bringen, weder durch fleißigen Zutrunk mit Wein, noch durch ausgedehnte Strafpredigten, noch durch die Verhängung körperlicher Strafen. Anstatt, wie gewohnt, zurückzuschimpfen, begegnete Petronella den wildesten Anklagen ihres Mannes mit einem heiteren Lächeln und der schlichten Erwiderung, wenn das Kind nicht von ihm sei (und wer sonst sei als Vater denkbar, er wisse ja, wie sie den Geschlechtsverkehr verabscheue), könne es nur das Resultat einer unbefleckten Empfängnis sein. Tatsächlich, so berichtete sie ihm und gewann im Sprechen ganz sichtbar Zutrauen und Begeisterung, sei ihr die wunderbare Natur des Ereignisses im voraus von niemand anderm als von Gott dem Allmächtigen bei einer seiner nächtlichen Visitationen angekündigt worden. Überdies habe es ihr hernach die Enzyklopädie bestätigt. Es stehe ihm frei, selber nachzuschlagen, sie habe es notiert, Seite 463.

Und nichts rang ihr je eine andere Aussage ab.

Bei einer der Gelegenheiten, wo er die Sache wieder aufs Tapet brachte – sie wurde für die nächsten vierzig Jahre das beste Eröffnungsgambit zu jedem Streit –, entgegnete sie ruhig: ›Was hast du in jenem Jahr getan, Hermanus? Bist du mir treu gewesen?‹ Es war das erste Mal, so erstaunlich das im Rückblick auch scheint, daß sie in gleicher Münze zurückzahlte: Was immer sie ihm zuvor an den Kopf geworfen hatte, Worte oder Gegenstände, seine sexuelle Treue oder deren Fehlen waren in ihren Zankereien nie erwähnt worden. Da sie wahrscheinlich zum Frauenschicksal gehörte, hatte sie in der Vergangenheit dazu geneigt, mit Gottes Gnade und einem stummen, erbitterten Wunsch nach dessen etwaiger Vergeltung, gute Miene zum bösen Spiel zu machen. Das war vorbei.

Hermanus Johannes starrte sie offenen Mundes an. ›Was meinst du? Was unterstehst du dich!‹

›Ich hab nur gefragt. Während du fort warst, kam eine Frau mit drei Kindern hier auf die Farm. Sie erklärte, sie brächte sie her, damit du sie kennenlernst. Natürlich hab ich sie weggeschickt. Hab ihr gesagt, sie soll später zurückkommen, wenn du wieder da bist.‹

›Wer war das?‹ tobte er. ›Hat sie ihren Namen gesagt?‹

›Hat sie, aber ich werde ihn dir nicht verraten.‹

›War es Susanna?‹

Sie zuckte die Achseln.

›Petronella, du *wirst* es mir sagen! War es Lavinia?‹

Sie zuckte die Achseln.

›War es Maryke? Breggie? Ulrika?‹

›Nur weiter‹, sagte sie. ›Ich höre.‹

›Warum sagst du nichts? Petronella, ich werde …‹

›Ich denke nach‹, sagte sie. ›Wenn eines Tages all diese Frauen mit ihren Familien hierherkommen, werden wir anbauen müssen.‹

War das einer der Gründe dafür, daß das Haus seine derzeitige Gestalt angenommen hatte? Sicher war das kein müßiger Gedanke. Zur gegebenen Zeit, mindestens bis zu Rachels Einkerkerung, langten gelegentlich fremde Frauen auf der Farm an, begleitet, wie sie erklärten, von Hermanus Johannes Wepeners Nachkommenschaft. Offensichtlich hatte er, wie der gute Sämann der Bibel, ohne Unterschied den Wegrand und die steinigen Orte und die Dornen und das gute Land aufgesucht und Frucht gezeitigt, manche hundertfältig, manche sechzigfältig, manche dreißigfältig. Diese Besucher erhielten Quartier, ihr Schweigen wurde, um das Familienansehen in der Gemeinde zu schützen, für einen gewiß annehmbaren Preis erkauft, bis sie sich nach kürzerem oder längerem Aufenthalt bewegen ließen, nach tunlichst fernen Bestimmungsorten aufzubrechen.

Zumindest konnte Rachel nicht behaupten, sie sei einsam aufgewachsen. Ihre eigene Schwester und die Brüder lebten bei ihr, allesamt in einem Alter, wo Verständigung und Wechselwirkung möglich waren; und dann gab es all diese Besucher von weit her. Dennoch zog sie sich lieber zu ihrem eigenen Zeitvertreib zurück. Nicht, daß sie Mühe gehabt hätte, mit den anderen zu reden, aber sie bevorzugte ihre eigene Gesellschaft. Vor allem liebte sie es zu malen, und darin, wie in allem übrigen, ließ ihr Petronella den Willen.

Sie wuchs zu einem ungewöhnlich schönen Kind heran, desto mehr Grund für Hermanus Johannes Wepener, sie mit Mißtrauen und Eifersucht zu betrachten. Seine eigenen Kinder waren durch die Bank unscheinbar, einige ganz ausgesprochen und übertrieben. Aber Rachel war eine Schönheit. Petronella erblickte darin ein Zeichen himmlischer Gnade, eine Bestätigung ihres göttlichen Ursprungs; für Hermanus Johannes signalisierte es Unheil. War es glimmender Groll, ein böses Gewissen oder sündiges Begehren, was ihn dem Mädchen gegenüber so maßlos besitzergreifend machte? Und war das auch der Grund dafür, daß sein Herumliebeln abrupt endete, sowie bei ihr die Pubertät begann? Er ging nicht einmal mehr in die Stadt. Petronella mußte viel von der Farmverwaltung übernehmen, während er daheim blieb, um ein Auge auf Rachel zu haben.

Was es noch erstaunlicher macht, daß das Mädchen schwanger werden konnte, ohne daß er davon wußte. Es sei denn, es war auch hier die Hand Gottes im Spiel – falls es sich um die Hand handelte. In diesem ausgedehnten Bezirk, wo Klatsch immer unbändig wie ein rennender Strauß dahinschoß, gab es viele Geschichten, auch wenn sie erst Jahre später an die Oberfläche drangen. Falls es nicht Gott oder Hermanus Johannes selber gewesen war, argumentierten manche, kam nur der Pfarrer in Frage, der von Amts wegen Vertrauen genoß. Oder der Doktor, der ein- oder zweimal gerufen worden war, als Rachel krank lag. Oder der Lehrer, der angestellt worden war, um die Kinder auf der Farm zu unterrichten. Aber wann hätte er je mit ihr allein sein dürfen? Der glaubhafteste Missetäter, den der Bezirk unter Anklage stellte, der Verhandlung unterzog und für schuldig befand, war einer der Farmarbeiter. Aber es gab wirklich keine einleuchtende Erklärung. Und natürlich waren weder Hermanus Johannes noch Petronella je eine Hilfe; zu groß war die Scham und zu undurchdringlich die Fassade, die sie aufrechterhielten. Nur an dem Tag, an dem viele Jahre später Jethro die Familienbühne betrat, lüfteten sie kurz den Vorhang; aber selbst da kam nicht viel zum Vorschein, nur ein paar dürftige Einzelheiten.

Bekannt ist: Sowie Hermanus Johannes Wepener den Zustand seiner Tochter entdeckte, wollte er sie einer Anstalt in Kapstadt übergeben. Schließlich, argumentierte er, muß ein weißes Mädchen, das Beziehungen zu einem farbigen Arbeiter aufnimmt (falls das tatsächlich geschehen war), den Verstand verloren haben; und für so eine war die Irrenanstalt der einzige sichere Ort. Aber Petronella setzte sich durch, und das Mädchen wurde im Keller eingesperrt, vielleicht ein Akt der Gnade, auch wenn es heutzutage schwerfällt, es so zu deuten. Freilich, so suchte sie es in ihrer letzten Krankheit darzustellen. Aber es bleibt so vieles, was wir nie herausfinden werden.

Gewiß sind nur wenige Fakten: Sie war schwanger, und sie wurde eingekerkert. Im Keller blieben als stumme Zeugen ihre Gemälde, die keiner je von den Wänden zu tilgen vermochte, denn sie erschienen wie Stigmata nach jedem Versuch wieder neu, und nie wurde ihr Tod verzeichnet. Soviel ich weiß, ist er bis heute nicht offiziell registriert. Es gibt jenes einzelne, unbeschriftete Grab außerhalb des Familienfriedhofs, aber wir haben nur das Wort ihrer Mutter dafür, daß es Rachel ist, die hier liegt. Alles, was die Familie je preisgab, war, daß sie ›fortgegangen‹ sei. Ist sie einfach dahingeschwunden, verweigerte sie vielleicht die Nahrung, bis sie forttrieb im Strom des Todes? Wurde jemand gedungen, sie umzubringen, entweder zur Strafe oder aus Gnade? Hat sie sich selbst erstochen oder erhängt, oder hat sie Gift genommen bei einem der seltenen nächtlichen Streifzüge, wenn man sie hinausließ, um Pflanzen und Erden zu suchen, mit denen sie ihre Farben anrührte?

Viele Jahre später enthüllte Petronella auf dem Totenbett, nicht ohne einen wunderlichen Stolz: Als sie Rachel über ihre Schwangerschaft befragte, hatte das Mädchen nur gelächelt – ich denke, ziemlich das gleiche Lächeln, mit dem Petronella Hermanus Johannes Wepeners Verhör erwidert hatte – und gesagt: ›Ich habe mit dem König von Afrika geschlafen.‹

Und das ist alles, was wir wissen. Es war einmal ein Mädchen namens Rachel; und dann, eines Tages, war sie nicht mehr.«

## 12

»Ich bin alles, was von ihr übrig ist«, sagt Ouma Kristina und schaute wieder zu mir auf von einer neuen, tiefen Sauerstoff-Inhalation. »Und von ihr gehört habe ich erst, als ich Petronella und Hermanus Johannes Wepener meinen Entschluß verkündete, mit Jethro wegzugehen. Ich weiß immer noch nicht viel mehr, obwohl ich mich in all den Jahren auf der Suche nach Spuren und Zeichen durch das ganze Haus gearbeitet habe, durch jeden Winkel und jede Spalte. Aber es ist nichts da. Außer den Gemälden. Und mir, ihrem Kind. Wie ich an jenem bedeutsamen Tag entdeckte.«

»Und dann bist du mit Jethro durchgebrannt?«

»Was sonst hätte ich tun sollen? Hermanus Johannes hätte mich erschossen, uns beide, wenn wir geblieben wären. Petronella war nicht so schlimm. Sie hat mir später sogar gesagt, daß sie heimlich auf unserer Seite stand. Wenigstens eine Nachkommin, sagte sie, würde sich den Juden anschließen und zum Meer zurückkehren.«

»Und hast du das gemacht? Bist zum Meer zurückgekehrt, meine ich.«

»Nicht richtig. Wir gingen nach Kapstadt, aber nur, um ein Schiff zu erreichen. Der alte Moishe hatte uns durch ein Netzwerk von Familie und Freunden die Fahrt besorgt, und so reisten wir ins Ausland.«

»Wohin?«

»Wir gingen nach Persien«, sagt sie, ohne mit der Wimper zu zucken. »Nach Bagdad.«

»Wohl auf einem Zauberteppich?« frage ich beißend.

Sie starrt mich ruhig an, ganz gelassen. »Ich verlange nicht von dir, daß du mir glaubst, Kristien. Ich bitte dich nur, mir zuzuhören.«

Nicht ohne einen Anflug von Gereiztheit entscheide ich mich dafür, ihr den Willen zu tun. »Wie war es?«

»Aus der Luft sah es unglaublich aus. All diese Minarette und Kuppeln und Türme. Wie das Neue Jerusalem, denke ich, lauter Jaspis und Rubine, und ich weiß nicht, was alles noch. Und auf eine Art war es wie eine Heimkehr. Ich kannte die Stadt so gut aus meiner Kindheitslektüre, der Offenbarung des Johannes, und dann aus den Büchern, die mir der alte Moishe gebracht hatte. Mein liebstes war ›*Tausendundeine Nacht*‹. Und nun waren wir hier. Es war fast nicht zu glauben.«

»Bekam Jethro keine Schwierigkeiten?« frage ich, ohne eine Miene zu verziehen. »Ich meine, als Jude.«

Ihre Augen flimmern, aber ob amüsiert oder voll Hochmut, kann ich nicht ausmachen. »Du bist sehr scharfsichtig«, sagt sie. »Aber das kam erst später. Zu Beginn – ich meine, woher sollten sie es wissen? Ich war die einzige, die ihn nackt gesehen hatte. Und ich darf hinzufügen: Er war sehr schön.«

»Ouma, andere Männer im Nahen Osten sind auch beschnitten.«

»Wer erzählt die Geschichte, du oder ich?« Eine gereizte kleine Bewegung, Kopfschütteln am dünnen Stengel des Halses. »Wie auch immer, ich rede nicht über den Nahen Osten, ich rede über Persien.«

»Und wie habt ihr eine Bleibe gefunden?«

»Ich hab dir gesagt, der alte Moishe hatte durch den Handel überall seine Verbindungen. Und Bagdad war voll von Kaufleuten, die über die sieben Meere und wieder zurück reisten. Tatsächlich hieß der Mann, der uns zuerst aufnahm, Sindbad. Natürlich nicht *der* Sindbad, aber ein Nachkomme. Er überhäufte uns mit jederart prächtiger Geschenke und zeigte uns sämtliche Sehenswürdigkeiten. Die Tage waren sehr heiß, aber die Abende himmlisch. Wir wanderten dann immer vor die Stadt und beobachteten den Sonnenuntergang, wenn alle Kamele auf die Palmen kletterten und auf Latein Hymnen sangen. Jede Nacht gab es eine Gesellschaft, entweder in Sindbads Palast oder bei einem seiner Freunde. Mit – wie nennen sie doch diese Mädchen? – Obelisken und Eunuchen und Schleiertänzerinnen und Geschichtenerzählern und mit den köstlichsten Speisen und Getränken und Opiumpfeifen und Parfümschwaden überall. Bei Tag blieben wir uns selbst überlassen. Jethro schrieb Gedichte oder sang, er hatte eine bezaubernde Stimme, und ich malte. Ich hatte das Zeichnen und Malen immer geliebt, und sowie ich die Wepeners erst einmal überzeugt hatte, daß mein Interesse süßen kleinen Stilleben und Landschaften galt, nicht so etwas wie Rachels gräßlichen Phantasien, ließen sie mir den Willen. Aber dort in Bagdad wurde ich kühner. Mein Talent explodierte. Ich muß Jethro Hunderte von Malen porträtiert haben.«

»Und alle Bilder zeigten sein jüdisches Spezifikum?«

»Manche mehr, manche weniger.«

»Und warum habt ihr dort nicht einfach glücklich immer weiter gelebt?«

»Weil in jedem Paradies eine Schlange steckt, selbst wenn es Walhalla ist oder Nirwana oder wie immer sie es in Persien nennen. Und diese spezielle Schlange war ein Mann namens Achim Sidi Achim. Einer der mächtigsten Männer in Bagdad, ein persönlicher Freund des Großwesirs. Er war noch ganz jung, keine vierzig, und sehr hübsch, ich meine, auf die persische Art. Schön, um eine sehr komplizierte Geschichte kurz zu machen, er verliebte sich in mich. Und wollte mich heiraten. Er sah kein Hindernis, weil Jethro und ich nicht nach dem persischen Gesetz verheiratet waren – genaugenommen nach überhaupt keinem Gesetz –, und Achim Sidi Achim hatte nur dreihundert Ehefrauen und also Raum für und Appetit auf weitere Massen. Ich kann dir sagen, diese persischen Männer ...

Achim Sidi Achim verlegte sich darauf, mich täglich am späten Nachmittag zu besuchen, wenn Jethro mit seinen Freunden ausgegangen war. Ich mühte mich nach Kräften, den Mann zu entmutigen, aber er wollte keine Vernunft annehmen. Er hätte Jethro leicht aus dem Weg räumen können, sie haben dazu sehr raffinierte Methoden, aber er verkündete mir, wegen seiner Gefühle für mich wolle er ihm die Ehre erweisen, ihn zum Duell zu fordern. Was ganz in Ordnung gewesen wäre, denn unter anderen Fertigkeiten hatte Jethro in Bagdad den Schwertkampf aufgelesen, und darin war er den meisten über. Doch das Problem bestand darin: Bei ihnen war es üblich, solche Duelle nackt auszufechten. Das gehörte zum Ehrenkodex dieser Schwertkämpfer – wie nennt man sie doch?«

»Samurai«, schlug ich mit Pokergesicht vor.

»Genau. Und so wurde der arme Jethro auf dem größten öffentlichen Platz vor allen versammelten Bagdader Edelleuten und ihren Höflingen sozusagen demaskiert. Und sofort ging das Geschrei los: ›Ein Ungläubiger! Ein Ungläubiger!‹

Nun, ich habe dir schon erzählt, daß Jethro ein vollendeter Schwertkämpfer war. Und was er mit einem einzigen, fast unsichtbaren Ruck seines Handgelenks tat: Er schlug nach Achim Sidi Achims Mannheit und schälte geschickt die Vorhaut herunter. Nicht mehr, nicht weniger. ›Nun sind wir gleich‹, sagte er. ›Laß uns bis zum Tod kämpfen.‹ Aber er hatte keine Chance gegen diese ganze, rasende Menge. Ich wäre bereit gewesen, mich vor ihn zu werfen und ihn mit meinem Leib gegen den Pöbel zu decken, aber das wäre diese total sinnlose Art von Tapferkeit gewesen, die man bloß in Geschichten findet, und in mir gewann der Wille zum Überleben die Oberhand. Ich rannte nach Hause. Zum Packen blieb keine Zeit. Alles, was ich machen konnte, war, einen von Jethros Burnussen, oder wie man die Dinger nennt, überzuwerfen, ich griff mir noch ein kleines Bild von Jethro und verbarg es unter seinen Falten. Dann flüchtete ich.«

»Aber wie bist du hierhergekommen, den ganzen Weg von Bagdad?«

»Damit verschone ich dich lieber«, sagt Ouma Kristina.

»Ein Elefant kam und blies die Geschichte fort?«

»So einfach war es nicht«, schilt sie mich. »Ich mußte Hunderte von Meilen durch die Wüste Gobi wandern. Tausende. Schließlich stieß ich zu einer Karawane. Und so kam ich zurück nach England, wo ich an Bord eines Dampfers ging. Zu der Zeit hatte ich natürlich schon entdeckt, daß ich schwanger war. Erst da fing ich an mich zu fragen, warum ich nicht lieber dortgeblieben und auf dem Leichnam meines Liebsten gestorben war. Aber für Reue war es nun zu spät. Ich mußte mich wieder der Zukunft stellen. Um der vollkommenen Liebe willen, die ich gekannt hatte. Und alles, was ich dazu bei mir trug, war das Kind in meinem Leib und das kleine Bild, das nun verloren ist. Wie alles andere auch.«

## 13

Sie ist jetzt so schwach, daß mich die Furcht überkommt, sie könnte die Nacht nicht überleben. Aber der unbezähmbare Wille, der ihr half, aus der tobenden Menge in Bagdad zu fliehen und danach die Torturen der Wüste zu überleben, steht ihr bei. Dies und ein paar tiefe Züge aus der Sauerstoffmaske, die ich ihr unerbittlich auf das winzige Affengesicht lege.

»Wo war ich?« fragt sie mit einem kleinen Keuchen.

»Du bist von Bagdad zurückgekehrt«, sage ich mit einem resignierten Seufzer.

»Stimmt. Stimmt.« Offenbar versucht sie, ihre Gedanken zu ordnen.

»Hat dich die Familie nicht verstoßen, als du heimkamst?«

Als sie wieder zu sprechen beginnt, scheint ihr Geist weniger verwirrt. Die kurze Pause muß ihr tatsächlich gutgetan haben. »Hermanus Johannes Wepener war bald nach meinem Aufbruch gestorben. Ich glaub, ich sagte es dir schon, ein Schlaganfall. Der arme Teufel, damit hatte er längst rechnen müssen. Aber Petronella nahm mich mit Freude wieder auf. Sie war einfach überglücklich. Während meiner Abwesenheit war sie sehr alt geworden. Mich rührte fast zu sehen, wie abhängig sie auf einmal von mir war. In diesen letzten Monaten ihres Lebens – sie war schon über achtzig, als ich heimkehrte, und lebte nicht mehr lange – kamen wir einander so nahe, wie das zuvor nie möglich gewesen war. Als der Tod heranrückte, versuchte sie sogar, wieder über Rachel mit mir zu reden. Aber da war sie schon sehr schwach, und all die Jahre des Verschweigens machten es ihr fast unmöglich, die Geschichte zu erörtern. In der Todesnacht versuchte sie es, sie versuchte es wirklich, aber ich denke, da fehlten ihr schon die Worte dafür.«

»So tappst du immer noch im dunkeln?«

»Mehr oder weniger, ja. Aber etwas hat sie gesagt, ich denke, ganz unwillkürlich, das öffnete mir plötzlich ein neues Fenster. Unmittelbar bevor sie starb, es war ein Sonntagabend, waren Lizzie und ich bei ihr. Und plötzlich lächelte sie, ein seltsam glückliches Lächeln, und sagte: ›Ja. Ihr beide gehört zusammen. Wie Schwestern.‹ Und starb.«

»Ich verstehe nicht.«

»Tat ich auch nicht. Nicht damals. Aber es ließ mir keine Ruhe. Und nach dem Begräbnis fragte ich Lizzie, ob sie mir Licht in die Sache bringen könne. Nein, sagte sie. Aber sie hatte sich auch ihre Gedanken gemacht. Und gemeinsam rückten wir ihrem altersschwachen Großvater Salie zu Leibe. Er hatte in seinem langen Leben keine zwei Worte mit mir gesprochen. Behandelte mich immer, als sei ich eine ansteckende Krankheit. Aber nun brach seine Abwehr zusammen.

Seine eigene Frau, Nenna, war gestorben, während ich fort war, und ich nehme an, Petronellas Begräbnis hatte ihm schließlich die Zunge gelöst. Zumal als ich ihm sagte, sie habe uns vor ihrem Tod schon alles erzählt.«

»Aber wie konnte er denn etwas darüber wissen?«

»Weil er möglicherweise mein Vater war.«

Ich starre sie an. »Nein, bitte, Ouma ...!«

»Es war eine der sonderbarsten und schrecklichsten Geschichten, die ich je gehört habe, Kristien. Aber ich hatte keinen Grund, ihm nicht zu glauben. Selbst wenn es nichts bewies, der Möglichkeit mußten wir alle ins Gesicht schauen. Denn er hatte schließlich gesagt, was er nie zuvor auszusprechen gewagt hatte. Weißt du, er hatte nichts mehr zu verlieren.«

»Aber wie – warum ...?«

»Einunddreißig Jahre zuvor, erzählte er uns, hatte Hermanus Johannes Wepener versucht, Salies Tochter Lida zu verführen, damals ein bloßes Kind von zwölf oder dreizehn. Versuchte sie mit Perlen zu bestechen, mit einer goldenen Krüger-Pfundmünze, sogar mit einem Ring mit Funkelsteinen. Sie weigerte sich. Sie war verängstigt. Das beachtete er nicht. Er hatte das Herrenrecht der ersten Nacht, also vergewaltigte er sie.«

Mein Gesicht fühlt sich starr an. Endlich kann ich sehen, was kommt, selbst wenn es noch unglaublich scheint.

»Als Lida mit Blut auf ihrem Kleid heimkam, ergriff Salie einen Spaten und machte sich auf, Hermanus Johannes Wepener zu suchen. Aber der Farmer muß auf so etwas gefaßt gewesen sein und wartete mit seinem Gewehr, den Hahn gespannt. Salie konnte nichts machen. Nicht direkt. Die einzige Rache, die er sich ausdenken konnte, war, Hermanus Johannes Wepeners Tochter dasselbe anzutun. Das war Rachel.«

Es dauert lange, bis ich meine Gedanken geordnet habe. »Warum hat Hermanus Johannes Wepener Salie nicht umgebracht?« frage ich schließlich. »Zumindest hätte er ihn von der Farm jagen können.«

»Bis zu dem Tag, wo Salie zu Lizzie und mir sprach, hatte er es nie einer Menschenseele gesagt. Und Rachel hatte ihre eigenen Gründe, es für sich zu behalten. So konnten weder Petronella noch Hermanus Johannes Wepener je sicher sein, was immer sie auch fürchten oder vermuten mochten. Und er dürfte ebenfalls gute Gründe gehabt haben, sein eigenes schlechtes Gewissen zu verstecken. Am Ende hatten die beiden sich gegenseitig in der Zange. Was die Art zu kämpfen ist, die Männer bevorzugen, nicht wahr?«

»Aber wie kannst du wirklich wissen, was Petronella meinte, als sie zu dir und Lizzie sprach?«

»Das ist es ja eben, ich kann es nicht. Niemand wird es je sicher wissen. Vielleicht war es für sie selbst nicht mehr als ein verrückter Wunsch oder ein zögernder Verdacht. Vielleicht hat sie sogar in ihrer Enzyklopädie nachgeschlagen. Die Wege und Zufälle sind nicht wichtig. Nur die Geschichte. Und die geht weiter.«

## 14

Ein Ziegenmelker ruft draußen. Die gelbäugigen Eulen in der Ecke bewegen sich unruhig. Eine streicht ab durchs offene Fenster. Ich kann Trui nebenan im Schlaf stöhnen hören.

»Und du?« frage ich Ouma Kristina. »Als du aus Europa heimkamst, schwanger und alles: Wie um alles in der Welt hast du Oupa – Cornelis Basson – überredet, dich zurückzunehmen?«

»Er brauchte keine Überredung. Sowie er hörte, daß ich zu Hause war, kam er, wie er ging und stand, herüber, um mich zu besuchen. Sagte, er habe auf mich gewartet. Und wollte unbedingt, daß wir so bald wie möglich heirateten, was mir recht war. Seine Eltern enterbten ihn natürlich, was die Dinge für alle übrigen Brüder einfacher machte. Auf jeden Fall reichte das, was ich erben sollte, gut und gern für uns beide.«

»Du zogst hier ein, nachdem Petronella gestorben war?«

»Schon vorher. Weißt du, wir konnten nicht warten. Meine Schwangerschaft wurde sichtbar. Und dies Haus ist groß genug, um eine Menge Sünden zu verbergen.«

Ich halte inne und schüttele meine Hand, um den Schreibkrampf loszuwerden. Dann wage ich die Frage: »Wieso machte sich Cornelis nichts draus? Was hat er gesagt? Oder hast du es ihm gar nicht erzählt?«

»Natürlich hab ich's ihm erzählt. Er wurde ein bißchen blaß, aber in seinen Augen konnte ich nichts Unrechtes tun. Größre Liebe find' sich nit. Tut mir leid. Ich will nicht herzlos klingen. Aber es war eine rein praktische Abmachung, und er wußte das.«

»Und dann habt ihr glücklich gelebt bis ans selige Ende?«

»Natürlich habe ich nie mit ihm geschlafen.«

Ich merke, daß ich sie anstarre, aber sie hält die Augen geschlossen, unerschütterlich. Es ist wie das Spiel, das wir als Kinder benutzten, um einen Streit zu beenden: Man zog die denkbar scheußlichste Grimasse, dann wandte man die Augen ab und hütete sich für den Rest des Tages, den Gegner wieder anzublicken, so beraubte man ihn der Genugtuung des Erwiderns.

»Du hast nie mit Oupa geschlafen?« wiederhole ich einfältig. »Aber du hattest sechs Kinder.«

»Neun. Drei sind gestorben.«

»Also kam der Heilige Geist dann auch über dich?« sag ich sarkastisch.

»Wie Zeus hat der Heilige Geist bekanntlich viele Gestalten angenommen.«

»Ich dachte, du wolltest mir die Wahrheit sagen.«

»Nein. Ich habe dich gebeten zu kommen, damit ich dir Geschichten erzählen könnte.«

»Ich bin kein Kind mehr, Ouma«, sage ich schärfer als beabsichtigt.

»Das wäre aber sehr schade.« Nun öffnet sie wieder die blaugeäderten, papierdünnen Lider.

»Ouma Kristina ...« Mühsam fasse ich mich, rufe mir ins Gedächtnis, daß sie im Sterben liegt; sie hat die Freiheit des bevorstehenden Todes, über den ich nichts weiß. »Wenn es dir so entschieden zuwider war, mit Oupa zu schlafen, warum hast du nicht einfach nur Jethros Kind aufgezogen und es dabei belassen?«

»Genau das hab ich mir später selber gesagt. Hinterher weiß man's immer besser, nicht wahr? Aber damals, als ich plötzlich entdeckte, daß ich schwanger war – ich mußte dem Kind eine Chance im Leben geben. Ich ließ mich dies eine Mal einschüchtern durch das, was die anderen denken würden. Aber ich versichere dir, es war das letzte Mal.«

»Aber dann all diese anderen Kinder zu kriegen?«

Die Andeutung eines Achselzuckens. »Die meisten Frauen

nehmen bereitwillig Frömmigkeit und Hingabe als ihre Bestimmung an. Vermutlich beschloß ich, mich lieber für meine Sünden richten zu lassen. Mindestens würde das nicht so langweilig sein.« Ein müdes, doch mutwilliges Lächeln. »Außerdem entdeckte ich: Es machte mir Freude, schwanger zu sein«, sagt sie zufrieden. »Nicht, anschließend die Kinder aufzuziehen. Und bestimmt nicht, die Väter um mich zu haben. Um das meiste, muß ich gestehen, kümmerte sich Lizzie. Aber schwanger zu sein – dieses Gefühl der Vollständigkeit, sich selber ganz zu genügen, meinen eigenen Mittelpunkt zu umschließen. Zu fühlen, wie mein Körper schwer und reif wurde wie eine große Frucht, die Frucht meines Ich, zu fühlen, wie meine Brüste schwellen und sich mit Milch füllen – ich liebte es, auf dem Rücken zu liegen und zu sehen, wie mir die Milch aus den Brustwarzen über den Leib und unter die Arme rann, und wenn ich mich auf die Ellenbogen aufrichtete, über den Bauch und um den plötzlich aufgetauchten Nabel und ins Schamhaar und seitwärts hinab – mir vorzustellen, wie sie von mir weg floß, über den Boden, zur den Türen hinaus, übers *veld*, und zu sehen, wie die Ameisen der Spur folgten und über meinen ganzen Körper krochen, das war eine Erfüllung, die ich auf keine andere Weise je gewinnen konnte. Nenn es wieder Verrücktheit, es stört mich nicht. Wir alle brauchen unsere besonderen Arten von Verrücktheit, sonst würden wir einfach dahinwelken und sterben.«

»Mir fällt es immer noch schwer zu glauben, daß du wirklich meintest, du müßtest Oupa heiraten.«

»Ich habe ihn aus demselben Grund geheiratet, aus dem Petronella Hermanus Johannes Wepener heiratete. Ich habe den Verdacht, die meisten von uns heiraten aus dem gleichen Grund.«

»Und der ist?«

»Weil man uns nicht gestattet, auf eigne Faust ein Leben zu führen, das sich lohnt. So errichten wir eine Fassade. Solange wir unseren Wert, unsere Autorität von jemand anderem beziehen können, von einem Mann, akzeptiert man uns. Mrs. Cornelis Basson. Wie bin ich gegen diesen Namen angerannt!

Es war, als ob ich mich selber auslöschte. Aber welche Wahl blieb mir, im Jahre 1921? Mit diesem Namen konnte ich der Welt die Stirn bieten. Er würde als Schutzbrief und als Paß genügen, selbst später für eine Witwe und im Notfall für eine geschiedene Frau. Aber man ist nicht frei, es allein anzugehen. Nein, nein. Weißt du, wenn wir versuchen, es allein zu schaffen, können wir uns die Lunge aus dem Hals schreien, ohne daß einer drauf achtet. Nicht weil wir nicht reden, sondern weil keiner zuhören will. So versuchen wir zu überleben, auf Biegen oder Brechen. Der erste Schritt ist der schlimmste. Der Rest ist List.«

Ich starre sie an, im unklaren über meine eigenen Gefühle.

»Sieh mich nicht in diesem Ton an!« sagt sie. »Warum sagst du nichts?«

»Wie wär's mit der Liebe?« frag ich und denke: Wie kitschig kann man nur werden?!

Sie nimmt mich ernst. »Ich habe Jethro geliebt, denke ich. Und einmal hab ich gedacht, ich liebe François Basson. Aber Liebe ist nicht so absolut, daß man sie sich nicht mit anderen vorstellen könnte.«

Diesmal dauert es lange, bis ich die Unterhaltung wiederaufnehme; sie liegt geduldig wartend, mit einem Hauch von Belustigung auf dem eingefallenen Gesicht. (Wir *müssen* bald aufhören, denke ich; sie kann nicht viel länger weiterreden, sie braucht jetzt Ruhe, sie muß erschöpft sein. Aber wie sie fürchte ich, daß uns nicht mehr viel Zeit bleibt.)

»Hast du Mutter je – von Jethro erzählt? Und daß Oupa nicht ihr Vater ist?«

»Ich glaube, das war meine einzige wirkliche Indiskretion. Manche Dinge bleiben besser ungesagt. Ich hab immer gedacht, die Wahrheit sei unter allen Umständen besser. Aber manche Leute können ihr nicht ins Gesicht sehen, nicht gern jedenfalls. Und Louisa war eine von denen.«

»Wann hast du's ihr gesagt?«

»Als sie zwölf oder dreizehn war. Hinterher begriff ich: der denkbar schlechteste Moment. Aber ich habe dafür bezahlt. Sie hat mir nie wieder vertraut.«

»Sie hat es mir nie gesagt. Sie hat mir nie irgendwas gesagt.« Ich zögere. »Hast du ihr auch das über die anderen Kinder erzählt?«

»Nein. Als ich merkte, wie sie den Anfang aufnahm, hielt ich den Mund über den Rest. Man lernt, selbst wenn es zu spät kommt.«

Zum erstenmal in meinem Leben verspüre ich Neugier auf meine Mutter, diese kalte, ferne und geheimnisvolle Frau, die ich so sehr gefürchtet und der ich so sehr gegrollt habe, und Ouma Kristina ist bereit, mir zu erzählen, zumindest das wenige, was sie weiß.

## 15

Ganz von Beginn an stellte sich heraus: Louisa war musikalisch. Noch ehe sie zwei Jahre alt war, pflegte sie bei Morgengrauen aufzuwachen und in ihrem Kinderbettchen zu singen, bis längst die Sonne aufgegangen war; erst dann rief sie nach Essen. Sie sang die Mahlzeiten hindurch; wenn Gäste zugegen waren, hatten sie zuweilen Schwierigkeiten, sich während der Darbietung verständlich zu machen. Sie zog Singen dem Reden vor. Für Cornelis war sie nahezu ein Wunder; wäre sie sein eigenes Kind gewesen, er hätte sie nicht mehr lieben können. Seine größte Freude bestand darin, mit dem singenden Kind auf den Schultern seine Runden um Felder, Vögelgehege, Wehre und Schafe zu ziehen. Als sie dann zur Schule ging,verzehrte er sich nach ihr. Für sie war es auch hart, aber die Chance, Musikunterricht zu erhalten, wog das reichlich auf. Klavier, Blockflöte, Gesang, was immer sich bot. Daheim begann Kristina Schallplatten zu sammeln – alles Achtundsiebziger, natürlich, sie wurden auf einem altmodischen »*His Master's Voice*«-Grammophon gespielt, das von Hand aufgezogen werden mußte. Es paßte zu dem Federpalast. Wie der weiße Hund auf dem Etikett konnte Louisa Stunden neben dem Schallhorn verbringen, während sie zu der Musikbegleitung sang.

»Dies Kind hat zuviel Talent für eine Kleinstadt wie unsere«, warnte der Musiklehrer, der zugleich Kirchenorganist war, Kristina. Das war kein Ausdruck uneingeschränkter Bewunderung: Es enthielt auch den feingetarnten Hinweis, die Kleine habe wohl für ihr Alter ein paar Rosinen zu viel im Kopf. Andere Lehrer und die meisten Schulkinder teilten das Gefühl. Aber Louisa ignorierte das. Und Kristina faßte den wohlerwogenen Entschluß, die ganze Zukunft des Kindes auf seiner Stimme aufzubauen. Sobald sie die Schule beendet hätte, sollte sie ins Ausland gehen, um in Wien bei den besten Musiklehrern zu studieren. Notfalls würde Kristina mitreisen. Während des Abenteuers mit Jethro hatte sie einiges von Europa gesehen und seither genügend Bücher gesammelt, um eine klare Vorstellung darüber zu haben, was sie zu erwarten und zu tun hätte und wo, an welchen Orten. Ihr Kind sollte nicht so eingeschränkt aufwachsen wie sie. Sie würde alle Möglichkeiten der neuen Zeit nach dem Weltkrieg ergreifen.

Selbst die übermäßige Ausdehnung der Familie – acht weitere Kinder in den folgenden sieben Jahren, fünf davon blieben am Leben – vermochte den Enthusiasmus nicht zu dämpfen, mit dem Kristina ihre Erstgeborene aufzog. Allein die wohlgemeinte Enthüllung, daß Cornelis nicht Louisas Vater war, störte ihr Verhältnis, dies aber leider ernstlich. Kristina hatte offenbar geglaubt, es würde das Kind noch zusätzlich anspornen, erführe es von seinem exotischen Ursprung im Ausland, weit weg von dem phantasielosen, engstirnigen kleinen Ort auf der kahlen Ebene im Landesinneren. Aber für Louisa war es ein Schock, von dem sie sich nur schwer erholte. Man könnte sagen, es war in ihrer behüteten Jugend die einzige Zeit, da die Außenwelt in ihr Bewußtsein eindrang und eingriff: Zuvor war sie von ihrer Familie so liebevoll beschützt, war ihre Begabung so hingebungsvoll gepflegt worden, daß sie blind schien gegen alles andere. Das könnte auch erklären, weshalb der Neid und die Bosheit von Schulfreundinnen und Lehrern sie nicht erschütterten. Deren Welt hatte mit ihrer nichts zu schaffen. Aber auf Cornelis hatte ihr Leben und damit ihre Leistung geruht, und die Entdeckung, daß er nicht ihr Vater war, befiel sie wie Mehltau. Was erklärt, daß Kristina jenen bedauerlichen Fehler bei keinem anderen ihrer Sprößlinge wiederholte. Oder war etwa der ganze Bericht über die verhängnisvolle Enthüllung eine Fiktion, eine Tarnung für wer weiß was sonst, das zwischen Mutter und Tochter schiefgelaufen war und wofür Kristina lieber nicht die Verantwortung übernahm?

Was immer der wahre Grund gewesen sein mag, etwas geschah in jenen Jahren verletzlicher Mädchenjugend, das Louisa aus der Kapsel ihres Gleichmuts herausschüttelte. Nicht, daß es Außenstehenden ins Auge sprang: Das volle Ausmaß ihrer Verstörung blieb verborgen. Das einzige Zeichen war eine noch leidenschaftlichere Hingabe an die Musik, das einzige Unternehmen, das ihr gewiß nicht fehlschlug. Vorher hatte sie sich der Musik aus spontanem Drang gewidmet, genauso wie sie atmete oder aß oder Wasser trank. Nun trieb die Hingabe sie wie eine Besessenheit; es wirkte nicht mehr gesund.

Die gleiche Neigung zum Übertreiben zeigte sich in anderen Formen. Während der Pubertät suchte sie allen Augenschein der körperlichen Entwicklung zu leugnen, indem sie ihre Hemden in Streifen riß und damit ihre Brüste so fest aufband, daß man sie nicht bemerkte. Unmittelbar vor Turnstunden wurde sie regelmäßig krank, sie wollte sich nicht vor den anderen ausziehen müssen. In der späteren Zeit des Heranreifens wurde das zu einer Art Selbstverleugnung, denn sie lief herum mit ganz eng um den Leib geknoteten Stricken, die ihr praktisch ins Fleisch schnitten, als solle das für seine Existenz gestraft werden. Alle Kraft, ihr ganzes Leben mußte ihrer Musik gewidmet werden, und drastische Maßnahmen waren nötig, alles andere auszuschließen. Ihre Mutter entdeckte das erst, als Louisa eines Tages ohnmächtig wurde und sie sich mühten, ihr einen Pyjama überzustreifen; um die Zeit war die Kluft zwischen Mutter und Tochter bereits so tief geworden, daß das Mädchen jede Erklärung verweigerte. Als Cornelis in der besten Absicht versuchte, ihr eine abzuschmeicheln, wurde sie hysterisch und kreischte ihn an, er sei ein dreckiger alter Mann.

Zu Ende ihrer Schulzeit, als die Studien in Europa näher rückten, kam ihr Leben in ruhigere Bahnen. Aber eine neue Katastrophe stand bevor: Hitlers Anschluß genau in dem Augenblick, da Louisa nach Wien aufbrechen sollte. Sie traute niemandem, eröffnete sich keinem; so konnte kein Mensch wissen, wie tief sie das wirklich traf. Als Alternative blieb nur das Konservatorium in Stellenbosch. Nicht gerade Wien, aber besser als nichts. Wären nicht die Tagebücher gewesen, die Ouma Kristina viele Jahre später entdeckte, wir hätten kein Anzeichen für all das besessen, womit sie sich während dieser Jahre herumschlug.

Sie machte ihre Sache gut am Konservatorium. Außerordentlich gut, obwohl man das nach ihren zurückhaltenden Briefen nach Hause nicht vermuten konnte. Sie hätte auch beliebt werden können: Sie war schön, es fehlte nicht an jugendlichen Verehrern. Aber ihre Reaktion ließ die nicht im Zweifel: Entweder wurden sie von ihr ignoriert, oder sie fuhr ihnen scharf über den Mund. So lange, bis der Jurastudent Ludwig Müller auf den Plan trat. Wie kann einer je diese geheimnisvolle Chemie erklären? Viel später, in Louisas Tagebüchern, entdeckte Ouma Kristina alles darüber: Wie er ihre Musikleidenschaft geteilt hatte, wie sie zusammen in Konzerte gegangen waren, wie er sogar mit ihr gesungen, sie auf dem Klavier begleitet hatte, ein- oder zweimal bei Konzerten mit dem Cape Town City Orchestra. Niemand außer Louisa wußte, daß Ludwig Müller einen Ton singen, geschweige denn Klavier spielen konnte; und wer etwa alte Zeitungen oder die Archive der Cape Town City Hall durchblättern wollte auf der Suche nach der Rezension oder Anzeige eines Konzerts, in der die beiden vorkamen, entweder vereint oder getrennt, der hätte am Ende nichts in den Händen, versicherte mir Ouma Kristina. Sie hatte es versucht. Die Tagebücher waren, in jeder Hinsicht, eine Geschichte für sich.

Aber wie auch die Anziehung beschaffen war, was immer sie nährte – sie existierte. Und in gewisser Weise muß sie Louisa gutgetan, sie aus ihrer hermetischen Musikwelt hervorgezogen und einer Art Existenz ausgesetzt haben, von der sie nichts ahnte. Ludwig Müller – sein Vater war Pächter im Freistaat – entstammte einer verarmten, aber hitzig patriotischen Afrikaander-Familie, deren Pulsschläge bestimmt worden waren durch die großen Ereignisse der Slagtersnek-Rebellion, des Großen Trecks, der beiden Burenkriege, bis hin zur reaktionären Bewegung der Ossewabrandwag, die während des Zweiten Weltkrieges versuchte, die Smuts-Regierung zu sabotieren. Tatsächlich wurde, bald nachdem Ludwig begonnen hatte, um Louisa zu werben, sein Vater verhaftet und in einem Konzentrationslager interniert; angeblich war er an einem Bautenanschlag auf ein Postbüro beteiligt. Die Einzelheiten der Heldentat kamen nie vollständig ans Licht, und man kann nur hoffen, daß einige widerliche Berichte davon übertrieben waren. Auf jeden Fall blieb er bis zum Kriegsende 1945 im Lager. Das Ereignis hatte Ludwigs Leben von Grund auf beeinflußt. Er war der älteste Sohn, und als sein Vater interniert wurde, mußte er sein Jurastudium an den Nagel hängen, um seine Mutter und eine Reihe jüngerer Brüder zu unterstützen. Für ihn bewirkten seines Vaters politische Verwicklungen, daß ihm eine Beamtenlaufbahn versagt blieb, was ihm sein Leben lang anhing.

Nach einer Reihe demütigender Enttäuschungen erhielt er schließlich ein Angebot: einen Posten auf einer Farm bei Stellenbosch. Nicht sehr gut bezahlt, aber wenigstens eine Zuflucht vor der Schande, und die Farmerfamilie verstand seine nationalistischen Gefühle nicht nur, sondern sie teilte sie sogar. Die Hindernisse, die sich ihm in den Weg stellten, verstärkten die Bindung zu Louisa; und sie, die von ihrer Familie Isolierte, fand wohl in der Beziehung ein Ventil für ihre angestauten Emotionen. Es gibt Hinweise darauf (wieder in den Tagebüchern), daß sie bald intim wurden; wenn man ihrem Bericht trauen darf, ekstatisch. Immer lebte in der Familie dieser Durst nach dem Exzeß.

Zusammen planten sie die Zukunft. Sobald der Krieg vorbei war, wollten sie nach Übersee reisen. Er würde in die Fußtapfen eines ganzen Regiments von Nationalhelden treten, die in den dreißiger Jahren nach Deutschland gereist waren, und dort sein Studium abschließen; sie würde nach Wien gehen. Die Welt würde ihnen zu Füßen liegen. Nur eines war dazu nötig: daß Deutschland den Krieg gewann.

Nun ja.

Ende 1945 legte Louisa ihr Examen ab und übernahm am Konservatorium eine Stelle als Klavierlehrerin. Ludwig fand Arbeit in einem Flaschenspeicher; er hatte ein Fernstudium aufgenommen. Den Tagebüchern zufolge besuchten sie ein paarmal in der Woche Konzerte, trafen viele internationale Opernstars, darunter sogar Amelita Gallicurci und Elisabeth Schwarzkopf; beide zeigten sich so beeindruckt von Louisas Stimme, daß sie ihr kostenlosen Unterricht in ihren Meisterklassen anboten. Unglücklicherweise erbrachten Ouma Kristinas spätere Nachforschungen keinen Hinweis darauf, daß Gallicurci und Schwarzkopf Südafrika in diesen Jahren besucht hatten; im Gegenteil: Sie fand heraus, daß Gallicurci den Gesang bereits vor dem Krieg aufgegeben hatte. Den Tagebüchern nach führte das Paar ein erfülltes Leben voll Erfolg; die bedauerlich unzureichenden Tatsachen, über welche die Familie verfügt, erzählen eine deprimierend andersartige Geschichte.

Nach dem Sieg der Nationalpartei bei der Wahl 1948 wurde Ludwig endlich für den Staatsdienst im Justizministerium zugelassen. Man sagt ungern etwas Abträgliches, aber es ist nicht unwahrscheinlich, daß ihm die Kriegstaten seines Vaters letzten Endes gut zustatten kamen, denn sein Aufstieg vollzog sich kometenhaft. Ein Jahr nach den Wahlen heirateten sie. Bald danach wurde Ludwig in eine ganze Reihe kleiner Ortschaften im tiefen Inneren versetzt, zuerst nach Calvinia, dann nach Carnarvon, später nach Winburg, nach Schweizer Reneke, nach Lydenburg. In den Tagebüchern, so Ouma, las man weiterhin Berichte über Louisas enthusiastische Korrespondenz mit Gigli, mit Richard Tauber, mit Renata Tebaldi; erstaunliche Angebote standen verzeichnet – erst von Stipendien und Möglichkeiten zum Weiterstudium, dann von Konzerten. Ungesehen, ungehört, rein auf die Empfehlung von Diven wie Schumann oder Tebaldi hin, erhielt Louisa Einladungen von Covent Garden und von den großen Opernhäusern in Linz und Graz; sogar von der Wiener Staatsoper trafen Briefe ein, später von der Scala, dann von der Met. Natürlich mußte sie allen eine charmante Absage erteilen. Dennoch, sagten die Tagebücher, und ohne daß sie je wieder einen Ton sang, wurde der Name Louisa Müller für die gesamte zivilisierte Welt zum Begriff.

1951 wurde Ludwig nach Carnarvon versetzt und gleichzeitig auf seinen ersten Richterposten befördert. Im gleichen Jahr erlitt Louisa eine Fehlgeburt und kränkelte danach lange Zeit (was bewirkte, daß Stipendien von Salzburg und Mailand abgesagt werden mußten); 1952 wurde ihr erstes Kind geboren, Anna. Louisas Krankheit hielt an und nötigte sie, leidenschaftlich drängende Bitten von Stockholm, New York und Paris abzulehnen.

Zu der Zeit gab Louisa keine Musikstunden mehr. Ludwig hatte ihren Beitrag zu seinen Studienkosten und zur Ergänzung seiner mageren Anfangsgehälter einst begeistert begrüßt; aber als er die soziale Leiter zu erklimmen begann, fand er es seinem Status nicht mehr angemessen, daß seine Frau uninteressierten und uninteressanten Kindern beibrachte, auf dem Klavier herumzuhämmern. Die Tagebücher lieferten keinen Hinweis, ob sie protestierte oder sich ruhig in sein Ersuchen schickte; aber in der Folge gab es ständig Berichte über heimliche Besuche von Irmgard Seefried, Julius Patzak, Erna Berger und anderen, die alle von dem, was sie über Louisa gehört hatten, so entflammt waren, daß sie es als Ehre und Vorzug erachteten, ihr Unterricht anzubieten. Manche blieben, Birgit Nilsson für drei Wochen. (Eine Einladung an Marion Anderson mußte Louisa in letzter Minute rückgängig machen, da sie entdeckte, daß die Sängerin schwarz war.)

Glücklicherweise hatte Ludwig nichts dagegen, daß seine Frau so sehr darauf erpicht war, weiterhin zu singen. Zum Beispiel im Kirchenchor oder Solos bei Hochzeiten, Taufen und Trauerfeiern oder auf besondere Bitte in der kirchlichen Frauengruppe, im Landwirtschaftsverein für Frauen oder in der Partei.

Im Laufe der Zeit schickte sich Louisa in das Unvermeidliche, obwohl die Tagebücher es mehr als deutlich machten, daß sie etwas Besseres verdiente als das Kleinstadtmilieu, zu dem ihres Mannes Karriere sie verdammte. Unumgänglich war aber wohl der Konflikt zwischen dem wachsenden Drang, sich in ihre eigene Welt zurückzuziehen, und dem Zwang, in jedwedem Dorf, in dem sie gerade lebten, ihre Rolle als eine der ersten Damen auszufüllen. Ouma Kristina zufolge gewinnt man den Eindruck, daß ihr Geist zu ermatten begann; 1959 verbrachte sie drei Monate wegen eines »nervösen Zustands« in einer Nervenheilanstalt in Kapstadt.

Es war bald nach der Entlassung aus dieser Klinik – sie und Ludwig hatten die kleine Anna bei der Großmutter in Sinai gelassen und verbrachten eine Urlaubswoche in Kapstadt –, daß Louisa eines Morgens allein die nebligen Straßen entlangspazierte. Der Berg war unsichtbar unter seiner Dunstglocke, die Luft kühl und feucht, sie atmete weiße Wölkchen aus. Sie befand sich in einer akuten Depression. Bei einer der seltenen Gelegenheiten in diesen Jahren, da sie sich ihrer Mutter anvertraute, gestand sie, daß sie sich mit dem Gedanken an Selbstmord trug. Und dann tauchte ganz plötzlich ein junger Fremder an ihrer Seite auf. Er stellte sich nicht vor, machte auch keinen Versuch, sie anzusprechen; er sah sie kaum an. Er ging einfach mit ihr dahin, nahm ihren Arm und begann plötzlich zu singen: Mozart, Papagenos »Vogelfänger«, dann »Dove sono«, dann »Là ci darem la mano«; mühelos glitt er von einer Arie zur nächsten und improvisierte einen eigenen Text, wo ihm der ursprüngliche entfallen war. Ein angenehmer, heiterer Tenor, nicht weiter bemerkenswert, überhaupt nichts Außergewöhnliches, aber mitreißend. Bald sang sie mit ihm zusammen. Bis er ein paar hundert Yard weiter, an einer Ecke, sie war nicht einmal sicher, wo sie sich befanden, ihren Arm losließ, »Ciao« rief und allein weiterging; er verschwand einfach in den nebligen Tag. Das alles war so unerwartet geschehen, daß sie nicht einmal mit Gewißheit sagen konnte, ob es sich wirklich ereignet hatte.

Die Folgen waren wirklich genug. Louisa kehrte zu dem

kleinen, deutschen Gasthaus zurück, wo sie und Ludwig logierten (er hatte bei Verwandten wohnen wollen, doch sie hatte sich geweigert) und konfrontierte ihn mit ihrem Entschluß: Sie würde eine Europareise antreten. Das Leben ging an ihr vorüber; wenn sie noch viel länger auf diese Art weitermachte, würde sie verrückt werden. Sie weigerte sich, auch künftig auf all das zu verzichten, was sie um seinetwillen aufgegeben hatte. (Ludwig berichtete Ouma Kristina die ganze Episode mit gerechter Entrüstung; sicher durfte man doch nicht von ihm erwarten, daß er sich um das Kind kümmerte; seine Karriere war zu wichtig: Und wenigstens dies eine Mal kann man sich auf etwas Präziseres als auf die Tagebücher stützen.)

Louisa blieb drei Monate fort, um die Möglichkeiten zu sondieren; sie besuchte Vorstellungen in London, Glyndebourne, Paris, Wien, Bayreuth, Mailand und berichtete in ihrem Tagebuch über jede in allen Einzelheiten. Und was recht interessant ist, sagt Ouma Kristina, während dieser ganzen Periode erwähnt sie nie Besuche bei einer der Berühmtheiten, die während der vorigen Jahre ihre vertrauten Freunde geworden waren. Man gewinnt den Eindruck, daß sie entspannt und glücklich war; vielleicht hatte sie es nicht mehr nötig, etwas zu beweisen, nicht einmal sich selbst.

Bei ihrer Rückkehr teilte sie Ludwig mit, sie werde zu Hause bleiben, bis Anna zehn sei, dann könne man das Kind in ein Internat oder zu seiner Großmutter geben (es Ludwigs Verwandten anzuvertrauen weigerte sie sich): Und Louisa würde nach Europa gehen, um das Musikstudium wiederaufzunehmen, auf das sie ihr ganzes Leben lang gewartet hatte. Sie werde ja nicht jünger, aber sie hoffe, es sei noch nicht zu spät. Es bestand die Möglichkeit, in Wien ein kleines Stipendium zu erhalten – nichts von der Art der lukrativen Angebote, von denen die Tagebücher früher berichtet hatten, aber auch keinesfalls zu verachten.

»Von meinem Gehalt –?« protestierte Ludwig.

»Dein Gehalt und die Aktien, die du durch deine Verwandten und deine Freunde und deine Beziehungen gekauft hast, haben bisher vollkommen für uns ausgereicht.«

»Was weißt du über meine Finanzangelegenheiten?«

»Mehr, als du denkst. Ich habe alles ausgerechnet. Mit meinem Stipendium und einem kleinen Monatsbeitrag von dir und einem Darlehen von meiner Mutter – keine Angst, ich zahle jeden Pfennig zurück – schaffe ich's. Und diesmal hält mich nichts auf.«

Drei Monate später fand sie sich schwanger.

Ludwig war begeistert über die Aussicht, doch noch einen männlichen Erben zu bekommen. Er hörte nicht auf zu schwärmen. Sogar den Namen hielt er schon bereit; er zweifelte keinen Augenblick, daß es ein Sohn würde.

Ein paarmal war Louisa dicht daran, das Kind zu verlieren: Du kannst denken, was du willst, sagte Ouma Kristina, aber niemand kann etwas beweisen. Und am Ende kam eine gesunde Tochter auf die Welt und wurde nach ihrer Großmutter Kristien genannt.

Von dem Tag an, so Ouma Kristina, berichteten die Tagebücher wieder ausgiebig von den Besuchen berühmter auswärtiger Opernsänger; während der Apartheidjahre statteten die meisten der Großen – Victoria de los Angeles, Joan Sutherland, Janet Baker, Kiri Te Kanawa, einmal sogar Maria Callas – heimliche Besuche in den Dörfern ab, wo Ludwig Müller Gerichtsbeamter war, wohnten bei seiner Familie und lernten jenes schmählich unterschätzte Talent kennen. Zu gegebener Zeit verzeichnete Louisa sogar Auslandsreisen, hauptsächlich nach Wien, das sie genau zu kennen schien, doch auch nach New York und Mailand: meist Höflichkeitsbesuche bei Freunden und Bewunderern, doch gelegentlich, wenn von Karajan, Solti oder Davies durchaus darauf bestanden, auch zu geschlossenen Konzerten vor geladenen Gästen.

Handelte es sich hier um Ludwig Müllers Biographie, wäre über ereignisreiche Jahre zu berichten; es dürfte aufschlußreich sein, zu verfolgen, wie seine persönliche Laufbahn mit der allgemeineren Geschichte des Landes verkettet war. Erst, in den Fünfzigern, die allmähliche Entwicklung eines neuen Gesetzessystems und die Bekundung wachsenden passiven

Widerstands. Ludwig erlangte einen ausgesprochenen Ruf durch Prozesse, die Verletzungen der Paßgesetze oder Störungen der öffentlichen Ruhe und Ordnung durch protestierende Frauen betrafen. Er muß die berauschende Entdeckung gemacht haben, daß er seinen ganz persönlichen Beitrag lieferte: Er verkündete Urteile nach einem sorgfältig ausgearbeiteten System, das auf feinen Farbunterschieden der Haut oder auf der Struktur menschlichen Haars oder auf dem Halbmond eines Daumennagels beruhte. Dann 1960, ein Jahr vor meiner Geburt, der Wendepunkt von Sharpeville: zunehmende Polarisierung, Verbot des ANC und anderer Befreiungsbewegungen, die ersten Anzeichen bewaffneten Widerstands im Untergrund – sie fielen zusammen mit Ludwigs ersten politischen Prozessen, Sabotage-Prozessen, seiner wachsenden Beliebtheit bei der Polizei wegen seiner »Festigkeit«, wegen Urteilen, die keinen Zweifel ließen an der Notwendigkeit von Recht und Ordnung. Die Siebziger: der Aufstieg der Black-Power-Bewegung, die Schulboykotte und der Ausbruch von Soweto, der Mord an Biko, Krieg an den Grenzen, die Eskalation des Widerstands, aufflammende Arbeitskämpfe – während Ludwig Kraftstoffgenehmigungen ausgab, als Sachverständiger an Terroristenprozessen teilnahm, vertrauliche Berichte über umstürzlerische Tätigkeit im *platteland* nach Pretoria lieferte. Die mehrfachen Ausrufungen des Ausnahmezustandes in den Achtzigern, wachsende Korruption, die Arroganz uneingeschränkter Macht: während Ludwig Wehrdienstverweigerer ins Gefängnis schickte, noch mehr Aktien und Ländereien erlangte, indem er den Winken informierter Insider und Mitstreiter innerhalb des großen Systems folgte. Bruder unter Mitbrüdern, stieg er auf zum lokalen Häuptling in der Organisation der grauen Eminenzen, die die Macht kontrollierten, vorwärts christliche Soldaten. Einmal pro Monat heimliche Treffen, die hektische Weitergabe von vertraulichen Dokumenten, um Verräter zu entlarven und die Saches des *volks* zu fördern. Die Faszination der Macht, die man mit seinen Händen formen und gestalten kann, wie man als Kind Tonochsen formt (irgendwo, irgendwo muß im Gemüt versteckt der barfüßige Junge lauern, den die überlegenen Engländer, die Stadtbewohner, verhöhnt haben, gedemütigt dafür, daß er ein kleiner Bure war und ein *bywoner).* Die Einstellung von Lehrern, die Berufung von Pastoren, die Manipulation von Posten in Stadtverwaltung, Schule und Kirchenrat; die sinnreiche Organisation von Festen und Basaren und kulturellen Veranstaltungen und Tagungen über Maßstäbe der Moral. Der Triumph des Mannes, den als Student Geldmangel von der Universität vertrieben hatte: nun eine Schlüsselfigur in Handelskammern und unter Maklern und den Organisatoren von Bündnis- und Heldengedenktagen. Privater Groll, gekoppelt mit Erinnerungen an die Leiden und die Demütigung eines Volkes, an die emsige Ausnutzung von Mütter- und Kinderqual in britischen Konzentrationslagern, an barfüßige Frauen, die den Drakensberg überqueren – dies alles pflichtgemäß ausgeschlachtet für die Sache der etablierten Macht.

Von all dem findet sich in Louisas Geschichte keine Spur; es scheint, als sei sie nie dabeigewesen, habe ihm nie über die Schulter geblickt. Alles, was sie zurücklassen konnte, waren die Tagebücher, und die waren für die Augen anderer zu privat, Flüge der Phantasie, geschildert auf den Tafeln ihres geheimen Widerstehens und Leidens, wertlos für Außenseiter. Nur Ouma hat sie gelesen und (vielleicht) mehr verstanden, als Louisa je hätte erwarten können.

Ende 1989 starb Ludwig im respektablen Alter von neunundsechzig an Koronarthrombose, nachdem er die letzten Jahre seines Lebens ganz seinen politischen Kampagnen gewidmet hatte. Die dankbare Gemeinde (genau gesagt, die Partei) richtete einen Gedächtnisgottesdienst aus, dem sogar Beamte aus dem fernen Pretoria beiwohnten; danach wurden seine Überreste aus irgendeinem unerklärlichen Grund im Familiengrab zu Sinai zur Ruhe gebettet; selbst der Ex-Präsident Botha war zugegen und zitterte in seinem viel zu weiten Kragen.

Louisa zog zu Ouma in den Federnpalast. Gelinde ausgedrückt, ein seltsamer Entschluß. War das eine weitere Demonstration ihres Dranges, sich selbst zu geißeln? Dachte sie, so ihrer Mutter feurige Kohlen auf den störrischen Kopf zu häufen? Oder erwies sich Blut am Ende dennoch als dicker denn Wasser? Möglich ist noch ein anderer, weitaus banalerer Grund: die Entdeckung, daß Ludwigs Propagandafeldzüge ihn finanziell so ruiniert hatten, daß er ihr nur einen Schuldenberg zurückließ. So war der einzige Weg, ihren Stolz zu retten, der Umzug auf die Farm. Sie wurde eine Einsiedlerin; die Leute sahen sie selten in der Stadt. Wie zwei Schatten lebten Ouma Kristina und sie weiter nebeneinanderher. Sie verfocht hartnäckig Ordnung und feierlichen Brauch: Zum Dinner hatte man sich »umzukleiden«, und sie trug abwechselnd ihre beiden bodenlangen Abendkleider, selbst wenn sie allein am Kopf der langen Mahagonitafel im Speisezimmer saß, mit nichts als einem gekochten Ei, das ihr Jeremiah in Livree servierte. So halte man es in Europa, erklärte sie, als Ouma einmal zu fragen wagte. Als sie an der Staatsoper gewesen sei oder als Gast der Callas auf Ari Onassis' Yacht oder im Rosa Palast bei Rainier und Grace. Man hat seinen Stolz.

Nach Louisas Tod bei einem Autounfall – auf der geraden Straße in die Stadt, sagt Ouma Kristina, kein Baum weit und breit; auch kein Anzeichen eines geplatzten Reifens oder eines technischen Defekts – liquidierte Ouma die Farm. Und dabei entdeckte sie erstmals die Tagebücher. Sie dachte daran, sie zu verbrennen oder zu vergraben, beschloß aber dann, sie für mich aufzuheben; sie baute zuversichtlich darauf, daß ich eines Tages heimkommen würde.

Nun sind sie bedauerlicherweise sämtlich im Feuer vergangen, zusammen mit aller übrigen Habe in ihrem Zimmer.

## 16

Schon spektakeln die frühen Vögel in den Bäumen ums Haus. Trui kommt vom Korridor herein, schlurft auf nackten Füßen, gähnt, ihr Kopf ist ein Billigladen für rote und grüne Lockenwickler.

»Warum haben Sie mich nicht gerufen, Miss Kristien?« schilt sie in schuldbewußtem Ton. »Die Nacht ist fast vorbei. Sie müssen rein tot sein.«

»Tut mir leid, Trui. Ich wollte. Aber wir haben gearbeitet.«

»Gearbeitet?« Sie schaut unverhohlen ungläubig auf Ouma Kristina, die in tiefem Schlaf liegt wie ins Bett versunken. Jetzt erst wird mir bewußt, wie müde ich bin. Ich schlafwandele ums Bett, helfe Trui, den Tropf wechseln, zupfe die Bettwäsche glatt. Ein automatischer Pilot, steure ich wieder auf den Sessel zu, aber Trui schiebt mich resolut zur Tür: »Sie gehen jetzt und sehen zu, daß Sie noch ein Auge voll Schlaf kriegen. Bald ist die Schwester da.«

Von der Tür blicke ich zurück mit einem Gefühl von Staunen, das fern von mir selber scheint. Wie gut es schließlich doch paßt, daß Lizzies Kind das Ruder übernimmt. Bleibt ganz in der Familie. Aber ich bin zu benommen, um meine Gedanken zu steuern. Schlaf; ich brauche Schlaf.

Doch als ich im anstoßenden Raum auf mein hohes einsames Bett falle, sogar zum Ausziehen zu müde, entzieht sich mir der Schlaf. Zuviel liegt mir auf der Seele. Die Geschichten, die mir Ouma Kristina erzählt hat: Alte, neue Spielarten von alten, neue; doch was sonst immer nur Histörchen waren, schmilzt jetzt auf einmal zusammen zu einer einzigen Geschichte, ihrer, unserer, meiner. Ouma und ihr Jethro auf dem Zauberteppich; Ouma und Oupa, ein Leben lang neben-, doch nie beieinander; das Mädchen, das nun einen Namen erhalten hat, Rachel, die Malereien an den bröckelnden Mauern, unter denen ein Fremder hockt, gefährlich vielleicht oder nur voller Furcht; die geheimnisvolle Petronella, Schwindlerin oder Fanatikerin? Ihre Tochter, die Glas schluckte und ihr Todesdatum, gestickt auf ein Stoffquadrat, zurückließ; meine Mutter und ein Fremder, Papageno, an einem Nebelmorgen; ein Stapel Tagebücher, nun verbrannt, die Wahrheit, die sich in soviel traurige Lügen verstellt; unbefleckte Empfängnis und rächende Vergewaltigungen; die Phantasien einer Grenzwelt, überlebensgroß alle, Übertreibungen eines Geistes auf der Schwelle zum Tod oder eine Vision voll von tieferer, dunklerer Wahrheit? Ist das wichtig, macht es einen Unterschied? Ich habe ihr zugehört, ich habe alles aufgeschrieben, ich habe es mir angeeignet, als mein Eigentum eingefordert.

Und die Geschichten und die Geschichte mischen sich mit dem Ereignisstrom, der mich durch den vergangenen Tag getragen hat, von der nächtlichen Entdeckung des Jacob Bonthuys auf der Treppe bis zu Caspers Besuch in der Morgendämmerung, seinem Besitzerblick auf meine Brüste, und weiter zum Frühstück in der Küche mit Trui und ihrer Familie, zu Jonnies schwelender Angriffslust, Jeremiahs verletztem Stolz, seinem Zorn darüber, mich im Leichenwagen durch die Stadt fahren zu müssen; zur Wiederentdeckung all dieser Orte von Sommern, von denen ich nachgerade geglaubt hatte, sie seien verloren oder vielleicht sogar nur erfunden; Fleischer und Bäcker und Apotheker, die Kirche mit ihren Erinnerungen an Mäuse, die Christi heiligen Leib verzehrten, grüne Feigen im Heimischen Gewerbe und die Nachricht von dem neuen Greuel im Bezirk. Was ist hier wirklich geschehen, geschieht noch rings um uns oder wartet darauf, über uns hereinzubrechen, morgen, heute, jeden Augenblick? Ein ganzes Land in den Fängen des Wahnsinns, das wie Wracktrümmer auf einer quirlenden Flut dem Ereignis entgegentreibt, von dem uns nur noch Tage trennen und das vielleicht unser kollektives Schicksal besiegelt. Und was tu ich hier, in der Mitte von all dem, hineingezerrt in den Strudel einer Geschichte, die ich am liebsten verleugnen würde? Dies ist kein Ort für mich, kein Ort für irgend jemanden, der wünscht, einigermaßen seinen Verstand zu bewahren. Ich muß heraus, solange das noch möglich ist. Aber ich kann mich nicht rühren, bevor Ouma Kristina, eine ganze böse, fleischgewordene Vergangenheit, mich freiläßt.

Schlafen, schlafen, vielleicht träumen. Jesus, Michael.

# III

# *Unter Fremden*

# I

Ich wache auf und finde Anna neben dem Bett, in einer flotten, bestickten weißen Bluse und einem marineblauen Rock; sie hat etwas mit ihrem Haar gemacht und sieht gepflegt aus. Ich traue meinen schlafschweren Augen nicht.

»Tut mir leid«, sagt sie in ihrer kleinlauten Art. »Ich wollte dich nicht wecken.« Offensichtlich hält sie es für nötig, sich zu rechtfertigen: »Aber weißt du, es ist zehn vorbei.«

»Alles in Ordnung mit Ouma?«

»Sie schläft. Die Schwester ist bei ihr. Sie sagt, der Doktor war schon da.«

»Was hat er gesagt?« frage ich und spüre Gewissensbisse.

»Ihr Zustand ist noch bedenklich. Aber er meint, unter den gegebenen Umständen hält sie sich tapfer.«

Ich entspanne mich. Einen Augenblick mustere ich sie, nicht ganz sicher, wie ich mich verhalten soll. »Was hast du mit dir angestellt?«

Sie errötet wie ein Backfisch. »Ist es nicht gut? Mir war einfach danach, ein bißchen Make-up aufzulegen. Hab mir in den letzten Wochen nie Zeit dafür genommen. Und ich war beim Friseur.«

»Das solltest du öfter machen. Du schaust zehn Jahre jünger aus.«

»Oh, na ja ...«, sie klopft sich imaginären Staub von der Schulter. »Bist du sicher, daß es nicht zu sehr aussieht wie das Schaf im Fuchspelz?«

»Ich mag's füchsisch.« Ich stütze mich hoch, lehne mich gegen das Kopfteil des Bettgestells, gähne, strecke mich. »Du siehst wirklich gut aus, Anna. Ich fürchte, ich biete einen gräßlichen Anblick.«

»War die Nacht schlimm?«

»Spät. Aber nicht schlimm. Nein, es war sogar wundervoll. Ouma hat angefangen, mir die Familiengeschichte zu erzählen.«

Sie zieht eine Grimasse. »Hast du das nicht alles früher schon gehört, immer wieder?«

»Nicht so. Nicht all diese Skelette in unserem Schrank. Und sogar die Teile, die ich früher gehört habe, klingen jetzt anders.«

»Nämlich wie?«

»Na, zunächst einmal, das, was ich für ihre Erfindungen hielt, stellt sich nun als –« Ich zögere. Ich habe »wahr« sagen wollen, aber das stimmt nicht. Die bloße Erinnerung an die Bagdadreise läßt mich lächeln. Doch während ich noch lächle, fühle ich mich schon ertappt: Ouma hat versucht, mir etwas zu erzählen, und wenn ich es nicht verstanden habe, war das nicht ihr Fehler, sondern meiner. Annas Blick verschärft mein Dilemma. Wie kann ich Oumas Geschichten gegen diese nüchterne Frau verteidigen, die meine Schwester ist und aus einer Welt kommt, wo Blut und Gewalt und Furcht Alltagswirklichkeiten sind, nicht Phantasien oder Alpträume? Steht es so, daß der bloße Stoff unserer Fiktionen das Kategoriengebäude einer Kultur verrät? »Sie hat mich fasziniert«, beteuere ich nicht sehr überzeugend.

»Aber sie phantasiert. Woher weißt du, daß ihr zu trauen ist?«

»Ich *muß* ihr trauen, Anna. Es ist die letzte Chance.«

»Selbst wenn es wahr ist, was soll's? Eine Menge nutzloser Ballast.« Ein Anflug von Verschmitztheit: »Und ich habe immer gedacht, du reisest mit leichtem Gepäck.«

»Vielleicht bin ich mit zu leichtem gereist.«

»Erzähl mir nicht, du hast dir ein Gewissen zugelegt.« Sofort spiegelt ihr Gesicht Bestürzung. »Das hab ich nicht gemeint. Ich – tut mir leid, Kristien. Ich war einfach schnodderig.«

»Manch wahres Wort ...« Ein peinliches Schweigen steht zwischen uns. Ich fühle mich unerklärlich schutzlos. »Es war nicht leicht zurückzukommen, Anna. Ich hatte gedacht – gehofft – ich hätte mich von allem freigemacht, was ich hier zurückgelassen habe. Aber es ist nicht so einfach.«

Fast wider Willen, so scheint es, nähert sie sich und setzt sich aufs Fußende des Bettes. »Worüber hat sie gesprochen?«

»Über sich selbst, ihre Eltern, Großeltern. Über Mutter.«

»Und mich? Hat sie auch mich zu einer Geschichte gemacht?« Bevor ich antworten kann, sagt sie heftiger, als ich erwartet hätte: »Aber natürlich, ich bin nicht interessant genug. Ich habe keine Geschichte. Ich wurde geboren, tat mein Bestes, es jedem recht zu machen, probierte ein bißchen an der Uni herum, traf dann Casper und heiratete ihn.«

»Und dann übernahm er die Leitung?« sage ich anzüglich.

Sie zieht hörbar die Luft ein und preßt die Hände ans Gesicht.

Jetzt ist es an mir zu sagen: »Ich wollte dich nicht kränken.« Ich fühle mich ehrlich zerknirscht. »Aber um Himmels willen, Anna, warum gehst du immer so hart mit dir um? Du bist doch selber wer, nicht nur ein Teil von Caspers Leben.«

»Hast du dein eigenes Leben in die Reihe gebracht?«

»Mindestens versuch ich es.«

»Ich weiß so wenig von dir.«

Ihr freimütiger Blick setzt mir zu. Im Bett wie in einer Falle gefangen, zerzaust und benommen, meines eigenen schalen Geruchs bewußt, fühle ich mich im Nachteil. Entschlossen stehe ich auf, schüttele mein wirres Haar zurück. »Erst muß ich baden und mich anziehen. Es dauert nicht lange.«

»Ich komme mit«, sagt sie. Nutzt sie ihren Vorteil aus? Wieder das Recht der älteren Schwester, die mir meinen privaten Winkel nicht zugesteht? Aber ich versuche, ein höfliches Gesicht zu wahren, während ich befangen die Schublade durchwühle, in die ich beim Einzug den Inhalt meines Koffers gekippt habe. Ich wollte längst aufräumen, doch irgendwie hab ich es noch nicht geschafft. Geschichte meines Lebens.

Als ich am Fenster vorbeikomme, schaue ich nach dem Wetter; die Gewohnheit hab ich wohl in London angenommen. Der Himmel ist sonnig und flach, ohne Tiefe, ein Tag, der eher still ist als heiter.

Anna folgt mir ins Badezimmer.

»Irgendwelche neuen Entwicklungen?« frage ich, während das Wasser zu fließen beginnt – aber verdammt, es ist kalt. So begnüge ich mich mit einer Dusche.

»Ja, tatsächlich. Sie haben die Brandstifter verhaftet.«

»Was? Und das erzählst du mir erst jetzt?«

»Es kam in den Frühnachrichten. Casper ist fort, um mehr zu erfahren.«

»Wer sind sie? Wie viele? Wo haben sie sie entdeckt?«

Ich streife die Kleider ab und ziehe den knapp bemessenen, stockfleckigen Plastikvorhang vor die Wanne.

»Die Polizei setzt ihre Untersuchungen noch fort. Das ist alles, was sie gesagt haben. Aber mehr als nichts.«

»Also werden sich die tapferen Farmer des Bezirks nun zufriedengeben?«

»Ich weiß nicht.« Das klingt abwehrend. »Nach dem Angriff gestern ist noch so viel Unruhe in der Gegend. Und jetzt schickt der ANC ein paar von seinen Leuten her. Um die Lage zu entschärfen, sagen sie. Was immer das heißen mag. In den letzten paar Jahren hat sich im Land eine ganz neue Sprache herausgebildet.«

Ich schütte mir Shampoo auf die Haare und spüle sie, seife mich ein, bearbeite mich mit dem Schwamm, heftiger vielleicht als nötig und nicht nur, um dem Schock des kalten Wassers entgegenzuwirken, sondern auch, um mich möglichst in eine gewisse Empörung über Annas Neuigkeiten zu steigern. Warum klingt das alles immer weiter so fern, als ob nichts mich wirklich berühre? Es betrifft mich nicht; was immer ich erfahre, wird mir durch andere mitgeteilt, von Anna mit dieser beherrschten Stimme. Aber wie kann ich dabei so unberührt bleiben? Hier stehe ich, nur ein paar Meter von Oumas Raum entfernt, einer alten Frau, die langsam und qualvoll dahinstirbt an den Wunden, die sie bei dem Überfall erlitten hat; ich stehe in den Überresten des Hauses, das praktisch niedergebrannt ist. Warum also bin ich nicht empört, warum empfinde ich keinen Druck, nicht einmal Zorn oder Schmerz oder Furcht – als sei ich immer noch zehntausend

Kilometer entfernt? Kann man die Verbindung wirklich so ganz verlieren? Oder muß man eine Eintrittsgebühr zahlen, in gleicher Münze, in irgendeiner Form von Schmerz, durch Leiden, bevor man zugelassen, wieder zugelassen wird? Aber das ist ein Gedankengang, der zu Anna paßt, nicht zu mir. Bin ich so abgeschnitten von alldem, daß ich mir nicht einmal mehr über meine eigenen Reaktionen sicher bin?

Als ich aus der Wanne steige, tropfend, schaudernd, mit rotglühender Haut, und mich energisch abtrockne und in meine Kleider fahre, weiche ich Annas Blick aus. Erst viel später, in Hemd und Jeans, mit trockenem Haar, in der Küche vor der Teekanne (Trui tummelt sich irgendwo anders in einer Frühjahrsputz-Orgie, die sich offenbar zu gegebener Zeit über das ganze Haus ausdehnen soll), schaue ich Anna über den Frühstückstisch hinweg in die Augen.

Während ich meine Brotschnitte mit Oumas selbstgemachter Aprikosenmarmelade bestreiche, die wir aus der Speisekammer gerettet haben, liebkost ihr Blick Michaels Uhr an meinem Handgelenk – ich habe eine Schwäche für Männerarmbanduhren, genauso wie für Gürtel mit großen Schnallen – und folgt der Bewegung meiner Hände.

»Du hast hübsche Hände«, sagt sie.

»Brauchbare.« Ich spreize sie kurz: Die Finger sind lang, aber nicht spitz, mit kurzen Nägeln. Keine Kinkerlitzchen. »Nicht so wie Mutters exquisite, schmal auslaufende Finger. Weißt du noch?«

Sie steht auf, um Tee einzugießen. »Was hat dir Ouma über sie erzählt?« fragt sie lässig, aber ich nehme die verdeckte nervöse Spannung wahr.

»Hast du von Mutters Tagebüchern gewußt?«

»Wovon redest du? Mutter war nicht der Typ, der ein Tagebuch führt, und das weißt du.«

»Was wissen wir wirklich über sie?«

»Wenn sie welche geschrieben hat, wo sind sie jetzt?«

»Im Feuer vernichtet.«

»Natürlich.«

»Anna, ich bin sicher, Ouma hat die Wahrheit gesagt.«

»Skandal. Sie ist immer nur bei Skandal aufgelebt.«

»Warum versuchst du, Mutter zu schützen? Sie ist tot. Und du hast ihr doch nicht nahegestanden. Sie hat nie jemanden an sich herangelassen.«

Sie reißt sich zusammen. »Na schön. Also erzähl.«

Ich liefere ihr einen kurzen Abriß von Oumas Geschichte: Die Tagebücher, der unerklärliche Unfall.

»Also worauf läuft das alles hinaus?« fragt sie. »Daß sie unseretwegen all ihr ehrgeiziges Streben geopfert hat? Um ihre Pflicht der Familie gegenüber zu erfüllen? Aber verdammt, dafür hat sie uns wahrhaftig zahlen lassen!«

»Stimmt. Genau das hab ich ihr immer zum Vorwurf gemacht. Aber gestern nacht – plötzlich hat mir Ouma klargemacht, daß die Sache noch eine andere Seite hatte. Sie führte ein ganz geheimes Eigenleben, von dem wir nichts ahnten.«

»So? Und wer tut das nicht?«

Ich schlucke den Köder. »Du auch?«

Sie läßt sich Zeit, nimmt einen Schluck Tee, setzt dann die Tasse ab. »Hast du gewußt«, sagt sie trocken und mit einer Stimme voll Selbstironie, »daß ich mir mal gewünscht habe, Ärztin zu werden?«

»Und warum hast du's nicht gemacht?«

»Vater bat den Pfarrer, zu kommen und mit mir zu reden. Er erklärte mir, wenn ich wirklich daran interessiert sei, den Kranken und Leidenden zu helfen, solle ich Schwester werden. Das passe besser für ein Mädchen.«

»Und war das der Grund, weswegen du Medizinerin werden wolltest? Den Leidenden zu helfen?«

Sie rümpft die Nase. »Nicht wirklich. Ich denke, ich wollte einfach was tun, was mich von daheim fortbrachte. Mehr über die Welt lernen, sezieren, als Autorität mitreden können.«

»Und nach dem Besuch des Pfarrers hast du dich gefügt?«

»Natürlich. Hab ich immer, nicht? Ich tat das Nächstbeste und wurde Lehrerin. Es war nett, wenn mich die Leute mochten. Mutter vor allem. Als Kind dachte ich, sie sei vollkommen. Ich wünschte mir nichts weiter, als ihr ähnlich zu sein. So wurde ich ihre ergebene Sklavin. Ich hätte alles und jedes getan, solange sie es nur billigte. Es ist sonderbar, jetzt zu denken, daß sie wahrscheinlich meine Schmeichelei ebenso nötig hatte wie ich ihren Beifall.« Sie schweigt eine Weile. Dann schaut sie mich mit einem schiefen Lächeln an. »Selbst das war nicht genug. Ich wollte, daß mich jeder mochte – Vater, die Lehrer in der Schule, die Freundinnen.«

»Und die Jungen mochten dich«, erinnere ich sie mit einem Lächeln. »Weil du tolle Brüste hattest.«

»Stimmt.« Ihre Offenheit überrascht mich. »Das war die erste bemerkenswerte Entdeckung meines Lebens. Ich war die erste in der Klasse, die welche bekam. Anfangs war es gräßlich peinlich. Bis ich entdeckte, die Geschichte hatte noch eine andere Seite. Plötzlich fingen die Jungen an, von mir Notiz zu nehmen. Sogar größere. Nicht so wie die Lehrer, die mich wegen meiner guten Zensuren leiden konnten oder wegen meiner musterhaften Manieren oder weil ich die Hausaufgaben so ordentlich machte oder was weiß ich. Zum erstenmal in meinem Leben schien mir, daß die Leute *mich* anschauten, so zweifelhaft die Gründe auch sein mochten. Ich fing an, mich wichtig zu nehmen. Erstaunlich, was Jungen zu tun bereit waren im Austausch gegen die kleinsten Gefälligkeiten.«

»Was für Gefälligkeiten?« setze ich ihr zu.

Einen Augenblick ist sie verwirrt. Aber dann schaut sie mich mit einem Anflug von Trotz wieder an. »Na, was denkst du?«

»Anna, *du*?«

»Ich war nicht immer das Tugendlamm, für das du mich hieltst.« Sie macht sich mit ihrer Tasse zu schaffen, verschüttet Tee auf den Tisch. »Aber versteh mich nicht falsch. Kann sein, ich ließ einen mal kurz was sehen. Oder vielleicht auch fühlen. Aber weiter ging es nie. Dazu war ich viel zu gewissenhaft. Die Gottesfurcht hielt mich auf der geraden, schmalen Bahn. Und jedesmal, wenn ich eine Gunst gewährte, betete ich hinterher tagelang und träumte von Feuer und Schwefel. Gleichzeitig war es ein so köstliches Gefühl, zu wissen, ich war beliebt, ich war nicht wertlos, ich konnte Jungen um den Finger wickeln. Das machte wahrhaftig eine Menge wett.« Ein nervöses Lächeln zuckt um ihre Lippen. »Es ließ mich gewissermaßen glauben, daß ich *wirklich* war.« Sie setzt die Tasse ab. »Während das einzig Wirkliche an mir meine Möpse waren.«

»Sie müssen auch auf der Uni ein Aktivposten gewesen sein«, sage ich leichthin.

Sie steht auf, geht zur Spüle, nimmt ein Tuch in die Hand, schaut sich ziellos um, legt es wieder hin und kehrt an den Tisch zurück.

»Das machte es am Ende desto demütigender«, sagt sie. »Zuzugeben, daß ich alles, was ich erreicht habe, nur der Form meiner Brüste verdanke. Nicht weil ich eine Frau bin, sondern weil ich dazu gebracht wurde, mich als eine Personifizierung von Frau zu fühlen.«

»Was ist passiert?«

»Nichts Besonderes. Es war die gesamte Erfahrung. Von daheim weg zu sein, sich plötzlich frei zu fühlen, so vielen neuen Dingen ausgesetzt, die mir zu Kopf stiegen. Ich dachte, ich sei die Königin im Schloß. Beinah wörtlich: Als ich zur Jacaranda-Königin gekrönt wurde.« Ein geringschätziges kleines Lachen. »Kannst du dir eine Person vorstellen, deren höchste Leistung im Leben darin besteht, daß sie Jacaranda-Königin wird? Was für eine Zukunft habe ich hinter mir. Dabei habe ich auch Casper kennengelernt.«

»Ich habe mich immer gefragt, wo er auf der Bildfläche erschien.«

»Beim Krönungsball. Er brachte mich heim. Bloß, daß wir erst am folgenden Morgen da anlangten. Es war das erste Mal, daß ich je mit einem Mann so weit gegangen war, obwohl ich zugeben muß, um die Zeit war ich schon ganz schön dicht dran. Aber du weißt, wie das ist: Du redest dir schließlich ein, solange das gewisse Häutchen mehr oder weniger intakt ist, sei alles in bester Ordnung. Jedenfalls, das war's. Und so stand fest: Ich hatte seine Frau zu werden.«

»Mußheirat?«

»Nein, überhaupt nicht. So melodramatisch lief's nicht ab.

Wir heirateten erst zwei Jahre später. Aber das besagt nichts. Es war einfach so: Ich bildete mir ein, mir bliebe keine andere Wahl. Du schläfst mit einem Mann, und du heiratest ihn. Andernfalls geht's geradenwegs ab in die Hölle.«

»Ganz bist du um die ja nicht herumgekommen.«

Sie lehnt mit peinlicher Genauigkeit ihren Teelöffel kerzengerade an den Tassenhenkel. »Nein«, sagt sie schließlich, fast unhörbar. »Aber da kommt dann am Ende die Verantwortung ins Spiel, nicht? Du schlägst über die Stränge, und du zahlst dafür. Du kannst nicht damit rechnen, daß du ungeschoren davonkommmst.«

»Das ist absoluter Mist.«

»Mist ist etwas sehr Reales.«

»Anna, du mußt aus diesem Trott heraus.«

»Du hast leicht reden.«

»Das denkst du wirklich?«

»Du hast immer gemacht, was du wolltest.« Wider Willen kichert sie. »Weißt du noch, als du klein warst, der eine Sommer hier bei Ouma, wie du auf die Bäume klettertest? Mutter befahl dir, das zu lassen. Du wolltest wissen, warum – hast du immer gemacht. Sie sagte, du solltest die Jungen nicht deine Höschen sehen lassen. Also zogst du prompt den Schlüpfer aus und verstecktest ihn da, wo die Jungen ihn nicht sehen würden, und stiegst wieder auf den Baum.«

Ich lächele bei der Erinnerung. »Entsinnst du dich an meine andere Höschen-Episode? Die war nicht ganz so harmlos. Ich nehme an, du warst damals schon nicht mehr zu Hause, denn ich muß vierzehn oder fünfzehn gewesen sein, als das passierte.«

»Ich erinnere mich dunkel, daß mir Mutter am Telefon von einer Krise sprach, sie war furchtbar aufgeregt. Aber auf Einzelheiten kann ich mich nicht mehr besinnen.«

»Wir wurden in der Schule jeden Montagmorgen, wenn wir vor dem Haus antraten, kontrolliert. Ein Trupp Vertrauensschülerinnen marschierte vorbei, eine untersuchte dir die Nägel, eine andere stellte fest, ob deine Haare vorschriftsmäßig saßen: Wenn sie den Kragen berührten, mußten sie irgendwie zusammengebunden werden. Dann kam eine mit einem Lineal, um deinen Schuluniformrock zu messen, zehn Zentimeter übers Knie, mehr nicht. Und manchmal, ungefähr einmal im Monat, denke ich, wir wußten nie im voraus, wann das passierte, fand die Höschenschau statt.«

»Das hatten wir nie. Was ist das?«

»Das war, wenn die Vertrauensschülerinnen die Reihen abschritten und den Mädels die Röcke hoben, um zu prüfen, ob du die vorschriftsmäßige Unterwäsche trugst. Diese fürchterlichen marineblauen Serge-Schlüpfer. Im Winter war es nicht so schlimm, sie hielten warm. Aber im Sommer war es eine widerliche Schwitzerei.«

»Und einen Morgen erwischten sie dich im falschen Schlüpfer?«

»Viel komplizierter. Es war meine beste Freundin, die weiße Bikinihöschen trug. Margie Aucamp. Sie stand unmittelbar hinter mir in der Reihe und war schon ein paarmal mit dieser Vertrauensschülerin aneinandergeraten. Sie wußte, wenn sie noch mal bei einer Übertretung ertappt würde, war's zappenduster. So versuchte ich, das Unheil abzuwenden. Ich wartete ab, bis die Vertrauensschülerin die Reihe entlang herankam. Ein widerliches kleines Miststück mit Schweinsäuglein, Santa de Klerk hieß sie. Als sie meinen Rocksaum berührte, erklärte ich ihr, ich ließe mich nicht derartig herabwürdigen.«

»Das hast du ihr tatsächlich gesagt? Hätt ich nie *gewagt.* Und was passierte?«

»Sie zerrte aufwärts, ich hielt abwärts fest, und rundum fing alles an zu kichern. Du kannst dir vorstellen, wie die Jungens das genossen haben, sie kriegten die reinsten Stielaugen. Dann kam eine von den Lehrerinnen heran, um festzustellen, was los war. Santa lieferte ihre Version der Geschichte, sie keuchte noch von der Balgerei, und die Lehrerin befahl mir, meinen Rock zu heben. Inzwischen starrten uns alle an, also weigerte ich mich natürlich. Woraufhin Miss Botes den Kampf aufnahm, ein höchst würdeloses Tauziehen. Nach einer Weile gab sie auf und marschierte zu den Lehrern zurück, die vor dem Haus in einer Reihe standen. Santa folgte in ihrem Kielwasser. Beide hatten rote Gesichter vor Verlegenheit und Anstrengung. Es gab eine wütend geflüsterte Diskussion mit dem Direktor, dann entließ er die Versammlung und befahl mir zu bleiben. Wir vier zogen uns in sein Büro zurück: Der Direktor, Miss Botes, Santa und ich. Er hielt mir eine lange Strafpredigt und führte darin jedes erdenkliche Argument an: Respekt mir selbst und anderen gegenüber, die Notwendigkeit von Solidarität angesichts eines totalen Ansturms auf die Werte der Nation, den Ruhm Gottes des Allmächtigen. Was, fragte er zum Schluß, habe ich vorzubringen? Nichts, sagte ich; und nebenbei, mit meiner Unterwäsche sei alles in Ordnung. Ich weigere mich lediglich, mich öffentlich demütigen zu lassen. Das sei eine schamlose Lüge, brüllte er mit schwellenden Halsadern: Wenn ich nichts zu verbergen habe, warum dann mein Versuch einer Abwehr der ordnungsgemäßen Bemühungen meiner Vorgesetzten um die Überprüfung meiner Kleidung? Begreife ich nicht, daß meine Zuflucht zur Lüge mein Vergehen ins Unermeßliche steigere? Je zorniger er wurde, desto pompöser drückte er sich aus. Warum sehe er nicht selber nach, schlug ich vor. Sie starrten einander gegenseitig mit offenen Mündern an. Dann schritt er zur Tür und befahl Miss Botes knapp, die Untersuchung vorzunehmen. Sie kam geradenwegs auf mich zu und sagte: ›Also, nun zeig uns diesen Schlüpfer, Kristien.‹ Jetzt war ich schon so voll gerechter Empörung, daß ich ihr entgegnete, sie möge es selber machen. Einen Augenblick dachte ich, sie sei drauf und dran durchzudrehen. Dann, als Santa starrte und voll Triumph kicherte, packte sie meinen Uniformrock beim Saum und riß ihn hoch bis über meinen Nabel. Und da stand ich enthüllt im vollen Glanz meiner vorschriftsmäßigen marineblauen Unterwäsche.«

»Ich wäre auf der Stelle gestorben«, sagt Anna. »Was haben sie nun gemacht?«

»Zuerst wurde ich hinausgeschickt, während Miss Botes und der Direktor berieten. Nach einer Weile riefen sie mich wieder herein zu einer wilden Schmährede über ›Unbotmäßigkeit‹; er befahl mir, vor voller Versammlung um Verzeihung zu bitten. Und was sei mit den falschen Bezichtigungen? schoß ich zurück. Seien sie nicht der Meinung, ich verdiene eine Entschuldigung? Er fing an, vor Wut zu stottern. Eine volle Woche Nachsitzen. Als ich spätnachmittags heimkam, erkundigte sich Mutter, wo ich so lange gesteckt habe. Ich sagte es ihr. Vermutlich schmückte ich ein bißchen aus. Wie vorherzusehen, ergriff sie zuerst die Partei der Schule: Bestimmung sei Bestimmung, und vorschriftsmäßige Unterwäsche sei vorschriftsmäßige Unterwäsche. Aber als es ihr schließlich aufging, daß ich, abgesehen von meiner Unverfrorenheit, nicht das geringste verbrochen hatte, flippte sie aus. Am Abend berichtete sie Vater, und er rief das Schulkomitee an, und eine Woche oder so war die Hölle los. Am Ende, klar, wurde alles wieder säuberlich vertuscht, und niemand entschuldigte sich oder erklärte was. Aber die Höschenschau wurde in aller Stille abgeschafft. Was mich betraf, ich war überglücklich, daß in dem Krawall keiner daran gedacht hatte, Margies weiße Höschen zu prüfen.«

»Du warst immer frecher, als gut für dich war«, bemerkt Anna kopfschüttelnd. »Von Anfang an. Erinnerst du dich, in deinem ersten Schuljahr – nicht wahr? – Da suchte die Musiklehrerin Mutter deinetwegen auf. Sie beklagte sich, daß du im Gesangsunterricht keinen Ton von dir geben wolltest.«

»Was hättest du anders erwartet? Wir wurden zu Hause den ganzen Tag mit Musik genudelt.«

»Und dann beschloß die Lehrerin, dich zu bestrafen. Sie befahl dir aufzustehen und erklärte, du würdest den ganzen Tag dort stehen bleiben, bis du bereit wärest zu singen.«

»Und dann sagte ich zu ihr – ich lispelte noch –: ›Werd's dir zeigen. Werd ßtehen. Nicht ßingen.‹ Und stand da bis zum Schlußklingeln.«

»Kannst du dir vorstellen, wie das Mutter getroffen hat? Weil sie wußte, wir alle wußten es, du hattest Talent. Ich hörte einmal einen Mann sagen, deine Stimme schmeichele sich durch den ganzen Menschen, vom Ohr bis zum Steißbein. Aber immer hast du dich gesträubt zu singen. Die widerborstigste Person, die mir je untergekommen ist. Wogegen ich nie viel Begabung hatte, aber ich übte, Mutter zu Gefallen, bis ich blau im Gesicht war.«

»Sie versuchten mit aller Macht, unsern Eigenwillen zu brechen. Alles zu unserem Besten, hieß es, im Namen der Liebe und Gottes, Vater, Sohn und Heiliger Geist. Wo doch das schmutzige kleine Geheimnis ganz einfach war: Es fiel ihnen so viel leichter, uns zu lenken. Du hast dir's gefallen lassen, ich nicht.«

»Es war verdammt ungerecht«, sagt sie. »Ich hab mir soviel Mühe gegeben, und was kann ich vorweisen? Während du ...«

»Anna, überschätz nicht, was ich bekommen habe.«

»Mindestens bist du unabhängig. Du bestimmst selber über dich. Du tust, wonach dir ist.«

»Das kannst du auch.«

»Nein. Das ist der Unterschied, ich bin verheiratet.«

»Wie hübsch, eine gebrauchsfertige Ausrede zu haben, etwas, das für alles einsteht«, sage ich, um einiges schärfer, als ich beabsichtigt habe.

Bei jeder anderen Gelegenheit hätte dies einen uferlosen Zank ausgelöst; all die Jahre bis zu meinem Aufbruch war unsere ganze Beziehung von solchen Streitigkeiten geprägt. Aber heute ist es anders: Sind wir einfach kriegsmüde? Oder besonnener? Oder vollzieht sich irgendwo in der Meerestiefe ein Wandel?

»Ich habe nicht nach Ausreden gesucht«, sagt Anna. »Wenn es eine ist, wie erklärst du dann deinen Entschluß fortzugehen vor – wieviel? vor elf Jahren? War das Rebellion, wolltest du einen Standpunkt vertreten, eine Erklärung abgeben – oder durchbrennen?«

»Wenn ich das nur wüßte«, erwidere ich. Es ist ernst gemeint.

»Bringst du's fertig, mir davon zu erzählen?«

Ich zögere. Ich gieße mir noch eine Tasse ein. Ich schaue sie an. »Versuchen kann ich es. Ich habe nie wirklich mit irgendwem darüber gesprochen. Das einzige Mal, wo ich es wünschte, ganz verzweifelt, war, nachdem ich das Kind verloren hatte. Nach der Abtreibung, meine ich. Ich habe dir geschrieben, erinnerst du dich? Dies eine Mal brauchte ich die große Schwester.«

»Ich habe nicht geantwortet«, sagt sie ruhig. Sie umfaßt die Tasse mit beiden Händen und blickt hinein. »Ich hab dich im Stich gelassen, nicht wahr?«

»Das dachte ich damals. Jetzt bin ich nicht mehr ganz so sicher.«

»Dein Brief kam genau in dem Moment, als ich zum erstenmal entdeckte, daß Casper mich betrog. Ich erinnere mich noch an jeden Augenblick. Ich war gerade mit meinem dritten Kind aus der Klinik nach Hause gekommen. Eine Empfangsgesellschaft war versammelt. Ich mußte ins Schlafzimmer gehen, um das Baby zu stillen. Mit dem Kind an der Brust las ich deinen Brief noch einmal. Es war so bestürzend – ich war so wütend über dich –, daß ich hinausging, um mich zu fassen, bevor ich wieder zu den andern ins Wohnzimmer zurückkehrte. Und auf der Seitentreppe fand ich die beiden.«

Ich starre sie an, außerstande, mich zu äußern.

»Weißt du, was meine erste Reaktion war? Ich wollte zurück ins Schlafzimmer und das Kind mit einem Kissen ersticken. Ich wollte den Jungen umbringen. Und danach fühlte ich mich so schuldbeladen, daß ich dir nicht schreiben konnte.«

»Es gibt noch so vieles, worüber wir Klarheit schaffen müssen.«

## 2

Für mich gab es keine Damaskus-Erfahrung, keinen großen Menschheitssprung, nur eine Reihe von kleinen Veränderungen, jede für sich genommen unbedeutend, aber jede Voraussetzung für die nächste. Eine Rebellion, die zuweilen sonderbare und ziemlich verzerrte Formen annahm. Der Kampf gegen das Idealbild von der pflichttreuen Tochter, bei dem ich doch so geschickt vorging, daß ich nicht ertappt werden konnte – obwohl, ein Risiko bestand immer –: Ich klaute meinen Klassengefährten kleine Dinge, an denen sie hingen, und warf sie dann weg, weil ich sie gar nicht wollte. Ich weiß noch, einmal stahl ich die winzige, erlesen bemalte Keramikplastik eines Hahns – und hatte dann keine Ahnung, was ich damit anfangen sollte. Am Ende verbrachte ich einen ganzen Nachmittag damit, eine kleine Anrichte aus Streichholzschachteln, verkleidet mit leuchtend buntem Papier und mit einem Spiegel von Stanniol, zu basteln, darauf stellte ich den Hahn und bot ihn beim Kirchenbasar zum Verkauf an, was die Schuld irgendwie wiederaufhob. Solche Sachen.

Ich erinnere mich: Als ich schon in London war, ging ich einmal an einem großen Schild vorbei, das jemand an sein Garagentor genagelt hatte und das lautete:

*Lassen Sie sich ja nicht einfallen, hier zu parken!*

Und plötzlich konnte ich an nichts anderes mehr denken, als dort zu parken, obwohl ich nicht einmal ein Auto besaß. Tatsächlich zerbrach ich mir tage-, wo nicht wochenlang den Kopf, wie ich einen Wagen ergattern könnte, nur um ihn dort zu parken. Kapierst du, was ich sagen will?

Bei unsern Kinderspielen hab ich mir immer gewünscht, der Räuber zu sein, nicht der Polizist; oder der Ritter, nicht die süße kleine Dame, die darauf wartet, daß sie einer rettet; derjenige, der gegen die Ungeheuer kämpft und manchmal gewinnt und manchmal verliert, nicht jemand, der befreit werden muß. Selbst auf der Oberschule fing ich an, mein Frauenschicksal anzuzweifeln: nicht bloß den Gedanken zu heiraten, sondern, daß ein Mann und Kinder das ein und alles meines Lebens sein sollten. Ich nehme an, es hing stark mit Mutter zusammen. Mit dem, was sie uns antat, aber auch mit alldem anderen, was sie sich von Vater antun ließ. Die meisten meiner Freundinnen schwelgten in der Aussicht auf die Freiheit, zu flirten, mit den Leidenschaften zu experimentieren und die Flügel auszuprobieren im Bewußtsein der Sicherheit: Hinterher würden sie sich friedlich niederlassen für immer und ewig, amen. Als ob die Faszination, dich im Brennpunkt männlichen Begehrens zu sehen, dich dafür blind machte, was die Sache für dich selber wert war. Mich stieß der Gedanke ab.

Einmal waren wir bei einem Freund von Vater zum Mittagessen eingeladen. Es war Sonntag nach der Kirche, wir saßen alle in unsere guten Sachen gezwängt. Vorher hatten sie uns gewarnt: Dies sei ein sehr wichtiger Mann, wir sollten uns ja benehmen und mäuschenstill sein. Und das waren wir. Aber der Mann hatte selber zwei kleine Kinder, ungefähr drei oder vier Jahre alt, und sie waren richtige kleine Rangen, und zur Mitte der Mahlzeit blickte der Mann seine Frau an und machte eine Kopfbewegung, und sie brachte sie raus, damit sie im Garten spielten und ihren Mann und die Gäste nicht störten. Sie selbst aß hinterher allein, während die anderen in der Diele Kaffee tranken. Ich erinnere mich daran, daß ich auch hinausrannte, um im Garten mit den Kindern zu spielen, obwohl ich schon ungefähr acht oder zehn war und gescheiter sein konnte, aber draußen, dachte ich, müßte es so viel lustiger sein. Nur, es war so schrecklich, die Frau zu sehen, wie sie auf der Schaukel saß und weinte und dabei tat, als wäre gar nichts. Ich ging zu ihr hin und preßte mich an sie, wo sie saß, und beschloß, ihr mein Geheimnis zu erzählen, damit ihr besser würde. Es lautete: Wenn ich groß wäre, würde ich nie Kinder haben. Aber da weinte sie nur noch mehr.

In einer Hinsicht verbesserte die Universität mein Leben, aber in einer anderen machte sie es schlechter. Eine Verbesserung war es, weil ich zum erstenmal, seit ich existierte, eine Art Freiheit kostete. Schlechter war es, weil ich wußte, ein Moment der Entscheidung rückte heran. Die Ferien waren schrecklich, außer im Sommer, wenn wir hier nach Sinai kamen. Immerfort gab es Auseinandersetzungen mit Vater – darüber, daß ich nicht hart genug arbeitete oder »nutzlose« Fachgebiete wählte oder die falschen Bücher las oder »meinem Volk« den Rücken kehrte oder die falschen Kleider trug. Mein Gott, einmal zog sich ein Streit über Tage hin, bloß weil ich anzog, was Vater als durchsichtige Bluse betrachtete, die meine Brustwarzen sehen ließ, und die waren ungefähr alles, was ich hier oben hatte. Ein Mädchen, das seine Brustwarzen zur Schau stellt, behauptete er, macht sich selber billig, indem es lautschallend verkündet, es ist für jedermann zu haben. Dies eine Mal ergriff Mutter meine Partei, obwohl ihr Argument etwas zweifelhaft war. Ich hätte ohnehin nichts zur Schau zu stellen, sagte sie, also wozu das Theater? Ich versuchte mich zurückzuhalten, dann spottete ich, dann brüllte ich ihn an, und dann machte ich mich lächerlich, indem ich in Zornestränen ausbrach, und am Ende war mir nur noch übel (obwohl ich mich weigerte, die Bluse zu wechseln). Was sich mir tatsächlich einbrannte, war seine letzte Warnung: »Schön, komm nicht und verlang Mitgefühl von mir, wenn dich einer vergewaltigt.« Worauf ich – anders konnt ich nicht – zurückbrüllte: »Und du verlang von *mir* kein Mitgefühl, wenn dich einer in die Eier tritt.« Das bescherte mir die letzte Demütigung einer Tracht Prügel, obschon ich damals eigentlich schon als zu alt dafür galt.

Gegen Ende meiner Universitätslaufbahn – ich ging nach Stellenbosch, nicht wie Anna nach Pretoria, einzig und allein deswegen, weil ich zwischen meine Eltern und mich einen möglichst großen Abstand zu bringen wünschte, aber einige Ironie kam auch ins Spiel, denn Stellenbosch war ihre eigene Hochschule, und so unterstützten sie meinen Umzug begeistert – unternahmen wir einen Familienausflug zu entfernten Verwandten in Namibia (damals noch »Südwest-Afrika«): Familienbande hatte Vater immer wichtig genommen. Die einzigen lohnenden Augenblicke dieser ganzen miserablen Reise waren die Besuche im Namib, den Wanderdünen der Walvis Bay, die man immer, wenn man dorthin zurückkehrte, in neuen Gestalten vorfand – und doch schienen sie ewig und unwandelbar. Ich glaube, ich hätte dortbleiben können. Ich verliebte mich in die Wüste; es war das erstemal, daß ich mir ein Bild formte, das dem Namen Afrika entsprach, und bis zum heutigen Tag ist es in meiner Vorstellung das lebendigste. Der Rest der Ferien war trist. Hauptsächlich, weil im Mittelpunkt des ganzen Ausflugs eine Jagdexpedition stand, die Aufregung versprochen hatte und kaum Anregung bot.

Wir verbrachten die meiste Zeit auf einer riesigen Farm im Norden von Okahandja, die sich bis über den Horizont hinaus erstreckte. Eine ganze Armee von Verwandten und Freunden hatte sich dort niedergelassen; die meisten von uns zelteten draußen, weil das niedrige, graue, bedrückende Farmhaus viel zu klein war, um uns alle aufzunehmen. Das war an sich kein Problem, abgesehen davon, daß die Zelte, die in einem sandigen, ausgetrockneten Flußbett unter großen Kameldornsträuchern aufgeschlagen wurden, bald von Vogelläusen einer besonders giftigen Art verseucht waren, und von Mutters nie endenden Klagen über den mangelnden Komfort. Außerdem schrak sie bei jedem nächtlichen Laut angstvoll hoch. Als einmal in der Nachbarschaft ein Esel schrie, war sie überzeugt, es handle sich um einen Löwen, und nötigte Vater, eilends auf allen vieren hinauszukriechen, vermutlich, um den Räuber mit bloßen Händen zu erlegen.

Jeden Morgen fuhren die Männer vor Sonnenaufgang mit Gewehren in ihren Transportern davon, während die Frauensleute zurückblieben, um zu arbeiten. Und das taten sie, fingen lange vor der Morgendämmerung an und rackerten weiter, bis die Männer bei Sonnenuntergang zurückkehrten, denn nur, indem sie schufteten wie die Sklaven, konnten sie ihre Existenz rechtfertigen. Noch in den *biltongs*, die sie schnitten, in den Marinaden, die sie anrührten und in den Meilen von Würsten, die sie stopften, erkannte ich das unerbittlich funktionierende System.

Nach ein paar Tagen hielt ich es nicht mehr aus. So flüchtete ich, begleitete die Männer hinten in einem Transporter, wo das Blut des vergangenen Tages auf dem Metallboden zu einem dunklen, mit rotem Staub bedeckten Gallert geronnen war. Ich nahm eine Apfelsine und eine Büchse Bier, ein Stück zähen *biltong* und ein Buch mit. Den größten Teil des Tages dämmerte ich in der mörderischen Hitze halbbetäubt vor mich hin, während ich Jungs »Erinnerungen, Träume, Reflexionen« zu lesen versuchte. Psychologie im dritten Jahr. Bis die Männer an diesem Nachmittag zurückkehrten, ein fast totemistischer Anblick, wie sie auf den Schultern die blutenden Kadaver des Wildes trugen, das sie geschossen hatten. Ich fuhr kein zweites Mal mit, überließ aber die Frauen ihrem Tatendrang und ihren Pflichten, schlug Mutters unheilkündende Warnungen vor Löwen und Leoparden und den namenloseren Schrecken Afrikas in den Wind und schritt entschlossen hinaus ins *veld*, ausgerüstet mit einem Feldstecher, einem Rucksack voll Lebensmittel und Roberts »Vögel von Südafrika«; die wollte ich beobachten, obwohl jeder andere Vorwand genausogut gedient hätte. Und natürlich verirrte ich mich und hatte bald meine Schnitten und meine getrockneten *wors* aufgegessen und meine lauwarme Limonade getrunken und glaubte allmählich, ich müsse wohl verdursten, da fand mich lange nach Sonnenuntergang zu meiner Beschämung ein Suchtrupp der Männer, angeführt von meinem Vater und unserem Gastgeber.

Schwer zu sagen, ob ich wütender über ihn war, weil er mich gefunden oder weil er mich dazu getrieben hatte, allein davonzuwandern. Vielleicht dämmerte mir schon die Erkenntnis, daß ich es irgendwann nicht mehr hinnehmen würde. Es gab für mich in diesem umnachteten Land keine Zukunft. Selbst da war es nicht leicht, eine Entscheidung zu treffen, die völlige Entwurzelung bedeutete. An der Universität hatte ich mich für eine gemäßigt linke Politik engagiert (radikalere Alternativen gab es dort nicht). Mindestens zum Teil wohl deshalb, weil ich genau wußte, wie sehr ich Vater damit verdroß. Er war so selbstgefällig in seiner Hingabe an die große Sache der Afrikaander-Politik (ich erkannte, in nüchterne Worte übersetzt, bedeutete die nur seine eigene Beförderung), daß es für mich fast obligatorisch war, ihn mit immer neuen Methoden zu demütigen.

Aber es war nicht nur ichbezogenes Interesse. Kann man Raum und Zeit solcher Entscheidungen je genau ausmachen? Ich erinnere mich: Gegen Ende meines zweiten Studienjahres feierten wir eine Party im Haus von Freunden in einem Vorort, der Mustersiedlung Dalsig, lauter pseudospanische Architektur, Landschaftsgärten mit einheimischen

Sträuchern und Bäumen und glorreichen Mittelklassewerten. Irgendwer hatte wohl Geburtstag. Das Wetter war herrlich, und wir rekelten uns, leicht benommen von zuviel Essen und noch mehr Trinken um das erleuchtete Schwimmbecken; es muß nahe Mitternacht gewesen sein. Die Unterhaltung drehte sich, veranlaßt Gott weiß wovon, um die menschliche Bestimmung, nichts Geringeres – wie es sich ziemte für eine Gruppe von Studenten, die durchdrungen waren von der unbekümmerten Überschätzung ihrer eigenen intellektuellen Fähigkeiten. Das Ganze solide eingebettet in europäische Tradition, lauter Hegel und Heidegger und Sartre und Camus, eine Prise Foucault und natürlich ein gründlich desinfizierter und sterilisierter Marx. Mitten in all dieser halbgebackenen Gelehrsamkeit brach plötzlich in unsere gemütlich abgekapselte Welt ein Mann ein: Ein Schwarzer in zerlumptem Overall drang durch die Ligusterhecke, hastete über den Rasen, stieß an Stühle, warf Tabletts und Tische um, raste am Rande des Beckens entlang und brach durch die gegenüberliegende Hecke in den Nachbargarten. Bevor wir uns von dem Schrecken erholt hatten, stürzten in seinem Kielwasser zwei weitere Männer durch den Liguster, diesmal zwei blauuniformierte Polizisten mit Gewehren in den Händen. Peng-peng, du bist tot. Völlig blind für unsere Anwesenheit, nur auf ihre wilde Verfolgung bedacht, vorbei am Becken, durch die Büsche und ab in den angrenzenden Garten. Alles war so unvermittelt vorüber, wie es begonnen hatte. Das Ganze war so unwirklich gewesen, man konnte kaum glauben, daß es sich überhaupt zugetragen hatte. Es war, als sei eine jähe Sturmbö in den Ort eingefallen und wieder entschwunden, Verwüstung zurücklassend.

Ein paar von uns gingen zu den Nachbarn hinüber, um sich zu erkundigen, aber die Glücklichen hatten überhaupt nichts bemerkt. (Am nächsten Tag durchsuchten wir die Zeitungen, fanden aber kein störendes Vorkommnis erwähnt.) Einige unerschrockene Seelen versuchten, das Gespräch wieder aufzunehmen, aber der Funken war erloschen, und bald versandete es, und jedermann ging heim. Ich habe keine Ahnung, ob irgendwer von den anderen je noch einen Gedanken an den Vorfall wandte; soviel ich mich erinnern kann, hat ihn keiner noch einmal aufs Tapet gebracht. Aber für mich war es noch einmal eine Verschiebung, als sei plötzlich die ganze überschwemmte Hälfte – vier Fünftel – südafrikanischen Lebens aus dem Meer aufgetaucht und gewaltsam in unsere behagliche kleine Insel eingebrochen. Es war, als sei jener andere Mann, der einst mit blutigem Kopf um Hilfe zu Vater kam, wieder auferstanden und suche mich heim. Vielleicht reagierte ich sinnlos und sentimental und bestimmt peinlich »weiß«. Aber nachdem ich einen erschreckenden Augenblick lang unmittelbar konfrontiert gewesen war mit jenem geheimen dunklen Lebensausschnitt, auf dem alles andere in diesem Land beruht, konnte ich mich nicht einfach munter in meine gewohnte glückselige Unwissenheit zurückfallen lassen.

Hätte ich zum Religiösen geneigt, wäre ich vielleicht wie die meisten meiner Kommilitonen mit bösem Gewissen irgendeiner kirchlichen Missionsgruppe beigetreten. Wie die Dinge lagen, blieb mir keine große Wahl. Aber ich beteiligte mich an jedweder linken politischen Aktion, die an unserer Universität zugelassen war; und da galt schon der Gedanke, die »traditionellen Werte« zu hinterfragen, als kommunistisch inspirierter, potentieller Terrorakt.

So war alles in Wirklichkeit ganz gefahrlos. Aber ich gewann das Gefühl, an größeren Anliegen teilzuhaben, Glied einer Bewegung zu sein, die Schwungkraft sammelte und diametral anrannte gegen das, was Vater immer so leidenschaftlich als »den Kampf unseres Volkes um Anerkennung« beschrieb. Und das half mir durch die nächsten paar Jahre. Die bemerkenswerteste – und schmeichelhafteste – Entdeckung war, daß unsere Haltung, so vorsichtig und zögernd sie in realistischer Sicht auch war, innerhalb des Universitätslebens als höchst gefährlich eingestuft wurde.

Mit Stirnrunzeln sah man in meinem Prüfungsjahr besonders meine Beziehung zu Eric Olivier, der in Stellenbosch als eine Art Spinner galt: künstlerisch veranlagt, unkonventionell, mit einer zornigen satirischen Ader; die kam nicht gut an bei den Rugby-Helden, die im Studentenleben den Ton angaben. Was Eric berühmt machte, war sein Engagement bei antimilitärischen Kampagnen; er verbrannte seine Einberufungspapiere und rückte vor in den Reihen der Schluß-mit-der-Wehrpflicht-Streiter. Es war erstaunlich, zeitweise fand ich es fast erschreckend, diesen schüchternen, stotternden Jungen zu sehen, wie er plötzlich von einer Überzeugung entflammt wurde. Ich war von Eric fasziniert. Aber die Beziehung hielt nicht lange. Eines Tages, als er vom Kunstunterricht heimkam, wurde er in einem Auto entführt, und ich sah ihn nie wieder. Wir – zumindest ein paar von uns – inszenierten Demos, schrieben an Zeitungen, bepflasterten die Verwaltungsgebäude mit Plakaten, in denen wir das Einschreiten der Universität, seine Befreiung aus der Haft forderten – doch nichts geschah.

Und dann war ich an der Reihe.

Ich wurde zur Vorsteherin meines Wohnheims bestellt, zusammengestaucht vom Hauskomitee, schließlich zum Rektor vorgeladen und offiziell von ihm gerügt. Man erklärte, mein Verhalten sei für einen Afrikaander unannehmbar und besonders tadelnswert bei einer jungen Frau. Ich wurde ersucht, aus dem Studentenrat auszutreten und flog aus dem Herausgeberkomitee der Studentenzeitung. Die Leute wurden davor gewarnt, mit mir zu verkehren. Es war großartig.

Der Rest meines Unilebens verlief nach der Norm des erleuchteten Afrikaans-Studenten. Ich verlor ein paar Freunde und gewann ein paar neue, besonders farbige, Kameraden von der United Democratic Front. Unter ihnen Jason. Er war ein farbiger Lehrer, zwölf Jahre älter als ich, ein Organisator der UDF, der schon zweimal verhaftet worden war. Unter anderen Umständen hätte ich mich leicht in ihn verlieben können, aber unsere Beziehung war streng platonisch. Ich wußte, seine Arbeit in der UDF war zu wichtig, als daß man sie durch Komplikationen anderer Art aufs Spiel setzen durfte.

Es gab andere, die meine körperlichen Bedürfnisse erfüllen konnten, sobald die sich aufdrängten. Ich konnte Männer gut leiden und ging in der richtigen Stimmung gern mit ihnen ins Bett, aber ich sah keine Notwendigkeit zu einem Verhältnis, es sei denn nach meinen eigenen Vorstellungen. Ein oder zwei Episoden waren übel abgelaufen und hatten mich argwöhnischer gemacht; aber ich akzeptierte die Nöte und das Verlangen meines Körpers und bildete mir etwas darauf ein, daß ich imstande war, im großen und ganzen, wie ich hoffe, vernünftig zu urteilen. Insgeheim, ich bekenne es, glaubte ich noch an die große, verzehrende Leidenschaft. Auch wenn sie mir noch nicht über den Weg gelaufen war – ich zweifelte nicht, das war nur eine Frage der Zeit.

Die Katastrophe kam ganz unerwartet. Zu Beginn meines Magisterjahres erhielt ich in der Wohnheimdiele den Besuch von zwei Typen in Sportjacketts und Terylene-Hosen; und nach einigem plumpen Geplänkel kamen sie zur Sache. Ich wurde ersucht, bestimmte Kommilitonen im Auge zu behalten und den beiden netten Herren regelmäßig zu berichten. Es war alles so abgeschmackt, daß ich es kaum glauben konnte. Zu Recht oder zu Unrecht sah ich Vaters Hand darin. Ich fürchte, ich lachte laut über ihren Vorschlag. Sie ließen ihre Gutmütigkeit fahren. »Denken Sie erst mal darüber nach«, sagte der Ältere. »Wir wollen heute noch keine Antwort. Es hängt ganz von Ihnen ab.« Eine winzige Pause, dann fügte er hinzu: »Natürlich, möglicherweise könnten andere von Ihrer Entscheidung betroffen sein. Jason Smith heißt der Mann? Na, ich nehm doch stark an, Sie möchten Ihren Eltern die Schande eines Unsittlichkeitsprozesses lieber ersparen.«

Ich versagte ihnen die Genugtuung, mich erschüttert zu sehen.

Der Besuch war wie ein Erdbeben gewesen, eine Detonation unter Wasser, die alle Arten von längst abgelagertem Gesteinsschutt und tote Fische an die Oberfläche schwemmte. Mein erster Impuls war, zu Jasons kleinem Reihenhaus in Belhar zu fahren und ihn zu warnen; aber natürlich wäre es idiotisch gewesen, ihn einem weiteren Risiko auszusetzen. Und es war ebensoviel seinet- wie meinetwegen, daß ich meinen Entschluß faßte – er mußte nicht einmal gefaßt werden; um die Zeit schien er sich schon in mir herausgebildet zu haben: Ich würde das Land verlassen.

## 3

Ich stehe auf und trage mein Frühstücksgeschirr und Annas Tasse zur Spüle. Die Sonne fällt durchs Fenster und zieht eine scharfe Linie quer über den mit Natursteinen gefliesten Fußboden. Ouma Kristinas Uhr. Sie hat nie in ihrem Leben eine Armbanduhr benutzt; im Haus waren immer jede Menge Uhren vorhanden; doch obwohl sie sie gelegentlich aufzog, nahm sie sich nie die Mühe, die Zeiger zu stellen, mit dem Resultat, daß sie alle, fünfzehn oder zwanzig oder mehr, verschiedene Stunden zeigten und schlugen. Das einzig zuverlässige Chronometer war die Sonne, die von Fuge zu Fuge über den Küchenboden glitt; und Ouma konnte innerhalb eines Spielraumes von etwa zehn Minuten genau die Zeit angeben, indem sie nur einen Blick auf die Stelle warf, die der Lichtstrahl erreicht hatte – wobei sie natürlich, und das machte die Berechnung kompliziert, die Jahreszeit berücksichtigen mußte. An den seltenen wolkendüsteren Tagen allerdings scheiterte sie, aber das gehört nicht zur Sache, bloße Mathematik hat sie nie sonderlich interessiert.

»Würdest du gern in die Stadt fahren?« fragt Anna.

»Hast du Zeit?«

»O ja. Es ist Samstag. Ich dachte, es wäre ein guter Vorwand, einen Vormittag lang von den Kindern fortzukommen.«

»Gut«, stimme ich zu.

Doch bevor wir aufbrechen können, gibt es draußen im Hof eine hektische Invasion, begleitet von einer Kakophonie von Vogelgekreisch. Wir erreichen die Küchentür eben rechtzeitig, um zu sehen, wie ein gelber Gefangenenwagen hält, gefolgt von fünf oder sechs anderen Autos in einem Wirbel roten Staubes. Die offenen Fenster starren sämtlich von Gewehren, so daß der Konvoi an eine Kohorte übergroßer

Stachelschweine auf Rädern erinnert. Sobald die Begleitfahrzeuge halten, schwingen die Türen auf, und in einem Gewirr brüllender Stimmen stolpern mindestens zwanzig Männer in blauen Drillichanzügen heraus und bilden einen unregelmäßigen Kreis um den Transporter. Aus dem springen vorn zwei Polizisten in Uniform, rennen mit gezogenen Pistolen nach hinten, schließen die Türen auf, entriegeln sie und springen vorsichtig zurück, wie die Trainer gefährlicher Raubtiere bei einem Zirkusakt. Im Chor brüllen sie Befehle – »Tempo! Tempo! Tempo!« –, während ein paar von der Begleitmannschaft mit ihren Gewehrkolben und den kappenverstärkten Spitzen ihrer mächtigen Stiefel an die Seitenwände des Transporters donnern. Ich erwarte, daß mindestens ein Rudel Löwen oder Tiger, wenn nicht ein Elefant durch die offene Tür stürmt, und trete neugierig ein paar Schritte näher. Als sie merken, daß eine Frau anwesend ist, steigert sich die Vorführung männlicher Macht fast bis zur Hysterie. Dann purzeln von der Ladefläche des Transporters vier zerzauste Gestalten auf den Boden. Um sie herum beginnt sich der Staub zu setzen. Stille senkt sich über die militärische Versammlung. Im Hintergrund legt sich der Vogelradau.

Einer der beiden Uniformierten, nach den Sternen an seinem Rock vermutlich der Kommandierende, schlägt die Hacken zusammen und macht mit der Rechten, die noch die Pistole umklammert, eine Bewegung, als wolle er verkünden: »Voilà!«

Ihre Beute, kümmerliche Leiber, angstvoll aneinandergedrängt, stellt sich als ein Trüppchen Halbwüchsiger heraus, von denen der Jüngste kaum zwölf zu sein scheint, ein Junge mit knochigen Knien und Ellenbogen. Die schweren Schellen, die seine übergroßen Hände zusammenhalten, wirken übertrieben an diesen dürren Gelenken. Er hat in seine kurzen Khakihosen gepißt; sein Gesicht ist von Tränen, Rotz und Staubstreifen verschmiert, und von Zeit zu Zeit erschüttert ein Schluchzer seinen Brustkorb. Die Männer verharren im Kreis um die Jungen und richten die Gewehrmündungen auf sie.

Ich brauche eine Weile, um die Szene zu begreifen. Sie alle

warten offensichtlich auf meine Reaktion, wie Jungen, die für eine ganz außerordentliche Großtat den elterlichen Beifall vorauskosten.

Schließlich bringe ich eine Frage heraus: »Was zum Teufel ist hier los?«

Der Offizier öffnet verblüfft den Mund, aber schließlich deutet er nur auf die Bengel. Hinter mir stößt Anna einen fast unhörbaren Warnlaut aus, aber ich beachte sie nicht.

»Also?« frage ich. »Korporal oder General oder was immer Sie sind – was in Gottes Namen hat das alles zu bedeuten?«

»Miss«, sagt er, »wir haben sie gefaßt.«

»Wer sind sie?«

Er starrt mich an, als sei ich leicht bescheuert. »Das sind *sie*«, sagt er. »Meine Güte, die das Haus hier angesteckt haben.«

Jetzt ist es an mir, die Augen aufzureißen.

»Aber ich denke – es hieß doch – angeblich sollten es abgesprungene MK-Leute oder irgend so was sein?«

»Lassen Sie sich sagen, die sind nie zu jung, um da mitzumischen, Miss«, sagt er. »Genau besehen, sind die Jugendlichen sogar die Schlimmsten.« Ohne Vorankündigung, ohne auch nur den Kopf zu drehen, holt er mit der Linken aus und versetzt dem nächststehenden Gefangenen, dem stockdürren Bengel, eine Ohrfeige, daß er mit einem schrillen Mädchenschrei auf dem Boden landet.

»Auf mit dir!« befiehlt der Offizier, und ich sehe, wie er sich für einen Fußtritt zurechtstellt. (Einer meiner ersten Freunde in Stellenbosch hat beim Rugby als *fly-half* gespielt.)

»Aufhören!« schreie ich mit aller Lungenkraft, die ich von Mutter Opernsängerin geerbt habe.

Er gafft mich ungläubig an. Sogar der Junge hört mitten im Schniefen auf zu stöhnen.

»Aber das sind sie!« wiederholt der Offizier mit einer hilflosen Gebärde. »Verstehen Sie denn nicht?«

»Es ist doch nur ein Häufchen Kinder.«

Unter den versammelten Männern erhebt sich gedämpftes Murren.

»Aber ich habe Ihnen gesagt ...«, ein triumphierender Ton schleicht sich in die Stimme des Offiziers. »Sie haben bereits gestanden.« Er wendet sich dem größten Jungen zu und donnert ihn an: »He, alter Freund?«

Der Bursche murmelt irgend etwas Unzusammenhängendes. Sein Mund, entdecke ich, ist so verschwollen, daß er Mühe hat zu sprechen.

»Sie hören?« fragt der Offizier. »Ich sage Ihnen, sie haben gesungen wie die Kanarienvögel.«

»Aber warum sollten sie das Haus angesteckt haben?«

»Aus Spaß an der Freud. Weil ihnen so war. Weil sie nichts anderes zu tun hatten.« Er schaut mich triumphierend an. Wendet sich dann seinen Leuten zu. »Okay, Jungs, bringt sie nach vorn.« Und indem er über seine Schulter blickt, sagt er lakonisch, als sei ich ein Kind, dem alles erklärt werden müsse: »Wir haben sie nur zu einer letzten Überprüfung hergebracht.« Und wieder lauter, zu seinem Trupp: »Tempo!«

Ich wende mich Anna zu. »Kommst du?«

Sie schüttelt den Kopf, lehnt sich an den Türrahmen. Hinter ihr sehe ich Truis hellrotes Kopftuch auftauchen, und weiter hinten, im Schatten, steht Jonnie.

Der Offizier scheint überrascht, ja verwirrt, als ich mich ihm anschließe. Wir gehen ums Haus zu der verwüsteten Treppe, auf der die ausgebrannten Fensterrahmen noch starren wie leere Augenhöhlen.

»Das ist wirklich nicht nötig, Miss«, sagt er amtlich.

»Schlimm genug, was passiert ist«, erkläre ich ihm knapp. »Ich möchte sichergehen, daß nichts Ungehöriges passiert.«

»Die alte Dame ist fast umgebracht worden«, sagt er, eine Spur Ärger in der Stimme.

»Sie ist meine Großmutter«, sage ich.

»Schön.« Er lächelt verschwörerisch. »Dann werden Sie verstehen.«

»Ich verstehe nicht, wieso die Jungen so aussehen.«

»Wenn es um Leben oder Tod geht, können wir nicht immer Glacéhandschuhe tragen, Miss. Tut mir leid. Nicht, daß wir das gern täten. Aber wir müssen unsere Arbeit machen.«

Spitz fügt er hinzu: »Damit Sie nachts in Ihrem Bett ruhig schlafen können.«

»Ich würde weitaus besser schlafen, wenn ich wüßte, daß *die* in Sicherheit sind.«

»Hören Sie«, sagt er plötzlich, »worauf wollen Sie hinaus? Werfen Sie uns nun vor, daß wir eine Bande von Terroristen gefaßt haben?«

»Eine Bande von Terroristen?« Ich spüre ein sehr starres Lächeln auf meinen Lippen, als ich mit dem Kopf auf die vier Jungen inmitten des Kommandos deute.

»Offenbar kennen Sie diese Typen nicht. Lassen Sie sich sagen ...«

»Nein«, unterbreche ich ihn. »Lassen *Sie* sich sagen: Ich werde veranlassen, daß diese Kinder überwacht werden. Und wenn ihnen noch irgendwas passiert – Sie verstehen mich? –, wenn ihnen noch mehr passiert, werden Sie da enden, wo die jetzt sind.«

»Verzeihung?« Seine Augen verraten echte Belustigung. (Vielleicht ist er wirklich ein sehr netter Mann, schießt es mir durch den Kopf, wahrscheinlich ein großartiger Vater. Alles aus Spaß an der Freud.) »*Sie* werden veranlassen –?«

Ich spüre, wie sich mir die Kehle verkrampft. Aber ich sage: »Ja. Weil es in einer Woche in diesem Land eine neue Regierung geben wird. Sie werden nicht mehr am Drücker sein. Und ich habe zufällig Kontakte.«

Seine blauen Augen verengen sich, während er mich mustert, ich bin sicher, er hofft, mich so weit zu bringen, daß ich Farbe bekenne.

»Ich bin im ANC«, sage ich mit fester Stimme. »In den nächsten Tagen spreche ich mit seinen Vertretern.«

Jetzt scheint er vollkommen verdutzt. »Sind Sie denn keine Afrikaanderin?« fragt er.

»Doch, natürlich.«

»Dann begreife ich nicht.«

»In den nächsten Wochen werden Sie eine Menge begreifen müssen«, sage ich ihm. »Besser, Sie fangen sofort damit an.«

Es ist faszinierend zu sehen, wie sich seine Gesichtszüge verändern. Bisher ist er gelegentlich herablassend gewesen, verärgert oder gereizt, weil er mit weiblicher Begriffsstutzigkeit zu tun hatte; aber er muß angenommen haben, wir stünden beide auf derselben Seite. Seine Miene ändert sich von Verwirrung zu Mißtrauen und Bestürzung. Jetzt wird sie schlicht und klar, in einem Haß, so intensiv wie ein Laserstrahl, fast erheiternd zu beobachten, die Art reiner und konzentrierter Emotion, die einem Mann die Sicherungen durchbrennen läßt und ihn zur schlimmsten Ausschreitung fähig macht.

»Die Bengel haben dies Haus abgebrannt«, sagt er sanft.

Ich gehe in den Kreis der Männer. Meine Beine sind unsicher, aber wenn ich in etwas firm bin, dann darin, Haltung zu wahren, das haben wir von Kind auf gelernt.

»Hört zu«, wende ich mich an die vier Jungen. »Wenn *irgendwer* hier« – ich mache eine langsame, umfassende Geste –, »egal wer, euch weh tut, dann bin ich da, um der Sache nachzugehen.« Ich schaue an den Männern vorbei den Offizier an. »Und derjenige wird es schwer büßen.«

Der Laser strahlt auf mich zurück.

Ich versuche, meinen Auftritt mit einem Abgang von der Bühnenmitte zu krönen, der meiner Mutter würdig wäre, entdecke jedoch zu spät, daß natürlich die verkohlte Vordertür mit Brettern vernagelt ist. Kein Abgang in dieser Richtung. So wende ich mich von meiner erhabenen Position auf der Treppe zu ihnen zurück, als ob dies die ganze Zeit meine Absicht gewesen wäre, verschränke die Arme unter der Brust, um ihr Zittern zu beherrschen, und stehe mit gespreizten Beinen schweigend da, das Wunder Frau, bis das Polizeikommando sich abkehrt und davontrottet, vorbei an der Flanke des zerstörten Hauses. Augenblicke später knallt eine Batterie Wagentüren ins Schloß, dann werden Motoren angelassen und hochgejagt. Bald kommt der Konvoi wieder vorbei, folgt der Kante des vorderen Rasenplatzes, vorbei am Rosengarten und an den Bäumen und davon auf der Farmstraße zu dem prunkvollen Palasttor. Es dauert eine ganze Weile, bis der Staub sich setzt.

## 4

Eine halbe Stunde später fahren Anna und ich dieselbe Straße.

»Sie *haben* versucht, ihre Arbeit zu machen«, sagt sie, als wir bei der Tasse Tee sitzen, die fällig war, nachdem sich die Aufregung gelegt hatte.

»Ihre Arbeit besteht nicht darin, Kinder braun und blau zu schlagen.«

»Ihre Arbeit ist, die Leute zu kriegen, die Ouma umgebracht haben.«

»Ouma ist nicht tot.«

»Noch nicht. Aber sie haben sie umgebracht. Egal, ob sie zwölf Jahre alt sind oder zwanzig oder fünfzig.«

»Wen versuchst du zu überzeugen?«

»Du kennst diese Leute nicht, Kristien. Den Jahren nach mögen sie Kinder sein. Aber sie sind auf der Straße aufgewachsen. Sie sind die Generation, die gebrüllt hat: *Erst Freiheit, dann Bildung*. Ihre einzige Sprache ist die Gewalt. Eine andere verstehen sie nicht. Sieh doch nur dies Haus an, sieh, was sie angerichtet haben.« Sie nahm den nächsten Schluck. »Du bist zu lange weg gewesen. Ich hab es dir schon früher gesagt: Du hast keinen blassen Schimmer davon, was hier los ist. Es nützt nichts, die liebe gute Bonbon-Liberale mit dem blutenden Herzen zu spielen. Die Realität ist das hier, Schwester.«

»Ich bin auch Realität«, sagte ich und verspürte Übelkeit.

Sie lächelte, mitleidig, herablassend, und setzte ihre Tasse ab. »Gut, gehen wir.«

»Wohin?«

»Ich denke, wir wollten in die Stadt fahren?«

»Ach ja, natürlich.« Ich schöpfte tief Luft. »Ich muß nur meine Tasche holen und ein paar Sachen, die ich in der Bank brauche. Wartest du im Auto auf mich? Es dauert keine Minute.«

Es dauerte länger. Ich mußte hingehen und mir das Gesicht mit kaltem Wasser waschen. Ich schaute zu Ouma hinein, aber sie schlief noch. Neben dem Bett saß die tölpelhafte

Schwester wie ein vielgliedriges Insekt und verschlang ihr Magazin. Ich suchte meine Sachen zusammen, vertröstete Trui, die offensichtlich zu einer Diskussion ansetzte. (»Wir reden später, ich verspreche es dir, einverstanden?«) Vom Küchenfenster aus vergewisserte ich mich, daß Anna in ihrem Transporter unter dem Pfefferbaum saß. In der Entfernung konnte ich Jonnie erkennen, der sich noch in der Nähe herumtrieb. Ich wandte mich zurück in die dunkleren Schlupfwinkel des ramponierten Palastes und jagte die Kellertreppe hinunter.

Jacob Bonthuys saß noch am selben Fleck, wo ich ihn zuletzt gestern erblickt hatte, und starrte mich benommen an, resigniert, ohne ein Zeichen von Überraschung. Er sah älter aus als zuvor. Ich stand mit dem Rücken zur Tür.

»Was ist passiert?« fragte er. »Wer ist dagewesen?«

»Die Polizei.«

Er stand auf und wich zurück.

»Sie haben nicht nach Ihnen gesucht, Mr. Bonthuys. Sie sagten, sie hätten die Leute festgenommen, die das Haus zerbombt haben. Das bedeutet, Sie sind jetzt sicher.«

Er schaute mich wachsam an. »Miss sagen das nicht nur so?«

»Nein. Ich bin sicher. Sie können hier so lange bleiben, wie Sie wollen.«

»Danke Ihnen, Miss«, sagte er. »Der Herr wird Miss segnen.«

»Lassen Sie den Herrn aus dem Spiel«, gab ich ärgerlich zurück und riß mich dann zusammen. »Brauchen Sie irgendwas?«

»Nein, Miss. Trui hat mir schon Frühstück gebracht, zeitig, zeitig.«

»Möchten Sie nicht vielleicht etwas zu lesen?«

Er blickte verlegen zu Boden. Mir kam jählings der Gedanke, daß er vielleicht gar nicht lesen konnte. Aber auch wenn das der Fall sein sollte, für einen Rückzieher war es nun zu spät. Einen Augenblick machte ich mir Vorwürfe. Wann würde ich nachzudenken lernen, bevor ich mich kopfüber in etwas stürzte? Aber da sagte er schon: »Wenn mir Miss etwas von Langenhoven mitbringen könnte? Es gibt da ein Buch, das heißt *Loeloeraai*.«

Ich murmelte eine Antwort. Was in aller Welt konnte ihn an diesem standhaften alten Afrikaander-Patrioten interessieren? Stell keine Fragen, entschied ich und ging.

»Wo hast du so lange gesteckt?« fragte Anna, als ich mich schließlich neben sie fallen ließ; es klang mehr resigniert als ärgerlich.

»Bloß nach Ouma gesehen.« Ich bemühte mich noch, meine Gedanken auf die Reihe zu bringen. »Gibt es in der Stadt eigentlich eine Buchhandlung?«

»CNA.«

»Ob die Langenhoven haben?«

Sie warf mir einen Blick zu und zuckte die Achseln. Wir fuhren durch das Tor, Anna winkte dem Wachtposten zu, ich starrte stur geradeaus.

Wir fahren die Farmstraße entlang. Kein Wind regt sich, und ein Rest von dem Staub, den der Polizeikonvoi aufgewirbelt hat, schwebt noch in der Luft und prickelt in der Nasenschleimhaut.

Ich erinnere mich an das letztemal, als ich die Farm besuchte – bevor ich fortging. Ich erzähle Anna davon. Ich hatte nicht abreisen können, ohne erst mit Ouma zu sprechen.

Sie hatte nur gelächelt. »Willst du mich was fragen oder mir was sagen?«

»Ich denke – um dir was zu sagen.«

»Dann mußt du es tun.«

»Aber wenn es nun schlimm ausgeht?«

»Alles kann schlimm ausgehen. Daß du dich hineinstürzt, ist wichtig.« Ouma hatte eine Art, Klischees mit Überzeugung zu erfüllen, jedes Wort trug das Schwergewicht ihrer eigenen Erfahrung.

Am letzten Nachmittag wanderte ich diese Straße dahin, stundenlang, blindlings. Oumas Bereich. Meiner durch Adoption, Aneignung. Irgendwann erreichte ich einen Zaun. Ich zögerte, aber nicht lange, dann stieg ich hindurch – ein kleiner, hellblauer Fetzen von meinem Kleid verfing sich an einem Stachel und blieb zurück als Zeichen des Übertritts – und schritt weiter. Es war etwas unerwartet Großes an dieser Erfahrung: Die Grenze der Farm zu erreichen, den Rand des Vertrauten, des Zulässigen – der Nachbar war dem Vernehmen nach ein reizbarer alter Kerl, der gleich auf Anhieb schoß –, und zu entdecken, daß es nicht das Ende der Welt war. Da, wo ein Raum endete, begann einfach ein anderer; es war möglich, die Grenze zu überschreiten. Da erkannte ich, daß ich gehen sollte. Ich würde den Rand verlassen und in ein anderes Gebiet wechseln. Sein Name war Geschichte. Die süßen Unverschämtheiten der Jugend, wenn schon nicht mehr der Unschuld.

## 5

In den ersten paar Monaten in London war ich in Hochstimmung. Ich wurde getrieben von dem Zwang, es zu schaffen, »es ihnen zu zeigen«, unter denen zu sein – wie ich so verwegen vorausgesetzt hatte –, die Geschichte machen, vor allem mir selber zu beweisen, daß ich es zu was bringen konnte. Ich brannte darauf, so viele Brücken hinter mir abzubrechen wie möglich. Solange sie existierten, blieb die Umkehr, die Vergangenheit selbst, als Alternative bestehen, und das wollte ich nicht. Zuerst landete ich in Earl's Court, aber da war keine gute Atmosphäre: zu viele Südafrikaner von der falschen Sorte. Ich hielt mich an ein paar Empfehlungs- und Einführungsschreiben, die ich mitgebracht hatte, und geriet nach Stockwell, dann las ich einen Landsmann im Exil auf oder wurde von ihm aufgelesen, einen zweifelhaften Anwalt, der sich später schlicht als Handlanger von Ganoven herausstellte, und zog nach Nord-London. Ich hatte unbedenklich vor der Abreise den kleinen Wagen verkauft, den mir Vater zum einundzwanzigsten Geburtstag geschenkt und den ich widerwillig angenommen hatte; so verfügte ich über ein bißchen Geld, das mir durch die ersten Monate half. Aber ich mußte unbedingt eine Arbeit finden, sowohl wegen des Geldes als wegen der Unabhängigkeit; und weil Herumhängen und Nichtstun mich umbringen würde.

Durch UDF-Kontakte lernte ich ANC-Emigranten, die im Exil lebten, Leute von der Anti-Apartheid und von Amnesty International kennen. Das brachte mir ein paar Gelegenheitsjobs hier und da, zumeist illegale: Plakate malen, Versammlungen organisieren, Artikel für verschiedene Blättchen schreiben. Ich wirkte sogar als Hilfsredakteurin bei ein paar spärlich dotierten Dokumentarfilmen über die dritte Welt mit. Aber diese Einsätze waren unregelmäßig und ungewiß, und obwohl mir die Anti-Apartheid ein bestimmtes Maß an Sicherheit bot und die Londoner Stadtverwaltung Mitgefühl, wußte man doch, daß die Thatcher-Regierung mit dem Regime unter einer Decke steckte und für Ausländer meines Schlages keine Sympathie hegte. Ich mußte eine zuverlässigere Grundlage für meinen Aufenthalt finden. Zunächst brauchte ich bessere – leichter verwertbare – Qualifikationen für einen Beruf. Und sobald ich ziemlich gewiß sein durfte, mein Lebensminimum zu verdienen, ließ ich mich für ein Lehrerdiplom eintragen. Die Vorlesungen waren weder sonderlich anregend noch bereichernd, aber ich besuchte sie mit lobenswerter Hingabe.

Nun die Heirat. Da waren leider weder Glanz noch Romantik im Spiel. Sie war eine äußerst praktische Lösung für mehrere ärgerliche Probleme. Zuerst, nach dem ziemlich schäbigen Beginn mit dem falschen Anwalt, zog ich mich für eine Weile ins gefahrlose Zölibat zurück; aber die natürlichen Bedürfnisse und ein ungewöhnlich kalter Winter veranlaßten mich, diesen Entschluß erneut zu überdenken. In den Kreisen, in denen ich verkehrte, schlief man oft und gern miteinander, und als die Temperaturen sanken und die nächtliche Einsamkeit schneidend wurde, nutzte ich einige der sich bietenden Gelegenheiten. Nicht schlecht, auch nicht besonders gut und gewiß nicht weltbewegend. Eine Zeitlang erfüllten sie ihren Zweck, gewannen mir Freunde und halfen, Leute zu beeinflussen; aber nach einer angemessenen Weile – in der

»Mittelperiode«, wie die gescheiten und eifrigen Politikanalytiker um mich sagen würden – schufen sie mir auch Feinde, und die ganze Übung hatte was vom Teufelskreis an sich. Ich habe zwar immer dazu geneigt, Ouma Kristina beizustimmen: Nur wer wagt, sich Feinde zu machen, verdient Freunde; aber es lag doch wenig Sinn darin, sich unnötig in die Nesseln zu setzen. Also, offen herausgesagt, ich entdeckte verwirrt, bestürzt, aber auch beruhigt, daß ich im Herzensgrunde monogamer bin, als ich gemeint hatte. Und da ich mich in der Zeit zufällig in einer vernünftig angenehmen Beziehung zu einem Typ aus der Leitung der Anti-Apartheid-Bewegung befand, schlug ich die Heirat vor und wurde akzeptiert. Jean-Claude Thompson hieß er, JC im engeren Freundeskreis, ein Name, den ihm eine frankreichverliebte Mutter angehängt hatte. Mag sein, daß diese Beziehung etwas zu seinem außergewöhnlichen Können als Liebhaber beitrug, vor allem im oralen Bereich; ich will nicht leugnen, daß das mit in die Waagschale fiel bei meiner Entscheidung, die wirklich nicht so leicht getroffen wurde, wie es möglicherweise klingt, doch die Haupterwägung war, daß die Ehe am raschesten Zugang zu einer Arbeitserlaubnis bot.

Das mag abgebrüht klingen, deshalb muß ich erklären, daß wir uns, JC und ich, nichts vormachten, beide wußten genau, worum es sich handelte, nämlich in erster Linie um eine Überlebensstrategie; damals hieß in London sein ums Überleben kämpfen. Ich erlangte mein Eignungszeugnis; ich stürzte mich ins Unterrichten, zuerst in einer grauenvollen Gesamtschule in Hackney, wo selbst an den milderen Tagen Krieg aller gegen alle herrschte, später in einer etwas erträglicheren Schule in Camden Town und schließlich in einer nahe Paddington (was die Wohnung in Sussex Gardens besonders nützlich machte). Daneben versuchte ich, mein Teil zum Kampf beizutragen. Es belief sich kaum auf mehr, als daß ich an Demos und Sammelaktionen teilnahm, mich auf Wohltätigkeitsveranstaltungen engagierte, ein bißchen Öffentlichkeitsarbeit leistete (JC erklärte, daß mein Hintern aus einer Spende von zweihundert Pfund eine von fünfhundert

Pfund machen könne, und genau deshalb gab ich es schließlich auf), mich in Komitees betätigte, die sich mit Frauenproblemen befaßten. Bestimmt genug, um mich täglich achtundvierzig Stunden rotieren zu lassen. Der eigentliche Lohn lag darin zu wissen, daß ich mit jeder Aktion meinen kleinen Schlag führte gegen alles, was mein Vater repräsentierte.

Das Leben änderte sich, als ich schwanger wurde. Sowohl JC als auch ich wurden in jeder Hinsicht unvorbereitet überrascht; das Verlangen hatte uns an einem Sommerwochenende in einer Wiese nahe Stow-on-Wye überfallen, JC hatte seinem Ruf alle Ehre gemacht, und nun standen wir da. Ich muß versuchen, so sachlich wie möglich zu sein. Habe ich immer noch Angst, nicht mit meinen Gefühlen zu Rande zu kommen? Vielleicht ist es weiter nichts als der Widerwille gegen das Melodramatische, natürlich in einer Familie, die jahrelang mehr als genug davon erlebt hat. Ich habe damals keine Szene gemacht, mindestens nicht öffentlich, ich sollte heute keine machen.

Aber warum blieb ich mit solch einem Gefühl von Verwüstung zurück? Vielleicht fing es an dem Tag an, eine Woche, nachdem meine Zeit da war, als ich den Test machte. Es war, als sei ich bei irgendeinem kleineren Vergehen ertappt worden, nicht mehr; aber als ich, scheinbar unbekümmert, JC am Abend das Ergebnis mitteilte, blickte er nicht einmal von seiner Schreiberei auf, und seine ganze Reaktion bestand in der Frage: »Also wann gehst du hin?«

Keinerlei Grund, daraus einen Streit zu machen; aber seine absolute Interesselosigkeit, seine automatische Annahme, daß es nichts zu diskutieren gab, brachte mich auf.

»Wohin soll ich gehen?« frage ich.

»Es machen lassen.«

»Was machen lassen?«

»Bist du bescheuert oder was? Die Abtreibung.«

Wir waren vor langem übereingekommen, daß wir nie Kinder wollten; das war nicht das Problem. Es war die Art, wie er für selbstverständlich hielt, daß es gemacht würde, als hätte ich überhaupt keine Wahl, als habe es für mich etwa genausoviel zu bedeuten wie ein eingewachsener Zehennagel oder ein entzündeter Fußballen.

»Warum siehst du mich so an?« fragte er, leicht verärgert. »Sag jetzt bloß nicht ...«

»Ich werde einen Termin für nächste Woche verabreden«, sagte ich und ging aus dem Zimmer.

Diese Woche und die Wochen nach dem kurzen, unpersönlichen Besuch in der Klinik waren die einzigen Male, da ich mit plötzlich aufflammendem Schmerz meine Familie vermißte. Nein, nicht meine Familie. Meine Schwester. Und natürlich Ouma Kristina. Aus irgendeinem Grund fiel meine Wahl auf Anna: An sie schrieb ich. Ich wußte, zu Ouma konnte ich bei einer ihrer nächtlichen Visiten reden. Meinen Eltern gegenüber würde ich nach angemessener Zeit erwähnen, daß ich »mein Baby verloren« hätte. Aber was ich jetzt brauchte, war schwesterliche Nähe. Auf eine Art war es mir dienlich – wenn mir auch nicht recht geschah –, daß keine Antwort kam. Ich akzeptierte nun endgültig – als ob da je ein Zweifel bestanden hätte –, daß ich niemals zurückgehen könnte – würde. Kein anderes Geschehnis, nicht einmal meine Verstrickung in die Anti-Apartheid-Sache samt den freiwillig hinter mir abgerissenen Brücken, hatte mir so nachdrücklich vor Augen geführt, wie unwiderruflich mein Entschluß gewesen war.

All das konnte ich schlucken. Schwerer wurde ich mit der Einsamkeit meiner Nächte fertig, wenn JC friedlich neben mir schlummerte; oder damit, daß sich mir der Magen zusammenkrampfte, wann immer ich im Bus oder der U-Bahn oder beim Vorüberspazieren an einem Wohnblock oder einem grünen, umzäunten Garten ein Baby weinen hörte. Die Art Rührseligkeit, die ich mir selber nie zugetraut hätte. Ich wurde tatsächlich für etliche Monate weinerlich. Ich hatte böse Träume. Eine Zeitlang ging ich sogar zu einer Therapie. Am Ende, und das dauerte gar nicht lange, kam es darüber zur Trennung von JC. Ich nehme mein Teil Verantwortung dafür auf mich. Aber was mich zutiefst erbitterte, war das Mißtrauen, das er gegen mich entwickelte, als habe die Erfahrung bei *mir* einen Mangel an Substanz und Verläßlichkeit, ja selbst an Glaubwürdigkeit enthüllt, eine Art weiblicher Unbeständigkeit, die irgendwie seine männlichen Überzeugungen und sogar den Spielraum seiner zukünftigen Möglichkeiten bedrohte. So erklärte ich ihm ebenso geschäftsmäßig, wie ich ihn einst um die Heirat gebeten hatte, er solle sich verpissen; und wir durchliefen das notwendige gesetzliche Ritual, und an einem besonders freundlichen Tag im späten September wurden wir geschieden.

JC war so rücksichtsvoll, in das Pariser Büro der Organisation umzusiedeln, oder vielleicht waren dort einfach die Bedingungen günstiger. Wesentlich war nur: Dieser Umzug ermöglichte es mir, mit meinen politischen Aktivitäten weiterzumachen, auch wenn möglicherweise Stümperei der richtigere Ausdruck dafür ist. Sie waren wichtig, vielleicht am meisten für mich, ich mußte mich selbst überzeugen, daß es um zwingende Notwendigkeit ging; mehr als alles brauchte ich das Gefühl der Solidarität, der Zugehörigkeit zu einem festen Freundeskreis, um die Einsamkeit abzuwehren; in angemessener Zeit konnte ich das Geschehene akzeptieren; das Leben geht weiter; aber ich bezweifle, daß ich die Demütigung ertragen hätte, meiner Familie einzugestehen, daß die Ausreise ein Fehlschlag war. Es blieb der Druck zu beweisen, daß ich es schaffen konnte.

Der Kontakt mit der Familie in Südafrika (ich brachte es nicht mehr über mich, an sie als mein Zuhause zu denken) reduzierte sich auf die flüchtige Weihnachtskarte, das kurze Gekritzel zu Geburtstagen. Nur mit Ouma Kristina führte ich weiterhin eine ziemlich regelmäßige, wenn auch keineswegs inhaltsreiche Korrespondenz – schrieb ein paarmal im Jahr einen Brief von zwei oder drei, allenfalls vier Seiten. Sie machte deutlich, daß sie mich vermißte, aber sie mahnte mich nie zur Rückkehr; wenn die, wie sie glaubte, geschehen mußte, dann würde sie geschehen. Sie kannte mich und sich selber zu gut, um darauf zu dringen. Und in ihrer weisen, unerschütterlichen Art, in einer Schrift, die mit den Jahren stetig größer und ungleichmäßiger wurde, über die Seite kroch wie die regellosen Spuren irgendeines unklassifizierten Insekts, stützte sie mich in allem, was ich unternahm, ohne sich je die Frage zu erlauben, worum genau es sich handelte.

Wichtiger als ihre Briefe waren ihre Besuche. Treibsand, ich weiß; aber unter all den Sonderbarkeiten unserer Familie ist diese eine vielleicht nicht gar – so seltsam. Andere würden es Träume nennen; *ich* weiß, es waren nächtliche Besuche, in deren Verlauf sie mir erlaubte, mein Herz auszuschütten, und mir dann die schlichte, aber tiefe Beruhigung unseres Zusammenhalts bot. Vielleicht teilte sie nicht immer meine Meinung, aber sie war stets da. »Wenn du das wirklich willst, dann mach es unbedingt.« Und wenn es anderen verrückt oder unverantwortlich vorkam, ließ sie das völlig kalt. »*Du* hast darüber zu befinden, Kristien. Pack es an.« Das hielt mich, mehr als alles andere, elf Jahre lang aufrecht.

Viel mehr ist nicht zu erzählen. Gelegentliche Affären, ein paar in ihrer Art durchaus eine Erfüllung, andere sehr viel weniger; dann und wann, unvermeidlich, der Mann für eine Nacht, die Skala reichte von Ausgelassenheit über die kurze Ekstase bis zum Widerlichen. Dann der Hausstand – wenn man das Wort wagen darf – mit Michael, dessen schlimmste Bekundung von Exzentrizität in unseren gemeinsamen drei Jahren war, daß er eines Nachts mit einem erstickten Schrei aufwachte und erklärte, er habe am Bettende eine Fußnote hocken sehen.

Die einzige Ausnahme unter all den Männern war Sandile Hlati. Ein einziges Mal in meinem Leben – bisher das einzige Mal, obwohl ich mir das Recht vorbehalte, mich abermals verleiten zu lassen – war ich verliebt. Ohne Frage, ohne Bedingung, ohne irgendwas sonst, Hals über Kopf. Hätten wir nicht am ersten Morgen nach der ersten Nacht so früh fortgemußt, ich hätte das Laken aus dem Fenster gehängt. Sandile arbeitete im ANC-Büro, er war nach einer Zeit in Prag gerade herversetzt worden. Ein schöner Mann; aber laß mich nicht gleich lyrisch werden. Er war rücksichtsvoll, er besprach alles mit mir, er wollte meine Meinung wissen, sein Lachen steckte an, seine Lebensfreude wärmte einen durch und durch. Gott sei Dank war er auch menschlich, das heißt, er konnte zuzeiten eigensinnig, aufreizend, aufbrausend, pedantisch oder plötzlich mürrisch sein; wir konnten ohne Pausen elf Stunden miteinander reden und uns dann lieben – da habe ich die Stunden nie gezählt. Ich weiß nur, mit welcher Überraschung ich danach immer feststellte, wie unglaublich spät oder früh es geworden war. Sandile war ein Quell beständigen Staunens. Er konnte ohne Ende aufmerksam zuhören; aber wenn Arbeit zu tun war, wirkten nicht einmal meine aufreizendsten Ablenkungsversuche. Er war pflichtbewußt. Er war leidenschaftlich. Er liebte meine Füße. Er war Linkshänder wie ich. Er war insgeheim ein Dichter. Er war hochbegabt. Und vor allem war er verheiratet.

Ich bin nicht besonders stolz auf meine Beziehungen zu Männern. Aber um Ehemänner hatte ich aus einem altmodischen, vielleicht atavistischen Gefühl für Besitz heraus stets peinlich genau einen Bogen gemacht; und den ehelichen Status witterte ich unfehlbar. Vielleicht bin ich in einem anderen Leben der Drogenschnüffelhund eines Zolloffiziers gewesen.

Als ich Sandile zum erstenmal begegnete, bei einer eintönigen Bürotätigkeit an einem düsteren Tag, der sich plötzlich aufhellte, entdeckte ich alle Zeichen dafür, und er unternahm keinen Versuch, etwas zu verheimlichen. Selbst als, wie Ouma Kristina sich ausdrücken würde, die Feuchtigkeit kam, war ich entschlossen, ihm aus dem Wege zu gehen. Wir wurden schnell gute Freunde. Ich beschloß, es sollte so sein wie mit Jason, wenn auch aus ganz anderen Gründen. Aber selbst Jason hätte es mit Sandile nicht aufnehmen können. Ich will nicht den Sternen oder dem Schicksal oder dem armen, alten lieben Gott die Schuld geben. Wir selbst waren es. Nachdem wir ein gewisses Kap umschifft hatten, weigerten wir uns, noch Widerstand zu leisten. Und wir suchten auch nicht nach Entschuldigungen oder Erklärungen – Arbeitsdruck, Lebensgefahr (die bestand wirklich, selbst in London waren Agenten und Killer im Einsatz; kürzlich ist in Lusaka ein ANC-Geheimquartier, ein ganzes Haus, in die Luft gejagt worden) und Lebenskürze, Exilelend, echt oder eingebildet, oder was immer sonst für ein Vorwand im Lauf menschlicher Ereignisse seinen Zweck erfüllt hat. Als die Zeit da war, bekannten wir uns zu unserer Liebe, denn Liebe, darauf bestehe ich, war es, und stürzten uns hinein, wie jemand nackt – verzeih die Phrase – in einen bodenlosen Teich taucht.

Selbst da waren wir äußerst diskret: Das war die Bedingung für unsere Liebe, und ich denke, niemand hegte den leisesten Verdacht.

Es dauerte fünf Monate, siebzehn Tage und dreizehn Stunden.

Dann begegnete ich seiner Frau. Nozipho. Sie war soeben von einem ausgedehnten Besuch bei ihrer Familie zurückgekehrt, die nach Botswana gereist war, um sie dort zu treffen; denn offenbar durfte Nozipho selbst nicht nach Südafrika. Er hatte mir von ihr erzählt, ich hatte nach ihr gefragt. Wir haben nie so getan, als ob es sie nicht gäbe. Aber sie zu treffen, mit zwei strahläugigen kleinen Kindern von sechs und vier im Schlepptau, das war etwas anderes. Nozipho war zart, sehr gut angezogen, nicht besonders schön, aber mit einem breiten und völlig vertrauensvollen Lächeln und Augen, die eine tiefe Zufriedenheit mit der Welt spiegelten, wie schrecklich die auch war. Sie ging entspannt mit den Kindern um und noch zwangloser mit Sandile, ungezwungen wie jemand – wenn das nicht zu geschwollen klingt –, der vor dem anderen keine Heimlichkeiten hat, aber sein innerstes Geheimnis bewahrt.

Wir verbrachten nur ein oder zwei Stunden miteinander; es waren noch mehrere ANC-Leute dabei. Es war eine sehr merkwürdige Erfahrung. Zum erstenmal – und das schließt die schlimmen Krämpfe nach der Abtreibung ein – entdeckte ich, was es wirklich bedeutet, wenn sich einem die Gebärmutter zusammenzieht, ein schärferer Schmerz als jeder andere bloß physische. Doch gleichzeitig fühlte ich mich unglaublich fern, abseits, abgesondert, wußte mit unerschütterlicher Klarheit, was ich tun würde. Und als ich die Party verließ und er mir einen Gutenachtkuß gab, preßte ich seine Hand, und er erwiderte das.

Der wirkliche Schmerz, die Tränen, seine und meine, kamen danach. Doch das Schlimmste war schon vorüber. Und wir waren beide stark genug, um es durchzustehen. Wenn ich sage, daß es seiner Familie zuliebe geschah, klingt das scheinheilig oder trivial, wenn nicht beides. Uns war nicht, als täten wir etwas Edles oder Erhabenes, nur das Unvermeidbare. Was sie in dieser Familie hatten, sollte nicht durch etwas so Selbstsüchtiges und Privates wie Leidenschaft aufs Spiel gesetzt werden. Nach ein paar Monaten, den schwärzesten und verzweifeltesten meines Lebens, machte er es uns leichter, indem er um seine Versetzung bat. Die Verantwortlichen zögerten, sie brauchten sein Können in London. Und da er den wahren Grund für sein Ersuchen nicht preisgeben konnte, waren sie nicht leicht zu überreden. Aber Sandile ging zum Präsidenten selber, und ich nehme an, im Gespräch von Mann zu Mann konnte er sich ihm anvertrauen, denn sein Ersuchen wurde bewilligt, und sie schickten ihn nach Washington. Wir sind seitdem in Kontakt, keineswegs regelmäßig, und unsere Briefe sind gezeichnet von dem Zwang, den die Erinnerungen uns auferlegen. Und schließlich – ach, der Lauf der Dinge – beruhigte sich die ungestüme Leidenschaft zu einem dumpfen Schmerz, bis selbst der sich auflöste – außer, selten, aber kostbar, in einem unbewachten Augenblick. Ich arbeitete weiter für den ANC, vor allem an Wochenenden, aber allmählich verschliß sich die frühe Begeisterung. Ohne daß ich es zugeben mochte, war die Zeit für die Bestandsaufnahme und die Gewissensprüfung gekommen. Es gab nichts einzuwenden gegen den Kampf; im Gegenteil. Die Probleme waren real, dringend, klar umrissen. Aber darin bestand ein Teil meines Problems. Ich vermute, das Gefüge der britischen Politik, so prosaisch und berechenbar (mindestens an der Oberfläche), erschöpfte meinen Enthusiasmus, ließ mich zweifeln an der Methode, Probleme durch simple Entscheidung zwischen Schwarz und Weiß zu lösen. Wichtiger war: Ich empfand immer stärker, daß ich mich nicht annähernd im Auge des Zyklons befand, sondern mich irgendwo an den Rändern abmühte mit der frauengerechten Arbeit, die man mir zutraute. Ich war Teil eines Unterstützungssystems, nicht des Eigentlichen, von mir wurde erwartet, daß ich mich selbstlos im Schatten der Männer abrackerte. Weit von uns, im fernen Süden, schickte ein verrückter Präsident mit zittrigen Fingern Bannstrahlen aus, schleuderte ein weißes Regime in seinen Todeszuckungen dunkle, verzweifelte Wogen über die Welt: Gemetzel, Mordanschläge, Menschen wurden festgenommen, korrumpiert, erpreßt, gefoltert, verschwanden. Auf all das mußten wir Antworten finden, Pläne und Programme entwerfen, Gegenangriffe und Unterwanderungen ausdenken, Konferenzen und heimliche Treffen vereinbaren. Ich fühlte mich mehr und mehr als nutzloses Anhängsel, nicht als lebenswichtiges Organ. Wenn es je einen Regenbogen der Hoffnung gab, so gehörte ich zu jenem anderen, nebligeren, diesigeren Schattenbild des wahren Regenbogens in seinem vollen, herrlichen Spektrum. Gib mir die Schuld, nicht dem ANC. Es gab Frauen in der vordersten Front. Aber ich war nie eine von ihnen, und allmählich schwand mein Enthusiasmus. Die Geschichte war an mir vorübergegangen; bestenfalls war ich zu einer Art bequemer Alternative verwiesen worden. Auf die Nachricht von Vaters Tod hin zog ich mich ganz zurück. Es war nichts Dramatisches dabei, ich konnte nur keinen Sinn mehr darin erblicken; es ging schon zu lange. Ich sah kein Ende ab – diese schrecklichen Ausnahmezustände, von denen einer dem anderen folgte, Mord, Überfälle auf Nachbarländer, der ganze Subkontinent schien spiralförmig in eine Gosse stupider Gewalt hineinzuwirbeln. War ich zum Verräter an der Sache geworden? Wohl kaum. Ich hatte einfach nicht mehr genug Kraft, um weiterzuhoffen, weiterzuglauben. Anders als diejenigen, die ihr ganzes Leben dem Kampf gewidmet hatten, wurde ich sanft auf einer Sandbank abgesetzt und zurückgelassen, ein bißchen müde, ein bißchen zynisch, ein bißchen schuldbewußt, nichts ging wirklich in die Tiefe.

Das letztemal, vor reichlich einem Jahr, schrieb mir Sandile, um mir mitzuteilen, sie gingen nach Hause zurück. Das Exil war nicht mehr nötig; die Flüchtlinge kehrten heim, eine

Amnestie war bewilligt worden, er sollte teilhaben am Überleitungsprozeß zu diesen Wahlen in der nächsten Woche, die jeder mit soviel ausgesprochener oder unausgesprochener Unsicherheit erwartet. Seit damals kein Wort, obwohl sein Name oft in den Zeitungen aufgetaucht ist, manchmal sein Foto. Sandile, mein Liebster. Teil der ganzen ungelösten Vergangenheit. Nein, Anna, ich reise nicht mit leichtem Gepäck.

## 6

Wir haben unsere Besorgungen erledigt und sitzen in einer Teestube in der Hauptstraße. Ich schaue mich um, überfallen von Erinnerungen. Sonnabendvormittage, an denen wir bei Sommerbesuchen mit der Familie oder mit Ouma hierherkamen; Zänkereien zwischen Anna und mir wegen Eiskrems und Milchshakes, während Vater und Mutter dasaßen und aneinander vorbeistarrten, denn der Gesprächsstoff war ihnen schon vor Jahren ausgegangen; muntere Debatten und schallendes Gelächter mit Ouma, wenn wir beide allein waren. (Hier feierten wir den Erwerb des Büstenhalters in Shapiros Laden: Ich trug ihn bereits unter meinem T-Shirt, wo er sich bestenfalls wie eine unordentliche Bandage abgezeichnet haben muß, und fühlte mich unsäglich würdig und reif.) Das Lokal ist, wie zu erwarten, renoviert worden: knotige Pinie, Plastiktische, rote Vorhänge an Messingstangen, in der Mitte girlandenförmig gerafft, riesige, in Folie steckende und bereits mit Fliegendreck besprenkelte Speisekarten.

Gerade, als eine ungeschickte, jedoch wohlmeinende Kellnerin in fleckiger rosa Uniform und mit Rüschenhäubchen Tee und Gebäck vor uns auf den Tisch geknallt hat, nehme ich plötzlich wahr, wie Annas Gesicht versteinert. Ich folge ihrem starren Blick und sehe einen Unbekannten, der sich von der Tür nähert, groß und schlank, fast mager, sonnenverbrannt, in Jeans und mit aufgerollten Hemdärmeln. Als er ihre Miene sieht, scheint er zu zögern, hat schon die ersten Schritte auf uns zu getan. »Ja, Anna.« Ein drahtiger Arm schiebt sich an meiner Schulter vorbei. Eine unbehagliche Pause tritt ein, bevor sie seine Hand nimmt. »Störe ich irgendwie?«

»Meine Schwester Kristien«, sagt sie mit flacher Stimme. »Eben von London gekommen.«

»Das kann ich sehen.« Sein dunkles, kurzgeschnittenes Haar ist am Ergrauen. Er bietet mir eine harte Hand. »Sie haben Sonne nötig. Sie sehen aus wie eine Pflanze, die unter einer Schubkarre gewachsen ist.« Ein Nicken, ein fröhliches, verschmitztes Lächeln. »Abel Joubert.«

Einen Augenblick suche ich in meiner Erinnerung, dann finde ich den Namen, überlagert von Caspers mißbilligender Miene. »Nicht wahr, auf Ihrer Farm fand die Schießerei statt?«

»Ja.« Er zieht sich einen Stuhl heran. »Was dagegen, daß ich mich einen Augenblick setze?«

Ich bemerke, wie Anna beschwörend mit den Lippen ein paar Worte für mich lautlos formt, aber er hat bereits an der Schmalseite des Tisches Platz genommen.

»Möchten Sie etwas bestellen?« frage ich.

»Danke, nein. Ich bin hier mit meiner Frau verabredet. Sie müßte jede Minute hiersein.« Mit freimütigen blauen Augen schaut er mich fragend an. »Zu den Wahlen gekommen?«

»Nein. Meine Großmutter –«

»Natürlich.« Er schüttelt den Kopf. »Tut mir so leid. Wir waren alle entsetzt. Wie schrecklich, daß das passiert ist. Wie geht es ihr?«

»Ich hätte nicht gedacht, daß dich das kümmert«, sagt Anna, ohne von ihrem Teegebäck aufzublicken.

»Warum denn das?«

»Weil sie weiß ist.«

Er schaut sie ehrlich überrascht an. »Wieso sollte denn das einen Unterschied machen?«

»Weil du uns immer an allem die Schuld gibst, oder nicht? Und wenn so etwas vorkommt, sagst du dann, wir verdienen es, wir haben es herausgefordert. Wogegen keiner mit schwarzer Haut je was Böses tut.«

»Also Moment mal!« Er lächelt, aber ich bemerke, daß er die Zähne zusammenbeißt. »Ganz so einfach ist es wohl nicht. Aber eins müssen wir: Endlich anfangen, mehr zu sehen als nur Schwarz und Weiß.«

»So ist Südafrika«, erinnert sie ihn.

»Desto mehr Grund, mit den Klischees Schluß zu machen. Das Land ist nicht mehr, was es war.«

»Ein Wandel zum Schlechten.«

»Nein, da stimm ich dir nicht zu. Ich weiß, wir machen eine sehr böse Zeit durch. So viel Gewalt. Jeder hat die Nerven verloren. Aber laß dich dadurch nicht täuschen. Sobald wir die Wahlen hinter uns haben ...«

»Ich muß leider gehen.« Sie stößt ihren Stuhl sehr plötzlich zurück und steht auf, wobei sie mir einen bedeutsamen Blick zuwirft. »Kommst du mit?«

Aber ich mag nicht so über mich verfügen lassen. »Ich bin noch nicht fertig«, sage ich und deute auf meinen Tee. »Geh und erledige, was du vorhast. Ich werde hier sein.«

»Schön, tu, was dir beliebt.« Mit hoch erhobenem Kopf schreitet sie hinaus.

»Tut mir fürchterlich leid«, sagt Abel. »Wenn Sie lieber gehen möchten ...«

»Ich möchte meinen Tee austrinken.« Ich gieße nach. »Kümmern Sie sich nicht um Anna. Sie ist gereizt.« Ich versuche mein Bestes, gerecht zu sein. »Nicht ganz ohne Grund.«

»Leicht ist es sicher nicht, mit Casper verheiratet zu sein.«

Ich zucke nichtssagend die Achseln, einen Augenblick hält die Familienloyalität der Offenheit die Waage. Dann aber – ach, was soll's? – platze ich heraus. »Es sind Leute wie er, die den ganzen Prozeß entgleisen lassen.«

»Überschätzen Sie sie nicht.«

»Was soll das heißen? Haben Sie sie nicht herumstolzieren sehen mit ihren Knarren und ihren Pistolenhalftern und ihren Sprechfunkgeräten?«

»Ich weiß. Ich hatte meine speziellen Probleme mit ihnen.«

»Natürlich.« Ich komme mir idiotisch vor. »Diese Schießerei – es hat nicht viel gefehlt, und die hätten Sie auch umgebracht. Und was ist, wenn sie nach der nächsten Woche wirklich die Schießwut kriegen?«

»Hohles Getöse.«

»Machen Sie sich nichts vor.«

»Denken Sie dran, ich bin auch Afrikaander. Ich kann ihre Verzweiflung nachfühlen, jetzt, wo ihnen etwas bevorsteht, was sie nie für möglich gehalten haben, nicht einmal in ihren schlimmsten Alpträumen. Aber wenn sie erst einmal entdecken, daß es nicht das Ende der Welt bedeutet und daß sie weiterleben können, leben und leben lassen, werden sie zur Ruhe kommen und wieder gute, solide Bürger werden.«

»Sie haben viel Selbstvertrauen.«

»Ich versuche nur zu deuten, was passiert. Warum, meinen Sie, sind Leute wie Casper in solch einer Raserei? Aus Angst. Sie fürchten zu verlieren, was sie besitzen. Und was ist das? Nicht bloß ihre Besitztümer, ihre Bequemlichkeiten, ihre Privilegien. Im innersten Kern ist es das Land selbst. Afrika. Nirgendwohin können sie sonst gehen. Hier wollen sie leben, unbedingt. Und sobald sie herausfinden, daß das nur möglich ist, wenn sie die Mehrheitsregierung akzeptieren, werden sie bereit sein, Hände zu schütteln. Besonders wenn sie begreifen, daß die, welche sie als ›die Gegenseite‹ betrachten, die Schwarzen, genau die gleichen Gefühle demselben Land gegenüber haben. Wir alle lieben es. Also laßt uns anfangen, es miteinander zu teilen, statt zu kämpfen.«

»Sie sind ein Optimist. Das könnte unter den gegenwärtigen Umständen gefährlich sein.«

»Ich bin lieber ein Optimist, der unrecht, als ein Pessimist, der recht hat.«

»Woher haben Sie das?«

»Ich bin ein bißchen herumgereist. Dachte zu einem bestimmten Zeitpunkt sogar daran, mich in Kanada anzusiedeln.« Sein Lächeln zeigt sehr weiße Zähne, die von der braunen, bartstoppeligen Haut abstechen. »Aber ich bin ein heimisches Gewächs. Auf Gedeih und Verderb.«

»Was haben Sie in Kanada gemacht?«

»Reisen. Studieren. In Toronto hab ich mir sogar einen Job gesucht. Dann herausgefunden, was auf der Hand liegt: Man entkommt den Problemen nie wirklich. Dort gibt's die gleichen. Und ich entschied, in dem Fall könnte ich auch hier mit ihnen fertig werden. Außerdem vertrug ich das Klima nicht. Wir brauchen Sonne.«

»Wir?«

»Sie auch. Oder nehme ich mir zuviel heraus?«

»Tun Sie. Ich bin nur gekommen, um – um Ouma durchzuhelfen. Dann geh ich zurück.«

»Das gute Leben?«

»Nein!« Meine Heftigkeit überrascht mich selber. »Aber«, ich schiebe meine Tasse zurück, »ich habe Gründe.«

»Davon bin ich überzeugt.«

Ich beschließe, das Thema zu wechseln. »Die Schießerei auf Ihrer Farm. Diese Leute hatten nichts mit dem Überfall auf das Haus meiner Großmutter zu schaffen.«

»Das weiß ich.«

»Wie können Sie sicher sein?«

»Ich kenne die meisten von ihnen schon jahrelang.«

»Jacob Bonthuys?«

»Was ist mit ihm?«

»Er ist verletzt worden.«

»Woher wissen Sie von ihm?«

Einen Augenblick fühle ich mich in der Falle, aber ich wahre Haltung. »Die Leute reden.«

»Wir sind alle sehr besorgt um ihn«, sagt er. »Er ist nach dieser Nacht einfach verschwunden.«

Ich wäge meine Aussage ab, aber ich kann ihm die Wahrheit nicht verraten, noch nicht. Es hieße, ein Vertrauen zu enttäuschen.

»Die Polizei hat ein paar Leute verhaftet«, sage ich und spiele dabei mit meinem Teelöffel.

»Ich weiß. Es kam in den Nachrichten.«

»Sie haben sie diesen Morgen auf die Farm gebracht.« Ich schaue ihm in die Augen. »Vier Burschen. Vermutlich unter zwanzig, der jüngste bestimmt nicht älter als zwölf.«

Er blickt mich schweigend an.

»Sie sind verprügelt worden.«

Ein Muskel zuckt in seiner linken Kinnbacke.

»Wir müssen da etwas tun«, beharre ich.

»Es gibt in der Stadt einen guten Anwalt.« Er überlegt. »Er ist schwarz. Sam Ndzuta. Er ist außerdem der örtliche ANC-Vorsitzende. Ein paar Leute haben versucht, ihn deswegen zu boykottieren, aber er ist zäh. Legt sich mit jeder Behörde an. Aber er ist gut.«

»Ich habe ihnen gesagt, daß ich im ANC bin und ich würde mich vergewissern, daß jemand ein Auge auf sie hat. Also muß ich nun was tun.«

»Sie sind im ANC?«

»Ich denke schon.« Ich lächle ihn entschuldigend an. »Ich war es. Jahrelang. In London. Dann – bin ich sozusagen abgefallen. So wie es Christen machen.«

»Sie sind keine Christin?«

»Nein.«

»Schade.«

»Und Sie?«

»Ja, ich bin Christ. Aber das tut im Augenblick nichts zur Sache. Sie sprachen vom ANC. Die schicken am Montag eine Delegation her.«

»Hab ich gehört.«

»Ich kenne Mongane Yaya, der die Gruppe anführt. Seit dem letzten Jahr stehe ich mit ihm in Unterhandlungen. Grundstücksangelegenheiten, Wiederbesiedelungsprogramme, so Zeug. Wenn Sie wollen, kann ich für Sie ein Treffen mit der Delegation vereinbaren.«

»Dafür wäre ich Ihnen dankbar.«

»Was nun diesen Rechtsanwalt angeht ...« Er schaut auf seine Seiko. »Wenn Sie wollen, bringe ich Sie hin. Er arbeitet samstags. Es ist nur um die Ecke.«

»Aber Sie warten doch auf Ihre Frau.«

»Ich sage den Leuten an der Theke Bescheid.«

Zehn Minuten später winkt uns eine scharfgesichtige weiße Sekretärin in Sam Ndzutas Büro vorüber an der Menge der

Wartenden, alle schwarz, im spärlich möblierten Vorzimmer. Ich fühle mich ein paar Augenblicke lang gekränkt durch das anmaßende Sonderrecht, das uns unsere Hautfarbe verschafft, aber bald stellt sich heraus, daß die Bevorzugung auf Freundschaft beruht, nicht auf Farbe. Sam Ndzuta ist ein stattlicher, onkelhafter Mann; den grellfarbigen Schlips trägt er lose um den Stiernacken. Zwischen ihm und Abel gibt es Umarmungen und Rückenklopfen, bevor er gütige, wenn auch etwas blutunterlaufene Augen in meine Richtung kehrt; der afrikanische doppelte Händedruck, den ich ihm verabreiche, scheint ihn höchlichst zu amüsieren, was kurz meine weibliche Wut erregt. Aber in dem Mann steckt soviel unbezähmbarer Humor, daß ich ihm bald vergebe.

»Also, wo drückt diesmal der Schuh?« fragt er und winkt uns in zwei ziemlich abgenutzte Sessel. Ich erkläre es ihm kurz. Mein Bericht über den Zusammenstoß mit der Polizei, der für mich nicht besonders belustigend klingt, bewirkt, daß er sich vor Heiterkeit krümmt. Tatsächlich wischt er sich das Gesicht mit seinem vollgeklecksten grünen Tintenlöscher ab.

»Wie stehen die Chancen, der Polizei Respekt einzujagen?« frage ich.

»Normalerweise gleich Null.«

Er wird von einem neuen Lachanfall gebeutelt. »Aber im Augenblick haben sie's mit der Angst zu tun. Und eines fürchten sie wie die Hölle: den Besuch am nächsten Montag. Ich denke also, Sie haben genau das Richtige getan.« Seine Augen verengen sich. »Nur, lassen Sie sich nicht fortreißen, eh? Diese Gören *haben* versucht, das Haus in die Luft zu jagen. Sie sind fähig zum Mord. Es ist eine verzweifelte Generation. Aber machen Sie sich keine Sorge, ich werde weiter Druck ausüben.« Er beugt sich vor. »Und wie kommen Sie zu ANC-Verbindungen?«

Ich gebe ihm einen knappen Überblick über meine Londoner Zeit.

»Mit wem haben Sie gearbeitet?«

»Ist dies ein Verhör?«

Das findet er ungeheuer spaßig, und es dauert eine Weile,

bis er antwortet. »Nein, meine Liebe. Ich hab einfach gedacht, wir könnten ein paar gemeinsame Freunde haben.«

»Sie haben auch dort gelebt?«

»Ab und an. Meist heimlich, für den UDF.« Er blitzt mir sein Lächeln zu. »Haben Sie Johnnie Mphahlele gekannt?« Das ist der Anfang. Kennen Sie – kennen Sie – haben Sie getroffen – erinnern Sie sich an –? Anscheinend gibt es niemanden, den er nicht auf die eine oder andere Art kennt.

Und dann – welche Verdrehtheit treibt mich dazu? – beuge ich mich vor und frage betont gelassen: »Und Sandile Hlati?«

»Mein Gott, Sandile! Den hab ich vergangene Woche in Johannisburg gesehen.«

»Vergangene Woche?« wiederhole ich idiotisch.

»Klar. Mußte wegen einer Sache hin ...«

»Geht's ihm – gut?«

»Sehr gut. Arbeitet wie verrückt. Sie wissen, er ist ein großes Tier im Übergangsrat. Jeder andere wäre ausgepumpt, aber er scheint bei Termindruck aufzublühen. Ich liebe den Mann.«

»Ich auch.«

Hat er etwas aufgefangen? Unter seiner äußeren Ausgelassenheit gewahre ich einen Scharfsinn, dem nichts entgeht. »Sie kennen ihn gut?« fragt er.

Ich brauche einen Augenblick, um mich zu fassen und ihm in die Augen zu blicken. »Ich habe mit ihm zusammengearbeitet. Bevor er nach Washington ging.«

»Natürlich. Wir müssen alle zusammenkommen.«

»Was« – meine Kehle ist trocken, ich muß räuspern, ehe ich weiterreden kann – »was meinen Sie damit?«

»Ich hoffe, er kommt Montag mit der Delegation herüber.«

Ich starre ihn bestürzt an.

»Was ist los?« erkundigt er sich.

»Nichts.« Ich schüttele den Kopf, meide aber seinen Blick, der mich irritiert. »Überhaupt nichts. Es wäre – es wäre nett, ihn wiederzusehen.«

»Ich rufe ihn möglicherweise heute abend an. Soll ich ihm sagen, daß Sie hier sind?«

»Nein!« rufe ich aus. Dann fasse ich mich, wenngleich mit einiger Mühe. »Bitte sagen Sie kein Wort.« Da das zu befremdlich klingen könnte, füge ich hastig hinzu: »Ich möchte lieber, daß es eine Überraschung wird. Okay?«

»Okay.« Er steht auf, eine gewaltige, strahlende Erscheinung hinter dem abgenutzten Schreibtisch. »Gut! Wir bleiben also in Kontakt.«

Auf dem Rückweg zum Café sagt Abel Joubert: »Dieser Sandile Hlati klingt wie jemand Besonderes.«

Ich werfe ihm einen Blick zu, aber seine Miene ist indifferent. »Das ist er«, sage ich zurückhaltend. »Oder war es. Ich habe ihn seit fünf Jahren nicht gesehen.«

Und wie ist es dann möglich, wundere ich mich, daß ich mich so schwindlig fühle? Es ist alles seit langer Zeit vorüber. Da ist Michael. Da ist – einfach alles. Und daß ich hier bin, jetzt, verändert alles, auch das, was einmal war. Mein Leben hier hat keinen Zusammenhang mit jener alternativen Existenz dort drüben. Es ist nicht nur besser so, daß die zwei sich nie begegnen, sondern auch undenkbar, daß sie das je könnten.

## 7

Auf dem Heimweg ist Anna zunächst stumm – ein tiefes, zermalmendes, gekränktes Schweigen, so eins, wie nur sie es aufbieten kann, sie zieht es um sich zusammen wie ein undurchdringliches *kaross* – aber nach ein paar Minuten fragt sie, ohne den Kopf zu wenden: »Ich nehme an, du tadelst mich dafür, daß ich Abel stehengelassen habe?«

Das ist neu; früher hätte sie sich in ein Schmollen zurückgezogen, das tagelang andauern konnte.

Ich betrachte sie durch den großen Blumenstrauß, den ich in der Stadt gekauft habe. »Möchtest du gern getadelt werden?« frage ich mutwillig.

»Natürlich nicht.« Wider Willen lacht sie, ein bläßliches Lachen. »Aber es war dir nicht recht, stimmt's?«

»Um dir die Wahrheit zu gestehen, wir haben uns so ausgezeichnet unterhalten, daß ich überhaupt nicht an Beifall oder Tadel gedacht habe. Ich hätte nie vermutet, an einem Ort wie diesem einen Mann wie Abel zu finden.«

»Und wen erwartest du an einem Ort wie diesem zu finden?« Eine kurze, doch lastende Pause. »Leute wie mich und Casper?«

Ich schlucke den Köder nicht. »Er lebt ohne Angst. Er ist ein Optimist. Dabei ist er nicht unrealistisch. Er ist weder empfindlich noch aggressiv.«

»Nein, er kriecht nur den neuen Herrschern in den Hintern.«

»Denkst du das? Oder behauptet das Casper?«

»Du rechnest mich unter die niederen Lebewesen, nicht?« Sie bemerkt das leichthin, aber die Stimme stockt ihr.

»Nur, wenn du Fußabtreter spielst«, erwidere ich scharf. »Bist du deshalb hinausgelaufen? Weil du nicht mit dem umgehen kannst, was Abel sagte? Oder weil du im voraus Angst davor hattest, was Casper sagen wird, falls er dahinterkommt, daß du mit seinem Feind verkehrst?«

»Du ahnst nicht, wozu er imstande ist.«

»Auf die Gefahr hin, daß ich klinge wie eine Schulmeisterin und dich nerve: Vielleicht respektiert er dich eher, wenn er entdeckt, daß du eigene Meinungen hast.«

»Gewohnheiten sind zäh.«

»Du hast schon bewiesen, daß du selber entscheiden kannst.«

»Wieso?«

Ich lächele. »Als du mich heute morgen besuchen kamst. Ich wette, da war er nicht einverstanden.«

»Du bist schließlich meine Schwester.«

»Tut dir das leid?«

Sie bremst, um in die Abzweigung nach Sinai einzubiegen. »Weißt du, ich glaube, wir haben noch nie so offen gesprochen wie heute.« Sie schaltet herunter, legt mir kurz die Hand aufs Knie. »Du hast mir viel anvertraut. Ich hätte nie gedacht, daß du das tun würdest.«

»Was für Geheimniskrämer wir immer waren.« Ich kann einen Seufzer nicht unterdrücken. »Vater und Mutter auch. Ich habe nie Eheleute gekannt, die schlechter zueinanderpaßten. Sie mit ihrer Musik. Er mit seinem Volk-und-Vaterland-Trara. Er hätte im Burenkrieg oder beim Großen Treck leben sollen, als es Feinde umzubringen und Land zu erobern gab. Als sich alles nach innen richtete, war er dem einfach nicht mehr gewachsen.«

»Weißt du Bescheid über seine politischen Ambitionen?«

»Was für welche?«

»Nachdem er pensioniert war, ließ er sich bei den letzten Wahlen tatsächlich fürs Parlament aufstellen.«

»Und verlor?«

»Woher weißt du?«

»Geraten. Wunschdenken vielleicht.«

»Er hat nicht bloß einfach verloren. Es gab einen erdrutschartigen Einbruch in dem Wahlkreis, der als absolut sicher galt. Natürlich hat er das jedem zur Last gelegt außer sich selber. Es war das Aus für all seine ehrgeizigen Pläne, und knapp zwei Monate nach der Wahl bekam er einen Infarkt. Aber das Irrste bei alldem war, daß Mutter gegen ihn gestimmt hat.«

»Das glaub ich nicht.«

»Sie hat. Gestanden hat sie ihm das nicht, darauf kannst du wetten, aber mir hat sie's nach seinem Tod gesagt. Ihr einziger Kummer war, daß er so haushoch verlor. Sie hatte die Hoffnung genährt, ihn durch eine einzige Stimme scheitern zu sehen: ihre eigene. So war am Ende ihr einziger Akt der Auflehnung auch noch verpufft. Armer Mann, arme Frau.«

»Ich bin sicher, wir können es besser machen.«

Die letzten paar hundert Meter vom gotischen Tor an begleitet uns eine Vogelwolke. Im Hof bremst Anna jäh; ich schütze die Blumen vor dem Aufprall.

Sie läßt den Motor laufen. »Besser, ich gehe jetzt. Ich muß die hungrigen Scharen daheim versorgen.«

»Dies eine Mal können sie sich selber ihr Futter suchen.«

»Aber ...«

»In Wirklichkeit meinst du doch: Was, wenn Casper zum Essen heimkommt?«

Sie antwortet nicht.

»Wenn ich mich recht erinnere, stehen etwa achthundert Diener bereit, um seinem leisesten Wink zu gehorchen. Warum mußt du auch noch dasein?«

»Aber was wird er machen?«

»Wäre es nicht wundervoll, das herauszufinden? Vielleicht tut sich da eine ganz neue Welt vor ihm auf.«

Sie stellt den Motor ab.

## 8

Ouma taucht eben wieder an die Bewußtseinsoberfläche, als ich ins Schlafzimmer trete, aber ihr Geist ist noch benebelt. Ich überlasse sie der Obhut der Schwester, während Anna und ich zum Mittagessen einen Salat bereiten. Hinterher hilft Anna mir, in einer kleinen Vase Blumen für Oumas Zimmer anzuordnen. Den Rest, einen großen Armvoll, tragen wir zum Friedhof und verteilen ihn auf die Gräber. Die letzten paar spare ich für das namenlose Rechteck vor der Mauer auf. Anna schaut mich fragend an, sagt aber nichts, ich ebensowenig. Im Augenblick steht dies zwischen mir und ihnen. Vor Jahren hab ich Oumas Einladung abgelehnt, sie hierher zu ihren nächtlichen Gesprächen mit den Toten zu begleiten; nun begegne ich ihren phantasiegesponnenen Schatten in Oumas Geschichten. Ich kann ihnen nicht mehr aus dem Wege gehen. Vielleicht ist dies eine Art Buße.

Und vielleicht ist das der Lohn? Als wir zurückkehren, finden wir Ouma wach. Ohne daß wir ein Wort sagen, weiß sie, daß wir bei den Gräbern gewesen sind.

»Ist meins fertig?« fragt sie ruhig.

»Also Ouma«, protestiert Anna, aber ich verwirre und unterbreche sie mit einem Kopfschütteln.

»Ich möchte, daß ihr den Sarg vom Boden holt«, sagt Ouma. »Das darf man nicht bis zum letzten Augenblick verschieben. Ich habe einen langen Schlaf vor mir und will sicher sein, daß ich es behaglich habe.« Sie packt meine Hand. »Oder ist der auch verbrannt?«

»Der Boden ist zum größten Teil verschont geblieben«, beruhige ich sie. »Ein Sarg ist noch oben. Ich habe nachgesehen.«

»Da waren genug für die ganze Familie. Aber es sind so viele gestorben.«

»Ich verspreche dir, du wirst zufrieden sein.«

»Ich will mehr als ein Versprechen, Kristien. Ich will ihn selber ausprobieren. Wirst du das tun?«

Anna betrachtet uns voll Abscheu. Aber was kann ich machen? Ich nicke und drücke ihr die Hand. »Wir kümmern uns drum, Ouma.«

»Ich muß gehen«, sagt Anna. Jetzt ist sie in Eile. Vielleicht bedauert sie allmählich ihren Entschluß, zum Essen zu bleiben. Aber ich umarme sie zum Abschied, anders als sonst. Unerwartet stürzen ihr die Tränen.

Ich bleibe im Hof stehen, noch lange, nachdem sie abgefahren ist. Dann wende ich mich um und kehre zu Ouma zurück.

Aber nur ein paar Minuten nachdem ich die Schwester abgelöst habe, gibt es wieder eine Unterbrechung. Trui kündigt an, daß der Pfarrer zu Besuch gekommen ist.

»Das ist nicht die richtige Zeit, Trui«, sage ich ihr streng, aber er tritt schon ungebeten ins Zimmer.

»Für das Werk des Herrn ist es immer Zeit«, sagt er heiter, offensichtlich hat er uns gehört.

Er scheint um die Vierzig, ist rosig und rund, mit kleinen, weichen, feuchten Händen, sein Haaransatz weicht rund um das kugelförmige Haupt deutlich zurück (ein buckeliger Mond ist das Bild, das sich einem aufdrängt); ein paar lange, dünne Srähnen fahlen Haares hat er über die Glatze drapiert in einem Stil, den Ouma »Seegras auf dem Felsen« zu nennen pflegte. Er strahlt Wohlwollen und Heil aus. Mit einem Ellbogen preßt er wie eine Schwimmweste eine Bibel an seinen plumpen Leib.

»Du mußt Katrien sein«, sagt er, lächelnd, als habe er die Kunde soeben von Gott empfangen.

»Kristien«, teile ich ihm mit.

»Ist doch dasselbe«, sagt er. »Wilkommen, willkommen. Welch liebevolle Tat, den ganzen langen Weg herüberzukommen.«

»Aus fernem Heidenland«, sage ich und zucke, als ich die schlaffe, feuchte Hand spüre.

»Und was macht unser Mädel heute?« strahlt er Ouma an.

»Sterben«, erwidert sie ruhig.

»Na, na, Omi«, protestiert er mit einem beseligenden Lächeln, das sehr langsam unter ihrem grimmigen Starren vergeht.

»Herr Pfarrer«, sage ich entschlossen, »ich meine wirklich nicht ...«

Aber er hat die volle Gottesrüstung angelegt und fegt mich beiseite. Die rosafarbene Rundung seines Kopfes schimmert behäbig in dem Licht, das durchs Fenster einfällt.

»Ich bin gekommen, um dir Mut für den Weg zu schenken, der vor dir liegt«, sagt er und ergreift dabei Besitz vom Stuhl der Schwester neben dem Bett.

»Mit mir ist alles in Ordnung«, sagt Ouma. Offensichtlich spürt er nicht ihren warnenden Unterton.

»Herr Pfarrer, bitte!« Ich versuche, so taktvoll wie möglich einzugreifen.

»Höre, mein Mädchen, suche du nicht Gottes Werk zu hindern«, ermahnt er mich mit überraschend strenger Stimme.

»Was wissen Sie über Gott?« erkundigt sich Ouma unerwartet.

»Aber Omi ...«

»Wenn ich Sie wäre«, sagt sie und starrt gelassen zur Zimmerdecke, »würde ich mich da raushalten. Gott kann ein sehr zänkisches altes Weib sein.«

Eine unangenehme Auseinandersetzung zeichnet sich ab. Ich bin nicht sicher, wie die überraschende Wendung zustande kommt: Ouma hat wohl einen hohen, schrillen, keuchenden Laut ausgestoßen, vielleicht nur ein Zeichen des Mißbehagens – oder doch nicht? Im nächsten Augenblick sind die Vögel da. Nicht alle, nur ein paar, aber offensichtlich gut ausgewählt für den Anlaß: Bussarde auf Bettgiebel und Fußende, an den Flanken eine ganze Reihe von Kranichen, dazu ein einzelner, weißer Silberreiher, der oben kreist und einen Klacks Scheiße auf der schutzlosen Glatze des heiligen Mannes deponiert, bevor er im Sturzflug wieder hinausfegt.

Das Zartrosa seines Gesichtes wandelt sich in Kirsch-, dann in tiefes Karmesinrot. Er tupft sich den Scheitel mit einem großen, feuchten Taschentuch ab, womit er aber nur den Klacks gleichmäßig über die ganze Wölbung verteilt, dann gibt er auf und tritt den Rückzug in den Korridor an.

»Kristien, willst du bitte den albernen Mann hinausbegleiten?« fragt Ouma unschuldig, wobei sie sich vergewissert, daß er sie hören kann.

»Ich versuche es ein andermal wieder«, murmelt er, als wir das Erdgeschoß erreichen.

»Vielleicht wäre es eine gute Idee, erst anzurufen«, sage ich. »Ouma ist nicht immer in der Verfassung, Besucher zu empfangen.«

Er schaut ärgerlich drein. »Hör mal, ich sage das höchst ungern«, platzt er heraus, »aber so schrecklich sein mag, was ihr zugestoßen ist – wir müssen Gottes Hand darin erblicken.«

»Ich verstehe nicht ganz, Herr Pfarrer.«

»Gott schläft nicht.« Seine Stimme hebt sich um ein paar Töne. »Ich fürchte, deine Großmutter hat ihm über die Jahre hin auf mancherlei Art getrotzt. Ich hatte gehofft, ich hatte darum gebetet, daß ein Zeichen der Reue sichtbar würde, da das Ende sich nähert. Aber was sich heute hier zugetragen hat …« Er senkt die Stimme wieder. »Es ist ein furchtbar Ding, in die Hände des lebendigen Gottes zu fallen, Katrien.«

Draußen, zweifellos beruhigt durch das Tageslicht (obwohl er noch immer ängstlich zum Himmel blickt), unternimmt er einen Versuch, den Schaden zu begrenzen, dabei höre ich aber noch immer einen vorwurfsvollen Unterton heraus. »Nach dem, was ich hier und da so höre, mußt du im Ausland ein sehr interessantes Leben führen.«

»Ich weiß nicht, was Sie gehört haben.«

»Ach, du weißt, Neuigkeiten machen die Runde.« Er strahlt. »Wir sind so froh, dich wieder daheim zu sehen. Du weißt, Gott schätzt das eine verlorene Schaf mehr als die neunundneunzig, die im Pferch geblieben sind.«

»Ich bin nicht sicher, Herr Pfarrer, ob ich verloren war. Ebensowenig bin ich eigentlich zurück im Pferch.«

Er hört nicht oder tut jedenfalls so. »Und zu einer solchen Zeit«, sagt er. »Endlich können wir alle aufatmen. Nach all den schrecklichen Jahren der Apartheid, der Demütigungen, der Ungerechtigkeit ...«

»Sie haben tatsächlich gegen die Apartheid gekämpft?«

»Nun ...« Verschiedene Rotschattierungen gleiten wieder über die glatte Fläche seines Gesichtes, wie ein Bonbon, das Schicht um Schicht bei jedem Lutschen die Farbe wechselt. »Du weißt, ich war stets in der vordersten Front, wenn es galt, die Übel der Welt zu verdammen.«

»Waren in Ihrer Kirche Schwarze zugelassen?«

»Guter Gott! Ich nehme an, du weißt nicht, was für Zeiten wir durchgemacht haben.«

»Ich bin überzeugt, Sie geben vielen ein Beispiel, Herr Pfarrer«, sage ich.

Nun scheint er es eilig zu haben davonzukommen. Und ein Schwarm Vögel gibt ihm von oben das Geleit, vermutlich, um seine Reise zu überwachen und ihm Gottes Segen zu wünschen. Ich hoffe, sie werden seine Mütze nicht schonen.

## 9

Auf dem Rückweg bin ich so in Gedanken vertieft, daß ich Trui erst bemerke, als ich ihr schon nicht mehr ausweichen kann. Sie hat gegenüber der Küchentür Stellung bezogen und vertritt mir direkt den Weg. »Ich will wissen, was in diesem

Haus vor sich geht, Miss Kristien«, sagt sie, indem sie einen Teller abtrocknet.

»Warum überläßt du das Geschirr nicht mir?« frage ich. »Du hast ein bißchen Ruhe nötig.«

»Ich werde mich ausruhen, wenn ich muß«, sagt sie. »Das Geschirr ist sowieso fast fertig. Ich möchte über diesen Morgen Bescheid wissen. Die ganze Zeit kommen und gehen Leute, aber kein Mensch erzählt mir was. Zuerst war der Mann unten im Keller da, dann die Polizei und jetzt der Pfarrer.«

»Der Pfarrer wollte Ouma besuchen.«

»Aber ich hörte, wie ihr gestritten habt, und mit einem Mann Gottes streitet man nicht.«

»Er hat an Ouma herumgenörgelt, er hat keinen Respekt vor dem Alter, deshalb hat sie ihm die Tür gewiesen.«

»Die alte Missus fährt geradenwegs in die Hölle.« Sie stellt den Teller auf die Anrichte und beginnt, das übrige Geschirr zu stapeln und zu verstauen; ich gehe ihr zur Hand. »Und der Mann da unten?«

»Es hat sich alles aufgeklärt, Trui. Es waren die Kinder, die heute morgen mit der Polizei gekommen sind. Sie haben das Haus in Brand gesteckt.«

Sie starrt mich ungläubig an. »Ist das wirklich wahr, Miss Kristien?«

»Es ist wahr, Trui.«

»Also wegen dieser rotznasigen Bengel sind sie so mit uns umgesprungen?«

»Ich habe mit ihnen gesprochen. Sie werden es nicht wieder wagen. Bei niemandem, auch nicht bei den Jungens.«

»Was die gemacht haben, ist schrecklich, Miss Kristien.«

»Wir wissen nicht, was sie dazu gebracht hat, Trui.«

»Das ganze Land ist außer Rand und Band.«

»Hauptsache, daß ihr von jetzt an nachts besser schlafen könnt – wir alle. Der Mann im Keller ist unschuldig. Ich hab dir das von Anfang an gesagt, nicht?«

»Er ist kein Böser«, gibt sie mit einigem Widerstreben zu und schüttelt dann den Kopf. »Aber wo soll das alles enden?

Nächste Woche kriegen wir eine schwarze Regierung, dann werden wir alle in unseren Betten umgebracht.«

»Das ist Unsinn, Trui. Du solltest dich schämen.«

»Den Schwarzen hat nie das geringste an uns Farbigen gelegen, Miss Kristien. Erst haben uns die Weißen zugesetzt, jetzt sind es die Schwarzen. Für uns Leute dazwischen wird sich niemals etwas ändern.«

»Trui, ich verspreche dir ...« Einen Augenblick erwäge ich eine vorsichtigere Antwort, dann aber stürze ich mich Hals über Kopf hinein. »Es gibt auf beiden Seiten Gute und Schlechte. Und als ich in Übersee war, hab ich viele von den Guten kennengelernt. Einen, weißt du, hätte ich fast geheiratet.«

»Guter Gott, Miss Kristien, was erzählen Sie mir da?«

»Kann sein, ich sehe ihn wieder. Er kommt am Montag her.« Ich nehme ihre Hand in meine beiden. »Du bist die einzige, der ich das erzählen kann.«

»Und warum?« fragt sie mit gesundem Mißtrauen.

»Du hast immer alles verstanden.«

»Ein Jammer.« Sie seufzt. »Man soll nicht schlecht über die Toten reden, aber Ihre Mutter hat sich nie viel aus Ihnen gemacht, nicht?« Damit ich nicht denke, sie lenke ein, fügt sie strenger hinzu: »Aber du hast auch immer unbedingt Ärger haben wollen, schon seit du so groß warst.« Sie bewegt ihre Hand dicht über dem Boden. »Eine ungezogene kleine Range warst du, ganz egal, wie oft sie dir ein paar mit dem Riemen übergezogen haben.« Ein Kichern. »Aber man konnte nicht anders, liebhaben mußte man dich.«

Angesichts der unerwarteten Mütterlichkeit, die mich um so viele Jahre zurückversetzt, tue ich mir einen Augenblick selber leid; ich drücke sie an mich.

Aber sehr bald löst sie sich. »Also was soll dieser Unsinn?«

»Du hättest meine Mutter sein sollen.«

»Miss Kristien hat einfach wieder ihren Kopf für sich.«

»Ich meine es ernst, Trui.« Warum soll ich es nicht aussprechen? »Ouma hat mir in der letzten Nacht Geschichten aus den längst vergangenen Zeiten erzählt: von ihrer Mutter und Großmutter.«

»Die alte Missus hat immer Geschichten erzählt. Man darf sie nicht alle glauben.«

»Weißt du etwas über deine und meine Vorfahren?«

»Was ist da schon zu wissen? Ich hab keine Zeit für Spinnereien.«

»Ich rede über Ouma und deine Mutter, Lizzie.«

Sie hockt sich vor der Anrichte hin, den Rücken zu mir, und fängt an, das irdene Geschirr in wilder Eile umzusortieren.

»Also weißt du es?« sage ich.

»Ich weiß nichts, über niemanden. Laßt den Toten ihre Ruhe.«

»Aber *wir* leben noch, Trui.«

»Miss Kristien muß jetzt damit aufhören. Ich habe meine Leute, Sie haben Ihre. So war das immer in diesem Land.«

»Aber die Dinge ändern sich.«

»Für mich ändert sich gar nichts.« Plötzlich richtet sie sich wieder auf und wendet mir das Gesicht zu. »Verstehen Sie, Miss Kristien? Der Herr hat uns so gemacht, wie wir sind, und damit hat sich's.«

»Der Herr hat uns fast zu einer Familie gemacht. Mein Urgroßvater und dein Großvater haben beide auf der andern Zaunseite geweidet.«

»Das zu sagen, steht mir nicht zu, Miss Kristien. Das ist viel zu lange her.«

»Das hab ich auch immer gedacht, Trui. Aber Ouma hat mir in der letzten Nacht beigebracht, die Dinge anders zu sehen.«

»Und wenn es wirklich wahr ist?« fragt sie hilflos, doch auch voller Groll. »Was soll's? Was können wir damit anfangen?«

»Wir können lernen, wie eine Familie zu leben.«

»Wer weiß schon wirklich, was passiert ist?« beharrt sie. »So wie wir waren, sind wir immer recht gut fertig geworden.«

»Deine Familie in dem winzigen Häuschen dort hinten und Oumas Familie in diesem Palast? Das nennst du recht gut fertig geworden?«

»Man mengt sich nicht in Gottes Willen.«

Um ein Haar platze ich heraus: »Scheiß auf Gottes Willen.« Aber ihr zuliebe sage ich: »Nein, Trui. Manche Dinge sind vielleicht sein Wille. Andere müssen wir selber in Ordnung bringen.«

Sie bindet die Schürze ab, faltet sie sorgfältig zusammen und legt sie in die unterste Schublade.

»Wir sind Christen, Miss Kristien. Wir machen, was die Bibel befiehlt. Es steht uns nicht an zu klagen.« In plötzlicher Wut stößt sie die Schublade heftig in die Kommode. »Nur über eins wird mich der Herr klagen hören, und das ist eine schwarze Regierung.«

»Gerade weil wir eine neue Regierung bekommen, können wir drangehen, mit altem Unrecht Schluß zu machen, Trui.« Ich fasse ihren Arm: »Bitte hilf mir!«

Sie macht sich los, aber sanft. »Ich brauche Zeit, Miss Kristien. Das ist zuviel für einen Tag.« Sie geht zur Hintertür. Da dreht sie sich um. »Eins müssen Sie mir versprechen«, sagt sie. »Reden Sie nicht mit Jonnie davon. Der geht sofort zur Attacke über.«

»Es bleibt zwischen dir und mir«, verspreche ich. »Aber unter einer Bedingung: Du nennst mich nie wieder ›Miss‹.«

»Ich werde tun, was ich für richtig halte«, sagt sie, kann aber ein Lächeln nicht unterdrücken.

»Denk drüber nach, Trui. Wir sprechen uns wieder.«

»Glaub schon«, sagt sie. »Kristien.«

## 10

Als ich in Ouma Kristinas Zimmer zurückkehre, ist sie wieder abgetaucht und schläft mit zufriedenem Ausdruck auf dem Ödland ihres eingesunkenen Gesichts. Ich sage der Schwester, sie solle ihr nicht zuviel Beruhigungsmittel einflößen: Ouma wird heute nacht wach sein wollen. Dann nehme ich mit einer Mischung aus Neugier und Schuldbewußtsein den dicken Band I der Langenhovenschen »Gesammelten Werke« vom Küchentisch, wo ich ihn abgelegt habe, als wir zum Essen hereinkamen, und trage ihn in den Keller. In der Buchhandlung konnte ich »Loeloeraai« nicht finden (»Lulu wer?« hat der Verkäufer gefragt. »Nein, tut mir leid, Miss. Aber wir haben ein sehr nettes Buch über Leoparden«), so mußten wir an der Bibliothek halten, wo Anna zum Glück Mitglied ist.

Als ich eintrete, liegt Jacob Bonthuys auf dem wackligen Eisenbett, setzt sich sehr rasch auf und reibt sich die Augen.

»Tut mir leid, ich wollte Sie nicht wecken«, entschuldige ich mich.

»Schon gut, Miss.«

»Ich hab Ihr ›Loeloeraai‹ in der Bibliothek gefunden.«

Seine geröteten Augen leuchten auf. »Ja, Miss.« Fast ehrfürchtig nimmt er mir das Buch aus den Händen, schlägt es auf, blättert darin. Es sieht ziemlich staubig aus; offenbar ist es auf seinem Regal seit Jahren von keiner menschlichen Hand berührt worden. Aber er scheint einen alten Freund zu begrüßen.

»Mr. Bonthuys.« Ich weiß nicht recht, wie ich es anstellen soll, um meine Neugier zu befriedigen. »Wie kommt es, daß Sie sich gerade für Langenhoven interessieren? Er ist so ein komischer alter Kauz.«

»Ja, Miss«, sagt er wieder, »wir beide sind einen langen Weg zusammen gegangen.« Er streichelt den Buchrücken, eine Geste, fast zu innig für spähende Augen. »Ich war noch ein kleines Jungchen, als ich diesen Mann entdeckte. Die Lehrerin las uns in der Klasse eine von seinen Geschichten vor. Die von den beiden häßlichen Menschenfressern, Miss kennt sie, Brolloks und Bittergal. Aber nach ein paar Stunden mußte sie aufhören, weil der Direktor sagte, wir sollten für die Prüfungen lernen und er will nicht, daß wir die Zeit mit Zeug vergeuden, das nicht im Lehrplan steht. Er war ein sehr harter Mann, wir fürchteten uns alle vor ihm, die Lehrerin auch. Ich bat sie, mir das Buch zu leihen, aber sie sagte, wenn der Direktor dahinterkommt, macht er ihr die Hölle heiß. Und außerdem hatte sie das Buch auch schon wieder in die Bibliothek zurückgebracht. Das war zu schlimm, Miss. Ich mußte einfach herauskriegen, was in der Geschichte weiter passierte. Wissen Sie, wir waren erst bis zu der Stelle gekommen, wo das schöne Mädchen, das mit dem Unhold lebt, versucht, den beiden kleinen Kindern das Leben zu retten, die er fangen will. Er kriegt das spitz, und dann erwischt er sie mit den Kindern. Und genau da hörte die Lehrerin zu lesen auf. Miss wird verstehen, daß ich das Buch kriegen *mußte*. Aber leicht war das nicht.«

»Konnten Sie es nicht in der Bibliothek bekommen?«

»Ich hatte Angst, einfach dorthin zu gehen und danach zu fragen. Unsere Leute waren da nicht zugelassen, die Bücher waren nur für Weiße. Außerdem kamen wir nur einmal in der Woche zur Stadt, samstags, wenn uns Abel Jouberts Vater im Lastwagen zum Einkaufen hinfuhr. So wanderte ich drei, vier Wochen lang immer nur rund um die Bibliothek und traute mich nicht hinein. Aber die Geschichte ließ mich nicht los. Ich hatte Alpträume vom alten Brolloks und dem Mädchen. Ich wußte, ich würde keine Ruhe finden, bevor ich rauskriegte, was geschehen war. Am Ende, eines Samstags, faßte ich mir ein Herz, ging hinein und fragte nach dem Buch. Aber die Madam am Pult schaute nicht mal auf, sie scheuchte mich bloß raus. Jesus, Miss, sie war selber so 'ne Art Brolloks, mit einer Brille auf der Nase und einem Dutt, so fest, daß er aussah wie ein Brocken Wiedergekäutes von 'ner Kuh. Dreimal kam ich wieder, und dreimal warf sie mich raus. Das letztemal sagte sie, jetzt würde sie die Polizei rufen.«

»Was haben Sie dann gemacht?«

»Dann hab ich die Madam auf der Farm, wo meine Mam arbeitete, gefragt. Das war die Mutter von Abel Joubert. Ich wußte, daß sie freitags, wenn sie die Kinder von der Schule abholte, in die Bibliothek ging. Und sie war eine gute Frau, das war sie wirklich. Genau wie heute Abel Joubert. Er hat das ganz von ihr. Von seinem Vater auch, muß ich sagen, aber größtenteils von ihr. Auch seine Liebe zu Büchern, wenn mich Miss fragt.« Nun, da er einmal angefangen hat, überschwemmt mich eine nicht einzudämmende Flut von Worten, und da gibt es kein Entkommen. Soviel aufgestauter Rededrang, daß ich keine Wahl habe, ich muß mich darein ergeben.

»Und sie hat Ihnen ›Brolloks en Bittergal‹ gebracht?«

»Ja, Miss«, sagt er mit einem breiten Lächeln, das die Lücke entblößt, wo ihm die oberen Schneidezähne fehlen. »Und endlich konnte ich die Geschichte von Brolloks und dem Mädchen und den Kindern fertig lesen. Und dann die Geschichte vom alten Bittergal. Aber sehen Sie, da waren auch andere Geschichten in dem Buch, über die Weihnachtskinder und so, und ich las eine Masse davon. Ich habe eine ganze Woche fast nicht geschlafen. Meine Mam sagte, wenn ich nicht aufhöre, zieht sie mir die Haut in Streifen vom Hintern.«

»Aber Sie haben weitergemacht?«

»Wie konnte ich denn aufhören, Miss? In der nächsten Woche bat ich die Madam, mir ein anderes Buch von diesem Langenhoven zu bringen. Diesmal waren es Geistergeschichten, die gräßlichsten Sachen, von denen Sie je gehört haben. Ich meine, Sie betrachten sich die Welt und haben keine Ahnung davon, was sich hinter dem allen versteckt. Ich hatte beinah zuviel Angst, um weiterzulesen, aber aufhören konnte ich auch nicht. Und von der Zeit an war ich büchersüchtig. Danach brachte mir die Madam all die anderen Bücher, eins nach dem anderen, ich denke, vierzehn waren es alle zusammen. Aus manchen konnte ich überhaupt nicht schlau werden. Sie waren einfach zu verdammt schwierig, ich konnte mich abrackern, wie ich wollte. Ich hab sogar ganze Seiten von ihnen in ein Schulheft abgeschrieben, das Geld für das Heft kriegte ich, indem ich dem alten Mr. Joubert ein paar Straußeneier klaute und sie verkaufte. Das war eine Sünde, aber das Lesen war wichtiger. Aber bei ein paar von den Büchern mußte ich aufgeben. Und andere waren langweilig. Wahrscheinlich war ich einfach zu dumm, aber ich konnte nichts dagegen machen. So kehrte ich zu den Geschichten zurück. Und am liebsten von allen hatte ich die aus ›Loeloeraai‹. Kennt Miss es?«

»Ist es das über den Weltraummann, der zur Erde herabkommt und dann Langenhoven und seine Familie zum Mond bringt?«

»Richtig. Kann sich Miss das vorstellen? Er kommt den ganzen Weg vom Planeten Venus und landet im Garten eines ganz gewöhnlichen Hauses in Oudtshoorn, genau hier im Little Karoo. Das ganz Besondere daran ist, daß er von allen Leuten ausgerechnet auf Mr. Langenhoven stieß, der das alles aufschreiben und so der ganzen Welt davon berichten konnte. Ich kann gar nicht erwarten, es wieder zu lesen.«

Er braucht weitere fünfzehn Minuten, um zum Schluß zu kommen, und die ganze Zeit liebkost er das Buch auf seinem Schoß wie eine Katze. Jetzt liegt die angehäufte Müdigkeit schwer auf meinen Augen, und während ich ihn seinem Langenhoven überlasse, schleppe ich mich die Treppen zu meinem Zimmer hinauf. Falls Ouma heute nacht wieder eine Geschichte zu erzählen hat, muß ich gerüstet sein.

## 11

»Diesmal muß ich weiter zurückgehen«, sagt Ouma Kristina.

»Warum fangen wir nicht ganz von vorne an?«

»Und was, meinst du, ist ganz vorn?«

»Die Ankunft des ersten Müller am Kap?« schlage ich vor. »Oder der erste Basson? Oder der erste Wepener?« Ich bin mir der Herausforderung bewußt; mein einziges Ziel ist, sie zum Beginn anzustacheln.

»Was haben die Müllers damit zu tun?« fragt sie gereizt. »Laß uns die Männer heraushalten. Sie warten mit genauen Belegen und Belegen auf. Unsere Geschichte ist anders, sie verläuft nicht geradlinig, wie du inzwischen wissen müßtest. Du und Anna, ihr kommt von Louisa, eurer Mutter; sie kommt von mir. Und ich habe dir schon etwas von denen erzählt, die vor mir kamen.«

»Rachel. Petronella Wepener. Wilhelmina – was war ihr Familienname?«

»Die Zunamen sind nicht von Belang. Die sind alle hinzugefügt worden, du kannst dich nicht auf sie verlassen. Jedesmal, wenn ein Mann Vater wird, ist er ganz erpicht drauf, seinen Familiennamen zur Geltung zu bringen. Aber wie kann er sicher sein, daß herauskommt, was er reingesteckt hat? Wir sind es, allein wir, die das mit Bestimmtheit sagen können, und manchmal schweigen wir uns lieber aus. Von uns rede ich. Ich hab dir gesagt, es ist mein Testament. Und nun, da mir der Tod nahe rückt, ist weiter nichts wichtig.«

»Wie weit zurück kennst du die Geschichte?«

»Weit genug. In unserer Familie waren wir gut dran: Immer hatten wir Geschichtenerzähler unter uns. Du hast mich, ich hatte Petronella, sie hatte Wilhelmina und so fort, weit zurück, den ganzen Weg bis zu der einen, die zwei Namen hatte, Kamma und Maria. Wenn ich mich richtig erinnere, macht das neun Erzählerinnen unter uns.«

»Also war Maria-Kamma die erste?«

»Natürlich nicht. Hörst du denn nicht zu? Niemand weiß, wo wir angefangen haben. Wir reichen zurück bis zu den Schatten. Ich denke, wir sind immer dagewesen. Es gibt ein paar Geschichten von einer Frau tief im Herzen Afrikas, die mit einem Jungen auf dem Rücken aus einem See kam und eine schwarze Kuh vor sich hertrieb. Oder aus einem Fluß, die Schlangenfrau mit dem Edelstein auf der Stirn. Oder aus dem Meer. Eines Tages schlug eine kleine Welle an den Strand und ließ Schaum zurück, und in der Sonne verwandelte sich der in eine Frau. Aber das wissen wir nicht bestimmt, und ich rede lieber nur über die Sachen, die ich wirklich weiß.«

»Über diese Maria, von der du sprachst?«

»Das ist ein brauchbarer Anfang.«

»War es dieselbe Maria, von der du mir vor Jahren erzählt hast?«

»Dieselbe.«

»Aber damals hast du mir nie gesagt, daß sie zur Familie gehört! Ich dachte, es sei nur eine Geschichte.«

Ich brauche Zeit, um zu erfassen, was sie sagt; allmählich geht mir eine Ahnung davon auf, warum sie diesen Drang verspürte, mich zurückzuholen. Die Vergangenheit herbeispüren, so, wie Propheten die Zukunft voraussagen.

»Deshalb mußtest du nach Hause kommen«, sagt sie, als ob sie meine Gedanken läse. »Um zu wissen, woher du kommst. Damit du etwas hast, was du mitnehmen kannst. Das dir vielleicht verstehen hilft.« Ihre gekrümmte Hand zieht sich zu einer kleinen Faust zusammen, entspannt sich dann wieder.

»Wie lange hat diese Maria gelebt, Ouma?«

»Wie soll ich das wissen? Spielt das eine Rolle? Meine Erinnerung hängt nicht von Daten und Orten ab. Wenn du es wirklich wissen mußt, würde ich sagen, es war irgendwo an der Westküste, aber weit weg, da, wo sie an die Wüste stößt, wo Himmel und Erde aufeinandertreffen. Und vor langer Zeit. In der Zeit, wo die ersten Kolonisten diesen Weg hinaufzogen, um Tauschhandel zu treiben und zu jagen und zu morden und zu verwüsten, ihre Farmen weiter und weiter vom Kap entfernt abzumessen, du weißt, wie das war: Reiten von Sonnenaufgang zu Sonnenaufgang in einem weiten Kreis und Zurückkehren dahin, wo sie aufgebrochen waren.«

Allmählich geht sie dazu über, ihre Geschichte zu erzählen. Und ich schreibe mit, was sie spricht. Am Nachmittag, nach dem Besuch bei Jacob Bonthuys, habe ich eine Stunde geschlafen; jetzt bin ich bereit.

Maria war der Name, den ihr viel später die Weißen gaben. Zu Beginn war sie Kamma – das Wort, das die Khoikhoi, Leute-der-Leute, für das Wasser gebrauchten. Deshalb glaube ich, daß sie auf irgendeine Art aus dem Wasser geboren sein muß, aber wir können das nicht genau wissen; es könnte auch eine ihrer Ahnfrauen gewesen sein. Zuerst erfuhr man von ihr, als ein Trupp treckender Farmer bei der Siedlung ihres Volkes anlangte. Sie waren den ganzen Weg von Kapstadt hergekommen, mit Lastwagen, die bis zu den Leinwanddächern mit Perlen und Kupferdraht und Branntwein und anderem Zeug beladen waren, für das sie Straußenfedern und -eier eintauschten, Elfenbein, Moschus, Schildpatt, gebeizte Häute, Honig und natürlich soviel Breithornrinder und Fettschwanzschafe wie möglich. Sie waren auch erpicht auf Auskunft über gutes Weideland jenseits der Grenzen der Kolonie und über Flüsse mit stetigem Wasservorrat.

Auf diesem Treck kam es zu Scherereien zwischen den Khoikhoi und den Farmern – ein barbarischer Haufen, wenn du mich fragst, lange Bärte, kurzer Grips, immer bereit, Streit zu suchen und ihre Fäuste zu gebrauchen oder nach ihren Knarren zu langen. Weißt du, es gab unter den Khoikhoi verschiedene Stämme, manche wohlgesinnt und durch jahrelange einträgliche Tauschgeschäfte mit den Leuten am Kap ziemlich verwöhnt; aber je weiter du von Kapstadt fortkamst, desto schwieriger wurde es, mit ihnen einig zu werden. Und während des letzen Treck-Monats hatten sich die Dinge immer weiter verschlimmert, weil die friedlichen Hottentotten, die die Buren mitgebracht hatten, allmählich die Nase voll kriegten und sich bei jeder Gelegenheit in die Büsche schlugen und verschwanden, und das Vieh verdurstete. In diesem Stadium waren sie ungefähr angelangt, als sie auf einen Stamm stießen, der nie zuvor mit Weißen Berührung gehabt hatte. Die sprachliche Verständigung funktionierte nicht. Es kam zu Mißverständnissen.

Ich stelle mir vor, diese Khoikhois wünschten, daß sich die Trecker so bald wie möglich verzögen, was die Buren verweigerten; erst wollten sie eine große Viehherde erwerben; und daran waren die Khoikhoi nicht interessiert. Um die Dinge noch weiter zu komplizieren, wurden etliche der Männer, müde und frustriert vom monatelangen Weiterziehen, geil, und die Khoikhoi duldeten keine Freiheiten mit ihren Frauen. Der Stamm war mit gutem Grund berühmt dafür, daß seine Frauen unter den einheimischen die schönsten waren.

Und von allen die herrlichste war die Tochter des Häuptlings. Eben die Kamma, über die wir gesprochen haben. Sie war auch bekannt als *Die Kleine, die singt,* ich habe den Khoikhoi-Namen dafür vergessen. Kamma war ein Mädchen, für das Ruhmeslieder gedichtet worden waren, in denen sie mit *t'kamkhab*, dem Neumond, oder *khanoes*, dem

Morgenstern, verglichen wurde; ein Mädchen mit Gazellenanmut, geschmeidig wie eine Binse, lauter poetischen Beinamen der Art. Man kann verstehen, daß die Buren scharf auf sie waren, und Tag für Tag belästigten sie Kammas Vater mit immer großzügigeren Angeboten, aber sie war nicht zu verkaufen. Nicht nur, weil der Vater widerspenstig, sondern auch, weil Kamma selber zu stolz war. Der Mann, der sie gewinnen würde, müßte ein Muster an Vollkommenheit sein, nicht einer dieser widerwärtigen Raufbolde.

Das heizte die Männer nur noch mehr auf, und du kannst dir die Art Träume vorstellen, die nachts um das Lagerfeuer herum geträumt wurden; es heißt, auf der Stelle sei noch Jahre danach nichts mehr gewachsen. Aber in einem trockenen Land im Sommer flammt Begehren leicht zum Brand auf, und so begann das Übel.

Eines Abends entführten mehrere Buren eine Frau aus einer Hütte, die etwas abseits von den anderen errichtet war. Sie sah auch anders aus. Während die meisten nur aus Binsenmatten über einem Rahmenwerk aus Ästen bestanden, deckten hier Felle das Holz. Was die Buren nicht wußten: Es handelte sich hier um die Tabuhütte, die *t'nau*-Hütte, wie sie genannt wurde – hier wurden die Frauen während ihrer monatlichen Blutungen abgesondert. Natürlich machte das die Sache noch schlimmer.

Nicht weit von den Hütten rann ein kleiner Bach mit dichtem Pflanzenwuchs an den Ufern dahin. Wegen des Wassers hatten sich die Buren entschlossen, hier haltzumachen, aber eben deswegen wollten die Khoikhoi sie nicht da haben. Hier hatten die Entführer ihren rohen Willen mit der Frau; danach ließen sie sie einfach liegen.

Über Nacht kroch die Frau unter Schmerzen den Hang hinauf und fand so zurück zu ihren Leuten und erzählte ihnen, was vorgefallen war. Ein paar von den Männern wollten die Buren auf der Stelle angreifen und sie allesamt mit ihrem Vieh niedermetzeln. Du mußt wissen, es war eine Todsünde, mit einer Frau Verkehr zu haben, die *t'nau* war. Aber andere waren raffinierter. Sie überwältigten einen Buren, der ein paar Yard von den übrigen schlief, zerrten ihn zu ebendem Fleck, wo die Frau vergewaltigt worden war, und beraubten ihn dort seiner Mannheit.

Nun war es an ihm, zu den Wagen zurückzukriechen, und sowie es hell wurde, brach der Krieg aus. Er begann damit, daß sich beide Parteien zornig und kampfbereit aufstellten, bis sich einer der Buren fortreißen ließ, sein Gewehr anlegte und einen der Khoikhoi erschoß. Ein paar andere folgten seinem Beispiel; aber ihre Kameraden vermochten sie zu überwältigen. Ein Waffenstillstand wurde eingehalten, mindestens bis zum Einbruch der Nacht. Aber im Dunkeln – es war Neumond und das Licht spärlich – krochen die Khoikhoi zu den Wagen und steckten sie in Brand. Zwei wurden völlig zerstört, mit drei Männern im Inneren.

Am nächsten Tag begannen die wütenden Verhandlungen von neuem, schwierig, wie sie waren, allein mit Hilfe von Zeichen. Die Buren forderten Schadenersatz. Aber die Khoikhoi behaupteten ihren Standpunkt: Wenn Schadenersatz zu zahlen war, dann sollten sie mit der Frau den Anfang machen, die sie vergewaltigt hatten. Das konnte nicht ohne weiteres in ökonomischen Kategorien berechnet werden, aber wie wäre es mit zehn Stück Rindvieh und dreißig Schafen für den Anfang? Und was sei mit dem kastrierten Mann? widersprachen die Buren. Zwanzig Stück Rindvieh und fünfzig Schafe. Das unvermeidliche Ergebnis war ein neuer Ausbruch von Gewalt, weitere fünf oder sechs Khoikhoi wurden getötet. In dieser Nacht blieben die Buren wach, um nicht wieder übertölpelt zu werden. Sie ahnten nicht, daß die Khoikhoi in aller Stille das Wasserloch vergiftet hatten, aus dem das Vieh der Buren trank. Die Folge war verheerend. Obendrein hatte sich der Bure, dessen Kerze geschneuzt worden war, eine Pistolenkugel in den Kopf geschossen – nicht so sehr wegen der Schmerzen, hieß es, als wegen der Schande. Worauf die übrigen erneut rotsahen.

Wenn je der Krieg nahe war, dann an diesem Tag. *Kharab* nannten sie es: Blutrache. Und wahrscheinlich wären sie allesamt hingemetzelt worden, Buren wie Khoikhoi gleichermaßen, hätte sich nicht eine Frau dazwischengestellt. Eine sehr junge Frau, praktisch noch ein Kind, konnte man auf den ersten Blick denken, so leicht wie die Khoikhoi gebaut sind. Das war keine andere als Kamma, die Häuptlingstochter.

Erwarte nicht von mir, daß ich die ganze Auseinandersetzung wiedergebe. Ich war nicht dabei; aberwie es später ihren Nachkommen überliefert wurde, bestand Kamma darauf, daß die Männer Schluß machen sollten, bevor sie alle, weiß und braun, Mann, Frau und Kind umgebracht wären. Wenn das Blutvergießen so vermieden würde, war sie bereit, sich selber anzubieten: Die Buren sollten einen aus ihrer Mitte dazu auswählen, mit ihr *kwekwa* zu machen, so nannten es die Khoikhoi; hinterher sollten beide Gruppen ihr Bündel packen und so weit wie möglich von dieser Stelle fortziehen, die Khoikhoi nordwärts von der untergehenden Sonne, die glatthaarigen Männer, die *honkhoikwa,* südwärts von der Stelle, wo sie aufging.

Bestürzung unter den Khoikhoi. Dies war unerhört. Kamma war der Stolz des Landes; ihre Bewegung im Dunkeln war wie eine Kette glühender Kohlen, eine Reihe von Glühwürmchen, wie *tsaob,* so nannten sie die Milchstraße. Sie zu verlieren würde ärger sein, als wenn sie sich selber Gaunab und seiner Wut auslieferten, dem bösen Gott der schwarzen Himmel. Aber Kamma blieb unerbittlich. Sicher war doch das Leben des ganzen Stammes mehr wert als die Jungfernschaft eines einzigen Mädchens. Die alten Frauen warnten sie, sie möge sich hüten, man spreche nicht leichtfertig über solche Dinge. Verkehr mit einem Mädchen könne die Dämmerfüßigen, die *hei noen,* zu dem Stamm locken. Siehe, da in der Ferne kreiselte ein *sarês* Staub auf, ein Wirbelwind, der Todesbote. Nach den Frauen setzten ihr die alten Männer mahnend zu. Dann die jungen. Aber niemand konnte Kamma ihren Willen ausreden. Und die Buren wurden schon unruhig: Weiteres Zögern konnte zur Katastrophe führen.

Aufregung gab es auch, als die Buren ihren Mann auswählten. Es war Adam Oosthuizen, der größte von allen, ein

Mann wie ein Baum im Flachland, mit einem Schopf zottiger, ungekämmter Haare und rotem Bart, ein Riese, der einmal einen Leoparden mit bloßen Händen erwürgt hatte. Nein, nein, sagte Kammas Vater: Das sei Mord. Seine Tochter werde die Tortur nicht überleben.

Wenn Kamma hätte erblassen können, so hätte sie Luna in ihrem letzten Viertel den Rang streitig gemacht. Aber sie beharrte. »Mein Wort ist mein Wort«, sagte sie, »und wenn ich helfen kann, den Krieg abzuwenden, so sei es.«

Über den Rest dieser Nacht schweigt sich Ouma aus. So kenne ich sie sonst nicht. Ich erinnere mich an ein früheres Mal, wo sie die Geschichte erzählt – zugegebenermaßen nach etlichen Glas *jerepigo* – und eine spektakuläre Beschreibung zustande brachte. Von den Khoikhoi und den Buren, die einen großen Kreis um die beiden bildeten und von der heroischen Nacht, die dann folgte. Wie das Mädchen dem zuliebe, was Hollywood Spezialeffekte nennen würde, einen Ledersack voll Glühwürmchen gefangen hatte, die sie schubweise freiließ, immer ein oder zwei auf einmal, wie die Nacht verstrich. Die Zuschauer hielten sie für Funken und begrüßten sie jedesmal mit begeistertem Beifall. Und wie sie beim letzten Höhepunkt den gesamten Rest entließ: Da herrschte schon pechschwarze Finsternis, und alles, was man sehen konnte, war dieser Funkenregen, wie wenn ein großer Sturm in Flammen aufgeht – und wie die versammelten Leute für ein Schauspiel, wie sie es nie erlebt hatten, in nicht enden wollenden, jubelnden Beifall ausbrachen.

Ouma hat mit ihren Geschichten oft über die Stränge geschlagen. Aber heute nacht ist sie gedämpft. Was sie mir jetzt erzählt, ist dies: Als der große Bure Kamma packte, begann sie für ihn zu singen, die Lieder, die sie seit ihrer Kindheit in dem Stamm aufgelesen hatte, so wie andere Kinder Kiesel sammeln oder Vogeleier oder Federn. Lieder über den Mond und die Morgendämmerung, über das Chamäleon und den Hasen und den Tod, über die Wasserjungfrauen und die Dämmerfüße, die im Dunkeln dahinwandern, über das Mädchen, das die Milchstraße machte, indem sie bei ihrer

Liebesvereinigung mit dem großen Jägergott Heitsi-Eibib aus ihrem Geschlecht Funken versprühte, über Tsui-Goab, den Gott des ersten roten Morgenlichtes. Adam Oosthuizen war so bezaubert vom Klang ihrer Stimme, daß er entschlummerte und nichts weiter geschah. Aber da war es schon so dunkel, daß niemand das wahrnahm, und der einzige Laut in der Nacht war der Gesang der Khoikhoi, die ihre traurigsten Lieder für Tsui-Goab sangen, auf daß er ihr Kind verschone.

Am folgenden Morgen kehrte das Mädchen zu seinen Leuten zurück. Aber das war nun wirklich das Schlimmste: Sie weigerten sich, sie wieder aufzunehmen. Was immer auch geschehen war, es war, zugegeben, nicht Kammas Schuld; aber nachdem sie leibliche Gemeinschaft mit einem Fremden gepflogen hatte, war sie nun nach den Bräuchen des Stammes für sieben Winter *t'nau.*

## 12

Geschah es aus einer Art plumpen Mitleids oder aus Bosheit oder in einer Aufwallung von Triumph, daß die Buren Kamma mitnahmen? Man wird's nie erfahren. Alles, was sie mitführte, war ein Paar *mahems*, du weißt, diese langbeinigen Vögel mit den schönen goldenen Kronen. Manchmal folgten sie Adam Oosthuizens Wagen, zu anderen Zeiten ließen sie sich beiderseits von dem Mädchen nieder und wachten über sie. Sie war schwer krank. Der Grund hängt von der Version ihrer Geschichte ab, die man sich aussucht: Wenn Adam Oosthuizen tatsächlich in jener Nacht der fliegenden Funken seinen Willen mit ihr hatte, mochte sie unter den unvermeidlichen Folgen leiden; aber ebensogut konnte ihre Krankheit von der Seele herrühren, bewirkt durch ihre Verstoßung aus dem Stamm. Worin immer die Ursache bestand, sie war dem Tode nahe, und die beiden *mahems* hielten Wache.

Der Treck rückte langsam voran. Das Vieh, das nach der

Wasservergiftung übriggeblieben war, mußte mit den Wagen Schritt halten, und die Ochsen waren erschöpft. Nach einer Reihe von Wochen begannen sich die Buren zu zerstreuen. Diejenigen, die den ganzen Weg von Kapstadt gekommen waren, setzten ihre Reise fort. Die übrigen, die ihre Farmen schon längs der Küste abgemessen hatten, kehrten in ihre unwirtlichen Behausungen zurück. Unter ihnen war Adam Oosthuizen; und er nahm Kamma mit sich.

Hätte er unterwegs die Neigung verspürt, sie abermals zu gebrauchen, so hätte ihre Verfassung das unmöglich gemacht. Ein- oder zweimal ging es ihr tatsächlich so schlecht, daß sie sie vom Wagen hoben, um ihren Leichnam im *veld* liegenzulassen; und hoch oben im Himmel, entfärbt und flockig wie Sauermilch, zogen die Geier hellsichtig ihre Schleifen.

Aber wenn sie auch hellsichtig waren, diesmal irrten sie. Mit ihren dünnen Armen umklammerte Kamme die Beine des Mannes, der versuchte, sie loszuwerden; es war unmöglich, sie abzuschütteln. Sie haftete wie Dung an einem *veldskoen*. Und obendrein fuhren die *mahems* auf ihn los, und aus heiterem Himmel stellten sich andere Vögel ein, Habichte, Falken, Finken und Wanderfalken, sogar verschiedene Arten von Adlern, dazu Sekretäre; sie tauchten zu dem Wagen herab und verursachten eine solche Verheerung, daß Adam gezwungen war, aufzugeben und sie den ganzen Weg zurück zu seiner Farm mitzunehmen. Das könnte an den Ufern des Olifantflusses gewesen sein, aber nimm mich da nicht beim Wort.

Es war eine komplizierte Familie, der Adam Oosthuizen das Mädchen zuführte. Er hatte eine Frau und an die dreizehn Kinder, aber zwischen den Generationen war keine strenge Grenzlinie gezogen. Er konnte nicht lesen, was es leichter machte, mit Gottes Wort auszukommen. Während die alte Familienbibel, ererbt von den Vorfahren seiner Frau, dünkelhaft fromm auf einer rohen Truhe im *voorhuis* lag, die Messingspangen am braunen Ledereinband ordentlich geschlossen, besuchte Adam seine Töchter so regelmäßig und so enthusiastisch wie seine Gattin. Das war in jenen Tagen nicht so ungewöhnlich: Einer Überlieferung zufolge war Adam selbst der Sohn seiner ältesten Schwester. Jede, jeder hatte mit jedem, jeder zu schaffen, alles innerhalb der Familie; kein Wunder, daß sich bei einigen seiner Kinder die Folgen zeigten. Noch so eine Generation wie diese, und sie mochten anfangen, wieder auf allen vieren zu laufen. Na und? In diesen Zeiten bestand der einzige Reichtum eines Mannes in Land und Vieh, vielleicht einem Weizenfeld am Fluß; dazu waren Arbeitskräfte nötig, und es war billiger und sicherer, die aus seinen Lenden hervorzubringen, als sie zu kaufen oder zu mieten.

Kamma wurde zunächst in einer Binsenhütte bei den Arbeitern untergebracht, wo die Frauen sie pflegten. Niemand rechnete wirklich damit, daß sie am Leben blieb. Aber mit dem Mageninhalt eines *steenboks* und noch warmen *muskcat*-Häuten, mit sieben Zecken in Schafstalg, mit bitteren Wurzeln und Knollen, mit einer Prise gemahlenen Horns vom Rhinozeros und den in der Sonne getrockneten Augen eines Jacopevervogels, mit dem gehackten Hinterbein eines rotgeflügelten männlichen Heuschrecks und drei Tropfen Blut aus dem Kamm eines schwarzen Hahns, mit einer neugeborenen gestreiften Feldmaus, im ganzen geschluckt, und dem Urin von Felsenkaninchen und der Gebärmutter eines trächtigen Stachelschweins retteten sie ihr das Leben.

Sobald sie wieder auf den Beinen und mehr oder weniger auf dem Damme war, teilte man ihr Arbeit auf der Farm zu; sie sollte die Schafe hüten. Zu Beginn wurde sie mit Adams ältestem Sohn ausgesandt, dann mit den anderen, aber das hieß das Unglück herausfordern, denn die Brüder teilten alle die Anlage ihres Vaters, und Kamma war ein liebreizendes Mädchen, desto unwiderstehlicher für die Männer, weil sie so nackt wie mein Finger herumlief, abgesehen von einem winzigen Schurz. In gewisser Weise war sie noch schöner als zuvor, und ihre Gewohnheit, den ganzen Tag lang ihre Lieder zu singen, reichte aus, um einem Mann den Kopf zu verdrehen. Aber ganz ergebnislos, soweit es die Söhne betraf. Nicht weil sie irgend etwas tat, sie abzuhalten; sie handelte nie so, daß es ihr Ungelegenheiten bringen konnte. Jedesmal war es der reine Zufall. Oder mindestens sah es danach aus. Bis man sich alles zusammenreimte.

Der älteste Sohn versuchte es als erster. Gleich dort im *veld*, wo ihn das Verlangen überkam. Aber sie trieb Possen mit ihm, lockte ihn hierhin und dorthin, tanzte über die Ebene und sang die ganze Zeit dazu, bis sie einen großen, flachen Ameisenhügel erreichte, auf den legte sie sich hin. Da machten sich die großen, schwarzen Ameisen, mit gutem Grund als Eierbeißer bekannt, bei ihm an die Arbeit, bis er mit weitgespreizten Beinen heimwärts hinkte, während nicht eine einzige Ameise das Mädchen angriff. Das zweitemal war es beim gleichen schweinsköpfigen Mann ein Ziegenbock, der ihn von hinten stieß, als er gerade auf den Knien hockte, bereit, in sie einzudringen. Er schoß in ein paar unfreiwilligen Purzelbäumen durch die Luft und landete drei Yard von Kamma entfernt in einem Stachelschweinloch, wo das Tier ihn so bösartig attackierte, daß er einen Monat lang nicht mehr wußte, wo vorn und wo hinten war. Das drittemal war es eine *ringneck adder*, die ihn in die Rückfront biß, eben als er beabsichtigte, sich in Kamma zu stürzen. Und das war des armen Teufels Ende.

Dem zweiten Bruder wurde eine rechtzeitige Warnung zuteil: Als er bald nach dem Begräbnis des ersten Sohns vor dem hingestreckten, singenden Mädchen auf den Knien hockte; da warf ihm ein hoch über ihnen vorbeifliegender Lämmergeier eine Schildkröte auf den Kopf. Das zweite Mal, kaum einen Monat später, schlug im entscheidenden Moment eine tollwütige *meerkat* ihre Zähne in sein Glied und weigerte sich loszulassen. Mit der noch an ihm baumelnden *meerkat* vor sich und dem Mädchen, das ihm singend folgte, hinter sich, taumelte er heim; sie sang ein Lied über einen Mann und eine Meerkatze, das sie am Tag zuvor gedichtet hatte. Drei Tage später gruben sie vorsorglich im Hinterhof ein neues Grab, aber im letzten Moment rettete ihn ein von Kamma gebrauter Trank. Dieser Jüngling zog nie wieder mit den Schafen hinaus und tat gut daran.

Der dritte Bruder war noch ganz jung und weniger ungestüm als die anderen, aber der Gesang des Mädchens machte ihn vor Begierde verrückt. Ein langer weißer Dorn, der plötzlich und unerklärlicherweise in seinem linken Hoden steckte, machte dem bald ein Ende.

Der vierte ... aber jetzt dürfte das Bild schon klar sein. Fortan hütete Kamma die Schafe allein. Aber für jemanden wie sie, die für die Geschichten, die sie sang, gern Zuhörer hatte, war das kein rechtes Leben. Und für eine Schafherde zu sorgen war keine große Herausforderung. So ging sie bald dazu über, die Schafe der Obhut ihrer *mahems* und einem Paar Sekretärsvögel zu überlassen, das zuweilen kam und ihr Gesellschaft leistete, oder einem Luchs, mit dem sie sich angefreundet hatte. Einmal lud sie einen Leoparden ein, aber das lief nicht so gut und trug ihr eine Tracht Prügel ein, als sie mit drei Schafen zu wenig in der Herde heimkehrte. Adam Oosthuizen führte mit harter Hand die *sjambok*, die er selber, so prahlte er, aus dem Penis eines Büffels gemacht hatte. Danach verwandelte sie, um ihre Haut zu retten, die Schafe in Steine, wenn die Lust sie überkam, allein umherzuwandern.

Es gab kein Tier auf der Erde und in der Luft dieser Ebene, mit dem sie nicht sprach. In ihren Geschichten ahmte sie die Vogellieder so vollendet nach, daß man keinen Unterschied hörte: den Schrei des *kiewiet* oder des *kelkiewyn*, die Rufe von Finken und Staren und *bokmakieries*, das Kreischen von Habichten oder Bergadlern, das Gegacker der Perlhühner, das irre Gelächter der *katlagter*. Sie konnte ganze Tage damit verbringen, daß sie sich auf diese Art belustigte, und große Vogelschwärme kreisten und kobolzten in der Luft über ihr herum. Aber sie sprach auch zu den Tieren des Bodens und ließ sich in endlose Unterhaltungen mit Schakalen und *meerkats* und Luchsen und Wildkatzen ein. Sie besaß ohne Zweifel die Gabe der Sprache, und am Schluß war es ihr Untergang.

## 13

Nach einiger Zeit – einem Monat oder mehreren oder einem Jahr, was macht das für einen Unterschied? – ließ Adam Oosthuizen sie auf den Hof und in sein Haus zurückholen. Er muß das schon lange geplant haben. Denn irgendwo in seinem dicken Cromagnon-Schädel hatte sich die Erinnerung an eine ferne Nacht mit Glühwürmchen und Sternen eingenistet; er sollte sie bewahren bis zum Tag seines Todes und vielleicht auch noch danach.

Viele Male ging Adam ins *veld* hinaus, um ihr aus der Entfernung nachzuspionieren, ihrem langbeinigen Gang, dem verführerischen Rhythmus des kleinen Schurzes, der dort tanzte, wo sich ihre Schenkel trafen – das ein und alles für Mannes Auge und Sinn. Sie muß sich seiner Anwesenheit bewußt gewesen sein, aber nie verriet sie das durch irgendein Zeichen; und er zögerte, näher heranzukommen, wohl in der Erwartung, bei seinem Nahen werde sie augenblicklich wie eine kleine Antilope zum Horizont davonschießen. So wartete er auf sie, bis er schließlich spürte, sie war zahm genug, um hereingeholt zu werden an den Herd des Hauses; jenes Hauses, das als elende, kleine Hütte, nur ein Raum, Flechtwerk mit Lehm, angefangen und sich, um die wachsende Anzahl von Sprößlingen zu fassen, allmählich in alle Richtungen ausgedehnt hatte wie das Nest eines geselligen Webervogels. Einmal drinnen, mußte Kamma ihren Fellschurz mit einem Kleid tauschen. Dazu brauchte es ein beträchtliches Maß schmeichelnden Zuredens und mehrere Trachten Prügel, doch allmählich gewöhnte sie sich nicht nur an ihr Gewand, sondern lernte es mit einer gewissen Grazie zu tragen. Aber weder Feuer noch Schwefel konnten sie dazu bewegen, daß sie Schuhe anzog.

Ob Adams Frau Johanna zu müde war, um zu protestieren, oder ob sie wirklich nichts ahnte, läßt sich unmöglich sagen; doch sie nahm Kammas Anwesenheit nicht nur hin, sondern schloß das Mädchen tatsächlich ins Herz, und zusammen mit ihren Töchtern begann sie, ihr die Künste beizubringen, die eine junge Frau beherrschen muß. Nähen und stopfen, Lederkleidung machen, die Anfangsgründe des Kochens; sogar ein bißchen Bibellesen. Adam und seine Söhne scherten sich nicht um Gelehrsamkeit; bei den seltenen Anlässen, wo sie am Kap ein Dokument unterzeichnen mußten, um eine Geburt oder einen Sterbefall zu bestätigen, genügte ein spinnbeiniges Kreuz. Aber von den Töchtern wurde erwartet, daß sie lasen; und manchmal sangen sie abends ein Kirchenlied, da fanden sie Vergnügen daran, Kamma zum Mitsummen zu bewegen. (Kammas eigene, mit Schnalzlauten gespickte Lieder waren für die anderen viel zu schwierig.) Nach geraumer Zeit sang sie die Hymnen so geläufig, daß die Familie sie auf einen der jährlichen Ausflüge nach Kapstadt mitnahm und in der Kirche taufen ließ. Von da an war sie nicht mehr Kamma, sondern Maria.

Es war eine völlig neue Lebensweise, der sie sich anpassen mußte. Selbst das Essen war anders: Statt der Nahrung des *velds*, mit der sie aufgewachsen war – *tsamma*-Melonen und *kambro*-Wurzeln, fliegende Ameisen und Eier von den kleinen Vögeln oder von Straußen, Heuschrecken, Sauermilch, Honig und dergleichen – aß sie nun die Mahlzeiten der Oosthuizens mit: saures Brot, in einem Ameisenhügel gebacken und in Milch aufgeweicht, Kürbis, Süßkartoffeln, gestampften Weizen. Einzig Fleisch kam in beiden Speiseplänen vor, freilich in dem der Oosthuizens sehr viel reichlicher: Ziege, Schaf, Rind, Wild, Perl- und Rebhuhn, Fasan. Am schwierigsten gewöhnte sie sich an regelmäßige Mahlzeiten, morgens, mittags und abends. Aber Maria erwies sich als gelehrige Schülerin, und nach wenigen Monaten konnte man glauben, sie sei in einem Haus groß geworden.

Nur ein Gegenstand hörte nie auf, sie zu verwirren, und das war der Spiegel im *voorhuis*. Er war Johannas Erbe von ihrer Mutter, die ihn aus Holland mitgebracht hatte; und Adams Frau hatte sich nie von ihm trennen wollen, selbst nicht auf der endlosen Hochzeitsreise von Kapstadt die ganze Westküste entlang. Nun hing er an der rohgetünchten Wand, der einzige Schmuck im Haus. Als Maria das erstemal an ihm vorüberging, blieb sie wie angewurzelt stehen, trat vorsichtig Schritt für Schritt rückwärts und warf wieder einen Blick hin; sie legte den Kopf zur Seite, und die Person im Spiegel tat es ebenfalls; dann streckte sie die Zunge heraus und fand auch diese Gebärde wiederholt; da rief sie den großen Jägergott Heitsi-Eibib an und rannte um ihr Leben. Es war dunkel, als die Oosthuizens sie schließlich aus dem *veld* zurückbrachten, und sie weigerte sich, über die Schwelle ins Haus zu treten.

Es dauerte Tage, bis sie sich überreden ließ, wieder hereinzukommen. Diesmal schlich sie sich sehr behutsam an den Spiegel heran, seitwärts, den Rücken an die Wand gepreßt; als sie unmittelbar daneben stand, zog sie das schwere Gebilde vorsorglich ein paar Zoll von der Wand ab, um dahinter zu spähen. Aber da war nichts außer der rohverputzten und getünchten Oberfläche des Lehms. Das gab ihr wieder Mut. Während sie den Leib zur Sicherheit immer noch an die Wand preßte, bewegte sie den Kopf langsam bis an die Kante des Rahmens und lugte dann blitzgeschwind um den herum. Und abermals rief sie Heitsi-Eibib an, als sie Fersengeld ergriff. An der Haustür stieß sie heftig mit Adam Oosthuizen zusammen, der zufällig eben eintrat.

Er versetzte ihr mit dem Handrücken einen Schlag, daß sie an die gegenüberliegende Wand flog und zu Boden stürzte. Dort blieb sie etliche Minuten liegen, zu einem kleinen Bündel zusammengekauert, umklammerte ihre Knie und stieß leise, wimmernde Laute aus, die in Adam stürmische Erinnerungen weckten.

»Was zur Hölle ist los mit dir?« erkundigte er sich, nicht allzu erzürnt.

Sie vergrub den Kopf noch tiefer in den Armen.

»Maria, ich rede mit dir!«

Diesmal machte sie mit der einen Hand eine halbherzige Gebärde, aufzublicken wagte sie immer noch nicht.

Adam Oosthuizen brauchte eine Weile, bis er begriff. Dann hob er sie, brüllend vor Lachen, mit einer Hand auf und trug sie über den Dungestrich zum Spiegel und zwang ihre Stirn an seine kühle, glatte Oberfläche. Mit einem qualvollen Schrei suchte sie sich zu befreien, aber in Adams mächtigem Griff war sie hilflos. Sie öffnete die Augen und starrte ungläubig.

»*Ammase!*« keuchte sie. Was übersetzt eine barbarische Variante von »Gott im Himmel« ist.

Was sie vor sich sah, war nicht nur die fremde junge Geisterfrau, die sie früher erblickt hatte, sondern dazu Adam Oosthuizens vertrautes breites Gesicht, umrahmt von blondem Haar und rotem Bart. Du mußt bedenken, daß sie sich nie zuvor selber gesehen hatte; aber sie war schnell genug von Verstand, um zu erfassen, daß das Gesicht neben Adam Oosthuizens Heidenhaupt nur ihres sein konnte. Noch leiblos, nur Kopf und Schultern; doch während der paar nächsten Tage entdeckte sie, daß der Rest gleichfalls zu erkennen war, vorausgesetzt, man trat dicht genug heran und schaute dann nach unten. Von Zeit zu Zeit spähte sie immer noch hinter das Glas, nur um ganz sicherzugehen; und nie wieder blamierte sie sich vor den anderen. Aber ganz wohl war ihr bei dem Spiegel doch nie.

Gleichzeitig faszinierte er sie viel zu sehr, als daß sie von ihm fernzubleiben versuchte. Sie konnte sich so in ihn vertiefen, daß sie ihre sämtlichen Pflichten vergaß, was unweigerlich zur Bestrafung führte. Sie brachte auch ihre Vögel ins Haus, um ihnen das Wunder vorzuführen – zuerst waren es nur die *mahems*, doch bald kamen auch all die anderen, was hinterher eine gründliche Säuberung nötig machte.

Eines Tages verschwand der Spiegel. Johanna war außer sich; und es gab nur eine einzige Verdächtige. Wieder brauchte es eine Tracht Prügel, armes Ding, bevor Maria sie dorthin führte, wo sie ihn in einem hohlen Ameisenhügel versteckt hatte. Doch in derselben Nacht und nach der Strafe war der Spiegel abermals fort. Diesmal fand man ihn in einem der vielen Anbauräume – in dem Zimmer, das Adam Oosthuizen für seinen eigenen Gebrauch reserviert hatte, um seine Patriarchenpflichten an Weib und Töchtern zu erfüllen. Da lag Maria, vor dem Spiegel zusammengerollt, von Zeit zu

Zeit peinigte noch ein Schluchzen ihren Leib; und diesmal ließ Adam sie in Ruhe und wies die übrige Familie an, gleichfalls fortzubleiben. Später in der Nacht begab er sich in den Raum, um Maria auf seine eigene Weise zu trösten. Es war das erstemal, seit Maria ins Haus geholt worden war, daß er es unverhohlen tat. Bald wurde es zur Gewohnheit. Und die Familie schickte sich pflichtergeben in das Unvermeidliche. Für ein paar von den Töchtern, von denen zufällig fünf zur gleichen Zeit schwanger waren, bedeutete es vermutlich sogar eine Erleichterung.

## 14

Eines Tages besuchte eine große Gruppe Farmer aus der Gegend von Stellenbosch mit ihrem Wagenzug den Hof; sie befanden sich auf einer Tauschhandelstour ins Landesinnere. Da sie wußten, daß Adam die Reise schon früher unternommen hatte, luden sie ihn ein, als ihr Führer mitzukommen. Belästigt durch ein Haus voller Babys und mit Hummeln im Hintern, weil er schon so lange an einem Ort festgesessen hatte, war Adam sofort bereit. Und in schlauer Voraussicht nahm er auch Maria mit. Sie wiederum lehnte es ab, sich ohne ihren Spiegel von der Stelle zu rühren. Das trieb die arme Johanna in einen solchen Wutanfall, daß der Schlag sie rührte und eine Seite ihres Körpers lähmte. Sie konnte ihr linkes Auge nie wieder schließen. In beunruhigendem Starren blieb es Tag und Nacht offen; nichts entging ihm. Tagsüber war es blutrot, und bei Nacht, sagten die Leute, glühte es im Dunkeln, als ob es von innen erleuchtet würde. Kein Wunder, daß Adam Oosthuizen erleichtert war, seine Frau in der Obhut seiner vielen Töchter zurückzulassen, während er die Söhne mitnahm.

Jagend und Tauschhandel treibend, zog die Gruppe von Treckern immer tiefer ins Landesinnere. Maria betrug sich sehr gut. Aber als sie erst einmal den Gariep überquert hatten, streifte sie ohne Umstände ihr sittsames Gewand ab und legte wieder den winzigen Schurz längst vergangener Tage an. Adam machte ihr Vorhaltungen, nicht weil es ihm mißfiel, sondern wegen der Art, wie die anderen Männer sie anschauten. Wie auch immer, keiner wagte es, über das Gaffen hinauszugehen, dazu fürchteten sie den Riesen allesamt viel zu sehr.

Zur gegebenen Zeit erreichten sie die nächstgelegenen Niederlassungen der Khoikhoi. Unbekannte, ferne Stämme, die nie zuvor mit Weißen zusammengetroffen waren und in keiner verständlichen Sprache redeten. Da wurde klar, in welcher Absicht Adam die junge Frau mitgenommen hatte. Selbst die Buren, die ihre Anwesenheit verübelt hatten (aus welchen dunklen und beunruhigenden Gründen auch immer), entdeckten, daß sie mehr wert war als die Korallen oder Rubine oder all das, wovon der weise Salomon dereinst gesprochen hatte. Khoikhoi, die auf den ersten Blick mürrisch oder mißtrauisch erschienen, änderten ihr Verhalten, sowie Kamma – die ihren weißen Namen zusammen mit dem europäischen Kleid abgeworfen hatte – sie in ihrer eigenen Zunge anredete. Niemand wußte, ob sie alle die Sprache gemein hatten, mit der Kamma groß geworden war, aber sie schien vertraut mit jedem Laut, den eine Zunge hervorbringen konnte. Und es wurde die einträglichste Tauschhandelstour, die es je gegeben hatte.

Kamma tat sogar noch mehr als das, was von ihr erwartet wurde. Wenn sie bei einer Niederlassung anlangten, wo das Vieh knochendürr aussah und keinen zweiten Blick lohnte, verriet sie Adam heimlich: »Diese kränklichen Ochsen und Schafe haben sie hergebracht, um dich zu täuschen. Das gute Vieh halten sie hinter jenen Hügeln versteckt, bis ihr fort seid.«

Dann schickte Adam seine Männer hinter die Hügel, um das gute Vieh heranzutreiben. Zuweilen wurden die Khoikhoi über die Entdeckung ihrer List so wütend, daß sie mit Krieg drohten; doch sie erreichten nur, daß die Burengewehre sie in Stücke schossen. Dies Vermögen, aus der Ferne zu töten, überzeugte die Khoikhoi hinlänglich, daß sie es mit Hexern zu tun hatten; und auf die Art konnten die Buren ungestraft morden.

»Wieso macht es dir nichts aus, deine eigenen Leute zu verraten?« hielt Adam Kamma einmal vor.

»Die sind nicht meine Leute.«

»Nicht dein Stamm, aber doch Khoikhoi.«

Sie zuckte nur die Achseln. Doch als Adam beharrte, erklärte sie. »Meine Leute haben mich verstoßen. Nachdem ich mit dir *kwekwa* gemacht, wollten sie mich nicht zurück.« Nie hätte man für möglich gehalten, daß ein so schmächtiger Leib einen so großen Groll beherbergte.

Adam bedrängte sie nie wieder, mehr zu sagen.

## 15

Als sie heimkehrten, lag hinter dem Farmhaus ein neues Grab. Johanna war gestorben. Bei Nacht glühte das rote Auge noch auf dem Kissen des Bettes, in dem sie geschlafen hatte; der Rest von ihr lag unter der Erde. Adam löste das Problem, indem er den Raum mied und auf Dauer bei Maria einzog. Falls ihn sein Gewissen doch etwas stach, wurde das reichlich aufgewogen durch freudigen Stolz: Er entdeckte, daß Maria schwanger war. Das Baby war in der Wintermitte zu erwarten, im siebenten Winter ihres Aufenthalts auf dem Hof.

Aber im späten Herbst, ungefähr zwei Monate vor der fälligen Entbindung, verschwand Maria. Eines Morgens, als sie aufwachten, lag ihr Chintzkleid säuberlich gefaltet in der Truhe im *voorhuis*; und der Spiegel hing nicht mehr an seinem Nagel.

Adam rief seine Söhneschar zusammen und nahm mit ihnen zu Pferd die Verfolgung auf, jeder galoppierte in eine andere Richtung davon. Sie suchten den ganzen Tag, bis zum Horizont und weiter, aber sie fanden nicht die geringste Spur. Man hätte meinen können, sie habe sich in einen Ameisenhügel oder einen Felsen oder einen Baum oder einen Vogel verwandelt, und vielleicht war dem so. Adam Oosthuizen war überzeugt, daß er sie für immer verloren habe, und seine Trauer mit anzusehen, war schrecklich.

Doch sechs Monate später war sie zurück, trug munter den kleinen Schurz und hielt den Spiegel in den Armen. Ohne zu irgendwem ein Wort zu sprechen, ging sie an allen vorbei, trat ins Haus, holte ihr Kleid aus der Truhe und zog es an. Der Spiegel wurde an seinen alten Platz gehängt. Dann, als sei nichts geschehen, erkundigte sie sich, ob jemand Kaffee wünsche.

Selbst Adam war so überwältigt, daß er erst ein paar Tage später wagte, nach dem Kind zu fragen. Maria zuckte mit den Achseln. Und das war die einzige Antwort, die sie je gab.

Von da an machte sie es sich zur Gewohnheit, am Ende eines jeden Sommers fortzugehen, zuweilen schwanger, zuweilen nicht, und sechs Monate später ganz allein und so nackt wie mein Finger zurückzukehren. Dann zog sie das Kleid an, das in der Truhe verstaut lag, und nahm ihr Leben unter den Oosthuizens wieder auf, als habe es nie eine Unterbrechung gegeben.

Und der Spiegel? Soweit Adam nach vielen Verhören herausbekam, hatte sie ihn deshalb mitgenommen: Die Khoikhoi, denen sie begegnete, sollten darin das Bild der Oosthuizens finden, die sie in ihre Familie aufgenommen hatten. Aber ob das wirklich so funktioniert hatte, blieb ein Geheimnis. Bestimmt erschien im Spiegel nichts anderes als Adams eigenes Gesicht, als sie versuchte, Adam die mitgebrachten Bilder von dem Volk zu zeigen, das sie besucht hatte.

Als sie das dritte oder vierte Mal zurückkehrte – da wußten Adam Oosthuizen und seine Brut schon, daß es gescheiter war, keine Fragen nach ihrem Verbleib zu stellen –, brachte sie einen kleinen Trupp von Khoikhoi mit, die beladen waren mit Elefantenstoßzähnen, Straußenfedern, Gazellenfellen, Schildkrötenpanzern und anderen Artikeln. Adam fragte, was das bedeuten solle. Es sei ein Stamm, der sich von allen den Buren bekannten unterscheide, erklärte Kamma. Sie kämen, um Hilfe zu erbitten. Im Landesinneren habe es Krieg gegeben, und andere Leute von weit her hätten alles Vieh des

Stammes fortgetrieben. Sie wünschten, daß Adam ihren Besitz für sie wieder einfordere.

Adam Oosthuizen fühlte keine Neigung, sich in anderer Leute Streitigkeiten verwickeln zu lassen. Doch Maria, noch blaß vom Staub ihres langen Marsches, nahm ihn zu einer langen und ernsten Erörterung beiseite. Dies seien wichtige Leute, erklärte sie. Wenn er sie für sich gewinnen könne, stünde ihm das gesamte Landesinnere offen. Er und seine Söhne könnten den Stamm auf einem Feldzug gegen die Übeltäter begleiten, und das würde ihn zum größten Rinderzüchter des Hinterlandes machen.

Am nächsten Morgen brachen die Oosthuizen-Männer mit den Khoikhoi auf, begleitet von Kamma – denn ohne sie wäre die gegenseitige Verständigung unmöglich gewesen. Viele Abende verbrachte sie bei den Khoikhoi an deren Lagerfeuer, und die Oosthuizens konnten aus der Ferne beobachten und hören, wie sie mit ihnen bis in die frühen Morgenstunden redete und sich ergötzte. Es brachte Adam fast um. Er konnte schwören, daß sie mit den Fremden unter einer Decke steckte. Aber wann immer er versuchte, sie zur Rede zu stellen, wich sie direkten Fragen aus und versicherte ihm, daß die Männer auch für sie Fremde seien. Adam solle sich heraushalten, warnte sie ihn, es gelte das Wohlwollen des Stammes zu bewahren.

Laß mich einen langen Treck in eine kurze Geschichte verwandeln. Die Reise endete mit einer Schlacht im Land der feindlichen Khoikhoi, die sich natürlich als hilflos gegen das Pulver und die Kugeln ihrer Angreifer erwiesen. Zwei von den Oosthuizens wurden getötet und ein paar weitere verwundet; aber von den Khoikhoi entkamen nur wenige unversehrt. Mit einer riesigen Herde erbeuteten Viehs kehrten die Sieger in ihre eigene Niederlassung zurück, sieben Tagereisen von dort, in einer engen *kloof* zwischen großen nackten Felsen. Da hielten sie ein paar Tage Rast. Das Honigbier floß wie Wasser; nachts feierten sie im Mondlicht, bis der Tag anbrach; alles war mit Staub bedeckt.

Nach langen Erörterungen teilten sie das Vieh in zwei Herden, eine für die Khoikhoi, die andere für die Buren. Die Unterhandlungen dauerten einen ganzen Tag lang; bei Sonnenuntergang war jedermann zufrieden, und die Oosthuizens verkündigten, sie würden beim ersten Morgenlicht aufbrechen.

Diese Nacht verbrachte Kamma wieder einmal feiernd mit ihrem Volk – insofern es ihr Volk war; aber Blut ist dicker als Wasser –, während sich die Oosthuizens zurückzogen, um sich vor ihrer langen Reise gründlich auszuschlafen. Bei Tagesanbruch erwachten sie von der unnatürlichen Stille, die sie umgab.

Und weißt du was? Da gab es in der *kloof* keine Spur eines Lagers mehr. Männer, Frauen, Kinder, alle fort. Nicht ein Haar oder ein Haufen Dung war von Rindern und Schafen zurückgeblieben. Für Adam Oosthuizen war das schlimmste, daß die meisten der seiner Familie zugesprochenen Tiere – darunter die weitaus besten – gleichfalls verschwunden waren.

Er war bereit, die Verfolgung aufzunehmen und das Seine zurückzufordern. Nach all der Mühe, nach Monaten des Trecks, des Krieges, nachdem er zwei seiner Söhne verloren hatte! Aber es gab keine Spuren, denen sie folgen konnten. Er schwor, daß Kamma die Schuld trage; er war drauf und dran, sie umzubringen. Ein dunkler Verdacht hatte sich in einen Winkel seines Gemüts geschlichen und dort eingenistet: daß er ihr nicht trauen konnte, daß all das Gerede, sie sei von ihrem Volk verstoßen worden, einfach Teil einer wohldurchdachten List sei, um sich an ihm für jene Jahre zurückliegende, unvergeßliche und schreckliche Nacht zu rächen. Gleichzeitig war er nach der Frau verrückt. Sicher, für den Augenblick konnte er nichts machen. Er hatte das beängstigende Gefühl, wenn er einen Finger gegen sie erhebe, würden er und seine Söhne nie die Heimkehr erleben.

# 16

Kaum einen Monat später wurde die Farm aus heiterem Himmel angegriffen, offenbar von einem ganzen Heuschreckenschwarm Khoikhoi. Sie kamen geräuschlos in einer mondhellen Nacht und verschwanden wieder mit jedem Huftier, das die Oosthuizens besaßen. Kein Zweifel bestand an der Identität der Räuber: Sie konnten nur die Feinde von jüngst sein, vermutlich im Bündnis mit einer Schar anderer Stämme, erpicht darauf, ihre Niederlage im tiefen Landesinneren zu rächen. Das war haargenau, was Adam Oosthuizen befürchtet, und der Grund dafür, daß er zunächst abgelehnt hatte, sich in die Sache hineinziehen zu lassen. Nun war er so arm wie Hiob, ohne einen Maiskolben, um sich den Arsch zu wischen. Aber er hatte keine Wahl: Es war deutlich Gottes Wille, daß er in das Land zurückmußte, um seine Mannesehre zu rächen. Und Kamma mußte als Führerin und Dolmetscherin mitkommen, sie, die das Land kannte wie die blasse Innenseite ihrer schmalen, braunen Hand.

Zu Beginn zögerte sie, aber Adam hatte seine Methoden, Widerspenstige zu überreden. Er und seine Söhne ritten die Küste entlang, mindestens bis nach Saldanha, und trommelten alle Buren zusammen, die sie finden konnten – bei den meisten brauchte es wenig Überredung –, und bald trabte das furchterregende Kommando ab nach Nordwesten über die unerforschten Ebenen.

Drei weitere Söhne Oosthuizens wurden auf dieser Reise in dem harten Boden begraben, ebenso wie zehn oder zwölf andere Farmer. Dies war kein gewöhnlicher Krieg, Mann gegen Mann, dazu waren die Khoikhoi viel zu schlau. Ein plötzlicher Angriff, ein Hinterhalt, ein nächtlicher Überfall; tiefer und tiefer wurden sie in das Ödland gelockt. Am schlimmsten von allem war ein Scharmützel an einem Regentag zwischen nackten Bergen: Kamma war am Tag zuvor wie gewohnt zur Erkundung ausgesandt worden und war zurückgekehrt mit einer verdreckten Abordnung von Khoikhoi, die dringend Frieden schließen wollten. Die Erörterungen zogen sich über Stunden hin. Dann stürzte der Regen herab. Und ohne Warnung griffen sich die Gesandten blitzschnell ihre Bogen und Pfeile und *kieries* und überfielen das arglose Kommando. Die Buren langten instinktiv nach ihren Flinten, aber die waren im Regen nutzlos, als hätten das die Khoikhoi im voraus gewußt.

Es folgte ein erbitterter Feldzug, der viele Monate dauerte und die Männer erschöpfte. Aber am Ende triumphierten Gesetz und Ordnung, wenn Gott bei dir ist, kann dir niemand widerstehen; und schließlich kehrte das Kommando heim, mit so vielen Rindern und Schafen im Gefolge, reich beladen mit Elfenbein und Federn und Fellen, daß ihnen allen lebenslanger Wohlstand sicher war.

Nur, daß kaum ein Jahr später, als sich Maria wieder auf einer ihrer einsamen Wanderungen befand, abermals alles geraubt wurde.

Als Adam Oosthuizen sie diesmal von ferne nahen sah, ging er hinaus, um ihr am Hoftor entgegenzutreten. So entzückt er die binsengleiche Gestalt mit dem tanzenden Schurz im Schatten der über ihr schwirrenden Finken auch sah, so schwer war ihm gleichzeitig das Herz. Er hatte Zeit genug gehabt, um zu überlegen, was ihm selbst unter den besten Umständen nicht leichtfiel. Aber allmählich waren die Gedanken, die durch die trägen grauen Windungen seines Hirns tröpfelten, zum Klumpen geronnen: Warum war der Überfall geschehen, als sie fort war? Warum hatte gerade sie ihm die erste Gruppe von Hilfesuchenden auf den Hof gebracht? Woher hatten die Khoikhoi so genau gewußt, daß ihre Munition bei feuchtem Wetter nutzlos war? Warum dies? Warum das?

Er schlug sie nicht. Er verstellte ihr nur mit seiner massigen Gestalt den Weg und befahl ihr zu gehen, für immer. Er konnte ihr nicht mehr trauen. Er wollte sie nie wiedersehen.

Sie weinte, als sie ging.

Sie sprach kein Wort. Sie konnte nicht. Die Zunge war ihr ausgeschnitten worden.

## 17

Keiner wird es je mit Bestimmtheit wissen. War es Adam, der es getan hatte, um sie für ihren Verrat zu bestrafen und dafür zu sorgen, daß sie nie wieder etwas bei den Khoikhoi ausschwatzen würde? Oder langte sie schon zungenlos an der Pforte an und hatten also die Khoikhoi es getan, um zu verhindern, daß sie den Weißen ihre Geheimnisse und den Platz ihrer Herden und ihrer Wasserstellen mitteilte?

Sie selbst konnte es nicht sagen. So werden wir nie sicher sein: Hatte sie ihr ganzes Leben der Rache an den Khoikhoi gewidmet, weil sie von ihnen verstoßen worden war? Oder der Rache an den Buren für das, was ihr Adam Oosthuizen angetan hatte?

Aber das war nicht etwa schon das Ende der Geschichte.

Adam Oosthuizen stand und blickte ihr nach, bis sie in der Ferne verschwand, dann trottete er mit hängenden Schultern und schwerem Schritt ins Haus zurück. Als er am Spiegel im *voorhuis* vorüberkam, stockte er. Was er dort sah, war doch bestimmt unmöglich. Aber da war es: Marias Antlitz. Kammas Antlitz. Nicht klar und scharf wie sein eigenes, aber ein vager Fleck, als ob es ihn aus sehr weiter Ferne anschaute, wie ein Gesicht unter Wasser, doch unverkennbar ihres.

Mit einem Stöhnen nahm er den Spiegel von der Wand und trug ihn in die angebaute Kammer, in der er immer mit ihr gelegen hatte. Mehr und mehr zog er sich in diesen kleinen Raum zurück, während sich die Monate vorüberschleppten. Griesgrämig und finster blickend sonderte sich Adam Oosthuizen von seiner Brut ab, gefährlich wie ein einsamer Elefantenbulle. Er weigerte sich, mit irgendwem zu sprechen.

Zuletzt gewann die Einsamkeit über ihn die Oberhand. Er zog den stärksten Ochsen aus seinem Kraal – zu der Zeit hatten die Söhne eine neue, kleine Herde zusammengebracht – und ritt davon ins weite Land. In einem großen Rucksack, den er sich aus gutgebeiztem Wildleder genäht hatte, trug er den Spiegel. Als die Zeit verging, begann das Bild zu verblassen, aber es war immer noch sichtbar. Und wenn er nachts anhielt, um zu rasten, dann nahm er es heraus und starrte ihr Gesicht an. Er führte lange Gespräche mit ihr. Aber natürlich gab sie ihm nie eine Antwort.

Wann immer er eine Khoikhoi-Siedlung erreichte, fragte er nach ihr, der schmalen jungen Frau, die sich wie ein Schatten über das *veld* bewegte. Und wenn ihn die Menschen nicht verstehen konnten, holte er den Spiegel aus seinem Rucksack hervor, um ihnen ihr Bild zu zeigen. Ausnahmslos war dann die Hölle los. Aber gewöhnlich siegte bei den erschreckten Leuten die Neugier, und sie drängten sich zu einem genaueren Blick heran. Jedoch am Ende schüttelten sie alle die Köpfe und gaben durch Zeichen zu verstehen, daß sie nicht das mindeste von ihr wüßten.

Er muß jahrelang gesucht haben. Allmählich wurde er grau, doch das konnte vom Leiden herrühren; und sein Körper, einst so stolz und hoch wie ein Baum, schrumpfte zusammen und wurde knorrig wie Treibholz. Weiter und weiter ritt er auf dem Rücken seines Ochsen, den Rucksack auf der Schulter, und fragte überall, wo er durchzog. Aber keiner wollte ihm helfen.

Niemand außer, eines Tages, einem Honigvogel. Von Hunger ausgelaugt, war er dem kleinen Geschöpf einen Tag lang gefolgt. Es stellte sich bei ihm ein, als er an einem schattigen Fleck saß und auf die Überreste des verblichenen Bildes in seinem Spiegel starrte; er vernahm das aufgeregte Gezwitscher, schaute auf, sah den Vogel und machte sich daran, ihm zu folgen. Was er natürlich nicht begriffen hatte: Der Vogel hatte das Bild erkannt. Und so führte die Wanderung Adam nicht zu einem Honighort, sondern zu einer zerstreuten Gruppe von Khoikhoi-Hütten.

Aus der Entfernung nahm er die Frau wahr. Und als er die Kinder bei ihr sah – ein bunter Trupp, aber das älteste Mädchen, es mußte dreizehn oder vierzehn sein, war bestürzend schön –, begriff er sofort, daß es ihre waren: die Kinder, die sie ihm Jahr für Jahr entzogen hatte.

Der Geschichte zufolge begann er, in seinen verwahrlosten Bart zu weinen; aber seine Gefühle vermochte er nicht anders auszudrücken, als daß er seinen *sjambok* hoch über den Kopf hob, diesen bösartigen Büffelpenis, mit dem er seine Welt regiert hatte, und dabei stieß er ein Gebrüll aus wie ein verwundeter Stier. Wie konnte jemand sagen, ob es der Ausdruck von Wut oder von Entzücken war?

Als sie den Laut hörte, sprang Kamma inmitten ihrer Kinder auf. Sie erkannte ihn und zitterte. Sie konnte nicht schreien, um die Leute zu warnen, denn sie hatte ja keine Zunge. Nur ein angstvolles Stöhnen stieß sie aus.

Und dann, ganz plötzlich, verwandelte sie sich in einen Baum, in einen kleinen Dornbaum mit viel Platz in den Zweigen für Vögel und mit Schatten unten für ihre beiden *mahems*.

So schnell er konnte, jagte Adam zu ihr hin. Außer sich, und vermutlich ohne zu begreifen, was er tat, begann er den Baum mit seinem *sjambok* zu geißeln. Der Baum fing an zu weinen, seine Tränen rannen den Stamm herab wie Kautschuk. Dann hoben in seinen weitgebreiteten Zweigen alle Vögel an, mit den Flügeln zu schlagen, und vor Adams Augen flogen sie mit dem Baum davon und verschwanden am Horizont; die beiden *mahems* folgten auf der Erde, dahinrasend auf ihren dürren Beinen. Und auch Adam folgte auf dem Rücken seines Ochsen, aber er kam nicht sehr weit.

Viele Jahre später fand man in der Prärie sein ausgebliechenes Gerippe. Nur durch den Spiegel in seinem Rucksack wußte man, wer er gewesen war.

Und dann kam ein Elefant und blies die Geschichte fort.

# IV

## *Der Sarg*

## I

Haltlos treiben in der Gegenwart. Gedanken im Erwachen: Wie verwirrend zu entdecken, daß die Gegenwart nichts Wirkliches an sich hat, daß man sie nur dann erfaßt, wenn sie schon in der Vergangenheit versunken ist. Von Augenblick zu Augenblick entzieht sie sich mir. Ich schreibe: Ich stehe auf, schaue durchs Fenster, die Wolkenschatten gleiten über die Landschaft. Aber von Rechts wegen sollte ich schreiben: Ich schreibe, daß ich aufstehe, durchs Fenster blicke; ich schreibe, daß die Wolkenschatten über die Landschaft gleiten, und während ich noch schreibe, stimmt es nicht mehr. Früher oder später werde ich schreiben: Ouma stirbt, aber sie wird schon tot sein. Ich schreibe: Heute werden wir den Sarg herunterholen müssen. Gern tu ich das überhaupt nicht, aber dies eine Mal mag Oumas Anweisung praktischen Sinn enthalten, nicht einer bloßen Schrulle entspringen. Wenn irgend etwas getan werden muß, um den Sarg nach so vielen Jahren verwendbar zu machen, kann man ebensogut heute damit anfangen wie sonstwann.

Es ist Sonntag. Von der Außenwelt werden weniger Forderungen hereindringen. (Über morgen will ich lieber noch nicht nachdenken, falls ich, wie so oft, enttäuscht werde. So werde ich Sandiles Namen niederschreiben, aber nicht bei ihm verweilen.) Es ist schon eine Woche her, daß ich angekommen bin. So viel ist geschehen; nichts ist geschehen. Ein Leben in der Schwebe, in dem seltsamerweise Oumas Geschichten fast wirklicher scheinen als die Ereignisse um mich her – selbst wenn ich immer noch nicht recht begreife, warum es sie so sehr drängt, alles zu erzählen, bevor sie stirbt. Wiederum kann ich sie nicht fragen; sie wird nicht antworten, so war das stets ihre Art. Eine dunkle Äußerung, ein Seitenblick, ein nachsichtiges kleines Lächeln. *Du kommst schon noch dahinter, keine Angst, du kommst noch dahinter.* Bevor sie sich wieder in ihre innere Wüste zurückzieht, diesen Ort der Wanderdünen, die von Tag zu Tag ihre Lage ändern, unaufhörlich ihre Landschaft neu schreiben und ihren Raum neu bestimmen.

Bevor ich dusche, sehe ich die Kleider von gestern durch, prüfe rasch jedes Stück, um zu entscheiden, welches ich zusammenfalte und verstaue, welches ich ausrangiere (heute muß ich Zeit finden, ein paar Sachen zu waschen). Ich tue das vermutlich jeden Tag, unbewußt, zweite Natur, eine Maßnahme nicht so sehr der Hygiene, als eher etwas atavistisch Animalisches; aber diesen Morgen ertappe ich mich plötzlich dabei, wie ich Höschen, Büstenhalter, ein Hemd, eine Socke gegen das Licht halte, dann daran schnuppere. Was mich überrascht, ist nicht das verblichene Gestern, das ich wiederfinde – Lotion, Eau de toilette, Deodorant, Körper, Ich –, sondern die Tatsache, daß ich es suche, offenbar den Drang verspüre, mich so zu überprüfen, mich meiner selbst zu versichern, mein Leibliches anzuerkennen, meinen Standort in Zeit und Raum auszumachen. Die Entdeckung bestürzt mich (warum?), und fast gereizt breche ich das Sichten ab.

Ich dusche und suche mir dann das Kleid für heute aus. Obwohl ich nur wenige, die unentbehrlichen Dinge mitgebracht habe, dauert es eine Weile, indem ich Farbe, Gewebe, Geruch erspüre, Beziehungen herstelle. Daheim in London hat Michael jedesmal vom Bett oder von der Badezimmertür aus zugeschaut, wenn ich mich in diesem Ritual des Auswählens verlor; je nach seiner Laune amüsierte es ihn oder erregte ihn oder brachte ihn auf; aber es war keine Schau ihm zuliebe oder wenigstens nur selten. Viel wichtiger war der Drang, mir ein Ich für den Tag anzueignen, mich mit Hilfe umständlicher Handlungen zwischen offenen Möglichkeiten durchzuarbeiten, bis plötzlich eine zur Sichtbarkeit gerann und der Tag, wenn nicht vorhersagbar, so doch greifbarer wurde. Diesen heutigen einzuschätzen, auf ihn zuzugehen, fällt mir schwer. Meine Periode hat begonnen und mich, wie gewöhnlich, unerwartet erwischt (ich habe nur ein oder zwei Tampons im Gepäck und muß mich schleunigst kümmern). Außerdem ist es Sonntag, ein Tag, an dem ich mich immer irgendwie verloren fühle, und heute ist das noch schlimmer, weil ich auch Anna zufriedenstellen muß, die mich zum Mittagessen eingeladen hat. Die Aussicht freut mich nicht, zumal nicht, weil Casper dabeisein wird, aber hingehen muß ich, das bin ich ihr schuldig.

Nachdem ich das Kleid auf dem Bett ausgebreitet habe, ziehe ich den Morgenrock an, den mir Anna aufgedrängt hat, und trete zunächst eine Frührunde an, schaue bei Ouma rein (die eben mit einer zermürbenden Folge erstickter Stöhn- und Keuchlaute aus dem Schlaf auftaucht), bespreche die Prognose mit der Schwester (die offenbar rasch ihre Tagesanfangs-Pflichten hinter sich bringen möchte und zu ihren Hochglanzmagazinen zurückstrebt), mache Trui ausfindig, um den Tag im groben zu planen, steige sogar in den Keller hinab, um mich zu vergewissern, daß Jacob Bonthuys und Langenhoven die Nacht gut verbracht haben (Langenhoven scheint gut in Form, aber Jacob Bonthuys wirkt fiebrig und schwach). Schließlich kehre ich ins Schlafzimmer zurück, wo ich mich gegen das ausgelegte Kleid und für einen langen Rock mit Bluse entscheide, die ich flink überstreife mit dem Gefühl, keine Zeit zu verplempern.

Noch sind beträchtliche Widerstände zu überwinden. Nach dem Frühstück – allmählich merke ich, wie ich von Truis ausgiebigen ländlichen Frühmahlzeiten auseinandergehe, ich muß sie, ohne ihre Gefühle zu verletzen, dazu bringen, daß sie mich bei meiner gewohnten einzigen Schnitte Brot und Obst läßt – mustere ich die verfügbaren Truppen für den Sargtransport treppab. Die Schwester findet die Übung berechtigterweise verfrüht und geschmacklos. Trui weigert sich rundheraus. »Das kommt erst danach, Kristien. Es bringt Unglück.« Nachdrücklich weise ich sie darauf hin, daß es sich um Oumas eigenen Wunsch handelt, auch das stimmt sie nicht um, und die Art, wie sie sich scheuernd über den erst vor einer halben Stunde bearbeiteten Küchenfußboden hermacht, läßt keinen Zweifel an ihrer Entschlossenheit. Demnach bleiben nur Jeremiah und Jonnie; und vielleicht tut der Ton, in dem ich sie nach oben zitiere, seine Wirkung; ich bin entschlossen, das verdammte Ding allein die Treppen herunterzuschleifen, wenn sie sich weigern. Wir befreien den Sarg von seinem vermoderten Inhalt, tappen vorsichtig damit die schmalen, wackligen Stufen vom Dachboden abwärts und schleppen den schweren, staubbedeckten Kasten in Oumas Zimmer. Dort verbringe ich eine Stunde damit, ihn abzuwischen und zu wienern. Die Schwester hat ihren Sessel ans Fenster gerückt, vorgeblich, weil sie dort mehr Licht zu ihrer grauslichen Lektüre hat, aber in Wirklichkeit ohne Zweifel, um sich deutlich von meiner Tätigkeit zu distanzieren. Wogegen Ouma mir zufrieden, ja begeistert zuschaut.

Trotz etlicher abgestoßener Stellen und Schrammen und selbst Brandflecken (als Kinder argwöhnten wir, der Sarg sei aus der Hölle zurückgekehrt), trotz Kerben und Spänen unentzifferbaren Ursprungs zeigt das Holz allmählich Schönheit, die Patina hohen Alters. Aber anders steht es mit der Auskleidung. Die Seide ist morsch und vergilbt, stellenweise zerrissen und ausgefranst und hoffnungslos fleckig, nicht nur von Federn und Dörrobst und den Klacksen der Vögel und Fledermäuse, die bestimmt über hundert Jahre in dem Schrein gewohnt haben, sondern von Schlamm und Wasser und Moder, wer weiß, ob nicht auch von Blut; all das hat den Stoff gezeichnet wie eine schmutzigere Version des Turiner Leichentuchs.

»Die anderen waren in besserer Verfassung«, sage ich. »Was ist mit denen geworden?«

»Die Leute haben die Gewohnheit zu sterben. Ich habe ausgeholfen, soweit ich konnte. Den letzten hat deine Mutter gekriegt.« Am Fenster schnieft die Schwester anzüglich.

»Als wir klein waren, hast du uns erzählt, dieser stamme aus zweiter Hand.«

»Ja.« Eine kurze, zupackende Bewegung ihrer Finger. Dann lösen sie sich wieder.

»Wirklich?« bohre ich weiter. Die Schwester tut, als höre

sie nicht zu, aber ich kann buchstäblich sehen, wie sie die Ohren spitzt.

»Ist das wichtig?« fragt Ouma. Ein fast unhörbares Kichern. »Ich habe immer gern erfahren, wenn jemand starb«, fährt sie fort, offensichtlich unbekümmert um den Zusammenhang. »Das ist eine der wenigen Genugtuungen, die einem im Alter bleiben. Insbesondere, wenn Leute sterben, die jünger sind als man selber. Aber natürlich, früher oder später erwischt es einen auch. Deswegen hab ich mir diesen Sarg reserviert.«

Ich deute auf das Innere. »Wir werden das alles rausreißen und ihn neu auskleiden müssen.«

Ouma Kristina schüttelt den Kopf. »Die Flecken sind in Ordnung, mich stören sie nicht. Klopf nur den Staub gründlich raus, ich möchte nicht zu niesen anfangen, wenn ich vor den Thron trete: Am Ende entgeht mir noch eine interessante Bemerkung.«

Die Schwester schüttelt voll Mißbilligung ihr Heft, wendet eine Seite so energisch um, daß sie reißt. Als sei das alles meine Schuld, wirft sie mir über die Schulter einen kurzen, starren Wutblick zu.

»Hauptsache, er ist bequem«, sagt Ouma. »Es ist ein langer Schlaf.«

Ich streiche über den gepolsterten Sargboden. »Er ist weich genug. Ein bißchen klumpig.«

»Probier ihn«, sagt sie ruhig und unmißverständlich.

Die Schwester hebt den Kopf.

»Das kann ich doch nicht«, protestiere ich schwach.

»Natürlich kannst du. Ihr Kinder habt es die ganze Zeit getan, als ihr klein wart.«

»Das war was anderes. Da haben wir gespielt.«

Ein Zungenschnalzen, ich kann nicht entscheiden, ob es Ärger oder Mitleid ausdrücken soll. »Nun mach schon, steig rein«, sagt sie.

Ich streife die Schuhe ab, hole tief Luft und strecke mich dann in den Sarg, genauso, wie wir es abwechselnd in jenen Sommerferien taten, da der Tod noch fern war, unwirklich, in unseren Spielen und Geschichten stets der Besiegte. Der Sarg bot das beste Versteck. Manchmal wetteiferten wir nachts, wer es drin am längsten bei geschlossenem Deckel aushielt. Einmal vergaßen mich die älteren Vettern; ich war schon kraftlos, als ich anderntags wieder herausgeholt wurde. Das hätte mich kurieren sollen, tat es aber nicht. Aber dies hier ist anders; ein Spiel, das auf einmal kein Spiel mehr ist.

»Na?« fragt Ouma.

»Nicht weiter schlimm. Aber eng.«

»Ich brauch nicht viel Platz.«

So findet uns der Doktor. Ich gewahre ihn, als er bereits in der Tür steht und mit äußerstem Abscheu auf mich herabstarrt. Ich habe schon entdeckt: Ein Übermaß an Humor plagt ihn nicht.

Die Schwester hat sich erhoben, bereit, Verantwortung von sich zu weisen und Schuld zuzuteilen.

»Miss Müller!« Eine Stimme aus meiner Jugend; all diese Stimmen: Vater, die Lehrer, der Rektor, Männer. »Was in Gottes Namen machen Sie da?«

»Sie probiert ihn gerade für mich aus«, sagt Ouma Kristina vom Bett her im Ton eines schmeichelnden Mädchens, grotesk unangemessen ihrer verfallenen Erscheinung. Selbst so wird mir flüchtig bewußt, wie unwiderstehlich sie in ihrer Blüte gewesen sein muß.

Rotgesichtig und nicht sehr elegant, jedoch trotzig, löse ich mich aus dem Sarg.

Er blickt mich an, als sei ich eine neue und besonders bösartige Krankheit, und beschließt dann offensichtlich, mich ganz zu ignorieren, als er auf das Bett zutritt, Stethoskop und Aktenmappe in der Hand. »Und wie geht es uns heute morgen?«

»Wir bereiten uns darauf vor, unserm Schöpfer zu begegnen«, sagt Ouma Kristina. »Aber ein paar von uns brauchen noch mehr Zeit von Ihnen.«

»Also Mrs. Basson, wirklich.« Er schaut die Schwester an. »Hatte sie eine gute Nacht?«

Sie scheint beleidigt über seinen Irrtum. »Herr Doktor, ich bin die Tagesschwester.«

»Ich habe ihr zweimal Sauerstoff gegeben«, sage ich. »Sie fühlt sich wohl. Aber ich denke, sie hat noch schlimme Schmerzen.«

Er ignoriert mich und beugt sich über Ouma.

»Wenn ich darf, würde ich gern das Wochenende noch erleben«, sagt Ouma.

»Sie sollten wirklich ins Krankenhaus zurückkehren, Mrs. Basson.«

»Tun Sie einfach Ihr Bestes, Doktor, und bringen Sie mich noch durch ein paar Tage.«

Er stöhnt verzweifelt und fordert die Schwester durch eine Handbewegung auf, ihm zu assistieren. Der Verband ist zu wechseln, was das schmerzvolle Abtupfen mit Dettol in sich schließt, der Blutdruck muß kontrolliert, ihr furchtbar verbrannter Körper – ein kleiner Mehlsack, halb gefüllt mit brüchigen Knochen – dick mit neuen Mullbinden umwickelt werden. Ich trete heran, um ebenfalls beizustehen, aber er weicht mir geflissentlich aus; tatsächlich macht er deutlich, daß ich im Wege bin. Ärgerlich, doch mit einer gewissen Erleichterung warte ich am Fenster, kehre ihnen den Rücken zu. Es ist mir lieber, wenn ich nicht zuviel sehe. Das bißchen Würde, das ihr noch vergönnt ist, soll unversehrt bleiben. Aber die kurzen Keuchlaute, das unterdrückte Stöhnen dringen mir schmerzhaft in die Ohren.

Er gibt ihr eine Morphiumspritze. Erst als er seine Tasche wieder aufnimmt und sich zum Gehen anschickt, wendet er sich wieder an mich.

»Wollen Sie bitte dafür sorgen, daß dies Ding so bald wie möglich wieder fortgeschafft wird?«

»Dies Ding wird genau da bleiben, wo es ist«, sagt Ouma. »Es ist auf meine Anordnung hergebracht worden. Kristien hat es ausprobiert, weil ich sie darum gebeten habe. Und ich will es hier haben, damit ich es betrachten kann.«

»Mrs. Basson, die Zeit dafür wird noch kommen.«

»Keine bessere als genau jetzt, Doktor. Ich will nicht, daß der alte Piet Malan an meiner Leiche herumfummelt.«

»Er ist seit Jahren im Ruhestand, Mrs. Basson«, protestiert er in dem langmütigen Ton, den man den sehr Jungen und den sehr Alten gegenüber gebraucht. »Sein Sohn hat das Geschäft übernommen. Wie auch immer, es entzieht sich meinem Verständnis ...«

»Aber er ist noch *da*«, sagt sie ruhig, »und wartet, daß ich sterbe, damit er mich begraben kann.«

»Was in aller Welt sollte er davon haben?«

»Mehr, als Sie vermuten, Doktor. Er fummelt an Frauenleibern herum.«

»Mrs. Basson!« ruft er empört aus. »Mr. Malan ist ein hochgeachtetes Mitglied der Gemeinde.«

»Natürlich. Deshalb hat ihn ja keiner in Verdacht. Aber ich will ihn nicht in der Nähe haben, wenn ich sterbe, also beuge ich vor.«

»Wenn die Zeit da ist, können wir alle möglichen Vorkehrungen treffen.«

»Ich treffe selber meine Maßnahmen, solange ich kann.« Sie schaut ihm gerade in die Augen. »Und morgen, wenn ich kräftiger bin, können Sie Kristien helfen, mich in den Sarg zu legen. Ich will mich an das Gefühl darin gewöhnen.«

Der Arme, jetzt ist er in der ärgerlichen Lage, daß er an mich als Verbündete appellieren muß.

»Miss Müller, ob Sie sie nicht überreden könnten ...« Er unterdrückt seinen Verdruß und glättet seine Miene, während er mich beim Arm nimmt, um die Unterhaltung draußen fortzusetzen. Als wir auf das Treppenhaus zugehen, sagt er: »Möglicherweise irre ich ja, aber ich gewinne den Eindruck, daß Sie sie in dieser schändlichen Sache unterstützen und ermuntern.«

»Wenn es sie glücklich macht, Doktor, tun wir sicher am besten, als stimmten wir mit ihr überein.«

»Aber es ist widernatürlich!«

»Und wenn? Sie liegt im Sterben. Sie braucht jedes bißchen Nachsicht, das wir ihr bieten können.«

»Na schön.« Er preßt die Lippen zum dörrpflaumengleichen Schmollmund zusammen.

Am Treppenfuß sage ich. »Da ist noch was.«

Er schaut mich argwöhnisch an.

»Wenn Sie so freundlich sein wollen: Ich habe noch einen Patienten für Sie.«

## 2

Am frühen Nachmittag, als ich vom Sonntagsmahl mit Annas Familie zurückgekehrt bin, finde ich Ouma wach, sie wartet auf mich.

Die Schwester auf der anderen Seite des Bettes zieht eine Grimasse. »Sie will keine Spritze mehr, Miss. Erklärt, sie will mit Ihnen reden. Ich hab ihr gesagt …«

»Alles in Ordnung. Wenn Sie ein Nickerchen machen wollen …«

Ich hätte selber eines nötig. Aber Ouma ist unruhig und redebegierig. Das bewirkt der Sarg, denke ich. Es gibt ein paar Dinge, erklärt sie mir, die sie aufzuklären wünscht.

»Du hast schon so viel aufgeklärt«, suche ich sie zu beruhigen.

»Ich habe noch nicht einmal angefangen.« Eine schwache, doch gereizte Handbewegung. »Hab dir noch so vieles zu erzählen, Kristien.«

»Ich bin zu allem bereit«, sage ich ruhig.

»Weißt du, wir sind nie nach Bagdad gekommen«, sagt sie unerwartet. »Ich meine Jethro und ich, als wir wegliefen.«

»Wirklich?« Ich spiegele Überraschung vor. »Ich hab dir jedes Wort geglaubt.«

»Wir sind nie über Kapstadt hinausgelangt«, sagt sie, als habe sie mich nicht gehört. »Als erstes blieben wir bei den Verwandten vom alten Moishe in Sea Point. Aber da war es eng, und sie nörgelten immerfort an uns herum, weil wir nicht verheiratet waren. So zogen wir weiter. Eine kleine Wohnung in Woodstock. Dann ein Zimmer in jemandes Hinterhof in Gardens. Zu Anfang war das alles unwichtig, wir liebten uns so sehr. Aber bald war der Spaß aus. Unser Geld ging zu Ende. Jethro fand für eine Weile Arbeit in einer Bar, ich tippte ein bißchen. Aber dafür waren wir nicht geschaffen. Ich konnte mich notfalls noch damit abfinden, aber er wurde bald grantig. Das sei kein Leben für einen Künstler, sagte er. Wir fingen an, uns zu zanken, hackten aufeinander herum. Er ging immer öfter ohne mich fort, sagte mir nie, wohin oder wann er zurückkommen würde. Ich fing an, etwas zu argwöhnen. Ich roch es an ihm, wenn er zurückkam. Dann entdeckte ich, daß ich schwanger war. Er war wieder fortgegangen, aber ich blieb auf und wartete, um es ihm zu sagen. Er kam erst um zwei oder drei Uhr zurück. Als ich ihn küßte, war da wieder dieser Geruch. Ich fragte ihn, was er gegessen habe. Er sagte: Langusten. Wo hast du die gekriegt? fragte ich. Und während ich noch fragte, wußte ich es schon. Und das war das Ende. Am nächsten Tag nahm ich, während er fort war, das letzte bißchen Geld von meinem Job, das ich gespart hatte, und lief den ganzen Weg bis zum Bahnhof und erwischte einen Zug nach Hause.«

»Und das kleine Bild, das du mitgebracht hast?«

»Hab ich auf dem Flohmarkt auf der Promenade gekauft. Ich hab nie malen können.«

Ich beuge mich vor und drücke meine Lippen auf ihre brennende Stirn. Sie soll nicht merken, daß ich weine. Aber ich war noch nie imstande, etwas vor ihr zu verbergen, und von der Art her, wie sie mir sanft die Wange klopft, weiß ich, daß sie weiß.

»Um Himmels willen, setz dich hin«, sagt sie barsch. »Ich will in meinem Alter nicht noch ersaufen. Außerdem haben wir was zu tun.«

»Also los«, sage ich, um meine Fassung bemüht.

»Dies Haus«, sagt sie, »ist auf so viel Unrecht erbaut. Du mußt mir helfen, das ins reine zu bringen.«

»Wie, Ouma?«

»Mein Testament.«

»Aber ich dachte, das sei alles längst erledigt?«

»Ich will sichergehen. Ich will nicht, daß Casper die Farm übernimmt.«

»Und was ist mit Anna?«

»Für Anna ist gesorgt.«

»Also wer?«

»Du natürlich.«

»Ich kann das hier nicht erben, Ouma.«

»Aber ich wünsche es.«

»Das reicht als Grund nicht aus .«

»Für mich schon. Du bist zurückgekehrt, und du mußt es bekommen.«

»Ich bin nur zurückgekommen, weil ...« Nein, das kann ich doch nicht sagen. Ich ordne meine Gedanken neu. »Ouma, mein Leben ist jetzt in England. Ich werde bald wieder dorthin gehen.«

»Das denkst du dir.«

»Ouma, bitte. Ich lasse mich nicht überreden. Es ist nutzlos, daß du es versuchst.«

»Den Toten und Sterbenden widerspricht man nicht, Kristien.«

»Ich bin auch nicht zu erpressen, Ouma.« Hitzig stürme ich an allen Engeln vorbei, die da warnend vor mir schweben. »Außerdem gibt es andere, die es viel mehr verdienen als ich.«

»Zum Beispiel?«

»Zum Beispiel Trui.« Es ist das erste, was mir einfällt, aber der Gedanke scheint vernünftig. »Schließlich gehört sie zur Familie.«

Sie schaut mich aus unerforschlichen Augen an.

»Das heißt, wenn du die Wahrheit erzählt hast.«

Auf die ihr eigene aufreizende Art läßt sie das Thema einfach fallen. »Und du mußt dafür sorgen, daß mir der Leichenbestatter, der alte Piet Malan, das Schwein, nicht in die Nähe kommt.«

»Warum bist du gegen ihn so aufgebracht?«

»Dieser Kerl!« Einen Augenblick fürchte ich, daß sie sich zu sehr aufregt, dann entspannt sie sich und stößt ein trockenes Kichern aus. »Weißt du, vor sechzig Jahren war dieser kleine Mann hinter mir her. Wollte mir in die Wäsche kriechen.«

»Aber Ouma …!«

»Du mußt bedenken, er sah damals recht gut aus. Natürlich halb so alt wie ich. Aber mit vierzig war ich in meiner Blütezeit, das stimmt, auch wenn ich es selber sage. Wäre er also als ehrlicher Mann gekommen, einfach um sein Glück zu versuchen, wer weiß.« Eine Pause. »Aber was hat er gemacht? Versucht mich zu erpressen, daß ich mit ihm schlafe.«

»Aber warum? Und wie?«

»Er hatte es herausgekriegt – das mit meinen Kindern. Ihre Väter. Du weißt? Einer von ihnen hatte es ihm erzählt, der Hund. Männern kannst du eben nicht trauen. Also bildete sich der junge Piet Malan ein, er könne es ebenfalls bei mir probieren. Ich hab ihn mit einem Fußtritt rausbefördert, er zog mit angelegten Ohren ab. Und weißt du, was er dann gesagt hat? ›Kristina, ich werde deinen Körper besitzen, und wenn ich hundert Jahre drauf warten muß.‹ Ich schwöre dir, genau deswegen ist er Leichenbestatter geworden. Und er hat die dreckige Gewohnheit, all seine potentiellen Kunden jedes Jahr zu Silvester zu besuchen, regelmäßig wie ein Uhrwerk. Manche finden das beruhigend. Du weißt, jemand sieht nach ihnen, kümmert sich um sie. Aber ich habe ihm nie gestattet, einen Fuß hier reinzusetzen. Trotzdem ist er die letzten zwanzig Jahre jeden einunddreißigsten Dezember vor der Haustür aufgetaucht, du konntest drauf zählen. Hat mich bloß angeschaut – so eine Art Zollstockblick, als wollte er sagen: ›Ein Meter einundsechzigeinhalb‹ – und schob dann wieder ab. Wie kann ich mich also seinen Froschpfoten ausliefern?«

»Aber Ouma, er muß selber bald neunzig sein.« Ich wage nicht, ihr zu zeigen, wie entsetzt ich bin.

»Ja und? Er kann warten. Und er tut's, ich schwör es dir. Deswegen will ich, daß du mir versprichst, daß er keinen Fuß auf diesen Hof setzen darf.«

»Darauf kannst du dich verlassen«, sage ich grimmig. »Aber was ich wissen möchte …«

»Also das wäre erledigt«, unterbricht sie mich. »Aber es gibt noch anderes.«

»Ja, Ouma, und zwar?«

»Sachen, von denen ich nicht will, daß die Leute sie nach meinem Tod finden. Ich wünsche, daß du sie vernichtest.«

»Wo sind sie? Und was?«

»Versprichst du's?«

»Erst muß ich Bescheid wissen.«

»Dann sag ich es dir nicht.« Sie starrt mich an wie ein uraltes, verhutzeltes, unartiges Kind.

Ich seufze. »Also gut.«

»Steck die Hände zwischen die Beine und schwöre.«

»Ouma!«

»Kind, wir haben weiter nichts, wobei wir schwören können.«

Ich tue wie befohlen und fühle, wie mir das Gesicht brennt, mehr vor Ärger als vor Verlegenheit.

»Es ist im Stockwerk über uns. Da liegt eine Kammer an dem kleinen Korridor, der zu dem roten Schlafzimmer führt, in dem deine Eltern immer geschlafen haben. Die grüne Tür. Daneben hängt ein Bild vom breiten und vom schmalen Weg.«

»Das mit Gottes Auge darauf? Die Tür, die immer verschlossen war?«

»Du kennst sie also.«

»Ich kann dir gar nicht sagen, wie oft ich als Kind versucht habe hineinzugelangen, an jedem einzelnen Ferientag. Kein Schlüssel paßte.« Einmal habe ich sogar versucht, es von außen zu erreichen, indem ich mich an zwei aneinandergeknoteten Bettlaken vom Dachboden herunterließ; aber die Fensterläden gaben nicht nach. Einmal nahm ich eine Trittleiter und eine Stablampe in den Korridor mit hinauf, um durch das fächerförmige Fenster über der Tür zu spähen, aber ich konnte nichts weiter erkennen als Stapel über Stapel von undefinierbaren massigen, staubverdunkelten Gegenständen. Und als ich die Leiter wieder hinunterschleppte, stieß ich gegen eine riesige chinesische Vase in einer Nische auf dem

Treppenabsatz, und die Dresche, die ich von Vater bezog, langte aus, um selbst mir die Unternehmungslust zu dämpfen.«

»Der Schlüssel steckt hinter dem Bild, an der rechten oberen Ecke. Der Rahmen hat einen kleinen Schiebeverschluß.«

»Aber was ist in dem Zimmer?«

»Mein Leben«, sagt sie, nicht im geringsten melodramatisch, sondern ganz beiläufig, so wie jemand sagen könnte: »Ein Bündel Federn.«

»Soll ich jetzt gleich gehen?« schlage ich eifrig vor.

»Nein, später. Ich will es nicht wissen, wenn du gehst. Außerdem will ich dir eine Geschichte erzählen.« Sie wendet die Augen zu dem Sarg, auf dem sich eine Reihe von Eulen niedergelassen hat, während ich weg war. Sie starren uns an, stumme Komplizen.

»Wer ist es diesmal?«

»Die Frau Samuel«, sagt sie.

## 3

Die Frau Samuel. Seltsame Familie, in die sie einheiratete. Sie war die Mutter derjenigen, die als die Dicke Frau vom Transvaal bekannt ist. Samuel war eins von achtzehn Kindern, die alle am Leben blieben. Zieh nicht so ein Gesicht, es ist wahr. Und auch keine Ausnahme. Das Besondere bestand nur darin, daß alle achtzehn Kinder, elf Söhne und sieben Töchter, denselben Namen trugen. Samuel. Und so hieß Samuel eben Samuel.

Du wunderst dich vermutlich, weswegen. Der Grund war ziemlich klar. Natürlich hatte der Vater den Einfall gehabt. Die Familie hieß damals mit Nachnamen Grobler. Der Vater hieß Bart, der erste von weiß der Himmel wieviel Grobler-Generationen, der nicht Samuel genannt worden war. Das war eine Schande für den Clan, weil der Familienname Samuel Grobler zu lauten hatte und sich bis in alle Ewigkeit vom Vater auf den Sohn vererbte, offenbar infolge eines Paktes; den schloß der erste Samuel Grobler mit Gott ab, nachdem es ihm gelungen war, ganz allein einen Stamm vom San-Volk in eine Höhle zu treiben und auszulöschen, weil der eins seiner Kinder getötet hatte. So verstand er den Spruch: Auge um Auge. Dieses Kind muß eine höllische Masse Augen besessen haben, aber das gehört nicht zur Sache. Jedenfalls schwor Samuel einen Eid auf die Bibel, daß es bis ans Ende aller Zeiten in der Familie einen Samuel geben müsse zur Erinnerung daran, wie das Gute über das Böse gesiegt habe – so sah er die Sache, er war eben bloß ein Mann. Aber in der dritten oder vierten Generation wurde der Samuel getaufte Älteste als Dreijähriger von einer Puffotter getötet.

Der Schaden war reparabel, denn die gottesfürchtigen Eltern tauften, um den Vertrag einzuhalten, ordnungsgemäß ihren nächsten Sohn auch Samuel. Aber Samuel der Zweite starb vor seinem ersten Geburtstag an Halsbräune. Dann folgten drei Töchter, und der Vater begann schon insgeheim zu argwöhnen, daß Gott ihm absichtlich einen Knüppel zwischen die Beine warf, da wurde endlich doch noch ein Sohn geboren, Samuel der Dritte. Der Herr sei gepriesen, der gedieh zu einem starken, gesunden Jungen.

Die Familie wuchs durch viele andere Söhne und Töchter, jede, jeder erhielt, wie es sich ziemte, einen biblischen Namen, aber um die Zeit, da Samuel der Dritte sechzehn war und allmählich ans Heiraten dachte, wurde er im *veld* von einem Philister erschlagen. Der Himmel weiß, was sich in Wirklichkeit zugetragen hat, aber die Familienüberlieferung behauptet, daß der Angreifer ein Philister gewesen sei, und Überlieferungen setzen sich durch. Zu der Zeit war Vater Samuels Frau über die fruchtbaren Jahre hinaus, es gab keine Chance, den teuren Verstorbenen zu ersetzen. Gott weigerte sich, ihre Gebete zu erhören, wie er es früher einmal, im Alten Testament, bei Abrahams Eheweib Sarah gemacht hatte. Vater Samuel tat emsig, soviel er konnte, nahm Konkubinen, die er der Reihe nach Billah und Silpah und Orpa und Hagar und sonstwie taufte, bevor er in sie einging, doch kein neuer kleiner Samuel erblickte das Tageslicht. Die Geschichte behauptet, daß er bei wachsender Verzweiflung zu allem griff, was ihm in die Quere kam, selbst zu Schafen und Ziegen und Wildmelonen, wahrlich ein Mann des Glaubens; aber nichts von dem, was sie hervorbrachten, konnte Samuel getauft werden. Und als er starb, mußte der älteste überlebende Sohn, der unser Bart war, in Scham und Schande seine Nachfolge übernehmen.

Seine Frau war Lotti, die Schattenfrau. Wir werden später auf sie kommen. Sie war immerwährend schwanger, denn wenn Bart von einem Gedanken beherrscht wurde, dann von dem, das Bündnis zu erneuern, das seine Ahnen mit Gott dem Herrn geschlossen hatten, und wieder einen Samuel hervorzubringen, der die Reihe fortsetzte. Was eben ein Mann für wichtig hält. So wurde jedes einzelne seiner Kinder Samuel getauft in dem Augenblick, da es in dieser finsteren Welt von Blut und Tränen auftauchte. Einfach der Sicherheit halber. Und keins von ihnen starb. Einmal kamen vier auf einen Schlag. In jener Nacht tat eine sehr erfahrene alte Hebamme ihr Werk, immer passieren diese Dinge bei Nacht, das muß zu Gottes Plan gehören, einer Frau das Leben schwierig zu machen, als Rache für jenen verspeisten Apfel, der sich dann später als Feige herausgestellt hat; wo war ich nun? Die Hebamme. Sie bekam das erste zu fassen, während Bart die Laterne hielt, und war noch dabei, es zu waschen, als das zweite auftauchte. Bevor sie mit diesem fertig war, erblickte Bart, immer noch mit erhobener Laterne, das dritte. Und bei Gott, eben als die Hebamme Nummer drei den ersten Schrei aus den Lungen klopfte, rief Bart aus: »O mein Gott! Rasch, Tante Sysie, da kommt noch eins.« Während die alte Frau sich darauf stürzte, eben noch rechtzeitig, fauchte sie Bart an: »Nimm die verdammte Laterne weg, mir scheint, das Licht zieht die raus.«

Du verstehst also, die Familie gedieh. Alles in allem achtzehn Samuels. Dann hielt Lotti es nicht mehr aus, und Bart fühlte sich einigermaßen beruhigt.

Spitznamen mußten gefunden werden, um die einzelnen im Schwarm der Samuele voneinander zu unterscheiden. Da gab es einen Weißen Samuel und einen Schwarzen (vermutlich schlugen ein paar in ältere Generationen zurück), einen Blöden Samuel und einen Schielsamuel, einen Breitarsch-Samuel und einen Windbeutel-Samuel; da waren Samuel Stein und Samuel Rührig und Samuel Tau und Bänder-Samuel, und nur durch Gottes Gnade war es möglich, sie auseinanderzuhalten. Und der Beste von ihnen war Samuel der Erstgeborene, unser Samuel, das Mädchen, das unsere Ahnfrau wurde.

Von Anfang an war sie außergewöhnlich. Die Leute kamen von nah und fern, um ihr Haar anzugaffen. Sie war der einzige und die einzige Samuel von allen, der beinahe tot auf die Welt kam, halb erdrosselt von ihrem eigenen Haar, das schon bei der Geburt so lang war wie eine Nabelschnur. Der Anblick bereitete Unbehagen. Die Nachbarinnen fragten sich laut, ob das nicht auf dasselbe hinausliefe, wie wenn ein Kind mit einer Glückshaube geboren wurde. Vielleicht war dies noch schlimmer? Jede glaubte, daß die ersten Haare bald ausfallen würden, aber das geschah nicht. Sie wurden nur länger und dichter, so blond und golden wie Honig aus einer tiefen Berghöhle. Ein unwahrscheinlich schönes Kind. Bevor sie sechs Jahre alt war, reichte ihr das Haar bis zu den Schenkeln hinab, und es wuchs immer weiter, bis zu den Waden, zu den Knöcheln.

Zuerst flocht es die Mutter und band die Zöpfe in einer Doppelschlinge auf. Als sie den Boden berührten, wand sie sie dem Mädchen um den Kopf, ein erstaunlicher Anblick. An den Samstagabenden wurden die Haare ausgebürstet, und dann schlief sie so, vom goldenen Vlies bedeckt, das, wie ein *kaross* über das ganze Bett gebreitet, bis zum Boden hinabhing.

Sie war ein sehr ernstes Kind. Ihr Vater schenkte seinen Kindern nie viel Beachtung, wenn sie erst einmal geboren waren, vorausgesetzt, es umgaben ihn genügend Samuels und die Zukunft war gesichert. Die meiste Zeit war er von zu Hause fort, auf der Jagd oder auf einer Expedition, um Wild oder Eingeborene zur Strecke zu bringen, wie es zu einem guten Mannsleben gehörte. Er kam nur rechtzeitig zu neuen

Geburten heim, wobei er die Gelegenheit nutzte, für die nächste Ernte zu sorgen. Lottie unterwarf sich seinem Eifer; vielleicht freute sie sich, daß ihr Mann sie so dringend brauchte. Auch wenn sie selber ihre Furcht vor Kindern nicht los wurde. Sowie ein neuer Säugling wieder entwöhnt war, übergab sie ihn der Obhut ihrer erstgeborenen Samuel; und dann begann sie entweder, den nächsten auszubrüten, oder ging ihre eigenen heimlichen Wege. Fünf einzelne, drei Paar Zwillinge, ein Satz Drillinge und dann natürlich die Vierlinge. Nach der gebührenden Zeit lernten sie alle, aufeinander achtzugeben; aber Samuel war im Dienst, bis die Mutter schließlich, Gott sei gepriesen, endlich austrocknete.

Von der Zeit an, wo Samuel ungefähr vierzehn war, stellten sich auf der Farm Möchtegern-Freier ein, um sich nach ihrem Befinden zu erkundigen und ihre Bewerbung anzumelden. Aber die Groblers machten es schnell klar, daß Samuel nicht zu haben war; ihre Pflichten verlangten von ihr, daß sie daheim blieb. Ein paar von den Burschen heirateten später ihre jüngeren Schwestern. Samuel ließ das kalt. Wie ein goldener Wirbelwind auf dem Feld ging sie, in ihr Haar gehüllt, ihrer Wege, versorgte ihre Eltern und ihre Geschwister und sprach dabei kaum je ein Wort.

Sie sprach noch weniger, nachdem ihre Mutter sie verlassen hatte, was eine andere Geschichte ist. Dann starb Vater Bart an einem San-Pfeil in der linken Lunge, in jenen Tagen ein ganz gewöhnliches Leiden; aber er schied in Frieden, denn er wußte ja, seines Stammes Vertrag mit Gott war gesichert. Und nun erst begann Samuel, an ein eigenes Leben zu denken. Es gab noch immer eine Menge Kleiner, die versorgt werden mußten, doch sehr zur Bestürzung ihrer Brüder und Schwestern teilte sie ihnen ruhig mit, sie habe nun genug und werde sie hinfort sich selber überlassen.

Die meiste Zeit wanderte sie nur ganz allein übers *veld*, wobei ihr offenes Haar wie ein Kometenschweif ein paar Meter lang hinter ihr durch den Staub schleifte, ein unglaublicher Anblick. Sie war wirklich im Begriff, sich ganz in ein Wildgeschöpf zu verwandeln.

Doch nicht für lange. Sobald sich erst einmal die Neuigkeit verbreitet hatte, daß die alten Groblers aus dem Wege waren, zeigte eine wachsende Schar Männer nicht nur aus der Umgegend, sondern von weit her aufs neue Interesse an dem Mädchen mit dem goldenen Haar. Und ich muß dazusagen, sie verhielten sich erstaunlich schüchtern, denn sie waren sich nicht sicher, ob sie ein wirkliches Wesen war oder ein Wunder der Ebene, eine wandernde Weizengarbe, eine Säule von Sonnenlicht, die sich über das *veld* bewegte, fast zu schön, als daß man es glauben konnte. Als sie aber nach und nach entdeckten, daß sie trotz allem ein Menschenwesen war, näherten sie sich ihr unbefangener. Und Samuel nahm den ersten, der den Mut aufbrachte, sie geradeheraus zu fragen.

Sie hatten nicht viel miteinander geredet, gerade genug, damit Samuel beruhigt war: Er kam von sehr weit her. Man kann nur vermuten, daß ihr daran lag, soviel Abstand wie möglich zwischen sich und jene lärmende Horde zu legen, die sich vom frühen Morgen bis weit nach Sonnenuntergang schlimmer aufführte als eine Vogelschar; und es ist mehr als wahrscheinlich, daß sie dorthin zu ziehen wünschte, wo keine Aussicht bestand, daß sie je wieder jemand mit dem Namen Samuel traf. Erst nachdem sie dies Versprechen eingeheimst hatte, zog sie fort mit dem Mann, der Harm Maree hieß. Sie wanderten den ganzen Weg vom Prinz-Alfred-Bezirk bis in die Gegend am Ostkap, die einmal der Distrikt Cradock werden sollte.

Harm war von ihrem Haar völlig hingerissen. Am liebsten hatte er es, wenn sie herumging, ohne es irgendwie aufzubinden; und an den Abenden kämmte er eigenhändig und liebevoll die Zweige und Grashalme und Ameisen aus, die sich tagsüber darin verfangen hatten: Er kämmte und kämmte und bürstete und bürstete und bewegte die Hände auf und ab, um es wie Wasser durch die Finger rinnen zu lassen; er konnte in ihrem Haar schwimmen, als sei es ein langer, wogender, goldener Fluß. Über alles liebte er es, sie zu dem Strom zu führen, der über sein Land rann, und ihr Haar darin zu waschen. Es dauerte Stunden und Stunden, einseifen, schäumen, spülen, bis es sich in schimmernden Wellchen ringelte. Aber das waren die einzigen Liebkosungen, die sie ihm je gestattete. Zu ihrem übrigen Körper war der Zugriff streng untersagt.

Und er war ganz glücklich dabei. Für ihn war sie keine Frau, sondern eine Art Spielzeug, etwas Wunderbares, für das er sorgen, an dem er sich freuen konnte; es machte ihm nicht einmal etwas aus, daß sie kaum sprach. Er wünschte sich weiter nichts, als ihr Haar zu pflegen.

Ihr war das vollkommen recht. In seiner Obhut wurde sie das Kind, das sie nie hatte sein dürfen. Sie spielte mit Puppen und zog sie den ganzen Tag lang an und aus: Harm fand ein besonderes Vergnügen darin, ihr jedesmal neue mitzubringen, wenn er zum Tauschen nach Algoa Bay fahren mußte. Puppen und Spiegel. Samuel konnte Stunden vor einem Spiegel verbringen, ohne daß es ihr langweilig wurde. Zu Beginn besaß sie nur einen, ein zerbrochenes Stück, eine bloße Scherbe, die sie aus ihrem Elternhaus im Karoo mitgenommen hatte. Als er ihre Vernarrtheit entdeckte, begann er, ihr andere mitzubringen. Nach ein paar Jahren war jede Wand des Hauses, innen und sogar außen, von Spiegeln jeder Größe und Form bedeckt. Und während sie sich putzte und drehte, hierhin und dorthin, um ihr Bild von jedem denkbaren Blickwinkel aus zu betrachten, sah ihr Harm aus der Entfernung unverwandt zu, hingerissen von der kühlen Sinnlichkeit ihres Haares.

Hätte es für immer so weitergehen können? Das ist eine faszinierende Möglichkeit. Wo es verkehrt lief, läßt sich aus diesem Abstand schwer sagen. Man kann vermuten, daß auf die Dauer seiner männlichen Natur keine Wahl blieb, als sich durchzusetzen; aber vielleicht gab auch ihre Weiblichkeit den Ausschlag. Es wird nur berichtet, daß reichlich zehn Jahre nach ihrer Heirat eines Nachts eine andere Feier stattfand, die viele Stunden dauerte, in der Harm ihrer beider Leiber in die endlose Flut von Samuels Haar hüllte und verstrickte, in Drehungen und Windungen fesselte und löste, auf dem Bett, auf dem Estrich, von Zimmer zu Zimmer rollend, sich wälzend in einer Lust, die allmählich keine Zügel mehr kannte. Und diesmal brach er die Regel und tauchte bis auf den Grund und fiel in Schlaf wie ein Schiffbrüchiger, den das Meer an den Strand geschleudert hat. Samuel, halb vom Leib ihres Mannes bedeckt, rührte sich nicht. Lag sie in einer Art Betäubung? Oder war es schlaue Berechnung, um ganz sicherzugehen, daß er fest schlief?

Erst als sie nicht mehr zweifelte, daß er unerweckbar versunken war, befreite sie sich vorsichtig von ihm; noch nackt, bückte sie sich über ihn und begann, ihm ihr Haar in immer engeren Schlingen um den Hals zu winden. Er regte sich kaum. Und sie fuhr gelassen fort, bis sein Körper schlaff wurde und sie wußte, er war tot.

Dann stand sie auf und kochte Wasser und wusch sich emsig und gründlich, als wolle sie jede letzte Erinnerung an ihn von sich abspülen. Als sie fertig war, stellte sie sich vor dem größten Spiegel im Haus auf, in dem sie sich von Kopf bis Zeh überschauen konnte, und schnitt sich langsam und methodisch mit einer Schafschere die Haare ab. Mit einer kleineren, schärferen Schere vollendete sie ihr Werk. Zu ihren Füßen lag das Haar, umgab sie in reglosem goldenem Geriesel, das ihr bis zu den Knien reichte, ein Tümpel, aus dem sie sich erhob, nackter, als sie sich je im Leben erblickt hatte.

Lange stand sie da und besichtigte sich prüfend – wußte sie schon, daß sie das zum allerletztenmal tat? – und ging, um sich ein paar Kleidungsstücke ihres Mannes herauszusuchen, die sie tragen konnte. Er war viel größer als sie, aber zart gebaut, und es stellte sich heraus, daß ihr nach einigem Ärmel- und Beinlängekürzen das Hemd und die Moleskinhose und -weste, die sie gewählt hatte, leidlich paßten. Sie nahm sich einen breitkrempigen Hut dazu. Nun war sie ein Mann, ein junger Mann, der wie ein Knabe gewachsen war.

Im Hinterhof grub sie ein Loch im Gemüseland, wo der Boden weich war, und begrub Harms Leichnam darin mit den Haarmassen zuoberst; und dann füllte sie das Grab auf und bedeckte es sorgfältig mit Laub und Dung, so daß es nicht in die Augen fiel. Unter dem Bett – das hatte er mit seinen geschickten Händen selbst getischlert – holte sie den Blechkoffer hervor, in dem er sein Geld gehortet hatte, ein ansehnlicher Haufen Goldmünzen, sie waren wohlhabend; die packte sie in eine Satteltasche, fügte ihre Kollektion Puppen und für ein paar Tage Verpflegung hinzu, sattelte das beste Pferd im Stall und ritt davon. Im Osten dämmerte eben der Tag herauf, die Sterne verblichen, nur der Morgenstern leuchtete noch.

## 4

Samuel ritt und ritt, tagelang, wochenlang, bis sie das Meer erreichte, das sie nie zuvor erblickt hatte und so schön fand, daß sie beschloß dortzubleiben.

Zu Beginn lebte sie buchstäblich im Busch, in einem rohen Unterschlupf aus Zweigen, den sie mit Hilfe von ein paar Xhosa-Männern errichtet hatte. Sie gehörten zur Vorhut einer schwarzen Woge, die sich über den Großen Fischfluß hinweg ausgebreitet hatte und Land besetzte, das von verängstigten weißen Farmern verlassen worden war. Es war eine spannungsgeladene Zeit damals, und die Konflikte zwischen Weiß und Schwarz rissen nicht ab: Raubzüge hin und her über die Ostgrenze, Feldzüge, Kriege und Gerüchte von Kriegen. Allein in der Gegend, wo sich Samuel niedergelassen hatte, gab es keine Störung; es war die Mitte des Wirbelsturms, tatsächlich war sie sich, während sie ihren eigenen Angelegenheiten nachging, nicht einmal irgendwelcher Unruhen bewußt. Die Xhosa waren die einzigen, denen sie je anvertraute, daß sie eine Frau war, und das verbürgte ihr Sicherheit, denn Frauen oder Kindern tat dies Volk nie etwas an. Sie blieb während ihrer Schwangerschaft bei ihnen. Wenn sie irgend etwas brauchte, beschafften es ihr die hilfreichen Xhosa in Algoa Bay. Sie lernte, ihre Sprache zu sprechen. Als Samuels Zeit herankam, holten sie ihre Frauen zum Beistand.

Es war keine leichte Geburt. Samuel war dem Tode nahe, aber die Frauen brachten sie durch mit ihren Behandlungen und Arzneien; als sie in ganz schlimmer Verfassung war, riefen sie einen *igquira*, einen Medizinmann, der sie dem Tod abrang mit seinem Pulver aus Moschuskatzennägeln und Schildpatt, beißenden *gli*-Wurzeln und Puffottergift und weiteren unsäglichen Mixturen. Danach erholte sie sich unglaublich schnell, aber sie vermochte den Säugling nicht zu stillen. Das erwies sich als unproblematisch: Eine der Xhosa-Frauen besaß selbst ein kleines Kind und nahm das kleine weiße Mädchen ohne Umstände mit an die Brust.

Wäre es allein um Samuel gegangen, so hätte sie möglicherweise getrost den Rest ihres Lebens dort verbracht. Doch am Ende entschloß sie sich weiterzuziehen; vielleicht wollte sie ihre Wohltäter nicht unnötig einer Gefahr aussetzen, vielleicht empfand sie auch eine neue Art der Verantwortung für ihre Tochter. Das Kind, Wilhelmina, war damals wohl ungefähr vier oder fünf, Samuel Anfang Dreißig. Das Jahr, wenn es denn nötig ist, ein Datum festzulegen, könnte um 1810 herum gewesen sein.

Samuel fand Arbeit als Lehrer bei einer Farmerfamilie am Ufer des Rietflusses, unmittelbar an der Küste, nahe am Meer. Sie trug ihr Haar immer noch sehr kurz, stutzte es selber, ohne einen Spiegel zu gebrauchen; sie duldete nie wieder einen in ihrer Behausung. Eine der wenigen Trachten Prügel ihres Lebens empfing Wilhelmina, als sie vom Frachtwagen eines herumziehenden Händlers heimgerannt kam mit einem kleinen Handspiegel, den ihr der Mann geschenkt hatte. Samuel zertrümmerte ihn mit einem Hammer und zermalmte die Scherben in einem Tiegel zu feinem Pulver, das sie, mit bitterem Aloesaft gemischt, dem Mädchen in den Mund stopfte und hinunterzwang. Das genügte.

Sie lebten damals, wie gesagt, am Rietfluß bei der Familie Steenkamp. Samuel empfing als Lehrer keinen Lohn; sie war zufrieden mit einem Zimmer und ein paar Grundnahrungsmitteln als Gegenleistung für den Elementarunterricht, den sie den Kindern der Nachbarschaft erteilte. Wann immer sie sich in Gesellschaft befand, sprach Samuel im Flüsterton, um ihr Geschlecht geheimzuhalten; daß sie Mannskleider trug und Pfeife rauchte, tat das übrige. Das Kind, erläuterte sie, sei ihres, die Mutter sei bei der Geburt gestorben. Sie pflegte auf ihre Kehle zu weisen, um anzudeuten, daß ihr Stimmverlust irgendwie mit der Familientragödie zusammenhänge.

Die Steenkamps hatten nur Söhne, eine ganze Schar; und von klein auf kostete es Wilhelmina saure Mühe, sich zu behaupten. Samuel hielt sich abseits wie von je, ein Geschöpf, das nicht von dieser Welt war und nicht achtgab, wenn Wilhelmina um Hilfe angerannt kam; so stand dem Mädchen nur sein wütender Lebenstrieb bei, um der Bande wilder Bengel zu trotzen.

Das dauerte nur ein paar Jahre. Der Ritt von der Grenze zum Land der Steenkamps dauerte keine Stunde, und die Farm litt schwer unter den Beutezügen der Xhosa. Da schlugen dann der Farmer und seine ältesten Söhne, eine ungestüme Horde, alle Gesetze und Verordnungen in den Wind und überquerten die Grenze, um das gestohlene Vieh zurückzufordern mitsamt dem, was sie als eine gerechte Entschädigung betrachteten. So zogen sie sich Ärger nicht nur mit den Xhosa zu, sondern auch mit den britischen Truppen, die längs des Großen Fischflusses in Forts stationiert waren. Gleichzeitig bewirkte die Grausamkeit, mit der sie Diener und Arbeiter behandelten, daß sie vorgeladen und im sogenannten Schwarzengericht zu einer empfindlichen Buße verurteilt wurden. Ein paar Tage nach ihrer Rückkehr auf die Farm schlug eine neue Woge zorniger Xhosa über die Grenze und riß jeden Huf und jedes Horn in *veld* und *kraal* mit sich. Auf Pferden, die ihnen freundliche Nachbarn liehen, setzten die Steenkamps zur Verfolgung an; aber die Xhosa mußten ihnen aufgelauert haben, denn der kleine Trupp wurde im Dickicht jenseits des Flusses aus dem Hinterhalt überfallen, und drei der Steenkampsöhne kamen um. Nun war das Maß voll. Der Vater packte seine Familie auf einen gemieteten Wagen und zog fort, tiefer ins Innere der Kolonie, so weit von der Grenze fort wie möglich. Samuel brauchte all ihre Überredungsgewalt, um ihn davon abzuhalten, daß er Feuer an Haus und Schuppen und Äcker legte, bevor sie abzogen. Sie übernahm das Anwesen.

Wie zuvor sprach sie mit den Xhosa und bewog ein paar von ihnen, sich mit ihr zusammenzutun, nicht als ihre Knechte, sondern als ihre Partner auf der Farm. Und während die meisten anderen Farmer im Bezirk Suurveld unter immer neuen Verlusten strauchelten, gedieh Samuels Farm. Gewiß nicht sensationell; doch sie verdiente genug für ein behagliches Auskommen. Die Einsamkeit war ihr recht; freilich, die kleine Wilhelmina litt und versuchte mehr als einmal wegzulaufen. Im Lauf der Zeit begriff sie aber, daß ihr keine Wahl blieb, als ihr Leben dem seltsamen Rhythmus ihrer Mutter in dem dunklen, spiegellosen Haus anzupassen. Bei Nacht spielte Samuel mit ihren Puppen (für so etwas war Wilhelmina viel zu robust); bei Tag überließ sie die Arbeit zum größten Teil ihren Xhosa-Partnern und streifte umher, spionierte den Erdhörnchen nach und riß Ameisenhügel auf, um zu untersuchen, was darinnen vorging.

Es ist sonderbar zu denken, wie ungerührt sie von allem blieb, was in diesen turbulenten Zeiten um sie herum geschah. Es verging kein Tag ohne irgendein aufregendes Ereignis, ohne Gewalt. Doch Samuels Leben spiegelte nichts davon wider. Sie ging einfach ihre unbeobachteten Wege, dort, wohin die Historie nicht mehr reicht. Und hätte sie nicht in den letzten Jahren vor ihrem Tod Wilhelmina ihre geheime Geschichte erzählt, so wäre nichts davon erhalten geblieben.

## 5

In ihrem späteren Leben gab es einen letzten starken Einschnitt, bald nachdem ein Schwall britischer Siedler in die Gegend gezogen war. Eine junge Frau tauchte auf der Farm auf. Niemand wußte etwas über sie. Wilhelmina, die einzige, die etwas über sie hätte aussagen können, lieferte nur einen lückenhaften Bericht, folglich wurden alle möglichen Wundergeschichten um die Fremde gesponnen. Einige Leute behaupteten, sie komme von einem Schiff, das an der Ostküste gescheitert sei; andere schworen, sie habe den ganzen Weg durch Afrika zu Fuß zurückgelegt; nach einer weiteren Version war sie das illegitime und unerwünschte Kind eines großen Herrn vom Kap, der sie in die Wildnis abgeschoben hatte. Wieder andere beharrten darauf, sie sei die letzte eines Familientrecks, dem eine Elefantenherde unablässig durch das Landesinnere gefolgt sei, nachdem der Vater ein Kalb geschossen habe; die Tiere hätten systematisch jede lebende Seele auf den Planwagen getötet und allein das Mädchen am Leben gelassen. Sogar das wurde erzählt: Sie sei eine Wasserfrau, aufgestiegen aus einer Flußtiefe, und habe den Heimweg nicht mehr gefunden. Am wahrscheinlichsten klang die Erklärung, daß ihre Familie von Plünderern umgebracht worden war und daß sie sich auf der Suche nach Hilfe verirrt und über den Leiden und Entbehrungen in der Wildnis fast den Verstand verloren hatte, angefallen von Hunger und Durst und vielen Raubtieren, bis Samuel sie, dem Tode nah, im *veld* entdeckte und heimbrachte, wo Xhosa-Arzneien sie heilten.

Was macht es schon aus? Das Mädchen, Marga, ungefähr fünf Jahre älter als Wilhelmina, aber viel zerbrechlicher, seltsam und abwesend im Wesen, sehr ähnlich wie Samuel selbst, zog bei ihnen ein und blieb. Man könnte eine ganz romantische Geschichte daraus machen: wie Marga sich in Samuel verliebte und ihre Gefühle durch alle Arten zarter und weniger zarter Winke mitzuteilen suchte; wie Samuel ähnliche Gefühle dem Mädchen gegenüber entwickelte, aber nie wagte, sie zu zeigen, und ihr statt dessen immer schroffere Abfuhren verpaßte. Dann die unvermeidliche Entdeckung: Wie? Wo? Wann? Überraschte Marga sie, wie sie nach dem Schwimmen durch die Binsen watete? Oder am weißen Strand, als sie nackt aus dem Meer hervortauchte? Oder trug es sich auf weltlichere Weise zu? Zog sich Samuel in ihrem Zimmer aus oder wusch sich in der Küche in einer Bütte, und Marga trat gedankenverloren ein und entdeckte, daß ihr Gastgeber kein Mann war, sondern eine Frau?

Dieser Teil der Geschichte ist mehr von Schweigen umhüllt als von Worten. Wir müssen uns mit den spärlichen Anhaltspunkten behelfen, die wir haben; sie sind bedeutsam. Man könnte es verstehen, wenn Marga den Schauplatz nach der Entdeckung so geheimnisvoll wieder verlassen hätte, wie sie erschienen war. Aber sie tat es nicht. Nicht nur, daß sie bei Samuel blieb, sondern die beiden Frauen brachen eines Tages zusammen mit Wilhelmina in einem geliehenen Wagen auf: Nach Kapstadt, erklärten sie jedem, der fragte. Und sechs oder sieben Monate später kehrten sie mit der Neuigkeit zurück, daß sie nun verheiratet seien. Doch viel später, nach Samuels Tod, verriet Wilhelmina, daß sie gar nicht in Kapstadt gewesen waren: Sie waren nicht einmal bis zum Knysna-Wald gekommen. Das Ganze war ein bis ins einzelne ausgearbeiteter Schwindel gewesen, um Klatsch zu unterbinden, weil jeder in der Gegend Samuel nach wie vor für einen Mann hielt, den Mann, der flüsterte. Nicht, daß sie viele Besucher gehabt hätten, und die wenigen, die von Zeit zu Zeit aufkreuzten, wurden nicht eben gastlich empfangen; keiner wurde je zum Übernachten aufgefordert. Doch konnte man nicht vorsichtig genug sein, daher die mühselige Planung.

Um ihre Abgeschiedenheit noch mehr zu sichern, zogen sie von der Farm am Rietfluß fort und siedelten weit entfernt, jenseits der Grenze zwischen den Xhosa im spitzen Winkel des Keiskamma-Flusses, dicht am Meer. Das muß in der Mitte der Zwanziger gewesen sein.

Es gibt so vieles, was man gern wüßte. Warum sollte man in einer Freundschaft zwischen zwei Frauen nicht den Körper berücksichtigen, genausogut wie man in einer Beziehung zwischen Betagten den Tod bedenkt? Nur ein einziges Bild, eine Beobachtung des Kindes Wilhelmina, ist uns überkommen. Etwas, das sie eines Nachts durch einen Spalt in der Schlafzimmertür sah. Und für die endgültige Analyse besagt das Bild nichts. Oder sagt es alles aus, was möglicherweise gesagt werden kann? Samuel und Marga im Bett, das sanfte orangenfarbene Glühen der Lampe, und Marga, wie sie den kurzgeschorenen Kopf neben ihrem eigenen streichelt, stundenlang, tief in der Nacht, genauso wie Harm vor so vielen Jahren Samuels Haar gestreichelt hatte. Dann schloß Samuel die Augen und trieb, umspült vom Meerrauschen, in Träumen dahin, weit fort von der kleinen Hütte am Ufer des Keiskamma, folgte in Gedanken den Haarsträhnen, die sich in alle Richtungen schlängelten, immer ferner, über alle Horizonte hinaus, lichtrieselnd die ganze Erde bedeckten mit ihrer sanften goldenen Lust, Haar ohne Ende, Welt ohne Ende. Und wenn sie wieder erwachte in der Finsternis vor der Dämmerung, während die Lampe noch brannte, niedrig nun und qualmend, dann fand sie Margas Kopf neben ihrem auf dem Kissen und begann zu weinen; dann glitt sie vom Bett, ohne Marga zu wecken, und wanderte ziellos durchs Haus, entlang an den nackten, blinden Wänden, bis das Tageslicht wild durch die Fenster brach, und sie hielt vor der Kaffeemühle und fing an zu mahlen, zu mahlen, zu mahlen wie eine Besessene.

Es muß hart für Wilhelmina gewesen sein. Sie hing an ihrer Mutter mit wütender Treue. Marga konnte sie nicht ausstehen, aber wie ihre Beziehung handhaben in der engen Welt, in der sie lebten? Man kann sich's nicht vorstellen. Aber es ist sinnlos zu spekulieren, sinnlos, sie zu bedauern oder irgendwen sonst in diesem Zusammenhang. Uns interessiert allein, daß sie sich mehr und mehr in ihr eigenes Leben zurückzog. Mit zwanzig war sie von ihrer Mutter so unabhängig, daß sie sich einem alten deutschen Händler anschloß bei seinen Reisen hin und her zwischen Kapstadt und den fernsten Gegenden des Xhosa-Landes. Bald darauf traf sie den frommen Scheißer, der ihr Leben umkrempelte. Ist es nicht eine Schande, wie wir dazu gebracht werden, daß wir uns in solch entscheidenden Augenblicken auf Männer verlassen? Aber das heb ich mir für später auf.

Samuel nahm es resigniert hin. Man bringt ein Kind zur Welt, dann wächst es auf und verläßt das Nest. In vieler Hinsicht sind wir auch eine Vogelart. Und eine seltene obendrein.

## 6

Samuel hatte vor langer Zeit entschieden, daß sie nicht alt werden wollte. Es war ein sorgfältig erwogener Entschluß, so einer wie man ihn übers Heiraten faßt oder über einen Pferdekauf oder einen Hausbau. Gern wäre sie mit dreißig abgetreten, aber das war die Glanzzeit ihres Haares, und Harm zeigte eine solche Leidenschaft dafür, daß sie ihm zuliebe ihren Tod vertagte. Bald darauf kam das ungeplante Kind, und als Samuel die Vierzig erreichte, war Wilhelmina noch ein Kind, das konnte sie nicht verlassen. Als sie fünfzig war, gab es Marga. Aber fünfundfünfzig schien ein annehmbares Alter, und genau so erklärte sie es Marga und Wilhelmina. Keine von beiden war geneigt, den Gedanken ernst zu nehmen, und Wilhelminas frommer Mann tat sein Bestes, um ihn ihr auszupredigen. Keiner, argumentierte er, wisse Tag und Stunde voraus, und man solle nicht versuchen, sich in Gottes Willen einzumischen.

All die hektischen Erörterungen um sie herum beeindruckten Samuel wenig. Mit Margas Tränen und Drohungen, mit ihren flehentlichen Bitten war schwieriger fertig zu werden. Aber ebenso entschlossen, wie Samuel einst ihr Haar abgeschnitten hatte, wollte sie nun zur festgesetzten Zeit sterben. Und in gewisser Weise hingen die beiden Ereignisse zusammen. Das Haar abzuschneiden war eine Sünde gewesen, die eine andere Sünde sühnen sollte. Nun war es an der Zeit, ihr Haar zurückzugewinnen. Dies in der Öffentlichkeit zu tun war bei ihrer Beziehung zu Marga undenkbar. (Kannst du dir vorstellen, wie Wilhelminas Mann reagiert hätte?) Es gab nur einen Ausweg: zu sterben. Denn sie hatte gehört, daß nach dem Tod das Haar ungehemmt wächst. Wenn der Tag des Jüngsten Gerichts kam, würde sie endlich wieder in der gebührenden Verfassung sein, um ohne Scham vor ihren Schöpfer zu treten.

Marga sollte ihren Leichnam aufbahren, damit sie sicher sein konnte, ihr Geheimnis mit ins Grab zu nehmen. Alles, was sie brauchte, war ein passender Sarg. Für den war Wilhelmina zuständig. Durch ihren Handel hatte sie die nötigen Beziehungen geknüpft. Es mußte ein besonderer Sarg sein, nicht so eine Gelbholz- oder Stinkholz-Kiste, wie sie in der Grenzregion jeder Gelegenheitsarbeiter zusammennagelte. Von Kapstadt sollte er kommen, einem Ort, den Samuel nie in ihrem Leben erblickt hatte, der aber in ihren Vorstellungen offenbar die Pforte zum Himmelreich war.

Leendert Pretorius, Wilhelminas Ehemann, mühte sich immer nachdrücklicher, Samuel von ihrem sündigen Entschluß abzubringen, aber das rührte sie nicht. Sie erinnerte Leendert daran, daß er nie offiziell ordiniert worden war – seine wunde Stelle –: Von einem Laien lasse sie sich nichts befehlen. Mit unendlicher Geduld überredete Wilhelmina ihren Mann, um Gottes willen die Fahrt zum Kap zu unternehmen, und da er dachte, er könne einen neuen schwarzen Leinenanzug brauchen, willigte er schließlich ein.

Man hatte sich geeinigt, daß der Sarg in Samuels *voorhuis* warten solle, bis er gebraucht werde. Samuel rief ihnen ins Gedächtnis: Der für ihren Tod bestimmte Tag werde der 6. März 1831 sein. Sie zogen vor, keinen neuen Streit zu beginnen, aber ihnen allen war klar, daß sie noch viele gute Jahre vor sich hätte.

Als einzige rebellierte Marga weiter. »Wenn du stirbst«, drohte sie, »dann sterb ich auch.«

»Mach dich nicht lächerlich«, tadelte Samuel, »du bist noch das reine Kind.«

»Und du bist erst vierundfünfzig. Du kannst noch zwanzig Jahre leben.«

»Marga, das haben wir alles schon hinter uns.«

»Du vielleicht, aber ich nicht.«

»Sterben ist für jedermann Privatsache«, erwiderte Samuel ruhig. »Mir wäre lieber, du lebtest weiter. Du kannst nach meinem Grab sehen. Du wirst mehr als genug zu tun haben. Aber wenn du dich anders entscheidest, geht das nur dich was an. Ich habe darüber so wenig zu bestimmen wie du über meine Angelegenheiten.«

Vier Monate vor dem festgesetzten Tag wurde der Sarg geliefert, eine ziemliche Leistung in Anbetracht der Route, die er nehmen mußte, den ganzen Weg vom Kap die Südostküste entlang, dann von Algoa Bay aus ins Landesinnere. Das Problem war nur, daß sich Samuel noch bei ausnehmend guter Gesundheit befand. Tatsächlich schien sie seit dem Tag, da der Sarg in ihrem *voorhuis* abgestellt worden war, tatkräftiger und glücklicher denn je.

»Du willst doch nicht etwa Selbstmord begehen?« fragte Marga entsetzt.

»Natürlich nicht, das wäre ja Sünde.«

Marga fühlte sich ein wenig beruhigt: Jeder konnte sehen, daß in Samuel noch eine Menge Leben steckte, und wenn sie nicht beabsichtigte, sich umzubringen, durften sie noch viele gemeinsame Jahre erwarten. Der Sarg im *voorhuis*, täglich poliert und mit frischen Blumen bedeckt, wurde zum Möbelstück.

Am Abend des 5. März wusch sich Samuel in der Küche mit einer ungewöhnlichen Menge von heißem Wasser, verschnitt ihr Haar so, daß es gleichmäßig wachsen würde, öffnete den Sarg, schlüpfte hinein und rückte sich bequem zurecht; dann rief sie Marga; sie sollte den Deckel mit den dazugehörigen Messingbolzen befestigen.

Natürlich weigerte sich Marga. Sie wollte nicht mitschuldig sein, wenn Samuel erstickte. Aber als Samuel darauf hinwies, daß man die kleine Luke über ihrem Gesicht aufklappen konnte, gehorchte die junge Frau zögernd: Nur so ließ sich der Frieden wahren. Sie zweifelte nicht, Samuel würde nach einer Nacht in dieser eingezwängten Lage gewiß die Narrheit des Ganzen einsehen und ihr frevelhaftes Unterfangen beenden.

Samuel faltete die Hände über der Brust und sagte: »Leb wohl, Marga.«

Marga beugte sich herab und küßte sie. »Gute Nacht, Samuel.« Ihr kamen die Tränen, doch sie zwang sie zurück.

Es war eine helle, stille Nacht. Die Sterne am Himmel schimmerten wie Glühwürmchen.

Kurz vor Mitternacht erhob sich unglaublich jäh ein

Sturm, einer, wie man ihn im ganzen Leben vielleicht nur einmal überstehen muß. Der Regen stürzte herab, als sei der Himmel aufgerissen. Die Wände bebten unter dem Donnergepolter. Ein Blitz traf das Haus, es ging in Flammen auf. Dann trat der Fluß hinter dem Haus über die Ufer und schwemmte mit seinen Fluten den Sarg fort. Das Land wandelte sich so gründlich, daß sich kaum ausmachen ließ, wo das Haus gestanden hatte.

Wie die Nachricht zu Wilhelmina und ihrem Mann drang, wußte niemand. Vielleicht brachten ein paar von Samuels schwarzen Nachbarn sie ihnen auf die Farm, die eine lange Strecke vom Keiskamma entfernt lag. Damals hatte Wilhelmina ihr erstes Kind geboren, und das zweite war unterwegs. Sie fingen an, die Umgebung aufzuräumen, aber es dauerte eine ganze Woche, bis sie den Sarg dort fanden, wo ihn die Wogen angeschwemmt hatten, erstaunlich unversehrt lag er oben am trockenen Strand. Von Samuel keine Spur. Damals nicht und nicht später.

Margas Leichnam fanden sie im Treibholz am anderen Ufer.

## 7

»Und dann kam ein Elefant«, sagt Ouma, »und blies die Geschichte fort.«

Sie hält die Augen geschlossen; die Anstrengung hat ihre Kraft erschöpft. Ich belebe sie mit Sauerstoff. Erstaunlich schnell kommt sie wieder zu sich.

»Ist das tatsächlich der Sarg hier, von dem du sprichst?« frage ich sie.

»Ja, natürlich. Du kannst die Spuren der Flut noch daran erkennen, nicht?«

»Und du meinst, Samuels Tochter Wilhelmina hat ihn auf dem Großen Treck kreuz und quer durchs Land gekarrt?«

»Kommt es drauf an, was ich denke? Der Sarg steht hier, nicht wahr?«

»Ich möchte gern mehr über diese Wilhelmina wissen. Anscheinend war sie eine entscheidende Person.«

»Das sind sie alle.« Ihre Lider flattern, sinken. »Wenn es an der Zeit ist, werden wir über sie reden.«

»Aber wie kommt der Sarg hierher?«

»Natürlich mit Wilhelminas Tochter Petronella.«

»Aber du hast gesagt, die Arche ist gestrandet. Wie ist dann der Sarg gerettet worden?«

Sie zuckt die Achseln. Ihre eine brauchbare Hand liegt auf dem Laken wie irgend ein armseliges, weggeworfenes Ding am Strand. »O ihr Kleingläubigen.«

»Das verlangt eine Masse Glauben«, bemerke ich vorsichtig.

»Ja«, sagt sie. »Darum geht es immer.«

Vom Sarg, wo die Eulen hocken, kommt ein schnurrender, sanfter Hustenlaut. Im Halbdunkel des Zimmers – die Vorhänge sind vorgezogen – glühen ihre Augen wie Phosphor. Aber ihre Anwesenheit wirkt eher beruhigend als unheilverkündend.

Ouma Kristina schaut mich wieder an.

»Begreifst du, warum ich dir dies alles erzähle?« fragt sie. Jetzt scheinen ihre Augen ebenfalls zu phosphoreszieren.

Verschlagene alte Wüstenfrau!

»Wenn ich ja antworte, erzählst du's mir nicht, wenn ich nein antworte, sagst du mir, ich soll es rauskriegen, stimmt's?«

Sie bewegt den Kopf, mag sein, sie nickt. Sie schaut zufrieden aus. Ohne Übergang ist sie eingeschlafen.

## 8

Genau wie sie gesagt hat: Hinter dem Bild des Breiten und des Schmalen Weges, in der oberen rechten Ecke des schweren Rahmens, findet sich in zwei nahezu unsichtbaren Rinnen ein kleiner Schiebedeckel, und in die Höhlung dahinter paßt gerade knapp ein kleiner, sonderbar geformter Schlüssel. Ohne Widerstand gleitet er ins gezackte Schlüsselloch, und ich kann den leichten Schauer nicht unterdrücken, der mir über den Rücken läuft. Es ist, als trete ich in eine Geschichte ein, ein Märchen der Grimms, Blaubarts Schloß. Wie es sich gebührt, knarrt die Tür in ihren Angeln. Es ist dunkel drin, keine Birne steckt in der nackten Fassung, die von der fleckigen Zimmerdecke hängt, so gehe ich zum Fenster hinüber, um die Läden zu öffnen. Aber gewiß hat sie seit Jahren keiner aufgemacht, sie rühren sich nicht. Alles, was ich deutlich erkennen kann, sind die unförmigen Stapel, die ich schon als Kind erspäht habe; mir scheint, sie sind seit damals nicht angerührt worden. Kein Möbelstück, nichts. Nur diese Umrisse, und sie ebenso wie der Fußboden zolldick bedeckt mit Staub und graubraunen Girlanden von Spinnweben.

Es bleibt mir nichts übrig, als abzuschließen, mich heimlich wie ein schuldbewußtes Kind hinunterzuschleichen und aus der Speisekammer eine Paraffinlampe zu holen. So bewaffnet bin ich endlich bereit zum archäologischen Schürfwerk. Ich kratze die Staubberge von den Dingern ab und fördere eine Kollektion von Einkaufsbeuteln zutage, die meisten aus braunem Papier, Reihen über Reihen aufgestapelt, stämmig wie Waschfrauen. Sie erweisen sich als keineswegs schwer, nur umfangreich, und als ich meine Hand in den erstbesten eintauche, denke ich zunächst, daß sie mit nichts vollgestopft sind als mit zerknitterten Zeitungen. Aber jeder Papierball enthält etwas, einen Wattebausch, einen Wulst, sehr alt und trocken und fleckig von etwas, das auf den ersten Blick dunkle Farbe scheint, sich dann aber, Gott helf mir, als braun und schwarz gewordenes Blut entpuppt. Lauter Monatsbinden, Stoff, Papier, gebraucht, aufgehoben und verstaut. Um alles in der Welt, wozu? Ouma wird es nie verraten. Ein stummer Zeuge – wofür? Ihr Leben, hat sie gesagt. Ihr Frauentum? Ihre Ablehnung, ihre Zustimmung dazu? Gott allein weiß es, und er wird kaum reden. Tüte und Tüte und Tüte, Jahre und Jahre des Blutens, »der Regel«, Eingebundensein in Zeitzyklen, einmal alle achtundzwanzig Tage, dreizehnmal im Jahr, wie viele Jahre? Soll ich weinen oder lachen oder es abschütteln? Nein, es ist nicht abzuschütteln. Es ist – nichts. Es ist ein Leben.

Dies ist schlimmer, denke ich, zugleich beredsamer und auf erschreckende Weise stumm, als das Stoffstück mit dem gestickten Namen und Datum, das von der Urgroßtante aus dem Burenkrieg zurückblieb. Still legt es Zeugnis ab, nicht von dem Jahrhundert, das von einem Frauenleben gezeichnet ist, sondern von sämtlichen Frauen, uns allen, seit Eva schuldig an Adams Verführung gesprochen wurde. Das ist auch Mythos, doch ein besonderer. All diese alten Mythen von der Grenzlandfrau im Grenzland; alle ersonnen und verewigt von Männern. Was also blieb Ouma Kristina, außer die Kerne der verbotenen Frucht den Mythendichtern ins Gesicht zu spucken?

Wie sonderbar, daß sie sich diesen Tag für ihre Bitte ausgesucht hat, den Tag, an dem meine eigene Periode beginnt. Oder hat sie es erraten? Nie ist ihr etwas entgangen.

Ich wollte, ich könnte Anna davon erzählen. Aber ich glaube nicht, daß sie es verstünde. Und Ouma hat mich gebeten, es heimlich zu vernichten.

Warum heute? Warum nach all diesen Jahren? Scham kann nicht die Ursache sein, nicht bei Ouma und nicht jetzt. Was sonst? Ich will und werde es herausfinden. Doch zunächst habe ich zu tun, muß ein Versprechen erfüllen.

Es ist Sonntag – die Stunde der Idioten? –, und keiner ist im Freien; ich kann sofort beginnen. Aber ich werde die Gelegenheit abpassen müssen; ich kann nicht riskieren, daß Trui oder die Schwester oder sonstwer dahinterkommt. Das hier bleibt zwischen Ouma Kristina und mir.

## 9

Bei Anna, wo ich zum Mittagessen war, mußte ich mir Tampons borgen. Ich war zuerst in die Stadt gefahren – denn ich hatte einen Sieg über Jeremiah erzielt; er hatte mir endlich, vermutlich durch die Sonntagsstimmung erweicht, den Leichenwagen überlassen –, aber natürlich war keine Drogerie offen. Vermutlich bluten diese gottesfürchtigen Leute sonntags nicht; alle natürlichen Vorgänge werden im Namen jener strengen Dreieinigkeit, Vater, Sohn und Heiliger Geist, unterbrochen. Am Griechischen Café, wo wir in meiner Kindheit Straußen-*biltong* kauften (mit Genugtuung entdeckte ich, daß sie es immer noch führen), hielt ich an, um für Annas Kinder Süßigkeiten zu kaufen, eine wahllos zusammengehäufte Portion Smarties, Schokoladenblöcke und Pfefferminzplätzchen für jeden – drei, vier, fünf zählte ich im Geist, plus eins für den Fall, ich hatte falsch gerechnet – und ein riesiges Osterei, in das sie sich teilen mußten. Ich war mir im klaren darüber, das hieß Unheil heraufbeschwören, aber es war ein Sonderangebot (und möglicherweise ausgeblichen von der Hitze oder von Käfern zerkrümelt), denn Ostern war volle drei Wochen her, ach zum Kuckuck. Ich war in der Stimmung für Buße und Friedensangebote. Und selbst wenn all das nicht allzugut mit der Feierlichkeit des Leichenwagens zusammenpaßte – den ich der schieren Ungehörigkeit zuliebe auf der freien Strecke zur Farm mit hundertvierzig Stundenkilometern fuhr, wobei ich mit voller Stimmstärke Beethovens Fünfte sang und flüchtig, aber lustvoll die entgegenkommenden Wagen mit dem Blick streifte, die sich, in Staubwolken gehüllt, bei dem unheimlichen Anblick nahezu zu Bruch fuhren –, so hoffte ich doch, sie würden das im Geist der Großmut hinnehmen, den Geschenke einflößen. Es kam nicht ganz so, denn die Kinder sahen mich nur mißtrauisch an, und Casper komplizierte die Dinge, indem er strenge Verbote erließ: Nichts wird vor Tisch probiert, nicht mal dran geleckt!

Das Essen wurde von einem Trupp Dienstboten in rosa Overalls und weißen *kopdoeke* hereingetragen und war genauso ausschweifend wie alle sonntäglichen Familienmahle der Vergangenheit, an die ich mich erinnerte: Huhn, fetttriefende gebratene Hammelkeule, Kartoffeln, gelber Rosinenreis, Süßkartoffeln mit Honig und Zimt, Kürbis im Schlafrock, Erbsen, süßsaurer Tomatensalat, Runkelrüben, zum Schluß ein gebackener Essigpudding mit Eierkrem und Eis. Eingeleitet und beendet wurde der Schmaus durch ein Gebet, und ich begriff: Um mit all diesem fertig zu werden, bedurfte es göttlichen Beistands. Es gab wenig Zeichen von Genuß. Zum einen steckte offenbar jede und jeder so gewaltsam Überfütterte im engsten Sonntagsgewand; ich merkte, mein Herz schlug den beiden Mädchen von etwa zwölf und acht entgegen, in denen ich mein einstiges Ich erkannte, von fest geflochtenen Zöpfen schräg gezogene Augen, schmale Brustkästen, in erstickend stramme Leibchen gepreßt. Die vorgeschobenen Schultern der Älteren, ihr gekrümmter Rücken verrieten peinvoll, daß sie sich verzweifelt und vergebens mühte, die Sichtbarkeit dessen auf ein Minimum zu reduzieren, was zwei vorstehenden Krebsaugen glich; und eine kleine Katastrophe brach aus, als Casper ihr etwa in der Mitte des Mahls gebot geradezusitzen, worauf sie in Tränen ausbrach, einen Stuhl umwarf und linkisch hinausstürzte, in ein Schlafzimmer. Ich versprach mir selber, daß ich sie bei nächster Gelegenheit in Shapiros Modehaus bringen würde, um für sie zu tun, was Ouma für mich getan hatte.

»Wenn sie's haben will, kriegt sie's auch«, sagte Casper, wobei er sich halb aus seinem Stuhl erhob, die Serviette fallen ließ und sich zur schleunigen Verfolgung anschickte.

»Laß sie«, sagte ich.

»Also hör mal –!«

»Bitte«, sagte Anna.

Eine gefährliche Pause, in der alle andern Kinder gespannt warteten, das kleinere Mädchen blaß vor Angst, die Jungen mit kaum verhohlener Begier. Dann besann sich Casper anders, bückte sich nach seiner Serviette und prallte, als er sich wieder aufrichtete, mit dem Hinterkopf an die Tischkante. Der jüngste Knabe kicherte.

»Wer war das?« donnerte Casper.

Die beiden älteren antworteten, als hätten sie für ein Schauspiel geprobt: »Das war Cassie, Pa!« »Cassie, Pa!« Worauf besagter Cassie in jämmerliches Geheul verfiel.

Gewaltanwendung schien unvermeidlich.

Mir lag eine boshafte Bemerkung auf der Zunge (so etwas wie: »Na, nachdem wir nun alle wissen, wer der Stärkste ist, könnten wir vielleicht fertig essen?«), aber es gelang mir, sie zu unterdrücken. »Bitte!« sagte ich. »Wollen wir nicht lieber versuchen, Annas gutes Essen zu genießen?«

Einen Augenblick funkelte er mich an, dann griff er wieder zu Messer und Gabel. Der Rest des Mahles verlief ziemlich gezwungen, doch ohne weitere Ausbrüche. Und nachher beim Kaffee, als die Kinder außer Sicht waren, wenn auch nicht völlig aus dem Sinn, schien sich Casper tatsächlich zu besänftigen.

»Ich nehme an, du schläfst jetzt ein bißchen besser?« fragte er.

Abermals unterdrückte ich um des lieben Friedens willen eine prompte Antwort (»Besser als die Kinder, die ihr festgenommen habt«). »Ja. Ich nehme an, du auch?«

»Sicher. Aber natürlich kann man nie wissen. Für jeden, den sie verhaften, springen fünf Neue ein.«

»Nur noch zwei Tage.«

»Den Scheiß glaubst du immer noch?«

»Wenn es zu keiner überflüssigen Provokation kommt …«

»Den Hunden kannst du doch nicht trauen.«

»Wie friedlich sind *deine* Absichten?«

»*Meine* Leute sind nie auf Scherereien ausgewesen.«

»Na komm.«

»Es ist dieser Haufen Terroristen …«

»Die wollen Frieden.«

»Wieso bist du da so sicher?«

»Morgen schicken sie eine Friedenskommission her.« Sandile.

»Wir werden uns drum kümmern.«

»Was für einen Empfang gedenkst du ihnen zu bereiten?«

»Wie meinst du das?«

»Versuch sie zu stoppen, dann kriegst du möglicherweise genau das, was du erwartest. Aber wenn du bereit bist, dich hinzusetzen und zu reden, könnte dir eine Überraschung bevorstehen.«

»Klar, und was für eine.«

»Hast du Angst?«

»Wovor, verdammt noch mal, soll ich mich fürchten?«

»Casper, bitte«, sagte Anna.

Er schaute sie nicht einmal an.

»Vielleicht vor euern eigenen Gespenstern«, gab ich zurück. Er starrte mich an, ich hielt seinem Blick stand. »Ich garantiere dir: Wenn du deine Leute dazu kriegst, daß sie sich morgen mit ihnen zusammensetzen, verschaffst du diesem Bezirk vielleicht wieder Frieden. Wenn nicht, mußt du mit der Schuld leben.«

»Muß *ich* damit leben? Das ist köstlich.«

»Bist du bereit, der Sache eine Chance zu geben?« Ich begriff, es war Sandile, für den ich so dringend bat. Meine Einmischung entsprang keinem Edelmut, sondern rein persönlichen Motiven. Aber in diesem Augenblick war ich leidenschaftlich überzeugt, daß sie sich lohnte.

Er zuckte die Achseln, nahm einen Schluck aus dem Glas, das er vom Tisch mitgenommen hatte; er sah mich nicht an.

»Unterschätze nicht unsere Macht«, sagte er schließlich.

»Tu ich nicht. Aber mir scheint, wenn ihr eurer Macht wirklich gewiß seid, braucht ihr sie nicht zur Schau zu stellen.«

Er goß den Wein mit einem letzten Schluck hinunter und schaute mich wieder an. »Wir werden sehen.«

»Versprochen?«

Seine Oberlippe kräuselte sich in einem Hohnlächeln. »*Dir* muß ich überhaupt nichts versprechen, Schwester.«

»Da hast du recht. Mir bist du nicht das mindeste schuldig. Aber vielleicht deiner Familie zuliebe ... Wenn sie dir wirklich etwas bedeutet, lohnt sich's möglicherweise doch, daß du dem Frieden eine Chance gibst.«

Er grunzte und erhob sich. »Zeit für ein Nickerchen«, sagte er schroff. »Ich will raus aus diesen Klamotten.«

»Ich muß auch fort.« Ich stand ebenfalls auf.

»Bitte«, sagte Anna, fast wie in Panik, »bleib.«

»Ouma braucht mich vielleicht.«

Ich wartete, bis Casper ins Schlafzimmer verschwunden war, bevor ich sie um die Tampons bat. Nachher ging sie mit mir hinaus zum Leichenwagen. Keine Spur von den Kindern. In unserer Kinderzeit hatten wir an den Sonntagnachmittagen auch nicht aus dem Haus gedurft. Mindestens im Prinzip; wenn die Erwachsenen nur den blassesten Schimmer davon gehabt hätten, was wir in Wirklichkeit anstellten.

»Legst du dich auch hin?« fragte ich sie, während ich in das schwarze Ungetüm kletterte.

»Vielleicht. Ich warte, bis Casper eingeschlafen ist.«

»Selbstverteidigung?«

Sie richtete den Blick zu Boden, dann wieder auf mich. »Es gibt keinen Ausweg«, flüsterte sie. »Ich bin eine Gefangene. War ich immer. Wahrscheinlich ist es mir nie so schneidend bewußt geworden wie diese letzte Woche, seit du da bist. Immer hab ich drauf gewartet, daß was passiert. Sogar an der Uni: ›Wann wird er mich bemerken?‹ ›Ob er mich heute abend fragt?‹ ›Ob ich wohl diesen Job kriege?‹ ›Werd ich nach diesem Kind mehr Zeit haben?‹ Warten und warten, von einem Ereignis zum nächsten. Bis zu dem Tag, an dem du feststellst: Nichts ist passiert, außer daß du alt geworden bist. Und dann ist nichts mehr übrig, worauf du hoffen kannst.«

»Warum hast du versucht, dein Leben so abzusichern?« fragte ich.

»Was hat Sicherheit damit zu tun?«

»Weil nichts so sicher ist wie das Schicksal. Und hast du dich erst einmal überzeugt, daß alles, was dir widerfährt, mit dir selber gar nichts zu tun hat, sondern von etwas gesteuert wird, was du Schicksal nennst, dann bist du so sicher wie ein Leichnam in seinem Sarg. Es kann kein Abenteuer mehr geben.«

»Abenteuer ist ein romantischer Begriff«, sagte sie scharf.

»Ja? Da bin ich nicht so sicher. Ich habe festgestellt, daß es verdammt schmerzhaft sein kann. Es ist verwirrend, beunruhigend, nervtötend, gefährlich. Aber es ist entweder das – oder überhaupt nichts.«

»Du hast immer aufs Extreme gesetzt und dramatisiert, Kristien.«

»Und ich bin immer von meiner Periode erwischt worden.«

»Weil du weißt, du hast eine große Schwester, zu der du laufen kannst?«

Ich lächelte schwach und drehte den Zündschlüssel. »Vielleicht sollte ich ein Stück von meiner Abenteuerlust gegen ein Stück Sicherheit von dir tauschen.«

»Sollen wir's versuchen?«

Ich fuhr davon, diesmal vernünftiger.

## 10

Später am Nachmittag, als die Farm allmählich aus ihrer Sonntagsschläfrigkeit emportaucht, fährt ein stark ramponierter alter Wagen in den Hof. Aus meinem Oberstockfenster staune ich die Masse von Leuten an, die sich aus dem Gefährt ergießt, nachdem sich seine Türen erst einmal aufgetan haben (eine fällt ganz ab). Sie lassen die Rostlaube stehen wie ein Huhn, das mit gespreizten Flügeln im Sand hockt, und schlendern unter den Bäumen herum, während eine einzelne dicke Frau ums Haus herum auf die Rückseite geht. Sie schlurft mühselig dahin, rudert mit stämmigen Armen gegen eine unsichtbare Strömung an. Bald darauf kommt Trui, um mich zu holen, und ich folge ihr treppab.

Wir brauchen fast eine halbe Stunde, um der Besucherin zu entlocken, wer sie ist und was sie wünscht. Ihr Name lautet Happiness Tsabalala. Ihr Sohn, erklärt sie schließlich in einer Mixtur von Xhosa, Englisch und Afrikaans, die mit tiefen Seufzern (offenbar hat sie ein krankes Herz) und Tränenausbrüchen durchsetzt ist, sei Karate-Kid. Das sagt uns nicht viel, bis am Ende Trui den Zusammenhang entdeckt: Er ist der jüngste der Bengels, die von der Polizei festgenommen worden sind, weil sie versucht haben, Oumas Haus in die Luft zu jagen – das jämmerliche, spindeldürre kleine Geschöpf, das gestern morgen die meiste Zeit hier geweint hat.

Nachdem wir sie eingelassen, zum Sitzen genötigt und ihr

ein Glas Wasser gereicht haben – Tee lehnt sie ab –, wühlt sie sich mühsam durch ihre vielen Kleiderschichten bis zu ihrem Korsett durch, um es zu lockern; erst dann spricht sie leidlich im Zusammenhang. Sie ist gekommen, um Ouma zu besuchen. Ich erkläre ihr, daß sich die in schlimmer Verfassung befindet und schläft, aber sie beharrt. Sie wird nicht ruhen, sagt sie, bevor sie die verbrannte Frau gesehen hat.

Wir helfen ihr die Treppe hinauf. Das dauert etliche Minuten, denn auf jeder Stufe ringt sie nach Luft. Doch schließlich sind wir angelangt.

Die Schwester steht rasch auf, als wir eintreten, offensichtlich mißbilligt sie den Überfall, doch ich winke ihr: Alles in Ordnung. Das nimmt sie widerwillig hin und stellt sich abseits, steif wie die Gottesanbeterin, an die sie so sehr erinnert. (Sollte sich die Ähnlichkeit noch weiterentwickeln, könnte mir bange werden, daß sie ihre Patientin verschlingt.) Happiness Tsabalala straft ihren Namen Lügen: Sie erstarrt vor Entsetzen, als sie den Sarg erblickt, und preßt eine breite Faust vor den Mund.

»Ist sie tot?« fragt sie und bricht dann in einen leidenschaftlichen Schwall Xhosa aus.

»Nein, nein«, werfe ich hastig ein. »Sie schläft nur.«

»Warum stellen Sie dann diese Kiste her?«

»Weil sie das wünscht.« Ich versuche zu erklären und komme mir dabei ziemlich töricht vor.

Obwohl Happiness durch meine Erklärung ein wenig getröstet scheint, tritt sie sehr scheu näher, streicht Ouma mit der Hand über die Stirn, vermutlich um sich ihrer Lebendigkeit zu vergewissern.

»Au«, sagt Happiness leise, »sie brennt. Es geht ihr schlecht. Sie wird sterben.«

»Sie ist sehr alt«, suche ich sie zu trösten.

»Karate-Kid hat es getan«, fügt sie hinzu. Noch eine lange Rede auf Xhosa folgt, von der ich nur hier und da eine Wendung verstehe; zu Sandiles Zeit habe ich die Sprache recht ordentlich beherrscht, aber seither ist sie mir entglitten wie so vieles andere. »Jetzt töten sie ihn auch«, sagt sie.

Einen Augenblick mißverstehe ich und fühle, wie sich mir das Herz zusammenkrampft; dann begreife ich, daß sie die Zukunft meint.

»Er ist nur ein kleiner Junge«, erwidere ich und lege ihr den Arm, so weit er reicht, um die Schultern. »Ich habe schon mit der Polizei verhandelt. Und mit einem Anwalt. Morgen rede ich mit dem ANC. Wir versuchen, ihn gegen Kaution freizubekommen.«

»Was ist das, Kaution?« fragt sie voll tiefem Mißtrauens.

Ich versuche mein Bestes, um es ihr zu erklären. Sie bricht abermals in Tränen aus, in solches Geheul, daß Ouma aus dem Schlaf auffährt und kurz die Augen öffnet; aber ihr verwirrter Blick verrät deutlich, sie hat keine Ahnung von dem, was vorgeht.

»Tod, Tod, Tod, und weiter nichts«, klagt Happiness.

»Wir müssen damit Schluß machen«, sagt Trui unerwartet. »Wir sind die Mütter. Wir müssen Schluß machen.«

»Dein Junge auch töten?« fragt Happiness.

»Nein. Aber ich habe Kummer mit ihm.«

»Wir alle Kummer«, sagt Happiness. »Mandela muß Schluß damit machen.«

»Er ist auch nur ein Mensch«, versuche ich ihr zuzureden, aber ich merke, daß ich hier überflüssig bin.

»Die Mütter. Die Kinder.« Happiness verfolgt ihren eigenen Gedankengang, der Außenstehenden nicht sogleich zugänglich ist. »Und diese alte Frau. Wir alle umgebracht, wir alle leiden, schlimm, schlimm. So wann ändern? Was tun?«

»Wo wohnst du?« fragt Trui.

Happiness Tsabalala erklärt es. In der schwarzen Township am anderen Ende von Outeniqua.

»Ich besuch dich dort«, sagt Trui. »Du gibst mir deine Adresse, eh?«

»Schlechter Ort«, sagt die dicke Frau. »Wir wohnen nur kleine Hütte, schwarz Plastik, kein Wasser, viel Dreck. Schlechter Platz für klein Kind aufwachsen darin, Karate-Kid. Ich Mühe, ich Mühe, ich Mühe, was ich kann machen? Die vielen anderen Kinder, Masse Kinder, böse Kinder, machen *tsotsi* -Banden, er noch klein, was ich kann machen?« Sie wendet sich mir zu, zieht mich plötzlich in ihre Arme. »Ach Madam, ich so traurig über das Haus, über alte Dame, alles, alles, aber ich liebe mein Kind, ich kann nicht gegen an, sie so schlecht für ihn.«

Ouma wimmert und krümmt sich im Schlaf. Die Schwester, die bisher unschlüssig, mit unverhohlenem und wachsendem Ärger im Hintergrund gestanden hat, rafft sich jetzt auf und tritt zwischen uns und die Patientin.

»Tut mir leid«, sagt sie, »aber das kann ich wirklich nicht länger zulassen.«

Happiness Tsabalala faßt sich. Gewaltig und würdevoll beugt sie sich vor und küßt Ouma auf die Stirn, dann wendet sie sich und schlurft hinaus.

Als wir in ihrem Kielwasser folgen, sehe ich, wie die Schwester Ouma betont sorgfältig die Stirn mit einem Tuch abwischt.

Unten lasse ich die beiden Mütter eine Weile allein und gehe hinaus, um mich zu erkundigen, ob die anderen Besucher gern eine Erfrischung hätten, doch sie lehnen ab, dabei meiden sie meinen Blick oder erwidern ihn geflissentlich unbeteiligt. Vielleicht sind sie mit dem Besuch nicht einverstanden; aber wenn das der Fall ist, warum sind sie gekommen? Wieder einmal bedrückt mich die Erkenntnis, wie wenig ich begreife. In einer Woge von Übelkeit geht mir auf: Der ehedem stolze Palast, vor dessen geschwärztem Gerippe sie nun lagern, verkörpert für sie vollkommen das, was sie tiefer verabscheuen als alles auf der Welt.

Ich würde mich gern vor ihnen verteidigen, ihnen sagen, daß ich ihretwillen mein behagliches Leben in diesem Land aufgegeben und mich in die Wagnisse und Gefahren und Ungewißheiten eines aus der Ferne geführten Kampfes gestürzt habe; aber wie würden sie das aufnehmen? Bestenfalls würden sie meinen Blick mit diesem unbeteiligten leeren Starren erwidern. Sie sind nicht fortgegangen: Selbst den Luxus dieser einfachsten Entscheidung haben sie sich nicht gönnen können. Sie waren hier. Da liegt der Haken. Sie waren hier. Sie haben alles gesehen, alles durchlebt. Jetzt steht dieses Haus dicht vor dem Einsturz. Ein Junge aus ihrer Mitte hat das angerichtet, und vielleicht wird er dafür sterben.

Ich kehre zu den beiden Frauen zurück, eben rechtzeitig, um Happiness Tsabalala über die Türschwelle zu helfen, sie schlurft hinein in das nun sanftere Gleißen der Nachmittagssonne. Trui umklammert ein Stück Papier; sie hat sich die Adresse aufgeschrieben. Wir wandern zurück, ein Weibertrio, aber mich erkennen die beiden nicht wirklich an. Sie sind die Mütter; ich habe mich von der Mutterschaft abgewandt wie von so vielem anderen. Ich fühle, wie sich meine Gebärmutter zusammenkrampft.

## II

Am späten Nachmittag gehe ich hinaus, spazieren. Eine köstliche Stunde lang, die Zeit um den Sonnenuntergang, braucht mich keiner in der stolzen alten Ruine. Die Schuhe habe ich stehenlassen. Meine Füße sind empfindlich geworden – diese seligen Kindheitstage, in denen Schuhe Einengung und Tortur waren! –, und um ehrlich zu sein, nach einer Weile bereue ich die Entscheidung; dennoch heitert es mich auf, diese besondere Art von Freiheit wiederzuentdecken. Wieder die Erde zu spüren, ihre geheimen Schwingungen, Frühling, Sommer, Herbst, vielleicht ist es eine Art Bauernlust, im Druck meiner Sohlen werden mir die Zeit und ihr Reifen bewußt. Schmerzhafte, notwendige Vertrautheit. Und das Prickeln in der Nase. Der Staubgeruch, so wirklich wie das überwältigend starke Licht bei meiner Ankunft. Ja, Afrika. Ich folge der Sandstraße, vorbei an den Straußengehegen, vorbei an den Luzernefeldern, bis nur noch offener Raum mich umgibt: Endlich etwas, das nicht geschrumpft ist, nicht verwandelt seit meiner Kindheit. Ein Raum, in dem die Zeit nichts vermag, oder besser, der auf eine andere Art Zeit eingestimmt ist, nicht die von Tagen, Wochen, Jahren, Verabredungen oder Zufälligkeiten, sondern auf eine zyklische Bewegung, Sommer, die sich mischen und miteinander verschmelzen, die sich wiederholen, ohne je einander ganz gleich zu sein, die Art Zeit, die Konturen meißelt und Hügel formt und Bergkämme zernagt. Ouma Kristinas Landschaft. Diese Weite, diese karge Schönheit, diese trügerische Leere. Ich starre ins Nichts; das Nichts starrt zurück. In einer unerklärlichen atavistischen Reaktion hocke ich mich nieder, finde einen Zweig, beginne, aufs Geratewohl in dem harten, nackten Boden herumzukratzen. Das kommt von ganz innen heraus; es ist alles, was zu tun ich denken kann. Um die Leere auszutreiben. Ein Dialog jenseits oder tief unterhalb der Sprache. Und mit einem Gefühl der Beruhigung kehre ich zurück zu der Baumgruppe, die fern vor dem grellbunten Himmel steht, und zu dem Hirngespinst von Palast, der einst Mittelpunkt unserer Welt war, der Fleck, von dem sämtliche Landkarten der Welt ihre Peilungen ansetzen, der Ort, wo alle Geschichte begann.

# V

# *Scheißegewitter*

# I

Ich tauche aus dem Schlaf auf mit der Erinnerung an Sex, aber sie ist wirr. Der Nachglanz eines erotischen Traumes, aber ob Michael darin einbezogen war oder ein fernerer Schatten – vielleicht Sandile –, weiß ich nicht mehr. Und die Bilder hinter meinen Augen ziehen sich zurück wie kleine Wellen, die einer Woge folgen, und mischen sich mit anderen, dem langen Haar einer in den Fluten versunkenen Frau, Strömen von Haar; zu neuen Gesichtern verschwimmen sie, blaß wie die verblichenen Flecken einer Wandmalerei oder die Spur auf einem Spiegel; die leichte Gestalt eines Mädchens, das sich wie ein Wolkenschatten über die Erde bewegt und Erinnerungen hin und her trägt, Glühwurmfunken, die durch die Nacht schwärmen. Die Erinnerung an ein Gewicht liegt auf meinem Leib, nicht das eines Liebhabers, aber vielleicht das Gottes, eines nächtlichen Besuchers; doch seine Enthüllungen, wenn es denn welche gab, sind entschwunden, ich hasche danach, aber nichts spüre ich in der Hand, nur eine glatte, gleitende Bewegung wie von Haar, das mir wassergleich durch die Finger rinnt.

Ich setze mich auf, und die Welt kehrt zurück. Und mit der Welt die Erinnerung an die letzte Nacht. Ich brauche Zeit, um zu begreifen, daß es nicht ein Teil des nächtlichen Traums ist, sondern etwas, das wirklich geschah, so roh, so gewaltsam, daß ich es am liebsten aus diesem Tag heraushielte; aber das ist unmöglich. Ich ziehe die Bettdecken als Schutzwehr um mich herum und schlinge die Arme um die Knie und versuche, das ganze unwahrscheinliche Ereignis zu begreifen, Zeit und Abfolge hab ich nicht behalten, nur die Übelkeit, die es bewirkte.

Während meiner Wache an Oumas Bett muß ich eingenickt

sein. Sie lag schnarchend neben mir. Als ich im Nachbarraum nachschaute, lagen Trui und Jeremiah auch in tiefem Schlaf. Doch etwas mußte mich geweckt haben, soviel wußte ich. Vielleicht ein Vogellaut? Höchst wahrscheinlich. Deswegen nahm ich idiotischerweise nichts weiter mit als eine Taschenlampe, als ich auf Zehen den Korridor entlang und die Treppe hinabschlich.

Alles schien ruhig, aber ich hatte das unbehagliche Gefühl, daß ein Fremder anwesend sei; im Ohr klang mir noch undeutlich der Laut nach, der mich geweckt hatte, das Geräusch eines umgestoßenen Gegenstandes, vielleicht ein zerbrochenes Glas. Möglich, dachte ich plötzlich, daß es Jacob Bonthuys war. Ihm könnte schlecht geworden sein, vielleicht hat er Hilfe gesucht oder etwas zu trinken. Nunmehr besorgt, hastete ich die Steintreppe zum Keller hinab.

Als ich die Tür berührte, war hinter mir wieder ein Geräusch. Ich fuhr herum, immer noch gewärtig, daß ich Bonthuys aus der Küche kommen sah oder wo immer er hingegangen sein mochte. Aber er war es nicht. Es war Casper.

Für einen Augenblick stand ich starr. Dann entspannte ich mich, aber voller Ärger.

»Was zum Teufel machst du hier?« fragte ich.

»Bloß nachsehen, daß alles in Ordnung ist.«

»Ich habe dir heute nachmittag gesagt, daß es keinen Grund mehr zur Sorge gibt. Wie bist du hereingekommen?«

»Ich habe einen Schlüssel.«

»Seit wann?«

»Ich habe mir ein Duplikat machen lassen, als die neue Hintertür eingesetzt wurde. Dient deiner Sicherheit.«

»Sehr umsichtig von dir.« Ich konnte den Spott nicht ganz aus meiner Stimme verbannen. »Wieviel Uhr ist es?«

Er gab keine Antwort.

»Casper, ich habe dir schon früher gesagt, daß ich dich und deine Cowboys nicht als Aufsicht brauche.« Ein unbehaglicher Gedanke sprang in mir auf. »Wo sind sie?«

»Ich bin allein da. Sie sind heimgefahren.«

»Haargenau das hättest du auch tun sollen. Anna wird warten.«

»Ich brauche keine Mutter, sondern eine Frau.«

»Du redest von meiner Schwester.«

»Offenbar erkennst du gar nicht an, daß ich mir die Mühe nehme und nachsehe, ob du in Sicherheit bist.« Er schirmte die Augen gegen den Taschenlampenstrahl ab. »Bitte dreh das Ding weg.«

Ich leuchtete ihm weiter in die Augen.

»Geh heim«, sagte ich.

»Wie wär's mit einem Kaffee?«

»Nein.«

»Na komm schon. Wo bleibt die burische Gastlichkeit?«

»Ich bin jetzt Britin«, sagte ich. »Außerdem habe ich zu tun. Ich kümmere mich um Ouma. Und du gehörst heim, zu deiner Familie.«

Er wechselte den Ton. »Ach, Mann, mach doch nicht so ein Theater. Guter Gott, wir sind schließlich keine Fremden.«

Er kam ein paar Stufen herunter. Sein Atemhauch verriet, daß er getrunken hatte.

»Das haben wir alles schon mal gehabt«, sagte ich schroff. »Genau auf diesen Stufen, falls du dich erinnerst. Ich hoffe, ich brauche dir nicht ins Gedächtnis zu rufen, was dann passierte.«

»Wir haben inzwischen beide einiges erlebt«, schmeichelte er. »Wir wissen, wie's in der Welt zugeht, oder?«

»Ich finde dich zum Kotzen«, sagte ich und trat eine Stufe hinauf, um an ihm vorbeizugelangen. Aber er packte meinen Arm.

»Nicht so eilig!« sagte er. Jesus, dachte ich, das ist wie ein Schundroman. Als wären wir eingefangen in einer Zeitverwerfung. »Tu nicht so, als ob du nicht auf mich scharf gewesen wärst von dem Augenblick an, wo du wieder unser Haus betreten hast. Alles, was du gesagt, alles, was du gemacht hast. Denkst du, ich durchschaue das nicht?«

»Wenn du dir einbildest, ich bin auf dich scharf, wirst du verdammt noch mal eine Überraschung erleben«, brauste ich auf. »Laß mich gefälligst los.«

Darauf folgt in meiner Erinnerung ein wirres Durcheinander. Er langte nach mir, ich drosch mit der Taschenlampe auf ihn ein, wir verloren beide das Gleichgewicht und taumelten die Treppe hinunter, prallten gegen die Tür, kämpften dann erbittert weiter. Die Taschenlampe war zu Boden gefallen und außer Reichweite gerollt, ihr Strahl durchstach die Finsternis an einer fernen Ecke nutzlos in die falsche Richtung. Natürlich war er stärker als ich. Im Nu hatte er mir die Arme hinter dem Rücken zusammengepreßt und zerriß mir vorn das Hemd. Und dann flog die Tür hinter mir auf, und wir beide stürzten, Casper schwer auf mich, und ich hörte jemanden schreien, und ein schwerer Gegenstand – ein Stuhl, wie ich später entdeckte – krachte auf Caspers Kopf nieder. Im Licht, das aus dem Raum fiel, konnte ich Jacob Bonthuys erkennen. Furcht und Schmerz standen in seinem Gesicht; wie er es fertigbrachte, mit seinem verletzten Arm den schweren Stuhl zu schwingen, weiß ich jetzt noch nicht.

Mit einer Bewegung, wie sie vermutlich in der Armee geübt wird, rollte sich Casper außer Reichweite und kam taumelnd wieder auf die Beine. Er blutete aus einem Schnitt an der Stirn, aber er war noch nicht außer Gefecht, und seine Augen glitzerten mörderisch. Doch er befand sich auch in Panik. Offensichtlich hatte er niemanden hier erwartet, und der Schock darüber, ertappt zu sein, muß selbst seine sprachlose Wut überwogen haben.

Um doppelt sicherzugehen, rief ich Bonthuys zu: »Oben sind Gewehre.«

Er zögerte, machte dann eine Bewegung auf die Tür zu.

»Mach keine Dummheiten!« rief Casper und vertrat ihm rasch den Weg.

Er hätte uns beide leicht überwältigen können, vielleicht sogar Trui und Jeremiah, wenn ich um Hilfe geschrien hätte – woran ich erst jetzt dachte. Aber natürlich hatte Caspers ganzer Plan Heimlichkeit vorausgesetzt; es konnte ihm nichts daran liegen, uns allesamt zu verprügeln.

»Du bist verdammt überempfindlich«, knurrte er, indem er sein Hemd in die Hose steckte, sich das Haar zurückstrich und dabei sein Gesicht fast überall mit Blut beschmierte.

»Um Himmels willen, ich bin hergekommen auf einen Schwatz und eine Tasse Kaffee.«

»Nächstes Mal warte, bis du eingeladen wirst. Und klopf erst an.« Ich atmete schwer.

Geflissentlich Jacob Bonthuys vermeidend – was gut war –, schleppte sich Casper an mir vorbei zur Tür, versetzte der Taschenlampe einen Tritt und begann sich treppauf zu tasten, wobei er ein- oder zweimal stolperte.

»Und bilde dir bloß nicht ein, du hältst mich zum Narren!« brüllte er vom Erdgeschoß herab. »Ich merk's, wenn eine Hündin läufig ist!«

Vielleicht hätte er sich noch so weit in Wut gesteigert, daß er zu mir zurückgekommen wäre, aber eben da rief Trui von oben: »Miss Kristien! Alles in Ordnung?«

Ein Zierat oder eine Vase zerschepperte am Boden, als Casper irgendwo anprallte; dann tappte er an der Hintertür herum, und im nächsten Augenblick knallte die ins Schloß.

»Alles in Ordnung, Trui!« rief ich.

Draußen fuhr ein Wagen an.

Ich stieg treppan, um sie zu beruhigen; überflüssig, ihr die ganze Geschichte zu erzählen. Dann ging ich wieder hinunter, um nach Jacob Bonthuys zu sehen. Viel konnte ich nicht tun, außer daß ich den Verband um seinen Arm erneuerte und ihm ein paar Schmerztabletten gab. Das dauerte sicher nur Minuten, aber mir kam es vor, als seien es Stunden, bis ich, nun am ganzen Leibe zitternd, in die Küche gehen und mir eine Tasse Tee machen konnte. Ganz unheldisch fing ich an zu weinen. Aber ich wollte Ouma nicht zu lange allein lassen. Und schließlich war es die Pflicht aufzupassen, meine Gedanken auf Ouma zu richten – selbst wenn sie ganz tief schlief und keine besondere Pflege brauchte –, die mir die Ruhe zurückgab. Um zwei wurde ich von Trui abgelöst. Und obwohl ich ganz sicher erwartete, stundenlang wach zu liegen, glitt ich in Schlaf fast im selben Augenblick, da mein Kopf auf das Kissen sank.

## 2

Nun, da die Nacht so unwirklich und im Rückblick so lächerlich ist wie ein Alptraum, wird es Zeit, dem neuen Tag ins Gesicht zu blicken. Einem besonderen Tag, obwohl er sich, oberflächlich betrachtet, täuschend gewöhnlich ausnimmt. Ich entsinne mich an Weihnachtstage in meiner Kindheit, hier in diesem Haus, da ich auf der *stoep* oder im Baumschatten mit meinen Geschenken spielte und von Zeit zu Zeit innehielt und hochblickte in der Erwartung, etwas Außergewöhnliches zu sehen, das den Tag als Weihnachten heraushob, ein tieferes Himmelsblau, ein ungewöhnlicher Laut im Vogelsang, ein andersartiges Netzwerk der Bäume, aber da war nichts, das ihn irgendwie als einzigartig kennzeichnete, und immer empfand ich deswegen Enttäuschung. Heute kommt die Delegation von Johannesburg. Bevor der Tag vorüber ist, werde ich Sandile wiedergesprochen haben. (Wie anders hätte in der vergangenen Nacht alles ausgesehen, wäre er dagewesen!) Doch durchs offene Fenster, zu dem ich eile, sowie ich wieder zu mir gekommen bin, blickt der Himmel genauso wie stets.

In den Bäumen schreien sich die Vögel übermütige Späße zu. Der Tag schallt von ihrem Geschwätz.

Vor dem Haus ist Jeremiah bei der Arbeit, er harkt Blätter. Ich habe noch nicht wahrgenommen, wie schnell sie nun fallen, ständig rieseln sie ihm von den Laubbäumen auf Kopf und Schultern – von den paar Eichen, der Kastanie, der einzelnen Platane und ein oder zwei anderen. Die Zeit läuft ab. Auch meine eigene hier; in zwei Wochen, wer weiß, bin ich vielleicht wieder in London. Dann werde ich Sandile gesehen haben; die Wahlen werden hinter uns liegen, mag sein, daß das Land in Flammen steht. Hat das etwas mit mir zu tun? Bis vor ein oder zwei Tagen nicht; jetzt hat die Aussicht auf sein Kommen etwas verändert, beinah unmerklich, und an diesem klaren, ganz normalen Morgen spüre ich es.

Es ist Zeit, über die Schwelle des Tages zu treten. Ich dusche und kleide mich an, sorgfältiger als sonst; dreimal ziehe ich mich um. Ich gehe und schaue nach Ouma. Sie liegt in unruhigem Schlaf; die Schwester ist da. Unten vergewissere ich mich, daß Trui außer Sicht ist, kehre in die Geheimkammer zurück und raffe ein paar von den Beuteln an mich, die geduldig auf mein Wiedererscheinen warten wie Passagiere, die sich im Wartesaal dritter Klasse drängen. Von meinem Schlafzimmer aus überprüfe ich, ob Jeremiah nicht etwa noch im Vorgarten ist, dann stehle ich mich mit meiner Last treppab.

Auf dem Weg nach draußen, drei Türen nach der Küche, komme ich an der Wäschekammer vorüber, wo Trui Bettzeug plättet; sie steht mit dem Rücken zu mir. Der Bügelgeruch läßt mich kurz innehalten, bevor ich auf Zehen weiterschleiche. Dieser köstliche Duft nach Sauberkeit. Und ich entsinne mich an einen späten Dienstagnachmittag hier drin zwischen den Stapeln frisch gebügelter Wäsche: Eine der entfernten Kusinen, Laura, war mit mir hinuntergeschickt worden, um die fertigen Anziehsachen und das Bettzeug zu holen und an die entsprechenden Verwandten in den vielen Zimmern zu verteilen. Ich weiß nicht, wie es begann; ich denke, sie erbot sich, mir ihren neugesprossenen Flaum von Schamhaar zu zeigen, »Seegras«, nannte sie es; und irgendwie riß es uns fort, wir zogen uns aus und begannen zu tasten und zu untersuchen und zu streicheln und zu vergleichen, jede der Spiegel der anderen, ganz so unschuldig wie der Duft der geplätteten Kleidungsstücke, in denen noch die Sommersonne vom Trockenplatz hing. Es war meine einzige, unbestimmt lesbische Erfahrung, aber sie öffnete die Tür zu folgenschwereren künftigen Entdeckungen. Es endete in einem Tohuwabohu. Ahnungslos, daß Ouma schon Laura und mich nach der Wäsche losgeschickt hatte, kam Mutter herein, um ihre Dessous einzusammeln, und fand uns zwischen den umkippenden Stapeln von Laken und Kleidungsstücken. Sie schaute aus, als habe sie einen Geist erblickt. Es muß Minuten gedauert haben, bevor ihr die Stimme – jene Stimme – wieder gehorchte. Die Prügel, die dann folgten, waren gar nichts. Es war ihr Ton, ihre Haltung, die Andeutung, daß das, was wir getan hatten, alle Grenzen nicht nur des Erlaubten, sondern selbst das Vorstellbaren übersteige – sie bewirkten, daß ich viele Nächte entsetzt aus dem Schlaf auffuhr. Das Ereignis wurde als so ernst erachtet, daß man uns beide zu einer Geheimsitzung sämtlicher Mütter in einem der entlegensten Schlafzimmer vorlud: nicht so sehr, um uns auszuzanken, als um uns zu beklagen, da unsere Seelen auf ewig der Hölle anheimgefallen waren.

Das muß wohl der Grund dafür sein, daß selbst die Erinnerung daran verdrängt wurde. Die anderen jugendlichen Missetaten – im Loquatbaum, auf dem Boden, im Keller oder wo immer – saßen mir im Gedächtnis: Sie trugen das Brandmal der Sünde, aber sie waren nicht durch und durch schlecht, nicht irreparabel. Doch jener Dienstag hatte aus dem Bewußtsein zu verschwinden. Bis zu diesem Morgen. Es muß Oumas Geschichte gestern abend über Samuel und Marga gewesen sein, die ihn aus seinem Schlupfwinkel gezerrt und wieder ans Licht geholt hat. Und ich staune fassungslos, daß er damals einen solchen Horror verursachen konnte. Wie ich jetzt zu der Erinnerung zurückkehre, finde ich in ihr etwas Süßes und Sanftes und Befriedigendes. Mag sie in sich auch nicht bemerkenswert sein, so gewinnt sie doch an Bedeutung, da sie unerwartet mit etwas anderem, außerhalb meiner selbst, verschmilzt. Selbst das, was ich gerade tun will, bekommt durch sie Gewicht.

Beinahe ungern entferne ich mich von der Wäschekammer und wage mich an die Küchentür. In einiger Entfernung kann ich Jeremiah mit ein paar Arbeitern zwischen den Obstbäumen am Friedhof erkennen, jenseits des Hühnerauslaufs, wo die Truthähne kollern und die Hühnchen scharren und die *muscovy*-Enten feindselig zischen. Wie ein Kind auf Abwegen haste ich ums Haus herum zu dem großen Blätterhaufen, den Jeremiah zusammengerecht hat. Nur von einem mißtrauischen Pfau beobachtet – ich scheuche ihn fort –, wühle ich eine Höhlung ins Laub und kippe den Inhalt etlicher Packpapiertüten hinein. Ich decke Blätter drüber und zünde den Haufen mit meinem Feuerzeug an.

Die Vögel über mir brechen in mißtönendes Gekreisch aus.

Ein paar Minuten später kommt Jeremiah keuchend angerannt. Er stockt im Lauf, als er mich sieht, protestiert dann zornig.

»Miss Kristien, das können Sie doch nicht machen. Wir haben genug Feuer hier gehabt.«

»Alles in Ordnung, Jeremiah. Den Bäumen passiert nichts.«

»Das ist meine Arbeit«, sagt er steif.

»Tut mir leid«, entschuldige ich mich, nicht im geringsten zerknirscht, »aber ich kann keinem Blätterhaufen widerstehen. Weißt du das nicht mehr?«

»Ich weiß noch. Sie machen immer Scherereien, damals, heute.«

»Na, so schlimm ist's doch nicht, Jeremiah.« Ich zwinkere ihm zu. »Wenn ich in die Stadt fahre, bring ich dir eine Packung Springbok-Tabak mit. Einverstanden?« Ich weiß, da nutze ich unlauter seine Leidenschaft aus, aber ich habe keine Wahl. Ouma kann jeden Moment meinen Erfolgsbericht fordern, und noch stapeln sich in jener muffigen Kammer die vertrockneten Zeugnisse einstiger Fruchtbarkeit.

»Ach, Miss Kristien, Sie machen es einem wirklich schwer.«

»Jeremiah, ich bin jetzt ein großes Mädchen.«

»Sie?« Er schüttelt den Kopf und blickt nach oben, den Rauchschwaden nach.

»Danke, daß du mir's erlaubst, Jeremiah.«

Er zögert noch ein paar Minuten, geht dann, ärgerlich vor sich hin brummelnd, fort, während ich weiter mein Feuer bewache. Mehr Erinnerungen tauchen auf: Grillen an Sommerabenden in diesem Garten, Lammrippchen und Straußensteaks, Ouma führt die Aufsicht, geringschätzig gegenüber den Männern, die stets das Fleisch verbrennen lassen; Namibia, jener weit zurückliegende Besuch, Gefangensein im Raum; ein Abend neben einem Vorstadt-Swimmingpool, ein Mann, der aus der Hecke bricht, vorüberstürmt und so plötzlich verschwindet, wie er aufgetaucht ist. Ich stochere mit einem langen Stock in den Blättern, beobachte den Funkenflug, trete zurück und weiche dem Rauch aus, der die Richtung gewechselt hat; da entdecke ich im trockenen Gras einen kleinen, toten Vogel. Aus dem Nest gefallen? Von einer Katze erwischt? Ich erobere mir ein anderes Kindheitsritual zurück und lege ihn in die Flammen, sehe zu, wie sich die Federn in Rauch verwandeln. Vor Jahren hat Ouma gesagt: »Vögel sind die Geister toter Frauen.«

»Und was passiert, wenn ein Vogel stirbt?«

»Er wird wieder zu etwas anderem.«

Der Vogelqualm ist zu einem kleinen Flackerbrand geworden, der im großen Feuer aufgeht. Ich verfolge diese spezielle kleine Verklärung mit dem Gefühl, etwas geleistet zu haben.

Der Haufen glimmt noch, und die Tüten sind zu glühenden Bündeln geschrumpft, da erblicke ich einen grauen Mercedes, der sich auf der Farmstraße nähert, und der Atem stockt mir. Das müssen sie sein, das ist er! Aber als er in den Hof einbiegt und an mir vorüberfährt, auf den Hintereingang zu, erkenne ich, daß es der Arzt ist.

Offensichtlich beabsichtigt er nicht, auf mich zu warten, aber am Treppenhaus hole ich ihn ein. Er ist für sein Gewerbe kein gutes Aushängeschild: schwammig, rotgesichtig, atemlos.

»Wie geht es der Patientin?« erkundigt er sich, ohne mich anzublicken.

»Ziemlich unverändert.«

»Ich denke wirklich ...« Aber er bricht sogleich ab, und schweigend begeben wir uns zu dem Zimmer, wo die Schwester soeben neben dem Bett einen neuen Tropf einhängt. Ouma Kristina ist aufgewacht, sie wirft den Kopf auf dem Kissen hin und her. Der Doktor stockt, als er den Sarg neben dem Bett bemerkt, und wirft mir einen vorwurfsvollen Blick zu. »Ich hatte gehofft, dies Ding nicht mehr hier vorzufinden.«

»Ich konnte kaum erwarten, daß Sie kommen«, fällt ihm Ouma ins Wort. »Heute will ich in die Kiste. Ich brauche ein bißchen Ruhe.«

»Also, Mrs. Basson, hören Sie ...«

»Sie haben den Eid des Hippokrates geschworen«, erinnert ihn Ouma.

»Was hat das damit zu tun?«

»Wenn Sie sich weigern, es mir behaglich zu machen, sterbe ich«, sagt sie. »Das haben dann Sie auf dem Gewissen. Und ich werde bei Ihnen spuken, damit Sie das nie vergessen. Außerdem werde ich dafür sorgen, daß alle Leute über Sie und Ihre Sprechstundenhilfe Bescheid wissen.«

Er starrt sie mit offenem Mund an, während sich tiefes Passionsblumenrot über sein Gesicht ergießt. Sie beobachtet es mit boshafter Freude.

»Lassen Sie sehen, wie es mit Ihren Wunden steht«, sagt er und macht sich am Fuß des Bettes mit seiner Arzttasche zu schaffen. Wie gestern ziehe ich mich ans Fenster zurück, gequält von dem unterdrückten Stöhnen, das ihr entfährt, als die beiden beginnen, die Verbände zu lösen.

Als sie endlich fertig sind, tritt der Doktor zu mir ans Fenster.

»Ihr Zustand hat sich verschlechtert«, sagt er mit gesenkter Stimme. »Ich muß Sie wirklich ersuchen, sie ins Krankenhaus zurückzulassen.«

»Wozu?« fragt Ouma Kristina; offenbar lauscht sie gespannt auf jedes Wort. »Ich habe Ihnen schon so oft erklärt: Ich sterbe so oder so. Warum wollen Sie mir nicht zugestehen, daß es mit einem kleinen bißchen Würde geschieht?«

»Da sehen Sie selbst«, sage ich. »Sie rührt sich nicht von hier weg.«

Und so hilft er uns, Mißbilligung in jeder Geste: Erst hieven wir zusammen den Sarg, der nun gereinigt und desinfiziert ist, auf zwei Stühle am Bett, um den Platzwechsel so sacht wie möglich zu gestalten, dann legen wir sie vorsichtig hinein.

»So ist es viel besser«, sagt sie genau wie ich vor Jahren, als sie mich mit meinem ersten Büstenhalter ausstattete. Und trotz aller Zweifel, die auch ich seit gestern habe, sehe ich jetzt befriedigt, wie gelassen-heiter sie im Sarg liegt – nicht weil es ihren nahen Tod bestätigt, sondern weil es sie ihrer, unserer, weitgestreckten Vergangenheit zurückgibt.

Der Doktor nimmt sich nicht die Mühe, ihr auf Wiedersehen zu sagen, als er sich mit der Schwester in den Korridor zurückzieht, offenbar, um strenge Anweisungen zu erteilen.

»Du bist sehr unartig«, halte ich Ouma Kristina sanft vor. »Was weißt du überhaupt von ihm und seiner Sprechstundenhilfe?«

»Gar nichts«, sagt sie lächelnd. »Haben nicht alle Ärzte Affären mit ihren Empfangsdamen?«

Bevor ich meiner Entrüstung Luft machen kann, kehrt die Schwester zurück, und ich laufe hinaus, dem Doktor hinterher, um ihn in den Keller zu lotsen. Nur sehr widerwillig fügt er sich. Offensichtlich wird dies Haus für den armen Mann zur Schreckenskammer. Gott sei Dank wirkt Jacob Bonthuys nach den Strapazen der vergangenen Nacht unverändert; der Arm hat wieder ein wenig geblutet, aber trotz der Schmerzen scheint es nicht gefährlich.

Als wir die Treppe wieder hinaufsteigen, hält der Doktor kurz inne und schaut mich an. »Miss Müller, ich baue darauf, daß das, was Ihre Großmutter heute gesagt hat ...«

»Sie phantasiert«, sage ich rasch. »Vergessen Sie's.«

Er strahlt voll unerwarteter Dankbarkeit. »Ich hab gewußt, Sie würden das verstehen.«

Unter seinen Armen hat der Schweiß große Halbmonde gemalt. Als er weitergeht, bemerke ich, daß der Rücken seines blaugestreiften Hemdes ebenfalls einen dunklen Flecken aufweist. Ich will ihm folgen, entscheide mich dann aber anders.

»Entschuldigen Sie, Miss«, sagt unser Hausgast hinter mir im Gang.

»Ja, Mr. Bonthuys?«

»Ach, ich wollte Ihnen nur für all die Mühe mit dem Doktor und überhaupt danken.«

»Ich habe Ihnen zu danken«, sag ich. »Sie haben mich wirklich heute nacht vor einer Masse Unannehmlichkeiten bewahrt. Wenn Sie nicht hiergewesen wären ...«

»Dieser Mann ...« Er schnalzt mit der Zunge. »Warum verursachen manche Leute soviel Scherereien?«

»Er hat Angst«, sage ich.

»Aber warum müssen wir nun alle den Preis dafür bezahlen?«

»Nach den Wahlen wird er kriegen, was er verdient«, versichere ich ihm grimmig.

Bonthuys schüttelt den Kopf. »Davon wird es auch nicht besser, Miss. Wir können uns nicht immer weiter die ganze Zeit gegenseitig was heimzahlen, die ganze Zeit. Es hat schon viel zuviel Schlechtigkeit gegeben.«

Ich bemerke das Buch, das er ehrfurchtsvoll an die Brust preßt, und frage: »Wie kommen Sie mit Langenhoven voran?«

Er strahlt. »Es ist wundervoll, Miss. Er läßt einen auf gar keine anderen Gedanken kommen. Bloß der Druck ist sehr klein. Aber ich habe heut nacht eine Menge gelesen. Nachdem die Sache passiert war, konnte ich nicht mehr schlafen.«

»Hier unten muß einem der Tag lang werden«, bedaure ich ihn.

»Wie lange werde ich noch hierbleiben?«

»Solange Sie es nötig haben. Solange Sie wollen.«

»Ich muß zurück. Aber ich möchte Mr. Joubert keinen Ärger bringen.«

»Es wird keinen Ärger mehr geben. Ich hab Ihnen erzählt, daß sie die Brandstifter erwischt haben.«

»Ja, aber viele weiße Leute können ihn nicht leiden. Sie machen ihm das Leben schwer, sie sagen, er kümmert sich um Habenichtse wie uns. Und jetzt hat er all diesen Squatters erlaubt, auf seinem Land zu wohnen. Sie wissen, den Leuten, die von den Farmen weggeschickt wurden, als dort das Geld knapp wurde. Manche Familien haben seit Generationen da gelebt. Nun wußten sie nicht wohin. Die weißen Farmer haben Wut, aber was sollen die Leute machen? Und Abel Joubert ist der einzige, der sich um sie kümmert.«

»Was ist mit Ihren Angehörigen?« erkundige ich mich. »Möchten Sie nicht, daß ich ihnen eine Nachricht schicke?«

»Meine Frau ist tot.« Einen Augenblick lang verschließt er sich. »Im Juni werden es zwei Jahre. Und meine Kinder leben nicht mehr auf der Farm.«

»Wie viele haben Sie?«

»Zwei Söhne und eine Tochter. Sie ist ein gutes Mädchen, aber jetzt ist sie verheiratet. Die Jungen ...« Er schüttelt den Kopf. »Seit ihre Mutter gestorben ist, sind sie nicht mehr zu zähmen. Jetzt sind sie fort, der eine nach Kapstadt, der andere ...« Er wendet sich halb ab, rafft sich dann auf, mir ins Gesicht zu sehen. »Er sitzt in Johannisburg im Gefängnis, Miss. So haben sich die Dinge für mich zum Schlimmen gewendet.«

Da dies das erste Mal ist, daß er über sich redet, verlangt es mich, mehr aus ihm herauszuholen.

»Was machen Sie auf Abel Jouberts Farm?«

»Ich bin sein Vorarbeiter, Miss. Da sind hauptsächlich die Strauße. Und ein Teil der Farm wird berieselt, da sind Weingärten. Er macht guten Wein. Aber ich, ich kümmere mich mehr um die Vögel.«

»Und wie lange sind Sie schon bei ihm?«

»Wie kann Miss mich so was fragen? Mein ganzes Leben. Ich bin dort geboren. Genau wie mein Vater, der wäre dies Jahr neunundachtzig geworden, wenn er noch leben würde. Und meine Mutter ist auch dort geboren. Seit meinem Großpapa leben wir auf der Farm mit den Jouberts zusammen, die ganze Zeit. Mein Großvater war zuerst Fischer unten in Velddrif. Aber dann lief es bei ihm schlecht, also kam er hier rauf. Ja, Miss. Und Mr. Jouberts Großvater gab ihm Arbeit. Ich bin Weihnachten immer nach Velddrif gegangen, es leben dort noch welche von der Familie. Die Bonthuys sind vor langer Zeit hier an die Ostküste gekommen. Aber nun, wo ich allein bin, bleibe ich lieber zu Hause. Nachts gucke ich die Sterne an und denke an meinen Großpa.«

»Kannte der sich mit den Sternen aus?«

»Sie waren wie seine Freunde, Miss. Sie waren gut zu ihm. Als ich klein war, hat er mir immer von ihnen erzählt, wie sie ihm auf See den Weg gezeigt haben, wenn er zum Fischen draußen war. Er hat mir all ihre Namen gesagt und wo man sie findet. Das Kreuz des Südens. Der Große Jäger mit seinem Bogen. Die sieben Schwestern. Den Pflug. Den Morgenstern. Und er hat mir all die Geschichten über sie und über die alten Tage erzählt. Das waren gute Zeiten, Miss.« Wieder das scheue, zahnlückige Lächeln. »Nachdem ich Langenhovens ›Loeloeraai‹ gelesen habe und die andern Sachen, die er über die Sterne geschrieben hat, verstehe ich's allmählich ein bißchen besser. Alles fällt, fällt die ganze Zeit. Es ist ein mächtiges Geheimnis, Miss. Später, als ich dann groß war, hab ich oft mit Abel Joubert drüber geredet. Er hat mir alle möglichen neuen Geschichten erzählt, von den Weißen Zwergen und den Schwarzen Löchern und so. Die gab es noch nicht zur Zeit von meinem Großpa. Versteht Miss was davon?«

»Nicht sehr viel«, bekenne ich. »Soweit ich im Bilde bin, sind die Schwarzen Löcher sehr alte Sterne, die die ganze Zeit immer schwerer und schwerer werden und außerdem immer kleiner, so daß sie am Ende in sich selbst zusammenfallen. Nun können Sie sie nicht mehr sehen.«

»Und gerade das kann ich so schwer begreifen, Miss. Wenn man sie nicht sehen kann, woher weiß man dann, daß sie da sind?«

»Ich habe in einem Buch gelesen, das ist wie ein Mann in schwarzem Anzug, der im Dunkeln mit einem Mädchen in weißem Kleid tanzt. Man sieht bloß das Mädchen, aber aus der Art, wie sie tanzt, merken Sie, daß der Mann dasein muß.«

Er kichert. »Und Abel Joubert sagt, dies Schwarze Loch schluckt alles, was in die Nähe kommt. Also gibt's irgendwo eine Grenze, und wenn man an der vorbeikommt, geht's klar. Ist das richtig?«

»Ich denke ja. Da ist der Rand des Schwarzen Loches, er wird wohl der Ereignishorizont genannt. Sind Sie da erst mal durch, holt Sie nichts wieder raus, nicht mal Licht.« Ich stocke, ein wenig schamrot. »Ich liefere Ihnen, glaub ich, eine sehr verstümmelte Version, Mr. Bonthuys. Ich will versuchen, ein Buch zu finden und wieder drüber nachzulesen.«

»Dann können Sie's mir auch erzählen«, sagt er. Seine Augen funkeln. »Inzwischen werd ich aufpassen, daß ich diesen Löchern nicht zu nahe komme. Und Miss muß auch lieber Obacht geben, daß sie nicht mit einem schwarzen Mann tanzt.«

Unter dem Scherz an der Oberfläche lauert ein altmodischer Wahrsager. Steckt in ihm wie in Trui eine Spur Rassismus? Ich verspüre Unbehagen. Gleichzeitig fesselt mich dieser Mann mit seinen vielen Widersprüchen. So viel möchte ich ihn noch fragen, aber vielleicht findet er mich aufdringlich neugierig. »Ich muß jetzt fort«, verkünde ich.

»Miss ist sehr gut zu mir.« Er neigt den Kopf in einer steifen kleinen Verbeugung.

»Ihr Großvater wäre stolz auf Sie«, sage ich und hoffe dabei, er findet das nicht gönnerhaft. »Und *mir* tut's gut, mit Ihnen zu reden.«

Wie seltsam, denke ich, während ich die Stufen langsam wieder hinaufsteige, zurück ins Helle: Zu Beginn, in der ersten Nacht, da ich ihn entdeckte, begriff ich, daß ich, falls er stürbe, von seinem Tod betroffen würde. Nun ist es sein Leben, das mich angeht.

## 3

Wir sitzen im Bakkie, Anna und ich, auf dem Weg in die Stadt. Hinten sitzen die beiden kleinen Mädchen, ihr Haar fliegt im Wind. Die Jungen haben wir daheim gelassen. Casper ist schon mit seinen Männern in der Stadt, um den ANC zu empfangen. Mich verdrießt, daß er den Vortritt erhalten hat, aber ich weiß, von der politischen Situation her gesehen, hat es Sinn. Anna sieht sehr fesch aus in einem Kleid, das sie viel schlanker, geradezu elegant macht; ihr Make-up ist makellos. Aber sie trägt eine Brille mit dunkeln Gläsern. Als wir das Haus verließen, lag mir eine Frage auf der Zunge, aber sie machte eine hastige Kopfbewegung zu den Mädchen hin. Ich begriff sofort. Und schon ehe sie die Brille beim Einsteigen kurz abnahm, wußte ich, was sie mir nun zeigen würde, und fühlte Brechreiz.

Verständnislos, in dumpfem Zorn fragte ich: »Wie kannst du dir das gefallen lassen?«

Eine rasche Mundbewegung, eher ein nervöses Zucken als ein Lächeln.

»Entschuldige«, stammelte ich. »Aber wie – warum ...?«

»Nichts Ungewöhnliches«, sagte sie trocken und bitter. »Nur wieder einmal ein Streit – über seine außerhäuslichen Interessen.« Dann die unerwartete Wendung. »Wie es sich so ergab – du bist auch hineingezogen worden.«

»Ich?« Einen Augenblick lang überwältigt mich die Erinnerung an die letzte Nacht, vernunftwidrige Schuldgefühle. Aber ich ringe sie nieder.

»Aus heiterem Himmel«, sagt Anna. »Vermutlich, um von dem Thema wegzukommen: Stürzte sich in eine gemeine Attacke. Angeblich könntest du die Hände nicht von ihm lassen. Daß du vor Jahren sogar – verzeih, das hätte ich dir nicht erzählen sollen, mir wird übel davon.«

»Anna, du kannst nicht so weiterleben.«

»Aber die Kinder. Ich kann sie nicht im Stich lassen. Und die Jungen gibt er nie her. Auf eine Art sind sie verletzlicher als Lenie und Nannie. Ich will nicht, daß sie werden wie er, wenn sie groß sind.«

»Du mußt einen Anwalt aufsuchen.«

Sie schüttelt den Kopf.

Ich werfe einen Blick über die Schulter zurück auf die beiden Mädchen, die sich ihres Lebens freuen, lachen, die eine blond, die eine dunkelhaarig. Mein Magen krampft sich zusammen.

»Was kann ich tun?« frage ich verzweifelt.

»Ich fürchte, gar nichts. Außer – vielleicht solltest du nicht wieder auf die Farm kommen, nicht, wenn er da ist.«

»Ich würde ihm gern gegenübertreten.«

»Das läßt er dann nur an mir aus. Und an den Kindern.«

Ich hebe die Hände vom Schoß und lasse sie wieder zurücksinken, hilflos. »Verdammt!« murmele ich.

Plötzlich hat sich der Tag meiner Kontrolle entzogen, den Zügel gesprengt, rast in vollem Galopp halsbrecherisch dahin. Ich bin nicht mehr sicher, ob wir überhaupt in die Stadt fahren sollten, nicht so.

Spürt sie meine Qual? Plötzlich fragt sie: »Sollen wir lieber umkehren?«

Ein atavistisches Verantwortungsgefühl ergreift Besitz von

mir. Ich höre mich sagen: »Nein. Ich habe in der Stadt mit Lenie etwas vor.«

»Nämlich?« Ein fragendes Stirnrunzeln über den dunklen Gläsern.

»Sie weiß noch nichts davon. Du und Nannie, ihr könnt eine Weile allein durch die Läden bummeln. Laß mir Lenie, nur für eine halbe Stunde.«

»Wenn du willst.« Ihr Ton ist flach, lustlos, ohne Neugier.

Ich hatte Trui eben geholfen, die Wäsche zu sortieren, als die Schwester hereinkam und mich zum Telefon rief; darauf hatte ich den ganzen Morgen gewartet, doch als es soweit war, kam das Gespräch ungelegen. Ich brauchte das Gefühl der Freiheit, das mir der Duft dieses kleinen Raumes bot, die saubere Weiße der gestärkten Laken, die Wärme des Bügeleisens, sein leises Zischen, wenn Trui es mit einem Finger prüfte; eine Bestätigung, tröstlicher, als ich erwartet hätte; Wiedererlangen eines Raums in mir selber, den ich verloren geglaubt hatte. Und gestützt von dieser neuen Zufriedenheit war ich begierig zu reden. Wir tasteten uns den Weg dorthin zurück, wo wir beim letztenmal abgebrochen hatten.

»Weiß es Jeremiah?« fragte ich sie, als wir auseinandertraten, um gemeinsam ein neugebügeltes Bettuch zu falten. »Das, worüber wir uns am Samstag unterhalten haben?«

»Ich hab es ihm vor Jahren, als wir heirateten, erzählt«, sagte sie ruhig. »Anders konnte ich nicht in die Ehe gehen. Er hat nichts gesagt. Wir haben nie wieder darüber geredet.« Plötzlich erhob sie die Stimme. »Jeremiah ist ein guter Mann.«

»Ich weiß. Ihr verdient einander.« Ich nahm das Hindernis. »Aber ihr beide habt ein besseres Leben verdient.«

»Wir sind alt. Es ist jetzt zu spät, um etwas zu ändern.«

»Jonnie ist jung.«

»Das Leben ist nie leicht, Kristien.« Sie hatte sich einen Ruck gegeben und mich beim Namen genannt; ich zeigte ihr, daß ich es bemerkt hatte; sie quittierte das. »Für keinen. Also muß Jonnie auch lernen.«

»Aber wenn wir ihm die Dinge leichter machen können?«

»Sag mir bloß, wie.« Sie preßte das zum Rechteck kleingefaltete Laken gegen die hängende Brust. »Und sag mir nicht, es geht jetzt, weil bald in Pretoria oder Kapstadt oder sonstwo eine neue Regierung sitzt. Unser Leben ist hier. Jonnie ist hier. Wir alle sind hier.«

»Ich will etwas mit Ouma regeln.«

»Du willst mein Leben in deine Hände nehmen«, sagte sie ruhig. »Hab ich dabei nicht mitzureden?«

An diesem Punkt unterbrach uns die Schwester, und eine Minute später hatte ich Abel Jouberts Stimme im Ohr. Er sagte: »Wie geht's Ihnen heute?«

»Sind sie da? Sind sie bei Ihnen?« Ich war mir bewußt, daß die Schwester hinter ihrem Magazin lauschte.

»Ich spreche von Sams Büro aus. Ja, sie sind hier. Würden Sie gern an einem zeitigen Mittagessen teilnehmen? Gegen zwölf?«

»Natürlich. Wer ...« Ich zügelte mich. »Wie viele sind gekommen?«

»Fünf.«

Keine Namen. Es war freilich nicht nötig, aber es wäre gut gewesen, sie zu hören. Ich würde ihn nicht drängen und nicht mein Schicksal versuchen. Meine Hand war feucht, als ich den Hörer hinlegte. Ich brauchte eine Tasse Tee. In der Küche stellte ich den Kessel auf; Trui kam von der Wäschekammer herüber, was auf eine Art bedauerlich war, denn die Küche förderte Vertraulichkeit weniger. Als ich unsern Tee eingoß, kam Jonnie von draußen herein, so konnten wir unser Gespräch nicht wieder aufnehmen.

»Morgen«, murmelte er und blieb in der Tür stehen.

»Hallo, Jonnie. Einen Schluck Tee?«

»Nein. Ich suche Ma.« Keine offene Feindschaft mehr wie am ersten Tag, aber unverkennbar hielt er Distanz.

»Da haben Sie sie«, sagte ich und ergriff meine Tasse, um hinauszugehen, hielt dann noch einmal an und fügte hinzu: »Übrigens, ich treffe heute die Leute vom ANC. Ich sehe zu, ob ich irgendwas für Sie tun kann.«

Es gab mehr als genug zu tun, nicht nur im Haus, sondern auch draußen; irgendwann würde ich versuchen herauszufinden, was auf den Luzernefeldern, in den Straußengehegen geschah – nicht, um Jeremiah über die Schulter zu gucken, sondern um zu zeigen, daß ich mich dazugehörig fühlte. Doch nicht heute. Ich hielt es nicht mehr aus. Es war erst neun Uhr, aber in mir brannte Rastlosigkeit, noch angefacht durch die Weite und Stille der Farm. In einer plötzlichen Regung rief ich Anna an; ich war zu sehr mit meinen eigenen Gedanken beschäftigt, um rechtzeitig das Zögern in ihrer Stimme zu bemerken, ehe sie sagte: »In Ordnung, aber gib mir eine halbe Stunde, ich bin noch nicht angezogen.« Sie mußte übertrieben haben, oder aber sie war unglaublich schnell, denn als sie von der Nachbarfarm anlangte, sträubte sich nicht ein einziges Haar aus ihrer Frisur. Nur diese verräterische dunkle Brille. Und nun sind wir in der Stadt und biegen in die Hauptstraße ein mit ihren dürren Herbstbäumen, den alten Steinhäusern mit den aufs Geratewohl modernisierten Fassaden.

»Möchtest du mit mir kommen?« frage ich Lenie, als die beiden Mädchen von der Ladefläche herunterspringen.

Sie schaut mich mißtrauisch an. »Wozu?« Ihr Haar ist zerzaust. In ihren Shorts und dem T-Shirt schaut sie wie eine Range aus, aber die beginnende Weiblichkeit ihrer Bewegungen straft den Eindruck Lügen. Instinktiv – hat sie meinen Blick aufgefangen? – zieht sie die Schultern vor, krümmt den Rücken zu einem Buckel und wendet sich halb ab.

»Wir zwei machen zusammen einen kleinen Einkauf, du und ich. In einer Stunde treffen wir Nannie und deine Mutter dort drüben in dem Café. Recht so, Anna?«

Indem ich Annas fragendes, dunkeläugiges Starren geflissentlich übersehe, greife ich nach Lenies Hand. Sie streift die meine, zieht sich dann zurück. Aber sie tritt zu mir, und wir wandern um die Ecke, auf Shapiros Laden zu.

»Wohin gehen wir?« fragt sie.

»Wie alt bist du, Lenie?«

»Im November werd ich dreizehn.«

»Als ich so alt war wie du, hat mich Ouma Kristina hierher gefahren, um mir meinen ersten BH zu kaufen. Keiner sonst hat mir geglaubt, daß ich ihn brauchte, aber sie hat's begriffen.«

Lenie läuft dunkelrot an. Aber ich sehe ihre Augen leuchten. Ich entdecke, daß sie ein recht hübsches Kind ist.

»Hättest du gern einen?«

Sie nickt heftig, murmelt dann tief verlegen: »Aber Mamie sagt, das ist Blödsinn.«

»Genau wie damals meine Mutter. Aber Ouma Kristina hat immer gewußt, was man brauchte und wann.«

Im düsteren Laden umringen uns ein paar eifrige, uralte Weiblein. Ich erkläre unsere Bedürfnisse. Sehr ernsthaft nicken sie und hüpfen herum wie *bobtails* auf dem Rasen, und in zehn Minuten liegt ein ganzer Stapel zur Auswahl vor uns, die meisten Exemplare im Hinblick auf Lenies bescheidenen Bedarf von grotesker Übergröße. Aber ich raffe den ganzen Stapel vom Ladentisch und begleite sie nach hinten zu den Probierkabinen. Wohlweislich lasse ich sie allein eintreten.

»Ich warte draußen«, sage ich, während ich den Blumenvorhang hinter ihr zuziehe. Ein dankbarer Blick und zum erstenmal die Spur eines Lächelns. Am Rascheln verfolge ich, wie sie sich unter der nackten Kugellampe über unsern Köpfen auszieht. Endlich späht sie mit roten Backen um den Vorhang herum.

»Bitte, du mußt mir helfen, wenn es dir nichts ausmacht.«

Sie hat den größten BH um den Brustkorb drapiert, in zwei faltigen Beuteln hängt er von ihren zarten, spitzen Schultern herab und sitzt an ihrer Brust wie Scheuklappen am Pferdekopf. Ich wahre die ernste Miene, heiße sie sich umdrehen, ordne, soweit möglich, die Träger über den kleinen knochigen Flügeln der Schulterblätter. Dann verlasse ich sie einen Augenblick, um einen Handspiegel zu holen, und wir beide studieren sehr gewissenhaft die Reflexion ihres Torsos.

»Ich glaube«, sagt sie nach einer Weile, »der hier sitzt nicht ganz so gut.«

»Vielleicht hast du recht. Laß uns den nächsten probieren.«

Sie nimmt den ersten ab, und ich reiche ihr den zweiten; unsere Hände berühren sich bei dem Tausch; sie lächelt mit einer unbefangenen Offenheit, die mich scharf wie ein Messer durchbohrt. Es ist ein bemerkenswerter Moment: Nicht, weil er so haargenau wiederholt, was sich Jahre zuvor abgespielt hat, sondern weil er soviel Erfahrung einfängt. Ich betrachte mich jetzt selbst mit Oumas Augen, und dies fröhliche, geschäftige Kind – jede ihrer Bewegungen verkörpert unbeholfene Anmut – nimmt meinen Platz von ehedem ein. Doch das alles ist es nicht – nicht einmal die lange Reihe der anderen, die ich hinter uns beiden entdecke: ein Mädchen, das in diesem Alter den Händen eines wilden, frauenschändenden Farmers ausgeliefert wurde; eine Kindfrau mit unmöglich langem Haar, die mit einer Lappenpuppe spielte; ein Kind, das am Strand zwischen seinen Sandburgen hockte und einem Schiff nachschaute, das mit vollen Segeln vorüberglitt; eine Heranwachsende, die Spielchen mit einem Gärtner spielte und durch ihre unbedachte Verstrickung eine Lawine von Schrecknissen, Vergewaltigung, Kerkerhaft in einem dunklen Keller und Tod auslöste; eine junge Frau, die zwischen Sträuchern und Bäumen tanzte wie ein mondsüchtiger Nachtvogel. Es ist keine gerade Linie, es ist viel komplizierter und fließender. Ich finde das Kind wieder, das ich verlor. Ich erfahre mein Ich, meine vielen Ichs, indem ich wie durch das Facettenauge einer Fliege uns beide sehe, miteinander verstrickt, ineinander verwickelt, verflochten, das Mädchen ewig auf der Schwelle zum Frauentum, gemustert von den Älteren, Unschuld und Erfahrung, Glaube und Wissen. In der Reihe kleiner Gebärden und Handlungen, die uns verbinden, im Bedecken und Entblößen ihrer Brüste, die noch keine sind, sammeln sich Vergangenheit und Zukunft.

So viel steht auf dem Spiel; während es an der Oberfläche trivial, belustigend, bedeutungslos scheint, wie wir uns entschlossen und ohne Hast durch die ganze Kollektion von BHs durcharbeiten, bis wir uns schließlich auf einen einigen – den, der mir von Anfang an als der einzig mögliche erschien.

»Zu Anfang kannst du ihn mit Taschentüchern oder Zellstoff ausfüllen«, schlage ich vor. »Ich zeig dir das.« So vieles, begreife ich mit einem Schmerz unerklärlichen Mangels, würde ich diesem Kind so gern zeigen. Und ganz unverantwortlich sage ich: »Wenn ich wieder in London bin, mußt du kommen und mich besuchen. Willst du?«

»Meinst du das wirklich, Tante Kristien?«

»Nenn mich nicht Tante, dann fühl ich mich alt.«

»Aber Mamie wird's nicht mögen, wenn ich nur Kristien sage.«

»Dann nenn mich eben Tante, wenn sie dabei ist.«

Ich verlasse mit ihr die Kabine, schmerzlich der Zeit und der Süße ihrer Illusionen bewußt – der fast berührbaren Beschaffenheit der Zeit, wie Wasser verschüttet, unwiederbringlich verloren. Wir suchen noch ein Kleid und Sandalen aus und für Nannie ein T-Shirt. Nebenbei erkundige ich mich nach der Menstruation, und Lenie schluckt und nickt eifrig, und obwohl ich ahne, daß es sich mehr um Wunschdenken handelt als um Realität, rüsten wir sie auch mit ein paar kleinen Binden aus. Hand in Hand wandern wir einen langen Umweg zurück, so daß ich eine Stegreifrede über das halten kann, was Ouma einst mir erzählt hat, nicht über Scham und Hygiene und den Fluch des Weibtums, sondern über Entdeckung und Spaß und die Natur der Natur.

Die Exkursion hat mir die Flucht aus dem Druck der Erwartung ermöglicht, doch nun überschwemmt diese mich wieder unversehens wie eine Woge. In einem plötzlichen Einfall nehme ich Lenie mit zu Sam Ndzutas Büro. Das Wartezimmer ist voller Leute, schwarzer und weißer. Aber die Sekretärin erkennt mich und tritt heran, sie blickt nervös. »Leider überziehen wir«, sagt sie. »Sie haben eine Stunde später als vorgesehen angefangen. Ob Sie wohl um eins wiederkommen könnten?«

Das ist ein Schlag. Nimmt der Morgen nie ein Ende? Als Lenie und ich zu dem Café zurückkehren, in dem wir uns mit den anderen verabredet haben, spüre ich eine Anwandlung von Panik. Aber ich zwinge sie nieder. Die kleine Mädchenhand liegt warm und klebrig in meiner. Um ihretwillen, auch Annas wegen muß ich dies durchstehen.

In der nächsten halben Stunde heuchele ich tiefes Interesse am Geschwätz der Kinder, während ich mich durch den Milchshake löffele, den ich in einem Augenblick vorgetäuschter Begeisterung bestellt habe. Annas Gesicht mir gegenüber ist unerforschlich, und sie bemüht sich kaum um das Gespräch. Ich suche durch die dunkle Brille hindurch in ihren Augen zu lesen, aber sie scheint beunruhigend fern. Später absolvieren wir mechanisch einen flüchtigen Schaufensterbummel. Anna begleitet mich auch zur Bibliothek; nach meiner letzten Unterhaltung mit Jacob Bonthuys lockt es mich, etwas über die Sterne zu lesen. Leider haben sie so gut wie nichts über Astronomie. Nicht ohne Bedenken wähle ich schließlich ein Buch von Stephen Hawking.

Die Kinder geraten aus dem Häuschen zwischen den Regalen; von Zeit zu Zeit blicke ich verstohlen auf meine Armbanduhr. Ein Viertel vor eins treten wir wieder in den grellen Sonnenschein. Die Mädchen hüpfen voraus, schwatzen unentwegt, ihre Pakete fest im Griff. Anna und ich folgen stumm. Keine von uns hat etwas zu sagen; die Enthüllung dieses Morgens liegt zu schwer auf uns.

»Ich muß Oumas Anwalt aufsuchen«, sage ich. »Komm doch mit, und mach einen Termin mit ihm aus.«

»Nein!« ruft sie in Panik und packt meinen Arm.

»Anna, früher oder später ...«

»Nicht jetzt. Bitte. Bitte, sprich nicht mehr drüber. Ohnehin ist es Zeit für die Heimfahrt. Ich muß das Essen machen.« Sie weicht meinem anklagenden Blick aus, wieder zuckt ihr Mund nervös. »Ich versprech dir, ich bin ganz vernünftig. Denkst du, du kommst bestimmt allein wieder nach Hause?«

»Natürlich. Da sind genug Leute. Ich krieg schon einen rum, daß er mich mitnimmt.«

Und dann gehen sie. Sie abfahren zu sehen bedeutet sowohl Erleichterung wie auch Schmerz. Die Mädchen winken eifrig von der Ladefläche.

Oumas Anwalt ist ein tatteriger, freundlicher alter Mann. Ich erkläre ihr dringendes Bedürfnis, ihn zu sprechen. Er wird am Nachmittag hinfahren, sagt er.

Nun ist es Zeit. Dies ist das Haus.

Als ich eintrete, strömt eben ein Männertrupp heraus, sie kündigen sich schon von weitem durch ihre lauten Stimmen an. Alle tragen Khaki, manche Shorts, ein paar haben Hüte auf. Casper und seine Bande. Ich erkenne ihn zu spät, um ihm aus dem Weg zu gehen. Er stockt, die anderen gehen weiter, einen Augenblick stehen wir einander allein gegenüber. Ich beobachte, wie sein Gesichtsausdruck sich verändert, doch nicht so, wie ich erwartet hätte: Er wirkt nicht aggressiv, sondern wachsam, dann einschmeichelnd, wie ein schuldbewußter Hund, der mit dem Schwanz wedelt.

»Und wie geht's diesen Morgen?« fragt er und versucht, mich zu küssen.

Ich weiche seitwärts aus. Ohne daß ich es will, und wohl wissend, daß dies das letzte ist, was ich tun sollte, zische ich ihn an: »Verdammtes Arschloch.« Und haste ins Gebäude.

Und nun ist die Außenwelt von mir abgestreift wie ein hüllendes Laken, und ich bleibe nackt zurück.

Diesmal sind keine anderen Leute im Wartezimmer. Offenbar hat Sam Ndzuta seiner Sekretärin Instruktionen erteilt. Sie begrüßt mich mit lebhaftem Lächeln, klopft an die Tür. Eine Stimme antwortet. Sie tritt ein, kommt dann wieder heraus und tritt zur Seite, um mich vorbeizulassen. Nicht zu fassen, daß Sandile da drin soll. Doch es stellt sich heraus, er ist es nicht.

## 4

Eine Weile kann ich sie nur anstarren, einen nach dem andern, will mit Gewalt in den mir zugewandten fremden Gesichtern Sandiles Züge entdecken. Meine Lippen formen die Frage: »Wo …?« Aber ich spreche sie nicht aus. Vielleicht ist er für eine Minute nach draußen gegangen. Er wird zurückkommen. Dann legt mir Sam eine schwere Hand auf die Schulter und führt mich zu ihnen; ich höre seine Stimme, wie er munter die Vorstellung fortsetzt, aber betäubt, die Szene hat etwas Unwirkliches, ich fühle mich sehr fern von ihnen. Da ist eine große Frau in mittleren Jahren, sorgfältig angezogen, Nomaza Debe. Ein Mann in makellosem Anzug und gestreiftem Hemd, um die Vierzig, Vusi Mabena. Und ein stattlicher alter Mann, dessen weißes Haar sich scharf von seiner glänzend schwarzen Haut abhebt, Thando Kumalo, ein legendärer Name aus den Exiljahren. Ich entsinne mich, ihm ein paarmal begegnet zu sein, einem der großen alten Männer, immer strahlend, die Augen erfüllt von Fernen und Räumen weit jenseits der Gegenwart; er wird sich meiner nicht erinnern, ich war nur eine von vielen.

Aber ich irre mich. Er zieht mich an sich, umarmt mich. Und die Benommenheit beginnt sich zu lösen. »Mein Kind«, sagt er zufrieden. »Wie lange ist das her.« Sanft tätschelt er mir die Wange. »Ich bin so traurig über diese schreckliche Sache, die deiner Familie zugestoßen ist.«

Ich spüre den kindischen Drang, mich in seine Umarmung zu schmiegen, getröstet von seiner Körperfülle, der Rundung seines Bauchs, den tiefen, rollenden Tönen seiner Stimme, mich durch seine väterliche Nähe beruhigen zu lassen. Aber das ist nicht die passende Gelegenheit, ich mag mich nicht vor Fremden bloßstellen. Ich muß einen Schein von Fassung wiedererlangen.

Sam übernimmt wieder die Leitung. Und plötzlich finden die Fragen Antwort: Die Gruppe mußte sich aufteilen, um ein paar noch vom Vormittag her unerledigte Angelegenheiten zu regeln. Mongane Yaya und Sandile sind bei einem Treffen in der Township. Wir übrigen fahren zum Lunch in ein Gästehaus am Stadtrand; die beiden anderen werden vielleicht dort später zu uns stoßen. Ich weiß nicht, ob ich vor Erleichterung in Tränen ausbrechen oder lachen soll. Gleichzeitig bin ich über Sandile wütend: Warum zum Teufel hat er nicht einen anderen zur Versammlung geschickt? Wie konnte er mir das antun? Aber natürlich, er hat es ja nicht gewußt, er hat mich hier nicht erwartet. Ich muß mich zusammenreißen. Ich muß geduldig sein. Nachdem ich fünf Jahre lang gewartet habe, kann ich auch noch eine Stunde überstehen.

Ich hole tief Luft, aber ich spüre, wie die Spannung hinter meinen Augen pocht. Das Gefühl von Distanz kehrt langsam zurück. Ich folge den anderen, als sie die Treppe hinabmarschieren. Alles, was geschieht, ist durch einen Schleier gefiltert, in die Ferne gerückt durch ein Teleskop.

Auf dem Pflaster draußen verkauft eine Alte in Fetzen und Lumpen, die Beine wie zwei Besenstiele von sich gestreckt, zerdrückte Trauben, schwarz gewordene Bananen, Äpfel, welkende Karotten und Bohnen und Salat.

In einem Aufwogen demonstrativen Wohlwollens beugt sich Vusi Mabena über sie und fragt: »Wie geht's, Mutter?«

Sie starrt geistesabwesend zu ihm auf mit stargetrübtem Blick; ein Dunst von vergälltem Spiritus zieht über uns hin.

»Was denkst du über die Wahlen?« fragt er weiter. »Ich sage dir, das ganze Land wird sich verändern.«

»Ich werde immer noch Mühe haben, mein Gemüse zu verkaufen«, sagt sie.

Der alte Thando Kumalo holt ein paar Münzen aus der Tasche und kauft ein Büschel Bananen, einen Plastikbeutel voll Äpfel, einen jämmerlichen Salatkopf. »Stimmt so, Sisi«, weist er das Wechselgeld zurück. Verwundert, kopfschüttelnd starrt sie ihm nach, denkt offensichtlich: Der Kerl hat sie nicht alle.

Hinter dem Gebäude, wo Sams Wagen wartet, schenkt Thando seinen Einkauf einem Jungen, der unter den Pfefferbäumen bettelt. Ich steige ein, quetsche mich zwischen Thando und Vusi. Die Prachtfrau Nomaza sitzt vorn, ihr flaschengrüner Kopfputz versperrt die Sicht. Aber ich sehe ohnehin nicht viel. Unablässig denke ich: Sandile, Sandile …

Thando legt mir seine breite Hand aufs Knie. »Es ist so gut, dich zu sehen, Kristien. Wir alle wieder zusammen. Ich kann es beinah nicht glauben.«

»Ich bin noch nicht richtig wieder zurück«, wende ich ein

und fühle mich dabei unsäglich schuldbewußt. »Ich bin nur wegen meiner Großmutter heimgekommen.«

»All diese Gewalt. Und sie ist so überflüssig.« Er schüttelt den weißen Kopf. »Weißt du, ich habe heute morgen diese Kinder im Gefängnis besucht.«

»Dieses Land ist nicht für Menschen gemacht!« sage ich impulsiv, voll Zorn.

Thando hebt eine buschige weiße Braue. »Da irrst du – wenn du mir erlaubst. Es *ist* für Menschen gemacht. Es ist unser Land. Menschliche Wesen sind voll von Unrat und Jämmerlichkeit. Aber vergiß nicht, sie sind ebenso voller Mitgefühl und Hoffnung und Mut. Ich habe von beidem eine Masse gesehen, seit ich zurückgekommen bin. Du kannst das eine nicht ohne das andere haben.«

Ich weiß, ich muß dieses Gespräch von mir fortlenken. Und ich stelle ihm aufs Geratewohl die erstbeste Frage: »Thando, hast du, während du drüben warst, je dran geglaubt, daß du eines Tages wirklich wieder zurückkommen würdest?«

»Über so etwas darf man nicht nachdenken«, sagt er fast streng. Das habe ich nicht erwartet. »Wenn du das machst, gehst du kaputt. Also tust du einfach, was du tun mußt. Wenn du nämlich im Exil lebst, kämpfst du jeden Tag deines Lebens gegen das Mögliche wie gegen das Unmögliche.«

»Und nun, da es passiert ist?«

»Nein, es ist noch nicht passiert. Es passiert gerade erst. Der Anfang war böse für mich, als ich heimkam. Nach vierunddreißig Jahren Exil.« Für eine Weile bewölken sich seine Augen. »Vierunddreißig Jahre, weißt du?« Und dann taucht er ein in den Erinnerungsfluß. »Du weißt, ich bin in diesem großen alten Familienhaus in Natal aufgewachsen, auf einem grünen Hügel, der den Indischen Ozean überblickt. Ich erinnere mich so gut daran. Es war riesengroß.« Ein Lächeln. »Natürlich, damals war alles riesengroß. Meines Vaters schwarze Hähne reichten mir bis zur Taille. Nun, als ich zurückkam, war alles fort. Nicht bloß verändert. Fort. Zu nichts geworden.« Er schildert mir den Tag, an dem er zurückgekommen ist. Kein Ziegel, kein Stein übrig. Außer den Bäumen natürlich. Der alte Eukalyptus, den er selbst gepflanzt hat, war noch da. Der Oleander, der Flieder, der dunkle breit hingespreizte Baum, an dessen Namen sich Thando nicht mehr erinnern kann, einst riesig, nun klein und verkümmert. Doch das Haus war fort. Ein paar Baracken standen auf dem Land, Squatter waren eingezogen. Ein Fleck mit Mais, ein wuchernder Kürbis, magere Hühner, die im hohen Gras scharrten, ein Wurf Kätzchen. Er wendet mir seine tiefen, runden Augen zu. »Aber siehst du, ich habe meine Erinnerungen. So kann ich weiter. Und unser kleiner Familienfriedhof war noch da, ich suchte nach ihm. Es war ein windiger Tag. Im Gras schwirrten Insekten. Und über mir eine strahlende Sonne. Und ich besuchte all die Leute, die gestorben waren, während ich fort gewesen war. Meine Mutter. Meinen Vater. Meine beiden Brüder. Ein paar Vettern. Und die Alten auch, Generationen. Ein paar von ihnen vor langer Zeit von den *voortrekkers* umgebracht. In all diesen Hügeln wohnen nun Vorfahren, sie gehen nie fort. Und solange sie da sind, kann ich immer heimkommen. Einfach nur, um dazusitzen und über das Meer zu blicken. So weiß ich, ich gehöre hierher, es ist mein Zuhause.« Er tätschelt mir wieder das Knie. »Wir werden dafür sorgen, daß daraus was wird.« Und sanfter fügt er hinzu: »Mein Gott, wir müssen.«

Wir langen beim Gästehaus an, einem alten Herrenhaus, das frisch instand gesetzt ist, grün und weiß, mit üppig rankenden Rosen an Spalieren und einer Woge von Rasenflächen. Drin schließen sich uns eine Handvoll anderer Gäste an, die städtische Prominenz nebst Gattinnen: der Bürgermeister, der Polizeirichter, ein paar örtliche Parteiführer, alle berstend vor Wohlwollen, blitzende große Münder voller Zähne, echter und falscher. Die Frauen teuer angezogen, nicht einfach und effektvoll, sondern gewollt und protzig.

Es beginnt für mich mit einem Mißklang, als die Vorspeisen serviert werden, Räucherlachs, und Vusi Mabena eine graue Kastanie knackt. »Gut. Alle wahren Genüsse im Leben sind roh, nicht? Lachs, Austern, Macht.«

Wenn Sandile hiergewesen wäre, hätte ich es vielleicht als Scherz hingenommen, jetzt – vermutlich aus purem Groll – reagiere ich bösartig: »Also geht's mal wieder um die Macht?«

Schweigen senkt sich herab.

Dann wirft Nomaza mit einem leicht gezwungenen Lachen ein – sie zwinkert dabei in meine Richtung –: »Laß ihn nur, Kristien. Das ist nur das Todesröcheln eines Chauvis.«

»So nah ist er dem Tode nun ja wohl nicht«, gebe ich zurück, um Leichtigkeit bemüht, aber ich spüre die Spannung in mir; es fällt mir schwer, sie zu unterdrücken.

»Versteh mich nicht falsch«, sagt Vusi und strahlt mich mit einem Verführerlächeln an. »Ich bin der erste, der zugibt, daß die Frauen den gesamten Kampf Seite an Seite mit den Männern durchgestanden haben.«

»Aber jetzt ist das vorbei«, erinnert ihn Nomaza, »und da meinst du, du kannst uns wieder in die Küche schicken, nicht wahr?«

»Ich denke nicht, daß es für die Frauen gut ist, wenn sie in der Politik herumpfuschen«, sagt die Bürgermeistersgattin, die Sorte Frau, bei der man begreift, was Anmaßung bedeutet. »Wir können unsere gottgegebene Rolle nicht einfach ablegen, nicht wahr? Ich meine, sehen Sie doch bloß an, was mit Winnie Mandela passiert ist ...«

»Dies Land hat viele mutige Frauen gehabt, schwarze und weiße«, sagt Thando mit seiner tiefen Stimme. »Wir haben sie in der Vergangenheit gebraucht, und wir brauchen sie jetzt.«

»Hinter jedem Mann finden Sie eine Frau«, sagt die Bürgermeistersgattin, als habe sie das soeben selbst ausgedacht.

»Ist das nicht gerade das Problem?« frage ich unbekümmert. »Warum müssen wir immer hinter ihnen stehen?«

»Oh, aber wir haben die wahre Macht inne«, sagt die Richtersgattin. »Die Frau baut den Mann auf oder zerbricht ihn.«

»Und ist das das einzige Kriterium?« frage ich. »Sie messen sich danach, was Sie einem Mann antun können oder nicht?«

»Wir Frauen haben schon eine Menge erreicht«, wirft sie scharf zurück. »Ich denke speziell an die burischen Frauen.«

Ich ziehe die Brauen hoch.

Sie nimmt die Herausforderung auf. »Wir haben auf dem Großen Treck unmittelbar neben den Männern gestanden, oder etwa nicht? Den ganzen Weg lang, jeden Zoll. Und wenn sie drauf und dran waren aufzugeben, dann haben die Frauen sie aufgerichtet.« Jetzt ist sie in Fluß gekommen. »Und nicht wahr, sogar in unserm eigenen Land waren es Frauen, die bei der Bibelübersetzung Korrektur gelesen haben!«

»Und wer hat die Übersetzung besorgt?« frage ich.

»Wie dem auch sei«, sagt Vusi, »wir waren doch vorhin bei den großen politischen Fragen, bei der Demokratie und nicht bei reinen Frauenfragen.«

Flink, ruhig und wirkungsvoll gibt Nomaza zurück. »Wenn du den Frauen die Selbstachtung verweigerst, landest du bei einer verkrüppelten Demokratie.«

»Wie das?«

»So, wie das Modell der ganzen westlichen Demokratie auf der Kleinfamilie aufbaut.«

»Aber die Familienwerte sind doch nicht verkehrt, oder?« unterbricht die Bürgermeistersgattin.

Wie so oft bei solchen Unterhaltungen schwebt um all das ein Gefühl des *déjà vu*; aber das Feuer, mit dem Nomaza spricht, leiht den bekannten Argumenten neue Überzeugungskraft. »Sie haben einen Vater«, sagt sie, »der alle Autorität ausübt, und eine Mutter, von der erwartet wird, daß sie ihre Erfüllung darin findet, vermittels der anderen zu leben. Und die Kinder werden als beider Besitz behandelt. Woher also, meinen Sie, sollen die demokratischen Werte kommen, wenn der Ausgangspunkt Ungleichheit ist?«

»Ich bin nicht sicher, ob ich Sie verstehe«, sagt die Bürgermeistersfrau.

»Mach dir nichts draus, Schatz«, tröstet sie ihr Mann. »Ich erklär dir's später.«

»Ich denke, wir sollten auf die Frauen trinken«, greift

Thando diplomatisch ein. »Auf die früheren und die heutigen.« Er erhebt sein Glas Mineralwasser.

»Auf die Frauen«, sagt Nomaza. *»A luta continua.«*

Und dann glätten sich die Wogen eine Zeitlang. Was, wie immer, einen wohlerwogenen Themenwechsel verlangt.

(Wird Sandile sich verspäten? Kommt er überhaupt?)

»Sind Sie bislang mit Ihrer Visite zufrieden«, fragt der Richter, ohne jemanden speziell anzublicken.

Es ist wieder der glatte – der allzu glatte – Vusi, der eine Zusammenfassung der Diskussion am Vormittag liefert. Nach einer kurzen Sitzung mit dem Bürgermeister, dem Polizeirichter und dem Kommandeur der Bezirkspolizei sowie einem Besuch bei den Häftlingen haben sie eine Gruppe leitender Männer der schwarzen Bevölkerungsgruppe interviewt, dann folgte eine Diskussion mit Casper und einer handverlesenen Abordnung seines Trupps.

»Wir sind zutiefst bekümmert über dies Element in unserer Mitte«, sagt der Bürgermeister. »Ich persönlich habe die Apartheid immer für falsch gehalten.«

»Das ist sehr tröstlich«, sagt Vusi. Man kann schwer entscheiden, ob er das ernst meint oder das Stadthaupt auf die Schippe nimmt. »Erstaunlich, wie viele Leute das heutzutage sagen. Finden Sie nicht auch, Miss Müller?«

Unvorbereitet auf die Frage, platze ich heraus: »Tut mir leid, ich habe mehr Vertrauen zu einem Stockkonservativen, der offen verkündet, daß er die Schwarzen haßt, als zu all diesen weißen Männern, die plötzlich aller Welt weismachen wollen, sie seien von je gegen die Apartheid gewesen.«

Die Frauen durchbohren mich mit ihren giftigsten Blicken. Der Bürgermeister jedoch, zweifellos gewohnt, mit schwierigen Situationen zu Rande zu kommen, lächelt nachsichtig. »Wir begreifen, daß Sie als Verwandte von Casper Louw gezwungen sind, so zu sprechen.«

»Verwandt nur durch Heirat«, erinnere ich ihn. »Sicher bin ich dafür nicht verantwortlich.«

»In meiner Familie gibt es auch ein paar Hundertfünfzigprozentige«, kommt mir Thando zu Hilfe, er kichert. »Ich denke, das macht uns beide zu ganz typischen Südafrikanern.«

»Dieser Bezirk bildet gewiß keine Ausnahme«, sagt Nomaza. Der Siedepunkt ist überschritten. »Wir sind schon auf alle möglichen Überzeugungen gestoßen. Manche Leute leben in der Furcht vor dem Weltuntergang, andere packen einfach ruhig ihre tägliche Arbeit an, wieder andere beten, und einige haben ihren Glauben verloren.«

»Eins darf ich sagen«, erklärt Vusi, »ich bin wirklich sehr, sehr froh, daß das unglückliche Ereignis, das all das ausgelöst hat, nicht, wie viele Leute zuerst dachten, von demobilisierten ANC-Kämpfern, Leuten vom MK verursacht wurde. Das wäre für den ANC sehr schlecht gewesen.«

»Ich denke nicht, daß das überhaupt eine Rolle spielt«, sagt Thando schärfer, als ich ihn je habe sprechen hören. (Genauso, da bin ich sicher, hätte Sandile reagiert.) »Es gibt wahrhaftig wichtigere Dinge als politische Scherben. Auf die müssen wir als Politiker gefaßt sein und damit leben. Was mir zu schaffen macht, ist das menschliche Dasein. Die Leute müssen sich in ihren Häusern sicher fühlen, darauf kommt's an.«

»Die Leute müssen erst mal Häuser haben, um sich darin sicher fühlen zu können«, erwidert Nomaza. »Darauf kommt es an.«

Thando lächelt breit. »Die Frau hat gesprochen. Und sie hat recht.« Dann wird er wieder ernsthaft. »Der springende Punkt ist, daß es Grund zur Hoffnung geben müßte, für jeden. All das Leiden der vergangenen Jahre, der Jahrzehnte, mein Gott, Jahrhunderte sollte nicht umsonst gewesen sein. Ich hatte einen sehr guten, tapferen Freund, er starb, bevor er heimkommen konnte: Er starb nach fünfzehn Jahren an den Folgen der Folterungen, die er durchmachen mußte, bevor er flüchten konnte. Und ehe er starb, sagte er etwas, das ich nie vergessen werde. Er sagte: ›Das einzige, was mich das Leiden gelehrt hat, ist, wie sinnlos Leiden ist.‹ Aber das ist nicht wahr. Ich sage euch, es ist nicht wahr. Wir können dafür sorgen, daß das Leiden einen Sinn erhält. Es liegt bei uns. Und wenn es irgend etwas gibt, das wir uns mittlerweile verdient haben, dann, denke ich, ist es das Recht zu hoffen.«

»Hoffen worauf?« fragt der Polizeirichter, den es offensichtlich nach mehr greifbaren Fakten verlangt.

»Darauf, daß wir alle die schlichte Wahrheit entdecken: Wir sitzen alle im selben Boot«, sagt Thando. »Daß wir von nun an, selbst wenn uns noch Kämpfe und Leiden bevorstehen, gemeinsam kämpfen und leiden.«

Das Gespräch wirbelt weiter an mir vorüber; ich höre nicht länger hin. Deswegen bin ich wahrhaftig nicht hergekommen. Aber vielleicht geschieht dir gerade recht, flüstert mir mein Rest von calvinistischem Gewissen zu. Deine Erwartungen waren zu eigensüchtig.

Das Essen nähert sich dem Ende. Mein Kopfschmerz ist zur Migräne geworden. Ich ergebe mich in die Tatsache, daß Sandile nicht mehr kommen wird; es ist zu spät.

Als wir uns durch die Glastür nach draußen begeben, taucht ein älterer Mann aus der Bar auf. Er trippelt in behutsamen, sehr kleinen Schritten und sucht sorgfältig zu vertuschen, daß er kräftig angesäuselt ist. Im Gehen setzt er sich mit ziemlicher Mühe den Hut auf; aber verkehrt herum.

Der Barmann hinter der Theke verzieht keine Miene, er ruft: »Oom Lammie, Mann, bei deinem Hut ist hinten vorn!«

Der Alte stockt, torkelt, schaut sich zu ihm um und erwidert mit vernichtender Würde: »Woher zum Teufel willst du wissen, in welche Richtung ich gehe?« Und trippelt hinaus.

## 5

Und dann ist er da. Ein Wagen hält neben einem Blumenbeet – die grellen Gelb- und Orangetöne der Kap-Ringelblumen –, und zwei Männer kommen über den Rasen auf uns zu. Der eine ist mir fremd, ein adretter Mann mit entspannten Bewegungen, einer Narbe auf der Stirn und weiß umrandeten Brillengläsern. Das muß Mongane Yaya sein. Der andere ist Sandile. Schlanker, schmaler, als ich ihn in Erinnerung habe, und älter, erschreckend älter. Das Jackett hat er über eine Schulter gehängt und die Krawatte gelockert.

Auf halbem Weg über den Rasen stockt er. Wie bekannt mir das verblüffte kleine Stirnrunzeln zwischen seinen Augen doch vorkommt!

»Kristien!« ruft er aus.

Mein Gesicht ist erstarrt. Ich sage irgend etwas, als Sam mich Mongane vorstellt. Dann wendet er sich zu Sandile und meint: »Ihr beide kennt euch doch wohl?« Ich breche in unbezähmbares Gelächter aus. Er umarmt mich. Und alles, was zu sagen mir einfällt, ist: »Du nimmst immer noch das gleiche After-shave.«

Die nächsten zehn Minuten gleiten in wirrem Durcheinander vorbei. Wir einigen uns – soviel erfasse ich –, daß die Gruppe oder wenigstens ein paar davon am späten Nachmittag die Farm aufsuchen, Ouma besuchen wollen, falls sie kräftig genug ist, sie zu empfangen. Alles übrige verschwimmt. Nur Sandiles Gesicht ist mir bewußt – so viel älter, geprägt von einer Müdigkeit, die durch die äußerliche Lebhaftigkeit zu spüren ist, das Haar merkwürdigerweise mit Grau gesprenkelt.

Und dann fahren die anderen ab, und wir bleiben allein zurück. Anscheinend haben sie sich darauf geeinigt, daß Sandile mich heimfährt.

»Bist das wirklich du?« fragt er, als er sich auf dem Sitz neben mir niederläßt.

»Ich dachte schon, du kommst nie«, sage ich benommen. »Ich hab gewartet und gewartet.«

»Hast du gewußt, daß ich komme?«

»Ja. Aber ich hab ihnen gesagt, sie sollen es geheimhalten, als Überraschung. Nun haben wir zwei Stunden verloren.«

»Du hättest es mich wissen lassen sollen.«

»Ich tu immer das Verkehrte.«

»Sag das nicht.« Er legt seine Hand auf meine. Ein elektrischer Strom durchzuckt meinen Körper. »Ich hab nicht geahnt, daß du auch zurück bist«, sagt er.

»Bin ich auch nicht.« Ich versuche zu erklären, die Anstrengung hilft mir, mich zu fassen.

»Mir war nicht klar, daß die verletzte Frau deine Großmutter ist«, sagt er. »Wenn ich's gewußt hätte ...«

»Du brauchst dich nicht zu entschuldigen.« Als er den Zündschlüssel dreht, lehne ich den Kopf an seine Schulter. »Wieviel Zeit haben wir?«

»Nicht viel. Wir haben den ganzen Tag über Versammlungen und Beratungen. Aber vielleicht kannst du heut abend zu der Versammlung kommen? Im Rathaus, um acht. Und danach, vielleicht ...«

»Natürlich. Ich werde dasein.« Ich beginne, ihn aus der Stadt herauszudirigieren, auf die Straße zum Vogelpalast.

»All diese Jahre«, sagt er.

Plötzlich möchte ich ihn am liebsten schütteln. Mein Gott, wir haben so wenig Zeit; können wir nicht das Gerede durchbrechen, diese banalen kleinen Nichtigkeiten, das süße *Nichts, mein Lord*?

»Du bist älter geworden«, sage ich. Und gerade das wollte ich eigentlich nicht sagen. »Du siehst erschöpft aus.«

»Es war nicht leicht, wieder zurückzukehren.« Ein kurzes Lächeln; an den Linien erkenne ich augenblickslang das Gesicht wieder, das ich geliebt habe. »Aber es lohnt sich. Jeder Moment. Und nächste Woche ...«

»Laß uns jetzt nicht über Politik reden.«

»Du vergißt, daß mein Leben Politik ist.«

Der sanfte Verweis kränkt mich, aber natürlich hat er recht. »Auch dann«, sag ich, »mußt du auf dich aufpassen.« Ich versuche, einen heiteren Ton anzuschlagen – oder ist es ein schlauer Schritt, um ohne Umschweife auf das einzig Wichtige zu kommen? –, sage: »Ich werde Nozipho empfehlen müssen, daß sie dich fester an die Kandare nimmt.«

Ein Schatten zieht über sein Gesicht. »Sie ist nicht mehr mit mir zusammen, Kristien.«

Ich starre ihn an.

»Wir haben uns getrennt.«

»Aber warum? Wann? Ihr wart so ...«

»Siehst du, die Rückkehr hat ihren Preis.« Er blickt starr geradeaus. Ich kann seine Anspannung erkennen: seine Knöchel am Lenkrad.

»Aber ihr zwei wart so eng miteinander verbunden«, wende ich ein. »Ich dachte, nichts könnte je ...«

Es dauert eine Weile, bevor er weiterspricht. Er blickt mich nicht an dabei. »Man lebt im Exil, Jahre und Jahre. Was dich in Bewegung hält, ist dieses Land hier. Erinnerungen, Hoffnungen, Erwartungen. Und dann kommst du zurück, und nichts ist wirklich so, wie du dir das gedacht hast.«

»Aber du bist immer ein solcher Realist gewesen. Du hast immer alle gewarnt, ja nicht zuviel zu erwarten ...«

»Es sind die kleinen Dinge, die dich unvorbereitet treffen. Mit den großen Problemen kann man es aufnehmen.«

»Ich versteh das nicht.«

»Ich weiß nicht, ob ich es selber verstehe.« Er blickt mich an. »Vor allem einmal, Nozipho mußte, um zurückzukehren, ihren Job aufgeben. Einen sehr guten Job, in den sie sich eben eingelebt hatte. Sie versuchte ihr Bestes, es zu vertuschen, aber ich wußte, wie schwer es für sie war. So fingen all die Gefühle von Schuld und Groll an. Und dann die Kinder ...«

»Waren sie nicht froh heimzukommen?«

»Bedenke, für sie ist es kein Daheim. Sie waren gewohnt, in den Staaten zu leben, sie sind junge Amerikaner, hier haben sie keine Wurzeln.« Ein trockenes Lächeln. »Sie können nicht einmal Xhosa sprechen. Bald geriet alles außer Kontrolle. Eine Schule wählen. Wir ertrugen nicht die Vorstellung, sie den Schrecken einer schwarzen Erziehung auszusetzen. Aber eine piekfeine Privatschule schien ebenso unangebracht. Ich meine, wir gelten ja als Freiheitskämpfer. Und dann mußten wir ein Haus kaufen. Wo? In einer Township, bei den einfachen unterprivilegierten Leuten, mit denen ich zusammensein wollte, dazu war ich schließlich zurückgekommen – oder in einem weißen Vorort, wo Nozipho ein besseres Leben führen konnte und die Kinder sich zu Hause fühlen würden ...? Bevor wir uns versahen, hatten wir uns irreparabel weit auseinandergelebt. Und während ich beobachtete, wie es geschah, konnte ich nicht wirklich etwas tun, um uns zu retten: Es gab so viele andere dringende Dinge, denen ich mich widmen mußte, jede Stunde eines jeden Tages; so viele Leute, die Hilfe und Rat und Gott weiß was noch brauchten.«

»Ich glaube, ich kann das verstehen«, sage ich. »Selbst wenn ich es nicht gut finde.« Ich berühre seinen Ellenbogen. »Nach rechts einbiegen.«

»Und dies Tor?« ruft er aus. »Mein Gott, wohin bringst du mich?«

»Ist das nicht was?« Ich lache. »Als Kind hab ich immer gedacht, es wär das Tor zum Paradies.«

»Eher zur Hölle«, spottet er. »Laßt alle Hoffnung fahren ...«

Eine Schleiereule läßt sich auf der Motorhaube nieder und starrt uns unter gesenkten gelben Lidern unverwandt an.

Sandile tritt heftig auf die Bremse. »Was ist das?«

»Eins von den Haustieren meiner Großmutter.«

»Bei hellichtem Tage?«

»Man gewöhnt sich dran.«

Er schaut mich mißtrauisch an und fährt weiter, lenkt unter einen Baum und starrt in äußerstem Unglauben auf den halbverborgenen Palast, als könnte er es nicht fassen. »Du *lebst* hier?« fragt er.

»Möchtest du hereinkommen?«

»Tut mir leid, Kristien. Sie warten schon auf mich.« Der Motor läuft noch.

Ich kann es nicht glauben. Ich denke: Fünf Jahre lang habe ich ihn nicht gesehen. Ich schaue ihm in die Augen, versuche, einen gelassenen Ton zu wahren. »Deshalb hast du Nozipho verloren«, sage ich ruhig.

Er erwidert meinen Blick. Lange schweigt er, sagt endlich: »Ich habe den Preis bezahlt. Nun muß ich zusehn, daß er lohnt. Sonst wär alles umsonst gewesen. Das verstehst du, nicht wahr?«

Hat nicht genau das Thando vor einer Stunde gesagt?

»Ich denke, ja«, sage ich. »Aber ich weiß nicht, ob ich es

verstehen will.« Sein Gesicht ist so nah, daß sich unsere Nasen fast berühren. Für den Augenblick setzt alles Fühlen aus. Ich weiß, später wird es mir zusetzen. Im Augenblick bin ich fast erleichtert.

»Ich seh dich heut abend«, sagt er.

Ich schüttele langsam den Kopf. »Tut mir leid. Ich kann wirklich nicht. Ich muß nach Ouma sehen.«

»Du kannst doch sicher eine Pflegerin besorgen?«

»Nein. Sie rechnet auf mich. Wir haben eine Verabredung.«

Er geht um den Wagen herum, öffnet mir die Tür. Einen Augenblick stehen wir beisammen. Er drückt mich still an sich und küßt mich. Ich weiß, er weint, aber ich tue so, als ob ich es nicht merke.

Kurz danach fährt er davon. Die Eule hockt noch auf der Motorhaube, als wolle sie sich vergewissern, daß er nicht umkehrt.

## 6

Ouma liegt im Schlaf, ruhelos, den Mund geöffnet, sie stößt einen gurgelnden Laut aus. Nach wie vor ist es verwirrend, sie so im Sarg zu erblicken. Die Schwester schaut kurz auf, zuckt die Achseln, vertieft sich wieder in ihre Lektüre. Trui ist, so scheint es, heimgegangen. Ich habe das Haus für mich allein. Es ist wieder die Stunde der Idioten.

Ich muß nachdenken. Ich muß auch tätig sein. Ich darf jetzt nicht über Sandile grübeln. Da ist das, was von Oumas »Leben« übrig ist, es muß beseitigt werden; das sollte meine Hände beschäftigen, wenn schon nicht den Kopf. Erleichtert, weil ich etwas gefunden habe, das getan werden muß, gehe ich in das Geheimzimmer und raffe so viele Bündel zusammen, wie ich tragen kann. Ich schaffe sie in eine Lichtung hinter dem Friedhof, wo sie wohlverborgen sind vor der Sicht sowohl aus dem Palast als auch aus den Arbeiterhäusern. Ich werde sie alle zu einem großen Haufen türmen, sie dann mit Feuerholz von dem sauber gebauten Stapel hinter dem Haus bedecken und alles auf einmal anzünden. Von der weißgetünchten Friedhofsmauer aus hält der Pfau Wache; es muß wohl sein Lieblingsplatz sein, da dieser Todesvogel auf seinem Schweif den bösen Blick trägt. Vier-, fünf-, sechsmal trabe ich hin und her. Dann schichte ich das Holz auf. Ich zünde eine Zigarette an, will gerade das Feuer entzünden, werde aber gebremst durch ein gräßliches Kreischen, das der Pfau auf seinem Beobachtungsposten ausstößt.

»Halt den Schnabel!« schrei ich ihn an und komme mir sogleich blöd vor.

Zur Antwort fächert er seinen magischen Schweif auf und stolziert die Mauer entlang.

Während ich mich vorbeuge, um mich wieder meiner Pyrotechnik zuzuwenden, ertönt wie als Antwort auf den Pfauenschrei ein Schwirren, und als ich hochblicke, sehe ich, wie sich eine große, vielfarbige Wolke herabsenkt. Es sind die Vögel, viel mehr noch, als mir bisher vor Augen gekommen sind, sie bedecken den Himmel; dann tauchen sie nieder wie der Trichter eines Tornados, auf mich zu. Ich ducke mich, wie um mich zu schützen. Dies ist der pure Hitchcock. Aber dann stellt es sich heraus: An mir haben sie kein Interesse. Sie fegen unmittelbar, knappe Zentimeter, an mir vorbei und stürzen sich auf den Scheiterhaufen. Es sind so viele, daß es eine Weile dauert, bis ich begreife, was geschehen ist. Das gehackte Holz liegt rundum verstreut. Ein paar Fetzen der Papierbeutel bleiben zurück und bewegen sich im Sog der sich entfaltenden Vogelwoge; alles übrige ist verschwunden. Sie haben jeden Bausch und jeden Lappen aufgepickt, der da gelegen hat. Hoch oben, sehr hoch, schon in weiter Ferne und, wie es scheint, mit stetig wachsender Geschwindigkeit weiterziehend, verschwindet die riesige Wolke, löst sich in Luft auf, in dünne Luft.

Der Pfau auf der Friedhofsmauer hat seinen Schweif gefaltet. Nun stößt er abermals seinen furchterregenden Schrei aus, beginnt mit den Flügeln zu schlagen, kommt in Fahrt und erhebt sich gleichfalls in die Luft, fliegt am Haus vorbei, fort über die Bäume, verschwindet. Eine unheimliche Stille legt sich über den Ort.

Peinlich genau wie eine Nonne bei ihren Gebeten sammle ich die verstreuten Holzstücke und trage sie zu dem ursprünglichen Stapel zurück. Ich ziehe mich auf die Friedhofsmauer hoch und lasse mich auf dem Pfauenausguck nieder. Es ist sehr still; man kann die Sonne fast hören. Auf unerklärliche Weise fühlte ich mich befreit.

Ich denke: Endlich habe ich Sandile gesehen. Seit Tagen habe ich nur darauf zu gelebt, das Wiedersehen hat alles sonst an diesem Tag ausgelöscht, selbst den Schock über das, was Anna geschehen ist; zeitweilig sogar Ouma. Nun ist er gekommen und wieder gegangen. Ein Tiefpunkt? Warum fühle ich mich dann erleichtert? Was habe ich denn erwartet? Wir haben unseren Entschluß vor sehr langer Zeit gefaßt. Unsere getrennten Leben sind weitergelaufen. Paradox, daß er jetzt frei ist, aber es bleibt ohne Konsequenz. Man kann nicht zu jemandem zurückkehren, den man geliebt hat, und glauben, nun sei alles so wie früher. Er muß sein Leben führen, ich meines. Sollten sich unsere Wege wieder kreuzen, wie es wohl geschehen kann in dieser zusammenschrumpfenden Welt, dann wird das unser beider Kurs nicht ändern. Ich bin dreiunddreißig, nicht mehr fünfundzwanzig. Ich hoffe, noch viele Jahre liegen vor mir; aber mein Leben hat die Richtung gewechselt. Ich kann nicht zurück. Was ich brauche, ist eine andere Art Freiheit für eine andere Art von Entscheidung. Nicht noch mal das aufsuchen, was vor langer Zeit entschieden worden ist. Er ist gekommen; er ist gegangen: Genau, wie es sein muß.

Ich gehe zum Haus zurück über den stillen Hof; da scheint jetzt mehr Platz zu sein, obwohl er nicht leer ist. Und der Palast steht auf seinem Grund wie ein gewaltiges Schiff auf regloser See, das auf die Strömung wartet, die seine Anker losreißt und es fortschwemmt, den Raum, der vor ihm liegt, zu erkunden.

Ein Stück entfernt bemerke ich Trui; sie nähert sich, bindet sich im Gehen die Schürze um. Arbeiter schwärmen aus den

Wohnhäusern aus, hin zu den Straußengehegen. Das Leben beginnt wieder da, wo es aufgehört hat. Ein Wagen fährt vor, als ich bei der Küchentür anlange. Es ist Mr. Jansen, der Anwalt; er hat, sagt er, seine Sekretärin mitgebracht. Ich führe sie nach oben, wo Ouma soeben erwacht ist.

Die Besucher sind bestürzt über den Anblick: Ich habe versäumt, sie vorzuwarnen. Aber vielleicht sind sie die Eigenarten von alten Leuten gewohnt. Ouma bekundet offensichtliches Vergnügen, sie zu sehen, und das vertreibt ihre möglichen Befürchtungen.

Das Telefon klingelt. Ich nehme es auf und trage es in mein Zimmer, wobei ich Mr. Jansen und seiner Sekretärin im Twinset bedeute, daß ich sofort zurück sein werde, aber Ouma winkt mich hinaus; sie wird allein fertig, sagt sie trocken.

Ich höre Michaels Stimme. Das kommt unerwartet; darauf bin ich tatsächlich nicht vorbereitet, nicht jetzt. Nach dem Gefühl der Erlösung, das ich soeben erfahren habe, übermannt mich plötzlich die Empfindung, ich würde in die Fesseln zurückgezerrt.

»Du klingst nicht gerade glücklich, mich zu hören«, sagt er gereizt; vielleicht kennen wir uns mittlerweile zu gründlich.

»Es ist kein guter Tag«, sage ich.

»Schön, für mich war er auch nicht so gut. Ich habe eine Fußnote verloren und soll sie offenbar nicht wiederfinden.«

»Hast du unters Bett geschaut?«

»Witzbold«, knurrt er.

»Mein Gott, Michael, es gibt in der Welt wichtigere Dinge als eine blöde verlorene Fußnote.«

»Hast du einen Schimmer davon, wie mein Leben jetzt aussieht?«

»Und du von meinem?«

»Wann kommst du zurück?«

»Macht dir das was aus?«

Nichts läuft richtig, überhaupt nichts. Wir hätten nach dem ersten Hin und Her den Hörer auflegen sollen; aber störrisch, wie wir beide sind, stolpern wir unbesonnen weiter, zunehmend verärgert, zunehmend bösartig – für eine Lauscherin wie die Schwester vermutlich zunehmend kindisch, albern, lächerlich –, bis wir beide, perfektes Zusammenspiel, im selben Augenblick den Hörer auf die Gabel knallen. Sofort bedauern wir es; jedenfalls ich. Aber nun wird eine ganze Weile lang keins von uns den ersten Schritt tun; so ist unser Beziehungsmuster beschaffen. Nach einer Weile renkt es sich wieder ein, hoffe ich. Hoffe ich's wirklich?

Ich brauche frische Luft. Aber ich mag nicht dem grenzenlosen Raum gegenübertreten, der um das Haus lagert; so bahne ich mir einen Weg durch das Labyrinth der Korridore und Seitengänge und Sackgassen im Haus, über im Leeren endende Treppenabsätze, durch verlassene Zimmer. Erst viel später erinnere ich mich an unsere Besucher.

Sie sind bereits im Aufbruch. »Du hättest nach mir schicken sollen«, sage ich zu Ouma.

»Warum? Ich bin vollkommen in der Lage, meine Angelegenheiten selber zu ordnen.«

»War da nichts zu unterschreiben, zu bezeugen oder sonst so was?«

»Die Sekretärin war da und die Schwester.«

»Wozu hast du dich entschlossen?«

»Es ist eine große Erleichterung«, sagt sie. »Ich hab mir Sorgen um die Sache gemacht. Jetzt kann ich mich aufs Sterben freuen.«

Ich blicke sie fest an. »Ouma Kristina, hast du keine Angst zu sterben?«

»Warum sollte ich? Ich habe so lange unter den Toten gelebt.«

»Du bist so alt«, erwidere ich sanft.

»Alter ist keine Frage der Jahre, sondern des Stils«, sagt sie.

Ich beuge mich über den Sarg und nehme ihre Hand. »Ich hab getan, worum du mich batest«, erzähle ich ihr. »Ich habe alle Beweise zerstört.«

Die Schwester blickt scharf, anklagend auf.

»Gut. Es ist alles genauso verlaufen wie geplant.«

»Ich muß dir von den Vögeln erzählen«, sage ich.

»Sie haben dir geholfen, ja? Ich wußte das.«

Selbst die Eulen, die hier zu hocken pflegten, sind fort, fällt mir auf.

Draußen hält ein Wagen.

Ich eile ans Fenster. »Du bekommst noch mehr Besuch«, sage ich. »Meinst du, du verträgst es?«

»Wer ist es?«

»Freunde von mir.« (Wird Sandile dabeisein?)

»Dann ist alles in Ordnung. Weißt du, ich habe noch nie Freunde von dir kennengelernt.«

## 7

Die Gruppe, erklärt Sam Ndzuta, als ich hinauskomme, hat sich abermals aufteilen müssen, um mit ihrem ausgeweiteten Programm vor der abendlichen Versammlung zu Ende zu kommen. So sind Vusi und Sandile mit Abel irgendwo anders hingefahren. Ich verspüre einen Stich – Kränkung, Zorn, Bedauern? Diesmal bleibt er *absichtlich* weg. Aber nach einem Augenblick nicke ich. Die Entscheidung ist richtig – für uns beide. Gefaßt trete ich den Gästen gegenüber. Nomaza und der alte Thando sind mit Sam herausgekommen, außerdem Mongane Yaya, der ein paar Meter von den anderen abseits steht und den Palast völlig überwältigt anstaunt.

»Ich habe von solchen Häusern gehört«, sagt er nach einer Weile, »aber auf so etwas war ich nicht gefaßt.«

»Sie können die Leute verstehen, die es niederzubrennen wünschen«, bemerke ich trocken.

»Ebensogut könnten Sie einen Traum niederbrennen«, erwidert er. »Oder einen Alptraum. Er wird nicht verschwinden.«

»Mein Haus war nicht so phantastisch«, sagt Thando, »aber ungefähr von gleicher Größe. Unglaublich. Ihr müßt jede Menge Raum für Verwandte gehabt haben, genau wie wir.«

»Jetzt steht es leer«, sage ich. »Wir haben nur noch Geister.«

»Wozu die riesigen Fundamente?« fragt er.

»Ich nehme an, damit es im Sommer kühl hält. Und um Platz für die Idioten zu haben.« Ich erzähle ihm die Sage vom Little Karoo.

»Sind noch irgendwelche Idioten da unten?«

Einen Augenblick frage ich mich, ob er hellsehen kann; aber ich gehe auf seinen Witz ein. »Ich fürchte, heute sind die alle die ganze Zeit auf der Straße.«

»Das ist der Preis der Demokratie«, sagt Sam mit unbewegter Miene.

Die Vordertür ist noch verrammelt. Ich führe die Gruppe ums Haus zum Hintereingang.

»Sehr still hier«, bemerkt Thando. »Keine Vögel da?«

»Im Augenblick nicht«, sage ich. »Wir bereiten uns auf einen Todesfall vor.«

Sie blicken mich an, doch ich antworte nicht – plötzlich übermannt mich ein Kummer, so tief, daß er meinen Körper zusammenkrampft. Seit zwei Wochen lebe ich nun im Schatten dieses nahen Todes, doch irgendwie ist er unglaubhaft geblieben. Nun, da ich erschüttert bin von all dem, was sich heute zugetragen hat, breitet er sich aus wie eine Woge, und ich bin wehrlos. Stumm legt mir Thando einen Arm um die Schultern. Ich presse mich an ihn und lasse meinen Tränen Lauf, mit einer Leidenschaft und einer Trostlosigkeit, wie ich sie seit Jahren nicht empfunden habe.

»Recht so, mein Kind«, sagt er mit tiefer, beschwichtigender Stimme. »Recht so. Nichts zurückhalten. Du brauchst das. Wie wir alle.«

Ich weiß nicht, wo die anderen sind, es ist auch egal. Ich bin da, wo ich sein will, wo ich längst hätte sein müssen. Weinend – nicht hysterisch, aber in einer stetigen, unzähmbaren Flut – klammere ich mich an ihn, wie ertrinkend, umhüllt von seinem breiten guten Körper, ermutigt von seiner Stimme und den Händen, die mein Haar streicheln. Ich weine um Ouma Kristina, um meine toten Eltern, um all die Frauen hinter mir und um mich herum, die wieder lebendig geworden sind in Oumas Geschichten und nun angenommen als ein Teil meiner selbst; ich weine um mein totes Kind und um die verlorenen Liebsten, um Michael; ich weine um Anna und ihr Elend, um Lenie mit ihrem neuen BH und um die fröhliche Unwissenheit der kleinen Nannie; ich weine um Sandile und um Nozipho und um alle, die sind wie sie; ich weine um die Kinder, die Feuer an dies Haus legten, um Jacob Bonthuys unten im Keller zwischen den Sternen, um Langenhoven und das Mädchen, das mit dem Unhold Brolloks lebte, und um Loeloeraai, um Trui und ihre Familie: Ich weine um die Lebenden und um die Toten, um das, was wir aus diesem Land gemacht haben, um die unermeßliche Traurigkeit der Welt, um die Vögel, die fortgezogen sind, um das Frauenblut, vergossen durch alle Zeiten, ich weine, weine.

Als mich die Flut endlich an ein trockenes Ufer wirft, blicke ich Thando durch zerzauste Haare an – wie eine Motte, argwöhne ich, die durch die zerrissene Seide ihres Kokons ins blendende Tageslicht lugt – und schüttele den Kopf. »Ich weiß nicht, was über mich gekommen ist.« Mit dem Handrücken wische ich mir das Gesicht ab, zu erschöpft, zu erleichtert, um Verlegenheit zu verspüren.

»Hier.« Er schüttelt ein Taschentuch auf, das mir durch die Tränenprismen groß wie ein Tischtuch scheint – wieder der Geruch frisch gewaschenen und gebügelten Leinens –, und hält es mir hin. »Ist mir genauso gegangen, als ich zum erstenmal die Gräber meiner Eltern aufgesucht habe.«

»Ich hab dir die Weste naß geheult.«

»Das macht nichts. Wir können alle ein bißchen Unordnung vertragen.«

»Haben wir nicht schon genug davon in der Gegend?«

»Nicht die richtige Sorte. Wir brauchen noch die Unordnung der Vergebung.«

»Ich hab immer gemeint, Vergeben sei Aufräumen.«

»Kommt drauf an. Wahre Vergebung macht dich offen für alle Dunkelheit in dir selber. Ungefähr so wie bei diesem Haus, nicht wahr, als es die Vergebung des Feuers erlitt.«

»Ich wollte, du wärst mein Großvater.« Ich lächele und

drücke ihm das zusammengeballte Taschentuch in die Hand. »Wie wär's, wollen wir beide einander adoptieren?«

»Ich muß dich warnen: Ich bin ein sehr schwieriger alter Mann.«

»Ich denke, ich bin eine schwierige junge Frau. Ich bin überzeugt, wir werden ein gutes Gespann. Dann kannst du kommen und hier bei mir wohnen. Glücklich bis an unser seliges Ende.«

»Nein. Glücklich bis ans selige Ende klingt zu sehr nach Himmel. Und der, glaub ich, muß für alte Sünder wie uns unerträglich sein.«

»Hast du Kinder, Thando?«

Er schüttelt langsam den Kopf. »Ich hatte zwei Söhne. Beide sind ums Leben gekommen. Einer hier im Land, in der Haft. Der andere bei einer Razzia in Lusaka.« Er preßt meine Hand. »Deshalb, weißt du, hab ich geweint an dem Tag, als ich zu unserm Friedhof ging. Um die Gräber, die da waren, ja, aber noch mehr um die Gräber, die fehlten.« Er nimmt mich beim Ellbogen. »Und nun müssen wir hineingehen. Bist du soweit?«

Wir finden Sam und Mongane bei Trui in der Küche.

»Wo ist Nomaza?« frage ich.

Trui deutet nach oben. »Alles in Ordnung mit dir?« fragt sie, offensichtlich durch mein Aussehen beunruhigt.

»Es ging mir schon lange nicht mehr so gut, Trui.«

»Mongane und ich wollen ein Wort mit ihrem Sohn reden«, sagt Sam. »Geht ihr beide nach oben.«

Wir finden Nomaza neben dem Sarg, eifrig sprechend. Ich habe keine Zeit gehabt, Thando wegen des Sargs vorzuwarnen, aber er zeigt keine Überraschung.

Er beugt sich nieder und hebt Oumas Hand sanft an die Lippen.

»Was ist das?« fragt Ouma. »Eine Leichenwache?«

»Ich habe mir sehr gewünscht, Sie zu sehen«, sagt Thando.

»Ich hoffe, Sie sind nicht gekommen, um mir Mitleid zu bezeugen.« Sie zwinkert mir mutwillig zu. »Diese Frau redet unablässig davon, was mir Furchtbares passiert ist. Ich sage ihr immerfort, das ist Unsinn. Wenn es eine Explosion brauchte, um dich heimzubringen, dann war sie ein Glückstreffer.«

»Es ist kein Glückstreffer, wenn es dich umbringt, Ouma!« wende ich ein.

Sie tut, als habe sie nicht gehört. »Wer sind diese Leute, Kristien? Du hast gesagt, sie wären Freunde.«

»Sie sind vom ANC, Ouma. Sie sind da, weil sie versuchen wollen, die Gegend wieder zu beruhigen nach all dem, was seit der Bombe vorgefallen ist.«

»ANC?« Sie blickt von einem zum andern. »Ihr seht mir nicht wie Terroristen aus.«

»Nicht mehr als du.«

»Wenn sie wie ich sind, müssen sie gefährlich sein.« Sie nickt langsam. »So seid ihr also hier, um die alten Bücher zuzuklappen, und schreibt das neue Kapitel.«

» Ein neues Kapitel schreiben, ja«, sagt Thando. »Die alten Bücher zuklappen, nein. Wir gewinnen kein Bild von der Zukunft, wenn wir die Vergangenheit vergessen.«

»Das versuche ich Kristien die ganze Zeit zu erklären«, sagt Ouma. »Ich bin nicht sicher, ob sie es versteht. Ich erzähl ihr Geschichten. Geb ihr ihr Gedächtnis zurück.« Sie schüttelt langsam den Kopf. »Aber es ist soviel Blut in diesem Land geflossen. Manchmal frag ich mich, ob es nicht am Ende mehr ist, als daß wir je damit fertig werden können.« Sie verbessert sich. »Ihr, meine ich: Ich bin aus der Sache raus.«

»Es wird unsere Arbeit sein«, sagt Thando. »Sehen Sie, das sind wir Leuten wie Ihnen schuldig.«

Ouma wendet ihre blassen Augen Nomaza zu. »Werden Sie auch bei der neuen Regierung sein?«

»Ich hoffe.«

»Gut. Wir brauchen die Frauen. Nicht wahr, so viel Blut hätte gespart werden können, wenn wir dagewesen wären.«

»Deshalb bin ich hier«, sagt Nomaza. »Und viele andere auch.«

»Es wird elend schwer sein. Und Schmerzen bringen.«

»Ich denke, ich halte es aus«, sagt Nomaza ruhig. »Ich habe

schon mein Teil Schmerzen gehabt. Aber das tut nichts zur Sache.«

»Das tut wohl was zur Sache«, sagt Ouma fest. »Erzählen Sie's mir.«

»Ich war im Exil. Ich habe meinen Mann verloren. Und ein Kind. Und natürlich viele Freunde.« Sie scheint ungeduldig. »Aber wir sind nicht hier, um über mein Leben zu reden. Ihretwegen sind wir gekommen.«

Doch Ouma läßt sich nicht so leicht von ihrem Thema abbringen. »Was haben Sie bisher gemacht?«

»Seit ich zurück bin, habe ich mit den Frauen der Wanderarbeiter gearbeitet.« Sie zögert, wehrt sich noch gegen den Scheinwerfer, den Ouma auf sie richtet; dann entscheidet sie, daß eine Antwort sich lohnt. »Sie sind es, Mrs. Basson, die die ganze Gemeinde zusammenhalten. Aber keiner nimmt sie ernst. Immer wird von uns schwarzen Frauen erwartet, daß wir unsere Männer mehr respektieren als uns selber, daß wir ihre Opfer für wichtiger ansehen als unsere eigenen.«

»Das wär ja das Neueste«, sagt Ouma.

»Wenn wir jetzt nicht ernst genommen werden, können wir nicht drauf rechnen, daß man uns später besser behandelt. Und da niemand es für uns tut, müssen wir die Sache selber in die Hand nehmen.«

Ouma wendet langsam den Kopf und blickt mich an. »Und was wirst *du* tun, Kristien?«

Ich suche, mich ihrem Blick zu entziehen, aber sie hält mich fest. »Ich muß mich noch entscheiden, Ouma.«

»Warte nicht zu lang«, sagt sie knapp.

»Sie wird es recht machen.« Thando kommt mir zu Hilfe. »Ich hab mir die da gründlich angeschaut. Sie ist vom richtigen Schlag.«

»Das möchte ich hoffen.« Ein Koboldlächeln. »Wenn wir Zeit hätten, würde ich Ihnen gern die Geschichten erzählen, die ich ihr eingetrichtert habe.«

»Ich hätte schon Lust, mit Ihnen Geschichten auszutauschen«, sagt er.

»Das tun wir, wenn wir tot sind. Dann haben wir alle Zeit der Welt.«

»Abgemacht«, sagt Thando.

Bald darauf verabschieden sie sich. Ouma bedauert es fast, als sie fortgehen. Ich begleite sie die Treppe hinunter.

Sam und Mongane warten in der Küche bei Trui und ihrer Familie. »Ich möchte, daß Sie auch meinen Mann und meinen Sohn kennenlernen«, sagt sie und stupst die beiden vorwärts. »Und das hier«, teilt sie ihnen ganz überflüssigerweise mit, »sind die andern Leute vom ANC.« Als ob sie uralt vertraute Freunde wären.

»Habt ihr euch ausgesprochen?« frage ich Jonnie.

Er lächelt mit neuem Zutrauen. »Ja, wir sehen uns gleich nach den Wahlen.«

»Alles im reinen«, bekräftigt Mongane.

Wir schwätzen noch eine Weile miteinander; Trui und Nomaza verstehen sich auf Anhieb, und als Nomaza ihr Komplimente über ihren Sohn macht, wird Trui ihre Bundesgenossin auf Lebenszeit. Jonnie scheint verlegen, aber geschmeichelt; selbst Jeremiah taucht kurz aus seinem angeborenen würdevollen Ernst hervor.

Dann ist es für die Besucher Zeit zu gehen. Mongane lächelt strahlend, als er sich verabschiedet. Sein doppeltes Händeschütteln ist leicht und zwanglos. Ich entscheide mich: Ich mag den Mann – anders als Vusi muß er sich nicht beweisen. Thando legt den Arm um mich und wendet sich Trui zu. »Passen Sie auf sie auf«, sagt er und drückt mich an sich. »Sie ist jetzt meine Enkeltochter.«

Als ihnen Sam die Wagentür öffnet, küsse ich Nomaza zum Abschied auf die Wange. »Es war gut, daß ihr gekommen seid. Gut für die Stadt und für Ouma.«

»Ich hätte sie um keinen Preis versäumen wollen. Nun, was die Frage betrifft, die sie dir gestellt hat ...« Irgendwie hab ich gewußt, daß sie das nicht ausläßt. »Was hast du vor?«

»Ich wollte, ich könnte es dir beantworten. Das ist ungefähr alles, was ich sagen kann. Ich bin verstört.«

»Worüber?«

»Über mich. Über das Land. Über euch.«

»Mich?«

»Nicht dich persönlich. Dir traue ich.« Warum sollte ich nicht frei von der Leber weg reden? »Aber die ganze neue Regierung. Nicht alle sind so wie du und Thando und Sandile und Mongane.«

»Natürlich nicht«, sagt sie. »Du hast genug von dem Kampf miterlebt, da weißt du, alle Arten von Leuten werden gebraucht. Das solltest du zuallererst wissen.«

»Es werden viele wie Vusi dabeisein.«

»Magst du ihn nicht?«

»Ich kann ihm nicht trauen. Er ist zu glatt. Er kann es nicht abwarten, die Macht in die Hände zu kriegen. Und er mag keine Frauen.«

»Er hat kein Auge von dir gewandt.«

»Du weißt sehr gut, davon rede ich nicht.«

Sie sieht erleichtert aus, lächelt ihr großzügiges wissendes Frauenlächeln. »Das wollte ich von dir hören.«

»Vielleicht habe ich eine Antwort für dich«, sagt Thando, indem er meinen Arm nimmt. »In einer von Boccaccios Geschichten geht ein Jude mit dem Gedanken um, Katholik zu werden, und fragt die Priester, was er anfangen soll. ›Geh nach Rom‹, sagen sie ihm. Also zieht er los. Und kommt als Christ zurück. ›Gut‹, sagen sie, ›die Frömmigkeit unserer Leute in Rom muß dich überzeugt haben.‹ Nein, erwidert er. Als er nach Rom gekommen ist, hat er die Kirche mit ihren Ausschweifungen und ihrer Korruption und Weltlichkeit gesehen. Priester, die in Sünde lebten, Nonnen mit Kindern, der Heilige Vater selber ein Bösewicht. Und so hat er gedacht, an einer Kirche, die all dies Böse begeht und es doch fertiggebracht hat, tausend Jahre zu überleben, an der muß was dran sein.« Thando lächelt und umschließt mich ganz in seiner mächtigen Umarmung. »Denk drüber nach. Nebenbei, wirst du am Mittwoch zur Wahl gehen?«

»Ich hab mir's noch nicht überlegt. Ich bin jetzt britische Bürgerin.«

»Sie sind eine geborene Südafrikanerin, also haben Sie das

Wahlrecht«, sagt Sam. »Wenn Sie Dokumente brauchen, lassen Sie's mich wissen.«

»Geht mit Glück«, sag ich ihnen allen.

»*Salani kahle*«, sagt Thando. »Bleibt wohlauf.«

»Warum grüßt du mich im Plural?« frage ich verblüfft.

»Weil du nicht allein bist. Du hast all deine Geister bei dir.«

Eine Minute später sind sie fort. Ohne das gewohnte Getöse der Vögel, die ihre Schlafplätze aufsuchen, sinkt die Farm in tiefe Stille.

Jonnie wartet an der Küchentür auf mich; er trägt noch sein neues Lächeln wie etwas, das er auf Probe angenommen hat; Jeremiah sieht eher gedämpft aus, nachdenklich; Trui legt mir eine zustimmende Hand auf die Schulter und steuert mich fort von den andern, ins Haus hinein.

»Also, welcher ist es? Ich hoffe, Mongane, die anderen sind zu alt für dich.«

»Wer ist was?« frage ich.

»Der eine, von dem du sagtest, du hättest ihn heiraten wollen, als du drüben warst.«

Ich schließe sekundenlang die Augen. »Er ist nicht gekommen.«

»Aber du hast gesagt ...«

»Es ist alles in Ordnung. Ich habe ihn vorher gesehen. Aber er hat heute nachmittag im Bezirk etwas anderes zu tun.«

»Ach Mann, was für ein Jammer.« Sie nimmt mich in die Arme. »Aber du wirst ihn bestimmt wiedersehen.«

»Vielleicht.« Ich entwinde mich ihr und setze ein Lächeln auf. »In Wirklichkeit ist alles ganz in Ordnung, Trui. Es ist besser so.«

»Ts.« Sie grinst trocken. »Und nun bin ich zu allen so freundlich gewesen, weil ich sicher war, einer von ihnen ist dein Mann.«

»Was hältst du von ihnen?«

»Sie sind sehr nett«, sagt sie. »Ganz und gar nicht, wie ich sie mir vorgestellt habe. Sie sind genau wie Weiße, bloß daß sie schwarz sind.«

# 8

Ouma wartet auf mich, als ich eintrete. Es ist schon dunkel. Dies war ein bedeutsamer Tag, und noch ist er nicht vorüber. Ich bin spazierengegangen, habe geduscht, um mich zu erfrischen. Was geschehen ist, haftet noch an meiner Haut, trocken und tückisch wie Staub, und dringt mir in die Poren. Aber jetzt ist es Zeit für meine Stunde, meine Stunden mit Ouma. Die Schwester hat es ihr für die Nacht behaglich gemacht. Ich müßte allmählich daran gewöhnt sein, sie im Sarg liegen zu sehen, aber es stört mich noch immer. Doch sie scheint heiter, hält die Hände auf der eingesunkenen Brust gefaltet, eine in Bandagen gewickelt, die andere frei. Sie atmet kaum, aber ihre Augen sind offen. Und als sie mich bemerkt, huscht das glücklichste kleine Lächeln über ihr Gesicht, das ich in dieser letzten Woche an ihr gesehen habe.

»Komm rein, Kristien«, sagt sie. »Ich warte schon auf dich. Wir haben einen Gast.«

Ich halte an, um den Raum zu inspizieren, überrascht, ein bißchen ärgerlich. Aber ich sehe niemanden.

»Am Fuß des Bettes«, sagt sie. »Es ist Wilhelmina, kannst du sie nicht sehen? Du hast drum gebeten, sie zu treffen.«

»Ouma, wirklich …« Aber ich bin mir eines Prickelns im Gesicht bewußt.

»Ich weiß, du denkst, ich neige zum Übertreiben. Deshalb hab ich sie gebeten, dir ihre Geschichte selber zu erzählen.«

»Sie ist nicht hier, Ouma«, sage ich so sanft wie möglich. »Ich sehe niemanden.«

»Das sind zwei verschiedene Dinge.« Sie seufzt. »Schon gut, also tu ich's eben. Setz dich hin, wo ich dich sehen kann. Aber nicht aufs Bett. Wilhelmina braucht allen Platz, den sie kriegen kann.«

Ich ziehe mir den niedrigen Stuhl der Schwester heran. Wider Willen blicke ich auf das leere Bett; zu meiner Bestürzung scheint es einzusinken wie unter einem Schwergewicht. Ich drehe den Stuhl zur Seite, um das Bett aus meinem Gesichtsfeld zu rücken, und überlasse mich dem sanften Wogen von Oumas neuer Geschichte.

Wilhelmina war die einzige Frau unserer Familie, die tatsächlich eine Rolle in der aktenkundigen Historie gespielt hat. Nicht, weil sie auf den Großen Treck ging, das taten viele andere auch, sondern weil sie sich nicht damit zufriedengab, im Schatten zu bleiben und die Männer ihren gewohnten Schlamassel anrichten zu lassen. Sie trat dazwischen. Sie mischte sich ein. Sie übernahm Verantwortung. Mindestens eine Zeitlang. Und dann – aber ich will meiner Geschichte nicht vorgreifen.

Du weißt schon einiges über ihre Kindheit bei ihrer Mutter Samuel. Keine leichte Art aufzuwachsen: An der Grenze fast immerzu Krieg: Tausende von Xhosas aus dem Suurveld auf der Seite der Grenze, wo die Kolonie entstand, vertrieben, um Raum für weiße Siedler mit ihrem Vieh zu schaffen; massive Vergeltungsmaßnahmen; noch massivere Gegenangriffe; Mord und Chaos, weite Landstrecken und viele Heimstätten, die in Flammen aufgingen; ein Kap-Gouverneur nach dem anderen, der geradewegs in Wirrnis und Konflikte hineintappt und dabei noch größere Wirrnis und noch größere Konflikte sät; dann 1820 die Ankunft von ein paar tausend britischen Siedlern, armen, arglosen Opfern, in die Wildnis abgeschoben, um eine Pufferzone zwischen den einander bekriegenden Völkern zu bilden; Tausende von entwurzelten, vagabundierenden Khoikhoi, die über die östlichen Bezirke schwärmten: Ein Recht am Land wurde ihnen verweigert, und sie rächten sich durch Brandstiftung und Plünderungen; all dies verschlimmert durch die Versuche visionärer oder aber irregeleiteter Missionare, Gottes Werk und die Kurzsichtigkeit oder Gier der Menschen miteinander in Einklang zu bringen. Musterbeispiele solcher reizbaren Leute kreuzten dann und wann auf den Farmen auf, wo Wilhelmina mit ihrer Mutter lebte – zuerst unter der Rüpelbande der Steenkamps am Ufer des Rietflusses; später, nachdem Marga zu ihnen gestoßen war, jenseits des Großen Fischflusses in dem Gebiet, das für die Kolonisten »Feindesland« war. Aber ihre

Farm bildete eine neutrale Zone und wurde, ganz erstaunlich, von den sich bekriegenden Gruppen als solche anerkannt. Wenn sie wirkliche Verbündete hatten, so kamen die aus den Reihen der Xhosa, die den Frauenhaushalt mit großem Respekt, ja mit Zuneigung behandelten; gleichzeitig konnten sich die Frauen dank der Bluts- und Sprachbande mit den Grenzland-Buren verständigen. Der wahre und schließlich der einzige Feind waren die Engländer – nicht so sehr die unseligen Siedler, die sich genauso abstrampelten, um zu überleben wie ihre holländischen Gegenüber, sondern die gesichtslosen Regenten in Kapstadt, die aus der Ferne diktierten, vertreten in diesem abgelegenen Landesteil durch übereifrige Polizeirichter und ebenso selbstherrliche wie ungehobelte Staatsdiener.

Aber Wilhelminas vielfältige Heimsuchungen vollzogen sich eher auf der persönlichen Ebene: Die Kriege und Überfälle und Plünderungen berührten nur die Peripherie ihrer Existenz, schwappten dann und wann kurz über auf ihr privates Gebiet, bewegten sich jedoch stets weiter auf fernere Ziele zu. Behaupten mußte sich Wilhelmina zunächst gegen die Einsamkeit eines Lebens im Busch, allein mit ihrer Mutter Samuel, die ganz in ihre eigenen Gedanken verloren war, in Schuld und Sehnsüchte. Später folgten die Prügeleien mit der Horde der ungeschlachten Steenkampjungen, unter denen sie sich durch Kraft- und Mutstücke behaupten mußte; noch später erlebte sie die heiklere Bedrohung durch eine andere Frau, die ihr die Liebe der Mutter streitig machte.

Die Prüfungen in Kraft und Behendigkeit bestand sie am leichtesten: Wilhelmina war ein robustes Mädchen; die Xhosa-Paten ihrer frühen Kindheit weihten sie in die Geheimnisse des *veld* ein; und zwischen den prügelnden, piesackenden Jungen lernte sie dank ihrem unbändigen Überlebenswillen, gestützt von Körperkraft und Gewandtheit, bald besser als die besten von ihnen zu rennen, zu ringen, zu kämpfen und zu schießen. Schon in ihrer Kinderzeit waren ihre Temperamentsausbrüche Legende. Durch blutig geschlagene Nasen, ausgerissene Haare, zermalmte Zehen, geprellte Leisten, verdrehte Ohren und ausgerenkte Gliedmaßen flößte ihnen die junge Dame in ihrer Mitte rasch einen heilsamen Respekt ein. Diese Rauflust kam ihr auch für den Rest ihres Lebens zustatten.

Bei weitem das qualvollste Problem ihrer Jugend war ihre Beziehung zu Samuel. Wilhelminas Mutter war ein schwieriger Mann. Vermutlich war das der springende Punkt. Ich bezweifle, daß das Mädchen je wirklich in vollem Ausmaß begriff, welch vertrackten Raum zwischen den Geschlechtern ihre Mutter bewohnte. Sie war angewiesen, Samuel mit »Vater« anzureden; ihr war streng verboten, anderen das Geheimnis ihres Geschlechts preiszugeben; doch in dem unvermeidlichen körperlichen Kontakt mit Samuel muß sich doch eine andere Art von Persönlichkeit angedeutet haben, physisch, emotional, geistig. Kein Wunder, daß sie verwirrt war. Und desto mehr, nachdem Marga Teil ihrer vereinten und getrennten Existenzen geworden war.

Im ganzen behandelte Wilhelmina Marga mit Mißtrauen. Doch war das nie ein unkompliziertes Gefühl. Denn Marga brachte auch die größere Unmittelbarkeit einer anerkannten weiblichen Gegenwart; noch wichtiger war vielleicht, daß Marga sie lehrte, die Bibel zu lesen und hin und wieder ein vereinzeltes Exemplar der »Gazette« oder des »Commercial Advertiser«, das auf dem Planwagen irgendeines Händlers den Weg ins Landesinnere gefunden hatte. Und ihre Dankbarkeit war schwer mit Groll in Einklang zu bringen. Situationen entstanden, die nicht durch physische Konfrontation gelöst werden konnten.

Wann immer ihr das Leben zu kompliziert wurde, lief das Mädchen lieber fort, als sich dem zu stellen, was sie später mit einer charakteristischen Wendung ein *Scheißegewitter* nannte. Ein durch und durch natürlicher Impuls: Die ganze Saga vom Großen Treck darf zumindest teilweise als kollektive Flucht betrachtet werden. Aber für ein junges Mädchen kann das Fortstürmen in die noch von Räubern aller Art und Schlangen und Skorpionen und anderen giftigen Geschöpfen unsicher gemachte Wildnis, in einem fast unablässig von

Kriegen verheerten Land, ein gewagter Ausweg sein. Jedoch derselbe Instinkt der Selbsterhaltung, der Wilhelmina die Wildheit der Steenkamp-Sippe bezwingen half, trieb sie, im dichten Busch des Kei-Gebiets zu überleben.

Aber unter der Oberfläche ihres wiederholten Weglaufens und Zurückkommens verschärfte sich der Konflikt mit ihrer Mutter zur Krise. Das war desto schmerzlicher, weil Wilhelmina Samuel – in jeder Hinsicht ihr eigenes Gegenteil – sehr liebte; aber es war klar, sie konnten nicht miteinander weiterleben. Immer häufiger verschwand Wilhelmina in die Wildnis, wohin niemand ihr folgen konnte, immer länger blieb sie aus. Aber sie brauchte auch menschliche Gesellschaft. Anders als ihre Mutter, die immer so etwas wie ein Fremdling in der Welt geblieben war – vielleicht die unvermeidliche Folge davon, daß sie als eins von siebzehn Kindern, alle mit Namen Samuel, aufgewachsen war –, hungerte Wilhelmina nach dem Umgang mit Leuten.

Aus diesem Grund traf sie das Abkommen mit dem alten deutschen Händler. Ihre Mutter schenkte Wilhelmina – vielleicht wollte sie so ihr eigenes Gewissen loskaufen – den Hort von Goldmünzen, den sie vor vielen Jahren aus dem Haus ihres erdrosselten Mannes mitgenommen hatte, und damit kaufte sich Wilhelmina ein in ein Unternehmen, das leicht zum höchst gewagten Abenteuer hätte ausschlagen können. Sie reisten nach Algoa Bay, das neuerdings Port Elizabeth hieß; einmal sogar bis nach Kapstadt, in Wilhelminas Augen eins der prunkenden Wunder der Welt, und kehrten dann ins tiefe Landesinnere zurück, um ihren Kupferdraht und ihre Eisentöpfe und Tücher und Krüge und Tabakrollen und Fässer mit Rachenputzer zu tauschen. Und im doppelten Boden des mittleren Wagens versteckt, transportierten sie auch Gewehre und Munition.

Ein oder zwei Jahre lang blühte der Handel. Eine hervorragende Partnerschaft. Aber auf die Dauer wurde der alte Deutsche mit seinem Hang zu ausgedehnten Zechereien, gefolgt von wilden Ausbrüchen geifernden Schwadronierens, schwierig. Das war nicht die Sorte Gesellschaft, die sie sich wünschte. Unter solcherart Umständen traf Wilhelmina auf einer ihrer Handelstouren in der Nachbarschaft von Somerset East den Leendert Pretorius und heiratete ihn sofort – eine in jeder Hinsicht ganz unmögliche Wahl. Er war doppelt so alt wie sie, eine kränkliche, winselnde Kreatur mit kurzsichtigen Triefaugen, besessen von der Heiligen Schrift und besessen von dem Traum, Geistlicher zu werden. Und um die Wahrheit nicht zu verschweigen, zu allem übrigen war er auch noch ein geiler alter Bock.

Schwer zu sagen, aus welcher Erwägung sie sich für ihn entschied. Entfesselte er, plump an ihr herumtastend, eine Leidenschaft, die verborgen in ihr auf der Lauer gelegen hatte? Betörte sie seine ausgedehnte Bibliothek von fast einem Dutzend Bänden? Oder zog sein erstaunlicher Vorrat von Unpäßlichkeiten und Leiden sie an? Wenn dir dies sonderbar klingt, so bedenke, daß Wilhelmina eine Heilkundige war. Unter den vielen Dingen, die sie von ihren Exkursionen in die Wildnis heimgebracht hatte, befand sich ein Wissensschatz über Kräutermedizinen und Naturheilmittel; und unter den Wunderdingen, die sie auf ihren Fahrten mit dem deutschen *smous* entdeckte, befanden sich die Tränke und Pulver und Balsame einer wohlbestückten Apothekertruhe. Selbst ohne diese Hilfsmittel, behaupteten die Leute, wäre sie eine berühmte Heilerin geworden: Ein bloßes Händeauflegen teilte ihr die Ursprünge einer Krankheit und dem Patienten die Kräfte zur Erholung mit. Ein boshafter Kopf hätte geltend machen können, daß sie unmöglich viel getaugt habe, da Leendert Pretorius leidend blieb bis zu seinem Tod; aber der Mann war schließlich ein wandelndes Hospital und vermochte für ein geheiltes Leiden drei neue zu ersinnen. Zumindest stellte er eine Herausforderung dar, der eine Frau wie Wilhelmina schwer widerstehen konnte.

Sie nahm ihn mit zu sich nach Hause, und gemeinsam ließen sie sich auf einer riesigen, verlassenen Farm unmittelbar am Großen Fischfluß nieder – weit genug entfernt von ihrer Mutter, um ihr Unabhängigkeit zu sichern, nahe genug zum Beistand. Und unverzüglich begann sie, mit all ihrer

Energie die drei Hauptreize auszubeuten, die sie mit Leendert verbanden: Sie hielten lange Sitzungen ab, bei denen sie aus seinen Büchern vorlasen; sie kurierte seine mannigfachen Leiden, und sie schickte sich an, ihren Teil zum Fortbestand der Menschheit beizutragen. Um die Zeit, als sie zum Großen Treck aufbrachen, ein paar Jahre nach Samuels beklagenswertem Ende, hatten sie vier kleine Kinder.

Leenderts Hauptgrund, sich dem Treck anzuschließen, war die Aussicht, ein geistlicher Führer unter den Auswanderern zu werden, was ihm in der Kolonie verweigert worden war, weil ihm für eine solche Berufung die Befähigungen fehlten und weil er zu kränklich war, um sie je zu erwerben. Wilhelminas Motive waren dunkler (noch ein Grund dafür, daß du ihr hättest erlauben sollen, ihre Geschichte selbst zu erzählen): Natürlich hatten sie mit dem Wunsch zu tun, fortzukommen von einem Ort, den sie damals nachgerade als einen Ort des Bösen betrachtet haben muß; aber ebenso, da bin ich sicher, spürte sie den Drang, ein unerfülltes Leben in der abgelegenen Wildnis hinter sich zu lassen und Teil einer größeren Gemeinschaft zu werden. Sie konnte den anderen als Heilkundige nützen; die Lesekunst mochte ihr zu allgemeiner Achtung verhelfen; aber vor allem würde sie als Frau eines geistlichen Führers mindestens Teil von etwas Großem und Bedeutsamem werden, einer Bewegung ihres Volkes, statt einfach zuzusehen, wie das Leben in einer unberechenbaren Flut an ihr vorbeirann. Sie besaß zuviel Energie, um sie auf rein persönliche Beschäftigungen zu verschwenden. Ein größeres Handlungsfeld schimmerte vor ihr auf, und sie war bereit, dem Ruf der Geschichte zu folgen.

## 9

Es lief nicht ganz so wie erwartet, vor allem, weil der arme Leendert seinen eigenen zuversichtlichen Voraussagen nicht gerecht wurde. Wie sich herausstellte, war er nicht der einzige Mann unter den *voortrekkers*, der den Rang geistlicher Autorität anstrebte. Ein ordinierter Prediger befand sich nicht unter ihnen, da die Niederländische Reformierte Kirche sich von einem Unternehmen distanziert hatte, das sie als halsbrecherisch verwegen erachtete; damit hätten alle Bewerber als gleichberechtigt gelten müssen, aber dem war nicht so. In der Potgieter-Gruppe befand sich Sarel Cilliers, in vieler Hinsicht ein imponierender Mann; sein feuriger Treckführer unterstützte ihn ganz offen. Im Graaff-Reinet-Treck gab es den tränenreichen Laffen Erasmus Smit, dessen Ansprüche zum Lachen gereizt hätten, wäre nicht seine Frau Susanna die Schwester des Anführers Maritz gewesen. Leendert Pretorius konnte nur auf die Unterstützung seiner Frau zählen, und so gewaltig, wie sie von Geburt war, war sie doch weiter nichts als eine Frau. Paradoxerweise bezog sie vermutlich in der *voortrekker*-Gemeinschaft mehr Autorität aus ihres Mannes begrenztem – und schließlich geschwundenem – Wirkungsvermögen als er aus all ihren Eigenschaften einer geborenen Anführerin.

All die Hoffnungen der Kandidaten auf weiteres Fortkommen auf dem Feld der Religion wurden überdies durch die Entdeckung durchkreuzt, daß in mehreren der Schwarzensiedlungen im Landesinneren schon voll ordinierte Missionare den Gottesdienst versahen, was bedeutete: Wenn es zur Austeilung der Sakramente kam, speziell zum Heiligen Abendmahl, überwanden die *trekkers* ihren eingefleischten Widerwillen gegen alles Englische und luden lieber diese Priester ein, als daß sie Gottes Zorn riskierten, indem sie ungeweihten Händen erlaubten, Brot und Wein zu schänden.

Nicht daß sie ganz und gar ins Abseits geschoben waren. Gelegentlich gab es eine Sonntagspredigt zu halten (vielmehr waren etliche nötig, denn das unaufhörliche Gezänk zwischen den verschiedenen Trecker-Cliquen bewirkte, daß sich jede Gruppe um ihren eigenen Prediger drängte); insbesondere mußten die Kranken oder Sterbenden getröstet oder auch bis zur Besinnungslosigkeit geängstigt werden; und beständig waren Mahn- oder Dankgottesdienste zu halten: vor und nach den bewaffneten Feldzügen gegen angeblich feindliche schwarze Stammesgruppen, die für tatsächliche oder vermeintliche Missetaten bestraft wurden. Wenige konnten es mit Leendert Pretorius aufnehmen, wenn es darum ging, die Furcht vor dem lebendigen Gott und vor dem ewigen Heulen und Zähneknirschen in die Busen der Unwürdigen einzupflanzen. Und unwürdig, bei Gott, das waren sie. Zumindest in Leenderts Augen; er verdammte die Trecker mit dem gleichen unabdingbaren Recht, mit dem Jona Ninive zerstörte.

Freilich war auch Leendert alles andere als ein Würdiger. Für jemanden mit seiner schwachen Konstitution bedeutete der Treck eine Reise durch die pure Hölle. Er brauchte über Wilhelminas Arzneien hinaus mehr und mehr Unterstützung (wobei allerdings denkbar ist, daß die Arzneien selbst seinen Zustand bisweilen eher verschlimmerten als verbesserten); die Zuflucht zum Trunk lag nahe. Und wenn, wie nur allzu oft geschah, der Branntwein in Form des berüchtigten Kap-Rauschs zu Ende ging, fand Leendert Geschmack an den Gebräuen der Eingeborenen, von denen einige ungefähr wie ein Blitzstrahl wirkten. Er wurde nicht mehr oft zum Predigen aufgefordert; ein paarmal, als es doch geschah, mußte die Versammlung in letzter Minute davon unterrichtet werden, daß Leendert außerstande sei, den Gottesdienst zu halten; und wenn er dann hinterher erfuhr, wie kräftig irgendein bloßer Kirchenältester oder Diakon in die Bresche gesprungen war, so festigte das nicht eben des Mannes schon schwankendes Selbstvertrauen.

Doch Wilhelmina unterstützte ihn mit einer animalischen Wildheit, die seine Lästerer größtenteils einschüchterte. Von Beginn an war sie in ihrer ehelichen Verbindung der treibende Geist gewesen. Sie war es, die durch ihren Kontakt mit dem alten deutschen *smous* zuerst von der geplanten Wanderung erfahren hatte; und da sie auf ihren früheren Beutezügen in der Tarka-Region dem bärtigen Riesen Hendrik Potgieter begegnet war, entschied sie, daß dies die richtige Gruppe für sie beide war. Als sich kein Käufer für ihre riesige Farm am Großen Fischfluß fand, beschloß sie, sie einfach im Stich zu lassen; es blieb ihnen noch genug Geld, um zwei Planwagen auszurüsten, und Ende des Jahres 1835 stießen sie und Leendert am vereinbarten Platz zum Potgieter-Treck und folgten zusammen mit den anderen langsam den Windungen des Großen Flusses, der Hochwasser führte. Das war das erste wirkliche Scheißegewitter – und es wurde für Wilhelmina zur Gelegenheit, ihre Tüchtigkeit zu beweisen. Sie organisierte das Fällen von Dutzenden von Bäumen für Flöße, auf denen die Wagen über die schlammigen Gewässer transportiert werden konnten; sie trug in beiden Armen oder auf den Schultern Stämme, die von der Stelle zu rücken die meisten Männer außerstande waren. Damals ging sie im fünften Monat schwanger. Als einer der Wagen drohte, in der Flut zu kentern, war sie es, die das Ende eines langen Riemens am Rahmen verknotete und mit dem anderen Ende in die wirbelnden Wasser sprang, um das plumpe Floß und seine Last ins Gleichgewicht zu bringen. Und als etliche Frauen und Kinder nach der Plackerei der Flußüberquerung erkrankten, einige an Lungenentzündung, war es Wilhelmina, die sie mit ihren Arzneien durchbrachte – von denen manche nicht nur stark waren, sondern auch ausgesprochen abscheulich.

Ironie des Schicksals: Das einzige Leben, das bei der Überquerung zugrunde ging, war das ihres zweitjüngsten Kindes; es fiel von dem Floß, das Leendert lenkte, und wurde fortgeschwemmt. Der Schlag schmetterte sie nieder, wohl auch, weil er sie an den Tod ihrer Mutter vor vier Jahren erinnerte. Und wie es sich herausstellte, war das nur der Beginn: Nahe dem Vet-Fluß tötete ein Leopard ihren Ältesten, und das erste Kind, das sie während des Trecks in der Nähe von Thaba Nchu gebar, kam tot zur Welt. Doch solche Rückschläge konnten ihre Lebensgeister nicht auf die Dauer niederdrücken; ja, sie nutzte sie als Anlaß, um in religiöser Verbrämung ihre eigene Politik durchzuboxen. Sie bestand darauf, daß Leendert die Begräbnisgottesdienste leitete. Diese Zeremonien sollten die einzigen sein, bei denen der arme Mann je von Beredsamkeit beflügelt wurde.

Wilhelmina, soviel sollte inzwischen klargeworden sein,

hielt unerschrocken allen Kampfansagen und Leiden stand, welche die meisten geringeren Sterblichen entmutigt hätten; aber was ihr die Arschhaare ergrauen ließ (ihre eigene Wendung: sie hielt nichts von zimperlicher Sprache), war das unaufhörliche Gerangel zwischen den *voortrekkers*. Wir sprachen gerade darüber, als du hereinkamst. »Was für ein Witz«, sagte sie, »daß sich die Leute heute diese Kerle als einen Haufen von frommen Pionieren vorstellen, die ihr alles für die edle Sache der Freiheit opferten. Nie in meinem Leben hab ich soviel Gemeinheit und Kleinlichkeit gesehen.« Du mußt dir die Szene in der Region von Thaba Nchu ausmalen. Um 1837 müssen da auf den Ebenen und in den Tälern über tausend Planwagen gewesen sein, das bedeutet mindestens fünftausend Leute, dreitausend Weiße, der Rest Farbige oder Schwarze (denn offensichtlich mußten diese Farmer selbst unter den elenden Umständen des Trecks ihre Diener mitschleppen). Sie waren alle in kleinen Familiengruppen oder größeren Clans in diese Gegenden gerieselt, immer fünf oder zehn Wagen gleichzeitig – Potgieter hatte ungefähr fünfzig, der Klugscheißer Maritz, der Wohlhabendste der Bande, um die hundert. Sie waren allesamt angefeuert von demselben Drang: fortzukommen von den Engländern und unabhängig zu werden, aber jede Gruppe wollte auf eigene Faust unabhängig sein und sich nur von den eigenen Führern regieren lassen. Allmählich gingen ein paar der kleineren Gruppen in den großen auf, aber am Ende gab es mindestens vier Hauptparteien, die von Potgieter, die von Maritz, die von Retief und die von Uys, jeder hetzte gegen alle andern. Und nicht nur die Anführer lagen einander in den Haaren, sondern jedermann stürzte sich mit ins Gezänk. Sie haderten über Weiden und Wasser und Lagerplätze und Feuerholz, stritten sich über Sekten und Benennungen und darüber, welche Route wohin verfolgt werden sollte; sie gingen mit den Fäusten aufeinander los wegen Munition und streunendem Vieh und fehlenden Branntweinfäßchen und verlorenen Äxten oder Schmalztonnen oder Jochen oder Gott weiß was noch. Nur wenn plötzlich Gewalt von außen drohte, gewöhnlich von den Matabele von jenseits des Flusses Vaal, stellten sie vorübergehend die inneren Zwistigkeiten ein. Dann strampelten sie sich alle ab, um die Wagen zu einer runden Burg zusammenzuschieben und um die Feinde abzuschlagen; oder die Männer ritten in einem Trupp aus, um zur Vergeltung Tod und Verderben zu verbreiten. Aber sobald sich die Gefahr legte, ging jeder wieder dem anderen an die Gurgel.

Bei alldem spielten die Prediger eine aktive Rolle: Cilliers unterstützte Potgieter, der in der ersten Regierung keinen Sitz erhalten hatte; der alte Erasmus Smit führte in seinen nüchternen Augenblicken das Beispiel Israels an, um seinen eigenen Ruf als Visionär zu fördern; Leendert Pretorius, gleich zu Beginn durch Cilliers' Anwesenheit in derselben Gruppe am Fortkommen gehindert, trieb von einer Clique zur andern, bemüht, sie gegeneinander aufzuhetzen in der Hoffnung, sich dann als der große Friedensstifter zu erweisen; doch er erreichte genau das Gegenteil.

Wilhelmina jedoch brachte es zu großem Einfluß. Zwischen ihren Schwangerschaften und während sie ihre Kinder austrug, entwickelte sie sich zur angesehensten Heilkundigen des Trecks; sie riß praktisch die schon Entschlafenen dem Tod von der Schippe, indem sie ihnen mit Inbrunst unsägliche Tränke eingab und unmittelbare Appelle an Gott richtete. Diesen Ansprachen fehlte es bisweilen, um das mindeste zu sagen, ein wenig an Takt; Augenzeugen berichteten, wie sie Gott anredete, als sei er eine gewöhnliche widerspenstige Mannsperson: »Also, lieber Gott, nun hör mir mal gut zu. Wenn dies Kind nicht morgen früh sein Fieber los ist, mach ich dich dafür verantwortlich.« Oder: »Wie oft soll ich deiner Ansicht nach noch auf die Knie fallen und dich bitten, daß diese Frau wieder gesund wird? Sie hat eine siebenköpfige Familie zu versorgen, findest du nicht selber, es wird langsam Zeit, daß du mal die Finger rührst?« Berühmt ist der Fall eines jungen Mädchens, Sarie Kruger, die allem Anschein nach im Sterben lag. An ihrem Bett soll Wilhelmina zum Allmächtigen gesagt haben: »Also Gott, das geht zu weit. Das hat doch keinen Sinn, was du da machst. Wenn du was gegen die Krugers hast, warum mußt du Sarie nehmen? Weswegen nimmst du nicht einen von den Brüdern, die sind zu fünfen und eine Rasselbande von Taugenichtsen. Hier liegt sie, zwölf Jahre alt, gerade bereit, eine Frau zu werden. Wie stellst du dir vor, daß wir auf diesem Kontinent überleben sollen, wenn du uns nicht gestattest, daß wir dein eigenes Gebot befolgen, indem wir fruchtbar sind und uns mehren und die Erde füllen? Wirst du auf deine alten Tage vergeßlich? Wir brauchen jede Frau und jedes Mädel. Also erspar mir's, daß ich das noch einmal gegen dich vorbringen muß.« Das Bemerkenswerte dabei war, daß nicht nur das Mädchen genas, sondern daß einer ihrer Brüder am darauffolgenden Tag bei einem Jagdunfall ums Leben kam.

Wilhelmina war noch auf vielerlei andere Weise tätig. Bei der ersten gezielten Schlacht des Trecks, im Spätherbst 1836 im Lager zu Vegkop, nur ungefähr vierzehn Tage nachdem sie ihr totes Kind zur Welt gebracht hatte, handhabte sie ein Gewehr wie die besten der Männer, während Leendert mit einem rätselhaften Fieber zu Bett lag; aber während ihre männlichen Gefährten von Frauen und Kindern unterstützt wurden, die Blei und Pulver abmaßen und bereitlegten und die leergeschossenen Gewehre neu luden, mußte sie das alles allein schaffen. Das brachte sie beträchtlich in Verzug, und da die angreifenden Ndebele mittlerweile in Massen so weit heran waren, daß sie, mit Assagais bewaffnet, unter den Wagen durchkrochen oder darüberkletterten, langte sie sich eine Axt und hieb auf jeden ein, der ihr zu nahe kam. In diesem Teil des Lagers, so sagte sie später, gab es genug abgehauene Gliedmaßen, um einen Fleischerladen aufzumachen.

Aber das waren Ausnahmesituationen. Nach der Schlacht, als die Trecker auf Monate ohne Schafe und Kühe festsaßen, außerstande weiterzuziehen, nahm sie ihre alte Gewohnheit wieder auf und zog ins *veld*, allein, unbewaffnet, notfalls zu Fuß, womöglich zu Pferd, und kehrte Stunden oder Tage später mit einem Schaf oder einer Milchkuh zurück. Da die Männer die Umgebung bereits in alle Richtungen bis zum Horizont und darüber hinaus durchstöbert hatten, begriff keiner, wie um alles in der Welt sie diese verirrten Tiere hatte auftreiben können; aber sie wimmelte dann alle Erkundigungen ab und begab sich an die Arbeit, fütterte neugeborene Kinder mit der heimgebrachten Milch oder schlachtete Schafe, um den Bedürftigsten Fleisch zuzuteilen.

Mit der Zeit erlangten sie ein paar neue Rinder und Schafe, größtenteils durch die Fürsprache Archbells, des englischen Missionars, der seine Station in der Niederlassung des Barolong-Häuptlings hatte, von dem die Trecker das Gebiet zwischen den Flüssen Vet und Vaal erworben hatten, und Wilhelmina konnte ihre Tatkraft anderweitig einsetzen.

Auch ist bekannt, was sich mindestens einmal zutrug: Als die meisten Männer eben zu einer Strafexpedition ausgezogen waren, verbreiteten sich Gerüchte über einen unmittelbar bevorstehenden Angriff der Ndebele auf einen besonders gefährdeten Außenposten, in dem sich Wilhelmina gerade aufhielt. Sie nahm ihre beiden verbliebenen Kinder bei der Hand, das eine sechs, das andere drei, und schritt mit ihnen davon in die Richtung, aus der die Ndebele angeblich nahten. Ungefähr eine Meile vom Lager entfernt traf sie auf sie, eine Gruppe von etwa zweihundert bewaffneten Männern, und trat ihnen ohne Zögern entgegen. Verwirrt hielten sie an.

»Wohin wollt ihr?« fragte sie auf Xhosa, das sie verstanden.

»Das geht dich nichts an«, erwiderte ihr Sprecher. »Geh beiseite, weiße Frau, laß uns weiter.«

»Erst müßt ihr mich und meine Kinder töten«, sagte sie. »Dort, wo ich herkomme, töten Männer keine Frauen und Kinder. Vielleicht ist das bei euch anders.«

»Deine Leute fallen in unser Land ein«, sagte der Mann.

»Dies Land gehört den Barolong«, machte sie geltend, »nicht den Ndebele. Wir haben Häuptling Makwanas Erlaubnis, hier zu sein. Und außerdem sind wir auf dem Weg zum Meer.«

»Warum tötet ihr dann so viele von unseren Leuten?«

»Wir verteidigen uns, wenn ihr uns angreift.«

»Vorher. Ein paar von euern Männern sind über den Fluß

in unser Land gekommen und haben Vieh geraubt. Als wir sie aufhalten wollten, haben sie auf uns geschossen.«

Sie muß ein flaues Gefühl im Magen verspürt haben: Wie viele Male hatte sich das hinten im Grenzland zugetragen! Kam man denn nie und nie davon los?

»Das ist schlimm«, sagte sie. »Ich werde mit unseren Männern reden.«

»Du bist eine Frau«, erinnerte er sie.

»Ebendarum bin ich gewillt zu reden. Wenn ich ein Mann wäre, hätte ich euch schon getötet. Willst du, daß deine Frauen ohne Mann leben und deine Kinder ohne Vater?«

»Männer fürchten sich nicht, zu sterben.«

»Ich fürchte mich auch nicht vor dem Sterben. Aber was ist mit den anderen, die zurückbleiben? Kümmerst du dich nicht um ihre Leiden? Und ist es nicht besser, in Frieden zu leben, als Krieg zu machen?«

»Du vergeudest meine Zeit.«

»Krieg vergeudet die Zeit, nicht ich. Ich versuche, Zeit zu gewinnen. Und Leben.«

»Du versuchst mich zu betrügen. Du möchtest uns aufhalten, während deine Männer sich rüsten, uns anzugreifen.«

»Die meisten von unseren Männern sind fort«, sagte sie ruhig. »Ihr könnt das Lager überrennen, wenn ihr wollt, ihr werdet auf keinen großen Widerstand stoßen. Ihr könnt all die Schafe und Kühe nehmen, die wir von den Barolong ertauscht haben. Ihr könnt die meisten von uns umbringen. Und dann, wenn unsre Männer zurückkommen, werden sie einen Trupp an euern Ort schicken und all eure Leute töten und all euer Vieh nehmen. Und dann wird wieder eine Armee von Ndebele gegen uns losziehen, um das zu rächen. Und dann eröffnet wieder ein Trupp weißer Soldaten den Kampf. Wie lange soll das gehen? Lernt ihr Männer denn nie dazu?«

»So reden Weiber.«

»Gott sei Dank, ja. Denn warum sollten wir weiter Kinder in die Welt setzen, bloß damit ihr sie umbringen könnt? Meinst du nicht, das ist unsinnig?«

Lag da in seiner Haltung eine Spur von Unschlüssigkeit? Oder ging nur seine Geduld zu Ende?

»Bringt doch ein paar von euren Frauen dazu, daß sie herkommen und mit uns reden«, schlug sie vor.

»Wir halten die Weiber aus solchen Sachen heraus. Sie bleiben daheim.«

»Fürchtest du dich davor, sie zu schicken, damit sie mit uns reden?«

»Ich fürchte mich vor gar nichts.«

»Wenn du furchtlos bist, wirst du sie uns schicken.«

Und ein paar Tage später traf eine Abordnung von Ndebele-Frauen ein, geleitet von einigen Männern. Wilhelmina hatte große Mühe, ihre eigenen Leute zu überzeugen – die Frauen, eine Reihe von alten oder kränklichen Männern und insbesondere die Handvoll kräftiger Burschen, die zum Schutz des Lagers zurückgelassen worden waren –, daß die Besucher auf ihre Einladung kamen und nichts Übles im Sinn hatten. Und noch schwieriger war es, sie dazu zu bewegen, daß sie diese Sache den Frauen überließen; wogegen sich herausstellte, daß den Frauen das Selbstvertrauen fehlte. Wie konnten sie sich auf solche wichtigen Dinge einlassen ohne ihre Männer neben sich, die entschieden, wo es langzugehen hatte?

»Weil dies uns angeht«, sagte Wilhelmina. »Es betrifft uns selber und unsre Kinder und unsere Zukunft.«

Am Ende entschlossen sich drei von den ungefähr vierzig Frauen des Lagers zu dem Wagnis. Zwei davon waren ältliche Witwen, die dritte, eine bucklige Jungfer, setzte keine Heiratsaussichten aufs Spiel, weil sie ohnehin keine besaß. Mit Wilhelmina als Dolmetscherin ließen sie sich zusammen mit dem Dutzend Ndebele-Frauen im Schatten einiger Dornenbäume nieder, aus der Ferne mißtrauisch beobachtet: Auf einer Seite spähten die Lagerbewohner, auf der anderen die Ndebele-Männer.

Es gab keine dramatischen Entschlüsse, kein spektakuläres Resultat. Aber beide Seiten stimmten darin überein, daß sie »mit ihren Männern reden« wollten. Das war's für den Augenblick. Wäre es auf lange Sicht vielleicht zu wesentlichen Ergebnissen gekommen? Man würde das brennend gern wissen, aber da gäbe es nur Mutmaßungen. Erst als die Treck-Männer zurückkehrten, erfuhr Wilhelmina mit Entsetzen das Ausmaß ihrer Rache an der Hauptsiedlung der Ndebele: Dort hatten sie Hunderte von Feinden tot zurückgelassen (auf der Burenseite gab es, abgesehen von ein paar farbigen Dienern, keine Verluste; ausnahmslos werden in Schlachten dieser Art allein die Feinde getötet); sie brachten ein paar tausend Schafe und Rinder heim. Das muß Schockwellen durch das Ndebele-Gebiet jenseits des Vaal gesandt und allem ein vorzeitiges Ende bereitet haben, das Wilhelminas Friedensinitiative möglicherweise noch an Nützlichem bewirkt hätte.

In den Reihen der Trecker gab es jedoch Auswirkungen anderer Art. Mehrere Familien taten öffentlich kund, daß sie nicht länger Dienste von einer Person annehmen würden, die mit Kaffern verkehrte. Jemand versuchte, ihre Kochstelle in Brand zu setzen; ein Mann, dessen Kind Wilhelmina einen Monat zuvor geheilt hatte, schickte seinen Sohn, um den Hammel zurückzufordern, den er ihr als Bezahlung geboten hatte; als sie am Totenbett einer der alten Witwen anlangte, die ihr zur Unterredung mit den Ndebele gefolgt waren, jagten die Verwandten sie weg, einer nannte sie Hexe und klagte sie an, sie sei schuld am drohenden Tod der alten Frau; bald darauf traf eine Botschaft von Hendrik Potgieter selbst ein, der die Familie Pretorius aus seinem Trupp verstieß.

Das konnte sie mit einem Achselzucken abtun: Zu der Zeit war klargeworden, daß Potgieter darauf drängte, seinen Treck nach Norden über den Vaal hinaus ins Gebiet der Ndebele fortzusetzen, was entweder deren Ausrottung oder ihre gewaltsame Vertreibung bedingt hätte, und Wilhelmina zog es ohnedies nicht ins Landesinnere. Sie zog es ans Meer, selbst wenn sie sich dafür einer anderen Gruppe anschließen mußte. Maritz schied für sie aus wegen seiner Familienbande zu Leenderts Widersacher, jener unseligen scheeläugigen Kreatur Erasmus Smit. Piet Uys war für ihren Geschmack zu angriffslustig. Aber Piet Retief schien ein verläßlicher Führer, trotz einer ziemlich zwielichtigen Vergangenheit als Spekulant in Graham's Town (aber die meisten seiner Gegner und Opfer waren Engländer gewesen, das milderte die Sache, ja, machte sie löblich).

Ende 1837, zwei Monate nachdem Wilhelmina abermals einen Sohn geboren hatte, begann ihr Treck den Zug über die furchteinflößende Kette des Drakensberges. Einige Planwagen stürzten über die steilen Klippen auf der Natal-Seite, aber der Rest bewältigte die Abfahrt in einer atemberaubenden Demonstration von Kraft, Geschicklichkeit und purer Sturheit. Wieder einmal trug Wilhelmina mehr bei als ihr Teil, einmal trat sie neben einen gefährlich schwebenden Wagen, nahm dessen hintere Achse auf ihre wuchtige Schulter und lehnte ihn an einen Felsen. Das war nicht weit entfernt von der glatten Klippe, auf die sie stolz mit einer Büchse dunkelgrüner, von Retiefs Tochter Deborah geborgter Farbe den Namen ihres Mannes und das Datum ihres Durchzuges malte:

HIER KAM AM 28. NOVEMBER 1837 LEENDERT PRETORIUS VORBEI

Was das einzige noch vorhandene Muster ihrer Schrift sein dürfte. Wie paradox, daß sie sich selbst in der Inschrift nicht erwähnt. Aber abgesehen davon, daß sie den Treck, und zwar ganz wörtlich, kräftig zog, war Wilhelmina nun darauf bedacht, sich mehr im Hintergrund zu halten. Sie fühlte sich schuldig, erklärte sie mir (und hätte es dir erklärt, wenn du es ihr nur erlaubt hättest), wegen der negativen Folgen ihrer Unterhandlungen mit den Ndebele, nicht so sehr für sich selber als für Leendert; sie wollte ihm nicht noch einmal die Chancen verderben, im Treck ein offiziell anerkannter geistlicher Führer zu werden. Störrisch weigerte sie sich einzugestehen, daß er selbst sein größter Feind war: Sie war entschlossen, seinethalben Himmel und Erde in Bewegung zu setzen. Wie man so sagt.

## 10

Die Jahre, die Wilhelmina und ihre Familie in Natal verbrachten, könnte man als die »öffentliche« Periode ihres Lebens bezeichnen; sie begann höchst unheilvoll. Während Retief und ein ausgewählter Trupp Männer davonritt, um in Ngungundhlovo, dem Ort des Elefanten, Geschichte zu machen – sie verhandelten mit dem Zulukönig Dingane um Siedlungsland für die einwandernden Buren – lagerte der Rest seiner Gesellschaft provisorisch in einer Vielzahl von kleinen Gruppen am fruchtbaren Ufer der Tugelarme. Und dort fiel nun, nachdem Retiefs Unterhandlungen wider alles Erwarten damit endeten, daß er und seine Männer hingemetzelt wurden, Welle und Welle von Dinganes Kriegern über sie her; nicht zu Unrecht betrachteten die Zulus sie als Eindringlinge, und Dingane schickte seine Truppen, um das Land von ihnen zu säubern. Das war die unselige Nacht zum 16. Februar 1838.

Wilhelmina war genau nach Mitternacht von ihrem Säugling geweckt worden; sie saß, an ein Wagenrad gelehnt, und stillte ihn, da überfluteten die Zulusoldaten den Lagerplatz. Das Kind starb in ihren Armen, von einem Assagai mit solcher Gewalt durchbohrt, daß die Spitze noch der Mutter in die linke Brust drang. Sie zerrte sich die Waffe aus dem Körper, schleuderte das tote Kind beiseite, riß dann vom verglimmenden Lagerfeuer einen dreifüßigen Eisentopf und stürmte auf die Angreifer los. Bevor sich die zurückzogen, hatte sie drei getötet – die Schädel gespaltet. Um die Zeit hatten Leendert und ihre beiden älteren Knaben Stichwunden davongetragen, einer der Jungen ins Gesäß, der andere in die Schulter, Leendert, weitaus gefährlicher, in die Lunge. Wilhelmina selber hatte das meiste erlitten; sie sah, um ihre eigenen Worte zu gebrauchen, wie ein blutendes Stachelschwein aus, als sie drangehen konnte, sich die Assagais aus dem Leib zu ziehen: Es waren nicht weniger als neunzehn, ungerechnet den ersten, der ihr in die Brust gestoßen worden war.

Sie säuberte und versorgte zunächst die Wunden ihrer Familie. Dann packte sie, die eigenen Wunden rücksichtslos mißachtend, ein Gewehr, fand ein Pferd (auch das schon ein kleineres Wunder, denn die Zulus hatten sich mit allen Tieren davongemacht, die sie zusammentreiben konnten, über fünfundzwanzigtausend Stück Rindvieh, dazu Pferde, Schafe und Ziegen) und galoppierte fort; sie wollte sehen, ob sie einem der Nachbarlager behilflich sein konnte. Erst beim fünften oder sechsten Ausspann längs des Buschmannflusses sank sie infolge des Blutverlusts in Ohnmacht – ein Ereignis, das sie als ewige Schande ansah. Doch schon Stunden später war sie wieder unterwegs. Während der folgenden Tage verkörperte sie so etwas wie einen gewaltigen Engel der Barmherzigkeit, stürmte in einen Ausspann nach dem anderen, sah nach den Verwundeten und Sterbenden, legte ihnen Breiumschläge und Salben auf, verabreichte Kräutertränke und tötete Hasen und Erdhörnchen, um die noch warmen Häute auf bereits entzündete Wunden zu binden; nur Erschöpfung und die gemeinsamen Bemühungen einiger der stärksten Männer hielten sie ab, den Kolonnen der Totengräber zu helfen, die für mehr als fünfhundert hingemetzelte Menschen die letzte Ruhestätte richteten. Ungefähr die Hälfte davon waren – wie schon bei früheren Zwischenfällen – Diener gewesen, von ihren Herren zu deren Bequemlichkeit aus der Kap-Kolonie mitgebracht.

Wilhelmina muß diese ersten paar Tage, die sie einzig dank ihrer gewaltigen Kraft und erstaunlichen Energie überstand, in einer Art Betäubung verlebt haben; erst als sie in ihrem eigenen Planwagen lag, festgeschnallt mit Riemen aus Nashornhaut, überwältigte sie die Wirkung der eigenen Wunden. Es war ein Wunder, daß sie überlebte. Es gab andere, die mit einer Vielzahl von Wunden durchkamen, Catharina Prinsloo mit siebzehn, Johanna van der Merwe mit zweiundzwanzig; den Anstrengungen jedoch, die Wilhelmina ihrem Körper nach dem anfänglichen Schock abforderte, wären die meisten Leute erlegen. Selbst das Pferd, das sie requiriert hatte, brach beinahe tot zusammen.

Hätte sich Wilhelmina nicht so sehr um Leenderts einzige,

jedoch äußerst ernste Wunde gesorgt, leicht möglich, daß sie aufgegeben hätte. Aber sie wußte, er brauchte sie; daran änderte auch nichts, daß sie ihn jetzt zum erstenmal für seine Schwäche verachtete. Zuallermindest, sagte sie, hätte er in der Nacht mit ihr aufstehen können, als sie das Kind stillen mußte; vielleicht hätten sie eine bessere Chance gegen die Angreifer gehabt. Freilich gab sie in Augenblicken der Geringschätzung zu, daß er die Dinge möglicherweise kompliziert, indem er in der Verwirrung entweder sie oder sich selber erschossen hätte.

Sie genas. Sie machte sich daran, die umgebende Wildnis nach neuen Kräutern abzusuchen. Ihre bemerkenswerteste Tat in dieser Zeit war, daß sie sich mit einem Zuluvolk an den Ausläufern des Drakensberges anfreundete. Als Leendert Einwände erhob, machte sie geltend, jenen könnte nicht vorgehalten werden, was die anderen getan hatten. »Das waren alles Halbverrückte, die den Befehlen eines wahnsinnigen Königs gehorchten«, sagte sie. »Die hier sind friedliche Landleute wie wir selber.« Immerhin suchte sie die alten Frauen auf, nicht die Männer; und da sie sich wiederum auf Xhosa zur Genüge verständlich machen konnte, lernte sie bei ihnen eine Fülle von Arzneien kennen, die selbst den störrischsten Ochsen kuriert hätten. Jedenfalls wurde sie selbst geheilt. Nicht so Leendert. Vermutlich deshalb nahm sie auch Zuflucht zum Arsen, um seiner eiternden Wunde beizukommen. Sie kaufte einen hübschen Vorrat von einem italienischen Hausierer, Alberto Viglione, der sich zu der Zeit bei den Treckern aufhielt (seine Frau Teresa hatte in der Nacht zum 16. Februar eine recht heldenhafte Rolle gespielt, denn sie ritt zu mehreren Ausspannen und warnte sie vor der nahenden Gefahr); und als die daraus zusammengerührte Paste nicht so schnell wirkte wie erhofft, flößte sie Leendert zusätzlich ab und zu eine kleine Dosis ein. Gut möglich, daß es die Medizin war, die Leendert ein Jahr später schließlich dahinraffte; unbeabsichtigt, so wollen wir hoffen.

Zu der Zeit lebten sie auf einer kleinen Farm an der Mündung des Umgeni. Anfangs wurden sie nicht nur von den gewöhnlichen Raubtieren belästigt, sondern auch von Krokodilen. Aber Wilhelmina hatte es immer verstanden, mit Tieren umzugehen. Löwen, Leoparden und Luchse lernten bald, ihr Gebiet zu respektieren. Bei den Krokodilen dauerte es etwas länger, und drastischere Maßnahmen waren erforderlich. Sie behielt sie scharf im Blick, bis sie eines Tages auf einer Sandbank nahe der Flußmündung ein Exemplar von ungeheurer Größe erwischte, das soeben ein Schaf geschnappt hatte. Ohne Zaudern stürzte sie sich auf das Reptil, bearbeitete es mit einem derben Stock, griff ihm dann in die Kiefer, zerrte diese buchstäblich auseinander und gab nicht auf – so erzählte sie mir persönlich – bis das ganze Tier der Länge nach durchgerissen war. Nach diesem Vorfall waren die anderen so friedlich, daß Wilhelmina, wie du schon weißt, ihre Kinder regelmäßig in ihrer Obhut ließ, wenn sie am Strand spielten.

Eine Woche nach der Schlacht am Blutfluß, die für eine Weile die Feindseligkeiten zwischen Buren und Zulus beendete, hatte sie ein neues Baby zu Welt gebracht, ein Mädchen. Also muß sie das Kind kaum einen Monat nach dem Angriff am Tugela empfangen haben; und das besagt einiges, entweder über Leenderts schamlosen Appetit oder über Wilhelminas Entschlossenheit oder über beides zusammen. Und zu der Zeit, da er starb, war Wilhelmina, zweifellos darauf erpicht, den im Krieg verlorenen Stamm zu ersetzen, abermals schwanger. Sechs Monate nach dem Begräbnis – einem, wie jedermann sagte, besonders schönen Gottesdienst; Erasmus Smit zelebrierte die Leichenfeier seines Erzrivalen mit spürbarer Begeisterung – wurde das Kind geboren. Du wirst es erraten haben: Es war Petronella.

## II

Bald darauf begannen Wilhelminas wahre Nöte: Die Zulus waren einstweilen dadurch gebändigt gewesen, daß Dingane beseitigt worden war und daß die Trecker Mpande als »Prinzregenten«anerkannten; aber nun begannen die Engländer Drohworte hervorzupoltern: Sie wollten das Gebiet von Natal annektieren, um wieder einmal ihre gierigen Hände auf die widerspenstigen Buren zu legen. Und die Trecker waren nach allem, was sie durchgemacht hatten – wie du dir vorstellen kannst –, nicht gelaunt, wie fromme Lämmer die Freiheit und Unabhängigkeit aufzugeben, die sie endlich gewonnen hatten.

Ein paar Jahre ging das Leben in Unsicherheit und Wirrsal weiter. Zu der Zeit, als es zur Entscheidung kam, im Jahre 1843, hatte Wilhelmina bereits wieder geheiratet; denn sie verspürte keine Lust, ihre fruchtbare Zeit zu beenden, wo doch Menschen in Massen gebraucht wurden. Der arglose Mann war Hansie Nel, zehn Jahre jünger als sie selber; er hatte seine Frau bei dem Massaker am Tugela verloren, und wie es sich traf, hatte er auch den Sarg für Leenderts Begräbnis gezimmert; ein bescheidener Mann von sanftem Wesen, der sich jedem Wunsch Wilhelminas beugte. Die Verbindung war glücklich, mindestens in einem Punkt. Ihr erstes Kind wurde genau ein Jahr nach der Hochzeit geboren, zwölf Monate später folgten Zwillinge. Einer davon war der Knabe Benjamin, der später Petronella auf ihren Wanderungen begleitete.

Unglücklicherweise überlebte Hansie das Ereignis nicht. Frag mich nicht, was passiert ist. Alles, was Wilhelmina je darüber gesagt hat, ist: »Der verdammte Dummkopf hat mich erzürnt.« Zu dieser Zeit hatte sich ihr Temperament ins Epische gesteigert, vor allem infolge des Konflikts mit den umherziehenden Vertretern des Britischen Empires. Es gab auch eine Zeit, in der sie dafür bekannt war, daß sie Ungeziefer auf der Farm durch den rücksichtslosen Einsatz von Strychnin vertilgte.

Bevor die Zwillinge einen Monat alt waren, brachen die lang erwarteten Unruhen aus. In Wilhelminas Terminologie war dies das schlimmste Scheißegewitter ihres bisherigen Lebens. Buren und Engländer hatten einander eine Zeitlang in Port Natal grimmig beäugt; die Engländer hatten mehr und mehr Verstärkungstruppen hereingebracht; dann bemerkten die bei Congella geschlagenen Buren in einer Mondnacht, als eine Gruppe alter Männer in den Uferbüschen Wache hielt, daß eine Kompanie Engländer mit einer Kanone heranrückte. Die Engländer wurden geschlagen; aber ein junger Draufgänger galoppierte den ganzen Weg bis nach Graham's Town, tausend Kilometer, und dann wurde eine große Streitmacht auf dem Seeweg hergeschickt, um das Gebiet zu annektieren. Und zum Unrecht kam die Kränkung: Diese Truppe befehligte Josias Cloete, ein Mann aus einer der vornehmsten holländischen Kap-Familien, der sich nun gegen seine eigene Sippe wandte. Auf den Fersen folgte ihm sein Bruder Henry, ernannt zum Regierungskommissar der neuen Kolonie. Die Burentruppen zogen sich zu dem Ort zurück, der mehr Buchstaben in seinem Namen hatte, als er Bewohner barg, Pietermaritzburg, und dort trat ihnen Henry Cloete entgegen, um mit ihnen ihre offizielle Kapitulation vor Ihrer Majestät auszuhandeln.

Sowie Wilhelmina von diesen Geschehnissen hörte, vertraute sie ihre Farm einem zuverlässigen Zulu-Vorarbeiter an und ihre älteren Kinder den Krokodilen – sie waren zu den »besten Wachhunden, die ich je hatte« geworden – und eilte nach Pietermaritzburg, wobei sie nur die Zwillinge, noch im Säuglingsalter, mitnahm. Um alle Welt nicht hätte sie die drohende Konfrontation verpassen mögen. Sie langte rechtzeitig an, um zu erfahren, daß die Burenversammlung tatsächlich die Kapitulation erwog. Das war im Mai; im frühen August waren die meisten Männer weich geworden. Nicht so die Frauen. Mit einem Baby an jeder Brust machte Wilhelmina die Runde von Wagen zu Wagen, von Haus zu Haus und ermahnte die Schwesternschaft, aufzustehen für Recht und Freiheit der bedrohten Trecker. Wenn die Männer zu feige seien, dann sollten die Frauen das Ruder übernehmen. Und da sie schon mal dabei seien, könnten sie auch ebensogut gleich noch das Stimmrecht verlangen, als die ersten Frauen der Welt. Zuerst zögerten die Bundesgenossinnen. Dann wagten sich ein paar vor, darunter die bucklige Jungfer und die eine übriggebliebene Witwe, die Wilhelmina schon früher beigestanden hatte. Und eines Abends erschien in dem kleinen Lehmhaus der alten Witwe, bei der Wilhelmina wohnte, Susanna, die sonst zimperliche junge Frau des winselnden Predigers Erasmus Smit.

Was im Lauf der langen Unterhaltung, die fast bis zum Tagesanbruch währte, herauskam, schien fast unglaublich. Susanna war am Ende ihrer Kräfte angelangt; mehr ertrug sie nicht. Mit dreizehn Jahren zur Heirat mit Erasmus genötigt, hatte sie sich all die Jahre in Mißhandlung und Gefühlserpressung, in seine Zechereien, seine tobenden Delirien, seine endlosen Depressionen, seine Höllenvisionen, seine ekelerregenden körperlichen Forderungen gefügt. »Er hält mich wie ein Drache, gefesselt und geraubt und eingekerkert«, erklärte sie Wilhelmina. »Ich durfte nie ein eigenes Leben haben. Er hat ein großes Zimmer ganz für sich allein; dort kann er seine Predigten schreiben oder seine Betäubung verschlafen oder seine Visionen nähren oder sich's besorgen, ganz wie er Lust hat – ich habe die Flecken auf dem Fußboden und auf seinen Papieren gefunden, und dann erwartet er von mir, daß ich's aufwische. Und ich – sieh mich an, Tante Wilhelmina, ich bin noch jung. Ich will *leben*!

Nicht mal die kleinste Ecke gehört mir. Ich bin nichts Besseres als ein verdammter Kürbis, reglos und plump, der drauf wartet, daß ihn irgendwer erntet.«

Sie hatte auch Träume, gestand sie. Manchmal Alpträume, in denen sie von einer Armee von Geistern überfallen wurde, kleinen, grauschwarzen Hunden, Katzen, Affen, Mäusen und flinken roten Käfern, die sich auf ihrem sündigen Leib in solchen Massen niederließen, daß sie sich kaum zu rühren vermochte. Sie schlugen ihr Gesicht mit ihren Tatzen, ihren Schwänzen, ihren Flügeln, flogen ihr in die Ohren, bliesen ihr dicken Rauch in die Augen. Zu andern Zeiten hatte sie Visionen von himmlischen Besuchern – Dinge, vor denen die Leute, wenn sie sie erführen, erschaudern oder über die sie staunen würden. Aber sie durfte zu niemandem ein Sterbenswörtchen sagen. Wenn sie Erasmus davon erzählte, beschimpfte er sie stets brüllend und eignete sich dann unverfroren ihre Träume an, um sie in seinen einfallsreicheren Predigten zu verwenden. Von ihr aber, zerbrechlich und kränklich, wie sie war, erwartete er, daß sie die gesamte Hausarbeit verrichtete, und zwar ohne alle Hilfe; allein seinen Unrat wegzuputzen war eine tagfüllende Beschäftigung. Und nun hatte sie es satt. Und was das Faß zum Überlaufen brachte: ihn zu sehen – all die Männer –, wie sie sich sanft wie die Lämmer den Engländern auslieferten und ihre Freiheit preisgaben. Wie war das möglich? Sie konnte nicht ertragen, ausgeschlossen zu sein von dem, was sie »Arbeiten in Gottes Weinberg« nannte.

»Wär ich bloß ein Mann«, klagte sie, »und kein Weib. Einen Rucksack über die Schultern, mit großen Schritten durchs Land wandern, Zeuge sein, wie die Wildnis blüht gleich einer Rose!« Hysterie klang aus ihrer Stimme – eine Besessene. Und nun, kam sie schließlich zur Sache, hatte sie von Wilhelminas Mahnungen gehört; sie hatte Erasmus daheim weinend in seinem eigenen Erbrochenen sitzenlassen und war zu Wilhelmina gekommen, um ihr alle Hilfe anzubieten, die sie leisten konnte.

Wilhelmina war keine Närrin. Sie sah augenblicklich den Vorteil davon, diese Frau – hysterisch vielleicht, aber mächtig in ihrem Zorn – auf ihrer Seite zu haben. Sie hatte den kriechenden Smit von je verabscheut; doch da Susanna nie ein Wort gesprochen, sondern sich an ihres Mannes Seite gehalten hatte wie eine demütige Maus, hatte niemand je solche Abgründe von Zorn und Energie in ihrem zerbrechlichen Körper vermutet. Aber nun war das anders. Und bei der gehobenen Stellung, die ihr Mann ungeachtet seines Charakters seit Retiefs Tod und mit Hilfe der Autoritätsperson Maritz erlangt hatte, konnte Susanna unter den widerspenstigen Frauen von Natal als mächtiger Magnet wirken

Und genau das geschah. Angeführt von Susanna Smit, mit Wilhelmina und ihren Zwillingen als gewaltiger Stütze unmittelbar auf den Fersen, marschierten nahezu vierhundert Frauen in den Saal, wo Henry Cloete auf das entscheidende

Abstimmungsergebnis der Repräsentanten wartete. Sie trugen ein Gesuch bei sich, das Wilhelmina und ihr neuer Schützling am vergangenen Abend entworfen hatten (Erasmus war wieder einmal außer Gefecht gesetzt, was ihnen zugute kam). Sie führten an, daß keine Entscheidung der Beratenden als endgültig betrachtet werden könne, insofern sie einzig von Männern gefaßt sei; und in Anbetracht der Schlachten, an denen sie, die Frauen, teilgenommen hätten, seien sie nun in allen Angelegenheiten ihres Landes stimmberechtigt. Dies Recht beanspruchten sie nun, und in wohltönenden Sätzen – in denen man sowohl Susannas visionäre Inspiration erkennt als auch den Zorn der praktischer gesonnenen Wilhelmina – verkündeten sie ihren »festen Entschluß, sich nie der britischen Hoheit zu unterwerfen«. Sie seien sich schmerzlich bewußt, erklärten sie, daß Widerstand möglicherweise nutzlos sei; aber sie wünschten deutlich zu machen, »daß sie bereit seien, barfuß über den Drakensberg zu wandern, um in Freiheit zu sterben, da ihnen der Tod lieber sei als der Verlust der Freiheit«.

Zu Beginn behandelte Cloete, in feierlicher Robe mit den Ehrenzeichen seines Amtes, die Unterbrechung als amüsante Zerstreuung; aber mit der Zeit, als sich die Frauen immer mehr erregten, wurde er nervös. Wenn sie es fertigbrächten, ihre rasende Empörung auf ihre Mannsleute zu übertragen, scheiterte vielleicht noch das ganze Unternehmen. Er hob zu einer langen Rede an, hingerissen von seiner eigenen Sprachgewalt (»Ich muß euch einprägen, daß eine solche Freiheit, wie ihr sie zu erträumen scheint, in keiner zivilisierten Gesellschaft je zugestanden worden ist, und ich bedauere aufrichtig, daß ihr als verheiratete Damen eine Freiheit beansprucht, die schon als sozialer Status undenkbar wäre; und wieviel Sympathie ich auch mit euren Gefühlen hegen mag, so muß ich euch doch sagen, ich betrachte es als eine Schande für eure Ehemänner, daß ihr diese Art Sprache führt«); aber sie unterbrachen ihn sehr bald. »Wir sind nicht hier, um Euch zuzuhören«, erklärte Wilhelmina in einem Ton, der keinen Zweifel an ihrer Gemütsverfassung ließ, »sondern um Euch zu zwingen, daß Ihr uns zuhört!«

Er brachte weiterhin vor, was in der Folge als »ein kraftvoller und männlicher Protest« beschrieben wurde; aber seine Worte ersoffen in einem Schwall von Hohnrufen. Zu diesem Zeitpunkt war auch schon eine Schar Männer in den Saal geströmt, darunter Erasmus Smit selber, den ein wohlmeinender Nachbar unter den Arm genommen und von seinem Gläschen losgeeist hatte; und als er die »vulgären und höchst schimpflichen Beinamen vernahm«, die Cloete um den Kopf flogen (wie ein männlicher Korrespondent des »Graham's Town Journal« später berichtete), begann der Mann Gottes, fast bis zur Besinnungslosigkeit erschüttert, seinem Weib über die Köpfe der Menge hinweg, die beide trennte, Vorhaltungen zu machen. Zunächst in einem schwachen Gemurmel, aber allmählich gewann seine Stimme an Klangfülle, während er voll Kummer zu schluchzen begann: »Still, Susanna, um Gottes willen, mein Kind, schweig still, komm nun, mein Kind ...«

Worauf sie zurückschrie: »Halt den Rand, du schieläugiger Drache! All diese Jahre hast du nichts getan, also versuch jetzt nicht, mich aufzuhalten. Ich bin nicht dein Kind. Heute zieh *ich* die Hosen an!«

Jetzt war Cloete bereits so erbittert, daß er versuchte, die Versammlung aufzulösen. Aber die Frauen wollten ihn nicht gehen lassen. Um das Gesicht zu wahren, nahm er wenigstens auf eine Weile in – wie das »Journal« es beschrieb – ungezwungener Haltung Platz, griff ein paar Papiere auf und gab vor, »sich die Zeit angenehm zu vertreiben, die seine Peinigerinnen mit ihren langwierigen Erzählungen in Anspruch nahmen«. Aber dann wurde es ihm zu viel – »Die schlichte Wahrheit ist«, sagte Wilhelmina, »er machte sich in die Hosen« –, und plötzlich sprang er auf und versuchte, rasch zu entkommen. Das verhinderte eine Woge von Frauen rings um ihn. Manche warfen ihm ihre Schürzen über den Kopf, so daß er nicht sah, wohin er sich wandte; andere zerrten ihn an den Kleidern, während Susanna Smit, »dies kleine Exemplar von

Menschlein« (abermals die Worte der Zeitung), mit den Fäusten auf ihn losging. Nur unter Aufbietung aller Kraft entrann er schließlich durch die Seitentür, nahezu erstickt vom Luftmangel und zweifellos auch von der Furcht.

Später am selben Tag verkündete die Versammlung ihren Entschluß, zu Cloetes Bedingungen vor Großbritannien zu kapitulieren. Die eigenen Männer fielen den Frauen in den Rücken. Gedemütigt und niedergeschlagen krochen die meisten Frauen zurück in die Abgeschiedenheit ihres häuslichen Daseins; Susanna Smit erschien nie wieder in der Öffentlichkeit, zumindest nicht ohne ihren Gatten (und das erst, nachdem etliche Wochen verstrichen waren, vermutlich so viel Zeit, wie die Blutergüsse in ihrem Gesicht zum Abheilen brauchten); was immer sie in Zukunft zu sagen hatte, vertraute sie nur noch ihrem Tagebuch an.

Wilhelmina fühlte sich verraten. Zwei Tage nach dem Ereignis, als sie sich zur Heimkehr auf ihre Farm an der Umgeni-Mündung anschickte, hörte sie auf der breiten Straße einen Wagen vorbeirumpeln. Sie erkannte auf dem Bock neben dem Fahrer Cloete. Plötzlich wurde sie von etwas gepackt, was sie selber als Tobsucht schilderte. Sie rannte auf die Straße hinaus, vor den Wagen, stieß den Jungen beiseite, der die Ochsen lenkte, und fiel den Tieren in die Zügel, so daß sie stehenblieben. Cloete erhob sich wütend. Als er erkannte, wen er vor sich hatte, erblaßte er. Schweiß brach auf seiner glattrasierten Oberlippe aus.

Wilhelmina stieg zum Vordersitz hinauf und brüllte Cloete an – in Ausdrücken, neben denen sich die Flüche eines Fischweibs wie eine Predigt ausgenommen hätten –, er solle runterkommen; das lehnte er ab und lud sie statt dessen zu sich nach oben ein. Wutschäumend kam sie der Aufforderung nach.

»Madam«, sagte Cloete, »ich bin überzeugt, wir können zu einer freundschaftlichen Verständigung gelangen …«

Wilhelmina ließ sich zu keiner Antwort herab. Mit einem einzigen rechten Haken warf sie ihn vom Wagen. Wie ein erschossener Geier plumpste er in den Staub.

Bedauerlicherweise änderte die Begegnung nicht das mindeste am Gang der Geschichte. Nicht einmal verzeichnet wurde sie.

Von diesem Tag an zog sich Wilhelmina vor dem Auge der Öffentlichkeit zurück und suchte wieder die Abgeschiedenheit ihrer Farm auf, wo sie ihre verbliebenen Kinder und Besitztümer um sich scharte, darunter auch den Sarg ihrer lieben dahingegangenen Mutter, den sie den ganzen Weg durch die Wildnis mitgeschleppt hatte. Sie lud alles auf drei Wagen, trieb das Vieh zusammen, das sie erhalten hatte als Vergütung für ihre Verluste und als Anerkennung ihrer Dienste für die nun nicht mehr existierende Republik, und schloß sich einer von mehreren großen Trecker-Gruppen an, zurück über den Drakensberg und auf eine neue Wildnis zu, selbst wenn die sich keines Meeres rühmen konnte; sie wußte, sie würde wenigstens ihr Leben dort enden, wohin der Griff des Britischen Empires nicht mehr reichte.

## 12

Wilhelmina stürzte sich ins Essen. Sie hatte immer einen herzhaften Appetit gehabt, aber das rührte daher, daß ihr imposanter Körper Nahrung brauchte; nun, auf der sich umständlich dahinschlängelnden Wanderung, die sie zusammen mit einer Trecker-Gruppe nach der anderen über den Drakensberg führte, dorthin, wo sich heute der Nordöstliche Freistaat befindet, und von da weiter zum fernen Nördlichen Transvaal, nun entfaltete sich bei ihr ein Eßzwang, der ihre Familie erst erheiterte, dann erschreckte. War sie in Form, begann sie eine Mahlzeit mit einem Dutzend Eiern und einem Laib Topfbrot, bevor sie voller Lust ein halbes fettes Schaf verzehrte; aus Gemüse machte sie sich nicht viel, ausgenommen Kürbis; als Beilage konnte sie ein ordentliches Exemplar auf einen Ritt verdrücken; und wenn sie bei Appetit war, vertilgte sie statt eines Salats noch ein oder zwei Hühnchen.

Sie begann, in erschreckendem Maß zuzunehmen. Mit zehn

war Wilhelmina robust gewesen; mit vierundzwanzig, als sie Leendert Pretorius heiratete, war sie stämmig; mit dreißig, um die Zeit, da sie auf den Großen Treck zog, hätte man sie stramm nennen können; und als sie mit knapp vierzig Natal verließ, war sie massig. Aber das war nichts im Vergleich zu dem, wozu sie sich im Lauf dieser langen Reise entwickelte, die erst zwei Jahre nach dem Aufbruch in Natal zum Halt kam, und zwar inmitten einer Gruppe fanatisch frommer, fundamentalistischer Visionäre, die sich aufgemacht hatten, um Jerusalem zu suchen. Zu der Zeit, als sie und ihre Familie sich am Ufer des Stroms ansiedelten, den sie für den Nil hielten, hatte Wilhelmina den Umfang eines jungen Flußpferdes, und immer noch dehnte sie sich aus. Zu Beginn hatten wohl noch die Härten der Reise ihre Gewichtszunahme gebremst; aber die Lebensweise eines seßhaften Farmers – für sie eine bequeme – machte, daß ihre Taille beinah täglich schwoll.

Innerhalb der ersten paar Monate nach ihrer Ankunft am Nylstroom nahm sie zum Gemahl einen winzigen Mann, Bertus Lingenfeld, einen von den Glaubenseiferern, die ihrer Familie Obdach geboten hatte. Er war besessen von einer religiösen Inbrunst, die des verewigten Leendert Pretorius' Hingabe bei weitem übertraf. Die Maus auf dem Zuckerhut, kicherten die Leute; aber er konnte wundervoll lesen, und das festigte vermutlich diese Verbindung, die andernfalls nur als eine unbegreifliche Mißpaarung erschienen wäre. Bei ehelichen Umarmungen mußte er sich damit zufriedengeben, ratenweise zu liefern; es war, wie er einmal einem Freund anvertraute, der es seinerseits Petronella berichtete, als wälze man sich im Schlamm. Größenteils, so stellt man sich vor, eine Sache von Treffen oder Vorbeizielen; aber von Zeit zu Zeit muß er tatsächlich einen spürbaren Treffer gelandet haben, denn sie zeugten drei Kinder, die 1846, 1847 und 1849 zur Welt kamen. Betrüblicherweise wurden sie alle wenige Monate nach ihrer Geburt von einem Fieber weggerafft, das in diesen Gegenden wütete, ebenso wie zwei Sprößlinge des toten Hansie Nel, so daß aus jener Verbindung nur der geistig zurückgebliebene Benjamin überlebte.

1851 erlag Bertus Lingenfeld selbst, und zwar keinem Fieber, sondern der Liebesglut. Er starb im ehelichen Akt, was für die Kinder – jeweils zwei verbliebene Söhne und Töchter, darunter Petronella, aus der Verbindung mit Leendert Pretorius sowie Benjamin aus der zweiten Ehe – recht peinlich war, denn sie mußten zu Hilfe gerufen werden. Das Problem bestand darin, berichtete Petronella Jahre später, daß der Leichnam aus der Körpermasse und den Fleischfalten befreit werden mußte, in die er eingebettet war.

Es gab wenig, womit sich Wilhelmina beschäftigen konnte. Die Drangsale des Großen Trecks waren vorüber; zur Erinnerung geschrumpft war die Lust jener Tage, da sie die Frauen gegen die Engländer geführt hatte; zwar konnte sie im Erzählen beständig wiedererfunden werden, doch außer ihrer Tochter Petronella hörte niemand mit wirklicher Teilnahme zu. Niemand verlangte mehr ihre Dienste als Heilerin, denn die Sekte, in deren Mitte sie jetzt lebten, besaß bereits eine Medizinfrau, die erleuchtete und weithin gefürchtete Tante Mieta Gous, sie hatte Petronella unter ihre Fittiche genommen. Als Frau hatte Wilhelmina ihre Rolle ausgespielt. Bestenfalls war sie nun die Fette Frau, ein Phänomen, ab und zu aus sicherer Entfernung ehrfürchtig angestarrt von den Besuchern, die der wachsende Prophetenruhm ihrer Tochter Petronella herbeizog. Die Entdeckung, daß ihr bei den Schwarzen dieser Region ihr Xhosa und ihr Zulu nichts nützte, benahm ihr selbst den zwanglosen Umgang mit den eingeborenen Menschen, der ihr zuvor so selbstverständlich zugefallen war. Auf all diese Enttäuschungen und Zurücksetzungen reagierte sie nur, indem sie mehr aß; mehr und immer noch mehr.

Hätte sich Wilhelmina in der Gemütsruhe und dem Behagen eingerichtet, die man bei einer Person dieser Dimensionen voraussetzen möchte, wäre das Leben vielleicht erträglicher gewesen. Doch obwohl sie sich immer mehr von der Außenwelt zurückzog, nahmen ihre Reizbarkeit und ihr Ungestüm zu; sie wurde eine Art Schrecknis für die Nachbarschaft, und Besucher taten gut, sich in sicherer Distanz zu halten. Ihre Ausbrüche waren vesuvgleich, und trotz ausdrücklicher Warnungen, die man an Neugierige richtete, wurden etliche allzu unerschrockene Seelen, die sich zu nahe heranwagten, durch schwere Wurfgeschosse zum Krüppel geschlagen; Gerüchte sprachen von zwei Toten.

Als die Familie ein Haus aus Holz und rohbehauenen Steinen errichtete, wobei Wilhelmina die meiste Arbeit allein tat, baute sie vorausschauend eine Haustür ein, die selbst für einen Wagen hoch und breit genug war; und eine ganze Weile genügte die, um sie ein und aus zu lassen. Aber als sie stetig voluminöser wurde, bis sie während ihrer letzten fünf oder sechs Lebensjahre elefantische Ausmaße annahm, vermochte sie ihren Leib nicht mehr durch die Öffnung zu zwängen. Die zu erweitern wäre unklug gewesen, denn die Wand trug ein gutes Teil vom Gewicht des Hauses. Dies bedeutete, daß Wilhelmina nun drinnen gefangen war. In vieler Hinsicht war das für die Kinder eine Wohltat, und ein- oder zweimal rettete es ihnen vermutlich das Leben, da sie vor ihren sagenhaften Wutausbrüchen mühelos flüchten konnten. Aber es schuf auch Probleme, deren größtes – und peinlichstes – die Hygiene betraf.

Die Reihe der Aborte, die im Lauf der Jahre rund ums Haus errichtet wurden, solide Stein- und Eisenholzkonstruktionen über großen Gruben, in einem immer größer werdenden Ring ums Haus angelegt, da eine Grube nach der anderen sich füllte, hätte einem Elefanten genügt; aber nun konnte Wilhelmina nicht mehr hinaus. Kein Nachtstuhl trug ihr Gewicht. Die einzige Lösung, zweifellos erstmalig in der Landesgeschichte, bestand darin, die Einrichtungen hereinzuholen.

Das Problem, um es so delikat wie möglich zu benennen, war, daß Wilhelminas Ausstoß im direkten Einklang mit dem Eingespeisten stand. Und da sie nichts mit übelriechenden Eimern oder Fässern zu tun haben wollte, die den ganzen Tag herein und hinaus getragen würden, bestand sie darauf, daß eine inwärtige Grube ausgehoben wurde. Sie räumten als erstes einen Raum hinten nahe der Küche aus, gruben ein gewaltiges Loch in den Boden und bauten einen stabilen Sitz darüber. In ein paar Monaten war es voll.

Das Loch wurde mit Balken abgedeckt und mit Mist bepflastert, und sie wiederholten den ganzen Prozeß im angrenzenden Raum. Dann im nächsten und so weiter, bis sie die Runde durchs Haus gemacht hatten und wieder am Ausgangspunkt landeten. Zu der Zeit mußte sich nach ihrer Berechnung das erste Loch hinlänglich »gesetzt« haben, so daß sie die nächste Runde eröffnen konnten. Keine wohlriechende Sache, aber es funktionierte.

Wilhelmina brachte mehr und mehr Zeit auf dem massiven, steingehauenen Sitz ihres Aborts zu. Wozu das Hin und Her, wenn Bewegung so schwierig war? Während ihrer letzten ein oder zwei Jahre ging sie sogar dazu über, seitwärts gegen die Wand gelehnt dort zu schlafen. Die einzigen zugelassenen Besucher waren auserwählte Sektenmitglieder: Mieta Gous, eine von den Enslins, ein Greyling und Petronellas Mitstudiosus in der Kunst der Prophetie, der junge Petrus Landman – Leute, die in ihrem Glauben so entrückt waren, daß es ihnen nichts ausmachte, zu zweit auf dem Fußboden des Raumes zu sitzen, in dem Wilhelmina nun fortwährend hofhielt.

Und auch von dort regierte sie weiter ihren Haushalt mit eiserner Hand. Den Söhnen verbot sie zu heiraten; Bewerber um die Töchter wurden abgewiesen. Die wichtigste Verpflichtung ihrer Kinder war sie selbst, die große Königin im verborgenen auf ihrem soliden Sitz. Der war der Mittelpunkt ihres kleinen Weltalls, und von dort verbreiteten sich Wellchen und Widerhall, beide wörtlich wie übertragen, durch ihr Leben, durch die Region, durch die Länge und Breite der soeben den Kinderschuhen entwachsenen Republik Transvaal.

Petronella empfing ihre Besucher in einem Schuppen, den sie in eine Art Konsultationsraum verwandelt hatte, denn Wilhelmina verbot ihnen das Haus. Vielleicht mißgönnte sie ihrer Tochter den Ruhm (obwohl die beiden einander zwischen heftigen Wutausbrüchen überraschend naheblieben). Vielleicht wollte sie auch einfach in ihrem elenden Zustand nicht von Fremden angegafft werden: so wie sie langsam von Raum zu Raum die Runde machte, über einer Grube nach der anderen hing.

Zu Beginn des Jahres 1859 traten sie die dritte Ausschachtungsrunde an. Und vielleicht wäre die auch noch vollendet worden, hätten nicht im Sommer zuvor sintflutartige Regenfälle die Gegend heimgesucht. Der Hof war ein einziger Sumpf. Das Wasser sickerte unter die Mauern, die durchs beständige Graben schon an Festigkeit verloren hatten. Unter der Oberfläche der Balken mit dem Dungestrich entwickelte sich ein Morast. Die Fundamente ruhten buchstäblich auf Fäkalischem. Eines Nachts gehorchte Wilhelmina mitten in einem Gewitter dem Gebot der Natur. Während sie auf ihrem Thron saß, bemerkte sie, wie der Boden langsam zu schwanken und zu schlingern begann, wie er sanft hin und her wogte, und sich hob und senkte wie das Meer. Sie starrte darauf, unfähig zur kleinsten Bewegung, da sie es zuerst für einen Schwindelanfall hielt, der schnell vorbeiginge. Dann stellte sie fest, daß auch ihr stabiler Sitz zitterte und vibrierte wie ein Schiff, das auf Fels gelaufen ist. Als er kenterte, fingen die Wände an zu beben und wanken, bereit, sie zu umschließen. Langsam, allmählich stürzte das Haus unter ihr, um sie her, über ihr zusammen. Die Kinder, geweckt durch das, was sie für ein Erdbeben hielten, rannten in den strömenden Regen hinaus. Wilhelmina aber lag unter dem Schutt begraben und sank, sank tiefer und tiefer in eine scheinbar bodenlose Grube, wie ein Wal, der in die Tiefe zurückkehrt. Das war ihr finales Scheißegewitter.

## 13

Die Erzählung hat lange gedauert, viele Male unterbrochen, um Ouma durch einen Schluck Traubenzuckerwasser und ein, zwei Atemzüge Sauerstoff wiederzubeleben, wenn sie zu schwach wurde und ihr die Stimme versagte. Von Zeit zu Zeit ist sie einfach verstummt, zuweilen eine halbe Stunde lang, hat unregelmäßig durch den offenen Mund geatmet. Aber sowie ich aufzustehen, auf Zehen wegzuhuschen suchte, krachte es unheilverkündend von dem Bett, wo die unsichtbare Frau ruhte, und Ouma schlug die Augen auf. »Es ist noch nicht zu Ende.« Und sie nahm den Faden wieder auf.

Jetzt schläft sie, und das Bett zeigt keine Mulde mehr, mir bleibt, den Weg durch den Irrgarten ihrer Erzählung zu suchen, so wie ich einstmals durch die Korridore und Sackgassen dieses phantastischen Hauses schlich, seine Schätze und seine Belanglosigkeiten erkundete; und wieder scheint mir, je mehr Rätsel sich mir enthüllen, desto undurchdringlicher wird das Geheimnis.

»Kristien?«

Es ist Trui in Unterrock und Lockenwicklern, sie kommt, mich abzulösen. Ich sollte froh sein, mich dem Schlaf zu überlassen. Aber wieder einmal merke ich: Im Augenblick, da ich mich niederlege und das Licht ausschalte, bin ich hellwach. Wie heftig das Leben unter der Oberfläche dieser Tage strömt. Und wie in anderen Nächten fließt alles ineinander: Annas dunkle Brillengläser, die ihr Geheimnis nicht verbergen können, Lenie hinter dem Blumenvorhang, ein kleines Mädchen, am Strand von Krokodilen gehütet, Michael, der seiner Fußnote nachspürt, Thandos Bauch, ein Kissen für meine Tränen, eine Frau, aus der die Assagais spießen wie die gesträubten Borsten eines wütenden Stachelschweins, Nomaza in ihrem grünen Kopfputz: »Auf die Frauen. *A luta continua*«, ein weißes Mädchen, das am Rand des Abgrundes mit einem schwarzen Mann tanzt, ein Wal, untergegangen in einer Kloakenflut, die Vögel, die mit den Überbleibseln von Oumas Leben davonflattern, ihre Märchen in den Wind gestreut, eine Handvoll Federn – ein ganzer Tag, der sich um die Leere, erzeugt von Sandile, dreht.

Ich schalte Licht an und nehme das Buch von meinem Nachttisch auf; den Stephen Hawking aus der Bibliothek. Ein bißchen Lektüre sollte die schweifenden Gedanken sammeln. Aber es ist um diese Nachtzeit eine Plackerei. Ich bewundere John Bonthuys für seine Hingabe. Ich versuche mich zu konzentrieren. Relativität. Es scheint, in dieser geheimnisvollen Sphäre von Raum und Zeit kann man in die Zukunft oder in die Vergangenheit reisen, und durch die Reise wandelt sich das, was gewesen ist oder noch kommen mag. Man kann zurückwandern und seine Eltern umbringen, bevor man noch geboren ist, sich selber auslöschen, die Rollen wechseln, andere Möglichkeiten erproben. Oh, schöne, neue Welt. Aber irgendwo muß die Grenze sein, über die Jacob Bonthuys sprach. Nein, keine Grenze, erklärt das Buch, es ist eher eine Art Membrane, eine Einweg-Membrane, der Ereignishorizont, der ein Schwarzes Loch umgibt, und das heißt, du kannst hineinstürzen, kommst aber nicht wieder heraus, niemals. *Laßt alle Hoffnung fahren, die ihr eintretet.* Sagt Hawking; sagte Sandile.

Kann es wirklich so schlimm sein?

# VI
## *Ereignishorizont*

I

Nicht die beste Art, einen Tag anzufangen; noch dazu solch einen Tag. Als ich hineinschaue, wie es um Ouma steht, sagt mir die Schwester: »Im Radio kam, auf dem Jan-Smuts-Flughafen ist eine große Bombe explodiert.«

»Wie schlimm ist es?«

»Oh, sehr schlimm, Miss. Massenhaft Leute tot, viele schwer verletzt.«

»Bestimmt bedauern Sie, daß Sie nicht dort sind. Um zu helfen, meine ich.«

»Also wirklich, Miss ...« Sie stockt und blickt mich argwöhnisch an; aber die Neuigkeit ist zu sensationell, um sie zu unterdrücken, und sie läßt eine Schilderung des blutigen Ereignisses vom Stapel.

Und dies, denke ich gequält, soll nun der Tag sein, an dem alles anders wird. Nach all den Übereinkünften in letzter Minute, den Appellen von Führern verstrittener Fraktionen, den Anstrengungen, Wunden zu heilen, dem Öl auf die Wogen, nach hundert Gemeinplätzen, wie sie im Buche stehen, ist dies nun der große Wahltag. Selbst hier bei uns, in unserem abgelegenen Bezirk, hat es nicht an Aufregung gefehlt. Montag abend gab es eine Versammlung, einberufen von Mongane Yaya und seiner Delegation, mit hitzigen Reden von allen Parteien, gefolgt von spektakulärer Händeschüttelei und von Umarmungen früherer Gegner – Abel Joubert ist gestern vorbeigekommen, um mir einen Augenzeugenbericht zu liefern. (Casper, erfuhr ich, hat nicht teilgenommen, dafür mehrere Männer von seinem Trupp; er hatte wohl Dringenderes daheim zu tun). Gestern, Dienstag, sind nach dramatischen Appellen von Thando und Sam Ndzuta unsere jugendlichen Brandstifter gegen Kaution freigelassen worden. Nachmittags ist Trui in die schwarze Township gegangen, um Happiness Tsabalala zu besuchen. Ich habe ihr angeboten, sie hinzufahren, aber sie weigerte sich, in den Leichenwagen zu steigen; und außerdem, sagte sie, wäre es für mich als Weiße zu gefährlich dort. Aber jetzt ist doch Frieden, wandte ich ein. Sie schüttelte den Kopf. Ich begriff, was sie in Wirklichkeit meinte: daß dies eine Angelegenheit zwischen Müttern war.

Ich blieb bei Ouma zurück. Sie hatte einen schlechten Tag. Kurz flackerte Leben in ihr auf, als der Doktor ihr am Morgen die Neuigkeit überbrachte, daß der alte Piet Malan, der Leichenbestatter, nachts plötzlich an einem Schlaganfall gestorben war. Sie bekundete außergewöhnliche Freude: »Das wird's ihm zeigen!« rief sie aus; nicht die Spur von Schuldbewußtsein oder Reue dämpfte ihre Fröhlichkeit; doch worin eigentlich die Lektion bestand, vermochte ich nicht auszumachen. Und eben diese Aufregung erwies sich bald als schädlich für sie, den größten Teil des Tages mußte sie mit Sedativa gedämpft werden.

Später, am Nachmittag, als ich an dem großen Eßtisch saß und meine Notizen auf den neusten Stand brachte, überraschte mich Jacob Bonthuys. Ich hörte etwas, das klang wie ein höfliches Husten, und schaute auf, und da stand er in der Tür und umklammerte den Langenhoven.

»Stimmt was nicht?« fragte ich, erschrocken, ihn hier oben zu sehen.

»Nein, nein«, beruhigte er mich. »Wenn Miss nichts dagegen hat, ich dachte bloß, ich könnte eine Weile rauskommen. Ich muß mir ein bißchen die Beine vertreten. Es ist schön, wieder ein bißchen frische Luft zu kriegen. Und Tageslicht. Es nimmt die Augen mit, wenn man die ganze Zeit dort unten liest.«

»Wie geht's damit voran?«

»Es ist schön, das alles noch einmal zu lesen. Dies ›Loeloeraai‹ wird immer besser, je öfter man es liest. Ich meine, man kommt nicht nur zum Mond, sondern richtig hinein.«

Mit einem Anflug von Mutwillen fragte ich: »Denken Sie, es ist alles wahr?«

»Schwer zu sagen, Miss«, erwiderte er ernsthaft. »Am Ende sagt Mr. Langenhoven, es ist bloß eine Geschichte, aber dann beschreibt er alles, was ihm und seiner eigenen Frau und Tochter passiert ist. Wenn es nicht wahr wäre, denken Sie, seine Frau hätte ihn das alles schreiben lassen?«

»Kann sein, sie hat begriffen, was er meinte. Frauen verstehen sich auf solche Sachen.«

Er lächelte, vielleicht erleichtert. »Sogar wenn es nicht stimmt, ist es eine enorm gute Geschichte, was?«

»Ich denke schon.«

»Wie diese andere von ihm. Als Mr. Langenhoven all die gemeinen, gewöhnlichen Leute in seiner kleinen Stadt satt kriegt und mit seiner Familie einfach loszieht in einer Straßenbahn mit einem Elefanten davor. Herrie. Da war ich auch nicht immer sicher, ob er die Wahrheit erzählt oder bloß Lügen. Aber am Ende, wissen Sie, hab ich eingesehen, es kommt nicht drauf an. Weil es irgendwie doch wahr ist. Also fuhr ich mit dieser Straßenbahn mit dem Elefanten davor. Es ist wie ein zweites Leben, das mir Mr. Langenhoven gegeben hat. Viele Leben.«

Beinah unwillkürlich sagte ich: »Wer mehr als ein Leben führt, stirbt mehr als einen Tod.«

Er runzelte die Stirn. »Was war das, Miss?«

»Verzeihung. Das hat ein anderer Mann geschrieben, der auch gute Geschichten erzählte.«

Er hob die Achseln, lächelte wieder. »Jedenfalls bin ich nun auch auf dem Mond gewesen.« Sein Lächeln vertiefte sich. »Es ist gut, zum Mond zu reisen, wenn das Leben schlimm wird.«

»Nicht wahr, Sie haben hier eine schlimme Zeit verbracht?«

»Ich denke schon, Miss. Aber das gibt einem Muße zum Nachdenken.«

»Sie wissen doch, jetzt brauchen Sie nicht mehr dort unten zu bleiben, Mr. Bonthuys. Es gibt hier genug andere Zimmer, in die Sie einziehen können.«

»Ach, nun bin ich irgendwie an unten gewöhnt«, sagte er.

»Und was machen ein paar Tage mehr oder weniger schon aus? Ich meine, ein Mann wie Mandela, wie lange war der im Gefängnis? Siebenundzwanzig Jahre, und schauen Sie sich den an. Da schämt man sich zu klagen, nicht wahr, Miss?«

»Denken Sie, es führt zu was Gutem?« fragte ich. »Ich meine, die Wahlen morgen?«

»Ja, Miss. Wir müssen eben das Beste hoffen. Auf alle Fälle werden wir es bald wissen, nicht? Und wenn alles in Ordnung geht, dann kann Miss dem Abel Joubert Bescheid sagen, und ich kann wieder heim. Aber erst muß ich sicher sein.« Und dann hastig: »Wenn es Miss nichts ausmacht? Miss hat schon soviel für mich getan.«

»Sie haben mir schon mehr geholfen, Mr. Bonthuys, als ich Ihnen je helfen konnte.«

»Oh, das ist doch nichts.« Er schien verlegen.

»Gehen Sie morgen zur Wahl?«

»Ich weiß noch nicht recht, Miss. Ich hab ein bißchen Angst. Wenn mich diese Leute nun erkennen?«

»Ich glaube, über die brauchen Sie sich keine Gedanken mehr zu machen, Mr. Bonthuys.« Ich erzählte ihm von Caspers Treffen mit der ANC-Delegation.

»Dann denk ich drüber nach, Miss«, sagte er. Und bald kehrte er in sein dunkles Quartier zurück, wobei er abermals das Buch an die dürre Brust drückte.

Heute beginnt es, bald werden wir es herausfinden. Morgen – was werden wir da wissen? Wird da trotz allem ein verlorener kleiner Lichtstrahl an dem Horizont vorbrechen, der uns die Grenzen setzt?

Beinahe zwangsläufig suche ich, als sich der Tag zum Ende neigt, Trost in Oumas Gegenwart. Wie rasch ist das zu einer Gewohnheit geworden, eine Reuehandlung, eine notwendige Lösung von allem, was vorher war.

## 2

Sie schaute mich an, als ich hereinkam: Dieser ihr eigene Blick, weder vorwurfsvoll noch fragend, einfach das Erkennen, daß ich da bin; ein Blick, der mir das eigene Dasein bewußtmacht, ein Blick, der sowohl beruhigen wie verwirren kann. Ich nahm meinen Platz ein. Sie begann zu reden. Es war eine Geschichte, die ich zuvor gehört hatte, in der einen oder anderen Form, als es noch eine bloße Geschichte gewesen war, Unterhaltung, nicht Teil unserer Historie. Sie war kürzer als die meisten anderen, aber nicht weniger aufwühlend. Sie sprach. Ich schrieb. Und das folgende fügte sich in meine Vergangenheit ein:

Nachdem sich Kamma in einen Baum verwandelt hatte und von den Vögeln fortgetragen worden war, blieben ihre Kinder eine Zeitlang bei ihrem Stamm. Ich weiß nicht recht, wie viele sie waren; soviel ich ausmachen konnte, vier oder fünf, die meisten von ihnen unterschieden sich nicht von den Khoikhoi um sie herum. Aber eines war dabei, das älteste, ein Mädchen, das sah ganz anders aus, groß und schlank, mit langem, hellem Haar. Sicher schlug sie nicht ihrem Vater nach, Adam Oosthuizen, dem rotbärtigen Riesen; aber vielleicht irgend jemandem aus der Familie seiner Mutter. Oder vielleicht, so mutmaßten einige Khoikhoi, war sie das Ergebnis einer Vereinigung ihrer Mutter mit einem exotischen Vogel. Was immer die Ursache für ihr fremdländisch schönes Aussehen war; wenn es ihr anfangs Verehrung durch die Mitglieder ihres Wahlstammes einbrachte, so schließlich auch den Untergang; manche mögen sagen, die Rettung, aber das ist eine Frage des Standpunkts. Sicher war es der Anlaß für die Tragödie, die den Stamm ereilte, sie begann mit dem Besuch eines kleinen Trupps Buren aus den entfernteren Gegenden der holländischen Kap-Kolonie. Mehr und mehr solcher Trupps waren nun auf dem Treck ins Landesinnere wie Meuten von nahrungsuchenden Hunden, sie verbreiteten die Zivilisation und das Evangelium; das Land, so schien es, schrumpfte, während sein Raum umkämpft, durchdrungen, in Besitz genommen, gezähmt wurde, die ganze schändliche Geschichte.

War diese Handvoll Buren, angeführt von einem imposanten und geachteten Mann namens David Hartman, wie andere vor ihnen auf einer Jagd- oder Tauschexpedition ins tiefe Innere gelangt oder auf einer Erkundungstour? Oder hatten sie sich, ein letzter verwegener Trupp, durch die Sage von einem immer weiter zurückweichenden phantastischen Goldreich im Herzen Afrikas anlocken lassen? Oder hatten sie vielleicht gewisse Gerüchte von einem weißen Mädchen in der Wildnis vernommen, wie sie die konzentrischen Kreise der abgelegenen Siedlungen durchliefen? Niemand kann das mit Bestimmtheit sagen. Jedenfalls langten sie an dem Platz an, wo der Stamm damals lebte, nahe einem magischen schwarzen Wassertümpel, so tief, daß man behauptete, er sei bodenlos; und dort erblickten sie das Mädchen.

Sie versuchten irgendwie herauszufinden, wer sie war und wie sie dorthin gelangt war. Doch obwohl sie von ihrer Mutter Kamma fließend Holländisch gelernt hatte, war sie sehr schweigsam; und die Stammesmitglieder fürchteten, im Unrecht befunden zu werden, was immer sie sagten; also zogen sie vor, die Angelegenheit überhaupt nicht zu erörtern. So schlossen die gottesfürchtigen Fremden schleunigst, das Mädchen müsse seinen Eltern in der Kindheit entführt worden sein; und bevor irgend jemand in der Siedlung es verhindern konnte, wurde sie einfach von einem aufs Pferd gerissen und im Galopp davongetragen. Das geschah so plötzlich, daß es hernach schien, als sei ein Staubteufel in großer Geschwindigkeit vom Himmel auf sie herab- und ebenso wieder davongefahren und habe sie in seinem schwindelnden Luftzug mit fortgewirbelt. Nicht einmal der Schutzgeist des Stammes, eine riesige Schlange, die im Schwarzen Teich wohnte und an der Stirn einen Diamanten trug, einen Edelstein, der so hell strahlte, daß jeder, der ihn anblickte, auf der Stelle zu Stein wurde – selbst sie konnte nicht eingreifen.

Der Stamm sandte Männer und Frauen auf die Suche nach dem Mädchen aus, immer weiter, aber sie vermochten sie nicht zu finden. Und tiefbekümmert – denn seit Kamma von den Vögeln davongetragen worden war, verspürten sie eine ernste Verantwortung für ihre übrige Familie – beschlossen sie nun, den Platz zu verlassen, den sie nachgerade als verflucht betrachteten.

Aber das sollte nicht sein. Denn eben als sich der Stamm bereitete, die Hütten abzubrechen, kehrten die Buren zurück, angeführt von demselben David Hartman; diesmal waren sie nicht eine bloße Handvoll, sondern ein riesiger Trupp, ein Feldzug von Rechtschaffenen, ausgesandt zur Rache an einem Stamm von Bösewichtern, die gewagt hatten, in ihrer Mitte ein Mädchen der Herrenrasse gefangenzuhalten. Nichts war mehr von der Siedlung übrig, als sich die Buren zurückzogen: Kein Mann, keine Frau, kein Kind, nicht einmal ein langgeschwänztes Schaf, eine Ziege oder ein Langhornochse. So groß war diesmal ihre Wut, daß sie, entgegen ihrer Gewohnheit, sämtliches erreichbare Vieh davonzutreiben, alles vernichteten, was ihnen in den Weg kam. Um sicherzugehen, daß kein Khoikhoi je wieder die Frechheit besäße, Hand an ein weißes Mädchen zu legen, mußte jede Spur der Siedlung von der Erde getilgt werden.

Das war die Geschichte, mit der das Mädchen bei den Hartmans aufgezogen wurde. Bisher trug sie noch keinen Namen; besaß sie einen, so wäre es natürlich einer der Khoikhoi gewesen, aber sie gab ihn nie jemandem preis – außer, vielleicht, später ihrer langhaarigen Tochter Samuel, der sie ihre Geschichte und die ihrer Mutter anvertraute; doch wenn sie den Namen genannt hatte, so vergaß ihn Samuel, oder aber er verlor sich in der Kette von Müttern und Töchtern. Der Name, unter dem sie in der weißen Gemeinde bekannt wurde, die sie – ihrer beharrlichen Behauptung nach – gerettet hatte, lautete Lottie.

Von ihrer Mutter hatte sie Berichte über die Lebensweise der Grenzlandfarmer vernommen: die rohgebauten Häuser, in denen es von Hühnern und grunzenden Schweinen wimmelte, die offenen Herde, die ungehobelten, selbstgezimmerten Möbel, die überreichen Mahlzeiten, die Stein- oder Dornenholzkraals voller Kühe und Ochsen, die Beschäftigungen der Frauen im Haus, die Gewohnheit der Männer, zu jagen und herumzustreifen – und mit ihrer rudimentären Kenntnis des Holländischen (für ihre Retter der Beweis, daß sie von zivilisierten Leuten aufgezogen war) fügte sie sich bald in ihre Sitten. Woran sie sich am meisten freute, das war der einzige Spiegelscherben, den David Hartmans Frau Hermina sorgsam bewahrte. Und als Hermina sie nach dieser Faszination befragte, erzählte sie vom Zauberspiegel ihrer Mutter, in dem sie als kleines Kind die eingefangenen Abbilder erblickte, die Kamma von ihren vorübergehenden Aufenthalten auf der Oosthuizenschen Farm mit zurückgebracht hatte – obwohl sie sich hütete, je Namen oder weitere Einzelheiten auszuplaudern. Amüsiert behandelte Hermina die vertraulichen Mitteilungen als die Einbildungen eines allzu phantasievollen jungen Gemüts; und aus der Beschreibung des verzierten Spiegels folgerte sie, daß Lottie zweifellos einer wohlhabenden Familie von einigem Rang angehört hatte. Die Hartmans mühten sich beharrlich, in der Umgebung von Kapstadt (dem Teil der Kolonie, wo eine so reiche Sippe am ehesten zu vermuten war) Erkundigungen einzuholen, aber es fand sich keine Spur einer Familie, die eine Tochter bei einem Überfall plündernder Hottentotten verloren hatte. So blieb nur der Schluß, daß zur Zeit der Entführung all ihre Angehörigen umgebracht worden seien; und damit ließ sich die allumfassende Rache noch mehr rechtfertigen, die man den heidnischen Schurken zugemessen hatte.

Lottie versuchte nie, die Mutmaßungen über ihren Ursprung zu berichtigen; sie war von je ein verschlossenes Mädchen, deren Seltsamkeit und Weltfremdheit man bereitwillig durch die Drangsale und Entbehrungen erklärte, die sie zweifellos in der Gefangenschaft erlitten hatte; und, so vertraute sie später Samuel an, sie schuldete es dem Gedächtnis ihrer Mutter, als Geheimnis zu hüten, was Kamma selbst offenbar andern bewußt vorenthalten hatte. Und nach den anfänglichen Versuchen, das Dunkel zu erkunden, das sich so augenscheinlich in ihr verbarg, ließ man sie in Ruhe und in der hochherzigen, wenn auch fast erstickenden Obhut der Hermina Hartman: Sie hatte alle eigenen Kinder durch Fehlgeburt oder andere rätselhafte Ursachen verloren und nahm sich Lotties an, besitzergreifend wie nur ein Muttertier.

Also fehlte es dem Mädchen nie an etwas. Zur Zeit ihrer Rettung war sie zwölf oder vierzehn, und bald begann sie zum Frauentum heranzureifen; doch ihre Gestalt blieb schlank, und sie behielt die Erscheinung eines heimatlosen Geschöpfs: eine Tochter des Windes, flinkfüßig und scheu. Sie war äußerst gescheit, und Hermina brachte ihr bald bei, zu lesen und zu schreiben; denn ihre Mutter stammte aus einer reichen Familie aus Batavia – Kaufleute, die auf ihre Vornehmheit und Kultur stolz gewesen waren. Der Unterschied zwischen Herminas Liebe und der Scheu, mit welcher ihr Mann den Findling behandelte, muß Lottie verwirrt haben; aber sie drängte sich nie in anderer Leute Angelegenheiten oder ihre Vergangenheit ein; was also Hermina nicht freiwillig preisgab, das entdeckte Lottie nie. Dafür fand sie ihre eigene Verschlossenheit geziemend respektiert.

Einen seltsamen Zug hatte sie an sich, der ihre Pflegeeltern allzeit verstörte. Es war das einzige, worüber sie sich je beklagte: daß der Trupp Berittener sie so rasch mit sich gerissen hatte, daß ihr Schatten zurückgeblieben sei. Es war nicht einfach etwas, das sie erfunden hatte. Hermina selbst entdeckte an einem Spätnachmittag, als sie hinausging, um Lottie vom *veld* hereinzurufen, daß das Kind keinen Schatten warf. Sie kehrte heim, die untergehende Sonne gerade hinter sich – selbst vom dürftigsten Strauch her streckte sich ein schwarzer Flecken lang über die Erde –, doch Lottie schritt, als berührten ihre Füße nicht wirklich den Boden, und ihr schlanker Körper warf nicht den geringsten Schatten.

Es war unheimlich, und Hermina zog vor, die Erkenntnis für sich zu behalten. Aber von diesem Tag an wandelte sich ihre Beziehung zu dem Kind: Sie wurde vorsichtiger, fast zaghaft, da sie mit dem Wissen fertig werden mußte, daß dieses Kind von geliehener Zeit lebte. Es gab noch andere Entdeckungen, welche die Hartmans ärgerlich fanden; die meisten hingen mit Lotties Gewohnheit zusammen, allein im *veld* herumzustreichen. Es war ein wilder Landstrich, hoch oben im Bezirk Kaltes Bokkeveld, und Raubtiere waren nichts Ungewöhnliches; verlaufene Schafe oder Ziegen wurden regelmäßig von Füchsen, Luchsen, Leoparden und gelegentlich sogar von einem Löwen gerissen. Doch nichts hielt Lottie zurück, und David Hartmans unheilvolles Gemurmel über Gottes Zorn wurde durch seiner Frau Mutterinstinkte wirksam erstickt.

Hermina war die einzige, der das Mädchen den Grund für dies Umherirren anvertraute. Sehr einfach, erklärte sie: Sie suchte nach ihrem Schatten. Sie konnte nicht zur Ruhe kommen, bevor sie ihn gefunden hatte, also mußte sie überall Botschaften hinterlassen. Was für Botschaften? Eben Botschaften, sagte Lottie. Und als Hermina weiter in sie drang, zeigte das Mädchen ihr widerstrebend: Auf den ersten Blick sah es wie Geschriebenes aus, aber es war keine gewöhnliche menschliche Schrift. Manchmal erinnerten die Chiffren, die sie gebrauchte, an die Fährten von Schlangen oder Eidechsen im Sand, ein andermal an die winzigen Spuren von Ameisen oder Vögeln oder Feldmäusen oder Erdhörnchen. Den ganzen Tag lang schrieb sie diese Botschaften an die kleinen Geschöpfe der Wildnis, damit sie sie ihrem Schatten zutrügen: Zeichen, eingeschrieben auf die Blätter der Fettpflanzen, auf die Rinde von Bäumen, auf die gesprenkelte Oberfläche von Felsen oder auf Sandstriche.

Es kümmerte sie nicht, daß ihre Zeichen beständig wieder ausgelöscht wurden, durch den Wind, durch die seltenen Regenfälle, durch die heftigen Wechsel von Hitze und Kälte, durch den langsamen Bogen der Jahreszeiten, die Wanderungen der *veld*-Geschöpfe. Immer kehrte sie zurück, ihre Geduld war so unerschöpflich wie ihre Findigkeit, und versuchte jedesmal, neue Sprachen zu erfinden in der Hoffnung, daß irgendwann irgendwer die Botschaften verstehen und übermitteln würde. Und wenn es nun niemals jemand verstünde? fragte Hermina. Selbst dann, lächelte Lottie, würde das am Ende nichts ausmachen. Da sie keinen Schatten besaß, würde jedes Zeichen recht sein, das sie zurücklassen könnte und das von ihr sprach, von ihrem Verbleib, davon, daß sie dort gewesen sei.

## 3

Eines Tages langte ein Mann auf der Suche nach einer Braut an. Er kam aus der Tiefe des Great Karoo, getrieben von dem Bedürfnis, seinen Familiennamen fortzuführen. Natürlich war es Bart Grobler. Er war nicht weiter wählerisch, nur eine Weibsperson mußte die Zukünftige sein. In Anbetracht seines festen Vorsatzes hätte er lieber eine Frau von robusterem Stamm wählen sollen, die besseres Zuchtmaterial abgab; aber die meisten Farmer in den entlegenen Bezirken brauchten Schwiegersöhne, um in der Nachbarschaft zu siedeln, wo sie dazu beitragen konnten, die gottesfürchtige zivilisierte Bevölkerung zu verstärken; im anderen Fall erwarteten die Väter einen nützlichen Brautpreis, was ungefähr alles war, was ein weibliches Kind liefern konnte zum Ausgleich für den unverzeihlichen Mangel, kein Sohn zu sein. Aber Bart Grobler lehnte ab, das erstere zu tun, und konnte das letztere nicht bieten – er saß schon auf einer eigenen Farm im Schatten der Swartberge, ein Lastwagen brauchte sieben Wochen dorthin bei all den bedrohlichen *kloofs* auf dem Wege – und so war seine Wahl begrenzt.

Hermina Hartman haftete wie eine Flechte an ihrem angenommenen Kind. Seit ihrer übereilten Flucht mit dem Buren aus dem Hinterland war es das einzige Geschöpf, an das sie ihre enttäuschte Großmut, ihre geistige Verfeinerung und die Selbsttäuschungen eines gepflegten Betragens verschwenden konnte; doch David war eher erpicht darauf, die beunruhigende Person wieder loszuwerden, die er so leichtfertig in sein Heim geholt hatte. Bedachte er, aus welcher Umgebung er sie gerettet hatte (und um ehrlich zu sein, sie hatte dafür nie viel Dankbarkeit gezeigt), so kam ihm der Argwohn, daß sie einen gottlosen Einfluß ausübe. Hermina war überzeugt, daß das kleine Mädchen unberührt zu ihnen gekommen war, denn sie hatte sich in den ersten Tagen nach ihrer Ankunft durch eine rückhaltlose Untersuchung vergewissert, daß sich ihre rohen Entführer »keine Freiheiten herausgenommen« hatten; doch anscheinend zog sie – vielleicht, weil sie ursprünglich den nämlichen Verdacht gehegt hatte und sich dessen schämte – eine perverse Befriedigung daraus, daß sie ihrem Gatten diese Entdeckung nie mitteilte.

Alles in allem – was für Hermina ein unwiderruflicher Verlust war (man kann nicht sicher sein, aber Gerüchte besagen, sie sei aus Kummer binnen Jahresfrist gestorben), schien für David Hartman eine Erlösung. Die Männer schlossen hastig und insgeheim irgendeinen Handel ab, und bevor Hermina überhaupt ahnte, wie weit die Vereinbarungen schon gediehen waren, wurde Lottie auf dem Planwagen ihres letzten, griesgrämigen Retters ins tiefste Landesinnere fortgekarrt. Zu der Zeit, als sie seine Farm unter den Swartbergen erreichten, war sie bereits schwanger; und man darf zweifeln, ob ihre Schwangerschaften während der folgenden Jahre ihnen je die Muße ließen, in eine *drostdy* zu reisen und die Ehe vor dem Gesetz zu schließen.

Das übrige weißt du. Einzeln und als Zwillinge, Drillinge, ja sogar als die berühmten Vierlinge brachte Lottie ihre achtzehn Kinder zur Welt, die alle Samuel genannt wurden. Sie schien zu keinem von ihnen je Zuneigung zu fassen, außer möglicherweise zu dem ersten Mädchen, dem langhaarigen. Man könnte darüber streiten, ob sie je wirklich begriff oder danach fragte, was ihrem Körper geschah oder weswegen er so regelmäßig auf so sonderbare und unbehagliche Art benutzt wurde. In der Folge von Schwangerschaften und Geburten verlor sie ihre Schönheit, ihr Leib erschlaffte und schwoll, sie wurde schwerfällig, als zöge die Schwere der Erde sie nieder. Selbst dann warf sie keinen Schatten.

Als ihre Brut immer zahlreicher und zügelloser wurde und das Haus immer lärmender, nahm ihre Einsamkeit zu. Niemandem konnte sie sich anvertrauen, außer vielleicht ab und zu dem klugen ältesten Kind Samuel. In ihrer Verzweiflung sprach sie mit allem, was ihr begegnete, einer Maus in der Küche, einer Spinne im Hof, mit Vögeln in den Bäumen, Steinen, spröden Gräsern. Aber am Ende redete sie mit gar niemandem mehr, nicht einmal mit sich selber. Die einzige Sprache, die ihr blieb, waren die Zeichen, die sie der stummen Welt aufschrieb.

Wenn sie konnte, zog sie sich immer noch ins *veld* zurück, diese Halbwüste von kahlen Hügelwellen und -brüsten und bloßgelegten Gesteinsschichten, durchsetzt mit weiten Flachlandstrecken voller Felsen, in denen sich die Überreste vorsintflutlicher Meere bargen: Muscheln und Ammoniten, Krustentiere, Rückgrate so zart wie Farngerippe, die späteren Knochen der Dinosaurier und die Formen von pflanzlichem oder tierischem Leben. Sie überließ ihre buntgemischte Brut – ein paar weiß, ein paar nicht ganz weiß, ein paar eindeutig braun, doch alle mit dem heilbringenden Namen Samuel gesegnet – der Sorge ihrer nicht minder seltsamen, geistesabwesenden ältesten Tochter. Lottie fuhr fort, der Landschaft ihre unentzifferbaren Kritzel einzuschreiben, ihre vogelhaften, reptilischen oder insektischen Spuren, und so ihre vergeblichen Botschaften dem Schatten zu senden, der für immer verloren blieb und den sie vermißte wie die ferne Vergangenheit.

Bis sie am Ende, kaum dreißig Jahre alt, aber vor der Zeit verschlissen und in ihren Knochen die Winke des Todes spürend (soviel bekannte sie dem Mädchen Samuel, bevor sie aufbrach), eines Tages nicht zurückkam. Alles, was man von ihr noch fand, waren die Inschriften, die sie auf Baumrinde und Stein und im Sand zurückgelassen hatte; ihren eigenen Spuren vermochte niemand zu folgen, sie waren unsichtbar, als habe ihr Leib, so massig er auch war, kein Eigengewicht besessen, nicht einmal das Gewicht eines Schattens auf dem Boden.

# 4

Das war gestern nacht. So kurz die Geschichte war, es brauchte Stunden, sie zu erzählen, und als Ouma zu Ende kam, war sie erschöpft. Ich bin besorgt wegen ihres Zustandes, das liegt schwer auf mir. Doch die Schwester hat mir am Morgen gesagt, Ouma scheine »aufgekratzter«, und selbst der Doktor scheint mit ihrer Verfassung zufriedener als zuvor.

Trui hat mir zugesetzt, sobald ich mich zum Frühstück niedergelassen habe. »Wann gehen wir wählen, Kristien?« Seit sie eingewilligt hat, mich beim Vornamen zu nennen, ist sie in die Rolle der mütterlichen Autorität geschlüpft, das belustigt mich, macht mich aber auch vorsichtig. Leitung und Kontrolle habe ich noch nie gut ertragen. Ouma bildete die einzige Ausnahme.

»Im Radio sagen sie, die Schlangen sind sehr lang«, habe ich ihr ganz aufrichtig erklärt. »Laß erst den schlimmsten Andrang abflauen.«

Die Art, wie sie beim Wegräumen mit dem Geschirr klapperte und polterte, war Kommentar genug.

Kurz darauf erschien Jeremiah in der Tür. Er hatte seinen guten Sonntagsanzug an, einen glänzend schwarzen mit Lederflecken auf den Ellenbogen. »Ich habe den Wagen gewaschen«, verkündete er feierlich. »Wir können jederzeit los.«

»Kristien sagt, wir sollen warten«, erwiderte Trui, indem sie mir einen Blick stummen Vorwurfs zuwarf.

Dann folgte Jonnie. Er muß sich für die Gelegenheit neu ausstaffiert haben: Windjacke, weite Hosen, rotes Hemd, Krawatte mit Blumenmuster; sein Kopf glänzte von Pomade. »Gut, gut, gut«, sagte er händereibend. »Heute erteilen wir diesen *boytjies* aus der Stadt eine Lektion in Demokratie. Wir sind bereit.« Und hinter ihm im Hof sah ich einen kleinen Trupp Arbeiter, alle herausgeputzt, die Männer mit Hüten, die sie sich in Abstufungen von flott bis total verwegen aufgestülpt hatten, und Frauen mit kunstvollem Blumenschmuck auf dem Kopf und Babys auf dem Arm.

»Kristien sagt, wir sollen noch warten«, wiederholte Trui als Ankündigung für die Welt insgesamt.

Ich spürte, wie mein Widerstand zusammenbrach. Gestern, als Sam Ndzula mich wieder angerufen hatte, um mir auf den Zahn zu fühlen, hatte ich nachgegeben; ich besaß jetzt die notwendigen Dokumente. Aber das war lediglich eine Vorsichtsmaßnahme; ich hatte mich noch nicht festgelegt, daß ich wählen gehen würde.

Dann kam Jacob Bonthuys, erschien unangekündigt aus dem dunklen Loch, das er zu seinem Heim gemacht hatte. Er hatte keinen anderen Anzug zum Wechseln, aber er hatte sich offenbar oben im Badezimmer große Mühe gegeben, so gut wie möglich zu duften; und selbst seine zerknitterte Kleidung wirkte irgendwie anders, ziemlich verwegen.

»Ich hab die ganze Nacht drüber nachgedacht, Miss«, sagte er, und an die Stelle seiner früheren kleinlauten Entschuldigungen war eine neue schwungvolle Lebhaftigkeit getreten. »Ich kann einfach einen Tag wie diesen nicht verpassen. Ich fühle mich ein bißchen wie Loeloeraai. Es ist ein fremder Planet. Aber ich denke, wenn ich mit Ihnen gehe, ist alles in Ordnung.«

»Wer ist das?« fragte Jonnie mit vor Argwohn schmalen Augen.

»Ein Besucher«, sagte ich schnell und schob dann das Silber von mir, das ich putzte. »Schon gut, wir können jetzt gehen. Ich will nur nachsehen, ob mit Ouma alles stimmt.«

Es stimmte. Und nun sind wir auf dem Weg zur Stadt. Wie wir alle in den Leichenwagen passen – wir müssen mindestens zu zwanzig sein –, kann nur einer erklären, der sich auf chinesische Geduldspiele versteht, aber keiner beklagt sich. Im Gegenteil, dies Gefährt kann in seinem langen, mustergültigen Leben nie eine übermütigere Ladung transportiert haben.

Nachdem Jeremiah seinen rechtmäßigen Platz hinter dem Lenkrad eingenommen hat, bewegen wir uns in einem würdevolleren Tempo voran als die letzten Male, die ich fuhr; selbst so überholen wir viele andere Vehikel, meist Eselskarren und zweirädrige Pferdewagen. Ein Ding ähnlich einer Rikscha, wie ich es nie zuvor erblickt habe, wird von Straußen gezogen und von meinen Passagieren mit einem gewaltigen Ausbruch von Jauchzen und ermunterndem Geschrei begrüßt. Etliche Gruppen sind auch zu Fuß unterwegs; nach ihrem Aussehen zu urteilen, müssen ein paar davon die Nacht durchmarschiert sein. Zweimal hält Jeremiah an, um Fußgänger zur Mitfahrt einzuladen, aber danach überzeuge ich ihn davon – obwohl ich mir schäbig dabei vorkomme –, daß wir unmöglich noch mehr Leute unterbringen können. Selbst Stephen Hawking hätte da Probleme.

So wie heute habe ich die Stadt noch nie gesehen. Innerhalb eines Kilometerradius oder mehr ums Rathaus findet sich nicht die schmalste Parklücke; selbst die Fußwege sind mit Autos vollgestopft. Doch als ich Jeremiah vorschlage, unsere Passagiere am Rathaus abzusetzen, bevor wir uns aufmachen, einen freien Fleck für den Wagen zu suchen, wird das mit lautem Geschrei abgelehnt.

»Bei dieser Sache gehören wir alle zusammen«, sagt Trui mit Nachdruck, und das wird mit einem Hurra bekräftigt.

Eine volle halbe Stunde später – drei Viertel zwölf nach der Uhr auf dem Kirchturm, die aus ihrer göttlichen Höhe anmaßend die ganze Stadt überblickt – reihen wir uns am Ende der Schlange ein. Meine Erwartung, daß sich die Menge vermindert habe, schwindet: Die Schlange erstreckt sich in Vierer- oder Fünferreihen bis zur Länge von beinah vier Häuserblocks. Die Stimmung ist festlich, obwohl uns, fast mit Frohlocken, als erstes mitgeteilt wird, daß im Wahllokal die Stimmzettel ausgegangen sind. Das scheint nichts Außergewöhnliches zu sein, denn mehrere Kofferradios in der Schlange verkünden fortwährend, daß im ganzen Land Chaos in den Wahlkabinen herrscht. Ein paar haben überhaupt kein Material erhalten, in anderen sind die Wahlleiter nicht erschienen, wieder anderen fehlen Stimmzettel, Wahlurnen oder die unsichtbare Zaubertinte, mit der unsre Hände markiert werden, um die Schon-gewählt-Habenden von den Noch-wählen-Müssenden zu unterscheiden.

Ich kann mir die Entrüstung vorstellen, die das selbst unter den gelassenen Briten erregen würde; aber hier zeigt sich keine Spur von Zorn oder Protest. Dabei schickt man sich gar nicht etwa ins Unvermeidliche: Die Menge ist in gehobener Stimmung, nicht unterzukriegen, ausgelassen. Was macht es schon aus, wenn hier oder da ein Haken dabei ist? Wer sträubt sich dagegen, noch eine Stunde zu warten, wenn man schon ein Leben lang gewartet hat? Auch mich steckt die Erregung an. Ich habe noch nie gewählt. Von der einen Wahl, an der ich nach meinem achtzehnten Geburtstag hätte teilnehmen können, hielt ich mich fern, um meine Auflehnung gegen das System zu demonstrieren, das für mich der Vater und seine Bruderschaft repräsentierten, die Männer in Anzügen, die Männer mit den Bäuchen, die Männer mit den kahl werdenden Köpfen und den haarigen Nasenlöchern und den Siegelringen und den Schul- und Uni-Verbindungsschlipsen und den Kreppschuhen. In England habe ich mir nie die Mühe gemacht zu wählen, selbst als ich es gedurft hätte; ich bin Außenseiter geblieben, ich konnte die sozialen Probleme dort nie ernst nehmen. Nun plötzlich ist Wählen zum Abenteuer geworden. Was für Leute im Westen eine kleine Formalität bedeutet, etwas so Einleuchtendes, daß es kein langes Nachdenken erfordert, ist hier zu einem bedeutsamen Unternehmen geworden. Für mich und mehr noch für die meisten um mich herum in dieser lärmenden Schlange ist dies die allererste Gelegenheit, für etwas, woran ich glaube, mein Kreuzchen zu zeichnen. Vielleicht sollte ich endlich dafür recht bekommen, daß ich einst meinem fernen verachtungsvollen Liebhaber ungestüm erwidert hatte: »Glauben kann ich, nur habe ich noch nichts zum Glauben gefunden.« Mir ist schwindlig, als mir die Gedanken – so viele – durch den Kopf schießen: Die letzten beiden Wochen, die langen Jahre davor, die Zeit meines Lebens, die lange Kette von Oumas Erinnerungen, die zurückreichen in die Schatten bis zu der ersten Frau, die aus dem Wasser hervortauchte, ihre Kuh vor sich hertrieb und ihren Säugling auf dem Rücken trug. Ja, denke ich (und schreibe es jetzt): Ja, das hier ist es, woran ich glauben möchte. Nicht bloß ein neues politisches System, nicht Demokratie, nicht Ideologie, nichts so Dürftiges wie »Sieg« oder »Freiheit«, all die großen, bequemen Schlagworte, die sich so rasch schwarz verfärben wie Fotopapier, das dem Licht ausgesetzt wird. Nein, nicht diese Abstraktionen: sondern all diese Leute um mich her, hier, jetzt, heute; und jene Frauen hinter mir, wir alle auf der Suche nach unseren verlorenen Schatten. Der Schatten ist nicht dort, vor uns, in dieser phantasielosen Urnenkiste, in die wir unsere gefalteten bunten Zettel schieben werden: Aber ohne die Urne erreichen wir ihn nicht.

Jeder von diesen vielen Leuten um mich her an diesem strahlend schönen, für Ende April so unnatürlich heißen Tag hat eine ganze Geschichte hinter sich: Tausende von Geschichten sind in dieser Schlange versammelt, die meisten sicher spannender als meine eigene – mit mehr Entdeckungen, mehr Freuden, gewiß mit mehr Leiden, vielleicht mehr spektakulären Elementen als meine eigene. Und hier, wo ich stehe, wo ich die letzten Stunden gestanden habe, bewegt mich diese einfache und respektgebietende Entdeckung, daß ich meine eigene Geschichte habe. Sie mag armselig sein oder schimpflich; das meiste davon mag sogar erfunden sein. *Aber es ist meine Geschichte.* Und alles, die ganze angesammelte Woge, wird in dem kleinen Kreuz enthalten sein, das ich setzen soll.

Sie müssen es ebenfalls empfinden. Auf die Nebenstrecken verwiesen, zum Schweigen gebracht, verspottet, übersehen oder entwürdigt, heute wird jede, jeder das Papier zeichnen, und jedes Zeichen wird jedwedem anderen gleichwertig sein. Dreiunddreißig Jahre lang habe ich gewartet. Da sind andere rings um mich, die müssen sechzig, siebzig, achtzig gewartet haben. Das Land hat jahrhundertelang gewartet. Ist es da ein Wunder, daß ein paar Stunden mehr als nichts erscheinen?

Noch eine Stunde. Unternehmende Leute, zumeist junge, wandern die Schlange auf und ab und bieten Colabüchsen und Essen feil: warme Würstchen, *samoosas*, *boerwors*, Straußen-*biltong*, Bananen. Wer Geld hat, kauft ungebeten für die anderen mit. Wir alle teilen. Wir alle reden miteinander und lachen und stellen Vermutungen an. Unter uns sind Geschäftsleute in Anzügen, Arbeiter in Overalls, Jünglinge in Jeans, die Bitterarmen in Lumpen, die sozialen Aufsteiger, die ihre Garderobe aus Kapstadt und Johannesburg oder von Shapiro beziehen. Alle Farben, alle Altersstufen, jederart Gestalten und Größen. Eine alte Frau lehnt sich gegen die Schulter eines jungen Mannes, den sie nie zuvor erblickt hat. Ich halte eine Weile das tropfende Baby einer jungen Mutter, die erschöpft aussieht; es strullt mir an die Hüfte, aber irgendwie macht es mir nichts aus. Eine junge Frau stellt sich Rücken an Rücken mit einem weißhaarigen Greis, um ihn zu stützen – er hält mit zitternder Hand seinen Stock.

Ich überblicke meine eigene kleine Schar. Trui mit ihrer roten Schleierkappe und einer violetten Strickjacke, die bei dieser Hitze unerträglich sein muß, und einem Plisseerock: Jeremiah so schwarz und feierlich wie ein Leichenbestatter; Jacob Bonthuys steht sehr gerade, den Arm in der Binde, Jonnie stolziert die Reihe auf und ab und quatscht Mädchen an; die Farmarbeiter und ihre Familien, die Leute, die wir auf der Straße aufgelesen haben, solange noch Platz bei uns war. Wir wandern abwechselnd ein Stückchen fort, um uns die Beine zu vertreten und die Rücken zu entkrampfen. Viel weiter vorn entdecke ich den Bürgermeister und seine Frau; heute scheinen sie ohne Unbehagen zusammen mit einer Gruppe kommunaler Arbeiter in orangefarbenen Overalls zu warten. Sie grüßen mich wie alte Freunde. Da ist der Pfarrer, jetzt lächelt er dank Gottes Barmherzigkeit, als habe er soeben die Vollmacht erhalten, mir all meine Sünden zu vergeben. Die Shapiro-Schwestern, eifrig und vor Aufregung zittrig. Der Apotheker, die Frauen vom Heimwerkladen, die Schalterbeamten von der Bank, jedes weiße Gesicht umrahmt von einem Kranz brauner und schwarzer Gesichter.

Abel Joubert ist auch da mit seiner Frau Winnie. Sie schaut angespannter aus als beim letztenmal, als ich sie sah; neben seinem braungebrannten, lebhaften, beweglichen Gesicht wirkt ihres viel älter, als sei sie seine Mutter oder seine Tante.

»Ich hätte nicht gedacht, Sie so spät hier zu finden«, sage ich. »Ich nahm an, Sie wären unter den allerersten Wählern.«

»Oh, ich hab meine erste Ladung um sechs Uhr früh abgesetzt«, sagt er, sein Gesicht fältelt sich in einem Lächeln.

»Ladung?«

»Auf meiner Farm leben so viele Leute ...«

»Wilde Siedler«, erinnert seine Frau mit einer winzigen Spur von Vorwurf.

»Schön, woanders können sie halt nicht hin«, schiebt er ihren Einwurf beiseite. »Und schließlich ist die Farm groß genug, also hab ich sie aufgefordert zu bleiben, bis eine dauerhafte Lösung gefunden wird. Aber das heißt, daß ich vier Lastwagenladungen Leute zur Wahl herbringen muß. Zum Glück hatte ich Hilfe, sonst läge ich noch auf der Straße.«

»Wer hat Ihnen geholfen?«

»Gute Frage. Ich war einfach platt. Dirk Otto, einer von Caspers Kumpanen.«

»Sucht Rückendeckung«, sage ich.

»Sicher. Und damit vermischt ist eine Masse altmodischer Heuchelei. Aber Hauptsache, er ist aufgekreuzt. Als wäre es die natürlichste Sache der Welt. Wenn Sie mich fragen, das steckt an.«

»Wäre Optimismus eine Krankheit, dann läge Abel mittlerweile auf der Intensivstation«, sagt seine Frau. Unter der gutmütigen Hänselei bergen sich Anspannung und Schärfe; ich kann mir vorstellen, was sie alles hinter sich hat. Doch Abel scheint das trotz aller Weitherzigkeit nicht wahrzunehmen. Oder er hält es für unwichtig, eine Frauenlaune, mit der man sich später befassen kann, nicht jetzt.

»Kannst du mich tadeln?« fragt er. »Schau dir das an« – er weist auf die Menge –, »das ist genau so ein Wunder wie die Vermehrung der Brote und der Fische, meinst du nicht? All diese Untergangspropheten – all die Leute, die Nahrungsmittel gehortet haben, weil sie die Apokalypse erwarteten ...« Ein breites Lächeln, als er den Arm um seine Frau legt. »Das nächste Jahr über wird eine schwere Wolke von Furzen über dem Bezirk hängen. All diese Büchsen mit weißen Bohnen. Hoffen wir, es ist gut fürs Getreide.«

Rundum erhebt sich Gelächter.

Als es sich legt, nehme ich Abel beim Arm. »Ich möchte Sie gern zu jemandem bringen«, sage ich.

»Ich bin gleich wieder da«, erklärt er seiner Frau. Sie nickt ergeben. Ich führe ihn nach hinten zu meinem Platz in der Schlange.

Aus der Entfernung erkennt er Jacob Bonthuys und stockt ungläubig.

»Ich denke, er ist – ich hatte keine Ahnung, was mit ihm passiert ist!«

»Er war mit Langenhoven unterwegs«, erkläre ich Abel.

Es ist gut zu sehen, wie sie sich umarmen.

Dann lasse ich sie stehen und besichtige wieder gemächlich die lange Schlange vor uns. Die Alten, die Jungen, die Gebrechlichen, die in vollem Jugendsaft. Jedermann ist bereit, ein Gespräch anzuknüpfen, einen Witz zu reißen, ein Bonbon anzubieten oder ein Stück *biltong*, einen kräftigen Schluck aus einer Büchse lauwarmer Cola. Ich zögere kurz, als ich Anna und Casper erkenne, aber sie haben mich schon erspäht, und ich kann nicht entfliehen. Lenie ist bei ihnen, reine Neugier denke ich mir; obwohl, bei dem Tempo, in dem wir vorrücken, hat sie möglicherweise das Wahlalter erreicht, wenn wir in den Kabinen anlangen. Sie lächelt zu mir auf, ihr kleines, dreieckiges Gesicht ist offen und unbekümmert. Sie zwinkert. Sie trägt den BH. Casper und Anna sind die einzigen in der Reihe, deren Gesichter gezwungen wirken, aber vielleicht erscheint nur mir das so, weil ich sie durchschaue. Er murmelt etwas und zieht ab; seine Kumpels müssen anderswo stecken.

»Ich hab ihn hier nicht erwartet«, sage ich verwirrt.

Anna zuckt die Achseln. Ihr Gesicht sieht sehr blaß aus. Sie trägt immer noch – oder wieder? – die dunkle Brille. Sie wühlt in ihrer Handtasche, holt das Portemonnaie heraus und schiebt es Lenie in die Hand. »Gehst du bitte und holst uns was Kaltes zu trinken?« Als das Mädchen fort ist, senkt Anna die Stimme. »Ich muß mit dir reden«, sagt sie. Es klingt gepreßt.

»Natürlich. Ich komm herüber.«

»Nein, ich besuche dich lieber bei Ouma.«

»Ist was passiert?«

Sie nickt und wischt sich zornig eine Träne ab, die unter ihrer Brille hervorrinnt.

»Heute nachmittag, wann du willst«, sage ich, beuge mich vor und küsse sie auf die Wange.

Lenie taucht wieder auf. Ich sauge die Hälfte meiner Fanta durch das bunte Röhrchen und verabschiede mich dann, um an meinen Platz zurückzukehren, so daß jemand anderes einen Bummel machen kann. Jetzt hat der Tag einen Dämpfer bekommen; Anna hat auf meine freudige Erregung einen Schatten geworfen. Aber er zerstreut sich wieder von vorn her, als in kleinen Wellen eine Nachricht durch die Schlange läuft: »Es geht vorwärts!« »Die Papiere sind da.«

Schnell geht es immer noch nicht voran, aber wenigstens rücken wir schlurfend weiter. Ein, zwei Meter, dann wieder eine Pause; abermals ein Meter, ein unerwartetes Vorwärtsschwappen von fünf oder sechs, dann eine längere Pause. Noch zwei Häuserblocks weit. Einer. Ein halber. Es ist drei Uhr holländisch-reformierter Zeit.

Um halb vier treten Trui und ich zusammen über die Rathausschwelle. In einer kurzen Panik packt sie meine Hand. Ich zwinkere ihr zu. Sie faßt Mut, läßt mich wieder los und geht sehr aufrecht auf den nächsten Wahlleiter zu, zeigt ihren Personalausweis, schiebt ihre Hand unter den Scanner, hält sie hin, damit sie mit der unsichtbaren Tinte gezeichnet wird, empfängt ihre geblümten Stimmzettel und schreitet in die nächste Kabine, ganz so, als tue sie das schon ihr Leben lang. Ich ziehe Trost aus ihrer Sicherheit und folge in ihrem Kielwasser, stelle mich ungeschickt bei der Tinte an – sie riecht nach Orangenblüte, dem Aroma des Monats –, lasse einen von meinen Zetteln fallen, fange an zu kichern und flüchte mich in meine Kabine.

Es ist sehr still hier drin. Es ist, als ob man eine Duschzelle betritt. Ich bin in Versuchung, den Kopf zurückzuwerfen, um den Strahl mit aufwärts gewandtem Gesicht aufzufangen, meinen Körper umspülen zu lassen. Das Wasser der Geschichte, denke ich, ein wenig gestelzt: Aber es hat mich schon immer gedrängt, für eindrucksvolle Gelegenheiten das rechte Wort zu finden; ein kleiner Schritt für einen Mann.

Dies ist der Schritt einer Frau. Aus dem Nichts kommt mir die Erinnerung an Annas Geschichte über Mutter: Wie sie in der letzten Wahl ihres unglücklichen Lebens gegen Vater gestimmt hat, als er Kandidat war. Der einzige Akt des Widerstands, der ihr möglich war. Ich denke, sie ist jetzt hier bei mir. Wie glücklich bin ich, daß ich endlich *für* etwas und nicht nur gegen etwas stimmen kann.

Fast ohne daß ich es bemerke, hat sich die Kabine dicht gefüllt. Wir drängen uns alle hier drin, so eng wie sich die Leute im Leichenwagen zusammengedrängt haben, aber ebenso fröhlich, bieten unsere Leiber dem freudigen Strom dar, der über uns sprüht, uns reinigt, uns bestärkt, selbst während wir unsre geheimen Kreuze zeichnen, so zuverlässig wie die Burenfrau, die einst ihren Namen und ihr Todesdatum in ein Tuch stickte. Mutter; Ouma, die das Menstruationsblut eines ganzen Lebens für die Nachwelt aufbewahrt; Rachel, die ihre Gefängniswände mit lüsternen Malereien sprenkelte; Petronella, die Seherin; Wilhelmina, die sich nur durch ihr wachsendes Gewicht vernehmlich zu machen verstand; Samuel, die ihr Haar wachsen ließ und abschnitt; Lottie, die auf Baumrinde und Blätter und Erde schrieb; Kamma, die Glühwürmchen losließ. Und eine Schar von anderen, Schatten, von denen ich nicht einmal die Namen weiß, aber die hier sind. Hier steht mein Kreuz. Kristien Müllers Zeichen. Und zum Teufel mit allem übrigen.

## 5

Am späten Nachmittag sehe ich von meinem Schlafzimmerfenster aus, wie Anna unter dem Loquatbaum hält. Sie hat die beiden Mädchen bei sich. Ich schalte das Radio ab. Ich habe Nachrichten gehört, die Mühe habe ich mir seit meiner Ankunft nicht gemacht. Aber heute ist das anders. Und schließlich sind wir nicht in Flammen aufgegangen. Nach der Bombe auf dem Flugplatz, der Frühmorgennachricht, hat es keine weiteren Ausbrüche gegeben. Die große Woge von Gewalt, die in den letzten Monaten das Land erfaßt hatte, scheint festgebannt, wie eine hoch aufschäumende Welle auf einer Fotografie. Nur auf Zeit ausgesetzt? Oder ist ein Wunder geschehen und hat ihren Lauf verändert? Das zu entscheiden, ist es natürlich noch zu früh. Aber im Nachklang des heutigen Erlebnisses ist alles glaubhaft. Das Unmögliche hat sich ereignet. Nun können wir dem Möglichen ins Auge schauen.

Ich empfange sie an der Hintertür.

»Ich hab mich gefragt, ob du es noch schaffen würdest«, sage ich und drücke Anna kurz an mich. Für gewöhnlich pflegt sie sich zu versteifen, ich weiß, sie mag nicht berührt werden; aber sie preßt sogar die Stirn gegen meine Schulter.

»Es war nicht so leicht wegzukommen.« Sie zögert und blickt auf die Kinder. »Verzieht euch, ihr Mädels«, sagt sie.

»Dürfen wir auf Bäume klettern, Mam?« fragt Nannie.

»Das ist was für Affen«, bemerkt Lenie hochmütig.

»Weißt du, mit dir zusammen macht's keinen Spaß mehr«, klagt Nannie. Sie hat eine neue Idee und trabt los. »Komm, wir jagen die Pfauen.«

Lenie zieht ein Gesicht und folgt ihr dann in würdevollerer Gangart.

»Die Vögel sind alle fort«, sage ich zu Anna.

»Das passiert um diese Jahreszeit«, sagt Anna, eher gleichgültig, so, wie sie hätte sagen können: »Das passiert um diese Zeit des Monats.«

»Was für ein Tag«, sage ich. »Ich fürchte, ich bin in der letzten Zeit ziemlich zynisch geworden, aber dieser Morgen läßt mich glauben, daß eine Wende trotz allem möglich ist. Nicht zu fassen, die Hochstimmung, die ich überall erlebt habe.«

»Keine Angst, das ändert sich wieder«, sagt sie. »Es ist eine Art von Massenhysterie, weiter nichts.«

»Ich denke, da irrst du. Schau, ich bin nicht so naiv zu denken, daß mit einem Schlag alles eitel Wonne wäre. Aber was wir heute erlebt haben – nicht bloß hier, sondern überall im ganzen Land –, kann sich nicht einfach wieder verflüchtigen. Die Leute werden sich daran erinnern. Bestimmt wird uns das über Durststrecken weghelfen.«

»Wieso?«

»Weil wir jetzt eins wissen: Wir sind alle miteinander beteiligt.« Als das gestern Thando Kumalo und heute Trui gesagt hat, habe ich noch gezweifelt, jetzt bin ich bereit, es zu glauben. »Wir stehen mit drin, auf Gedeih oder Verderb. Ich hab das Gefühl, daß ich ein Komplize bin. Es ist wie in einer Ehe.«

»Auch Ehen gehen kaputt.«

»Tut mir leid, Anna! Ich hab mich fortreißen lassen.« Ich nehme eine Hand von ihr in meine beiden Hände. »Ließ sich wohl schwerlich vermeiden. Steht es sehr schlimm?«

Sie nickt. »Ich will dir nicht die Laune verderben. Aber offen gesagt, selbst wenn sich das Land verändert, was hat das mit mir zu tun? Bei mir geht es leider um etwas anderes, etwas sehr Grundlegendes. Das Verhältnis von Mann und Frau. Und daran wird sich nichts ändern.« Dann in plötzlichem Aufwallen, drängend: »Oder doch?«

»Es muß. Wir müssen dafür sorgen, daß dabei für uns etwas herauskommt.«

»Dir steht es vielleicht frei zu bewirken, daß etwas für dich dabei herauskommt, Kristien.« Harte, ruhige Bitterkeit liegt in ihrer Stimme. »Ich lebe auf einer Art untermenschlichem Niveau. Ich bin nicht einmal mehr eine Frau. Ich bin einfach jemandes Eheweib, jemandes Schwester, jemandes Mutter.«

»Und nun gibst du all den Jemanden die Schuld? Hängst du dir da nicht ein Mäntelchen um?«

Sie wendet sich mir zu. »Wie kann es einem bloß Spaß machen, einen Menschen zu treten, der am Boden liegt?«

Dies eine Mal lasse ich mich nicht zur Schärfe reizen. Stattdessen spüre ich überrascht, daß ich sie verstehe. Und ich antworte beinahe sanft. »In deinem Argument stecken zwei Fehler, Schwester. Ich trete nicht. Und du liegst noch lange nicht am Boden.«

»Da sei nicht so sicher.« Sie packt mich bei den Schultern und schüttelt mich; für einen Augenblick ist sie unbändig. »Kristien, ich bin verzweifelt.«

»Schon die Tatsache, daß du hergekommen bist, sagt mir, daß du nicht ganz erledigt bist.«

»Herkommen war vermutlich das, was mir den Rest gibt.« Sie beherrscht sich jetzt wieder, aber ich spüre in ihr eine Wut und eine Trostlosigkeit, die erschreckend sind. »Er hat versucht, mich zurückzuhalten. Er sagte mir – befahl mir praktisch –, ich sollte mich fernhalten von dir. Er kann den Gedanken nicht ertragen, daß wir beide uns hinter seinem Rücken verschwören.«

Wir gehen hinein; ich nehme sie mit hinauf in mein Zimmer. Sie setzt sich aufs Bett. Ich bleibe stehen und lehne mich gegen die Fensterbank.

»Ich verlasse ihn«, sagt sie; es kommt jäh wie ein Kinnhaken, aber in einem so sachlichen Ton, als verkündige sie, daß sie ein Kleid gekauft habe.

»Die beste Nachricht seit meiner Rückkehr«, rufe ich aus. Ihr Ausdruck bewirkt, daß ich mich zügele. »Ist es wirklich wahr?«

»Es bleibt mir nichts anderes. Aber ich weiß nicht, wie ich es anfangen soll.« Unaufgefordert nimmt sie meine Zigarettenpackung vom Bett. »Was dagegen?«

»Greif nur zu.« Ich beobachte sie genau, während sie das Feuerzeug an die Zigarette hält und einen tiefen Zug macht; ihre Hand zittert. »Möchtest du was trinken?«

Sie zögert. »Ich denke, ich könnte was vertragen.«

»Viel ist nicht da, aber Kognak werde ich wohl finden.«

»Egal was.«

Als ich wieder vom Eßzimmer heraufkomme und die Eiswürfel sanft in den beiden Gläsern klimpern, hat sie sich nicht gerührt; aber die Zigarette liegt ausgedrückt auf dem Nachttisch. Sie nimmt einen großen Schluck, schließt die Augen, wirft den Kopf zurück; schließlich schaut sie mich wieder an, ein mattes Lächeln um den blassen Mund.

»Danke, Schwester.«

»Hast du's ihm gesagt?« frage ich.

»Heute nacht hab ich's versucht. Es war das erste Mal, daß ich den Mut dazu hatte.«

»Und?« frage ich, als sie verstummt.

»Zuerst hat er es nicht ernst genommen. Er dachte, ich spiel ihm nur was vor. Ich versuchte standzuhalten. Sagte ihm, ich wäre entschlossen. Da schaltete er plötzlich um, auf Zerknirschung. Sagte, er könne ohne mich nicht leben, er liebe mich. Ich versuchte mein Bestes, mich nicht berühren zu lassen. Aber er kennt mich so gut. Am Ende ...«

»Ich glaub es nicht«, sage ich, mehr zu mir selbst als zu ihr; und doch glaube ich es. Ich habe eine schwache Vorstellung von seiner männlichen Hexerei gewonnen.

Sie nimmt wieder einen Schluck. »Am Ende liebten wir uns. Falls das Wort zutrifft auf das, was wir taten. Denkst du, ich bin verrückt?«

»Ist es wichtig, was ich denke? Warum hast du es getan?«

»Es ist einfach passiert. Ich war schließlich zu müde, um mich zu sträuben. Irgendwie hofft man trotz allem. Und doch war da im Hintergrund meines Bewußtseins etwas wie ein kleiner, zorniger, lichter Fleck. Ich dachte: Schön, reden wir eben hinterher, er wird mehr Verständnis haben. Aber als es vorbei war, drehte er sich um und schlief ein. Er dachte, alles sei damit gelöst.«

»Und du?«

»Ich hab die ganze Nacht wach gelegen. Zu Anfang fühlte ich mich bloß verletzt, benutzt, elend. Aber im Lauf der Nacht wurde ich zornig. Ich glaube nicht, daß ich in meinem ganzen Leben je so zornig gewesen bin. Ich fühlte mich schmutzig. Wie ein alter Lumpen. Wie ein Stück Klopapier, an dem er sich den Arsch abgewischt hatte. Ich hätte ihn im Schlaf umbringen können. Aber ich hielt mich zurück. Ich wartete, bis er am Morgen aufwachte. Und dann hab ich's ihm wieder gesagt.«

»Hat er zugehört?«

»Er war in Eile. Er ist morgens immer in Eile. Aber ich hab ihm gesagt, daß es mir ernst ist. Ich bin buchstäblich aufgesprungen und hab ihm den Weg versperrt, als er rausgehen wollte. Er versuchte mich beiseite zu schieben, aber ich sagte ihm, er käme nicht raus, bevor er mir zugehört hätte.«

»Wurde er wild?«

»Geschlagen hat er mich nicht, falls du das meinst. Dies eine Mal nicht. Aber er war wütend. Er sagte, ich könne mich fortscheren, je eher, desto besser. Aber die Kinder würde er nicht weglassen. Nicht mal die Mädchen.«

»Und dabei seid ihr verblieben?«

»Natürlich muß ich einen Anwalt aufsuchen.« Ein zitterndes Lächeln. »Genau wie du mir empfohlen hast.«

Ich nehme eine Zigarette und schiebe ihr die Packung hin, aber sie lehnt ab. »Du kannst auf mich zählen«, verspreche ich ihr; aber es klingt widerlich unpassend, so platt.

»Es ist wie ...« Wieder eine Pause. »Es hat so lange gebraucht. Nun kann ich nicht mehr zurück.« Plötzlich bricht ihre Haltung zusammen. Sie leert ihr Glas. »Aber was soll ich tun, Kristien? Wenn ich meine Kinder aufgebe, hat es keinen Zweck, daß ich überhaupt weitermache. Aber wenn ich sie mitnehme, selbst wenn er mich läßt, wie soll ich zurechtkommen? Ich habe kein Geld. Ich habe nichts, ich *bin* nichts. Alles gehört ihm. Ich kann nirgends hin. Ich bin zweiundvierzig. Wie fängt man ein neues Leben an?«

»Du stehst noch in der Blüte. Du hast deine Zeugnisse.«

»Die helfen mir jetzt gar nichts. Ich habe kein Selbstvertrauen. Ich bin mir keiner Sache mehr sicher. Außer, daß ich gehen muß.«

»Zieh hierher«, sage ich. »Wenigstens für den Anfang.«

»Das ist zu nah. Er wird – ich habe Angst, Kristien. Ich habe mehr Angst, als ich je für möglich gehalten hätte.«

»Ich hab mich oft gefragt«, sage ich in einer plötzlichen Regung, ohne zu ahnen, wohin mich das vielleicht führt, »weshalb wir uns all das gefallen lassen. Es sollte nicht nötig sein. Es ist nicht logisch, nicht normal. All die Jahrtausende, die wir auf der Erde sind: Warum sind es immer *sie,* die entscheiden, und wir, die sanftmütig folgen? Warum richtet sich immer alles nach ihren Festlegungen? Ob sie uns über den Drakensberg schleppen oder Krieg erklären oder den Planeten zerstören – immer lassen wir ihnen den Willen. Und wir können dem ein Ende machen. Wir müssen, oder ...«

»Es ist wegen der Kinder.« Ihre Augen werden schmal. »Vielleicht verstehst du das nicht. Du magst keine Kinder.«

»So ist das nicht. Ich bin scheußlich zu deinen Kindern gewesen. Obwohl ich in den letzten paar Tagen versucht habe ...«

»Ich hab's gemerkt.«

»Ich kann es dir nicht erklären. Vielleicht hat die Abtreibung was damit zu tun. Ich bin nie wieder imstande gewesen, Kindern in die Augen zu blicken. Blöd, nicht wahr? Schuld ist eine sehr ätzende Angelegenheit.«

»Ich wünschte, wir hätten einander früher schon besser kennengelernt«, sagt sie.

»Wir machen das wett.« Ich überlege eine Weile, schaue sie dann an. »Und ich verstehe, was du meinst: wegen der Kinder. Ich meine, warum wir den Männern soviel durchgehen lassen.«

»Sie haben uns genau dahin gekriegt, wo sie uns haben wollen«, sagt sie ruhig.

Ich gerate wieder in Rage. »Verdammt noch mal, das sollten wir nicht zulassen. Es ist nicht nötig. Wir können nein sagen. Das ist das eine, woran ich ehrlich glaube. Es hängt von uns ab.«

Sie hebt ihr Glas, entdeckt, daß es leer ist und langt wieder nach einer Zigarette. Sie inhaliert tief und verschluckt sich dann kurz am Rauch. »Das Problem ist, daß es einen Preis kostet. Aber du warst bereit, ihn zu zahlen. Also dachte ich, warum nicht ich? Nur, es ist so verdammt schwer, Kristien.«

»Gibt es was, das ich tun kann?«

»Einfach nur hiersein.« Ein Anflug von Verzweiflung liegt in ihrer Stimme. »Geh nicht fort. Bleib hier. Ich werde dich sehr nötig brauchen.« Sie lächelt mit schimmernden Augen. »Ich weiß, das sollte ich nicht sagen. Ich muß auf meinen eigenen Beinen stehen. Aber das ist eben das Problem, nicht wahr? Wenn man es nie zuvor getan hat. Ich habe nicht einmal einen eigenen Namen. Mit dem von Vater hab ich das Leben begonnen. Dann hat er mich an Casper weitergereicht. Wie ein Tauschobjekt. Wo fängt man also an?«

»Du hast schon einen Anfang gemacht.«

»Ich weiß nicht. Jetzt versuche ich, sehr tapfer zu handeln. Aber heute abend, wenn ich wieder dort bin ...«

In einem plötzlichen Ansturm von Sorge frage ich: »Er wird doch nicht versuchen ...«

Sie schüttelt müde den Kopf. »Aber es kann noch schlimmer sein, wenn er seinen Charme aufdreht. Er kennt mich so gut.«

»Untersteh dich nicht, ihm nachzugeben, Anna!«

Sie blickt mich scharf und unverwandt an. »Erzähl mir, was ich tun soll«, sagt sie schließlich.

»O nein«, unterbreche ich sie. »Du weißt sehr gut, was ich denke. Aber ich werde dir keine Anweisungen geben. Ich will nicht später Vorwürfe hören. Du mußt selbst entscheiden.«

Sie wechselt schlau die Position. »Sei ehrlich zu mir. Was würdest du an meiner Stelle tun?«

Es ist ein sehr gefährlicher Augenblick; sie ist äußerst unfair. Gleichzeitig wäre Ausweichen unverantwortlich. Auch dann: Wage ich es ihr zu erzählen oder nicht? Weiß Gott, ich ziehe keine Befriedigung daraus, sondern folge dem blinden Glauben, daß es notwendig ist, für uns beide. Ich sage: »Weißt du, daß er Sonntag nacht hier war?«

»Wer?«

»Casper. Es war sehr spät. Mitternacht vorbei. Er hatte einen Reserveschlüssel. Als ich ihn entdeckte, war er schon drinnen.«

Sie starrt mich an, die Augen leer vor Schreck.

»Er versuchte mich zu zwingen.« Nun muß ich den Weg zu Ende gehen. »Nicht zum erstenmal.«

»Wann ...?« fragt sie mechanisch.

»An euerm Hochzeitstag.«

»O Gott.« Sie bedeckt das Gesicht mit den Händen. Zwischen ihren Fingern kräuselt sich eine dünne Rauchfahne. Nach einer Weile blickt sie wieder auf. »Und hat er ...?«

»Nein. Jemand hat mir beigestanden. Er war stocksauer.«

»Und danach kam er zu mir nach Hause.«

»Ja. Es tut mir so leid. Es tut mir so leid.«

Sie beugt sich vor, um die Zigarette auszudrücken. »Schön, ich bin froh, daß du es mir erzählt hast. Das macht es leichter. Wenigstens für den Augenblick.«

»Bitte bleib heut nacht hier. Bei Tag macht sich das leichter.«

»Man muß tun, was man tun muß, nicht?« fragt sie mit einem bitteren Lächeln.

»Laß mich mit dir zurückfahren. Vor mir wird er nicht wagen, etwas anzustellen.«

»Du kannst nicht die ganze Zeit dasein. Ich halt es schon aus. Ich denke, ich kann's. Auf alle Fälle, je eher ich lerne, allein fertig zu werden, desto besser.« Sie steht auf. »Ich möchte mir das Gesicht waschen. Und ich muß Ouma guten Tag sagen.«

Sie geht ins Bad; nachher geleite ich sie zu Ouma Kristinas Zimmer. In der Tür stockt sie; ich höre, wie sie heftig Luft holt. Ich hätte sie auf den Sarg vorbereiten sollen. Nun kann ich ihr nur ein Achselzucken als Entschuldigung bieten, wenn schon nicht als Erklärung. Ich lasse sie mit Ouma allein und gehe nach unten; mir ist, als ob ich schlafwandele.

Die Mädchen kommen mit unordentlichen kleinen Blumensträußen, die sie im Garten gepflückt haben, in die Küche gerannt.

»Die sind für Ouma«, verkündet Nannie.

Bevor ich ihnen den Weg verstellen kann, flitzen sie treppauf. Ich bleibe in der Küchentür. Die Sonne ist untergegangen. Das letzte Blut rinnt vom Himmel; die Dunkelheit bricht herein, so plötzlich, wie es für Afrika typisch ist. In der Ferne sehe ich durch die Bäume die Lichter der Arbeiterhäuser.

Zehn Minuten später höre ich Anna und die Kinder die Treppe herabsteigen. Die Mädchen schwatzen drauflos. Lenie hat ihre Würde abgelegt, wie sie das Treppengeländer herunterrutscht und im Flur bruchlandet. Sie stürzen an mir vorbei, jede will als erste am Wagen sein.

Anna und ich folgen langsamer.

»Paß auf dich auf.«

»Genau das hab ich vor.«

»Wenn es irgendwas gibt: Ruf an.«

»Ich komm schon klar. Du warst ein Prachtkumpel.«

Trotz der Heiterkeit an der Oberfläche bin ich mir nur zu sehr bewußt, welch inneren Aufruhr sie zu verbergen sucht. Und als sie abfahren und die roten Rücklichter auf der Farmstraße entschwinden, spüre ich, wie sich in mir etwas zusammenkrampft, während eine lautlose Stimme aufschreit: Komm zurück, komm zurück!

Es dauert lange, bevor ich mich umwende, um Ouma und der Nacht ins Auge zu sehen.

## 6

Wir sind wieder in unserer Arche, nur wir zwei, wie so viele Male zuvor; und mehr denn je ist mir, als trieben wir auf einem sacht rollenden Meer dahin, segelten durch endlosen Raum, eine Dunkelheit ohne Ende. Ouma liegt da mit geschlossenen Augen. Sie atmet sehr flach, ihr Brustkorb bewegt sich kaum sichtbar. Die Augäpfel sind so tief in den Schädel gesunken, daß sie sich im Schatten verlieren. Wie gewohnt brennt nur die Nachttischlampe, sie ist sanfter, versöhnlicher. Das Haus selbst atmet ruhig um uns. Es scheint durchdringbar, mehr noch als sonst; die Nacht strömt von allen Seiten zu uns herein. Es scheint möglich, daß der Mond, wenn er höher steigt – noch steht er tief, gefangen in den schwarzen Zweigen der Bäume draußen –, geradewegs durch das Haus wandert und über das leere Bett hingleitet.

Ihre Finger ballen und lösen sich auf der Brust. Die Augenlider flattern, öffnen sich jedoch nicht. Ihr Mund zuckt.

»Schläfst du?« flüstere ich.

»Ich bin wach. Ich bin müde. Es war ein langer Tag.«

»Jetzt ist er vorbei.«

»Beinah. Nicht ganz.«

Unwillkürlich schaue ich auf meine Uhr, sie ist stehengeblieben. Bestürzung überfällt mich und verfliegt sogleich wieder. Was tut es schon?

»Anna hat mich heute besucht«, sagt sie.

»Ich weiß.«

»Sie ist sehr unglücklich. Sie sollte sich von dem Mann scheiden lassen.«

»Hat sie mit dir darüber gesprochen?« frag ich vorsichtig.

»Nein. Aber ich hab es ihr angesehen. Du mußt mit ihr reden.«

»Tu ich. Hab ich schon.«

»In unserer Familie hat es nicht viele glückliche Ehen gegeben«, sagt sie nach einem Augenblick. »Meine war wohl die einzige, meinst du nicht?«

»Aber Ouma ...« Mein Widerspruch erlischt.

»Neun Kinder hatten dein Großvater und ich. Wir waren so glücklich.«

Wieder überkommt und verläßt mich der Drang zu reden.

Sie schlägt die Augen auf, mit Mühe, scheint es. »Du glaubst mir nicht?«

»Darum geht's nicht. Aber du hast gesagt ...«

»Ich weiß genau, was ich gesagt habe. Ich hatte immer ein gutes Gedächtnis.« Langsam wie in allen vorangegangenen Nächten erwächst ihr, so scheint es, im Sprechen wieder die Kraft fortzufahren. Aber irgendwann wird ihr doch keine mehr bleiben? Einhundertunddrei Jahre, dann die Bombe; und immer noch lebt sie weiter, still, ein zuckendes, flackerndes Flämmchen.

Ich zögere lange, aber es muß heraus. Also frage ich: »Und Jethro?«

»Was ist mit ihm?«

»Du hast ihn geliebt.«

»Natürlich.«

»Du bist mit ihm fortgegangen.«

Ihr Gesicht entspannt sich, ergriffen von einem sonderbaren Glück; wie ein paar seltene Male vorher begreife ich, wie schön sie gewesen sein muß, als sie jung war. Beinah mühelos, aber sehr leise, so daß ich mein Ohr an ihre Lippen halten muß, läßt sie sich durch ihre Worte forttragen.

»Es kommt eine Zeit, wo man sich losreißen muß, sonst erstickt man. Es ist wie Samuel, die in ihrem Sarg, diesem hier, aufbrach, um nach ihrem Schatten zu suchen …«

»Aber Ouma …«

»Oder wie Wilhelmina, die den Spiegel aus ihrer Mutter Haus bei sich behielt, in dem sie bei Nacht die Geister der Toten sah.«

»Aber Ouma …«

»Meine eigene Mutter auch, du erinnerst dich, das Mädchen Rachel, das zum Meer fortlief und nie zurückkam; was eine solche Schande für ihre Eltern war, daß sie ein Grab für sie graben und ein Begräbnis veranstalten mußten mit Sarg und allem, so daß die Leute dachten, sie sei gestorben.«

»Aber Ouma …«

»Genauso war es auch mit mir, als Jethro kam und wir nach Paris durchbrannten.«

»Nach Paris?«

»Paris«, sagt sie und läßt sich den Namen auf der Zunge zergehen. »Ja. Dorthin gingen wir. Der alte Moishe richtete das ein, er kannte überall Leute, er sagte, das sei sein Hochzeitsgeschenk für uns. Auch wenn wir noch nicht verheiratet seien.«

»Und es war wundervoll?«

»Ja, es war wundervoll.« Eine Pause. »Zumindest anfangs. Da lebten wir richtig als Bohemiens. Es war Sommer. Ich hab mir eingebildet, es würde ewig dauern. Abermals durch den alten Moishe und seine Beziehungen fanden wir ein Quartier, eine kleine Dachwohnung im Judenviertel, in der Rue Vieille du Temple. Er schrieb, und ich malte. Wir liebten uns. Wir wurden hungrig. Wir sangen in den Straßen, er spielte in der Métro auf einer Flöte vom Trödler, und ich zeichnete Skizzen von den Touristen. Dann und wann arbeiteten wir in den Markthallen. Wir tranken Rotwein. Wir lagen im Jardin du Luxembourg, im Bois de Boulogne, es war, als spazierten wir Hand in Hand durch die Seurats und Monets, die wir gesehen hatten, Bilder, die damals gerade sehr in Mode kamen.« Sie fängt an, eine Melodie zu summen, aber sehr falsch und sehr leise, so daß ich sie nicht erkenne, aber es mag etwas aus den Zwanzigern sein, es klingt nach Varieté. Mittendrin unterbricht sie sich. »Oder wir fuhren mit der Eisenbahn aufs Land und verbrachten Tage und Nächte unter der Sonne und den Sternen. Es war unglaublich romantisch. Unglaublich.

Jethro hatte all diese unmöglichen Zukunftspläne. Ich würde die erste große Malerin werden, er ein unsterblicher Schriftsteller. Viele Jahre später ging es mir auf, daß er in mancher Hinsicht trotz all ihrer Unterschiede genau wie dein Großvater Cornelis war. Männer. Randvoll von Ideen und Plänen und Visionen, den ganzen Tag lang. Aber wenn die Nacht einbricht, sitzen sie auf dem Klo und lesen die Zeitung.

Wir brauchten eine Weile, bis wir wieder auf den Boden zurückkamen. Der Sommer ging zu Ende. Im Luxembourg wurden die ersten Blätter gelb und fielen. Die ersten Ahnungen von Kälte schauerten durch die Stadt. Ich habe nie eine Stadt kennengelernt – aber freilich, welche anderen Städte hab ich schon kennengelernt? –, deren Leben so genau auf den Wechsel der Jahreszeiten abgestimmt ist. Urplötzlich war unsere Mansarde nicht mehr so gastlich. Urplötzlich schien unsere Liebe nicht mehr ganz auszureichen. Wahrscheinlich begingen wir den alten Fehler, daß wir Verliebtsein verwechselten mit der Fähigkeit, miteinander zu leben. Ich hatte nicht mit der Zerbrechlichkeit des männlichen Ego gerechnet. Vielleicht paßte ich einfach nicht für die Ehe. Doch wir täuschten uns nach Kräften. Wir liehen uns Geld und reisten auf der Suche nach Wärme in den Süden, nach Italien, nach Griechenland. Wir kamen durch den Winter. Mit dem Frühling kehrten wir nach Paris zurück und hatten wieder Oberwasser. Ich war jetzt besessen von meiner Malerei. Jethro fing an zu klagen, er fühlte sich ein wenig beiseite geschoben; er stellte Forderungen, die mich nun nicht mehr so sehr begeisterten. Ein neuer Herbst brach über uns herein wie ein Gifthauch, wie Finsternis. Wir hatten kein Geld mehr. Wir wurden aus der Mansarde geworfen. Ich entdeckte, daß Jethro angefangen hatte, sich mit anderen Mädchen zu treffen, die schöner waren als ich und nicht so viel nörgelten. Er hatte noch immer seine Träume, aber ich kam darin nicht mehr vor, und ich wollte es auch eigentlich nicht mehr.

Eines Tages nahm ich eins der kleinen Bilder, die ich von ihm gemalt hatte, du kennst es ja, und stahl das Geld, das er heimlich unter einem Dielenbrett in dem Haus in Clichy angesammelt hatte, wo wir damals wohnten, in dem stinkigen Abort zu halber Treppe. Es war gerade genug, um damit wieder nach Hause zu gelangen. Ich ließ ihm dafür meine übrigen Bilder da. Ich bin sicher, er kriegte was dafür, er hatte schon ein paar hinter meinem Rücken verkauft und das Geld für seine persönlichen Belange eingesteckt. Einen Brief ließ ich nicht zurück. Ich zog einen sauberen Bruch vor.«

Ein sehr langes Schweigen folgt.

»Und als du zurückkamst, warst du schwanger?« frage ich.

»Wer behauptet, daß ich schwanger war?«

»Du.«

»Oh.« Die Spur eines Lächelns, das vor achtzig Jahren vielleicht gewagt gewesen wäre. »Ich erinnere mich nicht.«

»Bitte erzähl mir, Ouma.«

»Die Erinnerung gehört nun dir«, sagt sie. »Tu damit, was du willst. Du verstehst das jetzt, nicht wahr?«

»Ich weiß nicht recht. Da ist so viel, was ich noch wissen muß ...«

Aber sie beachtet mich nicht; vielleicht kann sie mich wirklich nicht hören. »Ich mußte dir alles erzählen«, sagt sie. »Wenn du unsere Geschichte nicht kennst, bist du versucht, alles, was geschieht, als dein privates Geschick zu betrachten. Aber wenn du sie einmal kennst, begreifst du, du hast die Wahl.«

Wie ich zu ihr niederschaue, fühle ich meine Unruhe schwinden. Schließlich ist es wirklich nicht so wichtig, all die Einzelheiten unserer Geschichte auseinanderzuklauben, ihrer und meiner. Sie hat ausgewählt, das kann ich auch. Sie hat so lange gelebt. Als sie geboren wurde, gab es in diesem Land noch keine Autos, kein Telefon, kaum eine Eisenbahn. Sie hat erlebt, wie sich die ganze Welt vom Zeitalter des Pferdes zu dem der Raumfahrt wandelte. Als sie geboren wurde, stand Sarah Bernhardt auf der Höhe ihres Lebens, Einstein war ein Junge, Queen Victoria beherrschte die Meere. Ihre Stiefbrüder oder, je nachdem, wie man's sah, ihre Onkel kämpften in Paul Krügers Krieg, ihre Stiefschwester wählte in einem Konzentrationslager den Tod; als sie in Paris war – falls sie je dort war –, hätte sie dem jungen Picasso, dem jungen Modigliani, Gertrude Stein begegnen können. Zu ihren Lebzeiten rissen zwei Weltkriege und zahllose andere Kämpfe Wunden in das Antlitz der Erde. Als die Berliner Mauer gebaut wurde, war sie schon alt: Sie sah sie auch fallen. Männer kamen und Männer gingen, sie ist noch hier, sie hat überlebt, nichts kann sie überraschen. Während all der männlichen Sophistereien und Machtspiele, all ihrer Erklärungen der Welt und warum sie so miserabel und wirr sein muß, hat sie ruhig auf ihren eigenen Erfindungen beharrt. Hinter und unter der Historie hat sie weiter ihre geheimen Geschichten von Ausdauern und Leiden und Überleben gesponnen, von Frauen und Spiegeln und Schatten und Särgen und Flut und Scheiße und göttlichen Boten und Notzucht und Inzest und Freitod und Mord und Liebe. Die Gestalten mögen austauschbar sein; die Mythen bestehen, sie hat sie ins Dasein gelebt. Warum Wahrheit verlangen, was immer das sein mag, wenn man Einbildungskraft haben kann? Ich habe es mit der Wirklichkeit versucht, und ich weiß nun, sie funktioniert nicht. Das Weltall, hat jemand gesagt, und ich weiß jetzt, es stimmt, besteht aus Geschichten, nicht aus Partikeln; sie sind die Wellenfunktionen unserer Existenz. Wenn sie den Ereignishorizont unseres besonderen Schwarzen Loches bilden, sind sie auch unser einziges Mittel zu entkommen.

»Verzeih mir«, flüstere ich in einer plötzlichen Eingebung, ohne zu begreifen, warum oder was mich auf einmal dazu treibt; ich weiß nur, daß ich Vergebung erbitten muß und daß sie der einzige Mensch auf der Welt ist, von der ich sie erbitten, der einzige, der sie mir gewähren kann, ohne zu erwarten, daß ich sie verdiene. »Verzeih mir.«

Du bist die einzige, die so handeln kann; aber du bist die einzige, in deren Augen ich nie schuldig gewesen bin. Du bist vielleicht der einzige Mensch, den ich je ganz, bedingungslos, ohne zu fragen, geliebt habe.

Und ja, du hast recht: Du hast mir ein Gedächtnis zurückgegeben, etwas, wofür es sich lohnt, daß ich fortgegangen bin und gelitten und mein Ziel verloren habe und nun zurückgekommen bin. Ich habe immer gemeint, nur andere Leute hätten ihre Geschichte. Zu Vater hat Geschichte gehört. Oder zu denen im Kampf: Geschichte war ein Zug, der vorbeigefahren kam, ich stieg ein und stieg aus, aber es war nie meiner. Nun geschieht etwas mit mir. Ich bin nicht sicher, ob ich es schon verstehe, aber ich kann es spüren. So war mir damals zumute, als ich entdeckte, daß ich schwanger war. Und das Kind dann verlor. Diesmal muß ich es behalten. Ich liebe dich.

»Ich mißbillige den Tod«, sagt sie sehr leise, aber sehr deutlich.

Um uns her dehnt sich das Haus abwechselnd und schrumpft zusammen, atmet ein und atmet aus. Der Mond steht jetzt hoch. Die Wände sind transparent geworden, lassen das Licht herein, den unendlichen Raum.

»Armer alter Piet Malan«, sagt sie wieder.

Ich sehe sie langsam versinken, sehe die huschenden Geisterbilder vieler Gesichter durch ihres gleiten, als probiere sie sie an und verschmelze mit ihnen; sehe sie vom Leib zum Schatten zu immerfort wechselnden Namen sinken, in wellenförmigem Fall durch Zeit und Raum in eine Gegenwart stürzen, die nie endet. Und die Unwirklichkeit all dessen, das sie mich sehen macht, gibt nur dem Sehen selber Wirklichkeit.

So viele Leben. Doch Oscar Wilde hat geirrt, denke ich: »Wer mehr Leben als eines lebt …« Ein einziger Tod genügt.

Ihre Stimme verebbt zu einem bloßen Wispern. »Kristien, glaubst du an Gott?«

Ich weiß ehrlich nicht, was ich sagen soll.

Ihre Lippen bewegen sich wieder. Ich presse mein Ohr an ihren Mund.

»Wenn es einen Gott gibt«, sagt sie, »warum bin ich gegen Federn allergisch?«

Es ist nun still. Aber in der Stille werde ich gewahr, wie ein Laut aus ihr hervortaucht, kaum ein Laut, ein bloßes Rascheln, ein Seufzer, sehr leise, fast unhörbar, aber gewaltig weht er durch die Nacht. Vögel. Es können nur Vögel sein, aber sie bleiben unsichtbar, während sie die Luft mit einem sanften grauen Schwirren erfüllen.

# VII

## *Nicht das Ende*

# I

Heute ist das Begräbnis. Es ist Mittwoch, genau eine Woche nach dem Wahltag. Es muß das größte Begräbnis sein, das der Bezirk je erlebt hat, selbst in der Glanzzeit der Straußenfedern. Von überall her sind die Leute gekommen. Sogar Vertreter der neuen Regierung sind anwesend. Auch das Fernsehen ist da. Ich bliebe gern weg und wiche den Menschenmassen aus, die alles, was ihnen in den Weg kommt, zertrampeln. Aber vermutlich bin ich, so sehr es mir zuwider ist, hier die Zentralfigur. Abel Joubert und Jacob Bonthuys suchen einen Teil der Gafferblicke abzufangen und mich vor den unverhohlen starrenden Augen, den gierigen Medienleuten abzuschirmen; aber viel nützt es nicht.

Eine Woche lang sind die Tratscher und die Zeitungen Amok gelaufen. Abel Joubert hatte dafür gesorgt, daß am Farmeingang Wachen aufgestellt wurden; Jacob Bonthuys ist als offizieller Türhüter wieder hergekommen. Auch Jonnie ist gekommen und unterstützt seine Eltern dabei, Eindringlinge vom Haus abzuwehren. Keine Kriegslist war denen zu krumm, die auf der Suche nach einer Story kamen. Ein Familienmagazin schickte einen Kombi voller Blumen, unter denen eine Journalistin und ein Fotograf versteckt lagen, um im entscheidenden Moment herauszuspringen und ein Interview zu ergattern; Gott weiß, was sie in ihrem Blumenversteck angestellt hatten, denn als sie auftauchten, sahen sie verdächtig zerknittert aus. Vor Jacob Bonthuys' Flinte traten sie einen unrühmlichen Rückzug an.

Die Pöbelhaftigkeit von dem allen hat mir den Atem verschlagen. Selbst während ich beobachte, wie um mich her die Begräbniszeremonie abläuft, kann ich nicht ganz glauben, was geschehen ist. Sicher ist es zu barbarisch, zu ungeheuerlich, zu melodramatisch. Aber wir als Volk – und als Familie – sind nie vor dem Barbarischen oder dem Melodramatischen zurückgeschreckt; wie also konnte ich erwarten, daß es mir erspart bliebe?

Ich muß versuchen, das alles festzuhalten, es zu packen, bevor es sich mir völlig entzieht und zum Alptraum schwindet. Wäre es nur einer.

Wann hat mich in Oumas Todesnacht die erste Ahnung gestreift, daß etwas nicht in Ordnung war? Zu Anfang war da kein Gefühl von Verhängnis oder Gefahr. Höchstens der Drang, die Hand auszustrecken und jemanden zu berühren, zu jemandem zu sprechen. Ich saß noch auf dem Bett, ohne jeden Zeitbegriff, und starrte auf den Sarg vor mir, auf ihr verändertes, nun im Tod gefrorenes Gesicht, auf das bedeutungslose kleine Knochenbündel, das vor meinen Augen in Staub zu zerfallen schien; und dann rührte sich auf einmal in mir das Gefühl der Unruhe, eine sonderbare Angst. Da schrieb ich sie noch dem aufdämmernden Bewußtsein zu, daß ich allein in der Nacht bei Oumas Leichnam saß. Dem Drang, jemanden mir nahe zu wissen, der das mit mir teilt, und so wieder ruhiger zu werden. Trui war der Mensch, der dafür in Frage kam, und doch zögerte ich, sie zu stören. Bald, in den Tagen, die nun hereinbrächen, würde sie ohnehin mitten im Tumult stehen. Da dachte ich an Anna. Und spürte gleichzeitig zweierlei – es gab keinen logischen Grund dafür, und im nachhinein kann ich es nicht erklären –: Ich mußte sie anrufen, und mich erstickte die Angst, sie würde sich nicht melden.

In einer Art von Betäubung wählte ich die Nummer. Meine Hand zitterte. In Gedanken drängte ich sie: Los, komm, komm doch! Es klingelte und klingelte und klingelte. Ich konnte mir den Klang am anderen Ende vorstellen, den hohlen, trostlosen Laut eines Telefons, das zu einer gottverlassenen Nachtstunde klingelt. Aber niemand hob ab. Da wußte ich, es war kein bloßer Drang gewesen, sondern eine Vorahnung.

Wieder erwog ich, Trui und Jeremiah zu wecken. Ich ging

in ihr Zimmer. Sie schliefen fest. Nein, ich konnte nicht. Ich wußte nun mit absoluter Gewißheit, daß etwas geschehen war. Aber eben deswegen konnte ich ihnen nicht gegenübertreten. Noch war da nichts Greifbares. Nur ich konnte tun, was getan werden mußte – was immer das sein mochte. Geräuschlos ging ich die Treppe hinab, hinaus zum Schuppen, schwang mich in den Leichenwagen und fuhr davon.

Aus der Ferne, über die leeren Ebenen, konnte ich die Lichter in dem benachbarten Farmhaus sehen. Es schien, als sei jedes einzelne Licht angeschaltet, das Haus sah aus wie ein großes, festliches Passagierschiff, das in der Nacht vorüberfuhr.

Aber es war nichts Festliches an der Szene, die mich empfing, als ich durch das Dielenfenster spähte, nachdem sich auf mein unbändiges Klopfen niemand gerührt hatte. Wie automatisch gesteuert ging ich weiter: Ich wurde Darsteller in einem kaum glaubhaften, schlechten Fernsehspiel. Ich fand einen Stein, schleuderte ihn durch das große Fenster und schlug dann das Loch größer, so daß ich durchschlüpfen konnte – auch so zerschnitt ich mir den Arm –, und kletterte nach drinnen. Nun wurde ich, selbst blutend, ein Teil der Szene, die ich von außen mit angesehen hatte. Man sollte nicht glauben, daß gewöhnliche Menschenwesen soviel Blut in sich haben. Das Gemetzel erstreckte sich vom Vorderzimmer, in dem noch der Fernseher lief – CNN brachte Nachrichten von den Wahlen; ein neues Leuchtfeuer der Hoffnung für die von Hader zerrissene Welt, sagte die Ansagerin mit einer Stimme, die klirrte wie eine Elektrogitarre –, den Korridor entlang, in die Schlafzimmer und in die Küche.

Ein Einbrecher. Das war mein erster Gedanke. Es leuchtete ja ein. All die Feinde, die sich Casper im Bezirk gemacht hatte; jemand, der in der Hochstimmung des Tages und seiner Ereignisse beschlossen hatte, alle angehäufte Bitterkeit so vieler Jahre zu rächen. Aber ich begriff sehr bald, nicht das konnte geschehen sein. Die Tatsache, daß alles im Haus, soweit ich es ausmachen konnte, an seinem Platz war, daß nichts fehlte. Daß alle Türen verschlossen waren und die Schlüssel auf der Innenseite steckten. Außen hatte ich bei meiner Ankunft bemerkt, standen sowohl der Bakkie als auch der Geländewagen ungestört an ihrem gewohnten Platz.

Es gab nur eine logische Alternative. Der Schweinehund, dachte ich, zu betäubt, um Ordnung in meinen Kopf zu bringen; von sehr fern sah ich zu, wie meine Gedanken kamen und gingen. Ich war nicht dort. Ich konnte unmöglich dort sein. Der verfluchte, gottverdammte Schweinehund. Also hatte er es schließlich getan. Das hatte sie die ganze Zeit gefürchtet. Warum hatte sie nicht auf mich gehört und die Nacht in Oumas Haus verbracht? Warum konnte ihn nicht jemand rechtzeitig aufhalten? All meine hübschen Küken und ihre Glucke. Immer noch war ich innerlich dem ganz fern, was ich vor mir sah. Ich zwang mich, durchs Haus zu gehen, erfaßte, was geschehen war. Zwei von den Jungen im Korridor, einer in die Brust geschossen, der andere in den Kopf. Nannie in dem Schlafzimmer, das sie mit Lenie teilte, umgekippt, als hätte sie sich eben aufgerichtet, geweckt durch den Tumult, als die Kugel sie traf. Der kleinste Junge war in seinem Bett, wo er vielleicht – hoffentlich – alles verschlafen hatte, in die linke Schläfe geschossen worden. An der Küchentür zusammengebrochen, vermutlich niedergestreckt, als sie versuchte hinauszugelangen und in die Nacht zu flüchten, Lenie in ihrem kurzen Schlafanzug, unter dem sich der neue Büstenhalter abzeichnete.

Zurück in die Diele. Casper, die Arme und Beine gespreizt, auf dem Teppich, drei Schüsse, soweit ich feststellen konnte. In den Bauch, in die linke Schulter, in die Stirn. Und über ihm zusammengesackt Anna. Das Loch in ihrer rechten Schläfe umkränzt von einer schwärzlichen Sengspur.

Und dann endlich das Begreifen. Der Gedanke, den ich unmöglich fassen konnte. Es war zu ungeheuerlich. Es hatte keinen Sinn. Es hatte Sinn im Übermaß. Anna hatte es getan. Ihn hatte sie zuerst erschossen, dann die Kinder, dann war sie zu ihm zurückgekehrt, um sich selbst zu töten. Die Art, wie ihr Leichnam über seinem lag, ihre Finger noch an der Pistole.

Mein Handgelenk blutete immer noch.

## 2

Ich geriet nicht durcheinander, rannte nicht herum, wurde nicht hysterisch, fing nicht an zu schreien. Ich konnte nicht weinen. Ich setzte mich auf einen Stuhl dem Fernseher gegenüber, einem Auge, das mich beharrlich anstarrte, nicht blickend, sondern fordernd, daß man es anblickte. Was auf dem Bildschirm vorging, glitt an mir vorbei; es kam aus einer ganz und gar anderen Welt. Wie lange ich dortblieb, kann ich nicht sagen. Ich saß einfach still, zu betäubt für Entsetzen. Jetzt, eine Woche später, ist es fast unmöglich, mir meine Gedanken zurückzurufen: Was immer ich darüber zu sagen versuche, könnte die Leere dieser Nacht mit dem Wirrwarr vermengen, der dann kam. Aber wenn ich überhaupt etwas deutlich, bewußt dachte, dann nur eins: daß dies vermutlich das Schlimmste war, was ich in meinem Leben sehen würde. Nichts mehr konnte dem hier gleichkommen. Andere mögen noch Ungeheuerlicheres erlebt haben, meine Grenze war dies. Und es war eine sonderbare Gelassenheit bei der Entdeckung. Ich konnte mich jetzt entspannen. Ich hätte mich sogar schlafen legen können, es gab nichts mehr zu fürchten. Nichts, was ich auszudenken vermochte, konnte dies übertreffen. Die Wirklichkeit hatte sich selbst aufgehoben. Was mich so lange fasziniert hatte, der Sog des Unrealen mitten im Realen, war gesättigt. Nichts drängte mich zu offenbaren, was ich nicht ändern konnte.

Eine Frau kam aus der Wüste des Todes, um zu fragen: »Weißt du, was ich dir zu erzählen habe?« Jetzt wußte ich, die Antwort lautete weder ja noch nein. Die einzig mögliche Antwort lag vor mir, in mir. Sie war Schweigen.

Ich denke, ich habe gedacht: Dies ist die unausweichliche Konsequenz, die in all den Geschichten Oumas steckt. Sich in einen Baum zu verwandeln, in Scheiße zu ersaufen, die Flut in einem Sarg zu erwarten, Gefängniswände zu bemalen, auf eine Oberfläche zu kritzeln: Nichts, nichts ist harmlos. Darunter lauert der Schatten, jene kleine Investition an Dunkelheit, die wir unser eigen nennen dürfen, eines Tages muß sie vorbrechen.

Jahrhunderte um Jahrhunderte von Kampf und blindem Leiden, unsre Stimmen in den Kehlen erstickt, der Versuch, andere Formen zu finden, in die wir unsere stummen Schreie gießen können. Über Ebenen und Berge gezerrt – genau wie die anderen, die namenlosen dunklen Diener –, barfuß, helfend, den Stamm zu erhalten, die Gewehre ladend, die Kranken und Verwundeten heilend, kämpfend und sterbend Seite an Seite mit den Männern, dann in den Schatten zurücktauchend, während die Männer sich allen verfügbaren Ruhm aneigneten. In jeder Krisis wurde uns per Sonderdispens unser flüchtiger Augenblick im Licht zugebilligt: dann zurück in die gewohnte häusliche Dunkelheit unseres vorbestimmten Platzes. Um zu leiden, zu weinen und zu sterben. Für sie die Monumente für die Ewigkeit; für uns höchstens die Sandphantasien. Und wieder dachte ich: Warum haben wir es uns gefallen lassen? Warum haben wir nie alle zusammen rebelliert? Um der kurzen sexuellen Ekstase willen? Um die Gattung zu erhalten? Weil uns so jämmerlich nach Sicherheit verlangte? Aber gewiß hätten wir es zu unsren Bedingungen tun können, nicht immer, nicht ausschließlich, zu ihren?

Durch all die fruchtbaren Jahre ihres langen Lebens stapelte Ouma die blutbefleckten Tücher als stummes Zeugnis ihres Frauentums auf – stolz, trotzig, scheußlich, doch stumm. Doch dann vertrocknete es. Nicht mehr fruchtbar, äußerte sie sich in Geschichten. Die sind jetzt mein. Ich kann, wenn es noch nicht zu spät ist, meine Geschichte annehmen. Aber für Anna ist es zu spät.

Ihre einzige Macht war die Macht, sich zu zerstören; und vor der schreckte sie nicht zurück. Wenn es denn getan werden mußte – ich versuche, mich selbst zu überzeugen –, dann scheute sie nicht davor zurück. Es war ihre einzige, letzte Erfüllung; das mindeste, was ich hoffen kann, ist, daß sie es bewußt tat, tapfer. Wenn dir die Zunge ausgeschnitten ist, mußt du deine Geschichte in einer ganz anderen Sprache erzählen. Dies Blutbad ist das einzige Zeichen, das sie zurücklassen kann, ihr Tagebuch, ihr Kunstwerk. Sie hätte es nicht allein vollbringen können. Zahllose andere haben sich mit ihr vereint, dies zu tun, dies auszudrücken. In meiner Schwester waren, wie in mir, viele Frauen; und ich habe nur ein oder zwei oder drei von ihnen gekannt. Sie war eine Vielheit. Ich bin eine. Wir sind eine. Es ist eine sehr fundamentale Arithmetik, die ich lerne.

Irgendwann stehe ich auf – der Fernseher läuft noch, dieser ununterbrochene Bilderfluß, noch absurder, wenn der Ton abgedreht ist (wann hatte ich das getan?) – und ging zum Telefon im Korridor. Von hier mußte sie mich, Gott weiß, wie lange das nun her ist, angerufen haben, um zu sagen: »Es ist wegen Ouma. Du mußt kommen.« Michael, kichernd: »Jemand namens Ah-na. Gräßlicher südafrikanischer Akzent.« Wie unsere Akzente uns denunzieren. Schließlich war es nicht wegen Ouma, es war wegen Anna selbst, nur wußte es damals noch keins von uns. Ich rief die Polizei an, den Arzt, ich ging zu meinem Stuhl zurück. Auf der Armlehne war Blut. Meins, ihres, seins? Unseres. Ich setzte mich hin. Ich saß noch an derselben Stelle, als sie kamen.

## 3

Der Arzt war zuerst fertig. Viel konnte er nicht mehr tun. Auf seine Anweisung gestattete mir die Polizei zu gehen, sobald die selbstverständlichsten Fragen gestellt waren (ich weiß nicht mehr, was ich antwortete); es war derselbe Offizier, dem ich hier zum erstenmal begegnet war, glücklicherweise nicht der, welcher die verhafteten Kinder nach Sinai gebracht hatte. Der Arzt wollte mich nach Hause fahren, doch ich bestand darauf, in dem Leichenwagen zurückzukehren; denn dies eine Mal war er der Gelegenheit angemessen. Trotzdem folgte er mir in seinem Wagen zur Nachbarfarm. Auch gut; denn – daran dachte ich erst wieder, als wir im Hof unter den schwarzen Bäumen hielten – da war noch ein anderer Leichnam, mit dem er sich befassen mußte.

Trui kam aus der Hintertür gerannt, als wir uns näherten.

»Kristien, wo bist du gewesen? Etwas Schreckliches ist geschehen.«

»Ich weiß, Trui«, sagte ich mechanisch. »Ich habe den Arzt geholt.«

»Warum hast du mich nicht geweckt?« schalt sie mich. »Als ich aufgestanden bin, warst du gerade weg, und Jeremiah und ich waren im Haus allein mit einer Leiche.«

Der Arzt tätschelte ihr die Schulter. Er ging mit ihr voraus. Vermutlich erzählte er ihr, was sich auf der anderen Farm ereignet hatte, denn plötzlich keuchte sie und heulte laut auf. Sie riß sich aus seinem Griff los und rannte zu mir zurück, warf die Arme um mich, erdrosselte mich fast und brach in unzusammenhängende Redefetzen aus. Es war fast eine Erleichterung, daß ich mich um sie kümmern mußte.

Oben wartete Jeremiah mit weit geöffneten Augen, doch ergeben. Er geleitete den Arzt mit der steifen Förmlichkeit einer Aufsichtsperson bei einem bedeutsamen Amtsakt, während ich mich Trui widmete. Ein paar Minuten später kehrte der Arzt zu uns zurück.

»Ich werde veranlassen, daß jemand die Tote abholt«, sagte er munter.

»Das müssen Sie nicht. Ich denke, Trui und ich kommen schon zurecht.«

»Aber ...«

»Wir haben dann wenigstens etwas zu tun.«

»Ich muß Ihnen sagen, daß ich das wirklich nicht billigen kann«, erwiderte er. »Aber wenn Sie unbedingt wollen ...«

»Ja.«

Aber er bestand unerbittlich darauf, mir eine Spritze zu geben, und befahl mir, zu Bett zu gehen. Ich widersprach blindlings. Er hörte nicht drauf, begleitete mich in mein Zimmer und drückte mich aufs Bett nieder.

»Am liebsten würde ich Sie mit mir zurück in die Stadt nehmen, um ein Auge auf Sie zu haben«, sagte er.

Ich schüttelte den Kopf.

»Jeremiah und ich sind hier, wir sehen nach ihr«, mischte sich Trui ein, jetzt ruhiger, mit wiedererwachtem Sinn für das Praktische.

Den beiden ein Beruhigungsmittel anzubieten war dem Arzt nicht eingefallen; und ihnen selbst ebensowenig.

Ich versuchte mich noch immer zu widersetzen, als die Droge, was immer es sein mochte, zu wirken begann. Und es war beinahe Mittag, als ich die Augen wieder öffnete und in derselben Sekunde, da ich mich aufsetzte, von allen meinen Erinnerungen an die vergangene Nacht überflutet wurde. Selbst da kam die Erinnerung nicht mit Gewalt; das Gefühl des völligen Abstands von der Welt hielt an. Mit einer Ruhe, die Trui als unnatürlich empfunden haben muß, wusch ich mich und streifte die erstbesten Kleidungsstücke über, die mir in die Hände fielen, dieselben, in denen ich geschlafen und die ich am Tag zuvor getragen hatte.

Während ich auf dem Weg nach unten zum Frühstück war, klingelte das Telefon. Es war Michael. Ich brauchte fast eine Minute, um die Stimme einzuordnen; da hatte er schon begonnen, meinen Namen zu wiederholen, in der Annahme, wir seien getrennt.

»Kristien? Ich *mußte* dich einfach anrufen, um alles aus erster Hand zu hören. Es klingt fast zu gut, um wahr zu sein. Erzähl mir.«

»Wovon sprichst du?« fragte ich.

»Von den Wahlen natürlich«, sagte er, als erkläre er es einem Kind. »Die Presse ist ganz aus dem Häuschen. Klingt wie ein Wunder. Nach all der Gewalt im Vorfeld, nach den düsteren Prophezeiungen hat jedermann das Schlimmste erwartet, und nun dies – bist du dabeigewesen? Hast du gewählt?«

»Michael, hör zu ...«

»Erzähl mir alles, Stück für Stück.«

»Michael«, sagte ich, »ich versuche, mit acht Todesfällen in meiner Familie zu Rande zu kommen.«

»Oh, mach keine Witze«, sagte er.

»Hör zu, ich versuche dir zu sagen ...«

»Was macht deine Großmutter?«

»Sie ist tot.«

»Wirklich?«

»Das ist so ungefähr das Blödeste, was du fragen kannst, Michael. Nimmst du an, ich lüge? Mache Faxen? Rede Quatsch?«

»Tut mir leid. Aber du bist in einer so sonderbaren Laune.«

»Frauen sind so«, erwiderte ich eisig. »Wir haben unsere Launen. Und nun mußt du mich entschuldigen. Ich muß mich um Leichen kümmern.«

Es geriet außer Kontrolle. Unsere Telefongespräche hatten sich schon eine ganze Weile am Rand der Katastrophe bewegt, aber so nahe wie eben waren wir dem Bruch noch nie gekommen. Warum also vermochte ich nichts zu empfinden? Ich liebte den Mann doch? Zwischen uns lag mehr als die geographische Entfernung. Aber alles, was ich hätte sagen mögen – ich weiß nicht zu wem –, war: Bitte, bitte, nicht jetzt. Was immer du von mir erwartest, nicht jetzt.

Ich hatte eben den Hörer hingelegt, als das Telefon wieder klingelte. Es war ein Journalist aus Kapstadt. Nicht zu fassen. Die Nachricht sei durchs Radio gekommen, sagte er. Ob ich ihm wohl sagen würde – ich riß den Stecker aus der Dose, bevor er mit seinem Satz fertig war. Dies war eine Folge, an die ich nicht einmal gedacht hatte. Und mir wurde übel davon. Ich begann tatsächlich zu würgen und mußte ins Badezimmer rennen, um meinen leeren Magen zu erbrechen. Es dauerte eine Weile, bis die Dunkelheit sich verzog. Ich wußte, ich mußte mich in die Hand bekommen. Ernstlich. Dringend. Etwas mußte geschehen, um zu verhindern, daß die Neugierigen die Farm überrannten. Zum erstenmal fühlte ich mich jetzt bedroht. Die Welt brach beängstigend herein. Doch ich war von meinen eigenen Gedankengängen so abgeschnitten, daß mir die schlichteste Arithmetik unerreichbar war – zwei und zwei macht sieben? Macht ein Kamel? Macht eine Arche auf dem Nil? –, und das letzte, wozu ich imstande war, war genau das, worauf es am meisten ankam: praktische Entscheidungen.

Zwei Besuche schoben sich ineinander und zwangen dem Tag, der mir schon unter den Füßen weggleiten wollte, einen Schein von Ordnung auf. Die Polizei in einem gelben Wagen, dann Abel Joubert in einem Bakkie, der dem von Anna so ähnlich war, daß mir der Atem in der Kehle stockte.

Als die Polizei eintraf, war meine erste Regung, wegzurennen und mich zu verstecken, im Keller, hinter dem Friedhof, irgendwo. Für einen Augenblick begriff ich nicht einmal, weswegen sie kamen; ich wußte nur eines, ich mußte entkommen. Aber als sie mich zu verhören begannen – mit lobenswerter Geduld, mit väterlicher Teilnahme –, entdeckte ich seltsamerweise, daß ich in der Anstrengung des Erinnerns meinen Verstand wieder zusammenbrachte, etwas wieder in den Griff bekam, was ich verloren hatte. Wir sprachen draußen, direkt unter den Bäumen. Aus irgendeinem unerklärlichen Grund spürte ich, daß ich sie dem Haus fernhalten mußte; sie durften nicht in Oumas Sphäre eindringen; ich mußte sie schützen. Gleich darauf hörte ich den zweiten Wagen nahen, wich abwehrend zurück, erkannte dann Abel Joubert und rannte zu ihm.

Er drückte mich einen Augenblick an sich. Noch mit dem schützenden Arm um meine Schulter, wandte er sich zur Polizei. Er setzte ihnen schroff zu. Aber ich versicherte ihm, es gehe mir nicht schlecht. Seine Unterstützung erleichterte es mir noch mehr, ihnen das wenige zu erzählen, was ich wußte – es war sogar noch weniger, als ich zuvor gedacht hätte. Ein Leben, sieben Leben, reduziert auf ein paar Fakten: Sachverhalt, Lage, Ort, Zeit, weiter nichts. Gab es noch etwas, das ich ihnen erzählen könnte? Hatte Anna auf die unmittelbar bevorstehende Katastrophe irgendwie hingedeutet? Gab es vielleicht die Vorgeschichte einer Depression? Irgendwas in der Familie? Irgendwas sonst?

»Das ist genug«, sagte Abel fest. »Kristien braucht jetzt ihre Ruhe.« Er vereinbarte mit ihnen, daß Posten aufgestellt würden, um die Sensationslüsternen abzuhalten. Und, besser hätte er mich nicht trösten können, er hatte für den Fall, daß ich irgendwelche Hilfe brauchte, Jacob Bonthuys mitgebracht – den sah ich erst jetzt im Bakkie; beruhigender Tabakgeruch umgab ihn, als er mit schwerbetroffener Miene herantrat.

Und innerhalb weniger Stunden lief auf der Farm reibungslos ein System: Zwei Polizeiposten fingen am Tor alle Besucher ab (vereinzelte am ersten Tag, aber als das Wochenende näher rückte und damit der Redaktionsschluß der Wochenmagazine und Sonntagszeitungen, schwoll das Tröpfeln zur Flut), verständigten sich über Funk mit Jeremiah und Jonnie, die sich abwechselten; was denen als wichtig genug erschien, wurde an Trui weitergeleitet, und sie filterte es rasch noch einmal, und so blieb nur noch wenig, bei dem sie mir die Entscheidung überließ.

Jacob Bonthuys besetzte das Telefon, und auch hier entschied Trui. Das ließ mir die Freiheit, für mich selbst herauszufinden, was Vorrang hatte.

## 4

Zunächst Ouma. Da mußte nichts im voraus geplant werden: Sowie ich bei Trui das Thema anschnitt, wies sie mit einer kurzen, effektvollen Geste auf den Küchentisch, den sie bereits gescheuert und mit schwarzen Plastikbahnen – auseinandergeschnittenen Müllbeuteln – bedeckt hatte. In Dingen des Todes und wohl auch der Geburt besitzt Trui eine natürliche Autorität. Und sobald wir erst einmal unser gemeinsames Ziel umrissen hatten, schickte sie mit ein paar kurzen Anweisungen Jeremiah und Jacob Bonthuys nach oben, sie trugen den lakenumhüllten Leichnam herunter.

Allen verfügbaren Platz auf den beiden Herden – dem gewohnten elektrischen wie dem alten, schwarzen Dover, der eigens und feierlich beschickt und angezündet worden war – nahmen riesige Töpfe und Kessel mit kochendem Wasser ein. Die Art Szene, wie man sie in volkstümlichen Geschichten findet, wie in längst vergangenen Zeiten in Hinterwaldsgemeinden die Geburten vonstatten gingen.

Der Leichnam wurde auf dem Küchentisch aufgebahrt. Die Männer zogen sich ohne Überredung hastig zurück: Sie hatten strengen Befehl, uns jede Störung, selbst höhere Gewalt, fernzuhalten. Die Sonne schien schräg durchs Fenster, an Oumas Muster auf dem Fußboden ließ sich ihr Weiterrücken ablesen, doch jetzt achtete niemand darauf. Es war sehr still. Keine von uns beiden sprach. Schnell und professionell entblößte Trui den Körper wie eine schmale, blasse Frucht, die aus ihrer Haut geschält wird. Ich war betroffen, wie winzig sie war, wie hart, wie trocken, wie ein kleines, gerupftes Huhn. Die großen Flecke verbrannter Haut sahen schrecklich aus, doch sonderbar unvertrocknet. Ich schaute zu, wie Trui sie mit großer Sorgfalt wusch, als wäre sie ein Baby und sehr zerbrechlich, dabei aber mit einer Gründlichkeit, die mich beeindruckte. Ich konnte mir Wilhelmina vorstellen, wie sie sich in der gleichen Weise an eine derartige Arbeit machte, im höchsten Grade praktisch, doch zugleich gestützt auf einen unübersehbaren Vorrat angehäufter Kenntnisse, weiblichen und mystischen Ursprungs. Und ich folgte ihrem Beispiel. In mir war kein Widerwille, kein Zögern; doch bewältigte ich auch nicht nur mechanisch eine schwierige Aufgabe. Es war, wenn ich jetzt darüber nachdenke, eine Art Sühne, eine andere Art, Vergebung zu erbitten; in dieser rituellen Waschung stillte ich meinen Drang, wenn nicht nach Absolution, so zumindest nach Verstehen. Dieser Aufgabe mußte ich mich unterziehen, bevor ich weitermachen konnte. Und Ouma war wie früher die einzige, die mir vielleicht Verständnis gewähren konnte. Nein, es gab keine Tränen – dies hier war jenseits ihres Bereichs. Aber Trauer, ja, Abschiednehmen, auch das Annehmen all dessen, das sie mir hinterlassen hatte. Sie war nicht mehr Ouma Kristina. Sie hatte sich von diesem gebrechlichen Fleisch und Bein gelöst. Sie war die Summe all der anderen, denen sie Leben verliehen hatte; indem ich Ouma reinigte, reinigte ich auch sie, ich wusch den mißbrauchten, elenden, unzerstörbaren Leib der Frau.

Noch einer meiner kleinen Schritte, dachte ich. Erleuchtung muß nicht für sich allein in einer großen Lichterflut kommen: Sie kann sich auch allmählich aus vielen kleinen Momenten akkumulieren, Schritt für Schritt hin zum Endgültigen. Vor Jahren, bevor ich das Land verließ, hatte ich gedacht, daß mir eben dies geschehen sei; aber es war höchstens eine negative Erleuchtung gewesen, falls es das gibt: Ich war vor der Entdeckung dessen geflüchtet, was im Lande schlimm war. Nun, während ich über Oumas Leichnam stand und Trui half, ihn in das lange, weiße Flanellkleid zu hüllen, das Ouma für diesen Zweck bestimmt hatte, wußte ich, ich mußte weitergehen. Vielleicht entdecken, daß ich andere brauchte. Wie unmerklich war das geschehen: Anna, Trui, Jeremiah, Jonnie, Jacob Bonthuys, Sam Ndzuta, Thando Kumalo, Abel Joubert. Ich mußte etwas tun, um es für Sandile, für mich, für uns alle der Mühe wert zu machen. Hatte ich je wirklich geliebt? Selbst das, was ich für Sandile empfunden hatte: War das Liebe gewesen? Vor drei Tagen hatte ich ihn unter Schmerzen endgültig aufgegeben. Vielleicht hatte die Erfahrung einen Bruch in mir selber freigelegt. Was ich zuerst für Leere gehalten hatte, für einen Mangel, könnte die Erschließung eines neuen inneren Raums gewesen sein, vielleicht eine Fähigkeit zu lieben. Und Liebe reicht über eine Person, ein Individuum hinaus: Sie schließt ein, was ich nun zu entdecken beginne. Diese verhängnisvolle, wunderbare Verflechtung mit anderen; mit allen, den Guten und den Bösen und den Gleichgültigen, den Lebenden und den Toten. Die Toten sind, nun, da Ouma sich zu ihnen gesellt hat, meinen Händen anvertraut, daß ich sie nach meinem Bedarf forme, um durch sie zu ihrer Zwangsläufigkeit geformt zu werden. Ich kann nicht länger abseits bleiben. Ich bin nicht einfach das Ergebnis derer, die vorangegangen sind: Wenn ich sie brauche, wie ich Ouma brauche, brauchen auch sie mich. Die Geschichte ist keine unpersönliche Kraft, die uns dahinfegt wie eine Flut; sie ist so wirklich und körperlich wie dieser Leichnam, der so gelassen alle seine vergangenen Ichs umhüllt: ihres und meines; unseres.

Unsere Arbeit ist getan. Bald darauf taucht, wie gerufen, der Arzt am Tor auf; seine Anwesenheit wurde über all die Vermittler weitergegeben; der Eintritt wurde ihm gestattet. Er schien sprachlos, als er den Leichnam auf dem Küchentisch entdeckte, nun anständig gekleidet; aber nach einem symbolischen Protest ergab er sich offenbar von vornherein in die Niederlage, zuckte die Achseln und überließ sie unserer Obhut. Aber er würde seine Pflicht vernachlässigen, sagte er, wenn er uns nicht über gewisse natürliche Stadien des Verfalls in Kenntnis setze, deren Ablauf man bei einem weder gekühlten noch einbalsamierten Leichnam erwarten müsse; falls wir uns zu irgendeinem Zeitpunkt – er hielt inne, um ein Wort zu finden, das der Gelegenheit entsprach – durch seine Anwesenheit beeinträchtigt fühlten, sollten wir ohne Zögern an ihn, den Doktor, herantreten. Wir wurden nicht beeinträchtigt. Oumas Sarg wurde in den Keller gestellt, der vorübergehend in einen Aufbahrungsraum verwandelt war. Sowohl Trui als auch ich statteten ihr regelmäßige Besuche ab, Trui, argwöhne ich, aus höchst praktischen Gründen, ich mehr aus emotionalen, weniger mühelos zu definierenden; aber es gab kein Anzeichen von Verfall. Vielleicht war sie zu der Zeit, als sie starb, so durch und durch ausgetrocknet wie eine alte Aprikose in der Sommersonne, daß nichts für das Durchlaufen der natürlichen Stadien mehr übrig war. Eine Lektion für die alten Ägypter. Sie sah nicht anders aus als die schlafende alte Frau, die ich während der letzten Wochen ihres Lebens gepflegt hatte. Außer, natürlich, daß sie nicht mehr atmete.

Da lag sie, so gegenwärtig in ihrer Abwesenheit wie im Leben. Das heißt bis zu der Nacht, in der sie verschwand.

## 5

Die Reihenfolge hat für die Tage, die nun kamen, keine Bedeutung. Ein Wechsel von Hell und Dunkel, von Kommen und Gehen, von Leuten und Stille; alles enthalten in der Reglosigkeit des kleinen Leichnams, der zwischen den modrigen Kellerwänden feierlich aufgebahrt lag.

Bei Tag wurde einem die Aufmerksamkeit zerstreut. Selbst mit dem menschlichen Schutzschirm, der mich umgab, mußte ich so viel besorgen: mit Trui zusammen den Haushalt führen, mich um Jeremiahs Bedürfnisse draußen auf der Farm kümmern, ein Auge auf Kommen und Gehen der Totengräber haben, die paar Besucher empfangen, die sich nicht vermeiden ließen – der Pfarrer, der Küster, der Bestatter (kein Verwandter des alten Piet Malan, den Ouma so verabscheut hatte, sondern ein angenehmer, sauber rasierter junger Mann), Oumas Banker, zwei von Caspers Verwandten: seine Mutter, eine bemitleidenswerte alte Frau, die vor Schluchzen nicht sprechen konnte, und eine Schwester, eine große und strenge Frau, die klarstellte, daß nur das Gefühl ihrer »Christenpflicht« sie veranlasse, die Schwester einer Massenmörderin zu besuchen, die kaltblütig einen Mann in der Blüte seines Lebens, den Stolz seiner Familie und eine Säule seiner Gemeinde, abgeschlachtet habe. Sie werde für mich beten, sagte sie, und das Versprechen klang wie eine Drohung: Sie sei sogar bereit, auf der Stelle mit mir zusammen niederzuknien, um meinen Fall dem Herrn der Heerscharen vorzutragen. Jedoch wurde diese Aussicht im Keim dadurch erstickt, daß die alte Frau in Krämpfe verfiel – und wer von uns beiden mehr erleichtert war, die Schwester oder ich, ließ sich schwer sagen.

Auch andere Besucher mußten vorgelassen werden. Von Zeit zu Zeit Abel mit Tabletts voll Essen, bereitet von seiner Frau. Immer seltener der Doktor. Ein Mann von irgendeiner Begräbnisgesellschaft, der vorschlug, Oumas Sterbedatum auf dem Grabstein einzuschreiben: Ich teilte ihm mit, das sei nicht nötig, der Raum könne offenbleiben. Sam Ndzuta kam, um zu berichten, daß man sich um die auf Kaution freigelassenen Jungen kümmert. Der alte Anwalt mit Oumas Testament. Ich empfing ihn natürlich höflich, doch leider hörte ich ihm nicht sehr aufmerksam zu. Ich werde ihn aufsuchen müssen, es wird genug Zeit dafür sein. Alles, was ich noch weiß, ist, daß sie mir eine hübsche Summe hinterlassen hat. Die Farm geht an Trui, dazu Geld, um sie zu führen. Zuerst hat sie bestürzt reagiert, aber schließlich bereitwillig angenommen: Man streitet nicht mit den Toten. Und Jeremiah hat sich gefreut.

Selbst wenn wir uns tagsüber nicht mit Besuchern herumschlagen oder Ausflüge in die Stadt unternehmen mußten, waren wir uns doch dauernd der Ereignisse von draußen bewußt, die in unsere Enklave eindrangen. Trui hatte sich angewöhnt, das Radio am Tage in voller Lautstärke laufen zu lassen. Besser gesagt die Radios, eins unten in der Küche, das andere oben in dem Zimmer, das sie und Jeremiah allmählich in eine dauerhaftere Behausung umwandelten. Sie ergriffen Schritt für Schritt Besitz davon und nisteten sich ganz behutsam in dem Raum ein, anfangs mit unentbehrlichen kleinen Dingen wie Wecker, Bibel, Taschenlampe, Kleidung zum Wechseln, Kämmen und Zahnbürsten, dem Becher, in dem Jeremiah nachts seine Zähne aufbewahrte (und ebenso einen großen Teil des Tages, denn er zog es vor, sie zu »schonen«: Er trug sie nur, wenn sie erforderlich waren, beim Essen, bei längeren Gesprächen oder, um bei der Ausübung seiner Pflichten eine passable Fassade zu zeigen). Später folgten nachdrücklichere Zeichen der Besitzergreifung, Kleider und Schuhe, in einem Schrank verstaut, ein Bettvorleger, Häkeldecken, ihr eigenes Doppelbett, ein alter Sklavenstuhl aus Zitronenbaumholz, eine gestickte Pietà im Rahmen, die auf Hoch-Niederländisch verkündete: *Groß wie das Meer ist mein Leid.*

Diese Radios hielten uns auf dem laufenden über den ständigen Fortgang der Wahl und ihre Nachwirkungen, eine geräuschvolle Begleitmusik zur stillen Fortdauer unseres privaten Dramas: Wachsendes Chaos, da alle Systeme zur Auszählung, Kontrolle und Bekanntgabe der Ergebnisse zusammenbrachen, wogegen nichts zu unternehmen war als Protestkundgebungen, während das ganze Land weiter auf der Woge Euphorie schwamm. Je erstaunlicher die Nachrichten über Korruption oder Unfähigkeit von Wahlbeauftragten, über Auszählungsfehler, abhanden geratene oder gestohlene Wahlurnen waren, desto mehr schäumte jedermanns Hoffnung auf einen glücklichen Ausgang über. Und es gab keine Gewalt. Hinter uns lagen Wochen, Monate, Jahre ständig wachsender »Unruhe«, die sich in Morden entlud, Scheußlichkeiten in einer Größenordnung wie an den Brandherden der Welt, Nordirland, Nahost, Bosnien-Herzegowina, letzthin Ruanda – und nun plötzlich diese Entspannung. Eine kurze Flaute? Ruhe vor dem Sturm? Aber die Verhaltensschablonen selbst schienen außer Kraft zu treten. Wir hatten die Welt verblüfft; wir verblüfften uns selber. Und bei den paar kurzen Ausflügen in die Stadt, die ich machen mußte, bestätigte es sich: Jeder, den ich in der Stadt traf, hielt an, um einen Gruß auszutauschen, Hände zu schütteln. Durch so viele Jahre ohne offene Feindschaft und offenes Mißtrauen hatten Weiß und Schwarz einander übersehen, getan, als ob es den anderen nicht gebe. Nun entdeckten wir uns gegenseitig, erkannte jeder die Anwesenheit des anderen an. Gleichzeitig war das fast unerträglich, denn es kam genau in dem Augenblick, da ich vor meiner eigenen verwüsteten Welt stand. Das beides ergab zusammen keinen Sinn. Oder doch?

Bei den paar Malen, da ich in die Stadt mußte, bestand Jeremiah darauf, mich zu fahren. Ich hatte ihn nie so freimütig erlebt. Der Chrysler kam endlich zu seinem Recht, obwohl ich gern auf die Aufmerksamkeit verzichtet hätte, die er allerorten erregte. Ich hatte den Eindruck, Jeremiah hätte es begrüßt, wenn ich den Leuten an der Straße im Vorüberfahren königlich gemessen zugewinkt hätte, aber in dieser Hinsicht enttäuschte ich ihn.

Da Caspers Familie die meisten Begräbnisanordnungen übernommen hatte, waren meine Aufgaben in der Stadt gering und privat. Ich ging zur Bank. Ich besorgte die paar Einkäufe, die Trui aufgelistet hatte; ich brachte Jacob Bonthuys' und mein Buch in die Bibliothek zurück (die Bibliothekarin, eine Frau mittleren Jahrgangs, erkannte mich zu spät, und als sie meinen Namen rief, war ich schon im Hinausgehen und tat, als hätte ich nicht gehört).

Nur ein Weg fiel mir sehr schwer, aber er mußte sein – nicht weil er mir aufgenötigt oder von mir erwartet wurde, sondern weil mich selbst danach verlangte als einem notwendigen Abschluß: den Leichenbestatter aufzusuchen, um die Toten noch einmal zu sehen. Zwei große Särge, fünf kleinere. Graugetünchte Wände, der Geruch nach Formaldehyd oder was immer sie dort benutzen, Plastikblumen. Es war wie ein Besuch bei Madame Tussaud, und das machte es in einer Beziehung leichter. Sie waren nicht wirklich, nur Wachsfiguren, armselige Abbilder, die Jungen sahen noch unnatürlicher aus durch die weißen Gewänder, die man ihnen angezogen hatte. Ich war sie staubig gewöhnt, schmutzbedeckt, ungekämmt, mit Schnitten und Schorf und blauen Flecken an Händen und Gesichtern. Sie sträubten sich dagegen, so dazuliegen, verpackt wie die glasierten Früchte im Geschenkkorb, die Südafrikaner zu Weihnachten ihren Freunden außer Landes schicken.

Sowohl Casper als auch Anna wirkten jünger als im Leben. Sie war ebenfalls fremd; und ihr Mund war schlecht vernäht worden, zwei Stiche sah man. Aber er schaute entspannt aus, mit einem jungenhaften Zug, als hätte er unter Umständen ein angenehmer Mann sein können. Aber die starren Gesichter entnervten mich, wie jene Daguerreotypien von Ahnen, die dreißig, sechzig, neunzig Sekunden steif in die Linse starrten und sich so für die Ewigkeit bereiteten. Ich wünschte inbrünstig, etwas zu empfinden, doch es war unmöglich.

Erst als ich stehenblieb, um auf Lenie niederzublicken, schwankte ich und entdeckte, wie dicht unter der Oberfläche die Emotion doch lag. Das kleine Gesicht unter so dickem Make-up, die Wangen so tief errötet, die Lippen so grell. Kein Zweifel, ihr hätte das gefallen. Erinnerte sie sich an den BH? Ich spürte noch ihre warme, schweißfeuchte, vertrauensvoll eifrige Hand in meiner. Ich hätte sie gern noch einmal berührt, tat es aber nicht. Und die Bestattersfrau drückte sich im Hintergrund herum, wartete begierig auf Kummer oder Entsetzen, auf einen Zusammenbruch, auf unbeherrschtes Schluchzen, das hoffte sie wohl mitzuerleben, denn es konnte ihr, einer Sonntagszeitung berichtet, ein Vermögen eintragen. So bezwang ich meine Erregung, wandte mich hastig ab und trat wieder hinaus in das desinteressierte Starren der Sonne, wo Jeremiah im Chrysler wartete.

»Bring mich zu ihrer Farm«, sagte ich und lehnte mich zurück, schloß die Augen und suchte mich zu erinnern. Dann versuchte ich lieber zu vergessen, woran ich mich erinnert hatte.

Die Türen standen offen, aber das Haus schien verlassen. Ich ging durch die Küche hinein, zögerte an der Schwelle, rief ein ängstliches »Hallo«, wagte mich dann weiter. Jemand – Diener, die guten Damen des Bezirks, Caspers Verwandte, deren etliche in den letzten paar Tagen eingetroffen waren – hatte gründlich aufgeräumt. Wer wie ich wußte, wohin er schauen mußte, fand noch Spuren: ein Fleck auf dem Teppich, einer an der Wand, Löcher, die die Kugeln in den Putz gerissen hatten; aber sonst war alles ordentlich, anonym. Selbst das Badezimmer der Kinder war nun makellos, ohne die Spuren ihrer ausgelassenen abendlichen Waschungen. Der Korridor mit dem stummen Telefon. Das Schlafzimmer, dessen kleinen, schmollenden Bewohner ich vertrieben hatte – wie hieß er? Dirk? Ben? Cassie? Wenn ich es nur wüßte –, war kahl; die Matratzen waren vom Bett entfernt. Natürlich. Das Elternschlafzimmer. Eine Bibel auf dem Nachttisch. Wie verzweifelt man versucht, die Schauplätze, die nicht länger nötig sind, wiederzuerfinden, als statte allein diese Mühe sie mit irgendeiner Bedeutung aus. *Ich bin der Herr, dein Gott.*

Wieder in der Küche, fand ich eine ältere, mütterliche Frau, die ziellos am Spülstein stand und durchs Fenster nach draußen in den gesichtslosen Tag starrte. Sie fuhr zusammen, als sie mich sah, obwohl die imponierende Präsenz des Chryslers im Hof sie hätte vorwarnen sollen. Ich erinnerte mich an sie, von den wenigen Tagen her, die ich hier verbracht hatte.

»Sanna? Wo sind all die anderen?«

»Sie hatten Angst hierzubleiben, Missus. Paar von ihnen in Stadt, andere auf Farmen, ringsherum.«

»Wie kommen Sie zurecht, Sanna?«

»O Jesus, Missus …« Sie fiel gegen mich, so daß ihr fülliger, weicher Körper mich umhüllte wie ein Federbett, und brach in Tränen aus, weinte laut heraus in diesem zeitlosen Wehklagen, das durch die Geschichte treibt. »Alle tot, Missus, alle tot, meine kleinen Jungen, meine kleinen Mädels.«

Zum erstenmal brach ich zusammen. In Oumas Haus konnte ich nicht, da hing zu vieles, hingen zu viele von mir ab. Hier war es möglich, bei dieser Frau, tröstend und getröstet, wissend, was wir verloren hatten; und weinend um unser selbst willen, ebensosehr wie um sie.

Es war in dieser Nacht, daß Ouma verschwand.

## 6

Trostlos und unerbittlich entfaltet sich um mich her die Begräbniszeremonie; fast buchstäblich zu meinen Füßen. Lieber hätte ich den Gottesdienst gemieden, um sicher vor Starrenden hier zu warten bis zur Beisetzung auf unserm Familienfriedhof (dem mit acht neuen Gräbern nur noch wenig Raum für weitere Neuankömmlinge bleibt; rapid holt die Vergangenheit die Zukunft ein). Aber schließlich erlag ich dem Druck – nicht so sehr Abel Jouberts Argumenten wie: »der Welt die Stirn bieten« und »Ihren eigenen Verwandten die letzte Ehre erweisen« als Truis Vorstellungen von »anständigem Benehmen«. So quetschten Trui, Jonnie und ich uns mühsam neben Jeremiah auf den Vordersitz des Chryslers, der drei Tage hintereinander gewaschen und poliert worden war, und fuhren feierlich die zwanzig Kilometer nach Outeniqua, mit Oumas leerem Sarg im Laderaum.

Ich war die einzige, die wußte, daß er leer war. Überflüssig, jemanden zu alarmieren oder sogar zu mobilisieren; und die Männer, die ihn trugen, fanden es nicht sonderbar, daß Oumas Handvoll Staub, leicht wie eine Feder, beinahe nichts zum Gewicht des Sarges hinzufügte. Es tut mir leid, ich kann keinen befriedigenden Bericht von dem Geschehen geben: Selbst wenn ich nicht während meiner freiwilligen Nachtwache im Keller eingeschlafen wäre, ich zweifle, daß ich etwas Berichtenswertes hätte beobachten können. Sie war da, und dann war sie es nicht mehr.

Trui hatte ihr Bestes versucht, mich am Abend früh ins Bett zu packen – »Kristien, du kannst nicht so weitermachen, du brauchst Schlaf. Laß mich dir eine heiße Milch mit Kognak machen« –, aber schließlich gab sie auf. Es war etwas sehr Besonderes um diese Nächte ganz allein mit mir selbst. Jacob Bonthuys war oben in dem ihm zugewiesenen Zimmer und las eins von den Büchern, mit denen ich ihn versorgt hatte; aber die anderen schliefen. Ich schaltete die Lichter aus. Nur die Kerzen brannten im Keller und warfen phantastische Schatten an die Wände, an denen – wie Nachttiere, die im Dunkel aus ihren Verstecken auftauchen – die lange verlorenen Malereien zum Leben erwachten: diese unheimlichen Paarungen und Narrenspiele und Prozessionen und Feiern. Inmitten all dessen Ouma in ihrem Sarg. Der Deckel war festgeschraubt, nur die kleine Luke über dem Gesicht hing zurückgeklappt in ihren Scharnieren. Darunter ihr kleines Dörraprikosengesicht, hart und spröde und halb durchsichtig wie Papyrus, mit den Hieroglyphen ihres langen Lebens.

Ihretwillen wünschte ich, sie könnte nun begraben sein, so daß es vorbei und erledigt wäre; ins Grab hatte sie sich gewünscht. Aber um meinetwillen war dies besser. Sie so bei mir zu haben wie jetzt, das war etwas Kostbares. Bald, allzubald würde das Leben wieder anfangen; diese unnatürliche Insel in der Zeit würde sich auflösen, und der Strom würde mich wieder fortreißen, die Zukunft brannte darauf, sich wieder in den Vordergrund zu drängen. Aber solange dies andauerte, kostete ich es aus und zog Kraft aus Oumas Gegenwart. Endlich, dachte ich, würde der Sarg den Zweck erfüllen, der ihm so lange verwehrt gewesen war.

Und hier wird die Erinnerung unzuverlässig. Ich kann kaum glauben, daß ich eingeschlafen sein soll. Ich fühlte mich wachsam, und ich saß noch in derselben Haltung, mit dem Kinn in den Händen, den Ellbogen auf den Knien, da flackerten plötzlich alle vier Kerzen, als sei irgendwo ein Fenster geöffnet worden. Zug spürte ich nicht, aber die tanzenden Flammen zeigten einen Luftstrom an. Ich stand auf, um nachzusehen. Und da merkte ich, daß sie nicht mehr da war.

Der Sargdeckel war festgeschraubt, nur das kleine Geviert der Luke war offen. Aber Ouma war fort. Ich trat näher, ich streckte den Arm in voller Länge hinein, um zu tasten. Der Sarg war völlig leer. Ich war verwirrt, spürte aber keinerlei Furcht. Als ich aufschaute, saß ein Vogel auf der Lehne eines der beiden Stühle, die den Sarg trugen. Es war so dunkel, daß ich die Art nicht erkennen konnte, aber sein Aussehen war auf jeden Fall ungewöhnlich: eulengleich, aber gestreckt, mit Beinen wie ein Flamingo oder ein Kranich und einem Pfauenschweif, die Federn in seltsamen Farben gestreift, wie eine der Gestalten an der Wand. Vielleicht war das eine Wirkung des Kerzenlichts.

Mein Verstand war sehr klar. Das erste, was ich tun mußte: die Luke im Sargdeckel dichtmachen. Die Klappe, die großen, altmodisch schimmernden Riegel aus Messing, die Jeremiah mit großer Sorgfalt geputzt hatte, waren an Ort und Stelle. Ich mußte sie nur so unverrückbar fest übers Holz schieben, wie ich konnte. Nicht vorauszusagen, wie Trui oder die andern reagieren würden, wenn sie *das* herausfanden; besser, man regte sie nicht auf. Auch Ouma, davon war ich überzeugt, wäre es lieber gewesen, daß die Sache unter uns blieb.

Nun spürte ich meine Müdigkeit; und diese Nacht war die erste seit dem letzten Mittwoch, in der ich ausgiebig schlief, neun Stunden, ein Ziel, aufs innigste zu wünschen.

»Ich mußte den Sarg gestern abend schließen«, sagte ich Trui am andern Morgen.

Sie warf mir einen verständnisvollen Blick zu. »Vielleicht mußt du anrufen, daß sie ihn holen«, schlug sie vor.

Aber ich schüttelte den Kopf. »Sie gehört hierher, Trui.«

»Aber wir wollen nicht, daß es riecht.«

»Nein, jetzt ist alles in Ordnung.«

»Bestimmt?«

»Bestimmt.«

»Dann kannst du kommen und mir in der Küche helfen«, sagte sie. Ich fragte mich, ob sie sich bewußt war, wie sie allmählich und selbstverständlich die Herrschaft übernahm.

Durch die offene Küchentür sah ich in einigem Abstand Jeremiah und Jonnie, wie sie sich hin und her bewegten, sie rechten Blätter zusammen, fegten den Hof. Aber nicht das fesselte meine Aufmerksamkeit. Was mich stocken und ein zweites Mal hinschauen ließ, war aufschimmerndes Blau und Grün zwischen den Bäumen. Ein Pfau. Und da waren auch andere Vögel, ich hörte sie in den Bäumen zwitschern und flattern. Sie waren zurückgekehrt.

Jetzt, auf dem Friedhof, sind sie um uns. Während der letzten paar Tage sind sie alle zurückgekehrt. Wenn das überhaupt möglich ist, sind es mehr denn je. Auf dem ganzen Weg in die Stadt haben sie den Leichenwagen begleitet; und sie haben sich auf der Kirche niedergelassen, als wir draußen vorfuhren, genauso, wie sie damals in Scharen um das Krankenhaus herum saßen. Mit Mühe bahnten wir uns den Weg durch die Masse, während wir dem leeren Sarg bei seiner langsamen Reise in das Sandsteingebäude folgten. Er wurde vor der Kanzel abgesetzt, am Ende einer langen Menschenreihe, die sich bereits aufgestellt hatte. Flüstern wogte leise durch die Gemeinde wie der Wind durch ein Weizenfeld.

Der unterwürfige Küster nahm mich beim Arm und steuerte mich zu den Stühlen, die für die Verwandten reserviert waren. Da saßen ein paar von den Onkeln und Tanten, an die ich mich aus der Kindheit dunkel erinnerte. Einige hatten die Farm schon in der vergangenen Woche aufgesucht, förmlich, fremd, scheu, und hatten mir die feuchten Küsse aufgedrückt, die sie als Verwandte kennzeichneten. Zusammen mit diesen feierlichen und größtenteils vertrottelten Geschwistern von Mutter und Vater war eine Anzahl ihrer Kinder gekommen: Einige von ihnen hatten an unseren nächtlichen Tobereien, hinauf auf den Boden, hinab in den Keller, teilgenommen; ein oder zwei der Vettern könnten, im dunklen Laub versteckt, mit mir auf dem Loquatbaum gesessen und auf den rechten Moment gewartet haben, um auf einen arglos unten vorbeispazierenden Erwachsenen zu pinkeln – aber ich erkannte keinen wieder und war erleichtert, daß ich keinen von diesen gleichmütigen schnurrbärtigen Bürgern mit Borsten auf den Fingern oder in Ohren und Nasenlöchern in meine privaten Erinnerungen einlassen mußte.

Bei weitem den größten Teil der reservierten Sitze nahmen

Caspers Verwandte ein, eine geschlossene Phalanx von Brüdern und Schwestern samt Gattinnen, Gatten und Kindern und Onkeln und Tanten und Vettern und Basen und der noch schluchzenden alten Mutter: Die meisten starrten mich mit eingefrorenem Ausdruck an, der von offener Feindschaft und Anklage bis zu gerechter Entrüstung, zu glotzender Neugier reichte und am Ende der Skala zum unverwandten Starren der Vergebung erblaßte ( in der Zuversicht, daß die Rache Sache des Herrgotts ist).

Ein Sitz innerhalb dieses Blocks anständiger und empörter Bürger blieb mir vorbehalten. Aber ich hatte Trui und Jeremiah und Jonnie bei mir und wollte mich nicht von ihnen trennen lassen.

Aufgeregt blickte der Küster hierhin und dorthin und erklärte dann in durchdringendem Flüstern: »Ach, tut mir so leid, Miss, aber sehen Sie, diese Stühle sind nur für die Familie.«

»Sie sind Familie«, sagte ich und nahm mir dabei nicht die Mühe, meine Stimme zu dämpfen.

Hatte mein Eintritt einen Wind im Weizenfeld bewirkt, so erhob sich jetzt ein Hurrikan. Bei einigem Glück wären vielleicht ein paar von Caspers Verwandten hinausgestürmt, aber sie hatten zuviel Anstrengung in den weiten Weg investiert und waren entschlossen, sich nichts entgehen zu lassen. Ich folgte gleichfalls dem Luthergebot. Hier stehe ich ... Mir schien, Jeremiah hätte bei freier Wahl gern den Rückzug angetreten. Aber Truis Unterkiefer war kantig vorgestreckt und verkündete, sie war entschlossen, dies mit mir durchzufechten. Und entschlossen war auch Jonnie, wenn auch aus ziemlich anderen Gründen.

In diesem Augenblick vollzog der Organist – angemessen in Schwarz gehüllt, doch mit einem grell purpurfarbenen Hut – entweder aufgrund irgendeiner Fehleinschätzung oder im aufrichtigen Wunsch, eine möglicherweise explosive Situation zu entschärfen, eine nicht ganz gelungene Überleitung von einer ziemlich faden Bach-Imitation zu Händels Trauermarsch mit machtvollem, doch schwer sentimentalem

Spiel. Der Küster, in der Klemme zwischen starren Feindblicken von den reservierten Plätzen her und dem unmittelbar bevorstehenden Eintritt des Pastors aus der Sakristei, wählte das geringere von zwei Übeln und schob mich, die Hand noch an meinem Ellbogen, hastig zur Vorderreihe, während er dem nächsten Mann dringlich etwas ins Ohr flüsterte. Die Botschaft wurde von einem zum anderen weitergegeben, und in einem kurzen Aufruhr erhoben sich vier oder fünf der verehrlichen Herren und eilten in die Sakristei, wobei sie genau in dem Moment mit dem Pfarrer zusammenstießen, als der seinen, wie er zweifellos hoffte, denkwürdigen Einzug hielt, und kehrten zurück mit zahlreichen – viel zu zahlreichen – steiflehnigen, blau gepolsterten Stühlen, die vorn für uns aufgereiht wurden, so dicht vor den Särgen, daß wir unsere Kinne hätten darauf stützen können.

Der Organist spielte noch eine Weile weiter, was dem Pastor deutlich mißfiel; aber immerhin entstand so nach der Störung wieder ein Schein von Ordnung. Drei von Caspers Verwandten setzten ein Zeichen, das mich rührte, eben weil es so unerwartet kam; sie traten nach vorn und nahmen auf den leeren Stühlen neben uns Platz. Einer von ihnen, ein Mann, der leise an Casper erinnerte, preßte mir kurz die Hand.

Der Gottesdienst begann. Ich suchte abzuschalten, gekränkt durch die Schauspielerkünste des Pastors, der auf diesem Gipfelpunkt seiner Laufbahn allen ihm verfügbaren Schall und Wahn einsetzte. Was meinen Gedanken das Abirren leichter machte: Während des ganzen Gottesdienstes flatterten unablässig Vögel durch Türen und Fenster, wie um den Fortgang zu überwachen, und schossen dann wieder hinaus, um die Nachricht zu verbreiten. Selbst eine Maus bemerkte ich, die vor der Kanzel zur Sakristei flitzte, vorbei an der Sargreihe. Ich fragte mich, ob es Überbleibsel geben würde. Von Ouma waren keine geblieben; sie warf keine eucharistischen Probleme auf.

Schließlich war auch das vorüber. Dann folgte die endlose Prozession zur Farm. Sie nahm sich, von der Menschenmenge her gesehen, eher wie eine Kirmes oder ein Rugbymatch aus. Aber es wird nun nicht mehr lange dauern.

## 7

Sam Ndzuta steht links von mir an Oumas Grab. So viele Menschen, wie sich auf den Friedhof pressen konnten, drängen sich zwischen den Gräbern; über uns hängt eine riesige Wolke von Vögeln und wirft ihren Schatten fast über die ganze Farm. Acht Gräber. Das Bewußtsein erfaßt es nicht. Es ist wie ein Wolkenkratzer: Wenn er erst einmal eine bestimmte Höhe erreicht hat, verliert er seine Macht über die Phantasie.

Es ist auch eine Sache der Erfahrung. Bin ich betäubt vom bloßen Ausmaß, für Sam ist das nichts Neues. »Wie oft haben wir in den Townships solche Begräbnisse erlebt«, sagt er. »Drei auf einmal, fünf, dreizehn, sechsundzwanzig. Nach einer Weile hört man auf zu zählen.«

Jedoch für die Weißen in der heutigen Menge fanden jene Begräbnisse außerhalb des Bereichs der Geschichte statt. Sie betrafen Schwarze. Von der Polizei massakriert, von »Sicherheitstruppen«, oder Opfer der »Gewalt Schwarzer gegen Schwarze«. Für sie ist dies hier etwas anderes. Das eigene Ich, das sich einwärts, wider sich selbst kehrt. Ich frage mich, ob Sam es versteht, ob für ihn dies »Weiß gegen Weiß« ist. Begreift er, daß auch er hier betroffen ist, oder wiederholt er den Fehler, den wir in der Vergangenheit begingen: zu glauben, wir könnten uns heraushalten, Unverständnis unserer eigenen schrecklichen Komplizenschaft?

Darf man Ouma glauben, so hat Wilhelmina einmal gesagt: »Wenn es Gottes Wille ist, bleiben wir hier, und wenn nicht, packen wir unseren Kram und ziehen weg.« Aber was geschieht, wenn kein weiterer Horizont mehr da ist, hinter den man flüchten kann? Was geschieht, wenn sich der Raum um einen zusammenschließt, wenn die Tiefe eines Schwarzen Loches keinen Lichtstrahl entläßt, damit er die Botschaft weiterträgt von dem, was geschehen ist, was noch geschieht?

Michael hat wieder angerufen, irgendwann in dieser letzten Woche. Seine Stimme klang tonlos vor Entsetzen: »O Gott, Liebste, letztes Mal, als ich mit dir sprach, hab ich gedacht, du machst irgendeinen makabren Spaß über die Todesfälle in deiner Familie. Kannst du mir je verzeihen?«

»Ich weiß nicht, Michael«, sagte ich. Ich wollte nicht grausam sein; ich wollte überhaupt nichts Besonderes. Ich sagte einfach, was ich dachte: daß ich über mich nichts wußte, nichts voraussagen konnte.

»Ich habe gerade die Zeitungen gelesen«, sagte er, »ich kann es nicht fassen.«

»Ich ebensowenig. Ich denke immerfort, ich höre draußen ein Auto und sehe Anna aussteigen. Ich wünsche mir, daß sie die Kinder mitbringt. Sogar die Jungen, die ich nicht ausstehen konnte. Ich denke, hoffe immerfort – aber was soll's?«

»›Geschehenes kann nicht ungeschehen gemacht werden‹?«

»Bitte!« sagte ich scharf. »Dies ist wirklich nicht die Zeit für kluges Geschwätz.«

»Ich wollte nicht klugschwätzen. Ich habe nur einfach selber keine Worte. Ein schlechter Schauspieler. Verzeih.« Eine verlegene Pause; vielleicht wünschten wir beide gleichermaßen verzweifelt, einander zu erreichen und zu berühren, könnten wir uns nur glauben machen, daß sich da Hände ausstreckten zum Fassen und Halten. Ich erinnerte mich an die frühen Tage unserer Liebe, an den Besuch in Gough Square und an Dr. Johnsons berühmten Satz, an eine Zeit, in der Tod noch ein literarisches Ereignis war; auch so erregte er uns derart, daß wir heimgingen und uns hinter der roten Tür liebten. Nun ist der Tod nur allzusehr Wirklichkeit geworden. Und unsere früheren Reflexe scheinen nicht nur unangemessen, sondern obszön. An meinem Ohr hörte ich: »Ich nehme an, du hast noch keine Zeit gehabt, an die Rückkehr zu denken.«

»Ich komme nicht zurück.«

Ich hörte mich das sagen, und mich selber überkam ein Schock dabei. Es war nichts, was ich zu Ende gedacht, beschlossen hatte, worüber ich mir klargeworden war. Die

Worte kamen ganz plötzlich, und als ich sie aussprach, wußte ich, sie waren wahr. Es war das einzige, was ich bestimmt wußte, nun, da ich es ausgesprochen hatte.

»Was meinst du?« Ich konnte hören, wie er keuchte, als hätte ich ihn in den Magen geschlagen.

»Ich werde vermutlich herüberkommen müssen, um meine Angelegenheiten zu ordnen. Aber mein Leben hat sich verlagert. Ich muß jetzt hier sein.«

»Aber was ist mit uns?«

Eine Weile waren Worte mühsam, aber sie mußten gesagt werden, um seinet- wie um meinetwillen. »Es hat zu nichts geführt, Michael. Keiner trägt daran die Schuld. Oder wenn, dann bin ich es, nicht du. Ich habe noch keine Ahnung, was ich anfangen werde, aber was immer es ist, es wird sich hier drüben abspielen, nicht dort.«

Es ging nicht um etwas so Banales, so versimpelt Politisches, wie »mich einer Herausforderung zu stellen«; auch nicht um so Privates oder Krankhaftes, wie Recht zu behalten oder »mich zu beweisen«. Es ging um etwas zugleich Umfassenderes und Intimeres.

Während ich hier stehe, zwischen all den Gräbern, während all die Särge gleichzeitig in die Erde gesenkt werden und der Bestatter seine Befriedigung über diese Leistung kaum verhehlt, die gewiß für ihn ein Zeichen göttlicher Zustimmung und dazu verheißungsvoller Geschäftsaussichten ist, weiß ich, ich habe mich richtig entschieden. So, wie es für mich allein möglich ist. Aber es ist ein Unterschied, ob man einen Entschluß faßt, weil es der einzig denkbare ist, oder ob man es tut, weil man ihn aus einer Anzahl anderer vorhandener Möglichkeiten aussucht. Ich habe dieses Land gewählt, nicht, weil ich hier geboren bin und mich zum Bleiben bestimmt fühle, sondern weil ich fortging und zurückkam und nun durch eigene Entscheidung hier bin. Vielleicht zum erstenmal in meinem Leben spüre ich einen Entschluß, der mir nicht von außen, durch die Umstände, aufgezwungen wurde, sondern der in mir gewachsen ist wie ein Kind im Mutterleib. Dieses Kind werde ich nicht verleugnen. Es ist mein.

Die Vögel oben brechen aus der Wolke aus, die sie geformt haben. Tosend schießen sie in alle Richtungen davon, kehren zurück, fegen herab, dicht über die Köpfe hin, schießen schwindelerregend über die Grabränder hin und jagen dann wieder davon, ein sensationelles, vielfarbiges Schauspiel. Die meisten aus der Menge starren so vertieft in die Gräber, während sie ihre Handvoll Blumenblätter, ihre Handvoll Erde auf die Särge werfen, daß sie offenbar nichts davon bemerken.

Nun fehlt nur noch der alte Moishe, fährt es mir durch den Sinn, der alte Moishe als Junge, um den Trauernden zu spielen und so unmäßig zu weinen, daß er ins Grab stürzt, was ihm dann ein Pfund einbringt; das sollte eines Tages seinem Enkel und einem unbekümmerten Mädchen zur Reise nach Bagdad verhelfen, wo bei Dämmerung in den Bäumen die Kamele lateinische Choräle singen.

Die Menge beginnt hinauszuschlurfen, trampelt über die Blumenbeete hin und zerstreut sich; Kinder machen sich dran, die Pfauen zu jagen, ohne Rücksicht auf den Gänse- oder Hühnerkot, durch den sie tappen. Ich harre noch ein Weilchen. Der Bestatter gibt seinen Arbeitern das Zeichen zum Zuschaufeln. Ich beobachte, wie der rote Staub aufwogt, getroffen vom fast horizontalen Sonnenlicht.

Ja. Bei allem, trotz allem, dies ist mein Ort.

Ich besitze nicht mehr den unbändigen Jugendglauben daran, daß ich die Welt verändern kann; aber ich weiß auch, sie *kann* verändert werden, und dabei will ich beteiligt sein. Es ist mehr als eine private Verpflichtung, mehr als eine persönliche Rebellion. Denn allzulange waren die Frauen meines Stammes, aller Stämme, aufs Dulden und Rebellieren in dem kleinen privaten Reservat beschränkt, das ihnen die mächtigen, weltregierenden Männer zugewiesen hatten; ich habe nicht die Absicht, auf der Suche nach einem Schatten davonzulaufen oder mich in einen Baum zu verwandeln oder in Kot zu versinken, ich will auch nicht meinen Namen auf ein Tüchlein sticken, und ganz besonders will ich nicht meinem Zorn Luft machen, indem ich meine Familie zusammen mit mir auslösche. Den Zorn verstehe ich; mein Gott, wie sehr! Aber das darf sich nicht wiederholen, es darf nicht weitergehen. Was ich tun will, ist viel weniger spektakulär. Mit anderen arbeiten, eine Welt zustande bringen – langsam, allmählich, aber, das schwöre ich, ganz gewiß –, in der es nicht mehr unabänderlich ist, daß man nur Opfer wird. Ich weiß, die Gegenwart – dieses kleine Viereck, durchsiebt von Gräbern – ist weniger wirklich als das Mögliche.

Es gibt Wendepunkte, die den Beginn, nicht das Ende der Hoffnung bezeichnen.

Caspers Bruder, derjenige, der sich in der Kirche neben mich setzte, kommt zu mir zurück und bietet mir seinen Arm. Er denkt wohl, der Kummer hat mich überwältigt, so daß ich den anderen nicht folgen kann. Ich mag ihn nicht kränken, und erklären würde viel zu lange dauern. Ich hake mich bei ihm ein.

## 8

Der Mond steht in seinem letzten Viertel und spendet wenig Licht. Aber Ouma verströmt ein zartes Leuchten, nicht genug, um deutlich zu sehen, aber ausreichend, um ihre Position zu markieren. Sie sitzt auf ihrem Grabstein, auf dem das Datum ihres Todes noch ausgespart ist, und so wird es nun bleiben. Ein einziger Tod ist zweifellos nicht genug; Wilde behauptet es mit Recht. Ich habe mir den Pfauenplatz auf der Mauer angeeignet. Ein paar Strauße haben sich am nächsten Zaun aufgereiht, lächerliche schwarze Gestalten. Am Tor summen ein paar *mahems*, zarte Schatten im Dunkel. Der Palast liegt düster unter den schwarzen Bäumen. Ein paar Eulen sind da, und von Zeit zu Zeit erhebt sich ein schläfriges Vogelgezwitscher. Sie haben ihre alten Gewohnheiten wieder aufgenommen, sitzen auf ihren gewohnten Plätzen. Die Masse ist fortgeflogen und hat in ihrem Kielwasser Verwüstung zurückgelassen. Morgen werden wir anfangen müssen aufzuräumen. An die Zukunft zu denken.

Die Toten sind stumm. Sie verlassen sich jetzt auf mich.

Eben das muß Thando Kumalo im Sinn gehabt haben, als er sagte: *»Salani kahle.«*

»Es ist gut gelaufen«, sagt Ouma, »in Anbetracht der Umstände.«

»Du hättest dabeisein sollen.«

»Nein, ich wollte nicht Annas Tag verderben. Begräbnisse sind sowieso nicht mein Fall. Die Leute genießen sie nicht mehr so wie früher.«

»Du hast mir gefehlt.«

»Aber du hast mich jetzt. Ich werde immer hier sein. Aber du entschließt dich ja vielleicht zum Weglaufen.«

»Nein. Ich bin mit mir ins reine gekommen: Wenn du von Bagdad zurückkommen konntest, kann ich auch heimkehren.«

»Warum? Weil es nun leichter ist?«

»Nein!« sage ich in plötzlicher Leidenschaft. »Weil es schwieriger ist. Weil Arbeit getan werden muß. Für mich wie für andere.« Ich schaue sie scharf an, direkt durch sie hindurch. »Wirst du mir helfen?«

»Wir werden alle hier sein.« Sie schaut auf die Gräber und über sie hinweg, weit darüber hinaus. »Was wir alles zusammen machen werden ...«

»Bis eines Tages ein Elefant kommt und die Geschichte fortbläst?« frage ich, nicht ohne einen Anflug von Bosheit.

Ich kann ihr Gesicht nicht sehen, aber ich denke mir, sie lächelt. »Nein«, sagt sie. »Diesmal nicht. Ich werde es dir nicht leichtmachen.«

»Warum nicht, Ouma?«

»Weil du jetzt ein großes Mädchen bist, Kristien.«

## Erklärung fremdsprachiger Wörter und Abkürzungen

*Sofern nicht anders angegeben, handelt es sich bei den fremdsprachigen Textstellen um Wörter aus dem Afrikaans.*

*A luta continua* (portug.) Der Kampf geht weiter, Losung der Unabhängigkeitsbewegungen in Angola und Moçambique
*biltong* Streifen aus gesalzenem Dörrfleisch
*bliksem* Schurke, Bengel (wörtlich: Blitz)
*boerewors* kräftig gewürzte Wurst
*bokmakierie* lautmalerische Vogelbezeichnung für eine Art von Würger
*boytjie* Diminutivform von engl. *boy*, Junge
*broekie lace* schmiedeeisernes Flechtwerk an der Veranda (wörtlich: Schlüpferspitze)
*bywoner* armer Pachtbauer
*CNA* Central News Agency, eine Buchladenkette
*doek* auch *kopdoek* Tuch, Kopftuch
*dolosse* Tierknochensammlung eines Zauberheilers, zur Weissagung und Heilung gebraucht
*duiker* eine Art von kleinen Antilopen
*fly-half* (engl.) Halbspieler beim Rugby
*gevrek* hoffnungslos (wörtlich: tot)
*gli* (Khoikhoi-Sprache) eßbare Wurzel
*hadeda* (engl./afrik.) Ibisart
*igquira* (Xhosa) Medizinmann, Zauberheiler
*jacopever* Vogel mit runden, hervorstehenden Augen
*jerepigo* billiger, süßer Dessertwein
*kaffir* ursprünglich: Angehöriger eines schwarzen Stammes, später herabwürdigend gebraucht (»Kaffer«)

*kambro* Pflanze mit großer eßbarer Knolle
*kaross* Decke aus Tierfellen
*katlagter* drosselartiger Vogel mit lautem Ruf
*kelkiewyn* lautmalerische Vogelbezeichnung für das Sandflughuhn
*kierie* Gehstock, Wanderstock
*kiewiet* Regenpfeifer
*kist* (Kleider-)Truhe
*kloof* Schlucht
*kopdoek* siehe *doek*
*mahem* Reiherart mit goldschimmerndem Rückengefieder
*meerkat* Erdhörnchen
*MK* Angehöriger von *Umkhonto weSizwe* (Xhosa: Speer der Nation), militärische Formation des ANC
*moffie* Homosexueller
*musk-cat* (engl.) Zibetkatze, Ginsterkatze, Schleichkatzenart
*platteland* ländliche Gebiete
*pot bread* (engl.) in einem gußeisernen Topf gebackenes Brot
*riem* Riemen
*ringneck adder* (engl.) giftige Natter mit schwarzem Ring um den Hals
*salani kahle* (Zulusprache) Bleibt wohlauf!
*samosas* indische Delikatessen, dreieckige Teigtaschen mit stark gewürzter Fleisch- oder Gemüsefüllung
*sjambok* Nilpferdpeitsche
*smous* Hausierer, Trödler
*stoep* erhöhter Vorbau, Veranda
*tambotie* duftreiches dunkles Holz, für Möbel verwendet
*tsotsi* (sprachl. Herkunft unklar, wahrscheinlich Jargon der Grubenarbeiter) Rowdy, Gangster
*tsamma* wilde Melonenart, wächst in der Wüste, von Wüstenbewohnern wie den Khoikhoi trotz des leicht bitteren Geschmacks als Feuchtigkeitsquelle geschätzt

*UDF* United Democratic Front, Dachorganisation aller Anti-Apartheid-Organisationen in der Zeit des ANC-Verbots

*veld* offenes Feld, Grassteppe

*veldskoen* handgearbeiteter Schuh aus grobem Leder, Bauernschuh

*voorhuis* Eingangsraum, Diele und zugleich einziges Wohnzimmer in den alten burischen Bauernhäusern

*wors* Wurst

# Inhalt

# André Brink

*Roman. Aus dem Englischen von Hans Hermann. 480 Seiten. Geb. DM 48,-. ISBN 3-353-01007-6*

Ein Saufaus, Schwadroneur und Witwentröster – das ist Estienne Barbier. Ein Rebell gegen den Machtmißbrauch der Beamten von der Ostindischen Kompanie, ein Rädelsführer des Siedleraufstands, ein Vogelfreier und Todeskandidat – das ist er auch. Beides in einem Mann, das geht doch wohl nicht zusammen? **Im Gegenteil**, sagt André Brink. Und führt es vor in einem brillanten Abenteuer-, Schelmen und Liebesroman, komisch und tragisch, farbenprächtig und fesselnd von der ersten bis zur letzten Seite. Schauplatz: Kap der Guten Hoffnung, anno 1735.

„Dieses Buch ist wie Afrika – überschwenglich und geheimnisvoll, unbezähmbar und voller Wunder. Brink führt Bilder vor, deren Vorhandensein wir nicht für möglich hielten. Wir sehen sie mit staunenden Augen – und beginnen ihren Schmerz zu spüren."

*The Times*

*Verlag Volk & Welt Berlin*

# Im Gegenteil

Die Deutsche Bibliothek – CIP-Einheitsaufnahme

*Brink, André:*
Sandburgen : Roman / André Brink. Aus dem Engl.
von Christiane Agricola – Berlin : Verl. Volk und Welt, 1996
Einheitssacht.: Imaginings of sand <dt.>
ISBN 3-353-01056-4

Copyright © 1996 der deutschen Ausgabe by
Verlag Volk und Welt GmbH, Berlin.
Alle Rechte der Verbreitung, auch durch Film, Funk und Fernsehen, fotomechanische Wiedergabe, Ton- und Bildträger jeder Art, auszugsweisen Nachdruck oder Einspeicherung und Rückgewinnung in Datenverarbeitungsanlagen aller Art, sind vorbehalten.
Lektorat: Joachim Meinert
Schutzumschlag-/Einbandgestaltung: rgb, Hamburg
Gesetzt aus der Garamond, Linotype
Satz: deutsch-türkischer fotosatz, Berlin
Druck und Bindearbeiten: Wiener Verlag
Printed in Austria
ISBN 3-353-01056-4